POUR UN INSTANT D'ÉTERNITÉ

Du même auteur

L'Exil des anges, Fleuve Éditions, 2009 ; Pocket, 2010
Nous étions les hommes, Fleuve Éditions, 2011 ; Pocket, 2014
Demain j'arrête !, Fleuve Éditions, 2011 ; Pocket, 2012
Complètement cramé !, Fleuve Éditions, 2012 ; Pocket, 2014
Et soudain tout change, Fleuve Éditions, 2013 ; Pocket, 2014
Ça peut pas rater !, Fleuve Éditions, 2014 ; Pocket, 2016
Quelqu'un pour qui trembler, Fleuve Éditions, 2015 ; Pocket, 2017
Le premier miracle, Flammarion, 2016 ; J'ai lu, 2017
Une fois dans ma vie, Flammarion, 2017 ; J'ai lu, 2018
Vaut-il mieux être toute petite ou abandonné à la naissance ?, avec Mimie Mathy, Belfond, 2017 ; Le Livre de Poche, 2018
Comme une ombre, avec Pascale Legardinier, J'ai lu, 2018
J'ai encore menti !, Flammarion, 2018
Les phrases interdites si vous voulez rester en couple, avec Pascale Legardinier, J'ai lu, 2019

Gilles Legardinier

POUR UN INSTANT D'ÉTERNITÉ

Roman

Recherches préparatoires
et gestion de la documentation :
Chloé Legardinier

Flammarion

© Flammarion, 2019.
ISBN : 978-2-0814-2027-4

*À ceux qui aujourd'hui se sentent étrangers dans ce monde ;
à ceux qui doutent d'être capables de protéger les leurs
face à l'avenir, qui se demandent vers quel espoir se tourner,
je veux dire ceci : ne redoutez pas les temps qui s'annoncent,
mais n'acceptez rien sans juger.
Selon votre cœur, soyez prêts à servir ou à résister
de toutes vos forces, jusqu'à combattre.
N'ayez pas peur d'imaginer. Aucun chemin n'est interdit.
Les plus beaux sont encore secrets, et le meilleur de notre âme
est la seule clé qui libère les possibles.*

1

Il fait nuit, un peu froid. Dans les jardins arborés d'un hôtel particulier des beaux quartiers de Paris, cinq hommes protègent la vaste pelouse qui s'étend à l'arrière du bâtiment. La clarté des lanternes projette leurs ombres étirées sur la végétation environnante. Ils sont armés de revolvers chargés et prêts à faire feu. Aux aguets, l'oreille tendue, ils scrutent les abords.

Au centre du périmètre dégagé qu'ils délimitent, un homme s'impatiente. Vêtu d'un luxueux manteau à col de fourrure et d'un chapeau haut-de-forme parfaitement lustré, il vérifie régulièrement sa montre de gousset. Voilà des mois qu'il espère ce rendez-vous. Si dans une minute, celui qu'il attend ne s'est pas présenté, son retard ne sera pas sans conséquences.

Dans la rue, un roulement de roues cerclées de fer sur le pavé attire son attention. Il sait pourtant que son étrange interlocuteur n'arrivera pas en calèche. Vincent apparaît toujours comme par magie. C'est un individu surprenant à tous les sens du terme. Difficile de lui donner un âge. Impossible de savoir où il vit. Même son nom de famille est un mystère. Pourtant, il est bien connu des puissants et des fortunés, pour qui il œuvre dans la plus grande discrétion.

Au son martelé des fers à cheval, l'attelage poursuit sa route sans s'arrêter.

Soudain, une silhouette émerge d'un bosquet, juste sous le nez d'un garde à lanterne qui grogne, surpris en dépit de sa vigilance. Ses comparses pointent leurs armes, mais l'homme au manteau les apaise d'une courte phrase prononcée dans une langue étrangère.

— Vous savez soigner vos entrées, Vincent, déclare-t-il à son visiteur avec un accent russe. Vous m'avez presque fait peur.

— Je vous prie de bien vouloir m'en excuser, Votre Altesse. Déformation professionnelle...

Doté d'un physique athlétique, Vincent s'avance sur l'herbe d'une démarche souple. Contrairement à son illustre client, il n'est pas vêtu à la dernière mode. Il ne porte même pas de chapeau, ni de casquette. Impensable en cette fin de XIXe siècle, sauf pour un tout jeune enfant. Aucun métier ou condition sociale ne peut être déduit de ses vêtements sombres et coupés relativement près du corps. L'étoffe en est de bonne facture, mais l'apparence presque ouvrière. Artisan d'un genre inconnu ? Équilibriste dans un cirque ? Voleur ? Sans doute un peu des trois.

L'homme au manteau évite de lui serrer la main et déclare :

— J'espère que vous n'allez pas m'annoncer un retard...

— Vous ai-je déjà imposé une attente imprévue ?

— Non, je l'admets. Tout est donc prêt ? Après vous avoir abandonné ma demeure tout l'hiver, je peux enfin y emménager en toute sécurité ?

— Je le crois, Votre Altesse.

— Vous le croyez ? Dois-je me satisfaire de ce que vous croyez ? Savez-vous ce que risque un prince en exil dans votre capitale où tout le monde se presse pour cette tapageuse Exposition universelle ?

— La foule est un bien meilleur gage de discrétion et de sécurité qu'une retraite isolée, Votre Altesse.

— Je ne compte pas sur la foule pour échapper à ceux qui cherchent à attenter à mes jours, mais sur votre stratagème.

— Vous le pouvez.

— Comment en être certain ? Vous me coûtez une fortune, mon cher Vincent, et même si vous avez la réputation d'être le meilleur dans votre art, je ne veux pas être celui qui pâtira de votre première erreur.

Vincent approche d'un pas, outrepassant sereinement la distance que la bienséance impose entre un simple prestataire et son prestigieux commanditaire. Il parle désormais à voix basse :

— Votre Altesse, je vous propose un marché qui vous assurera une complète tranquillité d'esprit.

Décontenancé par cette soudaine proximité, l'homme au manteau se raidit mais s'oblige à ne pas reculer.

— Vous n'aurez ni plus de temps, ni plus d'or que ce que nous avons convenu.

— Je ne demande ni l'un ni l'autre.

Vincent prend le temps de respirer profondément avant d'ajouter :

— En me chargeant de vous créer un abri absolument indétectable, vous m'avez confié votre vie.

— C'est exact.

— Seriez-vous rassuré si je faisais de même ?

— Que voulez-vous dire ?

Vincent ne répond pas. Il jette un œil autour de lui et savoure l'instant. Chaque fois qu'il livre un passage dérobé ou une pièce dissimulée, même s'il n'est pas obligé de prendre autant de risques que cette nuit, il apprécie particulièrement ce moment de la présentation. Il marque, pour lui et son équipe, l'aboutissement de plusieurs mois d'un travail acharné. Parce qu'alors ses clients, aussi importants soient-ils, sont obligés de l'écouter avec le plus grand respect et de le considérer d'égal à égal. Il en va de leur sécurité ou de leurs désirs les plus secrets. Vincent a tout à coup la délicieuse sensation de se situer au-delà des masques et des réputations. Plus de rang, plus de titre ni de fortune, rien que deux hommes face à face. Pour lui, c'est uniquement dans ces conditions que la réalité d'une civilisation se révèle. Tout le reste n'est que comédie.

Désormais certain de bénéficier de l'entière attention de son interlocuteur, Vincent murmure :

— Si vous leur en donnez l'ordre, Votre Altesse, vos gardes du corps n'hésiteront pas à me tuer. N'est-ce pas ?

Le prince paraît gêné d'avoir à répondre, mais le regard direct de Vincent ne lui laisse pas le choix.

— Sans doute, mais pourquoi le leur demanderais-je ? Je n'ai rien à craindre de vous. Tout le monde vous décrit comme un homme digne de confiance.

— Certes, mais vous doutez pourtant de ma création…

— Quel est donc ce marché que vous me proposez ?

— Pour vous prouver que mon travail peut vous sauver la vie, laissez-moi risquer la mienne.

Vincent s'approche encore et souffle :

— Je vais m'enfuir et me réfugier dans votre hôtel particulier.

— Mais…

— Ordonnez à votre escorte de me poursuivre et de m'abattre. Sans sommation, sans aucune pitié.

— Avez-vous perdu l'esprit ?

— Si j'en réchappe, vous serez rassuré, parce que vous aurez été le témoin direct de l'efficacité du système mis en place pour vous.

— Et s'ils vous tuent ?

— Alors vous garderez votre or, et je vous prie d'accepter mon cadavre en respectueux témoignage de ma honte d'avoir échoué.

L'homme au manteau hésite. Il regarde alternativement Vincent et ses hommes.

— Je vous préviens, Vincent, finit-il par articuler. Ce sont des tueurs dévoués. Ils ne feront pas semblant.

— Votre Altesse, personne ne survit en faisant semblant.

2

Vincent s'élance dans le clair de lune. À peine a-t-il dépassé les limites de la pelouse que l'ordre du prince claque, bref, dans sa langue incompréhensible mais sur un ton aboyé sans équivoque. Ses hommes se précipitent aussitôt, telle une meute de loups en chasse, silencieux et déterminés.

Vincent n'a pas peur. Paradoxalement, il est même heureux. Sa course est régulière. En lui monte une sorte de jubilation. Il enjambe les massifs, évite les obstacles sans ralentir en direction de l'hôtel particulier. Les sbires du prince sont à ses trousses. Vincent sait que pour ne pas ameuter les gendarmes qui patrouillent régulièrement dans ce quartier huppé, ils préféreront le tuer au poignard plutôt qu'au pistolet. Ils ne pourront donc pas l'assassiner de loin. Cela lui vaudra toujours quelques mètres de répit supplémentaire.

D'un bond, il escalade les marches de la terrasse arrière, pénètre dans le salon qui donne sur les jardins et jette un coup d'œil derrière lui. La pénombre l'empêche de bien évaluer l'écart avec ceux qui le traquent. Tant pis. De toute façon, la partie s'annonce serrée.

Sans hésiter, il s'engage dans le couloir traversant qui rejoint l'avant du bâtiment. Les voix de ceux qui le pourchassent lui parviennent, mais Vincent est trop concentré pour avoir le loisir de s'inquiéter. D'ailleurs, à ses yeux, cette mise à l'épreuve n'est finalement qu'un jeu. Il risque sa vie, mais cela lui importe peu. Il n'ignore plus la fragilité de l'existence. Il sait à quel point, lorsque tout s'accélère, penser au futur ne sert à rien. Il faut ressentir l'instant, s'y consacrer entièrement sans songer à rien d'autre, en pariant qu'il y aura un après. Vivre, c'est se relever en permanence des minutes qui précèdent le présent. Il a eu l'occasion de l'apprendre.

Ce qui se joue se résume à une banale partie de cache-cache, comme celles qu'il affectionnait tant lorsque sa vie était encore simple. Ce soir, il bénéficie toutefois d'une cachette beaucoup plus sophistiquée et d'adversaires nettement moins amicaux. Si par malheur il devait perdre, il ne pourrait pas, cette fois-ci, se relever en riant.

Arrivé entre deux imposantes statues grecques, il cesse de courir. Elles se dressent à la moitié du couloir, face à face, dans des niches. Une déesse et un dieu. Aphrodite et Arès, l'amour et la guerre. Vincent se glisse derrière la déesse. Il va avoir besoin de sa bienveillante protection, car ses poursuivants envahissent déjà les salons.

Il enlace la divinité, serrant son drapé de pierre avec respect tout en évitant d'effleurer son sein dénudé. Rester fidèle à ses principes, quelles que soient les circonstances. Du pied, il actionne le mécanisme secret situé à l'arrière du piédestal. Aussitôt, c'est toute la niche qui s'ébranle et descend comme un ascenseur, emportant vers les sous-sols l'homme agrippé à celle qui lui sauve la vie. Dans une translation verticale, l'ensemble est immédiatement remplacé par une reproduction exacte venue d'au-dessus. Deux niches aux statues identiques superposées qui se décalent. Le glissement est rapide, feutré. En un éclair, Aphrodite s'enfonce avec son protégé pour être remplacée par son double, auquel personne n'est accroché. La substitution est parfaite.

Grâce à un jeu complexe de poulies et de contrepoids, l'alcôve de Vincent atterrit en douceur dans une pièce secrète installée au cœur des soubassements. C'est dans cette retraite enterrée qu'en cas de besoin, l'hôte du lieu pourra séjourner trois jours, avec suffisamment de vivres et dans un confort satisfaisant. Cet aménagement, protégé contre toute intrusion, s'est imposé lorsque le prince a refusé l'option d'un tunnel d'évacuation, trop coûteuse et trop longue à construire à son goût.

Serrant toujours sa bienfaitrice de plâtre dans ses bras, Vincent tend l'oreille. De l'étage supérieur lui parvient le son étouffé de la cavalcade. Les tueurs ne font que passer dans le couloir, sans s'arrêter ni pour la guerre, ni pour l'amour. Il sourit.

D'un murmure, il remercie la déesse et se dégage. Curieux de la suite des événements, il rejoint le panneau où s'aligne une série de bouches qui, à travers un réseau de tubes, lui permettent d'entendre tout ce qui se déroule dans la résidence. Le son des voix passe du tuyau marqué « hall principal » à celui de l'« office », puis de la « chambre de maître » : les hommes du prince investissent désormais les étages. Ils fouillent chaque pièce. Les portes sont ouvertes sans ménagement, y compris celles des placards. Certains des tueurs ressortent déjà dans le jardin, sans doute convaincus que leur cible y a pris la fuite.

Savourant le fait d'être toujours en vie, Vincent se glisse avec volupté dans l'élégant fauteuil de velours qui trône sur un tapis d'Orient. Ce soir, c'est le sien. Cette nuit, il est le maître du jeu. Le travail accompli avec son équipe lui a sauvé la mise. Il souffle. Sa respiration et ses battements de cœur s'apaisent peu à peu. Il pense à son frère, Pierre, et à ses amis avec qui il fabrique ces mécanismes uniques, petits chefs-d'œuvre d'ingénierie.

Les cachettes et passages dérobés, aussi variés et imaginatifs soient-ils, ne répondent jamais qu'à un seul but : garantir la sécurité de ce qui compte le plus pour le commanditaire. Une personne, un trésor, un secret. Ces illusions associant trompe-l'œil et mécanismes virtuoses ne sont au service que de cela. Tous les êtres n'ont pas forcément quelque chose à cacher, mais tous ont quelque chose à protéger.

Vincent n'éprouve pas de fierté excessive quant à ce que son équipe et lui ont créé, mais il en est heureux. Ce sont des réussites éclatantes et modestes, que personne ne doit admirer puisqu'elles ne sont pas supposées exister. L'intelligence de conception et l'excellence de réalisation doivent s'effacer au service de la fonction. C'est l'une des règles d'or de ce métier qui n'en est pas un.

Vincent perçoit des éclats de voix venus du tube qui espionne le hall. Il reconnaît le phrasé du prince. S'il ne comprend pas ses propos, il en perçoit la colère. Pourquoi Son Altesse s'énerve-t-elle ainsi sur sa horde ? Espérait-elle vraiment que ses hommes parviendraient à l'éliminer ? Se rend-elle compte que l'incapacité de sa bande à le débusquer est la meilleure garantie possible de sa propre sauvegarde ?

Vincent se moque de ce que pense le prince, pourvu qu'il paye. Le travail est achevé, la mission remplie. Comme à chaque fin d'engagement, d'autres questions, bien plus importantes pour lui, refont surface. Des craintes, surtout.

L'une d'elles, particulièrement aiguë, fait irruption : que seraient devenus ses proches s'il s'était fait tuer ? Qu'adviendrait-il de l'équipe s'il disparaissait ? Bien qu'ils ne fassent que travailler ensemble, ils constituent sa seule famille. Vincent se sent responsable d'eux.

L'adrénaline se dissipe en lui. Il le regrette. Car pendant qu'il cavale, alors qu'il actionne ses spectaculaires tours de passe-passe, tout va si vite qu'il n'y a soudain plus de place pour les questions existentielles. L'urgence étouffe les doutes et congédie les compromis. Plus le temps de se perdre dans les brumes ou les ombres. Quand tout s'emballe, seule sa nature profonde s'exprime ; ce qu'il est au plus intime guide chacun de ses gestes. Il se situe tout à coup hors du temps, échappant pour une brève parenthèse à tout ce qu'il sait, à tout ce qu'il redoute.

Pour Vincent, le poids du monde s'efface alors. Pour un instant d'éternité.

3

Les premiers rayons de l'aube colorent les rares nuages d'un rose profond, prémices de l'une de ces belles matinées de printemps claires qui gardent encore un peu de la vivifiante fraîcheur de l'hiver tout juste achevé.

Pour Vincent, le chemin de la butte a toujours constitué une sorte de raccourci vers un autre monde, une frontière entre deux univers. En le gravissant, il laisse derrière lui la capitale pour regagner son quartier. Même si Montmartre est désormais annexée à Paris depuis presque trois décennies, l'endroit reste toujours à part. Une autre âme règne ici.

Tout jeune, Vincent ne rêvait que d'une chose : dévaler cette même pente pour aller découvrir la ville et ses promesses de merveilles. La nuit, de ce point culminant, la casquette trop grande que son père lui avait offerte vissée sur la tête, il restait des heures à contempler les fascinantes myriades de lumières. Il pouvait suivre la progression des allumeurs de réverbères qui, point à point, de rue en rue, répandaient les lueurs comme une nuée de lucioles.

Dressé sur son promontoire, surplombant la cité et ses innombrables artères, il imaginait les femmes en belles robes et les hommes en habit vivant d'autres vies que la sienne. Parfois, d'en bas, le vent lui apportait des sons inconnus dont il s'amusait à tenter d'identifier la cause.

Paradoxalement, aujourd'hui devenu homme, il ne se sent jamais aussi heureux que lorsqu'il « remonte » chez lui. Prendre la direction de son village lui ôte un poids. Il vit cette ascension comme une libération. Là-haut, plus besoin de se composer un personnage. Plus d'obligation de soigner excessivement ses propos. Aucune nécessité de se comparer ou de se justifier. Dans ces parages, il peut se contenter d'être lui-même.

D'un pas serein, Vincent achève son escalade à travers ce qu'il reste des taillis. À peine parvenu au sommet, il doit éviter les ouvriers qui fourmillent sur l'immense chantier de la future basilique du Sacré-Cœur. Comme chaque jour depuis des années, l'interminable procession des charrettes nourrit le monstrueux édifice de blocs d'une roche rare et dure ayant la particularité de blanchir au contact de la pluie. On les achemine depuis le sud de Nemours. Pas étonnant que la construction ait du mal à être financée malgré le succès de la souscription. L'ogre n'en finit pas d'étendre son emprise en s'élevant peu à peu, affamé de tout ce que peut lui offrir la dévotion d'un peuple.

Bien que loin d'être achevé, l'édifice s'annonce déjà écrasant. Ses fondations à elles seules ont défrayé la chronique, les premières ayant été englouties accidentellement dans les restes des galeries des anciennes carrières de gypse qui minent la butte.

Alors que le monument se voit déjà de partout dans Paris, beaucoup en oublient la vénérable église Saint-Pierre voisine, doyenne des lieux de culte de la capitale, laissée à l'abandon après avoir été malmenée par la Révolution, les guerres, et même défigurée par cet abominable sémaphore de communication inventé par M. Chappe. Une honte. Sa cloche ne sonne même plus. La plus ancienne des constructions de Montmartre, la plus sacrée encore debout, réduite au silence. Les vrais habitants n'aiment pas que la voix de leur butte se soit tue. Tous refusent de se contenter des carillons des églises d'en bas pour rythmer leur journée.

Vincent se faufile parmi les travaux. Même tôt le matin, c'est une armée de tailleurs qui s'affairent sur les pierres immaculées avant qu'elles ne soient hissées par les ouvriers de force vers les maçons juchés sur les énormes échafaudages. Chaque pièce du puzzle prend place sur les murs de plus en plus hauts. Les colossales structures de soutènement en bois empêchent encore de saisir l'architecture de l'ensemble, même si le porche aux trois arches byzantines est terminé. S'il n'était pas dédié au Christ, le bâtiment serait maudit, tant son existence et sa forme sont décriées. Personne ne sait quand cette nef qui défie l'entendement s'arrêtera de monter.

En contrebas, terrassiers et forçats redessinent le flanc de la colline. On raconte que bientôt, un spectaculaire escalier descendra en lieu et place des champs et des chemins tortueux.

Avant, de cet endroit précis, on ne voyait que le ciel et les ailes des moulins qui tournaient au gré des vents. On en a compté jusqu'à quatorze. Il n'en subsiste plus que deux, dont l'un s'est reconverti au concassage de roche pour survivre.

Jour après jour, Vincent constate l'avancement de l'ouvrage. Ce n'est pas qu'il s'y intéresse réellement, mais il s'entête à emprunter le même chemin qu'autrefois pour descendre à Paris. Il ne veut rien changer de sa route. Les fondations pharaoniques et les bâtiments sortant de terre l'ont peu à peu obligé à décaler ses pas, mais il trace toujours sa voie au plus direct. Cela résume assez sa philosophie de vie.

Il traverse si souvent le chantier que bon nombre d'ouvriers et même de contremaîtres ont fini par prendre l'habitude de le saluer, pensant qu'il travaille lui aussi sur le site. Vincent les salue en retour. Se mêler à toutes sortes de gens ne lui pose aucun problème.

Il s'arrête un instant sur le futur parvis. Sa nuit blanche dans l'hôtel particulier du prince commence à se faire sentir. Insensible à l'agitation qui l'entoure, il contemple l'horizon et la capitale qui s'étend en contrebas.

Voir loin, prendre du recul. Il sait que c'est important. C'est sans doute d'ici qu'il a appris l'intérêt de prendre de la hauteur – à tous les sens du terme. La ville offre toujours mille sujets de curiosité à ceux qui s'y aventurent. Dans les rues grouillantes, tout peut amuser, attirer, provoquer l'envie ou le désir. Cela occupe, distrait, mais cela aide rarement à savoir où l'on doit vraiment aller. L'esprit hésitant y perd vite son chemin.

Par-delà les avenues nouvellement tracées, la tour métallique de trois cents mètres construite par M. Eiffel se dresse, achevée, malgré les protestations, après seulement deux ans et deux mois de travaux. Tout va si vite aujourd'hui… Sa silhouette rouge élancée balafre l'horizon et défie l'azur. Elle est actuellement, des cinq continents du globe, la plus haute construction jamais bâtie par la main de l'homme. La nuit, elle devient un phare qui irradie son aveuglante lumière sur la capitale. Depuis le 31 mars dernier, voilà à peine quelques semaines, elle accueille les visiteurs du monde entier. Ses ascenseurs ne seront pas en fonction avant l'inauguration de l'Exposition qui s'étend à ses pieds, prévue pour début mai. Pourtant ce sont tout de même des milliers de curieux qui s'élancent chaque jour à l'assaut de ses 1792 marches après avoir payé 5 francs pour pouvoir y monter ! On dénombre déjà de nombreux malaises à partir du deuxième étage, dus, selon les spécialistes, à l'altitude.

Paris est en train de changer, et pas uniquement à cause de grands travaux ou de majestueux monuments. Tout ce qui se passe annonce un monde nouveau. Bientôt, les inventions et les progrès transformeront la vie de chacun.

Il n'y a pas si longtemps, Vincent jouait encore au sommet de la butte, avant que maisons lézardées, greniers de meuniers et bicoques de fortune ne soient rasés pour faire place à la future basilique. Beaucoup de ceux avec qui il a grandi vivaient tout près. L'été, ils s'amusaient ensemble dans les ruelles sinueuses et pentues, ne s'interrompant que pour se gaver de fruits chapardés dans les vergers alentour. L'automne leur offrait le raisin et la joie des vendanges. Ce décor bucolique a presque entièrement disparu. Il ne reste plus qu'un unique champ encore cultivé, et seul l'ouest du village échappe au réaménagement. Les moulins ont cédé la place à des bals et des guinguettes. On vient désormais ici pour se divertir. C'est dans ce monde qui se cherche que le monument sacré s'est imposé, bouleversant le cours des choses de bien des façons.

La plupart des points de repère chers à Vincent disparaissent les uns après les autres. Par contre, à l'angle de la rue des Saules et de la rue Saint-Vincent, le Lapin Agile est toujours là, ce cabaret dont s'échappent rires et chants quelle que soit l'heure du jour ou de la nuit. À l'époque où il s'appelait encore le Rendez-vous des Voleurs, son père venait y discuter presque chaque soir pour être certain de trouver du travail le lendemain. C'était juste avant qu'on ne le rebaptise le Cabaret des Assassins... Malgré son attachement aux symboles de son enfance, Vincent aurait préféré que cet établissement-là soit détruit et qu'il n'en reste absolument rien.

Un ordre hurlé à un ouvrier tout proche le fait sursauter.

— Remets-toi au travail!

Vincent interrompt sa rêverie. Sa conscience aurait pu lui crier la même chose. Il est attendu.

4

Avec le jour, les quartiers s'animent. Les chiffonniers sont déjà à leur tâche, pestant contre les boîtes Poubelle qui leur volent leur gagne-pain. Les balayeurs achèvent de nettoyer les rues, les étals se déploient. Porteurs d'eau, rémouleurs, vitriers, rempailleurs et autres artisans entament leur tournée en proposant leurs services à tue-tête.

Vincent prend la direction du versant nord de la butte, abrité de la capitale et de ses révolutions. En descendant la rue de l'Abreuvoir, le vacarme du chantier s'estompe, les chants des oiseaux reprennent le dessus.

Il marche au milieu du chemin pavé sans se préoccuper de devoir s'écarter, car les attelages ne montent pas par ce flanc-là, les pentes sont trop raides, et même ceux qui ont une adresse officielle n'ont pas les moyens de se faire livrer quoi que ce soit. Voilà quelques mois, une automobile est venue, pour un défi, mais elle n'a même pas réussi à grimper jusqu'au premier quart de la rue du Mont-Cenis. Aucun habitant n'en avait jamais vu jusqu'alors, et le bruit démoniaque du moteur à combustion interne en a terrifié plus d'un.

Sans hésiter, Vincent s'engage déjà dans un autre décor. À l'ombre des ruines du château des Brouillards, charbonniers et ferrailleurs s'entassent dans un enchevêtrement de masures et de cabanons fumants. Un dédale anarchique envahi de végétation surnommé « le maquis ». Ceux qui n'y habitent pas n'y pénètrent jamais. C'est là que beaucoup d'expulsés se sont réfugiés. On ne s'y promène pas, on tente d'y tenir bon, escomptant l'arrivée d'une saison plus clémente. Pas de chaussées aux larges trottoirs, pas d'éclairage au crépuscule, pas d'eau dans les maisons, mais des chemins transformés en torrents de boue après chaque averse. Les artistes sans le sou y affluent de plus en plus. Ils discutent et débattent au milieu des moins fortunés. Eux sont riches de leurs rêves et nourris de leurs ambitions, même si cela ne vaut pas un vrai repas chaud.

Les pleurs des enfants s'associent aux odeurs de soupe recuite et de lessive. Même lavé, le linge étendu à l'air libre est loin d'être net. Parfois, on entend un chanteur des rues qui, avant d'aller se donner en spectacle sur des avenues honorables, se chauffe la voix et répète les chansons à la mode du fond de son abri. Des gens aux destins tordus – voire brisés – cohabitent, soudés tant bien que mal par une vie qui n'épargne personne. Vincent se sent pourtant plus à l'aise ici que dans les beaux quartiers.

Dès qu'il dépasse le maquis, il se montre toujours plus prudent. Régulièrement, il s'assure de ne pas être suivi. Son repaire n'est plus très loin et il tient à ce que l'adresse en reste aussi secrète que les passages qu'il conçoit.

Longeant une palissade couverte d'affiches vantant les nouveaux bals des environs, Vincent se glisse soudain entre deux planches, souple comme un félin. Il traverse un ancien entrepôt à grains et à farine abandonné pour rejoindre discrètement l'arrière d'une maison qui donne sur la rue Caulaincourt. Bien qu'il en soit le locataire patenté, il n'y rentre jamais par l'avant. Le négoce désert, situé juste derrière l'habitation, offre une voie d'accès bien plus sûre, à l'abri des regards. En coupant par les anciennes réserves dont il ne subsiste que quelques rangements vides et couverts d'une fine couche de vieille farine poussiéreuse, il débouche dans un petit jardin sauvage sur lequel donne la porte de service de sa propre habitation. Pour l'ouvrir, une clé ne suffit pas. Il a pris soin d'en protéger l'accès par une batterie de pièges et de systèmes d'alerte.

Après s'être essuyé les doigts pour éviter de laisser des traces, il tourne une des moulures en fonte de l'encadrement, ce qui désarme la charge prête à s'abattre sur un visiteur importun, tout en faisant tinter la cloche qui avertit les siens de son approche. Il pénètre ensuite dans la grande maison vide.

Ce qui était autrefois une pension de famille est désormais un endroit sombre et crasseux, sans aucune comparaison avec les lieux fastueux où Vincent exerce le plus souvent. Mais cela n'a aucune importance, car hormis pour dormir dans l'une des chambres des étages – jamais la même par prudence –, ce n'est pas ici que lui et ses compagnons passent leur temps. Le cœur de leur repaire se situe en dessous.

Dans la cuisine délaissée, Vincent gagne la cheminée. Il glisse sa main dans le trou laissé sur le côté par une brique manquante. Du bout des doigts, il pousse le déclencheur qui actionne le mécanisme d'ouverture. Un déclic, et le mur du fond de l'âtre s'écarte, dévoilant un petit escalier qui s'enfonce sous la bâtisse.

Lorsque Vincent et son jeune frère, Pierre, ont cherché des locaux plus grands pour développer leur activité très particulière, ce n'est pas tant la taille de la maison qui les a séduits que les vastes caves voûtées, vestiges d'une dépendance monastique de l'abbaye royale dont seule la partie en surface avait été modifiée. C'est là qu'ils décidèrent d'établir leur atelier, peu avant que Konrad, le menuisier allemand, et Eustasio, l'artiste italien, ne les rejoignent, complétant ainsi l'équipe. Leur art ne nécessite pas d'avoir pignon sur rue. Bien au contraire.

Vincent dévale l'escalier.

5

L'entrée secrète s'est refermée sur Vincent. L'odeur de cave, la proportion massive des marches, et surtout la sensation d'épaisseur des parois du vénérable escalier le sécurisent. Lorsqu'il arrive en bas, la chaleureuse lumière des lampes à huile lui procure aussitôt un sentiment de bien-être. Le voilà revenu chez lui, à l'abri.

Depuis que son jeune frère et lui ont été chassés de la maison où ils avaient grandi, il n'a jamais réussi à se sentir légitime ou en sécurité nulle part, sauf dans ce sous-sol. Le lieu était autrefois un chai exploité par les moniales bénédictines de l'abbaye de Montmartre, à l'époque où les vignes couvraient des hectares de ce qui n'était encore que la campagne. Il n'en reste aujourd'hui qu'une immense cave voûtée soutenue par des piliers ronds. Barriques et tonneaux ont cédé la place à d'autres formes d'artisanat. Désormais agencé autour des multiples activités de l'équipe, l'ensemble donne une impression de désordre, avec une profusion d'équipements et d'installations qui se dressent entre les postes de travail. Le mélange foisonnant des outils et matériaux nécessaires aux différents types de chantiers crée une surenchère baroque digne d'un entrepôt de décors d'opéra.

Sur la gauche, on distingue l'atelier de menuiserie et d'ébénisterie de Konrad, avec son tour et sa scie à ruban, où se mêlent les parfums des diverses essences de bois qu'il travaille, souvent dominés par les effluves de térébenthine. Au-dessus de l'étau s'aligne tout un assortiment de ciseaux à bois, de rabots, de râpes, de gouges, de boîtes de cire et de brou de noix.

À l'opposé de la salle, Eustasio étale les pots de peinture, pigments, pinceaux, brosses et chiffons avec lesquels il réalise ses remarquables illusions d'optique. C'est lui le maître du camouflage et des maquillages en tous genres. Grâce à lui, l'acier peut passer pour un nuage, le tissu pour du granit. Il peut travestir le neuf en ancien et le creux en plein. Capable de travailler le plâtre comme les étoffes, le cuir comme le verre, il a aussi pour mission de fabriquer les modèles réduits des futures réalisations qui ne manquent jamais de convaincre les clients. Ses maquettes et moules de toutes dimensions occupent une belle part de l'espace, jusqu'au débarras du fond. Angelots, animaux fantastiques de toutes sortes, déesses et dragons se regardent ainsi dans des poses que la faible lumière rend surnaturelles. Chacun ne révèle son secret que si on lui enfonce un œil, lui tourne la patte ou lui déplace une écaille.

Au centre, entre les installations éclectiques destinées à expérimenter les mécanismes qu'imagine Vincent, s'étire une grande table sur laquelle s'empilent plans et croquis dans un fouillis qui n'est qu'apparent.

Une forge surmontée d'un système d'évacuation des fumées et dotée d'un large plateau dédié au travail du métal complète l'équipement du sous-sol. C'est le domaine de Pierre, qui a suivi les pas de son aîné et s'est spécialisé dans les mécanismes de toute sorte.

Appuyé contre un pilier depuis qu'il a été alerté par la cloche d'approche, c'est lui qui accueille Vincent.

— Tu en as mis du temps, le salue-t-il.

— Assez pour faire la démonstration au prince et revenir.

— Tout s'est bien passé ?

— Sinon je ne serais pas là. Il a fallu que je risque ma peau, mais tout s'est bien terminé. Il a même poussé un cri de peur lorsqu'il a entendu ma voix résonner par le tube d'écoute dans le hall.

Le jeune frère de Vincent fronce les sourcils.

— Tu ne devrais pas traiter cela à la légère. Chaque fois, je m'inquiète. Nos clients ne sont pas tous honnêtes. Je n'aime pas que tu y ailles seul. C'est dangereux.

— Tout est risqué dans notre affaire, petit frère. Alors, à quoi bon vous exposer avec moi ?

— N'empêche, t'attendre est une torture. C'est même de pire en pire. Plus les heures passent, plus je redoute de ne pas te voir revenir.

Vincent lui pose la main sur l'épaule.

— Je sais ce que tu éprouves. Mais ne t'en fais pas, je reviens toujours.

Un homme de haute taille, à la barbe fournie, contourne un pilier pour s'approcher à son tour.

— Salutations, Vincent.

— Bien le bonjour, Konrad.

— Quel accueil t'a réservé le prince ?

L'accent germanique est marqué, mais la diction impeccable.

— Il m'a obligé à courir vite. Il a tenté de me faire égorger, mais pour le reste, c'était plutôt courtois. La routine. Si Aphrodite avait refusé de descendre, j'en serais mort, et pas de chagrin !

Les deux hommes partagent un rire.

— Son Altesse est très satisfaite de sa cachette, ajoute Vincent. Elle vous félicite.

Pierre hausse les épaules.

— Ton prince ne sait même pas qui nous sommes...

— C'est une des règles de notre entreprise. Elle vous protège.

— Nous a-t-il payés ? s'inquiète Konrad.

— L'or a été livré en temps et en heure. Henri me l'a confirmé.

L'Allemand se réjouit et applaudit.

— Le chantier numéro 48 est donc officiellement achevé, et nous sommes un peu plus riches !

— Effectivement, approuve Vincent. Bravo à tous. Beau travail !

Il gagne la grande table et conclut :

— Nous pouvons désormais regrouper les plans du 48 et les archiver dans l'armoire forte. Demain soir, nous irons trinquer pour fêter cela tous ensemble.

Il pose un regard circulaire sur leur repaire et s'étonne :

— Eustasio n'est pas là ?

— Il est chez la comtesse de Vignole, à Passy, explique Pierre. Chantier 42. La porte dérobée de son boudoir secret a besoin d'une nouvelle retouche de peinture...

Vincent s'esclaffe :

— C'est au moins la cinquième fois que la porte de son boudoir exige un coup de pinceau !

— Chaque semaine, commente Pierre avec un sourire entendu.

— Espérons qu'elle ne nous rendra pas notre bel Italien trop épuisé... A-t-il au moins emporté ses outils pour préserver les apparences ? Ou n'est-il parti qu'avec son corps d'Apollon ?

Konrad désigne la boîte à matériel de leur collègue, restée au pied de son établi. Les trois hommes ricanent sur le dos de leur compagnon.

Pierre redevient sérieux le premier et change de sujet.

— Tu n'as pas oublié le rendez-vous chez Alfred Minguier, en fin d'après-midi ?

— Un industriel, c'est ça ? Que veut-il au juste ?

— Sa demande n'en dit rien. Il désire te l'expliquer de vive voix.

— Qui nous l'a recommandé ?

— Françoise de Fremensac, dont la fille s'est fiancée au fils unique de M. Minguier et futur héritier de sa fortune...

— La noblesse se donne à l'industrie. C'est un signe des temps. Le pouvoir change de mains...

Konrad plaisante :

— Autrefois les puissants brandissaient le glaive divin, désormais c'est une « clé à bolette » !

— À *molette*, Konrad, à molette. Mais sur le fond tu n'as pas tort...

Un bref raclement venu du fond de l'atelier attire soudain l'attention de Vincent.

— Vous avez entendu ?

Dans un bel ensemble, Pierre et Konrad secouent la tête négativement. Vincent plisse les yeux pour mieux voir l'endroit d'où semble être venu le bruit, mais cette partie de la cave n'est pas éclairée. Chacun s'y débarrasse de ce qui ne lui sert plus.

— C'est certainement un rat, commente son frère sur un ton se voulant rassurant.

Vincent hausse les sourcils.

— Un rat ?

— Je lui réglerai son compte pendant que tu seras chez Minguier.

Quelque chose d'inhabituel dans le comportement de Pierre éveille la vigilance de Vincent. Trop d'empressement à répondre, un timbre de voix trop peu assuré pour un problème aussi simple. Vincent scrute à nouveau le lointain recoin.

Pierre s'interpose et lui agite des croquis devant les yeux.

— Au fait, as-tu trouvé une solution pour le déclenchement de la trappe du futur chantier 52 ? J'ai quelques idées. Veux-tu que nous en discutions ?

Insensible à la tentative de diversion de son frère, Vincent ne lâche pas le coin sombre du regard.

— Un rat ? répète-t-il, de plus en plus intrigué par l'attitude étrange de son cadet.

Il se tourne vers Konrad, mais le menuisier lève les mains, feignant l'incompréhension. Sa réaction est artificielle, ce qui ne lui ressemble pas. Pour la première fois, Vincent a l'impression que son collègue à la franchise légendaire est même gêné.

Bien décidé à comprendre ce qui se trame, Vincent empoigne une lampe et se dirige vers le fond de la salle. Pierre tente de le retenir.

— Tu perds ton temps. Je t'ai promis que j'allais m'en occuper tout à l'heure.

Voyant que sa remarque ne produit aucun effet, il se fait plus insistant :

— Tu ferais mieux de te reposer pour arriver en forme chez M. Minguier, c'est un homme important !

Vincent ne s'arrête pas pour autant. Il ne se donne même pas la peine de répondre. Il marche droit sur la zone obscure où personne ne met jamais les pieds.

Cette fois, Pierre le rattrape, le dépasse et s'efforce de lui barrer la route en haussant le ton.

— Pourquoi n'écoutes-tu jamais ce qu'on te dit ? Tu n'en fais qu'à ta tête !

Son frère ne ralentit même pas.

— Maman s'en plaignait déjà ! Pas étonnant qu'elle n'ait pas fait de vieux os !

Vincent se fige. Contenant la peine et la colère que la remarque a fait jaillir en lui, il pivote vers son frère. Jamais celui-ci ne lui avait lancé ce genre de reproche.

— Pourquoi dis-tu cela, Pierre ? De quoi m'accuses-tu ?

Le jeune homme sait qu'il est allé trop loin.

— Je ne t'accuse de rien... essaie-t-il de tempérer. Je dis simplement que tu devrais me laisser éliminer les rats. Tu as bien plus important à faire.

À la lueur de sa lampe, Vincent constate que Pierre est livide et fuit son regard. Il a désormais la certitude qu'il y a dans le fatras autre chose à trouver qu'un rongeur. Il s'avance et entame son inspection. Promenant sa lumière, il éclaire les amoncellements de planches, les accumulations de décors inutilisés, de chutes diverses et de maquettes entassées là, projet après projet. Son frère tente de renouer le dialogue :

— Viens, retournons à la table. On ne va pas se disputer pour si peu.

— Cesse de faire du bruit, lui intime son aîné.

Dans le silence, Vincent est aux aguets. Il finit par percevoir un souffle, discret mais haletant, qui confirme ses soupçons. Sur ses gardes, il fait un pas en avant. D'un geste souple, il extirpe le couteau pliant à manche d'ébène qu'il porte toujours à sa ceinture et en ouvre la lame.

— Je t'en supplie, l'implore Pierre. N'avance plus...

Vincent n'écoute pas. Entre deux frises de bois, il vient de repérer l'éclat d'un œil brillant. Un œil grand ouvert, qui le fixe. Impossible de dire s'il est prédateur ou terrifié. Méfiant, le canif pointé, Vincent annonce avec calme :

— Qui que vous soyez, sortez de là immédiatement.

— Vous allez me faire du mal ! s'élève une voix craintive.

Une voix féminine. Vincent insiste :

— C'est uniquement si vous ne sortez pas que je risque de vous faire du mal.

Rien ne se passe d'abord, mais les planches finissent pourtant par bouger. Elles s'écartent. Dans la cache qui a été aménagée sous l'enchevêtrement, Vincent découvre une jeune femme accroupie, au corsage déchiré, aux cheveux décoiffés, à la peau souillée, mais au visage incroyablement beau.

6

En rage, Vincent agrippe son frère par son gilet et le plaque au mur.

— Est-ce que tu te rends compte des risques que tu nous fais courir en ramenant cette fille ici ? Mais qu'est-ce qui t'a pris ?

Pierre est terrifié. Ce n'est pas la première fois qu'il voit son aîné s'énerver, et il sait de quoi il est capable. Mais jusque-là, aucune de ses colères n'avait jamais été dirigée contre lui.

— Pauvre inconscient ! Tu as perdu la tête ? Elle a vu nos visages. Elle sait où nous vivons. Elle connaît nos inventions ! Elle peut livrer nos secrets à n'importe qui !

— Je ne l'ai pas fait entrer, se défend Pierre.

— Pardon ? Tu prétends qu'elle est arrivée ici toute seule ? Elle aurait déjoué tous nos systèmes ?

— La semaine dernière, elle est tombée par la trappe à livraison. Je te jure que c'est la vérité.

— La trappe à livraison ? Celle que nous avons colmatée ensemble ?

— Tu vérifieras toi-même, tout ce que nous avions fixé a fini par pourrir. Je travaillais à mon établi quand j'ai entendu un cri. Je me suis précipité et je l'ai trouvée par terre, à demi inconsciente. Pourchassée dans la rue, elle s'était cachée dans le premier trou venu. Elle s'est réfugiée dans la seule ouverture à sa portée pour échapper à une bande de vauriens. Ils voulaient la vendre au bordel de la rue Letort…

Déstabilisé, Vincent desserre légèrement sa prise. Des sentiments contradictoires se bousculent en lui. Son frère précise :

— J'ai bien pensé la renvoyer par où elle était arrivée, mais je n'en ai pas eu le cœur. La rejeter, c'était la condamner.

Vincent encaisse. D'une voix à peine calmée, il finit par demander :

— Pourquoi ne m'en as-tu pas parlé ?

— Je guettais le bon moment, entre deux urgences. En attendant, j'ai pris sur moi de la cacher, en lui interdisant de s'approcher de la table et des plans.

— Depuis combien de temps est-elle là ?

— Trois jours.

La colère de Vincent enfle à nouveau.

— Elle a tout entendu depuis trois jours ? Et tu as le culot de me dire que c'est parce que je ne rentre pas assez vite que tu t'inquiètes ?

— Elle ne comprend pas de quoi nous parlons.

Vincent pivote, à la recherche du menuisier qui s'est éclipsé.

— Konrad !

— Voilà, voilà !

— Tu étais au courant ? demande sèchement Vincent à l'Allemand qui s'approche.

— J'ai entendu son cri quand elle est tombée…

— Donc, tu savais. Et l'idée ne t'est pas venue de m'avertir, sachant le mal que je me donne pour garantir notre sécurité ?

— Je te respecte, Vincent, tu es un honnête homme. On s'entend bien et je ne te trahirai pas, mais je ne pouvais pas dénoncer ton propre frère. Vous êtes proches, vous êtes même inséparables. Ce n'est pas à moi de révéler ce que ton frère n'ose pas te dire. C'est votre affaire. Par contre, s'il te plaît, j'aimerais que tu le lâches, parce que vous me faites de la peine, à vous affronter comme ça.

Vincent inspire profondément et obtempère. Konrad ajoute :

— Je dois t'avouer qu'à sa place, j'aurais fait pareil. Et je parie que toi aussi.

Vincent libère définitivement son cadet et remet son gilet en place. Il argumente :

— Je me serais d'abord demandé si ce n'était pas une espionne !

— Envoyée par qui, *mein Freund* ? Si tu l'avais vue manger, trembler et pleurer dans les bras de Pierre, tu aurais su que c'est juste une fille perdue crevant de faim.

Vincent fixe Pierre, qui ne fuit plus son regard.

— Puisque tu as décidé de la sauver, que comptes-tu faire d'elle ?

— Je ne sais pas. Elle me bouleverse. As-tu vu la détresse dans ses yeux ?

— C'est en effet son regard que j'ai repéré en premier derrière les planches, et j'y ai vu beaucoup de choses... Tu n'as pas répondu à ma question. Comment envisages-tu la suite ? Tu dois bien avoir une petite idée ?

— On pourrait l'héberger quelque temps...

— Une fille, ici ? Sans rien savoir d'elle ?

— Je lui fais plus confiance qu'à beaucoup de nos clients, remarque Pierre.

— Tu sais, Vincent, on peut s'adapter, tempère Konrad. Ce serait seulement l'affaire de quelque temps. En plus, elle sait cuisiner, et c'est bon.

Leur chef s'étrangle.

— Parce qu'elle a cuisiné pour vous ?

— Le ragoût d'hier, c'était elle.

Vincent ne sait plus quoi dire. Il est vrai que le ragoût était excellent, mais ce n'est pas ce qui le perturbe le plus.

Il tourne la tête vers le fond de la salle. La frêle silhouette les observe, se détachant à peine de la pénombre.

La jeune femme attend, debout, que l'on décide de son sort. Ses bras décharnés pendent le long de son corps, mais elle se tient bien droite. Ses épaules tombent, mais elle fait face, le menton levé, attentive. Même lorsque l'on retire tout à un être humain, il garde sa nature profonde.

Vincent voudrait rester froid ; ses responsabilités l'y obligent. Éternellement condamné à prendre la bonne décision. Ne succomber à aucun sentiment pour mieux accomplir ses devoirs. La pitié ne peut pas être à l'ordre du jour, et d'ailleurs cette jeune femme la refuserait certainement. Avec tout ce qu'il doit gérer, il n'avait vraiment pas besoin d'une fille tombée chez eux par hasard. Si seulement elle était allée se terrer dans un autre recoin, ailleurs… Mais le sort en a décidé autrement, et Vincent ne peut plus faire comme si rien n'était arrivé.

D'autant qu'il sait exactement ce qu'elle éprouve. Il le ressent. Il s'en souvient. Lui aussi a vécu cette situation, ce moment infernal où votre destin dépend d'un autre. Vincent se dit que décidément, rien ne sera simple dans cette vie. Il se tourne vers elle.

— Comment t'appelles-tu ?
— Gabrielle.

7

— Qui dois-je annoncer ?
— Dites à M. Minguier que Vincent est là. Il comprendra.
Le majordome reçoit l'information avec une moue dubitative.
— Je vous prie de bien vouloir patienter.
La formule de politesse lui a demandé un effort. L'employé de maison tourne les talons, non sans avoir discrètement fait signe à une servante de rester présente dans l'entrée. Hors de question de laisser sans surveillance un individu qui ne se présente qu'avec un prénom. Par les temps qui courent, les malhonnêtes osent tout.

La jeune fille ne sait quelle attitude adopter. Plantée là, les mains sagement croisées sur son tablier, elle l'observe du coin de l'œil, à la fois charmée par son physique et perturbée par son accoutrement inhabituel et le fait qu'il ne porte aucun chapeau. L'aurait-il perdu en venant ?

Comme à son habitude, Vincent étudie le nouvel environnement qu'il découvre. Il a déjà eu l'occasion de remarquer que dans les grandes maisons, si c'est une gouvernante qui vous ouvre, cela dénote un train de vie très élevé. Si par contre c'est un majordome, il l'est encore davantage.

L'adresse est prestigieuse. Avenue Malakoff, non loin du bois de Boulogne, du Trocadéro et de l'Arc de triomphe.

À quelques numéros de là vit l'inventeur de la dynamite, Alfred Nobel, que ses voisins détestent parce qu'ils craignent que le Suédois ne fasse exploser le quartier en pratiquant ses expériences dans le laboratoire qu'il s'est fait construire sur sa propriété. M. Minguier, lui, n'a pas eu peur de s'installer au cœur de cet arrondissement qui, bien loin des taudis vétustes, attire d'abord ceux qui souhaitent se faire remarquer. Les nouveaux riches se collent aux vraies fortunes. Dans une époque qui fait la part belle à la prétention, il est flatteur d'être invité dans ces luxueuses demeures, et encore plus d'en posséder une pour y recevoir.

Vincent passe au crible le hall d'accueil, révélateur de l'image de puissance que le propriétaire cherche à donner de lui-même. Ce que l'on remarque d'abord, c'est ce lustre monumental entièrement fait de chaînes d'acier. En d'autres lieux, elles seraient assez grosses pour hisser de lourdes charges ou retenir un bateau, mais ici, elles ne sont que décoration. Les dimensions imposantes dégagent cependant une curieuse impression d'harmonie, et le décalage entre la forme classique et le matériau laisse rêveur. Là où d'autres exhibent du cristal, l'industriel a décidé de mettre en valeur ce qu'il fabrique.

Tout autour, sur les murs, sont accrochées de spectaculaires toiles de batailles – dont une perdue par la France, ce qui pourrait passer pour une faute de goût chez les républicains. Entre deux tableaux, les armoiries d'une noblesse à laquelle l'industriel n'appartient pas, et plus étonnamment, en dessous, deux grandes photographies d'usines. Vincent s'approche pour mieux voir. Sur la devanture, on peut lire « Minguier & Bellair, fabricants des meilleures chaînes à maillons soudés ». Vincent n'a pas souvent eu l'occasion de voir des clichés photographiques dans sa vie, surtout si grands, d'autant qu'il est rare de les exposer ainsi. C'est extrêmement moderne. Il est encore en train d'étudier les

images quand déjà, le majordome réapparaît, visiblement déconcerté.
— Veuillez me suivre. M. Minguier va vous recevoir...
Il paraît surpris d'avoir à dire cela. Par habitude, il fait signe à la servante de débarrasser le visiteur, mais se ravise. Ni manteau, ni couvre-chef. Le gaillard est décidément louche.

Un petit homme à la mine ronde et rougeaude débouche du couloir et vient à leur rencontre, la main tendue.
— Monsieur Vincent! Ravi de vous rencontrer enfin.
— Mes respects, monsieur Minguier.

La poignée de main pourrait paraître franche si elle n'était pas exagérément appuyée. Elle révèle une technique plus qu'un caractère. Une vraie poignée de main d'homme d'affaires.

L'industriel plaisante aimablement:
— Vous êtes plus difficile à rencontrer que le commissaire de l'Exposition universelle!
— Je vous en demande pardon.

Le formalisme et la retenue dont Vincent fait preuve contrastent avec la joviale spontanéité du bonhomme, qui l'invite à passer dans son bureau.
— Entrez, je vous en prie.

Il lui désigne un fauteuil et ajoute à l'intention de son employé:
— Joseph, que l'on ne me dérange pas. Et pour une fois, ne vous avisez pas d'écouter aux portes.

Joseph est outré, mais son maître s'en moque. Le majordome disparaît. Dès la porte close, les deux hommes s'installent face à face.
— Un cigare? propose Minguier.
— Non merci, je ne fume pas.
— Moi non plus, sauf pour faire comme les autres. Le cigare est en vogue dans l'industrie, sans doute parce que les patrons veulent produire autant de fumée que leurs usines!

L'homme rit de sa propre remarque.

— Que puis-je pour votre service, monsieur Minguier ?

— Vous avez raison, ne perdons pas de temps.

L'homme se redresse sur son siège pour se pencher vers son interlocuteur. Il baisse d'un ton et articule gravement :

— Entendons-nous bien : tout ce que nous allons évoquer ici est absolument confidentiel.

— C'est évident. Vous avez ma parole. Et cela le restera, que nous fassions affaire ou non.

Alfred Minguier hoche la tête, appréciateur, et commence :

— C'est une histoire particulière qui me préoccupe, et lorsque j'ai appris votre existence, j'ai tout de suite pensé que vous étiez l'homme de la situation. Je m'explique : j'ai hérité d'une maison ancienne qui a pour moi une importante valeur sentimentale. Par le plus grand des hasards, voilà quelques mois, j'ai découvert qu'elle renferme un passage secret. Mais rien ne m'a été transmis sur la façon de l'ouvrir. Je me retrouve ainsi à savoir qu'il est là, sans en maîtriser l'usage. Vous comprenez mon problème...

— Le mécanisme est-il bloqué ? Vous souhaitez le faire changer ?

— Avant d'en arriver là, j'aimerais que vous puissiez le faire fonctionner.

— Vous n'avez connaissance d'aucun élément sur le mode opératoire ?

— Aucun.

— Avez-vous au moins une idée de son utilité ?

— Étant donné le passé de la bâtisse, j'imagine que ce passage mène à une cache secrète, mais je n'ai même aucune certitude sur ce point.

— Quand ce passage a-t-il été ouvert pour la dernière fois ?

— Pas la moindre idée. La vétusté des meubles entreposés devant peut permettre d'estimer qu'il a sans doute été fermé voilà plus d'un siècle.

— Un siècle! Fichtre! Comment en êtes-vous venu à soupçonner l'existence de cette pièce cachée?

Minguier semble surpris par la question. Il hésite.

— J'ai relevé des allusions dans la correspondance des anciens propriétaires.

Vincent note que son interlocuteur a soigneusement pesé chaque mot de sa courte réponse. Le sujet est donc sensible.

— Ces évocations mentionnaient-elles quoi que ce soit sur la façon d'y pénétrer?

— Pas un mot. Je me retrouve – au sens propre – devant un mur que je suis incapable de franchir.

— Avez-vous essayé de le forcer? Après tout, vous êtes chez vous, et vos industries doivent vous en donner les moyens mécaniques.

Minguier secoue la tête.

— Je crains que l'accès n'en soit piégé. Si nous tentons de nous frayer un chemin par la violence, le contenu pourrait être détruit par j'ignore quel sortilège – le feu, l'inondation ou l'ensevelissement, que sais-je? Je ne peux pas courir le risque.

— Je comprends. Vous attendez donc de moi que je déjoue les systèmes qui verrouillent l'ouverture pour en retrouver l'accès.

— Exactement.

— Puis-je vous demander si vous avez une idée de ce que vous êtes supposé trouver derrière, monsieur Minguier?

L'homme est pris de court.

— Suis-je obligé de vous répondre?

— Certes pas, mais cela me semble préférable. Il existe souvent un lien entre la valeur du contenu et la complexité des moyens déployés pour le protéger. Pour vous conseiller et organiser les recherches sans dépenses inutiles, évaluer ce paramètre et disposer de toutes les informations peut m'aider. N'ayez crainte, je sais garder les secrets.

L'idée d'évoquer ce que renferme la cache rebute à l'évidence l'industriel.

— Je ne suis pas certain de ce que je vais y découvrir, dit-il à contrecœur. Disons que cela peut s'avérer essentiel pour moi. Je vous confierai ce que je sais en temps opportun. Je veux d'abord savoir si cet engagement entre dans vos compétences. C'est la première étape.

— Depuis mon adolescence, je me consacre à tout ce qui touche aux passages secrets et à leurs mécanismes. J'ai étudié les chefs-d'œuvre des maîtres en la matière et je m'efforce d'être l'interprète de leurs talents. D'ordinaire, on me recrute pour en construire, non pour découvrir les arcanes de ce que d'autres ont créé. J'avoue que votre défi est inédit pour moi, mais cela me tente. Je ne peux guère chanter mes propres louanges, mais je suis au moins certain de ne connaître personne qui s'intéresse à ce sujet plus que moi.

— C'est ce que mes sources m'indiquent, en ne tarissant pas d'éloges. J'ai cru comprendre que vous travailliez avec une équipe...

— En effet.

— Sont-ils sûrs ?

— Je réponds de mes hommes comme de moi-même. Mais leurs spécialités sont liées à la construction...

— Vous n'aurez donc pas besoin d'eux.

— En principe, non.

— Parfait.

— Si vous êtes intéressé par mes services, il faudrait que je puisse me rendre sur place avec vous, pour commencer mes investigations... et définir le prix de l'intervention.

— L'argent ne sera pas un problème. Dès le passage ouvert, vous serez réglé de ce que vous demanderez.

— Pardon d'aborder ce volet, mais si vous n'y voyez pas d'inconvénient, nous avons pour habitude de nous faire payer en or. Pas de papier-monnaie, pas de titres.

Minguier agite la main.

— Donnez-moi satisfaction et vous aurez tout l'or que vous voudrez.

Cette réaction étonne Vincent. Les hommes d'affaires n'ont pas pour habitude de distribuer leurs bénéfices avec une telle prodigalité, à moins que cela ne puisse leur en rapporter encore davantage. Vincent a noté l'écart entre la façon de s'exprimer d'Alfred Minguier, très douce, et l'acuité de son regard dur auquel rien n'échappe. Il mesure le décalage entre son exubérante cordialité et sa réticence à répondre à des questions pourtant justifiées. Il existe une zone d'ombre chez cet homme. Ses clients en ont souvent. Au début, ils n'avouent jamais facilement la véritable nature de ce qu'ils veulent soustraire à la convoitise de leurs semblables. Mais même en étant conscient de cela, Vincent trouve les réactions de Minguier ambiguës.

— Quand souhaitez-vous que nous nous y rendions, monsieur Minguier ?

— Cela ne pourra se faire que de nuit. Mes journées sont trop occupées, car ma présence est requise à la galerie des Machines pour l'installation de l'Exposition universelle, avant son ouverture prochaine. Mon associé et moi-même y présentons une toute nouvelle machine capable de produire dix mètres de chaîne à l'heure…

L'instinct de Vincent lui souffle aussitôt que cette raison, bien que paraissant excellente, n'est pas la vraie.

8

Rires tonitruants et invectives ponctuent le brouhaha de la Brasserie des Martyrs. Dans le quartier de Pigalle, l'endroit est réputé. En fin de journée, les contremaîtres des nombreux chantiers environnants ont pour habitude de s'y retrouver, avant les artistes et poètes qui s'y attarderont bien plus longtemps que les travailleurs qui doivent se lever dès l'aube.

Sur le fronton de l'étroit couloir qui mène aux commodités, une mention : « Le laborieux se lave les mains avant d'aller pisser, l'intellectuel se les lave après. »

Si la grande salle du rez-de-chaussée est occupée par ceux qui souhaitent être vus, au premier étage, l'ambiance est plus populaire et les discussions vont bon train. Il faut dire que les sujets d'actualité ne manquent pas. Dans une assemblée presque exclusivement masculine, il est davantage question des nouveaux règlements en vigueur au sein des corporations et des récents coups d'éclat anarchistes que des démêlés politiques du général Boulanger ou du supposé faste de l'Exposition universelle et du rayonnement de Paris. Ici, personne ne se vantera jamais d'être monté au sommet de la tour de M. Eiffel.

Au fond de la salle, dans un recoin, les verres se remplissent pour célébrer la fin du chantier numéro 48. Vincent lève le sien.

— Trinquons, mes amis. À vous tous ! N'oublions jamais que rien ne serait possible les uns sans les autres.

L'équipe est au complet. Même le jeune Henri est présent, alors que contrairement aux autres, il ne travaille ni à la mise au point ni à la fabrication des passages. Son rôle consiste à assurer le ravitaillement en nourriture – y compris à aller chercher l'eau au puits dans la cour – et surtout à jouer les messagers. Il collecte les courriers mais peut aussi en porter à leurs destinataires, ce qu'il fait avec une rapidité sans égale grâce au talent qu'il a développé pour s'accrocher clandestinement aux fiacres et autres attelages. Cela lui permet de traverser tout Paris en moins d'une heure, grâce à l'aide involontaire de quelques cochers qui ne manquent pas de protester lorsqu'ils le repèrent. Pour Vincent, Henri – surnommé « le Clou » à cause de sa maigreur – assure aussi d'autres fonctions, plus confidentielles. Lorsque leurs compagnons demandent des précisions, le gamin répond qu'il fait du gardiennage, et Vincent s'en sort avec une boutade.

Ce soir, pour la première fois, Henri vient de découvrir que lorsqu'il tient son gobelet de vin à une main, ses doigts sont enfin assez longs pour en faire le tour complet et se rejoindre. Il peut désormais l'enserrer dans sa paume, avec le pouce et l'index qui se touchent. Il ne va rien en dire, de peur que ses aînés ne se moquent encore de lui et ne le traitent, comme souvent, de « nourrisson ». Mais de fin de chantier en fin de chantier, il attendait cela depuis des années. Trois ans qu'il boit du vin comme un homme, et aujourd'hui, il tient désormais son verre comme un adulte. Il garde sa fierté secrète, profitant de ne pas être, pour l'instant, la cible des plaisanteries qui fusent. C'est l'Italien qui est visé.

— Alors, Eustasio, raconte-nous cette « retouche » chez la comtesse ?

— Et n'oublie pas les détails techniques ! lance Konrad, goguenard.

— N'insistez pas, la comtesse est une *signora* respectable...

— C'est d'ailleurs pour le rester qu'elle reçoit discrètement ses amants dans son boudoir! ironise Pierre.

La tablée éclate de rire, et Eustasio avec eux.

— C'est vrai qu'elle est passionnée, confie-t-il. Elle dit qu'elle trouve chez moi une fougue dont sont incapables ses aristocrates. Elle les juge ennuyeux et répète que rien ne les intéresse, hormis leur petite personne. Alors forcément...

— ... La comtesse s'encanaille! commente Vincent. J'espère qu'elle est généreuse avec toi.

Eustasio réagit vigoureusement:

— Elle ne me paye pas et ne me donne rien! Je ne suis pas de ce genre-là. Elle est douce, et c'est vrai que nous aimons passer du bon temps ensemble. Vous pouvez vous moquer, mais au petit matin, nous oublions ce qui nous sépare pour apprécier tout ce qui nous rapproche. Je n'en ai pas honte.

— Pardon, Eustasio, je ne voulais pas t'offenser. L'essentiel est que tu sois satisfait de cette relation... ou plutôt de ces réparations!

Les cinq compagnons s'esclaffent de nouveau. Konrad avale une lampée de vin râpeux et change de sujet:

— Avec le paiement du dernier chantier, nos pactoles commencent à devenir conséquents. Je ne sais pas pour vous, mais il m'arrive de plus en plus souvent de me demander ce que je vais en faire...

Pierre lui fait signe de parler moins fort.

— D'ici peu, nous aurons les moyens de vivre comme des rentiers, pas vrai? reprend Konrad un ton plus bas. Vous n'y pensez jamais?

Il interroge son collègue transalpin:

— Toi, Eustasio, comptes-tu rester à Paris ou repartir en Italie?

— Qui sait où me mènera le destin ? J'aimerais faire venir mes parents. Ma mère est française, après tout ! Peut-être leur acheter un arpent de terre avec une petite maison.
Les yeux dans le vague, il ajoute :
— Et pourquoi pas, posséder un atelier de peinture ou de sculpture...
— Spécialisé dans le nu ! plaisante Konrad. Tu as déjà le modèle !
— Et toi ? réplique l'artiste, amusé. Tu comptes rentrer chez toi ?
— Chez moi... Je ne sais pas vraiment où c'est, chez moi. Je n'ai plus d'attaches, plus de famille à aider ou à retrouver. Je me vois bien voyager un peu, louer mes services à des églises ou des cathédrales en Europe pour leur fabriquer du mobilier. Avoir bourlingué me permet au moins de parler plusieurs langues, et les religieux ont souvent besoin de bons artisans. Ils payent bien. Je pense aussi investir dans l'achat d'un appartement, ou dans ces nouvelles actions que les riches s'arrachent, ces parts de mines lointaines qui promettent de fabuleux bénéfices...

Chacun commente l'audace de ce projet, surtout après les déboires des souscripteurs ayant investi leurs économies dans le canal de Panamá... Placer de l'argent dans des affaires dirigées par d'obscurs conseils d'administration ? Pour sa part, Vincent n'y croit guère, et Eustasio n'y comprend rien.

Pierre annonce avoir d'autres plans. Alors que les regards convergent sur lui, il s'explique d'une voix posée, indiquant par là qu'il est sans doute celui qui a le plus sérieusement réfléchi à son avenir.

— Pas question de quitter Paris. Je voudrais rester sur Montmartre, y louer un logement d'où je pourrai voir loin malgré le Sacré-Cœur. Pour ce qui est de mon activité, M. Eiffel et sa tour métallique ont démontré tout ce qu'il est possible de réaliser grâce à l'acier. Même si l'attraction doit être démontée dès la fin de l'Exposition, le véritable âge de fer commence avec elle. Je parie que le siècle prochain sera celui du métal, et je suis certain qu'il ne manquera pas d'opportunités passionnantes pour un gars comme moi.

Henri s'invite dans l'échange :

— Moi, je voudrais devenir docteur !

Devant la réaction moqueuse de ses compagnons, le garçon s'insurge :

— Pour sûr que je peux ! Ma part d'or me donnera les moyens de faire des études de médecine. J'en suis capable. En moins d'un an, j'ai déjà appris à lire !

Vincent est le seul à ne pas le railler. Il intervient :

— Tu as bien raison, Henri, ne te laisse pas démoraliser par les commentaires des autres. Jamais. Si tu es déterminé, si tu travailles dur, ce sera possible. Lis, apprends, étudie. N'oublie pas le calcul. Dans quelques années, ces mécréants seront bien contents de venir te trouver pour soigner leurs carcasses !

— C'est vrai ! s'exclame Konrad. Dépêche-toi de devenir médecin, parce que j'y vois de moins en moins et que j'ai le souffle court.

Pierre ajoute avec un clin d'œil :

— Les conquêtes d'Eustasio finiront par lui valoir une maladie honteuse !

L'Italien rit de bon cœur, mais une fois l'hilarité retombée, il n'oublie pas de demander :

— Et toi, Vincent... Que comptes-tu faire de ta petite fortune ?

Vincent prend un instant avant de répondre, puis les regarde un à un.

— Le plus important pour moi n'est pas ce que je vais en faire, mais plutôt avec qui. Nos affaires sont épuisantes et risquées. Nos clients sont compliqués, parfois retors. Chaque projet est un casse-tête, un numéro de funambule sans longe de sécurité, mais j'apprécie ce que nous faisons.

J'aime surtout le faire avec vous. C'est étrange, mais bien que je sois à la tête de notre équipe, c'est vous qui déciderez de ce qu'il adviendra de moi.

Henri s'enthousiasme :

— Moi, je veux rester avec toi !

En prononçant ces mots, le gamin semble tout à coup plus jeune que ce qu'il s'efforce de paraître d'habitude.

Les cinq amis demeurent un bon moment à spéculer sur l'utilisation potentielle de leurs fonds. Eustasio en vient même à comparer leurs divagations à l'aventure de Perrette et de son pot au lait dans la fable de M. de La Fontaine. Comme elle, ils s'imaginent tellement de choses, même insensées...

Si, dans le vacarme de la salle, personne ne saisit leurs propos, un homme ne les perd pas de vue. Le regard au ras de la visière de sa casquette, il n'a pas cessé de les observer un seul instant, tout en jouant avec un lacet de cuir qu'il s'amuse machinalement à enrouler avec dextérité autour de ses longs doigts fins.

Ce soir, il a eu de la chance. Il lui aura suffi de suivre un seul d'entre eux pour identifier toute la bande. Il ne pensait pas s'en tirer à si bon compte. Désormais, il connaît le visage de chacun de ceux qui s'occupent avec tant de soin des secrets des puissants.

Le reste ne sera ni long, ni très compliqué.

9

La nuit est déjà bien avancée – trop pour les contremaîtres, mais pas encore assez pour les artistes. Après s'être assuré que la rue est déserte, Vincent disparaît à son tour. Il est le dernier à se faufiler entre les planches de la palissade. Se suivant à intervalles réguliers, les cinq compagnons traversent l'ancien négoce de meunier abandonné sans faire le moindre bruit. Ils se retrouvent devant la porte arrière de leur repaire. Encore dans l'ambiance de l'agréable moment partagé à la brasserie, chacun y va de sa petite plaisanterie, mais à voix basse.

Konrad actionne la moulure de l'encadrement, puis déverrouille la porte méthodiquement. À peine le battant entrebâillé, il s'immobilise en apercevant de la lumière. Ça vient de la cuisine. Certes, Gabrielle a été autorisée à rester à l'abri de la maison, hors de la cave et à condition de ne rien faire qui puisse attirer l'attention. Le menuisier envisage un instant qu'elle ait pu les trahir. La bougresse aurait pu profiter d'une des rares occasions où leur local était vide pour le forcer avec des complices. Si cela se vérifiait, il serait déçu.

D'un geste rapide, Konrad fait signe à Vincent de s'approcher. À peine leur chef a-t-il remarqué l'éclairage suspect qu'il s'arme de son couteau et franchit le pas de la porte.

Le couloir a été balayé. Plus étonnant encore, il flotte dans l'air un parfum agréable qui n'a rien à voir avec l'odeur habituelle de renfermé. Vincent progresse sur la pointe des pieds. Konrad le suit de près. Derrière, Pierre et Eustasio attendent sur le seuil, encadrant Henri au cas où un comité d'accueil surgirait.

Avec précaution, Vincent passe la tête à l'entrée de la cuisine. Il est d'abord soulagé de constater que le mur d'accès à la cave est intact et toujours fermé. Se penchant davantage pour étendre son champ de vision, il entrevoit soudain le coin de la table... décoré d'une nappe. Des assiettes y sont disposées. Il allonge encore le cou, et découvre Gabrielle qui lui tourne le dos, occupée à essuyer de la vaisselle devant la pierre d'évier. Il écarquille les yeux de surprise et entre.

— Qu'avez-vous fait ? demande-t-il sans détour.

La jeune femme sursaute et manque de lâcher son écuelle. Elle se ressaisit et réplique :

— Vous m'avez collé la frousse !

— De même que vous.

Les autres les rejoignent et pénètrent à leur tour dans la pièce. Ébahis, les cinq hommes contemplent le décor. Ils n'ont jamais vu cet endroit ainsi. D'habitude, ce n'est qu'une antichambre terne, qu'ils ne font que traverser pour gagner leur tanière souterraine, mais ce soir, ils découvrent une cuisine, une vraie.

Henri hume l'air comme un animal qui a flairé une piste.

— Vous avez fait un gâteau ? s'étonne-t-il.

— Une tourte. J'ai trouvé des pommes dans le garde-manger d'une chambre du premier...

Eustasio blêmit :

— Mes pommes ! Vous êtes entrée dans ma chambre ?

Gabrielle ne relève pas et poursuit :

— Je me suis dit que vous auriez peut-être faim en rentrant de votre virée. J'ai grandi avec des oncles qui buvaient. Ils étaient toujours affamés en revenant de la taverne.

— On n'est pas des sacs à vin ! grogne Konrad. Aucun de nous n'est ivre !

La jeune femme précise :

— Pour le beurre et la farine, je me suis permis de me servir. J'ai trouvé la réserve.

— Elle a trouvé la réserve... se lamente Henri.

Pierre s'approche d'elle.

— Merci pour la tourte. Rien ne vous obligeait...

— J'étais là, à tourner en rond. Autant être utile. Après tout, chacun fait sa part pour rester ici. Pourquoi ne ferais-je pas de même ?

Vincent, comme toujours, réfléchit vite.

— Vous avez visité toute la maison ?

— Je vous jure que je n'ai rien pris, se récrie Gabrielle. Je ne suis pas une voleuse !

— Je m'inquiétais surtout de savoir si les voisins auraient pu vous remarquer depuis la rue. Ils sont très curieux et nous ne tenons pas...

— J'ai bien compris que vous ne vouliez pas attirer l'attention. J'ai pris garde de ne pas éclairer sur le devant de la maison. Ça me va, surtout avec les autres maquereaux qui doivent toujours rôder dans le quartier. Ils ne sont pas du genre à renoncer. S'ils me capturent, je suis fichue, et s'ils savent que vous m'aidez, ils vous feront des ennuis. Je ne le veux pas.

Gabrielle attrape le plat posé sur le fourneau en fonte et retire le linge qui le recouvre, dévoilant ainsi sa tourte, qu'elle pose sur la table.

— Ne sachant pas à quelle heure vous alliez rentrer, je l'ai gardée tiède comme j'ai pu. J'espère qu'elle ne sera pas trop sèche.

Elle fait signe aux hommes de prendre place à table et entreprend de découper.

— Si vous voulez que je cuisine, il faudra me trouver du charbon correct pour le fourneau, parce que celui qui est dans la réserve ne vaut rien. Il est tellement vieux que j'ai eu un mal de chien à l'enflammer.

Personne ne répond. Chacun est trop occupé à dévisager la jeune femme, à épier ses gestes, sa poitrine qui se tend lorsqu'elle se redresse. Tous sont envoûtés par sa voix, par l'odeur alléchante de ce qu'elle a préparé. L'espace d'un instant, même Vincent en oublie où il se trouve.

— Vous n'en voulez pas ? lance-t-elle en désignant sa pâtisserie.

Les cinq assiettes se tendent dans un même élan. Gabrielle sert, en commençant par Vincent, puis s'assoit sur un tabouret qu'elle pousse du pied entre Henri et Pierre.

La première bouchée produit des effets différents sur chacun, mais tous réagissent. Gabrielle cuisine mieux que n'importe lequel d'entre eux, surtout Vincent. Il s'agit quand même d'une tourte ! Ils n'ont pas si souvent l'occasion d'en déguster.

Un autre point ne leur échappe pas, même si personne ne fait de commentaire : c'est la première fois depuis bien longtemps qu'ils se trouvent en compagnie d'une femme. Après la complicité mâle de la brasserie, la présence de Gabrielle apporte une touche différente à leur dégustation aussi inattendue que tardive. Pour Eustasio, le souvenir d'un dîner partagé avec une dame ne date que de la veille. Mais pour les autres…

Entre la savoureuse pâtisserie, la douce lumière et le couvert disposé sur une nappe, Konrad sent remonter les souvenirs du temps où il habitait encore chez ses parents, dans la Ruhr. Henri, lui, trouve dans ce moment l'expression de tout ce qu'il a toujours imaginé sans jamais le connaître : un foyer. Vincent et Pierre échangent un regard. Cette scène réveille en eux une sérénité oubliée depuis que la vie a brutalement interrompu leur enfance. La magie est fugace, mais profonde.

Il faut du temps pour que chacun finisse sa part, comme si tous faisaient leur possible pour que ce moment s'éternise.

Un peu plus tard, alors que Konrad et Henri rivalisent de bonne volonté pour aider à ranger sans savoir comment s'y prendre, les deux frères soufflent les chandelles les unes après les autres. Tous montent ensuite se répartir dans les étages pour dormir.

Avant de refermer sa porte, Pierre se penche vers Vincent et lui glisse en aparté :

— Avec mon argent, j'aimerais lui acheter des vêtements décents… Tu es d'accord ?

— Pourquoi m'y opposerais-je ? Tu es libre.

Pierre sourit. Il avait peur que son aîné ne l'en dissuade. Mais Vincent sait qu'il est des forces contre lesquelles on ne doit rien tenter.

10

C'est l'un des quartiers les plus en vue de la capitale, un lieu devenu incontournable. Après avoir été interrompu, le percement de l'avenue de l'Opéra aura finalement nécessité une décennie, rayant de la carte les buttes des Moulins et de Saint-Roch, pas moins de dix rues, chassant ainsi des milliers de personnes de chez elles. Cependant, au bout du compte, celle qui aurait dû s'appeler l'avenue Napoléon est une réussite qui redessine complètement les environs. C'est la seule de tout Paris qui n'a pas été plantée d'arbres afin d'éviter d'altérer la perspective sur le majestueux Palais des Arts construit par Charles Garnier.

Plus à la mode que jamais, les récents établissements jouxtant l'Opéra proposent bon nombre d'événements majeurs. Celui qui est programmé aujourd'hui au Café de la Paix est l'un des rares à pouvoir rivaliser avec la réputation des attractions annoncées à l'Exposition universelle qui ouvrira dans à peine une semaine.

Malgré l'importance de l'assemblée, c'est un silence complet qui règne sous la grande verrière. Les spectateurs ont les yeux rivés sur le prodige qui se joue devant eux. Sur une estrade, une machine révolutionnaire, merveille d'esprit et de science, est en train de disputer une partie d'échecs avec l'un des plus éminents mathématiciens de la capitale, le professeur Paul Matthieu Hermann Laurent.

Concentré, l'homme est assis face à un dispositif incroyablement nouveau, mélange d'automate et de calculateur. Sur un large buffet de bois sombre a été monté le buste d'un mannequin, vêtu d'une veste à motifs floraux et d'un turban doré digne des plus riches maharadjahs des Indes. Son visage inexpressif fixe l'échiquier de ses yeux de verre. Son immobilité absolue lui confère une allure inquiétante. Lorsque vient son tour de jouer, seul son bras mécanique se promène au-dessus des pièces. Il les saisit de sa main articulée gantée de blanc, qui est bien loin d'avoir la grâce d'un membre de chair et de sang. Ses mouvements tremblants et saccadés agitent son turban scintillant et le plumet qui le surmonte. Sa tenue brodée de fils d'or accroche la lumière et attire tous les regards.

Au début de la séance, le journaliste du *Petit Parisien* soupçonnait une fumisterie : pour lui, ce personnage mécanique n'était qu'une simple enveloppe dissimulant dans ses entrailles un homme de petite taille. Trop heureux de prouver l'injustice de l'accusation, le propriétaire de la machine a aussitôt écarté les pans de la veste pour en révéler les coulisses. Il a fait de même en ouvrant en grand les portes du coffre constituant le socle de l'invention. Dans une clameur stupéfaite, la foule a pu vérifier par elle-même qu'il n'y avait que rouages, ressorts, crémaillères et tiges en mouvement.

C'est à présent au mathématicien de jouer. Pour éclairer les spectateurs, contrairement à l'usage, il explique sa tactique à voix haute. C'est sans importance dans le déroulement de cette surprenante partie, puisque son adversaire n'est pas doté de l'ouïe.

— Je m'apprête à risquer une manœuvre astucieuse, détaille-t-il. Je vais pousser mon cavalier jusqu'à menacer sa tour. Ma position sera sans risque et s'il est tenté de l'attaquer, il ouvrira une brèche dans ses défenses, dans laquelle mon fou s'engouffrera.

La foule applaudit, mais le professeur interrompt le plébiscite d'un geste. Dans cet affrontement au sommet entre l'homme et la machine, rien ne doit le distraire.

Le voilà qui déplace sa pièce. Le joueur mécanique reste impassible pendant un long moment, au point que l'on craint qu'il ne soit tombé en panne. L'hypothèse est alléchante pour beaucoup. Dans ce cas, l'intelligence humaine aurait encore une fois démontré sa supériorité, tant en endurance qu'en esprit tactique. Alors que des murmures montent de l'assistance et que le savant donne des signes d'impatience, une série de cliquetis annonce la mise en branle du dispositif. Les rouages de la merveille sont en action. Différents bruits d'engrenages se succèdent, témoins du fonctionnement de cette fascinante invention. La foule retient son souffle.

Vincent et Pierre sont présents et observent avec une attention toute professionnelle. Ils ne manquent jamais de s'intéresser à tout ce qui pourrait être utile à leur activité. Depuis les débuts de sa formation, alors qu'il était apprenti chez l'horloger qui l'avait pris sous son aile, Vincent soigne particulièrement l'étude des automates. L'un de ses maîtres en était un spécialiste reconnu, et le jeune homme a pieusement conservé certains de ceux conçus par cet homme. Ces créations ont souvent été la source de bien des avancées dans l'art du mouvement contrôlé. Une mécanique comme celle qui donne vie à ce surprenant maharadjah pourrait forcément contribuer d'une façon ou d'une autre à l'élaboration de passages secrets…

— Qu'en penses-tu ? glisse Pierre à son frère.

— Si ce mannequin et ce coffre ne renferment qu'un brillant mécanisme, je me demande pourquoi ils le cachent…

— Pour éviter qu'il ne soit copié ?

— Qui en serait capable, étant donné sa complexité ? Si tu veux mon avis, tout cela n'est pas clair...

Le bras du joueur d'échecs bouge enfin en cliquetant. Il ne déplace pas sa tour. Il a évité le piège tendu par le professeur. Le voilà par contre qui, déjouant toute prévision, déplace plutôt sa reine. Le coup est habile, et même si beaucoup dans l'assistance n'en comprennent pas les conséquences, la réaction embarrassée du mathématicien indique que la machine l'a mis en difficulté. Hermann Laurent a peut-être sous-estimé son adversaire.

— Tu te rends compte, Vincent ? Une machine plus intelligente qu'un homme ? Un savant, qui plus est !

— Je demande à voir. Sous prétexte que l'automate est sourd, le professeur a dévoilé ses intentions. En supposant qu'un joueur, même moyennement doué, soit dissimulé derrière les pièces en mouvement qui ne seraient qu'un décor destiné à distraire l'attention, il pourrait sans problème prendre l'avantage.

— Un homme derrière les rouages ?

— Le coffre sous le buste est profond, suffisamment pour receler un espace caché derrière l'écran que forment ces jolis mécanismes.

— Tu crois ?

— Cette époque promet bien des prodiges qui ne sont souvent que des supercheries. Regarde ces gens autour de nous. Tous sont venus pour assister à un miracle de la science. Hormis cela, qu'ont-ils en commun ?

— L'envie d'être les premiers témoins d'un fabuleux progrès ? L'admiration de l'extraordinaire ?

— C'est plus terre à terre que cela : ils ont payé pour assister à cette partie réputée historique. Les rares privilégiés qui ont droit à une chaise au premier rang ont même payé le triple. Je ne sais pas qui en sera le vainqueur, mais quel qu'il soit, c'est de toute façon le propriétaire de l'automate qui sera le grand gagnant. Il aura empoché une très belle somme.

Le professeur hésite. Il peine à adapter sa stratégie. À la difficulté du jeu s'ajoute sa hantise de perdre la face devant une machine déguisée en monarque exotique. La peur de se faire humilier publiquement par un vulgaire assemblage de roues crantées lui fait perdre ses moyens. Qu'en diraient ses éminents collègues de l'École agronomique ?

Un homme se faufile parmi les spectateurs pour rejoindre Vincent. Il lui saisit discrètement le bras et lui souffle à l'oreille :

— Salutations, mon ami. J'étais certain de te trouver dans les parages.

— Salut, Clément. Qu'est-ce qui t'amène ici ?

— La même chose que toi : l'envie d'apprendre, au risque de découvrir une escroquerie.

Les deux amis d'enfance se sourient. Ils ont grandi ensemble sur la butte, mais Clément en est descendu pour devenir officier, d'abord de police, avant de s'orienter vers la surveillance des mouvements politiques et des individus contestataires au sein de la police spéciale. Il salue Pierre alors que Vincent lui demande du coin des lèvres :

— Pas trop sur les dents avec l'Exposition universelle ?

— L'enfer sur terre. On ne compte plus les têtes couronnées qui débarquent avec leur suite pour s'installer en attendant l'inauguration. Paris est devenu le centre du monde. Entre les invités de marque et toutes les manifestations prévues, je t'avoue qu'on ne dort pas beaucoup. Hier, un fou a même tenté de mettre le feu à la tour Eiffel. Tu imagines ? Un cinglé qui a essayé d'enflammer les poutrelles en acier avec ses misérables brindilles... Chaque jour apporte son lot de risques, d'impairs à éviter et d'informations à collecter. Les camarades de la gendarmerie se plaignent aussi, et la police n'est pas en reste. On a fait le ménage chez les anarchistes, mais l'événement va attirer tellement de monde que personne ne peut prédire ce qui se passera. Et toi, les affaires ?

— On ne se plaint pas...

— Toujours aussi secret que tes passages ! plaisante l'officier.

Puis, désignant l'automate du menton, il questionne :

— Vous en dites quoi, ton frangin et toi ?

— Tu connais Pierre, il est convaincu qu'un jour il y aura l'électricité dans chaque maison et que des trains rouleront sous terre pour remplacer les calèches... Alors, il est tenté d'y croire.

— Pas toi ?

— Les charlatans ont souvent davantage de ressources que les scientifiques. Un bobard demande moins d'investissements qu'une découverte et rapporte en général beaucoup plus. Je paierais cher pour que l'on me laisse examiner l'intérieur du meuble jusqu'au fond...

Clément approuve d'un signe entendu et commente :

— Je ne sais pas jouer aux échecs, mais je commence à connaître les gens. Ce maharadjah a beau être propre sur lui, il me faudra peut-être lui passer les menottes !

— Pas évident, vu qu'il n'a qu'un bras !

Les deux hommes éclatent de rire. Le professeur vient de perdre.

11

Une explosion embrase le ciel de Paris, éblouissante, juste au-dessus de la monumentale rotonde du palais du Trocadéro. La gigantesque salle de spectacle circulaire flanquée de ses deux tours carrées semble prendre feu, mais elle ne court aucun danger. La profusion de lumière est telle que la tour métallique écarlate de Gustave Eiffel, installée juste en face, sur la rive sud de la Seine, s'en trouve illuminée. Les toits de la capitale se révèlent eux aussi dans la clarté. On jurerait qu'il fait tout à coup grand jour. La nuit finit par reprendre ses droits, mais pour peu de temps.

Aux bombes aériennes succèdent les projections des chandelles géantes. Des gerbes d'étincelles s'élèvent dans le ciel étoilé. Le spectacle est grandiose.

Vincent ne perd rien de l'événement, d'autant qu'il est bien mieux sur sa butte que serré au milieu des badauds. Tranquillement assis, il bénéficie d'une vue imprenable, sans doute la meilleure de la ville. Avec la distance, les lueurs colorées lui parviennent avant le son des déflagrations. L'espace d'un instant, il croit entendre les acclamations des spectateurs subjugués, mais son imagination lui joue sûrement des tours. Quasiment chaque soir, préfigurant l'inauguration officielle en grande pompe, se joue une célébration différente. Plus personne ne sait ce que l'on célèbre en avant-première, mais les feux d'artifice sont quotidiens.

Avec la fin du jour, les ouvriers ont déserté le chantier du Sacré-Cœur. Tout est calme désormais. L'obscurité a eu raison de l'effervescence. Échafaudages, chaînes, cordes et palans sont figés. Plus rien ne bouge. Les blocs de roche abandonnés en l'état attendent le retour des forces qui leur permettront de trouver leur place. Seul le vent siffle parfois dans les madriers des échafaudages.

À quelques dizaines de pas de Vincent, l'un des gardiens du chantier a interrompu sa ronde pour profiter lui aussi du feu d'artifice. Il rallume son mégot puis, d'un geste, salue Vincent, qu'il a reconnu.

Les festivités terminées, l'homme reprend sa ronde. À peine a-t-il disparu que les chiens errants réapparaissent pour tout renifler.

Lorsque Vincent se tourne vers la capitale, il peut oublier que Montmartre est en train de muer. Face à lui, la ville scintille, sous la domination de la tour Eiffel dont le sommet brille de mille feux. Ses projecteurs géants lancent leurs faisceaux partout alentour. On raconte qu'elle est si haute que, par temps clair, on peut l'apercevoir depuis la province. Certains ont même protesté, de peur que son phare ne trompe les bateaux venus d'Angleterre.

Les murs inachevés du Sacré-Cœur renvoient soudain l'écho d'une course. Vincent se retourne et aperçoit Henri qui arrive en cavalant, hors d'haleine.

— Eh bien, pourquoi cours-tu comme ça ? Des ennuis ?

— Non ! J'ai entendu les explosions ! Je veux voir les feux d'artifice.

— C'est fini pour ce soir, mais je suis sûr qu'il y en aura d'autres dès demain.

Déçu, le gamin vient s'asseoir à côté de Vincent en soupirant bruyamment. Celui-ci lui demande :

— Tu as soupé ?

— Gabrielle a préparé du bouillon. J'en ai pris deux grands bols. Pierre m'a aussi donné du pain et découpé du jambon. C'est lui qui m'a dit que je te trouverais ici.

De sa besace, le garçon sort une lettre cachetée.

— J'ai trouvé ça au cimetière.

— Tu n'as pas vu qui l'a déposée ?

— Non. J'y suis passé alors que le soleil se couchait, sans m'attarder. Je n'aime pas trop être là-bas quand la nuit vient... J'ai quand même arrangé les fleurs que le vent avait amochées.

— Merci. Personne ne t'a vu relever le courrier ?

— Aucun risque. À ce jeu-là, bon Dieu, je suis doué !

— Ne jure pas. Jamais. Je ne cesse de te le répéter : le langage et la diction sont à ton esprit ce que le costume est au corps. Ne souille ni tes mots, ni ton apparence...

— « ... Sous peine d'être écarté avant même d'avoir eu ta chance. » Je sais.

Vincent ouvre le pli. Il parcourt les lignes et termine en faisant la grimace.

— Mauvaise nouvelle ? s'inquiète Henri.

— Je ne sais pas trop. C'est étrange. L'expéditeur souhaite me rencontrer pour un futur projet...

— C'est prometteur !

— Sauf qu'il ne précise pas qui l'a recommandé.

— Peut-être un oubli ? Quelqu'un lui a bien révélé notre existence, sinon il n'aurait pas su où déposer son message.

— Reste qu'il me fixe rendez-vous dans un endroit très inhabituel...

— Tu vas y aller ? demande le garçon, soudain très intéressé.

— Il le faut bien.

Le Clou désigne la tour Eiffel :

— Si c'est là-bas, je peux venir avec toi ? S'il te plaît, Vincent ! Tu verrais ce qu'ils préparent pour l'Exposition, c'est gigantesque ! Ce matin, j'ai vu les éléphants arriver, et j'ai aperçu un village entier avec des gens à la peau noire !

Le garçon s'interrompt brusquement, conscient d'en avoir trop dit. Vincent râle :

— Je n'aime pas que tu ailles traîner par là-bas.

— Je ne risque rien, il n'y a que des ouvriers qui terminent l'aménagement des pavillons avant l'ouverture.

— Sois assuré que les brigands seront les premiers à visiter l'endroit, avant même la foule...

— Je ne suis plus un gosse.

— Possible. Cela ne veut pas dire pour autant que tu sois de taille à tout affronter.

— Je sais me défendre ! Konrad m'a appris.

— Tu m'en diras tant...

— Dis, tu m'emmèneras à l'Exposition ? S'il te plaît !

— Ce n'est pas l'endroit où l'on me fixe rendez-vous.

Pour la seconde fois de la soirée, Henri est désappointé.

— Mais je finirai par m'y rendre, tempère Vincent, voir ce que nous réserve le futur. On dit qu'il y aura des automobiles et des nouvelles machines capables de jouer de la grande musique sans orchestre. Elles peuvent enregistrer tout ce qu'elles entendent sur des rouleaux de cire...

Avec cette capacité propre aux plus jeunes à passer de l'affliction à l'enthousiasme en un instant, le Clou réagit :

— Nous irons les voir tous les deux !

— On verra.

Vincent sait que même s'il ne va pas céder tout de suite, il finira par accepter. Depuis leur première rencontre, il a toujours eu de la sympathie pour Henri. Il a même développé pour lui une sorte d'affection. Peut-être parce qu'il se reconnaît dans sa vitalité, son envie d'aider, de bien faire. Dans sa faculté à s'attacher à ceux qui lui témoignent la moindre gentillesse aussi. Le gamin l'a tout de suite ému. C'est pour cela qu'au lieu de le voir mal tourner dans les rues, il a préféré lui confier des petits boulots et l'éduquer autant que faire se peut.

Au fil du temps, le garçon a su se rendre utile. C'est lui qui relève le courrier que les clients peuvent déposer derrière un caveau du cimetière Saint-Vincent. Mais Henri s'est aussi vu assigner par la suite une mission autrement plus importante : il est le gardien du trésor de leur équipe. C'est lui qui surveille la cache où est entreposé l'or accumulé au fil des chantiers. Pour sa propre sécurité, il ne sait pas pénétrer dans la cachette, mais il garde un œil dessus. Afin de protéger le fruit de leur labeur, Vincent et ses partenaires se sont surpassés.

Tous deux restent un moment sans parler, côte à côte, face au panorama. Rompant le silence, Vincent demande finalement :

— As-tu terminé le livre que je t'ai acheté ?

— Je l'ai déjà relu trois fois.

— Pourquoi ne m'en lirais-tu pas quelques pages, pour t'exercer ?

Henri ne se fait pas prier. De sa besace, il extirpe *L'Île mystérieuse*, le roman à succès de M. Verne, soigneusement protégé dans un carré de tissu aux bords effilochés. Il le feuillette rapidement.

— J'adore le passage où Cyrus Smith se rend compte que lui et ses amis sont surveillés par le capitaine Nemo.

— J'ai hâte de l'entendre – même si tu viens de m'en éventer un rebondissement.

— Tu ne le savais pas ? Je pensais que tu avais lu ce livre.

— Je n'ai jamais eu l'occasion.

Le Clou hésite, par peur de gêner son mentor, mais ose quand même demander timidement :

— Tu sais lire, au moins ?

— Pas aussi bien que toi, répond Vincent avec franchise en lui frictionnant la tête. Je suis plus à l'aise avec les plans qu'avec les textes.

— Si tu veux, je pourrai t'apprendre !
— Pourquoi pas ? En grandissant, tu m'enseigneras sans doute beaucoup de choses.
— Qu'est-ce que tu voudrais que je t'apprenne ?

Vincent a bien une réponse, mais il ne doit pas la formuler sous peine que cela ne s'accomplisse jamais. Il en va ainsi des vrais vœux. Il voudrait qu'Henri lui apprenne qu'aucun destin n'est joué d'avance, et que même un gamin des rues peut s'en sortir.

La voix du garçon s'élève dans la nuit.

— « Cyrus Smith ordonna à Nab d'aller chercher plus de bois pour le feu. La nuit s'annonçait dangereuse… »

12

Quittant la rue du Temple, Vincent s'engage rue de Montmorency. Même si celle-ci n'est pas très longue, il doit quand même la remonter entièrement pour rallier la plus grande des demeures à pignon située à l'autre extrémité, côté rue Saint-Martin.

En arrivant devant la bâtisse, Vincent s'étonne de n'y apercevoir aucune lumière. Contrairement à ses voisines, l'imposante maison semble déserte. Il est pourtant bien certain que c'est là qu'Alfred Minguier lui a fixé rendez-vous ce soir.

Les piliers de la façade sont ornés de symboles usés par le temps. Une fine inscription parcourt toute la largeur du fronton, mais l'obscurité et les lettres à demi effacées empêchent de la déchiffrer.

Espérant ne pas avoir traversé la moitié de Paris pour rien, Vincent toque à la porte. À sa grande surprise elle s'ouvre aussitôt, et ce n'est pas un quelconque majordome qui apparaît, mais l'industriel lui-même.

— Bonsoir, monsieur, j'espère…

Minguier le coupe :

— Dépêchez-vous d'entrer.

Le petit homme l'attire littéralement à l'intérieur en l'attrapant par le bras. À peine la porte refermée, il s'active à la verrouiller à l'aide de deux barres métalliques placées en travers.

— Pardonnez cet accueil de conjuré, mais je dois rester discret. Suivez-moi, je vous expliquerai en bas, nous y serons au calme.

Ne portant qu'une modeste lanterne, Alfred Minguier guide son visiteur à travers les différentes pièces de la demeure vide. L'endroit ressemble à la vieille pension de famille que loue Vincent. Elle en dégage le même parfum de poussière et d'humidité.

— Sommes-nous seuls ? s'enquiert Vincent.

— Il le faut. Je compte garder notre entrevue secrète. C'est essentiel.

L'homme l'entraîne jusqu'à un cagibi ouvrant sur un escalier de pierre qui s'enfonce dans le sol.

— Faites attention à votre tête.

L'architecture sans fioritures et l'usure des nez de marche attestent d'une construction ancienne, certainement moyen-âgeuse. Les murs renvoient un écho très court, se mêlant à la respiration essoufflée de Minguier.

— Tout va bien, monsieur ? Ne vous précipitez pas, j'ai tout mon temps pour vous.

— Merci, mon brave, je ne peux malheureusement pas en dire autant. Je fonde beaucoup d'espoirs sur votre visite, et l'heure est une maîtresse cruelle dont je n'arrive pas à me libérer...

Les deux hommes débouchent dans une salle voûtée au sol de terre battue, que l'industriel traverse sans s'arrêter. À la faible lueur de la lanterne, Vincent n'est pas capable d'en distinguer grand-chose, excepté l'ombre de quelques caisses empilées et d'une barrique crevée. Deux autres salles se succèdent, assez basses, jusqu'à une quatrième dont l'entrée est bloquée par une grille forgée digne du pire des cachots. Minguier s'arrête devant les épais barreaux entrelacés.

— Nous y voilà.

Il extirpe une grosse clé de sa poche, déverrouille l'imposante serrure et repousse la grille, qui grince. Il s'affaire aussitôt à allumer une demi-douzaine de lampes à pétrole. Au fur et à mesure que la lumière augmente, Vincent découvre l'endroit.

Cette salle-là est plus longue que les précédentes, mais pas plus haute. Il peut presque toucher le sommet de la voûte sans même se hisser sur la pointe des pieds. Le plafond cintré est soutenu par des piliers partiellement intégrés aux murs. Le long des parois s'accumule un bric-à-brac de meubles disloqués, de ferrailles rouillées et d'étagères effondrées.

Seul le mur du fond a été dégagé. Le sol terreux porte la trace de piétinements répétés. Minguier s'avance. Avec respect, il pose ses mains bien à plat sur les blocs de pierre qui composent la paroi. Son attitude est étonnante : il semble recueilli.

— C'est ici que se trouve le passage.

Il incline la tête.

L'observant de dos, Vincent pense d'abord qu'il est peut-être fatigué, mais la posture évoque davantage la déférence. L'homme se retourne ensuite et déclare d'une voix grave :

— Je vous demande de m'aider à l'ouvrir.

Vincent s'approche et se met à examiner le mur. Plusieurs points l'étonnent, mais il doit d'abord étudier certains détails. Il passe son doigt le long de l'angle que forme le haut de la paroi avec la voûte.

— Puis-je vous emprunter une lampe ?

— Faites, faites. N'avez-vous apporté aucun outil ?

Vincent sourit.

— Face à une énigme, l'esprit est le seul outil qui vaille. Utiliser autre chose à ce stade serait un constat d'échec.

Avec minutie, il vérifie les assemblages de maçonnerie.

— Les surfaces ne présentent aucune trace de frottement ni de jeu attestant d'un mouvement d'ouverture.

Il souffle sur les pierres et leurs joints, puis passe le bout de son doigt dessus pour récolter une fine poussière, qu'il dépose sur sa langue afin de la goûter.

— Le matériau est ancien, déclare-t-il, il date peut-être même de l'origine du bâtiment. La netteté des arêtes de taille et la précision de l'ajustement nous indiquent que les blocs ont assurément été mis en place neufs et ne sont pas issus de récupération.

Il s'agenouille et s'attarde sur le sol, qu'il gratte. Il hoche la tête en silence : la base du mur lui paraît cohérente avec le reste de l'assemblage.

Il se relève, débarrasse ses genoux de la poussière. Il saisit son couteau puis, sans en déplier la lame, colle son oreille contre la pierre et donne des petits coups de manche sur le mur afin de le sonder. Il répète l'opération en plusieurs points, à différentes hauteurs, sous l'œil circonspect de son commanditaire.

— Savez-vous comment se nomme la partie située derrière un passage secret ? demande Vincent.

— Je n'en ai pas la moindre idée.

— « L'au-delà », monsieur Minguier. C'est ce que nous cherchons tous à atteindre, parce que s'y cache peut-être une vie meilleure.

L'homme n'esquisse pas même un sourire. Vincent poursuit son examen.

— Êtes-vous certain qu'un passage se cache ici ?

— Tout à fait.

— Pardonnez mon insistance, mais les éléments qui vous permettent de le supposer sont-ils dignes de foi ?

— Sans le moindre doute. D'ailleurs, ils se recoupent.

— Vous m'avez parlé d'écrits laissés par les anciens propriétaires, c'est bien cela ?

Minguier se contente de confirmer d'un vague mouvement de la tête. Il semble réticent à livrer plus d'indications.

— Y a-t-il eu d'autres occupants entre ceux dont les écrits signalent le passage et vous-même ?
Minguier réfléchit.
— Deux, trois au maximum.
— L'un d'eux n'aurait-il pas pu effectuer des travaux et faire définitivement murer le passage ?
— Impensable. Si toutefois ils en avaient eu connaissance – ce qui est peu probable –, peut-être auraient-ils tenté de le percer, mais jamais ils ne l'auraient condamné. Je vous le répète, il existe un moyen de l'ouvrir, c'est certain.
Vincent range son couteau et recule pour embrasser le pan de mur dans son ensemble.
— Auriez-vous une chandelle, s'il vous plaît ?
Minguier n'est pas certain de comprendre.
— Les lampes ne vous suffisent pas ?
— J'ai besoin de la flamme vive d'une bougie.
L'industriel ronchonne mais obtempère.
— Je dois en avoir en haut.
Il repart à petits pas rapides, laissant Vincent seul, et ne tarde pas à revenir, un bougeoir à la main.
— Voilà, dit-il, hors d'haleine. Qu'allez-vous en faire ?
— Vous allez le savoir sur-le-champ...
Vincent soulève le verre d'une lampe à pétrole pour enflammer la mèche et retourne auprès du mystère. Le voilà qui promène la bougie sur le pourtour des blocs de pierre.
— Que cherchez-vous ? s'étonne Minguier.
— Un courant d'air. Un souffle, même infime, qui ferait vaciller la flamme et nous révélerait ainsi le plus discret des interstices entre les pierres.
L'industriel ne lâche pas la bougie des yeux, mais la flamme reste désespérément droite. Après avoir parcouru toute la largeur de la maçonnerie, Vincent annonce :
— Je vais être franc, monsieur Minguier : je ne vois que deux solutions à votre énigme. Sauf votre respect, soit vous faites erreur et rien ne se cache derrière ce mur...

— Je vous affirme que l'entrée secrète est là.

— Soit c'est l'un des passages les plus sophistiqués qu'il m'ait été donné de rencontrer, et pourtant, croyez-moi, c'est un domaine dont je connais la science.

— Le fait qu'il soit exceptionnel ne me surprendrait pas. Mais je vous certifie qu'il existe bel et bien, ici, juste devant nous.

Sûr de lui, l'industriel désigne la paroi de l'index. Vincent reste perplexe.

— Il va me falloir quelques nuits pour le déjouer.

— Nous n'en avons pas tant que cela. Vous devez faire vite.

— Je vais aussi avoir besoin d'autre chose…

— Je vous l'ai dit, vous aurez tout l'or que vous voudrez, monsieur Vincent.

— Je ne parlais pas de cela, même si ce que je vais vous demander risque de vous coûter tout autant.

— Vous m'effrayez.

— Je vous prie de m'excuser, mais dans votre intérêt, je dois insister. Il faut que vous me disiez tout ce que vous savez sur ce passage, et, plus important que tout, sous le sceau du secret, vous devez me révéler ce qu'il protège. C'est le seul moyen d'espérer cerner ceux qui l'ont conçu et d'avoir une chance de comprendre comment ils ont procédé.

Minguier serre les dents. Il aurait tellement préféré ne pas en arriver là…

13

Comme chaque fois qu'il doute, Vincent revient mentalement là où tout a commencé. Fermer les yeux. Revivre l'étincelle. Il était jeune lorsque pour la première fois, il a découvert le pouvoir des illusions et l'ingéniosité qu'elles exigent. En un instant, son destin s'en est trouvé changé. Comme s'il était né à ce moment précis. Le choc avait été si grand qu'il en avait aussitôt oublié tout ce qui empoisonnait sa vie. Une éclatante lueur dans sa nuit. Son premier instant d'éternité. Depuis, il n'a de cesse de retourner puiser au cœur de ce souvenir intime.

Il y est, comme si c'était hier. Il vient de terminer sa tournée de livraison. Les sacs de charbon qui laissent échapper leur poussière noire pèsent plus lourd que lui. Comme tous les jeudis, il garde l'adresse de l'horloger pour la fin, en espérant qu'il pourra s'y attarder un peu. Il se sent bien dans sa boutique, mais plus encore dans son atelier.

Ce soir-là, le brave homme a un peu plus de temps à consacrer au petit curieux dont le visage est aussi sale que les mains. Il lui indique un baquet d'eau froide où se nettoyer et déclare :

— Viens, je vais te montrer quelque chose qui devrait te plaire.

Vincent le suit. L'homme écarte le rideau d'un théâtre miniature. Le gamin y découvre un immeuble de la taille d'une maison de poupées. L'horloger remonte une manivelle et lance le mécanisme. Aux fenêtres, de petits personnages en fer plat s'animent. Une femme étend son linge et un homme met son chapeau. Sur le toit, un chat tigré fait des allers-retours entre deux cheminées. Leurs mouvements sont cycliques, sans cesse répétés. Tout à coup, de minuscules flammes découpées apparaissent aux ouvertures. Peintes en rouge et en orange, elles dansent suivant un rythme régulier. L'immeuble est en feu ! L'homme, la femme et le chat s'immobilisent. On les entendrait presque appeler au secours.

Un attelage de pompiers entre en scène et avance en suivant son rail. Il se positionne devant le bâtiment. Comme par magie, son échelle pivote et se déplie, élevant un soldat du feu vers le sinistre. Les flammes disparaissent. L'homme, la femme et le chat reprennent leur manège. Le mécanisme s'arrête.

Le gamin reste ébahi, sans voix. C'est comme un rêve éveillé, sauf que tout est réel. Il l'a vu de ses propres yeux grands ouverts.

Vincent n'oubliera jamais la sensation qu'il a éprouvée en découvrant cet automate. Il l'avait d'abord pris pour le jouet d'un enfant de millionnaire. Mais quand son mentor lui avait dévoilé toute la mécanique se cachant derrière et parlé du brillant magicien qui l'avait imaginée, l'émerveillement l'avait saisi, il ne s'était plus trouvé devant un jouet de luxe, mais au seuil d'un univers fabuleux qu'il avait franchi pour ne plus jamais en ressortir.

Ayant compris tout ce que l'on pouvait créer, Vincent avait sur l'instant choisi sa voie. Rien ne pouvait le captiver davantage que de se consacrer à cet art. Le garçon avait ensuite découvert que même le plus amusant des tours est toujours le fruit d'un savoir incommensurable et d'une réalisation sans faille. Il lui avait fallu quelques mois encore pour prendre conscience que plus l'effet semble simple, plus ce qui le provoque est complexe.

Année après année, Vincent ne s'est jamais lassé de ce petit spectacle mécanique. C'est d'ailleurs le seul souvenir matériel qu'il ait reçu de son mentor. Il en répare les pièces usées, en entretient minutieusement les peintures, et de temps en temps, s'autorise à le faire fonctionner. Avec parcimonie, toutefois, de peur que le sentiment qu'il fait naître ne se fane à force d'être répété. Il attend parfois la bonne occasion pendant des mois. Elle intervient alors comme une récompense, ou une nécessité.

Ce merveilleux automate offre la remarquable spécificité de concentrer la plupart des principes existant dans le domaine. Il constitue une synthèse, et pour Vincent, un gisement intarissable d'inspiration et une incitation permanente à la modestie.

Pierre interrompt sa rêverie.

— Qu'est-ce que tu attends pour essayer ?

Vincent revient au présent. Dans l'atelier, l'heure est venue de tester en conditions réelles le dispositif qu'il a imaginé pour un compartiment secret d'un genre nouveau.

Alors que Konrad, Eustasio et Pierre gardent les yeux rivés sur le mécanisme, Vincent approche un morceau de pyrite aimantée de la fine paroi de bois. Lorsque le minerai est assez près, le magnétisme attire la patte de métal placée à l'intérieur, qui se décale d'un seul coup et libère le ressort qu'elle retenait. Un claquement sec retentit : c'est ouvert.

— Ton idée fonctionne ! se réjouit l'Allemand.

Eustasio se frotte les mains.

— *Fantastico !* C'est la bonne solution !

Vincent repose la pyrite, un large sourire aux lèvres.

— Une clé invisible. Ni trou d'entrée, ni mécanique. Il suffira juste de savoir où poser l'aimant pour déverrouiller le panneau.

Il rejoint la table et complète le croquis du mécanisme.

— Le volet de bois ne devra pas être trop épais, sous peine de brouiller l'effet.

Il corrige les mesures et ajuste l'orientation du ressort. Konrad commente :

— *Wunderbar !* Les clients vont penser que c'est de la magie.

— Tant mieux, note Pierre.

Vincent approuve d'un mouvement de tête et précise :

— Nous ne devrons mettre en œuvre ce dispositif que pour ceux qui seront capables de l'apprécier.

Venue par le tuyau qui espionne la cuisine, la voix de Gabrielle résonne soudain dans la cave :

— Messieurs, le repas est prêt !

Les quatre hommes sursautent. Bien que la jeune femme habite la maison depuis maintenant plus d'une semaine, chacun est encore surpris de sa présence. Pourtant, elle a su s'intégrer, et tous considèrent son arrivée comme bénéfique. Ayant compris qu'elle ne devait pas s'aventurer dans l'atelier souterrain, elle se cantonne au rez-de-chaussée et aux étages. Elle y passe ses journées, s'occupant du matin au soir, sans jamais sortir de l'ancienne pension de famille. Pas une fois elle ne l'a quittée depuis son arrivée rocambolesque.

À l'intérieur de cet univers clos aux frontières rassurantes, elle reprend confiance, et même goût à la vie. Les occupants se montrent bienveillants avec elle, même si toute méfiance n'a pas disparu. Parfois, elle se demande s'il s'agit vraiment d'un défaut de confiance, ou plutôt de leur manque d'habitude de côtoyer une femme. Après tout, avant son irruption, l'adresse n'était habitée que par des hommes. D'ailleurs, la tenue de la maisonnée s'en ressentait…

Décidée à tout faire pour qu'ils continuent à accepter de l'héberger, Gabrielle s'efforce de leur offrir un supplément de confort. Outre les repas qu'elle prépare pour toute l'équipe, elle a aussi apporté un peu de vie dans la maison, dont elle prend un soin inédit. Les chambres sont aérées, les lits faits. Le désordre et la poussière reculent.

Alors qu'elle répète déjà son invitation, Pierre lui répond en portant la voix :

— On arrive !

— Allez-y, je vous rejoins, annonce Vincent. Je dois noter certains détails tant qu'ils sont clairs dans mon esprit.

Ses trois compagnons ne se font pas prier. À peine ont-ils disparu dans l'escalier que Vincent tire un petit carnet de sa poche. Il l'ouvre pour y consigner le fruit de ses réflexions. Il ne sait ni pourquoi, ni comment, mais depuis longtemps, il est convaincu que c'est essentiel pour l'avenir.

14

À peine a-t-il pénétré dans l'immense salle du bal que Vincent est bousculé par un couple de danseurs. Emportés par leur élan, ils ne le remarquent même pas, collés l'un à l'autre, trop occupés à se dévorer aussi bien des yeux que des mains.

Comme tous les mercredis soir, ils sont des centaines à venir se divertir rue de la Douane, au Waux Hall des Jardins de Tivoli, l'un des bals les plus courus de Paris.

Les robes à jupons tournoient, les moustaches sont parfaitement lustrées. Des bras séducteurs et virils maintiennent des hanches souples et peu farouches. Les décolletés profonds s'offrent aux vertiges d'une soirée de fête comme seul Paris sait en proposer.

Sur l'estrade, les trente musiciens jouent fort, mais pas assez pour couvrir les rires des hommes et les exclamations des femmes. L'établissement compte dans son orchestre un virtuose du nouvel instrument à la mode, le saxophone. Dans une capitale qui vit de plus en plus la nuit, des centaines de couples, souvent illégitimes, se forment sur des rythmes endiablés. Les danses se succèdent, des quadrilles affolés, des reprises d'opéras bouffes entrecoupées de morceaux venus d'horizons différents, comme la lointaine Nouvelle-Orléans des Amériques. Peu importe la provenance du morceau, pourvu qu'il soit entraînant. Par-dessus la musique, un présentateur à l'habit fatigué annonce déjà le numéro à venir du célèbre contorsionniste, Valentin le Désossé.

Vincent se fraye péniblement un chemin dans la foule festive. Jamais il n'a fréquenté ces soirées. Il aurait sans doute bien aimé céder à ces ambiances aussi joyeuses que superficielles, mais son existence ne lui en a pas laissé le loisir. La nécessité lui a appris à préférer les vertus de l'aube aux charmes de la nuit.

Lui n'est pas ici pour se distraire, séduire ou s'enivrer. Aussi bizarre que cela puisse paraître, c'est le travail qui l'amène dans ce temple de la danse et du libertinage. Une première. Jamais il n'avait payé un franc pour se rendre à un rendez-vous, et c'est pourtant ce que lui a coûté l'entrée. Quel genre d'homme, dont il n'a d'ailleurs aucune recommandation, peut organiser une entrevue dans un endroit pareil pour un motif sérieux ?

Vincent progresse au hasard, en se demandant s'il reconnaîtra seulement celui qui l'attend. Insensible aux corps qui le frôlent, masculins ou féminins, il scrute la coursive qui domine tout le pourtour de la salle. Celui qui a souhaité le rencontrer devrait logiquement s'y trouver. Il aperçoit beaucoup de couples, des tablées d'amis. Soudain, il croise le regard d'un homme seul. L'individu se tient bien droit, les tempes grisonnantes encadrant un visage fin et anguleux. Il émane de lui une indéniable noblesse. L'inconnu lui adresse un signe discret.

Pour rejoindre l'escalier qui mène à la coursive, Vincent doit encore traverser la moitié de la salle. Les danseurs forment une marée humaine dont il peine à remonter le flot. À contre-courant, chahuté, parfois entraîné, il parvient malgré tout à rallier son but.

À l'étage, l'ambiance est tout aussi frivole, mais heureusement moins débridée. Vincent ne prête aucune attention aux regards insistants des femmes. Il avance droit vers l'homme qui s'est levé pour l'accueillir. Ils se saluent. Vincent note les mains soignées de l'inconnu : il n'est donc pas de basse condition. La poignée de main est froide, juste assez ferme pour rassurer. Il remarque aussi le chapeau melon posé à côté de lui. L'accessoire est un symbole social plus ambigu que ne le serait une casquette ou un haut-de-forme.

— Merci d'avoir répondu à mon invitation. Prenez place, je vous prie.

Vincent se glisse sur sa chaise. La vue sur la salle y est excellente.

— Ne les regardez pas danser trop longtemps, ironise l'homme, cela donne le mal de mer…

Sans chercher à s'en dissimuler, l'inconnu pose un regard à la fois franc et serein sur Vincent. Celui-ci en serait presque impressionné.

En contrebas, l'orchestre vient d'entamer une gavotte. La foule réagit et se reconfigure dans une débauche de gesticulations bruyantes.

Face à Vincent, l'individu reste étrangement silencieux.

— Pour être honnête, monsieur, lance Vincent, j'ai hésité à venir.

— Je m'en doute. Rassurez-vous, je n'ai pas choisi ce lieu parce qu'il me plaît, mais parce qu'il m'est utile. La foule est un remarquable gage de discrétion.

La réflexion interpelle Vincent. Il pensait être le seul à raisonner de la sorte.

— Puis-je vous demander qui vous a recommandé nos services ?

— Personne. Ce sont vos créations qui m'ont conduit à vous. Vous trouver n'a pas été simple.

— Comment avez-vous découvert notre existence ?

— Disons que les circonstances ont amené certains de ceux qui vous connaissent à me parler de vos prodiges. Mais pour vous dire vrai, je n'avais aucune idée de ce à quoi vous ressembliez physiquement.

— Vous m'avez pourtant tout de suite reconnu lorsque je suis entré dans le bal...

— Reconnu, non. Identifié, oui. Aucun homme ne vient ici seul, Vincent. Nous sommes des exceptions, et j'imagine sans peine ce que doivent en déduire certains.

L'idée semble amuser l'individu. Vincent n'est pas à son aise.

— Vous avez signé votre message : « Monsieur Charles », dit-il, se concentrant de nouveau sur leur conversation. Est-ce seulement votre véritable nom ?

— Judicieuse question. Charles est mon prénom. Je ne communique pas mon patronyme, exactement comme vous, monsieur Vincent.

Une femme plantureuse à la tenue tapageuse approche et les entoure de ses bras sans manière.

— Que vous faut-il pour votre bonheur, messeigneurs ? Du vin, de l'amour ?

Charles répond sans se démonter :

— Servez-nous du vin ! De cela, il est honnête de faire commerce...

— À vos ordres, messieurs.

La femme s'éloigne.

— Qu'attendez-vous de moi ? demande Vincent.

— Une compétence, sans aucun doute. Pourquoi pas un appui...

— Expliquez-vous.

En contrebas, l'armée de couples virevoltants vient d'entamer une valse autrichienne jouée sur un tempo d'opérette. Cela ne trouble pas les deux hommes.

— En quoi croyez-vous, Vincent ?

— Pardon ?

L'homme le regarde droit dans les yeux.

— D'où vient votre force de vie ? Pour quoi ou pour qui vous battez-vous ?

Vincent hausse un sourcil. Une question si personnelle dans un lieu si artificiel a quelque chose de déplacé.

— Pardonnez ma franchise, monsieur, mais ce sont des sujets privés que je n'aborde pas avec des inconnus dans des endroits qui s'y prêtent si peu.

— Si nous n'en parlons pas, Vincent, alors effectivement nous resterons des inconnus. Quant au lieu, le principe même d'une intégrité consiste à perdurer dans un monde qui la menace en permanence.

Les mots trouvent immédiatement un écho en lui, de façon étrangement intense. Charles ajoute :

— Je vous demande ce qui vous tient debout car j'ai besoin de savoir à qui j'ai affaire. Sans perdre de temps. Ce n'est pas un simple contrat que je suis venu négocier. Je respecte votre refus de me répondre, mais j'espère que vous connaissez au moins les réponses à ces questions pour vous-même. Aucun homme ne sait qui il est tant qu'il les ignore.

— Assurément.

La femme apporte le vin, que Charles règle largement sans hésiter. Il saisit son verre et le lève.

— À notre drôle de rencontre, Vincent. J'espère qu'elle ne sera que la première.

Puis il se tourne vers la salle.

— À ces gens qui s'amusent, sans se douter qu'il faudrait déjà voir plus loin.

Vincent lève son verre en retour.

— À vous, monsieur, qui que vous soyez.

Les deux hommes avalent une gorgée. La moue qu'ils font laisse penser qu'ils partagent au moins le même avis sur le breuvage. Vincent ne déteste pas le moment, mais il doit en avoir le cœur net.

— Ne jugez pas mon attitude comme un manque de respect. Je ne suis qu'un artisan et je mets un point d'honneur à satisfaire mes commanditaires. J'ai toutefois peur que nous partions sur de mauvaises bases. Mettez-vous un instant à ma place, monsieur : personne ne vous recommande, vous me donnez rendez-vous dans un bal, vous m'offrez à boire, et pourtant je ne sais toujours rien du travail que vous souhaitez me confier.

— Votre méfiance est légitime. D'ordinaire, vous concevez des passages secrets pour des gens qui en ont envie. Cette fois, si vous acceptez, ce ne sera pas le cas. Je n'ai pas besoin de vos services à titre personnel. Par contre, la cause que je représente en dépend.

— Une cause ? Vous n'êtes pas de ces anarchistes ou de ces pseudo-partis qui veulent révolutionner le monde ? Auquel cas notre discussion s'arrêterait là. Je n'apprécie pas les gens qui parlent de liberté en tuant ceux qui ne partagent pas leurs opinions.

— Non, Vincent. Aucune violence ne m'anime. Je suis désolé de ne pouvoir vous en dire plus pour l'heure, mais avant de vous dévoiler quoi que ce soit, je vais avoir besoin d'apprendre à vous connaître. Je dois savoir si je peux vous faire confiance.

— J'en suis là également.

— Que voulez-vous savoir de moi ?

Vincent hésite. Il choisit la franchise.

— Qui êtes-vous, réellement ?

Le dénommé Charles détourne les yeux vers la salle.

— Disons que j'ai suffisamment vécu pour apprendre que ce que l'on fait pour soi-même n'est jamais l'essentiel. Je suis assez vieux pour avoir appris que cette vie peut vous reprendre tout ce qu'elle vous a donné. Je suis assez loin sur le chemin pour savoir que les vrais combats sont silencieux et qu'ils exigent parfois que l'on se sacrifie pour eux.

Ses paroles touchent Vincent au plus profond de lui-même.

— Que voulez-vous de moi ?

— Que vous réfléchissiez, Vincent. À ce que vous éprouvez ce soir, aux questions que j'ai l'indiscrétion de vous poser. À votre première impression en me voyant – je suis certain que vous avez appris à écouter cela. Ce sera votre premier pas vers moi. Il ne sera pas question de vous faire œuvrer gratuitement. Mais vous devrez vous engager. Il ne pourra pas s'agir d'une simple prestation. Vous faire croire autre chose serait vous mentir. Prenez le temps. Dans quelques jours, je vous proposerai un nouveau rendez-vous. Peut-être déciderez-vous de ne pas vous y rendre. Vous n'entendrez alors plus jamais parler de moi. Si par contre, vous acceptez que nous devenions autre chose que des inconnus, alors nous aurons beaucoup à faire.
— Vous ne me confierez rien de plus ce soir ?
L'homme se penche et murmure, les yeux rivés à ceux de Vincent :
— Ce n'est pas pour dissimuler un quelconque secret que je vous sollicite. J'ai besoin de vous pour protéger une vérité qui a changé la vie de tous ceux qui en ont pris connaissance.

15

L'étonnante entrevue l'ayant empêché de dormir, Vincent a accepté d'accompagner Konrad pour se changer les idées. Ils viennent d'aller visiter le chantier d'un lotissement rue Le Peletier : l'Allemand envisage d'y investir dans un appartement. Le quartier lui plaît. Outre le gigantesque magasin du Printemps qui se trouve déjà tout près, on y annonce la multiplication des commerces et la plus grande concentration de boutiques, offrant un choix inégalé dans toute la capitale.

Il fait un temps magnifique. Les femmes sortent sans châle, s'exposant aux ardents rayons du soleil tout en veillant à préserver la pâleur de leur teint sous des ombrelles et des chapeaux à large bord. Les badauds s'attardent devant les vitrines remplies de nouveautés, sans cesse sollicités par les marchands d'anneaux de sûreté qui leur conseillent d'accrocher leurs biens pour ne pas se faire délester par les chapardeurs. Le long de ces grandes artères, tout est fait pour tenter ceux qui en ont les moyens et profiter de leur crédulité d'une façon ou d'une autre.

C'est déjà le deuxième homme que les deux compagnons remarquent ainsi affublé d'étranges lunettes qui protègent leurs yeux des excès de la lumière grâce à des verres teintés de couleur sombre. Cette extravagance, sans doute venue des Amériques, pourrait bien devenir une mode. L'époque est à l'excentricité, et les nombreux visiteurs accourus du monde entier pour l'Exposition, qui ouvre enfin le lendemain, apportent avec eux leur lot d'inventions saugrenues et d'usages inédits.

À l'angle d'un carrefour, une jeune chanteuse des rues interprète l'indémodable *Temps des cerises* d'une voix haut perchée. Plus loin, un marchand de journaux hurle sa une, annonçant que les anarchistes menacent l'inauguration officielle de l'Exposition et projettent de s'en prendre au président Carnot. Ces funestes annonces n'entament en rien la douceur de vivre ambiante. À force de ne se nourrir que de sensationnel, la presse n'est plus autant prise au sérieux qu'avant.

Par ce bel après-midi de printemps, Konrad ne déborde pas d'enthousiasme à l'idée de retourner travailler dans leur atelier souterrain. Une idée lui vient.

— Puisque nous sommes dans ce quartier, laisse-moi te montrer un endroit unique. Tu sauras comment je parviens à gagner quelques sous...

Sans attendre la réponse de son comparse, Konrad s'élance et traverse la chaussée. Vincent n'a pas d'autre choix que de le suivre.

Les deux hommes se faufilent entre les différents moyens de transport. Il en arrive de partout. Montés en terrasse des gros omnibus tirés par trois chevaux, les hommes tiennent leur chapeau pendant que les dames restent à l'abri dans la cabine du dessous. Les charrettes et les tombereaux tractés par des carnes fatiguées qui se traînent le long du trottoir se font apostropher par les fiacres aux attelages piaffants et bien plus rapides. Le ballet à double sens est de plus en plus dense. Paris ne tardera pas à être paralysé par sa circulation et ses travaux incessants.

Konrad remonte la rue de Châteaudun pour s'engager dans une voie transversale. En quelques enjambées il change d'univers. Ici, plus de calèches. Plus de vitrines ni de boutiques aguichantes. Pas de façades d'immeubles uniformément alignées. Les femmes en toilette et leurs beaux messieurs ne se perdent pas dans ces parages. Ils restent dans la lumière.

Dans cette étroite rue où le soleil ne pénètre pas, les immeubles n'ont pas été refaits par des promoteurs. Les donneurs de coups de main proposent leurs services. Ces voies secondaires abritent maintes vies modestes, et uniquement des commerces d'utilité. Les constructions, dans ces parages, ne sont qu'un assemblage de maisons qui se sont agglutinées les unes aux autres au fil du temps, conférant à l'ensemble un aspect chaotique, bien éloigné des lotissements ordonnés que l'on érige sur les nouvelles voies.

D'un pas volontaire, Konrad progresse jusqu'à une échoppe. Situé entre un garnisseur de matelas et un réparateur de souliers qui travaille dans la rue, l'établissement étonne à la fois par son apparence vétuste et son activité. Sur la plaque d'enseigne suspendue à la potence est inscrit « Quasimodo », juste au-dessus d'une tête horrible – la piètre qualité de la peinture s'ajoute à la probable laideur du modèle.

Konrad s'arrête devant l'entrée et se tourne vers son compagnon.

— Chaque fois que j'en ai le temps, je tente, lui explique-t-il, et ça ne loupe jamais. Tu as de la chance, il n'y a pas trop de monde à cette heure-ci. Parce qu'en fin de journée, la queue s'étire souvent jusque dehors.

Sur la porte, l'affiche placardée proclame : « Rencontrez le Monstre le plus laid de Paris et si vous résistez, gagnez jusqu'à vingt sous ! » Un autre panneau plus petit précise que l'endroit est interdit aux enfants, aux femmes et aux religieux.

Entraînant Vincent à sa suite, Konrad entre sans hésiter. Un couloir sombre mène à un unique guichet. Lorsqu'ils arrivent devant, un homme portant moustache et casquette explique mécaniquement :

— C'est vingt sous la confrontation. Si vous ne montrez aucune peur, alors vous repartez avec votre mise, plus une prime de vingt sous supplémentaires. Par contre, si vous avez la moindre réaction d'épouvante, si vous criez, si vous tombez du tabouret ou si vous fuyez, vous ne gagnez rien. Le patron vous observe, et c'est lui qui décide ce que vaut votre bravoure. En cas de contestation, c'est le monstre lui-même qui vous réglera votre compte. C'est bien clair ?

Konrad hoche la tête et pose deux pièces sur le comptoir.

— Je paye pour mon ami.

L'homme les ramasse prestement.

— Très bien. Mais vous passerez chacun votre tour. Attendez.

Trois personnes patientent déjà. Vincent se demande ce qu'il fait là. Un hurlement résonne soudain et un homme jaillit de la cabine tout au bout du couloir. Il s'enfuit vers la sortie sans demander son reste. Déjà, le suivant prend sa place.

Vincent s'amuse :

— Le pauvre bougre semble avoir vu le diable !

— Si ce n'était que le diable… réplique Konrad, impatient de voir comment son complice va se comporter face à ce que lui arrive à surmonter.

À voix basse, il précise :

— Derrière le rideau, se trouve un petit tabouret sur lequel tu t'assois. Quand tu es installé, le tissu face à toi s'écarte, et tu découvres un monstre informe qui te fixe de son regard bestial. Il n'est qu'à une coudée de toi. Il est si proche qu'une fois, j'ai même senti la tiédeur de son haleine. Le truc, c'est que le tabouret est minuscule et fixé au sol. Si tu as le moindre mouvement de recul, tu tombes et tu as perdu. Les premières fois, je me suis fait avoir, mais je sentais que je pouvais tenir. Alors je suis revenu.

— C'est ça le jeu ? Ne pas se laisser effrayer par un monstre de foire ?

— Rigole, mais ce n'est pas si facile ! Moi, pour réussir, je me concentre et je me bloque. Je me dis que mes pieds sont vissés au plancher et je garde les mains plaquées sur mes cuisses. Je retiens mon souffle. Du coup, quand il apparaît, je suis comme une statue de pierre, juste assez longtemps pour que le patron croie que je n'ai pas peur...

La personne avant eux vient de s'enfuir à son tour en criant. Plus qu'un, et ce sera à Konrad. L'affaire est vite réglée, et le candidat ressort, livide. Si lui ne beugle pas, il s'en va quand même en titubant, comme s'il avait été assommé.

Konrad disparaît derrière le rideau, laissant Vincent seul. On perçoit des mouvements, un glissement de textile, et un grognement. Après quelques interminables secondes, une voix étouffée déclare :

— Félicitations, vous avez résisté au monstre. Achille, donne quarante sous au grand barbu.

Konrad ressort. Son attitude fière ne parvient pas à masquer son regard affolé. Il ramasse ses pièces et pousse son camarade dans la cabine.

— Sois fort.

Vincent passe derrière l'épais rideau. L'espace est obscur, exigu, comme un cabinet secret habillé de tentures. Ses yeux ont du mal à s'accommoder. Il prend place sur le tabouret et regarde devant lui en posant ses mains bien à plat sur ses cuisses, comme le lui a conseillé Konrad. Il est prêt, sans trop savoir à quoi.

Soudain, devant lui, le tissu s'écarte, révélant un torse couvert d'une toile grossière, surmonté d'un visage inhumain. La lumière rasante accentue les bosses qui déforment le front jusqu'à étirer les traits d'une face épouvantable. Les paupières ressemblent à des vagues de chair venues s'échouer sur l'excroissance immonde qui doit être le nez. La bouche est tordue, les lèvres difformes. Un râle terrible s'en échappe.

Vincent ne réagit pas. Il reste totalement impassible. L'immobilité de son corps contraste cependant avec la violente tempête qui le secoue intérieurement. Car à la seconde même où il a vu la créature, un sentiment extrême l'a submergé.

Ce n'est pas le faciès contrefait qu'il a d'abord perçu, mais les yeux, emplis d'une détresse infinie. Un appel au secours hurlé silencieusement. Au point qu'il en oublie le reste. Il ne peut s'en détacher, les idées s'entrechoquent dans son esprit. Comment peut-il rester assis sans même tressaillir devant ce qui ferait fuir n'importe qui ? Est-il à ce point devenu incapable d'éprouver le moindre sentiment ? À moins que cet épouvantable visage n'ouvre en lui un gouffre, un abîme au fond duquel il a malgré tout réussi à percevoir quelque chose d'absolument humain…

Vincent est tout à coup terrassé par une émotion inconnue : pour la première fois, dans ce regard perdu, il a l'impression de contempler ce qu'il ressent. Une fenêtre perturbante ouverte sur lui-même. Il vient de mettre une image sur la solitude qui l'envahit parfois.

Vincent pourrait rester ainsi des heures à contempler ce qui le remue si fort, mais déjà la voix s'élève :

— Félicitations, vous avez résisté au monstre ! Achille, donne quarante sous au beau brun qui a perdu sa casquette. Au suivant !

16

Dans la chambre qu'il occupe ces jours-ci, l'épaule appuyée au mur près de la lucarne, Vincent observe discrètement la rue en contrebas. Prendre de la hauteur, toujours, pour étudier le spectacle de la vie et s'en abreuver. Tant que la lumière le lui permet encore, il écrit parfois dans son carnet. Il ne regarde rien de précis, se laisse juste distraire par le mouvement d'un ballet quotidien aux multiples facettes. Les marchands servent leurs derniers clients. Quelques garnements jouent à se poursuivre entre deux passages de charrettes, de plus en plus rares en ce début de soirée.

Vincent ne parvient pas à effacer de son esprit les yeux de l'infortunée créature qui lui a rapporté vingt sous. Absorbé par ses pensées, il n'entend pas Gabrielle qui balaie le couloir.

Lors de ses activités domestiques, la jeune femme préférerait porter d'autres vêtements que ceux que Pierre lui a procurés, mais elle n'en possède pas. Songeuse, elle non plus n'a pas remarqué Vincent, immobile comme il est. Elle passe la porte ouverte pour continuer son ménage, et s'avance pour remettre le lit en ordre.

Lorsqu'elle se met à taper l'oreiller, Vincent bondit sous le coup de la surprise, faisant réagir en retour Gabrielle, qui étouffe un cri et porte la main à son cœur.

— Vous m'avez fait peur ! s'exclame-t-elle.
— Il semble que ce soit notre lot chaque fois que nous nous rencontrons. Déjà, dans la cuisine...
— Je croyais que la chambre était vide.
— Je pensais l'étage désert.

Debout, face à face, ils sont aussi gênés l'un que l'autre. Vincent remarque les nouveaux habits de la jeune femme. Ce n'est pas tant ce qu'elle porte qui attire son attention que sa façon de le porter. Vêtue autrement qu'en guenilles, elle est vraiment très belle. Elle surpasse le charme fardé de ces femmes du monde qui ont besoin de bijoux et de soieries pour briller. Gabrielle possède ce que ses consœurs cherchent à reproduire à coups d'artifices : la beauté pure d'un visage et d'un corps que la nature a bien dotés.

La dernière fois que Vincent a vu une femme aussi ravissante, elle était en plâtre et lui a sauvé la vie.

— C'est vous qui dormez ici ? demande Gabrielle.
— En ce moment, oui.
— Je pensais que c'était Eustasio...

Vincent ne répond pas. La jeune femme repose l'oreiller et déclare soudain, sans oser le regarder :

— Vous ne m'aimez pas, n'est-ce pas ?
— Qu'est-ce qui peut bien vous faire croire ça ?
— Vous vous méfiez de moi.
— Je suis obligé d'être prudent. Admettez que votre façon d'arriver a été assez particulière...
— Je ne l'ai pas choisie, se défend Gabrielle.
— J'en suis désormais convaincu, je ne vous reproche rien.

La tension dans les épaules de la jeune femme se relâche.

— Je n'ai pas eu l'occasion de vous le dire avant, fait-elle, mais je vous remercie de m'avoir permis de rester.
— C'est Pierre qui a décidé.
— Vous m'auriez renvoyée ?

— Qui sait ? Mes amis prétendent que non. La vie étant une représentation unique, nous ne saurons jamais quel rôle j'aurais joué si c'était moi qui vous avais découverte.

— Si vous aviez ordonné que l'on me rejette dehors, personne n'aurait osé s'opposer à vous. Je vous dois mon séjour.

— Ce n'est pas aussi simple, Gabrielle. Si je ne me trompe pas, vous n'êtes d'ailleurs pas ressortie depuis que vous avez échoué dans nos murs.

— Je m'y sens en sécurité. Cela ne m'est pas arrivé souvent. Je sais ce que je risque dans la rue. Ce monde est cruel, surtout pour les femmes.

— Comptez-vous ressortir un jour ?

Son regard clair se rive au sien.

— Sortir, ou partir ?

— Sortir.

— Peut-être, au moins pour me rendre au marché avec Henri.

— Qui vous a appris à cuisiner ?

— Ma mère. Elle disait que pour ceux qui n'ont pas eu la chance de recevoir d'éducation, savoir nourrir leurs semblables est une planche de salut.

Vincent sourit.

— Cela vous amuse ?

— Cela m'impressionne. Il y a chez les gens qui souffrent une sagesse que ceux qui ont tout ne peuvent jamais se payer. Vous avez déjà nourri vos semblables ? Des hommes ?

— Ma mère m'a aussi enseigné que pour s'attacher un homme, le séduire peut être une solution, mais que pour se faire accepter de plusieurs, il vaut mieux mettre la table et remplir les assiettes.

Cette fois, ils rient ensemble. Vincent réplique :

— Mon père prétendait que pour s'assurer la fidélité d'une femme, il faut la vêtir et la loger le plus luxueusement possible. Il n'omettait jamais de préciser que l'on peut aussi arriver au même résultat en l'aimant sincèrement.

Gabrielle sourit largement.

— Les propos de mon père vous amusent ?

— Ils me touchent. Les gens capables d'aimer ont un pouvoir que tous les autres leur envient.

— Votre famille doit s'inquiéter de votre absence. Si vous le souhaitez, Henri pourra leur déposer un message.

— Je n'ai plus personne, à part une sœur dont j'ai perdu la trace.

Gabrielle se détourne et replace l'édredon.

— Vous étiez en train de travailler, je vais vous laisser. Pardon de vous avoir dérangé.

— Vous ne m'importunez pas. Merci de tout ce que vous faites pour notre petite compagnie. Tout le monde apprécie.

— Pas vous ?

Il y a une pointe d'inquiétude dans sa voix.

— Si, mais comme le dit Pierre, trop attentif à ce qui peut nous menacer, j'ai souvent tendance à ne pas savoir me réjouir de ce que l'instant peut offrir d'agréable.

La jeune femme va pour ressortir, mais arrivée à la porte, elle fait volte-face.

— Puis-je vous poser une question personnelle ?

— Essayons.

— Comment en êtes-vous arrivé à créer des passages secrets ?

Il rit.

— Pierre s'est donc trompé. Vous comprenez parfaitement ce que vous entendez...

— Vous en doutiez ?

— Pas une seconde.

— Ma question vous contrarie ? Vous pensez encore que c'est de l'espionnage ?

— Non. D'ailleurs, mon histoire ne présente aucun intérêt pour qui voudrait nous concurrencer. Mais à vrai dire, on ne me l'a jamais demandé...

Son regard s'évade par la fenêtre. La nuit commence à tomber. Lentement, les souvenirs remontent, et Vincent se met à raconter.

— Pierre et moi avons perdu notre père très tôt. J'étais même plus jeune qu'Henri. Pour aider ma mère à maintenir la maison, il a fallu que je trouve du travail. Un jour, alors que je livrais du charbon chez un horloger, j'ai été fasciné par son atelier. Tous ces outils, ces pièces aux formes parfaites et mystérieuses... Peu de découvertes m'ont subjugué autant que l'accumulation de ces rouages, ces mécaniques astucieuses sur lesquelles on peut compter, qui vont jusqu'à nous faire croire que nous maîtrisons le temps et que le monde tourne rond. J'ai tout de suite admiré cet homme, dont le travail était d'autant plus précieux que personne n'en avait conscience. Je suis revenu le voir, de plus en plus souvent, même quand je n'avais rien à livrer. Des jours durant, je suis resté devant sa vitrine à l'observer. Il m'a pris en sympathie et a commencé à me confier une course, puis deux, puis des petits travaux. Un soir, alors que je n'attendais rien de plus, il m'a proposé de faire de moi son apprenti. Ce fut sans doute l'un des plus beaux moments de ma vie. Pour la première fois, j'avais été choisi par quelqu'un qui avait vu en moi autre chose qu'un gamin sale et perdu.

Il baisse les yeux avant de reprendre :

— Il m'a enseigné la mécanique, toutes les façons de travailler le métal, aussi bien pour des montres que pour des pendules, celles qui ornent les frontons des monuments. Il était exigeant, parfois dur, mais aucunement méchant. Je ne l'ai jamais confondu avec mon père, mais il a été mon bienfaiteur. Il m'a offert une éducation, un savoir-faire, inculqué une curiosité.

Quelques années plus tard, il m'a avoué qu'il lui arrivait de fabriquer des mécanismes pour des passages dérobés et des cachettes. Un jour où il avait pris froid, j'ai assuré un rendez-vous à sa place. C'est alors que j'ai rencontré l'homme qui l'avait formé – un véritable génie. Ce fut pour moi une révélation. J'ai eu l'impression de découvrir ce pour quoi j'étais fait. Ça me fait drôle d'évoquer celui qui m'a tendu la main, surtout aujourd'hui. Au service de ce brave homme, j'ai vécu les seules belles années que j'aie connues depuis mon enfance.

— Il doit être fier de votre réussite.

— Il n'en a rien su. Il est mort avant que je m'installe.

— Pierre s'est alors joint à vous ?

— Je l'ai associé, mais il aurait trouvé sans moi, car il a du talent et le travail ne lui fait pas peur.

— Je crois qu'il m'aime bien.

— C'est certain. Si ce n'était pas le cas, lorsque vous êtes tombée par la trappe, il m'aurait demandé ce qu'il devait faire. Or il a choisi par lui-même. Sans hésiter.

— Il n'agit pas ainsi d'habitude ?

— Depuis qu'il est venu au monde, vous sauver est la première décision qu'il ait prise seul.

17

Konrad repose son rabot à bois et libère la pièce d'acajou des mâchoires de l'étau. Avec une douceur que sa carrure ne laisse pas deviner, il en caresse l'arrondi afin de vérifier que plus rien n'altère la courbe. Cet élément viendra compléter la décoration de la bibliothèque truquée que lui et ses compagnons préparent pour un député collectionneur de livres interdits. Ce modèle de meuble est un de leur grand classique. La bibliothèque à compartiment secret est sans doute le type de projet dont ils ont le plus reçu commande. À tel point que lorsque Konrad, Eustasio, Pierre ou Vincent en repèrent une dans un intérieur, ils soupçonnent immédiatement qu'elle puisse dissimuler un passage ou une cache.

Non loin de là, à la grande table, Vincent réfléchit en dessinant. Des gestes brefs, précis, des lignes claires. Ses croquis l'ont toujours aidé à poser ses idées. Cette fois, c'est la salle voûtée d'Alfred Minguier qu'il a représentée. Pour percer le secret du passage supposé s'y trouver, il a adopté une nouvelle approche : il tente d'imaginer la façon dont lui-même l'aurait implanté s'il en avait été le créateur. En se mettant dans la peau des concepteurs, il espère aboutir à la même solution qu'eux.

La configuration se résume à trois éléments : le mur, la voûte, les piliers. Une équation à trois inconnues. Aucun meuble ou aménagement derrière lequel dissimuler l'accès. Aucune fausse cloison. Quel que soit l'angle sous lequel il aborde le problème, il se heurte à la même interrogation majeure : par quel moyen le mur peut-il se décaler, se soulever ou pivoter ? Second écueil : où diable se cache le déclencheur ?

Pour approfondir son étude, Vincent multiplie les hypothèses, les schémas. Pierre a bien vu que son frère se torturait sur un plan, mais il n'a pas osé lui demander de quoi il s'agissait.

Henri, si. Le Clou a tourné longuement autour de la table en surveillant du coin de l'œil pour guetter le bon moment. À la seconde où Vincent a posé son crayon, il s'est approché.

— Un nouveau projet ?
— Si on veut. Mais d'un genre particulier.

Constatant que sa curiosité ne provoque aucun rejet, le garçon s'avance davantage.

— Qu'est-ce que tu as dessiné ?
— Le plan d'une salle souterraine. Ici vue du dessus, là en coupe.
— Pourquoi ces flèches ? Et là, ce sont des poulies et des leviers ?
— J'essaie de comprendre comment actionner ce mur-ci. Pour une fois, on ne nous demande pas de concevoir un passage, mais d'en ouvrir un qui existe déjà. Son propriétaire en ignore l'usage et m'a demandé mon aide.
— Un genre de cambriolage honnête.

Le parallèle est inattendu mais séduit Vincent.

— On peut le considérer ainsi.
— Tu vas y arriver ?
— Je l'espère. Pour l'instant, je suis comme n'importe quel non-initié. J'en ignore le secret. Je soupçonne cependant que ceux qui l'ont créé ont forcément appliqué les principes qui régissent tout passage dérobé.
— Il existe des règles ?

— Comme en toute science.
— Tu me les apprendras ? S'il te plaît...
Vincent se tourne vers le garçon et le regarde droit dans les yeux.
— Tu crois que je vais te confier des informations aussi précieuses ? Comme ça, en bavardant parce qu'on est copains ?
— J'aimerais bien.
— Mes maîtres ont mis des années à en partager certaines avec moi, et depuis je me démène pour les compléter, les réunir et les formaliser. Elles représentent les clés de notre métier, la somme d'une expérience acquise durant des siècles s'appliquant aussi à l'art de la magie et de l'illusion. Comme tout savoir rare, elles ne peuvent pas être transmises à la légère. Elles ne doivent pas servir à s'amuser.
— Je ne veux pas jouer avec, je veux réfléchir, comme toi.
— Seras-tu capable de les garder pour toi ?
— Promis, je n'en dirai jamais rien, à personne.
Vincent lui fait signe de s'approcher et lui souffle :
— Soit, je t'en offre une aujourd'hui : un bon passage secret obéit toujours à cinq grands principes. Le premier de tous, c'est la discrétion.
— La discrétion, répète Henri, très concentré.
— Exactement. Le meilleur des passages est celui dont on ne soupçonne pas l'existence. Personne ne s'en prend à ce qu'il ne voit pas.
Henri a les yeux qui brillent, mais très vite son cerveau se remet à tourner.
— Pour celui de ta salle souterraine, tu n'en es plus là, affirme-t-il. Toi, tu sais qu'il existe.
— En effet. Pourtant, ses créateurs ont tellement bien appliqué cette première règle que je doute encore qu'il s'y trouve. Étonnant, n'est-ce pas ?
— Apprends-moi encore !

— Un seul principe aujourd'hui. Nous verrons la suite plus tard, si tu en as vraiment envie et si tu as bien retenu ce que je viens de te confier.

— J'en ai vraiment envie ! fait le garçon avec ferveur.

La voix de Gabrielle résonne dans la cave, les interrompant.

— À table !

Le Clou fait une grimace qui amuse Vincent.

— Quelle tête bizarre tu fais !

— Je crève de faim... mais je veux aussi continuer à apprendre !

— Celui qui m'a appris mon métier disait : « Seul un corps rassasié peut être réceptif à ce dont il n'a pas un besoin vital. » Allons déjeuner.

18

Ce soir, Vincent a rendez-vous avec un mort. Dans le cimetière Saint-Vincent, au coin de la rue du même nom, face à la fameuse taverne autrefois connue sous le nom de Cabaret des Assassins. Certaines conjonctions ne peuvent qu'interpeller sur la véritable nature du hasard ; ici, le destin tragique de son père et la mémoire de l'homme qui l'a pris sous son aile réunis autour de son prénom. Comme si les personnes qui avaient fait de lui un homme s'étaient croisées sur ce carrefour où le pire côtoie le meilleur. Le sort déchaîne parfois ses pouvoirs jusqu'à vous empêcher de fuir, vous ramenant sans cesse là où il vous a sculpté.

Vincent arrive à hauteur du cabaret et de son animation tapageuse. Les jeunes ne soupçonnent jamais les drames vécus par ceux qui les ont précédés à l'endroit même où ils croient au bonheur.

Chaque fois qu'il passe à proximité de ce lieu, son cœur se serre. Un poison douloureux se répand dans ses veines. Les images, les sons lui reviennent. La violence aussi... Bien qu'il ne veuille surtout pas s'attarder, ses pas pèsent et ses épaules ploient sous le fardeau. Il rentre la tête. Ses poings se contractent à s'en faire blanchir les articulations. Une colère intacte gronde en lui. Mais il ne peut pas s'arrêter à cela. Il doit continuer son chemin. Certains obstacles ne peuvent pas être détruits, alors il faut les contourner pour continuer à avancer.

Il traverse la rue sans se retourner et longe l'arrière du petit cimetière. Pour y pénétrer, Vincent préfère sauter le mur une fois la nuit venue. Il n'a rien à se reprocher, mais il est plus tranquille. Le territoire des morts ne lui fait pas peur. Il y connaît beaucoup de monde.

D'un coup d'œil, il s'assure que la rue est calme, puis escalade aisément l'enceinte tout en maintenant sa besace qui tinte. Il est là pour un anniversaire qu'il ne manquerait pour rien au monde. La date du 5 mai est sacrée.

Retombant sur ses jambes, il se glisse entre les tombes, descend l'escalier de la terrasse supérieure. Vincent aurait aimé pouvoir y offrir une sépulture particulière à son père, où il aurait ensuite inhumé sa mère quand son tour était venu. Mais à l'époque, son frère et lui n'avaient même plus de quoi manger. Vincent en était réduit à voler pour nourrir son cadet et faisait semblant de se goinfrer pour que Pierre n'ait pas mauvaise conscience en avalant le peu qu'ils récoltaient. Plus de parents pour les protéger. Abandonnés dans un monde dont ils avaient brutalement découvert les lois en les subissant. Ils n'avaient assisté ni aux funérailles de leur père, parce que leur mère n'avait pas eu les moyens d'en payer, ni aux siennes, parce qu'ils n'avaient même pas été prévenus. Vincent croit savoir que leurs dépouilles se trouvent dans une fosse commune du nouveau grand cimetière d'en bas. Lorsqu'il pense à ses parents, il a envie de croire qu'un paradis existe après la mort, parce que cela lui laisse l'espoir qu'ils partagent enfin un bonheur que cette terre leur a refusé. Quand il tente de se remémorer le visage de son père, ses traits sont de moins en moins précis. Seuls sont gravés en lui ses mots, son regard ou ses rares gestes tendres.

Vincent se glisse entre les sépultures. Même par cette nuit sans lune, il sait où il va. Il se repère aux imposants mausolées de l'allée principale. Exactement comme pour les halls des hôtels particuliers, chacun des monuments funéraires porte l'image que le défunt ou sa famille veulent donner d'eux-mêmes. L'orgueil résiste à la mort le temps que durent les édifices.

Le vent s'est levé. Le cimetière est sombre et désert. Au même moment, par-delà la butte, les festivités de l'inauguration officielle de l'Exposition universelle battent leur plein. Vincent ne pourra rien en entendre, ni même apercevoir la moindre lueur de feu d'artifice dans le ciel.

Au nom du passé, il est seul entre les tombes, pendant que tout ce que le monde compte de célébrités fête joyeusement l'avenir.

Il repère rapidement le caveau aussi haut qu'étroit de la puissante famille Picard. Le défunt qu'il vient visiter ce soir est inhumé juste sur la gauche, sous une dalle bien plus modeste. Parvenu devant la sépulture, Vincent s'incline.

«Étienne Begel 1830-1880». Sur la ligne au-dessous, il est précisé : «Horloger de génie». Même si cette mention lui a coûté beaucoup d'argent, Vincent a tenu à la faire graver sur la tombe de son mentor. Ce soir, c'est l'anniversaire du jour où M. Begel l'a embauché comme apprenti. Même s'il n'en parle jamais, Vincent y pense à chaque nouvelle commande. Il n'oublie pas ceux qui lui ont ouvert leur porte – ils ne sont pas si nombreux. Étrangement, il n'évoque jamais son ancien patron, ni avec ses compagnons, ni même avec Pierre. Il n'aime pas exposer ses sentiments. Il aura fallu qu'une quasi-inconnue lui pose une question personnelle pour qu'il en parle, pas plus tard qu'hier. Encore un hasard. M. Begel plaisantait souvent à ce sujet, prétendant que les coïncidences sont les liens que le Grand Horloger nous attache pour nous rappeler à notre propre histoire.

Un craquement sec derrière lui interpelle Vincent. Il se retourne aussitôt et scrute la nuit, ne distinguant que les silhouettes des stèles. Tout est immobile. Alors qu'il se rassure, il entend un nouveau bruit.

— Henri, c'est toi ? Approche, n'aie pas peur, c'est moi. Tu es venu voir s'il y avait du courrier ?

Aucune réponse. Il attend un moment et finit par se retourner vers la tombe. Ce n'est sans doute que l'un des nombreux chats qui fréquentent ce lieu la nuit. De sa besace, il extrait deux gobelets en verre et une bouteille de vin rouge. Il s'accroupit devant la pierre tombale et verse à boire dans chacun des récipients. Levant le sien, il déclare :

— Je vous souhaite bon anniversaire, monsieur Begel. Que le jour où je vous ai rencontré soit béni. Merci de m'avoir donné ma chance. Je me rappelle chaque jour ce que vous avez fait pour moi.

Il trinque en cognant légèrement son verre contre le nom gravé et avale une gorgée.

— Il y a pas mal de neuf depuis ma dernière visite, reprend-il. Les affaires marchent bien, même s'il faut faire attention. Nous sommes tout de même cinq à vivre sur notre activité…

Il parle aussi naturellement que si son interlocuteur se tenait devant lui.

— Les clients sont de plus en plus étranges. Des hommes riches, des politiques. De moins en moins de choses à protéger et de plus en plus à cacher. L'époque prend un drôle de tour. Parfois, même si vous me manquez, je me réjouis que vous ne soyez plus là pour voir la façon dont les choses se pratiquent aujourd'hui. Moins d'honneur, plus d'intérêt. Peut-être est-ce moi qui vieillis… Sinon, Pierre va bien, Henri aussi. Le Clou sera bientôt aussi grand que moi. J'aurais aimé que vous le connaissiez. Il vous aurait sans doute rappelé le jeune homme que j'étais ! Konrad et Eustasio font de l'excellent travail. Ce soir, notre Italien est de sortie, au bras de sa comtesse. Il célèbre l'inauguration de l'Exposition. Henri crevait d'envie d'y aller, mais je lui ai demandé de rester avec Gabrielle, chez nous. Ah oui ! Gabrielle... Il faut vous dire que la maison n'est plus exclusivement peuplée d'hommes. Nous hébergeons une jeune femme, fort belle soit dit en passant, qui a de sérieux ennuis avec une bande peu recommandable. Je crois que Pierre a un faible pour elle.

Un nouveau bruit suspect l'interrompt. Cette fois, il ne peut plus croire qu'il s'agisse d'un chat, ni même d'un rat. Sur la pointe des pieds, il s'aventure dans l'allée. Tous ses sens sont en alerte. Il a déplié son couteau, prêt à tout.

Il patrouille ainsi un bon moment entre les sépultures voisines, en vain. Peut-être a-t-il mis en fuite un rôdeur ?

Lorsqu'il revient, le verre d'Étienne Begel n'a pas bougé. Mais une lettre cachetée a été déposée juste à côté. Un frisson parcourt sa colonne vertébrale. Il regarde tout autour de lui, mais ne distingue toujours rien.

Les mains tremblantes, il ouvre le pli. Il fait trop sombre pour lire les quelques lignes.

Celui qui a déposé ce message est encore forcément dans les parages. Peut-être même est-il en train de l'observer. Peut-être a-t-il entendu ce qu'il confiait à son maître. Un genou à terre, il pose respectueusement sa main sur la pierre tombale pour saluer celui qu'il était venu voir ce soir. À voix basse, il murmure :

— Pardon, monsieur Begel, mais je dois y aller.

Vincent a vu juste. Il est observé. Même si ce n'est pas l'homme au lacet de cuir qui a déposé la missive, il est là. Tout proche.

19

L'énigme posée par le passage secret d'Alfred Minguier tourne à l'obsession. Vincent n'arrête pas d'y réfléchir. Dès qu'il a un instant de libre, il s'évertue à projeter chaque mécanisme qu'il connaît, chaque subterfuge qui aurait pu être utilisé. Lorsque l'industriel a proposé des dates pour continuer ses recherches sur le site, il a sauté sur la première. Il était impatient de retourner se confronter à ce mystère, non pour essayer de triompher de l'esprit des inventeurs du passage, mais pour apprendre de leur savoir-faire.

Il lui est déjà arrivé d'avoir à débusquer des caches. Clément, son ami d'enfance qui travaille comme inspecteur pour la police spéciale, lui a même demandé une fois d'expertiser une maison dont un anarchiste recherché avait inexplicablement réussi à s'enfuir. Vincent n'avait pas mis longtemps à découvrir le réduit habilement dissimulé derrière une double paroi dans la chambre. L'homme n'avait pas fui : il s'était contenté de se cacher en attendant que les agents s'en aillent. Après qu'ils avaient déserté les lieux, il était parti tranquillement, en se payant le luxe de déménager toutes ses affaires sans être inquiété.

La cave de M. Minguier pose un problème d'une tout autre nature. Vincent n'a désormais plus de doute sur l'existence d'une ouverture secrète, car il a lu de ses propres yeux les annotations des anciens propriétaires mentionnant sans équivoque sa présence. Minguier a cependant pris soin d'éviter qu'il ne puisse en lire trop, et Vincent n'a rien appris sur ce qui pouvait se trouver dans « l'au-delà ». L'homme d'affaires est une fois encore resté évasif, arguant poliment que cet aspect ne le concernait pas.

Ce soir, pour réduire le champ de son incompréhension, Vincent est décidé à faire preuve de méthode. Alors que Minguier allume les lampes dans la salle du mur, il revient vers les pièces qu'ils ont toujours traversées rapidement. Trop, peut-être.

— Que faites-vous ? Vous repartez déjà ?

— Non, rassurez-vous. Je commence simplement par le début. Vous permettez que je vous emprunte une lanterne ?

Minguier le regarde faire, dubitatif. Son spécialiste retourne se positionner au bas de l'escalier qui les a conduits au sous-sol. Il en analyse même les marches et les parois. Vincent étudie systématiquement ce qui l'entoure. Minguier s'empare d'une autre lanterne et le rejoint.

— Laissez-moi vous éclairer.

— Merci. Davantage de lumière n'est pas de refus dans un cas comme celui-ci.

Il se faufile derrière les caisses, saute sur les tonneaux vides pour regarder en hauteur, puis les déplace. Il inspecte la moindre anfractuosité des murs de pierre, s'intéresse à chaque bloc qui pourrait sembler suspect. Le petit homme le suit pas à pas. Alors qu'il commence à fouiller le bric-à-brac entassé dans la seconde salle, Vincent commente :

— Je comprends que vous ne souhaitiez pas me divulguer ce qui peut se trouver derrière votre mur...

— Pour la bonne raison que je n'en sais rien de précis !

— ... mais avez-vous au moins des précisions sur ceux qui ont aménagé ce passage ? Apprendre qui ils étaient me permettrait d'en déduire leur cheminement d'implantation.

— Leur cheminement d'implantation ?

— Au fil des siècles, partout dans Paris, beaucoup de gens ont imaginé des moyens de cacher leurs biens ou leurs desseins. Mais tous ne le font pas de la même façon. Brigands, religieux, mystiques ou simples commerçants ont chacun une approche particulière, qui découle de leur mentalité et de leur milieu.

— Que voulez-vous dire ?

— Chacun de ces groupes possède ses valeurs, sa culture et sa propre méthode pour protéger ce qu'il estime précieux.

Sans s'interrompre, il s'arc-boute pour décaler un vieux buffet aux portes disloquées.

— Par exemple, les brigands multiplient les pièges – souvent mortels –, ce qui implique qu'ouvrir un de leurs accès n'est pas synonyme de victoire. Le danger persiste par la suite, partout en embuscade, car ils multiplient chausse-trappes et autres machines à tuer, y compris dans le contenu même de leur trésor. Leurs passages sont tout en résistance et en promesses de violence. Entrer n'est que le début de l'épreuve ; ressortir vivant s'avère généralement bien plus compliqué.

Le buffet ne dissimulait rien. Vincent secoue la tête et continue ses investigations tout en ajoutant :

— Les religieux, les ordres monastiques ou de chevalerie sont sans doute les plus sobres dans leurs réalisations. Les meilleurs, aussi. Ce sont eux qui ont posé les bases de l'art du passage secret. Les prêtres égyptiens ont été les précurseurs, et depuis, quels que soient le siècle ou la civilisation, tous ont apporté leur contribution. Les passages de ces communautés associent souvent une véritable épure de fonctionnement à une excellente idée de départ. La simplicité apparente de leurs créations n'a d'égale que la finesse experte de leur conception. La qualité du lieu choisi pour dissimuler leur trésor est primordiale ; celui-ci se situe fréquemment au cœur de leurs propres institutions. Ils ne faisaient preuve d'aucune perfidie, mais la cruauté ne les effrayait pas.

— Vous avez parlé des mystiques...

— Ils constituent une importante communauté dans l'univers des passages dérobés. L'occulte est lié au secret, et les souterrains ou doubles murs sont le prolongement logique de leur esprit. Il en va de leurs lieux comme de leurs mots : ils revêtent parfois un sens au-delà des apparences. Seuls les initiés peuvent en franchir le seuil. Leurs installations s'avèrent redoutables pour ceux qui n'y sont pas invités. Ils n'hésitent pas à placer poisons et substances chimiques aux réactions imprévisibles, aussi bien sur les mécanismes d'ouverture que sur les objets de convoitise eux-mêmes. C'est à cause d'eux que mon maître m'a conseillé d'avoir en permanence un gant sur moi, car poser la main sur ce qu'ils voulaient se réserver peut conduire à la mort, générant légendes et malédictions bien plus efficaces pour repousser les curieux que n'importe quel artifice de camouflage.

— Vous avez beaucoup étudié.

— J'ai eu la chance d'avoir un excellent guide, qui avait lui-même été formé par un génie de l'illusion, l'un des plus grands que la terre ait porté. Avec cet homme, pour qui j'ai travaillé par la suite, j'ai eu le privilège de découvrir les secrets de quelques passages...

— Selon votre expertise, qui aurait pu avoir des raisons d'œuvrer ici ?

— Il conviendrait d'étudier l'histoire de la maison depuis sa construction. Je ne pense pas qu'il puisse s'agir de brigands. S'ils accomplissaient leurs forfaits au centre de la capitale, ils préféraient s'en éloigner pour établir leurs repaires. À ma connaissance, ni religieux, ni chevaliers n'ont possédé ce quartier. Peut-être des mystiques...

En manipulant les divers objets abandonnés dans les caves, Vincent soulève des nuages de poussière et fait fuir les araignées. Tout à coup, derrière une pile de vieux paniers d'osier craquants, il aperçoit un anneau scellé dans le mur.

— Voilà qui est intéressant...
— Qu'avez-vous trouvé ? s'enquiert avidement Minguier.
Sans se soucier de salir ses beaux habits, l'industriel se glisse dans le fatras pour le rejoindre. Vincent étudie l'anneau rouillé avec précaution, d'abord sans le toucher. Il en respire le métal. Il tire de sa poche un gant en coton blanc et l'enfile avant de le saisir fermement.
— Vous pensez qu'il peut être empoisonné ? demande Minguier, penché sur son épaule.
— J'ai entendu des histoires étonnantes...
Vincent tente d'abord de tirer dessus, mais cela ne donne rien. Il essaye alors de le tourner à la façon d'une clé. Sans plus d'effet. Il combine ensuite différents mouvements, puis se relève pour vérifier si cela a pu avoir une conséquence dans la salle voisine. Rien n'a bougé.
— Que croyez-vous que ce soit ? interroge Minguier, tout excité.
— Un simple anneau, monsieur, rien de plus. Il nous faut chercher encore.

20

Cette fois, Vincent est venu seul. Il n'en a parlé à personne, pas même à Konrad, qui lui a pourtant fait connaître l'endroit. Il y a davantage de monde aujourd'hui. Vincent pose ses vingt sous sur le comptoir du guichet et l'homme lui débite les règles sur un ton monocorde.

— ... Si vous criez, si vous tombez du tabouret ou si vous fuyez, vous ne gagnez rien. Le patron vous observe et il est seul juge de votre bravoure. Si vous contestez, on libère le monstre et vous le regretterez. Est-ce bien clair ?

Vincent hoche la tête et prend son tour dans la file. Tous ceux qui se confrontent au « Quasimodo » ne s'enfuient pas en hurlant. Certains s'évanouissent et tombent à la renverse. Ceux-là sont traînés dehors, où l'air frais est le seul à prendre soin d'eux. D'autres jurent dans des patois ou des langues étrangères. Il y a même un livreur qui a gémi comme un animal blessé avant de sortir en pleurant. Sur la dizaine de candidats à la rencontre, un seul en est sorti victorieux. Un petit homme tout sec, portant un costume qui avait dû vêtir son père avant lui tant il était usé. Il n'a pas fait le fanfaron, son visage n'a rien exprimé, ni devant la créature, ni après. Il a empoché son gain sans prononcer une parole avant de disparaître.

Vincent se demande ce qui pousse chacun à venir tester sa résistance face à cette exception malheureuse de la nature. L'appât du gain ? La recherche d'un frisson ? La volonté de se prouver quelque chose ?

Et lui ? Pourquoi est-il revenu dès qu'il en a eu l'occasion ? Pourquoi ce regard lui a-t-il fait tant d'effet ? Vient-il comme on s'offre à un vertige qui peut vous engloutir ? Éprouve-t-il une sorte de fascination du vide ? Est-ce le désir d'explorer la faille que cette rencontre semble avoir ouverte en lui ? À moins qu'il ne s'agisse d'une reconnaissance viscérale, celle d'un sentiment aussi pur qu'il est sombre, capable de naître uniquement d'un corps atrocement contrefait ou d'une vie trop lourde pour celui qui la porte.

Son tour arrive. Vincent pénètre dans le vestibule et s'assoit. Il ne pense ni à coller ses pieds ni à caler ses mains. Il ne redoute pas cette rencontre, il la souhaite. Ce n'est pas tant une confrontation à un « monstre » qu'un face-à-face avec lui-même.

Le rideau s'écarte. Le torse habillé de haillons surgit, portant le terrifiant visage dont l'éclairage de biais fait toujours autant ressortir les bosses. Les traits paraissent encore plus dissonants que la première fois. « Épouvantable » serait le mot approprié, s'il n'y avait ce regard dans lequel Vincent plonge encore une fois. Le monstre grogne, mais cela ne l'effraie pas. Il a presque l'impression que la créature s'adresse à lui. Une bête acculée qui se fierait à son instinct pour quémander un ultime secours. Vincent est-il le seul à l'entendre ? Comment les autres peuvent-ils y percevoir la moindre menace ? À moins qu'il ne fasse que projeter ce qu'il éprouve sur un râle fait pour épouvanter les visiteurs. Vincent hésite à tendre la main. Mais tout va si vite...

— Félicitations. Vous avez triomphé face au monstre. Encore un gagnant ce matin ! Si ça continue, on va mettre la clé sous la porte. Achille, donne quarante sous au beau brun tête nue. Au suivant!

Vincent ramasse son gain, non sans mauvaise conscience. Non, il n'a pas triomphé face au monstre. C'est même tout le contraire.

21

Bien que de nature curieuse, la comtesse n'a pas osé prendre place près de la vitre. Elle a laissé Eustasio s'y installer. Il leur a fallu s'armer de patience pour y accéder, et chaque siège de l'étrange petit wagon est occupé. Les passagers qui ont la chance d'avoir embarqué commentent déjà ce qu'ils s'apprêtent à vivre. Ils ont hâte, autant pour l'expérience que pour raconter qu'ils y étaient.

Depuis l'inauguration, Mme de Vignole et Eustasio passent leur temps disponible à visiter les différents pavillons de l'Exposition, mais jusqu'à aujourd'hui, jamais encore ils n'étaient montés sur l'immense tour métallique de trois cents mètres.

La manifestation est propice aux rencontres. Lorsqu'elle croise une de ses connaissances, la comtesse présente Eustasio comme un jeune noble italien venu découvrir Paris. Les femmes ne manquent pas de minauder devant ce bel étranger doté d'un physique avantageux et d'un accent charmant. Ces dames admirent sa maîtrise de la langue tout en le dévorant des yeux. Les hommes cherchent immédiatement à évaluer sa fortune, seul terrain sur lequel ils ont une chance de lui reprendre l'avantage. Combien faut-il d'actions de la Compagnie des mines du Brésil pour surpasser une ligne d'épaules aussi séduisante ?

La comtesse a pris soin d'expliquer à son protégé comment se comporter devant ces individus. Plutôt que de lui souffler ce qu'il convient de dire, elle lui a surtout conseillé de se taire. Dans cette bonne société, chaque information saisie devient une arme, chaque révélation happée est une prise de pouvoir. Lors de ces joutes feutrées, il convient de conserver une attitude légèrement distante, de donner des réponses générales et de tourner des compliments faciles, sans jamais se départir d'un sourire idéal. Celui d'Eustasio est parfait, lumineux et viril, mais il n'a pas l'habitude de l'offrir autrement que spontanément. Alors qu'il se plaignait d'avoir à le forcer, la comtesse lui a suggéré d'imaginer que c'était à elle qu'il l'adressait. Depuis, le sourire ravageur du bel Italien fait merveille. En public, il l'appelle « madame la comtesse », et lui est « duc de Perenote ». Quand ils sont à l'abri des oreilles indiscrètes, ils ne sont plus qu'Hortense et Eustasio.

Eustasio apprécie plus que tout les moments où ils ne sont qu'un couple comme tant d'autres au milieu de la foule des curieux. Il aime que personne ne les distingue, être anonyme au grand jour, pour vivre leur lien particulier sans avoir à jouer un rôle. Il a eu beaucoup de mal à accepter que sa belle lui offre les superbes habits qu'il porte. Il a d'ailleurs promis de les lui rembourser, jusqu'à ses boutons de manchette et son épingle à cravate.

Le départ est imminent. Un opérateur referme les portes après avoir souhaité à tous « une bonne ascension au nom de M. Gustave Eiffel ». On raconte que souvent, c'est le grand homme lui-même qui accueille ses visiteurs. L'opérateur fait signe au machiniste assis à l'extérieur de la cabine, et le voyage commence.

Le roulement des câbles produit un ronflement sourd et continu, la cabine s'élève le long du pilier est. L'entrelacs de poutrelles rivetées au cœur duquel ce vaisseau du futur évolue sans à-coup ne gêne pas pour voir les environs.

Depuis son ouverture au public, il n'existe aucun autre endroit au monde dont on parle davantage. La tour Eiffel attire les foules et s'impose déjà comme l'attraction majeure de cette Exposition universelle. Grâce à elle et à ses lumières, Paris rayonne – dans tous les sens du terme. De tous les pays d'Europe et même des Amériques, en bateau, en train, à cheval, on se précipite pour la découvrir, ainsi que les autres merveilles qui s'étalent à ses pieds. Inventions révolutionnaires, matières précieuses venues du bout du monde, prodiges de la science, produits manufacturés d'un luxe inouï, machines fabuleuses, nouvelles énergies ; c'est un festival qui réinvente la civilisation.

La cabine a déjà dépassé la cime des arbres et semble désormais s'envoler au-dessus des toits des immeubles les plus hauts. La sensation d'altitude est saisissante. Il paraît qu'imperceptiblement, après le premier étage, l'inclinaison de l'appareil compense la courbe de la jambe du monument. Un exploit technique de plus pour cette construction hors norme, qui les accumule. Paris se révèle peu à peu sous un angle inédit. Le mouvement d'ascension modifie continuellement la perception de la ville, dont chaque bâtiment rapetisse alors qu'à l'inverse, la cité dans son ensemble ne cesse de s'étendre en même temps que s'ouvre l'horizon.

Impressionnée, Hortense respire fort. Discrètement, elle se serre contre son chevalier servant, qui le remarque. Bien que la vue le fascine, ce rapprochement le distrait du spectacle.

Ils se situent à présent à une hauteur inédite. Peu d'humains peuvent se vanter d'être montés aussi haut, et ils ne font qu'arriver au premier étage de la structure !

La cabine ralentit et s'immobilise. Les portes s'ouvrent et les voyageurs descendent se disperser sur l'immense terrasse. Même si l'endroit propose un théâtre, différents restaurants ou des bars – tous les plus hauts du monde –, chacun se presse d'abord vers les rambardes pour admirer la vue. Dans sa longue robe d'après-midi, la comtesse paraît glisser sur le plancher.

Face au spectacle grandiose, les exclamations fusent. Il n'y a que les oiseaux et les téméraires qui s'aventurent dans les nacelles des ballons captifs à gaz pour s'offrir cette imprenable perspective. Le cœur de Mme de Vignole bat la chamade. L'expression « avoir Paris à ses pieds » prend ici tout son sens, et nul besoin d'être une vedette, un roi ou un président pour la faire sienne.

Eustasio saisit la balustrade. Vus d'ici, la Seine pourtant si large passerait presque pour une rivière, et le palais du Trocadéro n'est pas plus grand qu'un cirque. De cette hauteur, la ville se lit comme un plan.

— Ne te penche pas, lance la comtesse, restée en retrait. J'ai si peur que tu tombes.

Il se tourne vers elle.

— Auriez-vous le vertige, vous si courageuse ?

Il lui tend la main. Elle la saisit et se laisse guider. Les voilà côte à côte, appuyés à la rambarde.

— Je n'ai jamais rien vécu d'aussi fabuleux, murmure-t-elle, grisée.

Le visage rafraîchi par le vent, éblouie par la lumière, Hortense ne sait plus où porter son regard tant il y a à voir. Elle distingue nettement le Sacré-Cœur en construction, Notre-Dame, et même l'Arc de triomphe. Enthousiaste comme une enfant, elle les désigne à Eustasio. Ces hauts lieux paraissent si proches qu'il semble possible de les rejoindre en quelques pas de géant dans un décor de lilliputiens. La comtesse en est certaine, elle aperçoit même son avenue.

Tout à coup, une bourrasque l'oblige à retenir sa capeline ornée de plumes et de rubans de satin. Eustasio manque lui aussi de perdre son couvre-chef. L'incident les fait rire. Une casquette aurait mieux résisté, mais Hortense a insisté pour qu'il porte un haut-de-forme, en homme élégant. Ensemble, ils commencent à parcourir le périmètre pour faire le tour des vues offertes. Le panorama qui s'offre à eux paraît n'avoir aucune limite.

Bientôt, ils dominent toute l'Exposition – une ville dans la ville, ou plutôt, un monde entier dans la plus spectaculaire des capitales. Quand on songe que tout cela n'existera que pour quelques mois, on éprouve un vertige de plus. De leur terrasse, Hortense et Eustasio aperçoivent même la monumentale section installée aux Invalides et majoritairement consacrée aux armées. D'ici, on embrasse toute l'ampleur de la manifestation, et il est aisé de comprendre que Londres et Berlin soient jalouses. Même New York se montre envieuse ! Les centaines de drapeaux et d'oriflammes multicolores qui ornent les mâts ondulent dans la brise et animent l'incroyable déploiement architectural proposé aux curieux.

Si les industries déploient leurs plus beaux fleurons, le passé et l'Histoire n'ont pas été oubliés. Au pied de la tour, des quartiers entiers de villes exotiques ont été recréés. On aperçoit ainsi une rue d'Orient, une autre de l'Est, du Grand Nord ou d'Afrique. Tout ce que le globe compte de nations, de puissances économiques ou politiques, est représenté par différents pavillons qui rivalisent de grandeur pour se faire connaître sous leur meilleur jour.

À l'extrémité du Champ-de-Mars, juste après le hall central et la galerie des Manufactures, se dresse la gigantesque galerie des Machines, le plus vaste bâtiment jamais construit dans l'histoire de l'humanité. Ses hautes cheminées d'angle crachent une fumée dense et blanche, symbole de la puissance du progrès. Vue de si haut, la foule en contrebas ressemble à une colonie de fourmis.

Alors que les deux amants s'en amusent, un homme se présente à eux et s'incline respectueusement devant la comtesse.

— Mes hommages, madame.

Devant la perplexité de son interlocutrice, il précise :
— Nous nous sommes rencontrés à l'automne dernier chez M. Fauvel. C'est lui qui a fourni la majeure partie des vitres qui équipent les aménagements de cette tour. Je suis Bertrand de Montereuil et je suis son associé depuis peu.

Hortense lui abandonne sa main gantée, qu'il honore dans une parfaite maîtrise des usages.

— Ces nouveaux verres plats, si résistants qu'une pierre jetée contre eux ne les briserait pas, contribuent grandement au succès de l'édifice, reprend-il. Si madame la comtesse n'y entend rien, monsieur est peut-être intéressé d'y investir...

Eustasio ne sait comment réagir. Le dernier des nobliaux endimanchés s'exprime avec plus d'aisance que lui. Entre son chapeau qu'il ne sait pas tenir et ses souliers qui lui font mal, il ne fait décidément pas le poids. Après tout, Hortense serait aussi bien au bras de ce Bertrand. Elle aurait tout autant d'allure, et lui ne resterait pas sans voix, au risque de la desservir.

Devinant sa gêne, la comtesse intervient :
— Merci, cher Bertrand, je vous souhaite tout le succès possible dans cette nouvelle entreprise. Mon ami est un duc italien, et ses affaires ne sont ni dans le verre, ni dans l'acier.

L'homme s'incline respectueusement et se retire sans insister.

— Une fois encore, vous m'avez sauvé, la remercie Eustasio. Je suis indigne de vous.

— Je t'en prie, ne place pas d'orgueil là où il ne te manque encore qu'un peu de pratique.

— J'enrage de ne pas être de votre rang. Tout serait alors plus facile.

— Le rang ne fait pas l'homme, Eustasio, sinon ces petits princes auraient moins de mal à séduire autrement qu'avec leurs portefeuilles. D'ailleurs, celui-là travaille désormais pour un roturier... Viens, quittons cet endroit.

22

Le soir venu, l'Exposition se pare d'une autre atmosphère. Sans doute parce que ceux qui n'y viennent que pour se montrer sont partis aussitôt les mondanités du jour achevées. Mais aussi parce que les éclairages artificiels lui donnent un relief inédit. La science est désormais plus forte que la nuit. Il n'y a que les véritables curieux pour apprécier ce spectacle. La comtesse et Eustasio sont de ceux-là.

À la faveur de la pénombre qui s'étend, assurée de ne plus faire de rencontres importunes, Hortense s'autorise enfin à marcher serrée contre son homme. Ce changement d'attitude rassure bien plus Eustasio que n'importe quel serment d'amour.

Ensemble, ils découvrent l'extraordinaire pavillon de l'Électricité, un bâtiment assez vaste pour contenir un hôtel particulier et entièrement éclairé à l'aide d'une myriade d'ampoules aveuglantes, beaucoup plus lumineuses que n'importe quelle lampe à pétrole. Fleurs géantes et figures géométriques ont été agencées à l'aide des bulbes incandescents. Il faut se tordre le cou pour réussir à voir celles qui ornent le plafond et déversent leur pluie de lumière. Les générateurs qui les alimentent sont si puissants qu'il est impossible de se parler lorsque l'on se trouve près d'eux. Un panneau invite d'ailleurs à en faire l'expérience.

En sortant, tout ébahie du miracle, Hortense entraîne son amant vers la fontaine lumineuse du sculpteur Coutan, dans le jardin de l'Exposition. La dernière démonstration avant la clôture du soir vient d'être annoncée à grand renfort de crieurs.

La foule s'est massée autour du bassin à l'extrémité duquel un orchestre militaire entame les mesures d'une marche. Les premiers jets d'eau s'élèvent devant la monumentale sculpture, des silhouettes entremêlées surmontées par la déesse du Progrès. Tout à coup, les voilà qui s'illuminent de l'intérieur, et de différentes couleurs ! L'assistance est saisie. Les figures formées par les flots projetés irradient jusqu'à ressembler à des cristaux précieux géants. Une colonne rubis, une cascade émeraude... Des orgues aquatiques s'élèvent et se parent de teintes surnaturelles. Des milliers de gouttelettes semblables à des diamants s'envolent dans la nuit avant de retomber dans les bassins où se mirent les statues. Ce sont plus de trois cents jets d'eau qui s'illuminent d'or et de nuances changeantes. Le public s'extasie de plus belle. La lumière évolue au rythme de la musique. Le spectacle associe force et poésie en une alliance inédite.

Pour Hortense, comblée, la journée s'achève comme le plus merveilleux des rêves. Après la tour Eiffel, les diamants du pavillon de l'Afrique du Sud et les admirables mosaïques arabes, elle n'arrivera certainement pas à dormir. Alors que la fontaine révèle de nouvelles figures, elle enroule son bras autour de celui d'Eustasio. C'est la première fois que la comtesse s'autorise ce genre de familiarité dans un lieu public. Elle a toujours eu des gestes tendres envers son compagnon, mais jusque-là, elle ne les osait que dans le secret de son boudoir, où elle n'accueille d'ailleurs plus que lui. Surpris, il s'efforce de ne pas réagir. Pourtant il y aurait de quoi, tant il est chaviré. Ce geste le touche soudain davantage que tous les enchantements que le savoir-faire humain expose devant lui.

— Vous aimez ? lui demande-t-il à l'oreille.
— J'adore, répond-elle en se serrant encore davantage.

Ce qu'il aurait voulu avoir le courage de lui demander, c'est si elle l'aimait, lui. Il aurait rêvé l'entendre lui répondre qu'elle l'adorait. Mais sa question ne porte que sur le spectacle. Une lettre ou un mot de plus ou de moins peut tout changer.

Eustasio a tenu beaucoup de belles femmes dans ses bras, des conquêtes. Mais en présence d'Hortense, il éprouve autre chose. Ce ne sont ni son titre, ni ses biens qui l'ont séduit – il aurait pu en fréquenter de bien plus riches. C'est la personnalité de cette jeune dame qui l'a envoûté. Lorsqu'il travaillait sur le chantier de son boudoir, il a tout de suite remarqué sa liberté de ton, la vivacité de son esprit. Mme de Vignole n'a pas peur des hommes, elle sait les cerner au-delà des apparences qu'ils se donnent. Elle peut faire preuve de la plus extrême fermeté comme de la plus grande douceur. Son secret réside sans doute dans ce remarquable sens du discernement dont elle ne se départ jamais. Bien qu'elle le maîtrise, elle évolue en dehors du protocole en vigueur dans son milieu, où tout n'est qu'étiquette.

Eustasio profite du fait qu'elle est fascinée par la fontaine pour l'observer sans retenue. Les différentes lueurs colorent et redessinent son profil. Il aime sa peau au grain si fin, ses longs cils, et les boucles de ses cheveux qui couvrent sa nuque dont on devine cependant la noble courbure. Eustasio l'admire, et pas uniquement pour sa beauté. Une qualité l'a frappé lorsqu'il n'était encore que son artisan : elle ne craint pas de dire qu'elle ne sait pas. Elle n'a jamais peur d'avouer son ignorance, parce qu'elle est certaine d'avoir la capacité d'apprendre. C'est peut-être ce talent-là qu'Eustasio apprécie le plus.

L'Italien n'a jamais eu confiance en lui. Il sait pertinemment que si son physique n'avait pas été aussi attrayant, sa vie aurait été différente. Il lui a fallu développer son art bien au-delà de ce que d'autres font, pour que l'on remarque enfin davantage ce qu'il accomplit plutôt que son apparence. Au moment même où les jets d'eau culminent dans les airs sur un temps fort de l'orchestre, Eustasio prend conscience qu'avec ses compagnons, il a eu beaucoup de chance de construire ce qui lui a permis de rencontrer celle qu'il a l'audace d'envisager comme sa bien-aimée.

À la fin du morceau, après un bouquet final proprement féerique, l'eau retombe et le bassin s'apaise. L'orchestre a fini. La foule applaudit et se disperse. Le flot si vif et si lumineux l'instant d'avant n'est plus qu'une masse sombre à peine ondulante. Chacun prend le chemin du retour suivant son rang et ses moyens. Certains marcheront des kilomètres, les pieds déjà blessés par de longues heures à arpenter la foire. D'autres se paieront le luxe d'un fiacre. Les plus fortunés sont attendus par leur propre attelage. Pour éviter l'affluence, Eustasio a donné rendez-vous à celui de Mme de Vignole derrière le quartier du Moyen-Orient.

— Rentrons, Hortense, la fraîcheur s'installe et je ne veux pas que vous attrapiez du mal.

Alors que les badauds se dirigent vers les portes principales, le couple bifurque et disparaît entre des bâtiments égyptiens. Ils passent sous l'arche finement ouvragée qui marque l'entrée de la rue exotique. L'atmosphère est soudain complètement différente. La voie est déserte et l'éclairage approximatif. Les nombreux balcons et les tentures suspendues créent un jeu de formes et d'ombres mouvantes. Les gens qui peuplaient cette représentation de l'Afrique ont disparu.

Hortense est encore dans l'euphorie de sa journée.

— Quel spectacle étourdissant, ne trouves-tu pas ?

— *È magnifico!*

— Lorsque nous reviendrons, je voudrais aller visiter la galerie des Machines. Une amie me l'a décrite comme épouvantablement bruyante et d'une violence mécanique absolue, mais je crois cette femme assez fragile pour ne pas en avoir saisi l'intérêt.

— Nous irons où vous le désirez.

— Demain ?

— Je dois travailler, mais je peux me libérer pour vendredi.

— Je t'attendrai donc, et si tu tardes trop, j'exigerai que tu viennes faire une retouche de plus dans mon cabinet secret !

Elle l'embrasse en riant. La ruelle est de plus en plus sombre et la foule n'est plus qu'une lointaine rumeur. Ils sont seuls.

Tout à coup, une silhouette surgit sur leur route. Elle est rejointe par une seconde, puis une troisième. Les prenant pour des gardiens de l'Exposition, Eustasio se justifie :

— Bonsoir, messieurs, n'ayez aucune inquiétude, nous ne faisons que rejoindre le fiacre de Mme la comtesse qui nous attend plus loin.

Aucun des inconnus ne bouge. Le premier répond simplement :

— Nous ne sommes pas inquiets. C'est toi qui devrais l'être.

Le ton est glacial et la menace palpable. Eustasio s'interpose aussitôt devant Hortense.

— Nous n'avons pas d'argent sur nous, lance-t-il, et je vous conseille de laisser la *signora* en paix... Prenez garde.

Deux des inconnus éclatent d'un mauvais rire. Celui qui a déjà parlé ne bronche pas, son attitude est de loin la plus préoccupante. L'Italien commence à se dire qu'il ne s'en sortira pas sans se battre. Qu'importe, il fera face. Il est en forme, et l'idée que l'on puisse s'en prendre à Hortense décuple sa combativité.

La jeune femme ne comprend pas ce qui se joue. Eustasio veille à la maintenir dans son dos pour la préserver de ces mécréants. Après avoir vérifié que la retraite n'était pas coupée, il lui souffle :

— Fuyez, *bellissima*, courez jusqu'à l'allée centrale et cherchez-y refuge. Je vous protège.

Elle reste agrippée à lui. L'homme qui paraît être le chef exhibe soudain un poignard.

— Ce n'est pas elle qui a besoin de protection. On se fiche de ta poule.

Eustasio proteste :

— Comment osez-vous parler de m…

L'homme le charge directement. Eustasio esquive la lame de justesse et arrive à lui asséner un coup de poing au passage. Le combat n'est pas son domaine de prédilection, mais sa vivacité lui donne quelque avantage. Surprise par la hargne de l'assaut, Hortense pousse un cri. Elle recule. Les deux autres attaquent à leur tour son bien-aimé. Il les repousse tant bien que mal et distribue autant de coups qu'il le peut. Malgré sa maladresse, certains portent.

Ce sont maintenant trois couteaux qui le harcèlent.

— Laissez-le tranquille ! hurle la comtesse. Prenez mon collier et partez !

Elle le détache et le leur jette, mais les hommes n'en ont cure. Ils ne changent pas de proie et multiplient les attaques. Eustasio est déjà entaillé au bras et au flanc. Il se contorsionne comme il le peut pour échapper à leurs élans. Même si reprendre le dessus est impensable, il ne fuira pas.

— Vauriens ! s'écrie Hortense. À l'aide ! Brutes ! Laissez-le !

Elle vocifère, prête à se jeter dans la bataille, mais elle n'en a pas le temps. Eustasio vient de recevoir un coup plus sérieux. Il titube en s'agrippant la poitrine, avant de s'effondrer à terre.

Hortense hurle de toutes ses forces et, sans réfléchir, s'élance vers lui. Sa chemise est tachée de sang. La terrible marque s'étend rapidement. La jeune femme tente de redresser son homme et le serre dans ses bras.

Les trois agresseurs observent le résultat de leurs œuvres sans état d'âme. L'un d'eux maugrée :

— Je crois qu'il a son compte.

Ils n'ont pas le loisir de vérifier. Un coup de sifflet retentit dans la nuit. Deux gendarmes arrivent en courant depuis l'entrée principale.

— Que se passe-t-il par ici ?

— Au secours ! gémit Hortense, la voix brisée.

Les trois agresseurs prennent la fuite.

— Halte-là ! crie un gendarme.

Mais ces gens-là ne s'arrêtent pas quand un agent le leur demande. Ils ont déjà disparu.

23

Hors d'haleine, Vincent et Pierre atteignent enfin l'adresse de Mme de Vignole. La gouvernante les fait aussitôt entrer sans façon.

Alertée par le bruit, Hortense apparaît au sommet de l'escalier qui surplombe l'accueil, cheveux défaits et vêtue d'une simple robe d'intérieur.

— Bonsoir, madame la comtesse, s'incline Vincent, veuillez excuser notre visite tardive...

— J'aurais voulu vous faire prévenir plus rapidement, mais j'ignorais où vous trouver.

— Nous avons découvert votre message ce soir. Nous nous sommes immédiatement mis en route.

— Montez. Il se repose dans ma chambre.

Les deux frères grimpent les marches quatre à quatre. La comtesse les accueille sur le palier.

— Comment va-t-il ? demande Pierre, alarmé.

— J'ai fait venir mon médecin. D'après lui, Eustasio va s'en sortir, mais il a réellement frôlé la mort. À quelques centimètres près, c'en était fait de lui. Quand j'y pense... Il a perdu beaucoup de sang.

— Comment est-ce arrivé ? Votre message parlait d'une agression...

— Nous avons été attaqués alors que nous quittions l'Exposition.
— Et vous ? s'inquiète Vincent. Aucune violence ne vous a été faite ?
— Eustasio m'a protégée. Je n'ai été que l'impuissant témoin de cette abomination.
La comtesse dévisage les compagnons du blessé.
— Ne vous êtes-vous pas inquiétés de son absence ?
Vincent baisse les yeux.
— Pardon, madame, mais nous l'avons imaginé négligent parce qu'amoureux...
— Amoureux, je le crois. Négligent, ce n'est pas son genre.
Pierre explique :
— Chaque fois qu'il nous parle de vous, il a les mots les plus élogieux et les plus respectueux. Nous savons à quel point vous comptez pour notre ami.
La comtesse les entraîne jusqu'à la porte de sa chambre, qu'elle ouvre.
— Entrez, il vous a réclamés. Il sera heureux de vous voir.
Vincent et Pierre découvrent Eustasio somnolent, étendu dans un lit sculpté aux draps de précieuse toile fleurie. Voir leur complice dans cet environnement de luxe leur fait un drôle d'effet, comme s'il n'était tout à coup plus vraiment lui-même. Son torse est entouré de bandages serrés. Lui d'habitude si digne et soucieux de son attitude semble fragile. Pierre s'approche, bouleversé. Alors que les paupières du blessé frémissent, il saisit sa main doucement.
— Eustasio, on est là.
De la voix il encourage le malheureux Eustasio à ouvrir les yeux, mais la lumière l'aveugle. Il marmonne quelques mots en italien et entrouvre enfin les paupières. Il peine tout d'abord à reconnaître ses proches, mais un timide sourire finit tout de même par animer son visage.

— Vous êtes venus...
— Dès que nous avons su, précise Vincent en s'agenouillant à son tour à son chevet. Comment te sens-tu ?
— Fatigué, très fatigué. Mais ce n'est pas le plus grave.
Hortense se tient debout au pied du lit. Vincent la consulte du regard et déclare :
— Ne t'en fais pas, le docteur a dit que tu allais te remettre. Mme la comtesse est là pour te l'assurer.
— J'ai bien cru ma dernière heure venue. *Che Dio mi protegga...*
— On va s'occuper de toi. Cette histoire ne sera bientôt plus qu'un mauvais souvenir.
— Ma santé n'est pas importante. Ces bandits auraient pu s'en prendre à Hortense.
— Grâce à Dieu, ils ne l'ont pas fait.
Eustasio agrippe la main de Vincent.
— Écoute-moi. Nous n'avons pas eu affaire à des voleurs. Ils n'étaient pas là pour nous détrousser. D'autres motifs les animaient.
— Que veux-tu dire ?
— Ces *bastardi* étaient là pour moi. Ils avaient l'intention de me tuer, j'en suis certain.
Pierre fronce les sourcils.
— Commandités par des jaloux de ta relation avec madame ?
— Personne n'a connaissance de nos liens, intervient Hortense. Et malgré ce que vous pouvez penser, je n'ai pas tant de prétendants que cela.
— Alors, qui ? interroge Vincent. Connais-tu quelqu'un qui aurait des raisons de vouloir t'assassiner ?
— Non. Je n'ai ni dettes, ni ennemis.
— Une histoire dans ta famille, une vengeance ?
— Notre *famiglia* est paisible, et personne ne s'en soucie. D'ailleurs, si peu savent que je suis à Paris...
— Bon sang, il faut pourtant trouver l'explication !

— Peut-être t'ont-ils confondu avec quelqu'un d'autre? suggère Pierre.

— C'est ce que j'ai d'abord cru, mais en y réfléchissant, ça ne peut pas être le cas. *Dannazione!* Ils étaient renseignés. Pour connaître nos habitudes, sans doute nous suivaient-ils depuis des jours. Ils savaient que nous allions couper pour rejoindre le fiacre de Mme de Vignole, le seul garé de ce côté. Aucune confusion possible. Mme la comtesse n'était pas leur cible, ils l'ont d'ailleurs dit avant de m'attaquer. C'était forcément moi.

Il gémit. Hortense contourne le lit et lui éponge le front.

— Le docteur t'a prescrit du repos. Ne t'agite pas. Tu ne risques rien ici.

Eustasio s'entête malgré tout à poursuivre :

— Je n'arrête pas d'y penser, mais je ne comprends pas. Ils étaient trois, mais seul l'un d'eux m'a adressé la parole. Il m'identifiait parfaitement. Il était très calme, comme s'il était habitué à ce genre d'embuscade. Il était là pour m'éliminer purement et simplement, et me tuer ne lui posait aucun problème.

— Saurais-tu reconnaître cette canaille?

— Il faisait trop sombre pour que je puisse entrevoir son visage. J'ai pourtant noté un détail.

— Lequel?

— Lorsqu'il s'est interposé devant nous, avant qu'il ne se jette sur moi avec son couteau, il jouait sans cesse avec une fine lanière de cuir qu'il enroulait autour de son index.

— On ne risque pas de le retrouver avec un indice aussi mince... se désole Pierre.

Eustasio grimace et fait un effort pour se redresser un peu plus.

— Plus j'y songe, et plus je me dis qu'ils n'étaient pas vraiment là pour s'en prendre à moi.

— Tu viens de nous expliquer qu'ils t'identifiaient précisément.

— Oui, et je le maintiens, mais je crois que ce n'est pas ma propre personne que ces coups de couteau voulaient atteindre.
— Qui donc alors ?
— Nous, Vincent. Notre équipe.

24

Dans la cave voûtée se tient un conseil de crise. L'heure est grave. Gabrielle n'a pas été conviée, ni même avertie de ce qui s'est passé. Vincent est accoudé à la table des plans. Konrad vient seulement d'apprendre les détails de l'agression d'Eustasio. Il a du mal à contenir sa colère et tourne comme un lion en cage. Pierre s'efforce de raisonner Henri, qui lui non plus ne réagit pas bien.

Vincent prend la parole avec un ton inhabituellement solennel.

— En attendant de découvrir le fin mot de cette affaire, nous devons nous montrer très prudents. Henri, à partir de maintenant, ce n'est plus toi qui te rendras au cimetière pour ramasser les messages. Je m'en chargerai. Contente-toi de surveiller notre réserve d'or, et sois plus que jamais vigilant. Ne te déplace qu'en plein jour, en empruntant des rues où tu ne seras pas seul.

— Entendu.

— Tu crois notre fortune menacée ? s'inquiète Konrad.

— Je n'en sais rien, mais ce n'est pas le moment de la laisser sans surveillance.

— Quand pourrons-nous faire revenir Eustasio ? Il serait plus en sécurité ici.

— Dès qu'il sera transportable. Pas avant quelques jours, je le crains. Mais rassure-toi, en attendant, il est assez protégé chez la comtesse.

D'énervement, l'Allemand envoie un coup de poing contre un pilier.

— Pourquoi voudrait-on s'en prendre à nous ? tonne-t-il.

— Les raisons ne manquent pas, réplique Pierre. Quarante-huit à ce jour. Autant de passages que de secrets. Je le répète sans cesse, nos clients ne sont pas tous recommandables. Nous en savons beaucoup sur eux, sur ce qu'ils cachent, sur ce qu'ils possèdent. Et nous sommes les mieux placés pour y accéder.

Konrad réagit :

— Tu penses au marchand d'art et à ses certificats d'investissements ? Celui-là ne regarde jamais les gens en face. Ou alors, à ce sale traître de général qui vend des informations aux autres nations ?

— Tu peux ajouter ce président du Conseil qui collectionne les dossiers compromettants sur ses collègues pour les faire chanter... La liste des suspects potentiels est longue. Nombreux sont ceux qui pourraient être tentés d'éliminer les témoins de leur part la plus sombre.

— Comme les pharaons qui réduisaient au silence ceux qui avaient bâti leurs tombeaux... commente le menuisier.

Vincent les interrompt :

— Je n'imagine pas les clients que vous évoquez organisant un complot pour nous supprimer. Ils en ont peut-être la motivation, mais pas les moyens. Il faut disposer d'hommes sans scrupule, avoir des relations dans les milieux du crime.

Arrêtant soudain de faire les cent pas, Konrad s'exclame :

— *Warten Sie, meine Freunde !* Je n'y avais pas prêté attention sur le coup mais voilà deux jours, il m'est arrivé quelque chose d'étrange. Et à la lumière de ce que vient de subir Eustasio...

— Raconte ! le presse Henri.

— J'étais allé visiter un nouveau lotissement dans le centre. J'ai eu plusieurs fois l'impression qu'un fiacre me suivait. Son allure était étonnamment calée sur mon pas, toujours en retrait, empruntant les mêmes rues... J'ai cru que je me faisais des idées et je n'y ai plus pensé. Pourtant, lorsque j'ai traversé plus loin, un attelage a foncé sur moi, bousculant tous ceux qui se trouvaient sur sa route. Si je ne m'étais pas jeté sur le côté, il m'aurait piétiné.

— As-tu vu le cocher ? demande Vincent. Transportait-il un passager ?

Le menuisier secoue la tête.

— Tout s'est passé trop vite. Le temps que je me retourne, il avait disparu. Je me suis d'abord dit que le cheval s'était emballé, mais j'ai vraiment eu l'impression qu'il s'agissait du fiacre qui m'avait tenu compagnie plus tôt sur le chemin.

Pierre réagit aussitôt :

— Aucun de nous ne doit plus sortir seul. Peut-être faut-il aussi multiplier les protections autour de la maison et prévenir Gabrielle.

— Tu as raison, acquiesce Vincent. Je vous laisse vous en occuper. Je vais revenir vous aider mais avant, je dois me rendre à un rendez-vous qui, peut-être, nous éclairera...

25

Après une ultime oraison, l'office s'achève. En fléchissant un genou pendant qu'ils se signent face au chœur, les fidèles quittent peu à peu l'église Saint-Leu - Saint-Gilles. Les bancs se vident. Le curé s'affaire à ranger l'autel, puis disparaît dans la sacristie. La nef est bientôt déserte. Seul Vincent reste assis, comme on le lui a demandé.

L'écho de la porte qui se referme sur le dernier paroissien résonne dans l'enceinte. Pour Vincent, la sensation de calme qui s'impose aussitôt est loin d'être désagréable. Elle apparaît même comme l'œil du cyclone qui balaye son esprit. Le lieu l'apaise. Il n'a cependant jamais été familier du culte. Sa mère lui a bien appris quelques prières, mais il n'a pas souvent eu l'occasion de les réciter, et encore moins d'y croire. Il aurait pourtant beaucoup de choses à demander à Dieu. Pas pour lui, mais pour ceux auxquels il tient et que le Très-Haut a fréquemment malmenés.

Un homme vient s'asseoir à ses côtés. Vincent ne l'a pas entendu arriver, mais il n'a pas peur. Lui-même est habitué à apparaître ainsi. Il ne cherche même pas à vérifier de qui il s'agit. Son regard reste fixé sur le Christ en croix qui domine le chœur. Il perçoit cependant des gestes fluides et posés.

Charles se signe, joint les mains et, à voix basse, déclare :

— Je suis heureux que vous soyez venu. Puis-je en conclure que vous avez réfléchi ?

— Je ne fais que cela.

— Ce lieu de rendez-vous vous convient-il mieux que le bal ?

— Je me suis étonné de son adresse – rue de la Grande-Truanderie, dans un des quartiers les plus dangereux de la capitale. Je suis presque tenté d'y voir un signe. Il a au moins le mérite d'être plus calme. Mais je ne sais pas davantage ce que je viens y faire.

— Alors pourquoi avez-vous accepté mon invitation ?

— Parce que j'ai besoin de réponses, et que je parie que vous en avez quelques-unes.

Pour la première fois, Vincent tourne la tête vers son interlocuteur. Ils sont proches, bien plus que lors de leur première rencontre. Il n'y a plus de table entre eux. Le visage de Charles est toujours aussi noble, mais il impressionne moins Vincent aujourd'hui. L'homme esquisse un sourire et murmure :

— Je devine une colère en vous.

— Il y a de quoi.

— En suis-je responsable ?

— Je ne le sais pas encore, mais je compte bien le découvrir.

— Expliquez-moi, Vincent.

— Vous avez déposé votre lettre sur la tombe alors que je m'y trouvais.

— Je ne l'ai pas fait moi-même, mais on m'a effectivement rapporté votre présence.

— Un homme à vous ?

— Je ne possède aucun homme. Simplement quelqu'un de confiance.

— Pourquoi ne s'est-il pas fait connaître ?

— Il n'avait pas vocation à vous rencontrer. C'est un pur hasard s'il s'est trouvé là-bas en même temps que vous.
— Le hasard… Bien sûr. Était-il seul ?
— Il l'était. Pourquoi ces questions ?
— Parce que j'ai nettement eu l'impression que deux personnes m'épiaient cette nuit-là.
— Mon messager n'était pas là pour vous espionner, et je sais que personne ne l'accompagnait. Il ne m'a d'ailleurs pas informé d'une autre présence que la vôtre.

Vincent note que malgré son ton inquisiteur et l'aspect direct de ses questions, Charles ne se départ pas de son calme.

— Que se passe-t-il, Vincent ? Pourquoi êtes-vous dans cet état ?

N'obtenant aucune réponse, Charles insiste :
— De quoi me soupçonnez-vous ?

Vincent se tourne posément vers lui.
— Est-ce vous qui avez commandité l'assassinat de l'un de mes compagnons ? Peut-être même tenté d'en faire écraser un autre ?

Pour la première fois, Charles laisse filtrer une réaction qui échappe à sa maîtrise.

— Un de vos compagnons a été tué ?

L'homme semble sincèrement affecté. Comprenant qu'il suppose que la tentative de meurtre contre Eustasio a réussi, Vincent choisit de ne pas démentir. Il insiste :

— Est-ce vous qui vous en prenez à mon équipe ?
— Je suis venu chercher votre aide. Quel intérêt aurais-je à vous affaiblir ?
— Pour m'isoler, par exemple. Pour me fragiliser et me rendre plus manipulable.
— Souvenez-vous : l'une de mes premières questions concernait ce pour qui ou pour quoi vous vous battez.
— Je m'en souviens très bien. C'est d'ailleurs précisément à cela que l'on s'attaque.

— Êtes-vous certain que c'est bien votre équipe que ces meurtriers visaient ?
— Tout porte à le croire.
Charles soupire. Ses mains se séparent.
— Vous savez quelque chose ! réagit Vincent.
— J'en ai bien peur.
— Vous devez me le dire.
— Vincent, il va falloir que nous parlions vraiment. Cela risque d'être très perturbant pour vous, mais je n'ai plus le choix. Nous disposons d'encore moins de temps que ce que je redoutais. Suivez-moi.

26

La salle souterraine située sous l'église ne ressemble pas à une crypte, plutôt à un lieu de culte. Pas de tombeau, mais un modeste autel niché dans une chapelle surmontée d'une simple croix de fer rouillée. L'écrin de pierre nimbe chaque son d'un écho mat particulier, sans aucune résonance. Charles semble familier des lieux.

— Ici, nous serons à l'abri, déclare-t-il.

Sa voix est différente, plus ciselée. Dans ce silence sépulcral, rien ne vient la parasiter.

— Vincent, ce que je vais vous révéler va vous sembler extravagant. Rien ne vous oblige à le croire. Je dois cependant vous prévenir que vous ne pourrez plus jamais l'oublier. Il ne vous sera plus possible d'envisager notre monde comme vous le faites encore en cet instant. Ne croyez pas que j'exagère, je pèse mes mots : je l'ai moi-même vécu. Vous pouvez cependant décider d'y échapper avant que je ne commence. Si vous me demandez de me taire, je vous obéirai. Votre vie reprendra alors son cours. Mais cela ne vous protégera pas de ceux qui savent que vous existez.

— Bon sang, mais qui êtes-vous ?

— Je m'appelle Charles Adinson. Je suis officiellement mort voilà neuf ans. On m'a inhumé dans un petit cimetière normand qui domine la mer du haut de la falaise. Personne ne vient se recueillir sur ma tombe, pas même moi. Je suis mort parce que je n'avais plus de famille, mort parce que je crois en un monde meilleur. Je suis mort pour être libre. Désormais, je ne suis plus qu'un prénom – comme vous, Vincent – parce qu'à la différence de beaucoup, nos vies ne se résument pas au patronyme que nous portons, mais à ce que nous accomplissons. De mon plein gré, j'ai rejoint certaines personnes, dont je partage les espoirs. J'ai adjoint mes forces aux leurs. Comme ces gens chacun dans leur domaine, je consacre mon énergie et mes ressources à servir ce en quoi je crois. Je n'obéis aveuglément à personne. Je ne fais que soutenir ce que j'approuve. Je ne décide pas toujours, mais je m'engage sans réserve lorsque je suis convaincu. J'en sais assez sur vous pour croire que ces mots peuvent trouver une résonance au plus profond de votre âme.

— Vous ne savez rien de celui que je suis vraiment.

— En êtes-vous certain ?

— Étonnez-moi.

Charles dévisage Vincent comme on déchiffre un grimoire.

— Vous me lancez un défi ? Vous voulez des preuves ? Les débutants en ont souvent besoin. Mais êtes-vous prêt à les recevoir ?

— Disons que je suis assez vieux pour savoir que cette vie peut vous reprendre tout ce qu'elle vous a donné. Je n'ai rien à perdre.

Adinson sourit.

— Soit. Vous aurez choisi.

Il marque une pause avant de se lancer :

— Vous vous appelez Vincent Cavel. Vous et votre frère Pierre avez perdu vos parents très jeunes. Votre père a été tué sous vos yeux, par un ouvrier jaloux du travail qu'il venait d'obtenir à sa place, un soir, au cabaret qui se trouve d'ailleurs face au cimetière où vous étiez l'autre nuit.

Vincent se crispe et son regard se durcit.

— Comment pouvez-vous savoir cela ?
— De source sûre.
— Seul mon frère est au courant. Je n'en ai jamais parlé à personne. Connaissiez-vous ma famille ? Mon père ?
— Non. Contrairement à ce que vous affirmez, vous vous êtes confié à quelqu'un d'autre. Je suis certain que vous vous en souvenez.

Vincent vacille. Qu'un inconnu dont il se méfie puisse lui livrer ses plus intimes secrets lui donne la nausée. Il titube. Les mots résonnent dans son cerveau de plus en plus agité.

— Après le décès de votre mère, vous et votre frère avez été jetés à la rue par vos propriétaires, malgré votre offre de les servir. Vous avez décidé de vous cacher pour ne pas vous retrouver placés en orphelinat.

Vincent est sonné. Il lève la main, dérisoire bouclier dressé contre les paroles qu'il entend. Sans se laisser émouvoir, Charles poursuit :

— Vous avez alors fait la connaissance d'Étienne Begel, horloger, serrurier et grand spécialiste des systèmes mécaniques qui, outre ses activités officielles, œuvrait aussi pour des travaux plus discrets, voire secrets... Il vous a pris sous son aile et vous a formé.

Cavel pousse un râle de douleur. Il est choqué, physiquement obligé de reculer et de s'adosser au mur pour ne pas s'écrouler. Portant les mains à ses tempes, il croit perdre la raison.

— C'est avec lui que vous avez développé vos compétences. C'est lui qui vous a enseigné l'histoire des passages dérobés et leurs techniques.

Vincent ne veut plus rien entendre. Chaque mot prononcé par Charles lui arrache un peu plus l'armure qu'il s'est soigneusement construite depuis des années. Tout à coup, secoué par un sursaut de rage, son corps se tend. Dans un réflexe de défense, il se redresse et se jette sur Charles, qu'il saisit au col en hurlant :

— Comment pouvez-vous savoir tout cela ?

Adinson ne s'alarme pas outre mesure. Il ne se débat même pas. Il encaisse et martèle :

— Vous saviez qu'Étienne Begel travaillait régulièrement pour un célèbre magicien ; un illusionniste visionnaire, grand amateur d'automates et inventeur d'exception.

Vincent ne sait plus s'il tient Adinson ou s'il se cramponne à lui pour ne pas sombrer. Ses forces l'abandonnent, il s'affale contre lui. À bout de souffle, il murmure, comme pour s'en convaincre :

— Personne ne sait, c'est impossible...

— C'est ainsi que vous avez rencontré Jean-Eugène Robert-Houdin, le fondateur du célèbre Théâtre de magie, expert incontesté des escamotages et créateur des plus grands tours de prestidigitation. Mais vous êtes bien placé pour savoir qu'il avait également d'autres passions : le spiritisme, les sciences occultes et les passages secrets. Vous avez directement travaillé avec lui quand Étienne Begel est tombé malade.

Vincent sanglote.

— Vous êtes le diable. Personne d'autre ne peut savoir...

— Je ne suis pas le diable, Vincent. Jean-Eugène était mon ami. C'est lui qui m'a parlé de vous. Il m'a tout raconté. C'est également lui qui m'a présenté ceux qui sont aujourd'hui mes compagnons de recherches. Il était l'un d'entre eux.

— Il appartenait à une société secrète ? Vous aussi ?

— Pas une de celles auxquelles vous pensez. Celles-là ne sont pas secrètes. Elles ne font que parler d'elles-mêmes à mots à peine couverts, pour que tout le monde les entende. Des comités folkloriques qui pillent le passé des autres pour permettre à leurs membres de se réclamer d'un esprit qui les fascine et dont ils pervertissent l'essence. Non. Oubliez les

faux secrets. Comme Robert-Houdin et Begel, j'appartiens à une confrérie qui, plus qu'un nom, partage un idéal. Nous agissons selon nos convictions profondes sur le seul terrain du pouvoir véritable : l'ombre.
Vincent tremble de tous ses membres.
— Ni M. Robert-Houdin ni M. Begel ne m'en ont jamais parlé.
— Vous étiez trop jeune. Sans doute auraient-ils fini par le faire.
Adinson redresse Vincent, qui se rétablit maladroitement et demande :
— Robert-Houdin est-il vraiment mort, ou a-t-il disparu comme vous ?
En posant cette question, Cavel espère d'abord avoir une chance de le revoir. Son absence a laissé un tel vide...
— Désolé, Vincent. Jean-Eugène n'est plus. Le destin ne lui a pas laissé le temps de mourir autrement que réellement. Lui, le roi des disparitions, n'aura raté que la sienne.
Vincent baisse la tête, exténué.
— Pitié, monsieur, je ne veux plus rien entendre.
— Reprenez-vous, monsieur Cavel. Nous n'en avons pas fini.

27

Pierre en est certain désormais : un malheur est arrivé. Il s'est d'abord dit que son frère ne s'était pas réveillé – possible, mais surprenant, d'autant qu'il n'a jamais vu son aîné se lever après lui. Toujours le premier debout, souvent le dernier couché. Il a donc pris son mal en patience, mais Vincent n'a pas réapparu.

N'y tenant plus, Pierre l'a cherché dans toutes les chambres de leur pension, sans succès. Même s'il n'a pas encore alerté Konrad, le cadet se ronge les sangs depuis l'aube. Gabrielle l'a remarqué, mais Pierre est resté muet. Davantage pour la préserver que par prudence.

L'attaque contre Eustasio, perpétrée au poignard de surcroît, a fait remonter de bien mauvais souvenirs chez les deux frères. Il y a eu ensuite ce mystérieux rendez-vous dont Vincent n'a rien voulu lui dire. Depuis, personne ne l'a revu.

Pierre arpente la maison en se demandant ce qu'il doit faire. Vincent lui soufflerait de ne rien négliger. La plus petite piste, même la moins probable, ne doit jamais être omise.

Vérifiant à nouveau les étages, il s'aperçoit que la porte de la minuscule mansarde, au fond sous les toits, est fermée. Il ne se souvient pas qu'elle l'ait été jusque-là. Il tend l'oreille et frappe doucement.

Un grognement lui répond. Prudemment, il entre. Le jour filtre entre les rangs de tuiles. Là-bas, au pied d'une vieille malle poussiéreuse, sous une couverture, gît une masse informe.

— Vincent ?

Nouveau grognement. Pierre soupire de soulagement.

— Dieu merci tu es là...

Vincent râle. Pierre réplique :

— Ne me reproche pas d'être sur le qui-vive avec tout ce qui arrive !

Recroquevillé sous un édredon crevé qui laisse échapper ses plumes, Vincent lui répond :

— Ne t'en fais pas, petit frère, je reviens toujours.

La voix est pâteuse, la diction incertaine. Pierre fronce les sourcils.

— Pourquoi es-tu monté te terrer comme une bête dans ce réduit ? Tu n'es pas blessé, au moins ?

Vincent grommelle, mais ses propos sont inaudibles. Pierre s'agenouille et pose la main sur son frère. Il insiste :

— Réponds-moi. J'ai besoin de savoir. Nous avions convenu de ne plus aller nulle part seuls, et tu t'es quand même rendu à ce rendez-vous sans personne pour t'accompagner.

Son aîné se déplie et sa tête émerge de sous l'édredon déchiré.

— Crois-moi, c'était préférable pour tout le monde.

En son for intérieur, Vincent se demande si, plutôt que d'affronter les révélations de Charles, il n'aurait pas préféré recevoir un coup de couteau. Adinson avait raison. Depuis leur entretien, il ne voit plus le monde de la même façon. Tout ce qui lui paraissait évident ne l'est plus. Begel et Robert-Houdin représentaient deux piliers de sa vie, et il n'est plus tout à fait certain de savoir qui ils étaient réellement... Ses rares certitudes ont volé en éclats. Il ne les admire pas moins pour autant, il commence même à les comprendre davantage.

Ignorant des tourments de son frère, Pierre s'assoit à même le sol à côté de lui.

— Vincent, que se passe-t-il ? Parle-moi. Tu ne peux pas éternellement tout porter seul. Je sais que tu agis ainsi pour nous protéger. Moi, en particulier. Mais je ne suis plus le gamin sur lequel il faut sans cesse veiller.

— Vous êtes plusieurs à me le dire, ces jours-ci...

— Tu n'as rien voulu me confier de ce qu'attendait Minguier. Je t'ai pourtant entendu en parler avec Henri...

— Le Clou m'a posé des questions, j'ai répondu.

— Et ces rendez-vous dont on ne sait rien... L'autre soir au bal, et hier soir je ne sais où...

— Ça, c'est autre chose.

— Si je te pose des questions, me répondras-tu à moi aussi, comme à Henri ?

Vincent se redresse et s'adosse à la malle. Des particules volent en suspens dans des rais de lumière.

— Je n'ai rien à te cacher, Pierre. Tout ce que je fais, c'est d'abord pour toi. Tu es toute la famille qu'il me reste. Je n'ai plus personne d'autre. S'il t'arrivait malheur...

— Pareil pour moi. C'est pour ça que je déteste que tu prennes tant de risques. Je te sens constamment préoccupé. Tes rendez-vous nocturnes avec l'industriel, ces croquis que tu laisses traîner parmi les plans et que je ne comprends pas. Ces clients que je soupçonne de ne pas être droits. Partout, je sens rôder des menaces.

— Moi aussi.

— C'était déjà le cas avant la tentative de meurtre contre Eustasio, mais depuis, cela n'a fait qu'empirer.

— Tu dois me faire confiance, Pierre.

— Confiance ? Tu me demandes de te faire confiance ? Mais je ne fais que ça depuis que j'existe ! Dès que j'ai su marcher, je t'ai suivi. Toujours. Je ne l'ai jamais regretté. Déjà, quand nous jouions à cache-cache avec Clément, c'est toi qui me disais où me faufiler en m'attribuant les meilleurs coins. Le fait est que lui et les frères Villars ne m'ont jamais trouvé. Tu te faisais même prendre pour qu'ils ne me capturent pas... Je sais tout ce que tu as fait et tout ce que tu fais pour moi. Ce n'est pas un problème de confiance, Vincent, mais une question de sécurité. Moi non plus, je ne veux pas qu'il t'arrive du mal. Face à tout ce qui se passe, nous serions certainement plus forts à deux. En croyant m'épargner, tu m'écartes, et tu te prives de ton meilleur allié.

Vincent ne répond pas. Pierre le veut pourtant. Il insiste.

— Qu'en dis-tu ?

Pour toute réponse, Vincent attrape son jeune frère par le cou et le fait basculer contre lui. Un geste animal, un réflexe de meute. Ils restent un long moment serrés l'un contre l'autre, comme quand ils étaient gosses. Cette réalité-là dépasse les états d'âme qu'affronte Vincent. Ils ont beau être deux hommes, l'enfance n'est jamais loin. Tous deux y trouvent un réconfort salvateur. Loin des flots tumultueux de leur vie, les voilà à l'abri, sur un îlot qui n'appartient qu'à eux et dont ils sont les seuls à connaître le chemin.

Vincent finit par rompre le silence.

— Tu as raison, je vais te raconter, et tu m'aideras...

Pierre est heureux. Même si c'est pour des problèmes, il préfère être au plus près de son frère. Celui-ci lui frictionne affectueusement le crâne et le décoiffe. L'épi de cheveux châtains qu'il s'évertue à dompter depuis toujours ressurgit, faisant sourire Vincent.

— .. mais avant, annonce l'aîné, j'ai une question pour toi.

— Vas-y.

— Qu'est-ce que tu désires le plus au monde ?

28

Pour leur livraison numéro 49, Vincent n'est pas seul. C'est une première. Pierre et Konrad n'en reviennent pas eux-mêmes. Ils ont été surpris lorsque, au moment du départ, Cavel leur a demandé de le suivre. À la hâte, ils ont enfilé leurs vêtements les plus propres et se tiennent à présent comme deux écoliers avant l'inspection. La pièce d'acajou sculptée par le menuisier est en place, et c'est à peine si on la remarque, tant les deux pans de bibliothèque qui occupent tout un angle de la salle sont grandioses. Les rayonnages sont intégralement remplis de livres. Études de lois, minutes de délibération reliées et encyclopédies s'alignent jusqu'au sommet.

Les trois compagnons attendent, sous les ors de ce fastueux bureau dont ils ont disposé pour leurs travaux, dans ce bel immeuble neuf de la rue Saint-Honoré.

Des voix dans le couloir les alertent. Pierre et Konrad se raidissent ; Vincent ne semble même pas avoir entendu.

La porte s'ouvre sur un homme qui fait une entrée théâtrale.

— Vincent ! Mon cher ami ! On me dit que vous m'attendez depuis un moment déjà. On voit bien que vous ne subissez pas ces réunions de la Chambre qui s'éternisent toujours.

— Mes respects, monsieur le député. Aucune excuse n'est nécessaire, nous sommes à votre disposition.

L'homme se fige en découvrant l'immense bibliothèque. Elle est si haute qu'une échelle a été prévue pour accéder aux étagères les plus élevées.

— Splendide ! Encore plus impressionnante que ce que j'imaginais – et j'ai de l'imagination !

Il se retourne vers sa suite qui se presse déjà sur le seuil, prête à toutes les flatteries, et lui claque la porte au nez.

Remarquant enfin le cadet et l'Allemand, il demande :

— Vos ouvriers ?

— Mes partenaires, monsieur. Ce sont eux qui ont imaginé et fabriqué votre meuble avec moi.

— Ils sont donc dans le secret…

— Et le garantissent au même titre que votre serviteur. N'ayez aucune crainte.

Le député se frotte les mains. Il semble content de lui.

Vincent n'a aucune estime pour cet homme. Beau parleur, il ne manque jamais une occasion de rappeler ses titres, voire de les exagérer. Il est cependant plus connu pour son assiduité à la maison close de la rue Chabanais qu'à la Chambre des députés. Son père était influent et respecté sous la IIe République, mais le rejeton s'est contenté de profiter du sillon ouvert pour se vautrer dans l'opulence sans la légitimité de son géniteur. Son seul talent consiste à intriguer pour s'y maintenir.

L'individu caresse du bout des doigts les tranches des volumes. Satisfait, il lance :

— Avouez que cette installation a plus d'allure qu'un coffre-fort !

Ce décor ne manquera effectivement pas d'impressionner les visiteurs. Un homme a toujours l'air plus intelligent devant une bibliothèque, même s'il ne sait pas lire.

Vincent a fini par comprendre ce que ce flambeur compte dissimuler dans son placard secret : des livres licencieux aux gravures explicites mettant en scène des femmes légères en galante compagnie. Il y ajoutera un beau paquet d'actions obtenues en échange de passe-droits et d'avantages dont il dispose aux frais de l'État.

Vincent n'a pas pour habitude de mépriser, mais s'il devait un jour s'y résoudre, ce serait assurément ce genre de personne.

— Alors, Vincent, vais-je enfin pouvoir jouir de mon bureau ?

— Tout est en place, monsieur, selon vos désirs.

— Qu'attendez-vous pour me faire une démonstration ?

— Puis-je vous proposer une autre façon de découvrir ce que vous serez le seul à localiser ?

— Parbleu, pourquoi pas ?

— Imaginons un instant que vous êtes un simple visiteur...

— J'y suis ! Vous voulez que je cherche moi-même afin d'être certain qu'il est impossible de trouver mon coffre secret.

— Quelle brillante perspicacité ! Pour l'heure, vous êtes comme ceux que vous inviterez. Vous avez cependant sur eux l'avantage de savoir qu'il existe un compartiment dissimulé. Êtes-vous d'accord pour tenter de le dénicher ?

— Bien sûr, c'est très amusant !

L'homme se précipite comme un enfant et commence à parcourir les rayonnages remplis d'ouvrages en tâtonnant.

— Faut-il tirer un volume ? Appuyer sur un autre ? La cache est-elle à hauteur des yeux ?

— Pardonnez-moi, monsieur, mais à moins que vous ne m'en donniez l'ordre, je ne vais pas répondre et vous laisser le privilège de la découverte.

Pierre et Konrad observent. Ils échangent parfois un regard amusé lorsque le député frôle l'endroit sans rien soupçonner. Il papillonne, appuie, tire, pousse, suit des doigts le contour des moulures du meuble, sans prendre le temps de raisonner. Il se disperse sans méthode. Ses gesticulations deviennent bientôt si ridicules que Konrad étouffe un rire, qu'il fait passer pour une toux.

Vincent se perd dans ses réflexions. Il se dit que Pierre a raison et que leurs commanditaires sont de moins en moins recommandables. Que finalement, les gens ressemblent à ce qu'ils protègent. Ici, il n'y a que vice, trafic et spéculation. Il se demande ce qu'en auraient pensé MM. Begel et Robert-Houdin. L'horloger aurait vraisemblablement fermé les yeux, comme il le fait lui-même, en se pliant à la loi du marché. L'illusionniste, quant à lui, aurait sans doute jugé que le député et son misérable trésor constituent un affront à l'art séculaire permettant de le dissimuler. Un jour, il avait déclaré à Vincent que les vrais passages dérobés défendent des merveilles de savoir ou de pouvoir face à l'éternité. Dans ce bureau, le subterfuge ne fait que protéger un petit homme politique de la honte et du déshonneur. Une bibliothèque de plus, la même que celle qu'ils ont construite en dix autres endroits. Cela ne méritait pas davantage.

L'esprit de Vincent vagabonde tellement loin qu'il n'entend même pas le député s'énerver parce qu'il ne trouve pas la cache. Il ne voit pas son frère se précipiter pour lui offrir la solution avant qu'il ne perde son sang-froid. Appuyer sur le montant mouluré de la troisième travée pour déclencher le déclic de l'ouverture. Un peu plus loin, un panneau de bois recouvert de faux livres découpés s'entrebâille, révélant un espace inattendu. Le député jubile. La moins reluisante part de lui-même y sera parfaitement à l'abri.

Vincent n'y prête aucune attention. Konrad et Pierre ont pris le relais. Adinson a raison : sa conscience ne lui permettra plus de travailler encore longtemps à des projets aussi indignes. Tôt ou tard, quel que soit son talent, un homme a besoin de lui donner du sens.

29

Vincent s'approche d'Henri, qui surveille la rue par le soupirail.

— Rien de suspect ?

— Tout va bien. Comme d'habitude. L'eau coule à la fontaine...

Pour se hisser à bonne hauteur, le Clou est juché sur une roue de fiacre calée contre le mur. La station d'entretien et de réparation d'attelages située dans la cour voisine en entrepose des dizaines dans cette cave qui lui sert de poste d'observation. L'endroit est idéalement situé, exactement face à la cachette qui abrite le fruit sonnant et trébuchant du labeur de l'équipe.

C'est d'ici que le benjamin reste de faction durant des heures, observant ce qui se passe sur le trottoir d'en face. Même s'il s'est aménagé un coin de repos, une sorte de nid fait de vieux sacs de toile empilés, il n'en profite guère. Il préfère garder un œil par l'ouverture située au ras du trottoir. Il y grignote ses quignons de pain ; il lui arrive aussi d'y lire pour se distraire. L'endroit a des faux airs de cachot, et c'est sans aucun mal qu'il s'est identifié à l'infortuné Edmond Dantès dans sa prison du château d'If. Il s'est même amusé à empoigner les barreaux du soupirail pour voir quel effet cela faisait.

— Comment se porte Eustasio ? demande le gamin.
— Mieux. Il mélange encore l'italien et le français, mais se sert à nouveau de sa fourchette. Ses forces reviennent.
— Je l'aime bien. Il est gentil. J'espère le revoir vite.
— Il ne tardera pas à rentrer chez nous.

Sous leur nez, des pieds passent en un ballet incessant, dense et fluide. Bottines lacées à petits talons bobines, souliers de chevreau ou de cuir verni, solides brodequins des militaires ou galoches à semelles de bois...

Le Clou s'inquiète :
— Tu t'es rendu chez la comtesse tout seul ?
— Konrad devait travailler, et Pierre aidait Gabrielle à organiser la maison pour le retour de notre blessé.
— Ces deux-là passent beaucoup de temps ensemble...
— C'est le moins que l'on puisse dire.
— La prochaine fois qu'ils ne peuvent pas t'accompagner, demande-moi.
— Tu as ton utilité ici. Mais j'apprécie ta proposition. Merci.

Sur la chaussée toute proche, un omnibus avance à bonne allure. Ses trois chevaux soufflent bruyamment. Le véhicule doit être lourdement chargé de passagers. La vibration se fait sentir jusque dans les structures de la cave. Le fouet claque. Il y a désormais des publicités peintes sur les flancs. Celle-ci vante les mérites d'un remède : « Le fer Bravais, qui reconstitue le sang des personnes épuisées et fatiguées, se méfier des contrefaçons et imitations ». Peut-être devraient-ils s'en procurer pour Eustasio.

Henri est heureux d'avoir de la compagnie, surtout celle de Vincent. Il est décidé à en profiter et fait tout pour entretenir la conversation.

— Aucun message au cimetière ? demande-t-il.
— Rien. Avec l'Exposition, les gens sont occupés ailleurs

— Pierre m'a dit qu'il m'y emmènerait, sûrement avec Gabrielle.

— C'est bien.

Henri espérait que Vincent proteste et déclare que c'est à lui de l'y accompagner, mais celui-ci ne réagit pas. Depuis quelques jours, Cavel reste perdu dans ses pensées du matin au soir. Pour le moment, il regarde par l'ouverture, mais le garçon voit bien qu'il a les yeux dans le vague.

— Tu viendras avec nous ? insiste le Clou.

— Où ça ?

— Mais à l'Exposition !

— Pourquoi pas...

Il désigne l'autre côté de la rue d'un mouvement du menton.

— Notre cachette correspond parfaitement au premier des principes que tu m'as appris.

Il aggrave sa voix pour imiter Vincent :

— « La meilleure des cachettes est celle dont on ne soupçonne pas l'existence. » Qui pourrait imaginer que notre magot se trouve derrière une fontaine publique ? À longueur de journée, les gens passent devant le bassin, beaucoup s'arrêtent pour y boire, même les chevaux du relais, et pourtant personne ne se doute de ce qui se cache derrière.

Il soupire.

— Tu m'apprendras les autres règles qui font les bons passages secrets ?

— Bientôt, mais pas aujourd'hui. Je n'ai vraiment pas la tête à cela.

— Est-ce qu'un jour j'aurai le droit de savoir comment on ouvre notre réserve ? Les autres le savent, eux... Il faut passer derrière, dans le réduit d'où on contrôle l'arrivée de l'eau, c'est ça ?

Vincent se contente de hocher la tête. Henri doit littéralement lui arracher les mots pour que leur échange ne s'interrompe pas. Il ne renonce pas pour autant et poursuit :

— Pierre m'a expliqué que même si les agents d'entretien pénétraient dans la fontaine, ils n'avaient aucune chance de trouver notre magot.

— C'est vrai. Du moins je l'espère.

Rien n'y fait, Vincent reste toujours aussi préoccupé. Le Clou lui montre soudain une paire de bottes qui passe devant le soupirail. Elles sont parfaitement cirées et décorées de trois boucles rutilantes.

— Je te parie qu'il est 11 heures !

Vincent vérifie sa montre de gousset.

— Passé d'une minute, effectivement.

Le gamin se contorsionne devant l'ouverture pour essayer d'apercevoir l'homme qui les porte.

— Je ne sais pas qui c'est, mais il passe tous les jours, même le dimanche. Je n'arrive jamais à voir à quoi il ressemble. Parfois, il a une sacoche.

— Ce ne sont que des pieds...

— Pas seulement. Les pieds en disent long sur ceux à qui ils appartiennent. À force d'en voir défiler des centaines par jour, j'ai appris à en tirer toutes sortes d'informations.

— Tu m'en diras tant...

— La longueur des pas, la façon dont ils sont posés. La qualité des souliers, bien sûr, leur usure, et aussi ce qui habille la jambe, tout cela en raconte beaucoup sur les gens. Tôt le matin, ce sont les pauvres et les ouvriers, toujours chargés. Eux ne se baladent jamais les mains dans les poches. Dès que le soleil est plus haut, ça se mélange. Des robes, des tabliers, des redingotes, des uniformes. Quand il pleut, tout le monde se presse ! Aux heures de table, il y a moins de passage, et le soir tard, les pas sont aussi louches que ceux qui rôdent.

— La nature humaine, Henri. Des pieds à la tête. Personne ne t'a surpris à épier ainsi ?

— Un enfant, une fois, parce qu'il s'est baissé pour ramasser une bille tombée juste devant. Sinon, il n'y a que les chiens errants qui me remarquent.
— Dis-moi, Henri, j'ai une question pour toi...
— Si c'est du calcul, je n'ai pas révisé. Je préfère lire !
— Pas de calcul pour cette fois, promis.
Le garçon se détend.
— Quelle est la chose que tu désirerais le plus au monde ? lui demande Vincent.
Henri démarre au quart de tour :
— Aller au cirque ! Avoir un beau cheval ! Des bottes comme celles qui viennent de passer...
Le garçon s'emporte dans une énumération improbable. Vincent l'écoute en riant de plus en plus.
— Calme-toi ! Je ne suis pas saint Nicolas ! C'est d'homme à homme que je te le demande sérieusement. Quelle est *la* chose que tu désires le plus ?
Le Clou reste sans voix. Mais il est déjà en train d'y réfléchir.

30

En entendant Charles s'exprimer dans l'écho caractéristique de la chapelle souterraine, Vincent ne peut s'empêcher d'éprouver un malaise. Même si les circonstances ne sont plus les mêmes, cela lui rappelle la première fois qu'Adinson lui a fait ces révélations qui ne cessent de le hanter depuis.

La teneur de leur échange est cette fois bien différente, et Charles essaie d'expliquer, sans trop en dire, les recherches auxquelles il participe.

— Songez que Paris est une vénérable cité ! La vie s'y organise depuis des millénaires. Dès les premiers temps de l'Antiquité, des Gaulois aux Francs, puis des Romains aux Mérovingiens, les divers peuples l'ayant habité y ont déposé les témoignages de leur savoir-faire et de leurs aspirations. Ils ont, chacun à leur tour, apporté leur pierre à l'édifice dont nous héritons aujourd'hui. Aussi différents que soient leurs origines et leurs croyances, leurs cultures ou leurs rites, ce sont toujours à travers leurs lieux de culte qu'ils ont laissé les marques les plus impressionnantes de leurs aptitudes. Chacun a offert ce qu'il pouvait de mieux à ses dévotions. Depuis la nuit des temps, dieux multiples ou uniques font l'objet de démonstrations qui traduisent les ambitions spirituelles des habitants. Vincent le suit des yeux tandis qu'il marche de long en large.

— Ces sanctuaires concentrent les savoir-faire et symbolisent les idéaux. Ils abritent aussi certains trésors, parfois exposés aux yeux de tous comme des reliques ou des chefs-d'œuvre, et d'autres plus précieux encore, dissimulés à l'abri de leurs murs. Documents, objets sacrés... La quintessence de ce qui a produit nos civilisations. Tout ceci est aujourd'hui menacé. Notre siècle a entrepris de remodeler Paris. On coupe les quartiers, on recompose les espaces. On ouvre sans cesse de nouvelles voies. Pour la première fois depuis que Lutèce a vu le jour, on ne se contente plus de s'étendre, on fait désormais table rase de ce qui a toujours existé pour bâtir du neuf. On chasse ceux qui sont là depuis des générations pour faire la place à d'autres, plus fortunés. On rase des milliers d'habitations, on efface les collines, on perce, on arrache, on restructure pour bâtir de nouveaux logements, des restaurants, des boutiques et des lieux de distraction. La ville dévore ses faubourgs pour y installer les usines capables de produire tout ce dont le nouveau peuple a si faim. Les métiers utiles disparaissent au profit de nouvelles professions qui ne comblent plus aucun besoin, mais des envies. Les géographies évoluent avec les mentalités.

— Je comprends parfaitement, mais je ne suis pas certain de voir en quoi cela concerne nos affaires...

— Vous allez très vite saisir où je veux en venir. Ces grands travaux labourent la ville. Ils menacent des sanctuaires parfois millénaires et les trésors qu'ils renferment. Ceux qui étaient déjà connus peuvent être déplacés. Mais certains ne sont pas aussi simples à gérer. D'autant que les déménager révélerait leur existence, ce qui n'est pas forcément souhaitable...

— Expliquez-vous.

— L'église sous laquelle nous nous trouvons en est le parfait exemple. La paroisse Saint-Leu - Saint-Gilles ressemble à celles qui existent par dizaines dans Paris. Pourtant, son histoire renferme bien davantage que ce que les fidèles peuvent y distinguer. Cette église est l'unique rescapée de tous les édifices religieux qui jalonnaient la rue Saint-Denis. La chapelle souterraine dans laquelle nous nous trouvons a été creusée en l'an de grâce 1780, exclusivement à l'usage des chevaliers du Saint-Sépulcre, qui allaient perdre la leur située non loin d'ici. Il n'y a pas si longtemps, le bâtiment de surface a lui-même perdu les extensions de son abside lors du percement du boulevard Sébastopol. Vous le voyez, le réaménagement de la ville fait peser une menace constante sur des lieux dont les ingénieurs ne saisissent pas toujours l'incommensurable valeur.

— Que pouvons-nous y faire ? Personne ne peut s'opposer à la marche du progrès.

— Ce n'est pas non plus ce que nous voulons. Nous cherchons simplement à sauver ce qui se cache dans cette ville et que l'époque détruit sans même s'en rendre compte. C'est une course contre la montre. On parle déjà de creuser des tunnels pour des trains souterrains, comme à Londres. L'Exposition universelle exacerbe les appétits de travaux d'envergure. Le commerce n'a que faire de la foi. Il est évident que cette ville va céder aux mirages de la possession matérielle. Nous sommes au seuil d'un avenir où la science des hommes sera souveraine.

Tout, dans l'attitude de Charles, traduit sa conviction.

— Face à cette vague d'industrialisation des âmes, reprend-il, il nous appartient de préserver ce que nous ont transmis les temps immémoriaux. Nous ne pouvons pas sacrifier des siècles de connaissance, de spiritualité et de pouvoirs qui dépassent nos perceptions simplement parce que d'autres modes ont les faveurs de l'époque. L'humanité ne s'est pas construite sur la recherche d'incessants désirs à combler, mais sur des idéaux donnant du sens aux nécessités. La vraie raison de notre existence ne se trouve pas dans les boutiques, Vincent. Elle est partout autour de nous, mais trop peu la perçoivent encore. Longtemps, le plus haut édifice de la ville fut une cathédrale. C'est aujourd'hui un extraordinaire perchoir de métal qui, pour quelques francs, entraîne chaque individu à des altitudes vertigineuses. Les corps s'élèvent facilement, pas les esprits.

— Même si j'étais d'accord avec vous, que viendrais-je faire là-dedans ?

— Mes compagnons et moi sommes des archéologues du sacré, Vincent. Nous exhumons des trésors, des secrets enfouis, afin de les sauver de la destruction ou d'une découverte par des esprits profanes qui n'y verraient qu'une source supplémentaire de profit. Ces merveilles ne nous appartiennent pas. Nous ne faisons que les soustraire aux dégâts qu'engendre l'inconscience du modernisme. Contrairement à d'autres sociétés secrètes, nous ne prétendons pas détenir un quelconque mandat divin. Notre mission ne consiste pas à disposer de connaissances ou de pouvoirs qui nous dépassent, mais à les protéger.

Vincent secoue la tête.

— Je vous admire, Charles. Pas uniquement pour tout ce que vous semblez savoir. Vous me fascinez parce que vous croyez. J'envie votre espoir, votre foi dans un monde meilleur. J'aimerais tant les partager. Peut-être arrivez-vous trop tard dans ma vie... J'ai été le témoin de tant d'injustices que parfois, je l'avoue, je me prends à douter de l'existence de Dieu.

— Je vous plains. Vous vous privez d'une grande force.

— Je ne suis pas malheureux pour autant. J'ai appris à faire sans Lui.

— En êtes-vous certain ?

— Charles, vous êtes un homme de grande expérience. Croyez-vous réellement qu'un jour sagesse et connaissance guideront le monde ? Connaissez-vous si peu la véritable nature des hommes ?

— La vie ne m'a pas davantage épargné que vous. Mais je fais le choix de préserver les savoirs, les richesses et les messages venus du fond des âges pour qu'ils puissent servir à nos descendants. Peut-être seront-ils meilleurs que nous ? J'ose l'espérer. Je prie pour qu'ils soient plus forts que nous. Peut-être même n'auront-ils plus besoin de Dieu pour les guider parce qu'ils auront acquis la capacité d'agir avec justesse et humanité.

— J'ai bien peur que si cela arrive un jour, vous ne soyez mort une seconde fois d'ici là, et moi aussi.

— Probable en effet, mais même si je n'en profite jamais, je crois quand même que cela doit être mené à bien. Vincent, pouvez-vous comprendre le sens profond de cette phrase ? Car elle est la clé de nos actes. Les hommes mourront de n'agir que pour eux-mêmes. Ne devons-nous semer que ce que nous serons certains de récolter ? Dès lors, la seule question qui vaille s'impose : sommes-nous prêts à n'être que les graines d'un fruit que d'autres cueilleront peut-être ? Sommes-nous capables d'agir sans gloire ni bénéfice afin qu'un jour, ceux qui suivront puissent avoir une chance de réussir mieux que nous ?

Vincent n'a rien à répondre. Ces questions l'entraînent bien plus loin que toutes celles auxquelles il a été confronté jusque-là.

— Il existe des pouvoirs bien plus grands que les inventions avec lesquelles le peuple se distrait. Voltaire répétait que l'univers est une trop belle horloge pour exister sans qu'il y ait d'horloger. Ne trouvez-vous pas l'image de l'horloger assez pertinente ? L'astronome Nicolas Copernic l'était de métier, comme Galilée, Huygens, et bien sûr MM. Begel et Robert-Houdin, mon vieil ami. Nous sommes tous les rouages d'un monde qui nous transcende, Vincent. Dans quel sens voulons-nous le voir tourner ?

La référence éveille de nouvelles perspectives chez Vincent.

— Par-delà les techniques nouvelles, enchaîne Adinson, par-delà les errements des religieux qui ont parfois altéré le message de leurs pères, tout ce qui fait de nous autre chose que des animaux doit être préservé. Chaque manifestation de ce qui nous dépasse doit être sauvegardée. On s'amuse, on s'émerveille des tours de nos sciences, mais ce n'est pas en s'étourdissant au point de se prendre pour les créateurs de toute chose que notre espèce gagnera son salut. Notre siècle tire à sa fin ; le XXe est pour demain. Le futur est déjà là. Il sera sans doute celui de bien des découvertes, mais qu'en ferons-nous ? Bientôt viendra le temps où l'homme devra choisir entre se comporter comme un enfant irresponsable et avide de jouets, ou bien comme un être capable de choisir et d'assumer son destin. Ce moment crucial viendra, Vincent, je vous le prédis. Il s'avance à chaque tour de cadran.

Longtemps habitué à survivre au jour le jour, Vincent ne s'est jamais autorisé à penser le monde sous un angle aussi élevé. Pourtant, l'idée d'envisager toute chose avec hauteur lui est familière.

— Qui suis-je, pour m'associer à d'aussi grands desseins ?
— Le plus modeste des êtres est toujours un allié précieux lorsqu'il est de bonne volonté. Il faut réussir de petites choses avant d'en tenter de grandes. Robert-Houdin jugeait que vous étiez l'apprenti le plus prometteur qu'il ait jamais rencontré. Avant qu'il ne soit trop tard, nous avons besoin de vous pour trouver – et cacher – d'inestimables trésors.
— Lorsque l'occasion se présentera, je verrai ce que je peux faire.
— L'occasion se présente, Vincent, plus rapidement que ce que vous et moi souhaiterions. Dès cette nuit. Dans un lieu que vous connaissez bien.

31

Avant l'arrivée de Gabrielle, le souper était une formalité, et le plus souvent vite expédié. C'est désormais un rendez-vous que chacun attend et apprécie.

Peu à peu, la jeune femme a su faire du dernier repas de la journée un moment convivial qu'elle orchestre discrètement. Elle a dorénavant sa place attitrée, entre Pierre et Henri. Même en l'absence d'Eustasio, elle prend soin de dresser son couvert.

Une sorte de rituel s'est instaurée : lorsque tout le monde s'est lavé les mains – avec du savon, elle y veille –, elle sert ses délicieuses préparations que chacun salue à sa façon. Pierre complimente avec des mots qui se veulent recherchés. C'est ainsi qu'il a qualifié un pâté à la viande de « nouveau monde pour les papilles ». Même si la jeune femme n'est pas certaine d'avoir compris ce qu'il voulait dire, d'autant plus qu'il parlait la bouche pleine, cela lui a fait plaisir. Konrad, quant à lui, grogne de bonheur en fermant les yeux, et Henri en redemande jusqu'à ce qu'il n'y en ait plus.

La présence de Gabrielle a incontestablement fait évoluer l'ambiance, et personne dans l'équipe ne se risque à évoquer le moment où elle repartira, de peur que cela n'arrive trop vite.

La jolie rescapée n'est cependant pas la seule à avoir transformé les rapports au sein de l'équipe. L'attaque contre l'Italien a eu le mérite de resserrer les liens. Le menuisier enseigne de nouvelles prises de défense au Clou après ses exercices de calcul, et Pierre ose se montrer plus protecteur envers ses compagnons.

Ce soir, Vincent se sent un peu étranger à cette belle humeur. La tête débordant encore des arguments de Charles, il peine à savoir où il en est ces derniers temps... Les événements deviennent tellement violents, tellement complexes... Il est en permanence chahuté par des émotions qui le remettent en cause. Le monde n'est pas le seul à changer. Lui aussi.

Le moment du coucher approchant, il souhaite bonne nuit à la ronde, tout en sachant que la sienne sera sans sommeil.

Étendu tout habillé sur son lit, Cavel écoute les bruits de la maison s'estomper les uns après les autres, jusqu'au silence. Incapable de fermer l'œil, il se tourne et se retourne entre ses draps comme tournent en son esprit les révélations trop lourdes de Charles.

L'heure enfin venue, il se lève sur la pointe des pieds pour quitter la pension sans que personne ne s'en aperçoive. Sur la table des plans, il laisse un mot à l'intention de Pierre : « Ne t'inquiète pas, petit frère, tout va bien et je vais revenir. »

Dans la nuit fraîche, il relève son col pour se protéger du vent, puis prend le chemin qui monte au sommet de la butte, jusqu'à l'église Saint-Pierre.

Charles l'attend là-bas.

32

Au plus noir de la nuit, les lumières de Paris sont éteintes, et la tour Eiffel se distingue à peine dans l'immensité obscure qui recouvre la capitale. Le Sacré-Cœur inachevé, ceinturé d'échafaudages, ressemble à un monstre endormi que sa gangue ne parviendra pas à contenir lorsqu'il s'éveillera. Sur son parvis, noblement installés sur les blocs de calcaire en attente, tels des sphinx, des chats veillent.

En regard d'une telle masse, l'église historique de Montmartre n'est plus que l'ombre d'elle-même. Le récent calvaire qui lui a été adjoint semble bien impuissant à la protéger. Sur leur promontoire de roc, le Christ et ses deux compagnons de crucifixion, figés dans leur supplice, se dressent comme de frêles vigies face à la basilique naissante.

Saint-Pierre porte les cicatrices de tous les affronts qui lui auront été infligés. Dernier vestige de l'ancienne abbaye royale qui occupait toute la butte, elle fut pillée et profanée lors de la Révolution, convertie en temple de la raison, puis utilisée comme support pour le télégraphe, occupée par les troupes russes en 1814, et enfin devint magasin et cantonnement avant d'être laissée à l'abandon. Même si des messes y sont à nouveau célébrées de temps en temps, la pluie s'abat par sa toiture éventrée, et ses murs fissurés envahis de végétation ne tiennent plus que grâce à des étais placés en contrefort. Sa démolition paraît désormais inéluctable.

Escaladant le talus des anciennes fouilles à l'arrière du bâtiment, Vincent se faufile par le petit cimetière qui borde le nord de l'église.

Au détour d'un caveau, une silhouette surgit. L'homme, coiffé d'un chapeau droit et vêtu d'un long manteau de cocher en cuir, demande à voix basse :

— Mot de passe ?

— J'ai rendez-vous avec Charles...

— Le mot de passe ? répète laconiquement l'individu en dégageant une lame du pan de son vêtement.

Vincent recule.

— Tout doux, l'ami, il m'attend... Il m'a confié ce satané mot de passe, c'est vrai... mais là...

Il se concentre de toutes ses forces. L'homme avance déjà vers lui. Cavel lui souffle *in extremis* :

— « 15 août ». Le mot de passe est « 15 août ».

L'homme range aussitôt son arme et lui fait signe de le suivre.

Vincent aperçoit plusieurs autres gardes en faction autour de l'édifice. Tous portent la tenue caractéristique des cochers. Surprenant accoutrement en pareille circonstance. Celui qui l'escorte l'invite à pénétrer dans l'église par le flanc en partie effondré de la sacristie.

À l'intérieur, quelques lampes éclairent trois hommes dont les ombres s'étirent sur les murs en piteux état. Ils s'activent à démonter une maçonnerie au fond du chœur. Près d'eux, Vincent reconnaît la silhouette de Charles. Enjambant les débris depuis longtemps tombés du plafond, il avance droit sur lui.

— Que font ces hommes, Charles ? Ils profanent ce lieu. Est-ce là votre façon de protéger le passé ?

— Pas d'émotion dans l'action, Vincent. Il faut parfois entailler la peau pour sauver le cœur qui bat encore. Nous sommes obligés d'intervenir en urgence parce que des carriers ont déjà commencé à piller les sols...

Il désigne une zone de la nef, retournée comme après une charge de cavalerie.

— Ils volent les dalles ?

— Avec une prédilection pour les stèles funéraires, sans se demander si elles marquent l'emplacement d'un corps enseveli ou si elles ont simplement été employées comme matériau.

Il pointe son doigt sur une pierre tombale enserrée dans le sol du chœur.

— Par prudence, nous allons faire déplacer celle de la fondatrice de l'ancienne abbaye, Adélaïde de Savoie. Ces voleurs ne respecteraient pas même une reine de France.

Vincent s'indigne :

— Il faut prévenir les autorités !

— Les autorités n'ont rien à faire d'une vieille église en ruine et d'une souveraine oubliée. Par contre, on peut compter sur ces mécréants pour revenir se servir. Ils revendront leur butin à des illuminés qui en feront des objets de décoration pour leurs sinistres cabinets occultes. Peu leur importe que l'avis de démolition soit signé ou non.

— C'est pour cette tombe que vous m'avez demandé de venir ?

— Non, même si elle le mériterait. Il y a bien plus important encore. Quelque part autour de nous est enterré un coffret sur lequel ces pilleurs ne doivent en aucun cas mettre la main.

Vincent contemple la désolation qui l'entoure. La dernière fois qu'il est entré ici, il n'était encore qu'un enfant, accompagné de sa mère, pour une messe payée en l'honneur de son père. Ils n'étaient pas nombreux.

Charles lui fait signe de s'approcher.

— Le lieu est sacré depuis l'Antiquité. C'est ici qu'est né le culte autour de saint Denis, le saint auquel l'église fut originellement dédiée, le premier évêque de Paris. Les fouilles menées récemment ont permis d'y situer une vaste nécropole mérovingienne datant certainement du VIᵉ siècle. L'église est citée en tant que telle dès 1096, voilà près de huit cents ans. Peu le savent, mais c'est dans ce lieu, alors qu'il constituait encore le sanctuaire de l'abbaye royale, que le 15 août de l'an 1534 Ignace de Loyola, François Xavier, Pierre Favre et six de leurs compagnons jetèrent les bases de la Compagnie de Jésus.

— L'ordre des Jésuites ?

— Celui-là même. C'est ici qu'en naquit le vœu et qu'en fut accompli l'acte fondateur. Près d'un siècle plus tard, en juillet 1611, des ouvriers, en perçant les soubassements derrière le chevet, mirent au jour une crypte enfouie, creusée dans le gypse brut. Ils découvrirent un autel rudimentaire, orné d'une croix latine gravée dans la masse. Les murs portaient la trace d'inscriptions que la fragilité du matériau n'a pas protégées de l'humidité. Sans que l'on ne puisse rien déchiffrer, le lieu fut aussitôt considéré comme le refuge des premiers chrétiens, lorsque Paris était encore Lutèce, et devint un lieu de pèlerinage.

Invitant Cavel à le suivre, Charles franchit le passage que les ouvriers ont enfin réussi à ouvrir et descend sur le site de l'ancienne crypte.

— Dans l'un de ses messages écrits durant ses lointains périples, Ignace de Loyola fait mention d'un coffret « de la plus haute importance » qu'il compte faire parvenir depuis la Terre sainte à l'un de ses frères. Il demande à celui-ci de le dissimuler sur le lieu de naissance symbolique de leur ordre. Aucune information sur son contenu n'est précisée. Par contre, il préconise un enfouissement dans la « crypte cachée ». Nous avons conclu que cette petite salle, mise au jour fortuitement bien longtemps après, était déjà connue de lui et de ses compagnons. Nous avons réussi à retrouver trace de la réponse qui lui a été faite quelques mois plus tard, confirmant que sa demande avait bien été exécutée. C'est ainsi que nous savons que, quelque part ici se cache ce que Loyola a expédié.

Vincent évalue le sol de la crypte. Il est composé de larges dalles aux dimensions variables. Certaines, issues de sépultures, portent des inscriptions ciselées. Charles lui pose une main encourageante sur l'épaule.

— Nous y voilà, mon ami. C'est là que j'ai besoin de vos talents.

— Avez-vous une idée de la taille du coffret ?

— Aucune.

— Puisque vous ne savez pas non plus ce qu'il contient, pourquoi tant de hâte à l'exhumer ?

— La seule identité de son expéditeur nous incite plus que vivement à le placer en sûreté. À l'époque où il fut enseveli, les jésuites pouvaient croire que sa cachette était sûre parce que située dans une enceinte sacrée considérée comme éternelle. Pourtant, aujourd'hui, même le sacré est remis en cause, et l'endroit est dangereusement compromis.

Vincent examine l'aire.

— Vos hommes peuvent-ils faire des sondages du sol ?

— Certes, mais cela exige un temps que nous n'avons pas. D'ici quelques heures, le soleil se lèvera, et personne ne doit savoir que nous effectuons des recherches. Seule votre expérience peut nous permettre de trouver ce qui se cache ici avant qu'il ne soit trop tard.

— Apportez-moi davantage de lumière, et reculez.

33

Vincent arpente la minuscule crypte depuis plus d'une heure. Une lanterne dans une main, son couteau dans l'autre, il la traverse, la recoupe en tous sens, en marmonnant pour lui-même. Il l'a même parcourue à quatre pattes, en détaillant au plus près chaque pierre du sol. Pour se donner un temps de réflexion, il s'est accroupi au fond, sans cesser d'observer. Il s'est alors demandé comment Begel et Robert-Houdin auraient procédé à sa place.

En proie à une soudaine excitation, il a demandé aux hommes de Charles de soulever une dalle et de creuser en dessous, mais cela n'a rien donné. Depuis, Charles et ses ouvriers sont assis sur le rebord de l'entrée et le regardent en silence. Il va et vient, s'arrête, repart en arrière, et se heurte aussi bien à l'autel qu'aux murs bruts.

— Loin de moi l'idée de vous affoler, Vincent, commence doucement Adinson, mais le jour ne va plus tarder à se lever...

— Vos « cochers » nous protègent, n'est-ce pas ?

— Contre d'éventuelles attaques, certes, mais pas de la curiosité des habitants et de la publicité que cela pourrait nous valoir.

Vincent hoche la tête sans se déconcentrer et revient une nouvelle fois sur ses pas. Il raisonne à voix haute.

— Tellement de possibilités dans un si petit espace... Soyons pragmatiques : la pierre sous laquelle est dissimulé le coffret possède forcément des caractéristiques qui permettent de l'identifier à coup sûr. C'était nécessaire, pour que les jésuites puissent le retrouver.

Charles acquiesce en silence pour ne pas troubler sa réflexion. Cavel continue :

— Chacune de ces dalles – il y en a deux cent soixante-dix-huit – peut se différencier selon quatre paramètres : sa forme, la nature de la roche, sa position sur l'échiquier du dallage, et par ce qui est éventuellement gravé dessus.

Il tourne sur lui-même et ajoute :

— Après un examen minutieux, j'ai choisi d'écarter la différenciation par la forme et la roche, parce que trop de dalles se ressemblent et que ces critères ne s'avèrent pas assez sélectifs. Restent donc la position et les inscriptions.

Vincent se place dans un angle de la crypte et ouvre les bras.

— Pour définir efficacement une position, il faut pouvoir s'appuyer sur un référentiel indiscutable. Un coin de l'autel, une direction donnée par la croix ou des éléments architecturaux intangibles, qui permettent une combinaison de coordonnées stables telles qu'abscisse et ordonnée...

Charles commente :

— Les parois sont irrégulières, l'autel lui-même ne me semble pas d'aplomb... Je ne vois pas vraiment de points de repère fiables.

Vincent opine.

— J'en suis arrivé à la même conclusion.

À cet instant, un des cochers pénètre dans la crypte et s'approche de Charles. Il lui murmure quelques mots à l'oreille. Son patron répond brièvement et l'homme ressort en toute hâte. Vincent l'a remarqué.

— Un problème ?

— Rien de plus que ce que nous savons déjà. Le temps presse. Ne vous déconcentrez pas. Vous disiez que la position des dalles n'était sans doute pas la meilleure piste.
— Exact. Restent les gravures. Certainement notre hypothèse la plus prometteuse. Elles sont variées, réparties un peu partout. Mais cela représente tout de même plus de cent possibilités...

Vincent inspire profondément.

— Les relever toutes et fouiller dessous constitue un travail de titan que le délai nous interdit.

Faisant quelques pas, il se penche sur l'une des pierres.

— La plupart de celles dont les inscriptions sont déchiffrables proviennent de sépultures datées entre la fin du XIVe et le début du XVIe siècle. Tout à fait cohérentes avec la date présumée de l'enfouissement.

— En effet.

— Les plus anciennes ne sont plus lisibles. L'usure, l'imprécision des caractères gravés... Pour gagner du temps, j'ai choisi de les négliger pour me concentrer sur le probable. Mais le probable n'est pas le possible... Maintenant que j'ai achevé d'analyser celles que je parviens à lire, et qu'aucune ne semble receler de signe codé ou de référence, je me dis que j'ai peut-être loupé quelque chose...

Réfléchissant toujours, il désigne la pierre de marbre blanc qu'il a fait relever plut tôt.

— Celle-là avait attiré mon attention parce que le nom du défunt n'est plus lisible alors que paradoxalement, la mention au-dessous l'est, ainsi que la date.

— Pourtant, il n'y avait rien dessous.

— À mon grand regret.

Il poursuit son examen approfondi des gravures.

— Je suppose que l'indice qui marque le bon emplacement sera relativement évident, pour peu que l'on sache ce que l'on cherche.

— Qu'est-ce qui vous permet de le croire ?

— La pièce elle-même était secrète. Avant d'atteindre la dalle, il fallait découvrir la crypte. Il n'y avait donc pas lieu de compliquer sa dissimulation autant que si elle s'était trouvée dans un lieu public...

Cavel s'arrête soudain sur une pierre très usée, parmi les plus vieilles. La gravure ne comporte qu'un chiffre romain. Il s'agenouille et l'effleure de la pointe de son index.

— Cette inscription semble bien plus ancienne que la plupart des autres, au point d'en être hors course, mais...

Une idée vient de traverser l'esprit de Vincent : les jésuites auraient très bien pu faire appel à quelqu'un comme Eustasio, capable de vieillir les matériaux au point de tromper n'importe quel observateur...

Il passe le doigt le long des caractères en creux pour s'assurer de ce qui est gravé : « S J M D X X X I V ».

Il se redresse.

— Si on considère les sept dernières lettres, cela pourrait correspondre à une date...

— Et les deux premières ?

— Un code. SJ... Peut-être *Societas Jesu*, l'appellation initiale de la Compagnie de Jésus...

— Pourquoi pas ?

— Suivie du millésime 1534. C'est bien cette année-là que Loyola et ses compagnons ont décidé de la création de l'ordre ?

Charles confirme :

— Le 15 août.

À l'extérieur, le son d'une puissante corne retentit. Charles et ses hommes s'agitent.

— Pas de panique, les rassure Vincent, c'est le signal de la journée qui démarre sur le chantier du Sacré-Cœur.

Il désigne la pierre auprès de laquelle il est agenouillé.

— S'il vous plaît, messieurs, aidez-moi à soulever cette dalle-ci. Si mes déductions sont justes, nous n'en aurons plus d'autres à manipuler.

Armés d'un pied-de-biche et non sans mal, les trois hommes décollent la pierre et sondent la terre sèche à l'aide de fines tiges métalliques. Retroussant ses manches, Charles les aide à dégager le remblai au fur et à mesure. Leur chantier est bien plus modeste que celui qui se déroule à seulement quelques dizaines de mètres de là, mais il produit vite des résultats.

— Je bute sur quelque chose, annonce l'un des ouvriers en retirant sa sonde.

Tous s'activent à déblayer la terre poussiéreuse. Vincent finit par dégager une forme rectangulaire de la taille d'une boîte à courrier enveloppée de plusieurs couches d'un épais tissu. Asséchées par le temps, les premières partent en lambeaux, mais dessous, la toile est intacte. Il en sort bientôt un coffret de bois sombre. Il le manipule avec un soin extrême et souffle dessus pour chasser les dernières fibres restées accrochées.

Le couvercle est marqué de trois lettres, « IHS », surmontées d'un trait bombé. Dessous, un lys stylisé. Un soleil encercle le tout. Le premier symbole de la Compagnie de Jésus.

Libéré de son enveloppe, même après des siècles, le bois dégage un parfum que Vincent reconnaît immédiatement.

— Du bois de cade, affirme-t-il en le humant.

Charles l'observe. Vincent relève le visage et croise son regard. Avec naturel, il lui tend leur découverte.

— Tenez.

— Vous ne souhaitez pas savoir ce qu'il contient ?

— Ce n'est pas ma mission. « Il faut réussir de petites choses avant d'en tenter de grandes. »

Charles sourit. Par la toiture éventrée, les premières lueurs de l'aube illuminent la nef.

34

Haletant après l'ascension des escaliers avec son complice dans les bras, Konrad le dépose sur le lit préparé à son attention. Des draps fraîchement lavés et des oreillers regarnis accueillent Eustasio. En quittant l'étreinte de son collègue, l'Italien grimace de douleur. Gabrielle l'aide à s'allonger. La fenêtre a été tamisée pour ne pas fatiguer ses yeux. Chaque détail a été pensé pour son confort.

— Tu as la meilleure chambre de la pension, lui glisse Pierre. Ce n'est pas le luxe des appartements de ta comtesse, mais nous sommes tous à ton service. Tu n'as qu'à demander et nous te servirons !

Eustasio n'a pas la force de sourire. Le trajet de retour l'a fatigué plus qu'il ne le présumait. L'équipe l'entoure. Il s'efforce d'articuler quelques mots.

— Merci, mes amis, je suis heureux de vous retrouver. J'ai l'impression de rentrer chez moi après des années d'absence...

Il porte la main à son flanc. Sa blessure, sans doute malmenée par trop de mouvements, s'est rouverte. Le sang filtre à travers les bandages immaculés, les tachant de rouge. À cette vue, Gabrielle frissonne.

— Ne t'en fais pas, Eustasio, réagit Konrad sur un ton rassurant. J'ai fait tellement de pansements lorsque j'étais apprenti dans les scieries que je peux m'occuper des tiens sans problème.

Il s'assure qu'Eustasio est bien installé et s'attelle à découvrir la coupure. Ses gestes sont précis, doux comme lorsqu'il travaille une pièce de bois particulièrement fragile. Vincent lui tend déjà de la gaze. Dans la chambre silencieuse, chacun observe Konrad qui officie et le blessé qui serre les dents.

Henri, d'habitude si curieux de ce que font ses aînés, ne semble pas à son aise et reste en retrait. Vincent le sent tendu ; il ne parvient pas à croiser son regard. Lorsque la plaie apparaît, le garçon détourne les yeux.

— Je vais chercher de l'eau chaude à la cuisine, murmure Gabrielle en quittant la chambre.

Pierre approuve d'un hochement de tête et dépose l'eau-de-vie, le vinaigre camphré et le coton sur la table de chevet. Konrad dégage le dernier tour de bande. Le torse dénudé d'Eustasio révèle de nombreuses plaies, dont une seule paraît préoccupante.

— Belle balafre ! commente Pierre avec un sifflement.

— Ces *Mistkerlen* ont vraiment voulu te faire la peau, rage Konrad entre ses dents. Ils t'ont lacéré de partout...

Puis, changeant de ton, il ajoute, avec un clin d'œil au blessé :

— Vois le bon côté des choses : on dit que les femmes raffolent des cicatrices.

— Je m'en serais bien passé, gémit l'Italien. Des blessures, pas des femmes...

L'Allemand sourit. Il verse un peu d'eau-de-vie sur un carré de tissu et entreprend de désinfecter la plaie rouverte. Henri regarde ailleurs une nouvelle fois. Vincent le remarque et lui glisse :

— Si tu dois devenir docteur, il faut t'aguerrir. Observe Konrad, et apprends. Tu pourras l'aider.

Le Clou ne répond pas. Il reste inhabituellement muet, fermé. Vincent met cela sur le compte de la vue du sang, mais peut-être y a-t-il autre chose. Il n'a cependant pas le loisir de s'y attarder ; l'alcool tamponné sur la plaie fait grogner Eustasio et Vincent reporte toute son attention sur la souffrance de son compagnon.

Dans le couloir, les pas pressés de Gabrielle annoncent son retour. Elle entre en essorant le linge qui trempe dans sa bassine d'eau chaude et vient s'asseoir au bord du lit.

Veillant à ne pas trop appuyer, elle nettoie le sang qui macule la poitrine du blessé. Le bout de ses doigts effleure à plusieurs reprises la peau d'Eustasio. Elle évite alors de croiser son regard pour ne pas qu'il remarque sa gêne face à ce corps d'homme à demi nu.

L'Italien la laisse faire et s'adresse à ses compagnons :

— Avez-vous des informations sur mes agresseurs ?

— Pas encore, répond Vincent.

— Rien n'a été tenté contre vous ?

Henri surprend tout le monde en répliquant le premier :

— Des trucs suspects, mais rien de clair.

— Nous évitons désormais de nous déplacer seuls, explique Pierre.

Henri commente d'un drôle de ton :

— Parfois, certains prennent quand même le risque...

Le Clou fixe étrangement Vincent qui préfère ne pas relever.

— Le rythme de travail est plus calme en ce moment, fait-il, c'est une chance.

Eustasio tend la main pour essayer d'attraper le verre d'eau posé à son chevet. Gabrielle le devance.

— Merci, soupire-t-il après avoir avalé quelques gorgées. J'ai soif, tout le temps. Je mangerais bien quelque chose également... Aussi généreuse soit la comtesse, vos petits plats m'ont manqué.

La jeune femme baisse les yeux.

— Je descends te chercher à manger ! se précipite Henri.
Il s'engage dans le couloir, où Vincent le rattrape.
— Y a-t-il un problème Henri ? Quelque chose te contrarie ?
— Rien du tout, grogne-t-il d'un air buté.
Le garçon a réagi un peu trop vivement, mais étant donné les circonstances, Vincent est obligé de se satisfaire de cette réponse.
— Tu me le dirais, si tu avais un souci ?
— Bien sûr.
Sans doute est-ce sa jeunesse qui empêche encore Henri de savoir mentir. Cette fois, Vincent en est certain : il y a anguille sous roche.
Coupant court à leur échange, le garçon dévale l'escalier et disparaît.

35

Comme chaque fois que Konrad lui passe commande, Marcel Flaneul est heureux de célébrer la vente en lui payant un verre dans le bistrot qui jouxte son négoce. Les clients qui achètent des essences de bois aussi rares et aussi chères ne sont pas si nombreux, surtout en réglant comptant. Par les temps qui courent, Flaneul et Fils vendent surtout de la planche, du bastaing et du madrier, pour des échafaudages. Les coffrages constituent également un excellent débouché puisque la mode est au béton de ciment. Il s'en coule des dizaines de tonnes chaque jour. Les chantiers se multiplient et en consomment toujours davantage. Les constructions qui poussent comme des champignons sont une aubaine pour les bois ordinaires, mais le marché de l'ébénisterie en devient d'autant plus marginal. Le goût du beau est supplanté par la course à la quantité à prix raisonnable. Les vrais spécialistes ne sont plus légion. Or Konrad en est assurément un. Cela se voit à sa façon de jauger les lots qu'on lui propose.

En l'incitant à franchir le seuil du café bondé, Flaneul lance :

— Malgré tout ce que je vous ai vendu comme bois précieux, je n'ai jamais vu un seul des meubles que vous avez fabriqués.

— Vous savez ce que c'est, à peine terminés, aussitôt livrés...

— Si les photographies n'étaient pas si chères et si compliquées à faire, vous pourriez en garder des images. J'ai un client décorateur qui pratique de la sorte. Il gagne assez bien sa vie pour faire réaliser des clichés de toutes ses créations. Il peut ainsi montrer ce dont il est capable sans déranger ses anciens commanditaires.

— C'est loin d'être bête.

Dans la salle règne l'ambiance des faubourgs. On parle fort et on boit cul sec. Ici, pas de chapeau melon, et encore moins de haut-de-forme mais une nuée de casquettes et des foulards autour du cou. Il n'est pas difficile de deviner l'activité de ceux qui trinquent. Chaque corporation se reconnaît aisément à ses vêtements : les maçons à leur veste plâtreuse, les forts à leurs débardeurs et leurs gants épais. Les habits des plombiers d'étages sont les plus propres. Ils pourraient presque passer pour des employés de magasins, si leurs outils ne pendaient pas comme des guirlandes à leur ceinture. Les plombiers de sous-sol et les vidangeurs de fosses, par contre, n'entrent jamais tellement ils sentent mauvais. Ils boivent à part, entre eux, souvent dehors, quel que soit le temps.

Konrad et Flaneul se frayent un chemin vers le comptoir. Le marchand de bois lance :

— Maurice, deux vins cuits !

Aucun des deux hommes n'a remarqué l'inconnu qui est entré immédiatement derrière eux, et qui suit Konrad depuis le centre de Paris. L'individu salue à la ronde comme le ferait n'importe quel quidam et gagne lui aussi le comptoir. Deux ouvriers couvreurs entrent aussitôt derrière lui, suivis d'un cocher.

Maurice sert deux verres et les pose sans délicatesse sur le zinc. Flaneul et l'Allemand sont tout entiers absorbés par leur conversation. Ils tombent d'accord sur le fait que l'on ne travaille plus comme avant et que c'est sans doute la fin d'une époque.

Profitant de leur inattention, l'homme qui piste Konrad verse discrètement quelques gouttes d'un liquide transparent dans son verre. Son forfait accompli en un tournemain, l'inconnu prend ses distances, et quelques secondes plus tard, sort de l'établissement sans se faire remarquer.

Flaneul continue à philosopher sur sa lancée.

— Il faut sans cesse s'adapter. Mon fils m'incite à me risquer dans le commerce des machines. Il dit qu'en plus de fournir le bois, nous pourrions équiper nos clients en outils.

— L'idée est hardie, mais elle vaut la peine d'être étudiée. En attendant : Aux affaires!

À l'instant où le menuisier va porter son gobelet à ses lèvres, il est vivement bousculé. Le choc est si rude qu'il en renverse son vin cuit.

Il peste : sa chemise est tachée. Se retournant, il tombe nez à nez avec le cocher qui l'a heurté. Celui-ci s'exclame :

— Mille pardons, l'ami! J'ai trébuché. Je suis confus. Laisse-moi t'en payer un autre. Patron, la même chose pour monsieur, c'est moi qui régale!

Konrad détaille l'homme qui l'a percuté. Son long manteau de cuir sombre à boutons dorés l'habille des pieds jusqu'au cou. Dans le galon de son chapeau, une petite plume grise est glissée. Le menuisier s'étonne : étant donné son faible gabarit, l'homme a dû totalement perdre l'équilibre pour le bousculer à ce point.

L'Allemand remarque un autre détail, que Vincent lui a appris à ne jamais négliger : ses mains. Elles en disent toujours plus que n'importe quel titre ou costume. Elles portent la marque infalsifiable de ce que leur propriétaire en fait. Celles du cocher sont soignées. La peau est nette. Ni cals, ni crevasses. Ces mains-là ne tirent pas sur des rênes de cuir, été comme hiver.

Mais le menuisier n'a pas le temps de s'y attarder, car Flaneul l'invite à lever son nouveau verre. Konrad s'exécute de bon cœur et trouve le vin excellent. Il est en pleine forme, il a déjà oublié l'incident.

Il s'en est fallu de peu pour que tout se passe différemment.

36

Enfin dehors, Vincent s'accorde une longue inspiration pour emplir ses poumons d'air frais. Il aimerait chasser cette sensation d'enfermement qui l'oppresse. Après des heures passées à la lueur des lanternes, l'éclatante lumière matinale l'oblige à plisser les yeux. Il est plus tard qu'il ne le pensait.

Un livreur de pains de glace le frôle avec son chariot. Au coin de la rue, une marchande de fleurs propose ses bouquets de violettes aux passants. Elle n'a que deux arguments, qu'elle alterne suivant le cas : aux hommes elle jure que ses bouquets feront le bonheur de leur bien-aimée ; aux femmes, elle assure qu'elles mettront en valeur leur éclatante beauté. Vincent se sent étranger à tout ce qui grouille autour de lui.

La nuit qu'il vient de passer à tenter de percer le secret du passage caché d'Alfred Minguier l'a fatigué. D'autant qu'une fois encore, il n'a rien découvert. Pas le moindre indice. Le mystère du mur reste entier, au grand dam de l'industriel, qui perd patience. Au fil des heures, après avoir subi plusieurs réflexions de moins en moins courtoises, Vincent a été obligé de lui rappeler que ses investigations ne lui ayant rien coûté, Minguier pouvait, s'il n'était pas satisfait, lui demander d'abandonner les recherches. L'homme s'est alors radouci. Ce n'est pas tant l'attitude de Minguier qui pose problème à Vincent que le fait de ne rien comprendre alors qu'il s'en espérait capable.

Au hasard, il se met à déambuler vers la rue Saint-Martin. Il évite ceux qui tracent leur chemin d'un pas décidé. D'habitude, il est des leurs, mais pas ce matin. Vincent n'a pas envie de rentrer, les quelques projets en cours n'ont rien d'urgent et il renâcle à affronter les questions que Pierre ne manquera pas de lui poser après sa nouvelle nuit passée hors de la pension.

Une idée étrange s'impose soudain à lui. La seule qui semble assez précise pour constituer un but : retourner voir le monstre. Le détour ne lui prendra pas longtemps. Tout à coup motivé, Vincent se met en route.

Sur le trajet, il observe attentivement ce qui se passe autour de lui. Les attitudes, les échanges, les gestes. Il est toujours à l'écoute des interactions entre les êtres, curieux des relations qu'ils entretiennent. Sa nature le pousse à tirer en permanence des informations de tout ce qui l'entoure. Chaque action, chaque élan, du plus anodin au plus spectaculaire, porte en lui la trace de ce qui le motive. Un marchand et sa cliente, une mère et son enfant, le gendarme et le mendiant, un tandem d'ouvriers ou un couple d'amoureux. C'est cela que Vincent s'attache à décrypter. Comme des passages secrets qui conduisent à la vérité des êtres. Il y a celles et ceux qui agissent par devoir, par gentillesse, par espoir de profit, par désir... Femmes et hommes qui peuplent les rues ne sont mus que par l'une de ces raisons. On peut parfois les croire multiples, mais en réalité, il en est toujours une qui domine leurs actes. De ses observations, Vincent tire une cartographie très personnelle de ce que peut être la vie parmi les autres.

Son analyse des rapports humains ne cesse de s'affiner depuis qu'il a commencé à s'y intéresser, mais si les sentiments semblent immuables et universels, le cadre dans lequel ils éclosent et la façon dont l'époque leur permet de s'exprimer sont en pleine mutation, qu'il s'agisse des lieux de vie, de travail, et même de ce que proposent les commerces ou les moyens de transport. Les détails saisis au vol le confirment. L'évolution des usages met en lumière ce qui se transforme fondamentalement. Vincent n'est pas si vieux, mais il se souvient pourtant déjà d'un temps où Paris était différent. Il ne rentre pas dans les boutiques, il ne va jamais danser, il n'est même pas encore allé visiter l'Exposition. Ces nouveaux divertissements ne trouvent aucun écho en lui. Comme si ce que ce monde proposait d'inédit ne le concernait pas.

À peine s'engage-t-il dans la rue de l'échoppe qu'il aperçoit de loin la file d'attente sous l'enseigne annonçant Quasimodo. Surpris d'y voir autant de monde, Vincent se mêle à ceux qui patientent. En écoutant les conversations, il comprend que beaucoup sont là pour la première fois, décidés à se faire un peu d'argent rapidement et par un moyen facile. Un espoir de profit.

Le coup d'œil appuyé de l'homme derrière le comptoir sur lequel il a déposé ses vingt sous lui indique que celui-ci l'a reconnu. Il attend ensuite patiemment dans le couloir, et ne réagit même pas lorsque les concurrents sortent dans tous leurs états. Il a saisi la mécanique du lieu. D'abord, on installe les visiteurs dans une obscurité progressive qui les déstabilise. Puis le corridor se resserre pour accentuer leur sentiment d'enfermement. L'ambiance se fait plus étouffante, nourrie de l'épouvante de ceux qui s'enfuient à toutes jambes. Lorsque vient votre tour, votre imagination est chauffée à blanc. La soudaine découverte du « monstre » cristallise alors tout ce que l'esprit a pu sécréter et fait perdre leurs moyens aux plus vantards. Vincent a dépassé cela. L'approche ne l'intéresse pas. Comme toujours, il se passionne pour le cœur des choses.

Lorsqu'il pénètre enfin dans le vestibule, il n'a qu'une idée en tête. Il prend place sur le tabouret et sans même s'en rendre compte, se frotte les mains. Le rideau s'ouvre. Le visage est là. Dans le tumulte des chairs, Vincent remarque une vilaine trace de coup, sur ce qui ressemble à la pommette.

Vincent accroche le regard du pauvre bougre, qui grogne sans conviction. Il souffle :

— Il faut que je vous parle, je veux...

Un grand gaillard surgit aussitôt entre deux rideaux.

— Tu ne parles pas au monstre !

Il brandit un poing menaçant.

— Tu es déjà venu et tu as déjà gagné. Tant mieux pour toi. Alors fiche le camp et ne t'avise pas de remettre les pieds ici.

— Je veux simplement...

L'homme ne le laisse pas finir sa phrase. Il l'empoigne au col et le secoue. Vincent tombe du tabouret.

— Tu as compris ce que je viens de te dire ? éructe le costaud. Dégage, et que je ne te revoie pas, sinon...

En se relevant, Vincent a le temps d'apercevoir une dernière fois les yeux du monstre. Il lui semble avoir entrevu une larme.

37

Après son début de matinée chahuté, Vincent peine à retrouver ses marques. Avant de recommencer à travailler, il doit monter dans sa chambre récupérer son carnet de notes. Il compte en profiter pour se raser. Il se sentira plus propre, et peut-être cela lui remettra-t-il les idées en place. Il attrape un broc d'eau et grimpe l'escalier.

Constatant qu'il n'y a pas de cuvette dans sa pièce, il va en emprunter une dans la chambre voisine, sans se soucier de savoir qui l'occupe. Il ouvre la porte... et reste figé sur place. Gabrielle, nue, vient de terminer sa toilette. Elle étouffe un cri et plaque sur elle le jupon qu'elle s'apprêtait à enfiler.

Vincent se détourne aussitôt.

— Pardon, j'aurais juré que... Enfin je veux dire... La cuvette...

Rouge de confusion, il bafouille, cherche ses mots. L'image du corps dénudé de la jeune femme enflamme son esprit, il ne parvient pas à l'en chasser.

— Vous ne pensiez pas me trouver ici.
— C'est ça. Pardon.
— Vous ne vous habituez pas à ce que je sois là.
— Non, ne croyez pas cela !

Il est incapable de s'expliquer. Il voudrait disparaître dans un trou de souris mais n'arrive pas à bouger. Au-delà du corps de Gabrielle, il est tout aussi fasciné d'avoir entrevu sa chevelure libérée. Jamais de sa vie, il n'avait vu une femme avec de longs cheveux mouillés. Leur ondulation soyeuse reflétant la lumière n'en finit pas de provoquer en lui une onde qui se propage dans tout son corps. Une pierre jetée dans l'eau. Une énorme.

Tétanisé, il parvient seulement à se retourner contre le mur, comme un enfant puni.

— Si vous m'accordez un instant, murmure la jeune femme d'une voix douce, je m'habille et je vous rends la cuvette. Je peux même vous monter de l'eau chaude, si vous le souhaitez.

— Non merci, c'est gentil. L'eau froide me paraît tout indiquée...

Vincent ne bouge pas.

— Peut-être devriez-vous me laisser, suggère-t-elle timidement, le temps que... S'il vous plaît.

— Bien sûr ! Excusez-moi...

Vincent s'empresse de sortir et ferme vivement la porte. Il s'adosse au mur et reprend sa respiration. À travers le battant, Gabrielle interroge :

— Vous êtes toujours là ?

— Oui, désolé...

— Cessez de vous excuser, ce n'est pas si grave !

Elle rit. Lui est mortifié, et elle s'amuse ! Un rire cristallin, léger. Un autre pavé dans la mare.

— Je peux vous poser une question ? demande la jeune femme.

— Si vous voulez.

Vincent appuie son front contre la paroi et essaye de se tenir droit.

— Vous allez bien ?

La question le décontenance.

— Que voulez-vous dire ?
— Je vous regarde tous les jours. Je commence à vous connaître. Depuis quelque temps, vous semblez préoccupé. Franchement, au début, je me suis dit que c'était ma présence qui vous gênait...
— Non, vraiment pas...
— Je l'ai compris. Mais je vous vois quand même inquiet. Et toutes ces nuits que vous passez dehors...

Elle hésite.

— Sans vouloir être indiscrète, je crois que ce n'est pas pour votre travail.
— Comment pouvez-vous penser que...
— Tout le monde l'a remarqué. Déjà, avant qu'Eustasio ne soit agressé, vous étiez tendu. Vous ne souriez presque pas. À table, vous ne participez pas souvent aux conversations. Vous n'êtes pas vraiment là... Je vous vois dans votre coin, perdu dans vos pensées. Pierre s'en fait pour vous. Henri aussi.

Elle ouvre la porte et se retrouve nez à nez avec lui, habillée mais les cheveux toujours détachés. Cette fois, aucun des deux ne sursaute.

— Vous revenez de plus en plus fatigué, parfois bien après l'aube. Cela ne me regarde pas, mais si vous voyez une fille, vous devriez le dire aux autres, parce qu'ils se font un sang d'encre pour vous.

Vincent n'arrive pas à soutenir son regard. Parce qu'elle est trop proche, parce qu'elle est trop belle, parce que ce dont elle lui parle avec tant de naturel malmène sa pudeur.

Elle incline légèrement la tête et ajoute :

— Personne ne vous en voudrait de mener vos affaires d'homme, vous savez. Vous faites beaucoup pour cette maison. Chacun en est conscient, et cela n'empêche pas les uns et les autres d'avoir une vie à côté. Eustasio voit la comtesse, Konrad parle tellement des filles que ça doit beaucoup lui manquer, et Henri ne tardera pas à tourner autour...

— Je ne fréquente personne.

Il parvient à lever les yeux. Lui fait-elle autant d'effet parce qu'il a si peu l'habitude de la compagnie des femmes ? Ou parce qu'il a l'impression qu'elle pourrait le comprendre ? Il songe un instant à se confier à elle, mais se ravise. Il ne le doit pas.

Elle le dévisage. Ses yeux clairs le transpercent.

— Nous avons un point commun, Vincent.

— Vraiment ?

— Vous et moi savons ce qu'être seul signifie.

Pourquoi lui dit-elle cela ? Ces quelques mots sont pour lui comme un tremblement de terre. Il lui faut un effort pour parvenir à répondre :

— Vous n'êtes pas seule, Gabrielle. Vous avez Pierre. Jamais je ne l'ai vu aussi attentionné...

Elle sourit.

— Votre frère est sans aucun doute ma plus belle promesse de futur, et je m'attache aussi beaucoup à lui.

— Il en vaut la peine.

— Mais cela n'efface pas pour autant ce que l'on ressent tout au fond de soi. N'est-ce pas ?

Ils se font face. C'est elle, à présent, qui est déstabilisée par l'intensité de son regard. Il murmure doucement :

— Pierre saura vous faire oublier que vous avez été seule.

Elle pose la main sur son bras.

— Et vous, Vincent ? Qui vous le fera oublier ?

38

— Il s'agit seulement d'un texte ? Un compte rendu ? Vincent est dérouté.
— Cinq feuillets, précise Adinson. Écrits de la main même d'Ignace de Loyola.
— De quoi est-il question ?
— Il y consigne un témoignage reçu en confession alors qu'il séjournait près de Jérusalem. Le coffret contenait également une clé. Elle est étrange, et votre expertise sera sans doute utile pour déterminer ce qu'elle peut ouvrir.
— Je croyais au secret de la confession.
— Ces propos étaient trop particuliers pour que même un homme de son envergure puisse en supporter seul la charge. Il a donc choisi de les coucher sur le papier et de les confier au secret de son ordre, sachant que son message ne serait pas lu de son vivant.
— Si vous n'aviez pas cherché le coffret, sa missive aurait pu rester enfouie jusqu'à la fin des temps...
— Le hasard en a décidé autrement, Vincent. Ou l'Horloger. Toujours est-il que sa lettre trouve un écho particulier dans l'époque que nous vivons. Il fait allusion « aux jours troublés où ceux qui prétendent mener le monde seront convaincus d'en maîtriser les arcanes ». Il

parle des nouveaux pouvoirs de l'humanité... Ne trouvez-vous pas cela d'une étrange actualité ?

— Étonnante, en effet. La clé est-elle liée à sa lettre ?

— J'en ai l'impression. Mais une étude plus précise du texte sera nécessaire pour s'en assurer, car certaines références, à des lieux disparus notamment, nous posent problème.

— Me tiendrez-vous informé ?

— Vous êtes, tout comme moi, lié à cette découverte, et je compte sur votre aide pour parvenir à sa complète résolution. J'ai confiance en vous, Vincent.

— Est-il honorable que je sois associé au secret d'une confession ?

— Elle date de plus de trois siècles. On peut considérer qu'il y a prescription, même si les informations transmises par le chevalier mourant gardent toute leur importance.

— Un chevalier ?

— Descendant des Templiers. Étant lui-même sans enfants, le secret transmis par ses ancêtres se serait perdu après lui. Or, il ne le fallait à aucun prix. Ce qu'il savait ne devait pas tomber dans l'oubli. C'est pourquoi avant de s'éteindre, il l'a confié à Loyola, un homme qu'il a dû juger digne de le recevoir. Le chevalier évoque un sanctuaire, aménagé autrefois ici même, dans la capitale, pour abriter les reliques rapportées de croisades et de différentes expéditions.

— Désigne-t-il un lieu en particulier ? Une église ?

— Non. C'est bien plus étrange que cela. Il évoque un temple souterrain, un lieu secret enfoui dans les profondeurs de la cité.

— Il existe effectivement des lieux de culte sous terre, on en a trouvé notamment dans les catacombes.

— Aucun n'est aussi sacré que celui qu'il décrit. Ils sont d'ailleurs souvent relativement récents, et rien n'y a été découvert qui aurait pu être rapporté de Terre sainte ou d'ailleurs.

— Précise-t-il ce qu'il entend par « reliques » ?

— Pas vraiment.

— Fournit-il des indications sur l'emplacement de ce sanctuaire ?

— Il se contente de décrire brièvement un mystérieux « dédale » qui permettrait d'y accéder.

— Vous croyez qu'un tel lieu puisse exister ? Ne pourrait-il pas s'agir du délire d'un mourant qui se serait perdu dans les récits de ses ancêtres et que Loyola aurait recueilli de bonne foi ?

— Je me suis posé la question. Mais l'ensemble est d'une remarquable cohérence.

Vincent réfléchit.

— Pourquoi Ignace de Loyola n'a-t-il pas cherché ce lieu ?

— Il n'en a pas eu le temps. Il n'est jamais revenu. Or, lui seul connaissait le contenu de cette confession.

— Jusqu'à ce que nous la retrouvions...

— Si un tel sanctuaire avait été découvert, nous le saurions. Si vous le voulez bien, j'aimerais vous impliquer dans sa recherche.

— Volontiers.

Charles paraît soudain embarrassé.

— Avant d'aller plus loin, Vincent, il me faut toutefois vous avertir d'un fait essentiel.

— Allez-vous encore balayer mes certitudes ? Essayez d'y aller doucement, parce qu'en ce moment, je ne sais déjà plus trop où j'en suis...

Charles sourit brièvement mais ne se départ pas de son sérieux.

— Pardon, Vincent, mon but n'est pas de semer la confusion dans votre esprit. Comme vous, je subis l'urgence qui me pousse à vous livrer ces informations.

— De quoi est-il question, cette fois ?

— De l'un de vos proches, qui a échappé à une agression bien plus sournoise qu'un coup de couteau...

Le cœur de Vincent se met à battre plus fort.

— Parlez !

— Quelqu'un a tenté d'empoisonner votre menuisier alors qu'il buvait un verre avec un de vos fournisseurs. Il ne doit la vie sauve qu'à l'intervention d'un de mes cochers qui le suivait.

Vincent accuse le coup. Les questions fusent dans sa tête.

— Pourquoi ne m'en a-t-il rien dit ? Et pourquoi votre cocher le suivait-il ?

— Votre ami ne s'est rendu compte de rien. Simulant une maladresse, le cocher a renversé son verre avant qu'il n'absorbe le poison. Il le suivait pour le protéger. Notre marché est ainsi défini : vous m'aidez dans mes recherches et en retour, je fais ce qui est en mon pouvoir pour préserver les vôtres. C'est ce que nous avons convenu. Vous avez commencé à remplir votre part du contrat en découvrant le coffret, j'assure la mienne.

Vincent a de nouveau mal à la tête. Sa mâchoire se crispe ; il grogne entre ses dents serrées :

— Après Eustasio, ils ont essayé de tuer Konrad...

— Même si nous n'avons pas pu analyser le poison, nous en avons la certitude.

— Bon sang...

— Je comprends que vous soyez choqué, mais je vous ai prévenu : vous avez été identifié, ainsi que vos compagnons. Nous ne savons ni par qui, ni dans quel but, mais le doute n'est plus possible. La partie qui s'engage met en jeu des puissances avec lesquelles on ne plaisante pas. J'ignore qui se cache derrière ces attaques, mais j'ai l'intuition qu'elles sont étroitement liées aux sujets sacrés qui m'ont amené à vous contacter. Peut-être traquent-ils eux aussi les trésors spirituels, mais une chose est sûre : ils ne le font ni avec les mêmes intentions, ni avec les mêmes méthodes. Ceux qui s'invitent dans notre quête ne respectent aucune règle. Ils ne partagent pas notre esprit. Vous devez vous méfier de tout le monde.

— J'en ai l'habitude…

Vincent réfléchit vite. Soudain, il déclare :

— Puisque nous en sommes aux confidences, il faut que je vous dise : Eustasio n'est pas mort.

— Que me chantez-vous là ?

— Il n'a été que blessé.

Adinson rumine, l'air sombre. Puis il lâche :

— Vous m'avez menti.

— Non. Je vous ai laissé croire. C'est différent. Il n'y a pas que vous qui aviez besoin de savoir si la confiance était possible. Vous venez vous-même de me conseiller de me méfier de tout le monde.

Charles prend le temps d'encaisser.

— Je comprends, finit-il par dire. Comment se porte-t-il ?

— Mieux. Ses jours ne sont plus en danger.

— Vous n'avez donc à déplorer la perte de personne.

Vincent ironise :

— Pas récemment, en tout cas.

Songeant à la situation, il soupire :

— Si vous n'aviez pas assigné un de vos gardiens à Konrad et si Eustasio n'avait pas eu de chance, j'aurais déjà perdu la moitié de mon équipe sans même savoir contre qui je suis supposé me battre.

— J'ai bien peur que ce ne soit que le début…

Vincent le regarde, dépité.

— Je ne sais pas comment m'y prendre, Charles. Ma vie m'échappe. J'ai l'impression de me noyer. J'ai peur d'entraîner les miens vers le fond avec moi. Tout ce que je pensais avoir construit s'effondre. Ce que je croyais savoir ne me sert plus. Je suis complètement perdu…

— J'ai connu cela, Vincent. Tous les hommes affrontent un jour cette incertitude. C'est une phase détestable qui nous met à l'épreuve, juste avant que nous ne choisissions vraiment ce que nous voulons faire de notre vie.

39

L'occasion que Pierre guettait depuis des jours se présente enfin. À peine Konrad est-il sorti de l'atelier qu'il s'empresse de s'approcher de son frère. Non sans appréhension, il demande :
— As-tu un instant à me consacrer ?
Vincent ne quitte pas son schéma des yeux.
— Je t'écoute.
— Je souhaite aborder certains points avec toi…
— Je t'en prie.
— Tout d'abord, je voudrais savoir où tu en es de ce chantier de recherche pour M. Minguier. As-tu trouvé le moyen d'ouvrir son passage ?
— Toujours pas. J'y réfléchis sans arrêt, mais je n'ai pas de solution. Je suis dans le brouillard.
Pierre s'appuie sur la table, bras tendus, exactement face à son aîné, qui ne le regarde toujours pas.
— Tu as promis de me parler de ce qui te préoccupait…
— C'est vrai.
— J'ai pourtant l'impression que tu ne me dis pas tout.
— Je te confie tout ce qu'il est raisonnable de partager.
Pierre est à la fois mécontent d'être tenu à l'écart et désemparé. Il ne sait pas comment engager le dialogue sans risquer de fâcher Vincent.

— L'autre nuit, tu es sorti sans prévenir personne, alors que nous avions tous convenu que ce n'était pas prudent.

— Je n'avais pas le choix.

— Tu m'as laissé un mot ici même...

— Pour te rassurer.

— Tu ne l'avais jamais fait.

— J'essaie d'évoluer, de m'adapter. Je ne veux pas que tu te fasses du mauvais sang pour moi.

— Pourtant, c'est inévitable. Surtout en ce moment ! Tu ne crois pas que le plus simple serait de tout me dire ? Après tout, je suis ton frère...

— Je ne l'oublie jamais.

Après une pause, Pierre revient à la charge.

— Lorsque tu es sorti cette nuit-là, tu ne partais pas travailler pour Alfred Minguier.

— Non, en effet.

— Est-il possible de savoir...

Vincent pose son crayon et relève enfin le visage.

— Non, Pierre. Et ce n'est ni une question de confiance, ni une question de vie nocturne avec des filles que j'irais visiter en douce.

Pierre rougit mais ne se laisse pas déstabiliser.

— Alors, de quoi s'agit-il ?

Vincent soupire.

— Je ne le sais même pas moi-même.

La main droite de Pierre s'est crispée, Vincent le remarque. Il a déjà eu l'occasion de s'apercevoir que chez son cadet, ce signe inconscient témoigne d'une colère intérieure difficile à contenir.

— Je voudrais bien t'en dire plus, continue-t-il, apaisant, mais il est préférable que je m'abstienne. À ma place, tu réagirais de la même façon. Je me doute que savoir serait le meilleur moyen de calmer tes craintes, au moins dans un premier temps, mais cela ouvrirait aussitôt la voie à d'autres angoisses bien plus grandes...

— Tu vas encore me demander de te faire confiance aveuglément ?

— Pas aveuglément, non.

Pierre serre les poings. Soudain, il n'y tient plus.

— Vincent, j'ai besoin de réponses ! Je veux savoir où je vais !

Il est au bord de l'explosion. Vincent devine cependant que ses absences inexpliquées ne constituent pas la raison profonde de ce mouvement d'humeur.

— Savoir où tu vas ? Mais où veux-tu aller, Pierre ? Penses-tu que je cherche à t'en empêcher ?

— Je vous ai entendus parler l'autre matin avec Gabrielle. Je l'ai entendue rire...

— Voilà donc la véritable raison de ta hargne. Ne va pas t'imaginer...

Pierre le coupe froidement :

— Je ne m'imagine rien. Je n'ai pas compris vos propos, mais j'en ai entendu assez pour me faire une idée.

— Elle est fausse, petit frère.

— Ne m'appelle plus « petit frère » ! Je suis assez grand pour décider moi-même de ce qui me dérange ou pas !

Pierre se redresse ; se met à marcher de long en large, bouillonnant de colère. Il martèle :

— Elle est la seule femme de cette maison. Nous sommes quatre hommes fascinés. Cinq avec Henri qui – même lui ! – la dévore des yeux.

— Je ne m'y intéresse pas comme toi.

— Tu ne la trouves pas belle ?

— Elle l'est, assurément.

— Tu n'étais pas avec elle dans une chambre ?

— Simple hasard.

— Dois-je te rappeler ce que tu penses du hasard, Vincent ?

— Inutile de te mettre en rage. Nous n'avons fait que parler. Beaucoup de toi, d'ailleurs.

— Sans rire ?

— J'ai compris dès le premier jour à quel point elle comptait à tes yeux, et je ne t'en blâme pas.

— Vraiment ? Tu sais ce que j'éprouve pour elle ? Alors tu devines ce que déclenche le simple fait d'envisager qu'elle en aime un autre ?

— Oui, et je t'assure que tu n'as rien à redouter ni de moi, ni des autres. Sur ce point, je te demande de me faire confiance aveuglément. Parce que tes sentiments sont en train de fausser ton jugement. Ne laisse pas ta méfiance empoisonner nos rapports et ce que tu éprouves. Tout le monde ici sait que tu en pinces pour Gabrielle, et chacun respecte cela.

Pierre tente de canaliser ses sentiments.

— Tant mieux, grommelle-t-il.

— Tu ne pourras cependant pas éternellement la garder cloîtrée dans cette maison. Elle finira par remettre le nez dehors.

— Et alors ?

— Quel que soit votre lien, elle croisera d'autres hommes. Le seul moyen pour toi de ne pas te consumer de jalousie sera de lui faire confiance. Gabrielle est une jeune femme remarquable. Vous vous êtes rencontrés de façon inattendue, mais au bon moment. Dois-je te rappeler ce que je pense du hasard... Tu as été sa chance comme elle est désormais la tienne. Je ferai mon possible pour vous aider, même si je risque encore de la croiser devant sa chambre.

— Ne plaisante pas avec ça.

— Ce problème étant réglé, il nous faut rapidement parler de sujets plus graves avec toute l'équipe. J'ai obtenu certaines informations qui vont nous obliger à modifier notre façon de vivre. Il ne faut plus...

Pierre le coupe abruptement :
— Nous verrons cela ce soir. Cet après-midi, j'emmène Gabrielle visiter l'Exposition. Henri vient avec nous.
— Comme tu veux. Amusez-vous bien. Et restez vigilants.

Pierre tourne les talons. Vincent a bien noté qu'il n'était pas invité.

40

Excités, débordants de curiosité, les visiteurs se pressent d'un pavillon à l'autre, dessinant des trajectoires désordonnées qui forment un chaos grouillant. Une multitude bigarrée dans laquelle les classes sociales, les langues et les âges se mêlent dans une même soif de découverte. Le soleil a fait fleurir les ombrelles et assure la fortune des buvettes. La limonade et le coco à la réglisse coulent à flots, mais l'on sert aussi un nouveau breuvage à l'anis qui fait fureur. Pour s'épargner la fatigue, les dames du monde se déplacent en chaises roulantes poussées par des chasseurs en livrée. De partout montent des musiques de fanfares ou d'orchestres exotiques qui se mélangent dans une dissonance fantastique.

Depuis la fontaine lumineuse, Henri marche à reculons, incapable de détacher son regard de la tour Eiffel. Pierre l'apostrophe :

— Henri, fais attention, tu vas finir par heurter quelqu'un !

— Regarde-la, elle est si belle ! J'ai tellement envie d'y monter...

— Trop de monde pour le moment, nous irons plus tard. Sois patient. Regarde plutôt devant toi.

Le gamin fait volte-face et découvre le pavillon central. C'est le lieu officiel des cérémonies, où se succèdent les discours enflammés qui célèbrent fiertés et réussites nationales. Le hall, grand ouvert et majestueux, est paré des symboles de la République jusque dans les moindres détails d'une décoration dorée à l'excès.

Henri le trouve malgré tout moins intéressant que la splendide structure qui se profile déjà derrière : la galerie des Trente Mètres, ainsi nommée en raison de sa largeur phénoménale. Même si elle ne constitue pas son but ultime de visite, le Clou se laisse impressionner par ses proportions, son allée centrale qui ouvre de part et d'autre vers des sections spécialisées.

Tout ce que les manufactures peuvent offrir de mieux se trouve rassemblé ici, dans une succession d'ailes regorgeant de trésors en tous genres. Orfèvrerie, arts de la table, tissage, ameublement révèlent leurs univers. Chaque corporation a conçu pour l'occasion une porte monumentale présentant ses talents à travers des chefs-d'œuvre créés tout spécialement. Gabrielle reste époustouflée devant l'entrée de la section de la cristallerie, un rideau de théâtre composé uniquement de pierreries. Pierre tombe en arrêt devant celle de l'horlogerie, un immense cadran à travers lequel le public peut passer comme s'il se trouvait réduit à la taille d'insectes visitant une pendule avec ses mécanismes surdimensionnés. À les voir ainsi ébahis, avec Henri qui virevolte autour d'eux, on pourrait penser qu'il s'agit d'une famille.

Allant de démonstration en démonstration, personne ne se rend compte des distances parcourues. Sauf Henri, parce qu'il n'attend qu'une chose, la plus grandiose, la plus sidérante, celle au sujet de laquelle les fascicules illustrés de la presse ne cessent de multiplier les superlatifs : la galerie des Machines !

Lorsque, au bout des sections des manufactures, sa façade se présente enfin à lui, le garçon s'immobilise et relève lentement la tête pour tenter de l'embrasser dans son ensemble. Mais c'est impossible, tant elle est immense ! Le bâtiment pourrait contenir tout un quartier, et il est suffisamment haut pour y élever des maisons de cinq étages ! C'est le plus grand bâtiment couvert jamais construit sur terre. Les cheminées qui se dressent à l'arrière achèvent de lui conférer des allures de forge divine.

Impatient de s'y aventurer, le gamin se met à courir. Gabrielle et Pierre s'en amusent et le suivent à une allure plus mesurée, en marchant côte à côte.

En parcourant l'Exposition, Gabrielle a souvent l'impression de se promener dans un décor semblable à ceux que l'on peut s'inventer en rêve. Elle vit un conte irréel. La voilà propulsée dans un univers où tout n'est que nouveauté et profusion. C'est aussi la première fois que la jeune femme sort depuis qu'elle a trouvé refuge à la pension. L'air frais, le soleil, le monde... Elle a perdu l'habitude. Tout ce qu'elle éprouve provoque en elle un tourbillon d'émotions qui, parfois, l'essouffle. Sa dernière escapade était une fuite désespérée. Elle était alors pourchassée, menacée, promise à un sort misérable. Aujourd'hui, elle déambule, accompagnée d'un beau jeune homme qui prend soin d'elle, vêtue de la plus jolie robe qu'elle ait jamais portée. Même s'il n'ose lui offrir son bras, Pierre la couve des yeux.

À peine la monumentale porte d'entrée de la galerie franchie, le vacarme des machines, amplifié et démultiplié par l'écho de l'immense verrière qui les recouvre, s'impose, assourdissant. Pierre se penche vers la jeune femme et force sa voix pour se faire entendre :

— Tu supportes le bruit ?

— Je m'en fiche ! C'est le plus beau jour de ma vie.

Henri court en tous sens, récitant les commentaires des revues présentant l'Exposition sur lesquelles il s'use les yeux depuis des semaines.

— Regardez ces moteurs électriques ! Ils peuvent soulever une charge supérieure à ce que pourraient tirer cent percherons. On parle même de leur puissance en chevaux.

Il rebondit déjà ailleurs.

— Une turbine de production électrique à vapeur! J'ai lu qu'avec une seule d'entre elles, on pourra bientôt éclairer toute une ville. De la lumière dans chaque maison en tournant un bouton!

Il désigne une voiture ferroviaire offerte à la curiosité des visiteurs.

— On va voir le wagon? Pierre, s'il te plaît… Ça ne coûte rien! On a le droit de monter dedans même si on n'a pas de ticket! Viens, je n'ai jamais pris le train.

Le véhicule de première classe est présenté par la Compagnie des chemins de fer de l'Ouest, elle compte offrir autant de confort aux voyageurs « qu'à des aristocrates dans leur salon ».

La file d'attente pour accéder au marchepied n'est heureusement pas très longue, et Henri découvre bientôt les compartiments richement meublés, aux parois décorées de marqueterie et équipés de sièges capitonnés de velours. Ils visitent même une suite à quatre lits avec « water-closet » privé. Quel luxe extravagant! Pierre a parfois du mal à garder un œil sur le gamin, d'autant qu'il fait aussi beaucoup attention à Gabrielle.

En sortant du wagon, Henri ne sait où donner de la tête. Il repère bientôt les escaliers qui mènent aux ponts roulants géants qui surplombent la galerie et décide d'y aller. Ces immenses balcons de fer se déplacent latéralement au-dessus de la partie centrale, offrant un panorama unique sur toutes les machines qu'ils survolent.

Cette fois, Henri ne laisse pas le choix au couple. Il se glisse entre eux, leur attrape la main et les entraîne. Gabrielle et Pierre le suivent en riant. Le jeune homme se dit qu'un jour prochain, il aura peut-être l'audace d'attraper la main de celle qui lui plaît de plus en plus. Gabrielle semble encore plus belle hors du cadre quotidien de la vieille pension.

À mesure que le trio monte les marches, le gigantisme de la galerie se révèle. Pierre cherche les machines à fabriquer des chaînes de M. Minguier, mais elles doivent se trouver plus loin.

À chaque aller-retour du pont roulant, les passagers descendent par une extrémité tandis que de nouveaux visiteurs montent à l'autre bout. Henri a compté. Il leur faudra sans doute patienter deux rotations avant qu'ils ne puissent y prendre place à leur tour. Mais pour une fois, l'attente ne gêne pas le Clou. Il a tant à observer qu'il a de quoi se distraire. Des machines à perte de vue, qui tournent, usinent, soulèvent et fabriquent devant un public abasourdi tant par le bruit que par les exploits techniques. Il aperçoit même le stand qui présente les automobiles, des véhicules sans chevaux capables de parcourir jusqu'à seize kilomètres en une seule heure ! On en découvre un exemplaire, deux roues à l'arrière, une seule à l'avant, imaginée par un Allemand du nom de Benz. Une foule considérable est massée autour de ces merveilles hors de prix. Henri est impatient d'aller les admirer. Elles constituent peut-être la réponse à la question de ce qu'il désire le plus au monde.

Voilà le trio enfin autorisé à monter sur la passerelle mobile. Henri se précipite jusqu'à la rambarde métallique pour s'assurer le meilleur poste d'observation. Il est rejoint par le couple, à qui il a réservé un peu de place en jouant des coudes.

Une fois le pont chargé et les barrières refermées, un homme annonce au porte-voix :

— Attention au départ !

L'énorme structure se met en branle sur ses rails. On sent la pesante masse d'acier se déplacer sous les pieds. Avec une lenteur qui rend le phénomène encore plus impressionnant, le pont entame sa traversée aérienne de la galerie.

Henri regarde aussi bien au-dessus de lui qu'en dessous. Il est subjugué par tout ce qui l'entoure, le bâtiment, et tout ce qu'il contient. Il survole des machines grosses comme des omnibus ; il en aperçoit les entrailles. Il tente de montrer à Pierre ce qui le passionne le plus, mais ses centres d'intérêt changeant sans arrêt, il n'a même pas le temps de finir ses phrases. Déjà d'autres prodiges défilent sous ses yeux – presses à imprimer, cyclones mécaniques destinés à broyer les minerais, machines à découper ou mettre en forme les tôles, élévateurs électriques... Chacune déclenche de nouveaux enthousiasmes. Pierre passe plus de temps à surveiller Henri, qui se penche bien trop au-dessus des barrières de sécurité, qu'à profiter de l'odyssée.

Gabrielle observe elle aussi, émerveillée. Elle n'a pas le vertige, heureusement. Elle se méfie cependant des grincements et des vibrations du sol métallique, qui l'inquiètent un peu.

Tout à coup, Pierre se sent littéralement porté. Est-ce une nouvelle sensation que provoque cette machinerie révolutionnaire ? Ivre des perceptions inédites qui se sont accumulées en lui, il ne comprend pas immédiatement ce qui lui arrive.

Quelqu'un vient de l'empoigner. En un instant, il se retrouve soulevé au-dessus de la rambarde métallique. Il entend des cris autour de lui. Il se débat violemment, cherche à se retourner. Son corps réagit par réflexe.

Pierre prend soudain conscience de sa situation : on est en train de le jeter dans le vide, sur des machines furieuses qui vont le broyer.

41

Dans la cuisine, l'atmosphère est aussi pesante que le silence. Eustasio a repris sa place à table. C'est la première fois qu'il descend de sa chambre. Il ne pouvait pas rester alité après ce qui s'est passé. Lui qui boit si peu n'a pas refusé le verre de vieille prune que partage l'équipe. Il n'y a rien à célébrer, au contraire, mais tous espèrent un peu de réconfort.

Vincent se tient debout, appuyé contre la cheminée dont le fond est fermé. Toute l'attention est concentrée sur Pierre, qui se fait soigner la tête par Konrad.

— L'entaille n'est pas profonde, les rassure le menuisier. Inutile de recoudre. Un pansement suffira.

Gabrielle soupire de soulagement et pose la main sur l'épaule du nouveau blessé. Elle n'a pas prononcé un mot depuis que Pierre a failli y rester. Les larmes montent parfois sans qu'elle n'y puisse rien. Elle se détourne alors pour les essuyer discrètement. Henri s'est installé au plus près du rescapé, comme s'il ne voulait plus le lâcher d'une semelle.

Konrad attrape de la gaze et une bande.

— Il faudra en racheter, dit-il. Au train où nous les utilisons, il n'y en aura bientôt plus.

Pierre ne dit rien. Il reste prostré, à revivre en boucle l'agression dont il a été victime. Cette sensation d'envol, brouillée par le mouvement du pont roulant, ne le quitte pas. Dès qu'il ferme les yeux, il revoit le vide qui s'ouvre sous lui, qui s'élargit pour l'avaler. Il n'oubliera jamais l'instant où son incrédulité s'est brutalement muée en panique devant sa mort imminente. Il s'en est fallu de peu. Quelques gestes instinctifs ; la réaction salvatrice d'Henri. S'il n'avait pas réussi à se raccrocher à la rambarde, aussitôt rattrapé par le Clou, sa pauvre carcasse aurait été déchiquetée par l'énorme machine à former les boîtes de conserve. La vision de ce monstre prêt à le dévorer dans un cliquetis inhumain l'obsède.

Eustasio s'efforce de rompre son mutisme par une question :

— Personne n'a rien réussi à tirer de ton assaillant avant qu'il ne meure ?

C'est Henri qui répond :

— Il n'était plus en état de prononcer un mot. Tout est allé si vite... L'homme s'est retrouvé cerné. Devant sa capture inévitable, il a préféré se jeter dans le vide.

— Ce n'est pas l'affolement qui l'a poussé à sauter, intervient Gabrielle. J'étais tout près de lui, j'ai vu ses yeux. Il savait ce qu'il faisait. Les bras qui se tendaient pour le saisir lui interdisaient toute fuite. Lorsqu'il s'est retourné vers le vide, il était étrangement calme. Il a volontairement choisi de se supprimer. Il est tombé là où il comptait se précipiter...

Elle n'achève pas sa phrase et se tourne vers le fourneau. L'Allemand tente d'alléger l'atmosphère :

— L'essentiel est que notre Pierre soit encore là, bien vif. Nous voilà désormais avec deux blessés... Ce n'est plus une pension, c'est un hospice !

Pierre pivote vers Henri.

— Si tu n'avais pas saisi mon poignet aussi vite, j'aurais péri comme l'agresseur. Merci, petit. Je ne te pensais pas aussi fort.

La fierté emplit Henri, pas assez cependant pour calmer la boule de nerfs qui lui bloque la poitrine depuis la tentative d'assassinat.

Eustasio secoue la tête.

— Deux attaques à mort, en quelques jours...

Vincent se retourne.

— Probablement trois. Konrad, est-il vrai que lorsque tu es allé acheter ton bois à Montreuil, un homme t'a bousculé au point de renverser le verre que tu allais boire ?

— C'est vrai, s'étonne l'Allemand, il me l'a d'ailleurs vite remplacé...

Le menuisier fronce tout à coup les sourcils.

— Comment peux-tu être au courant de cette histoire ?

— L'individu était habillé en cocher...

— Exact. Un long manteau avec des boutons dorés et un chapeau haut. Mais comment diable...

— Il t'a sauvé la vie, le coupe Vincent. Le verre que tu t'apprêtais à avaler venait d'être empoisonné. Vous êtes désormais trois à avoir échappé à la mort. Aux coups de couteau et à la chute s'ajoute le poison...

Tous les regards sont tournés vers le chef.

— Vincent, qu'est-ce qui se trame ? l'interroge Eustasio.

— Je paierais cher pour le savoir.

— Tu sais des choses que nous ignorons, alors parle ! le presse Konrad.

Vincent s'approche de ses compagnons en avalant une gorgée d'alcool pour se donner du courage.

— Un homme m'a prévenu que nous risquions de devenir des cibles, révèle-t-il.

Pierre réagit instantanément.

— Est-ce celui que tu rencontres sans rien nous dire ?

Vincent hoche la tête, les yeux dans ceux de son cadet.

— Un homme d'un certain âge, dont j'ignore presque tout. Mais je le crois bienveillant.

— Pour quelle raison nous avertirait-il ?

— Parce qu'il a besoin de nous vivants.
Pierre réfléchit.
— T'a-t-il expliqué pourquoi on s'en prend à nous ?
— Il pense que cela a un rapport avec notre métier et les secrets que nous connaissons.
— Pourquoi ne pas nous avoir alertés ? réplique son frère, agacé.
— J'ai eu connaissance du danger après l'attaque contre Eustasio, et je vous ai alors demandé de ne plus vous déplacer seuls. Mais j'avais à l'évidence sous-estimé la menace. Je n'ai pas soupçonné un instant que l'on tenterait de vous atteindre dans des lieux publics, et en plein jour…
— Cet homme sait-il qui sont ces assassins ? demande Henri.
— Non. Il est d'ailleurs probable qu'il figure lui aussi sur la liste des tueurs.
Chacun se perd dans ses propres conjectures et le silence s'installe. Un instant plus tard, Gabrielle reprend la parole :
— Pensez-vous que cette maison soit encore un abri sûr ? Ils finiront par en découvrir l'adresse, si ce n'est pas déjà fait… Alors ils viendront…
Elle frissonne. Pierre lui prend la main. Vincent soupire et vient s'asseoir avec les siens.
— Notre sécurité n'est plus garantie nulle part. J'y réfléchis sans cesse. Il faut d'urgence multiplier les pièges qui protègent nos entrées. Peut-être serons-nous contraints de descendre nous réfugier dans l'atelier. C'est la partie la plus sûre, et elle résistera.
Konrad et Eustasio approuvent d'un mouvement de tête.
— S'il le faut, la nuit, nous ferons des tours de garde, propose Henri.
Vincent acquiesce et ajoute :
— Limitez vos déplacements au strict nécessaire. À l'extérieur, considérez-vous en territoire ennemi. Il est préférable de ne plus consommer de boissons ou de nourriture là où

nous avions l'habitude de le faire. Soyons imprévisibles. N'allons pas là où ils peuvent nous attendre. Rebattons les cartes. Changez les lieux d'approvisionnement, les heures de sortie et les itinéraires que vous empruntez. Ne soyez jamais isolés et restez sur vos gardes en toutes circonstances.

L'équipe approuve ces recommandations.

— Il serait aussi plus prudent de rapatrier notre magot. Le fait qu'il soit loin d'ici oblige Henri à courir des risques pour le surveiller. Je ne le veux plus.

— On va le mettre où ? réagit le garçon.

— Je ne sais pas encore. Vos suggestions sont les bienvenues.

Vincent regarde Pierre.

— Je sais que tu es sous le choc, mais il faut également penser à mieux protéger les archives de nos chantiers. Peut-être faut-il les répartir dans plusieurs cachettes. L'armoire forte n'est plus suffisante. Il est possible que ceux qui s'en prennent à nous cherchent à mettre la main sur ce que nous savons…

Son cadet réplique :

— Il y a même des chances pour que les assassins soient commandités par l'un de nos anciens clients…

— Quand bien même. Par loyauté envers ceux qui ne seraient pas des brebis galeuses, il nous appartient d'autant plus de veiller sur leurs intérêts.

— Alors c'est décidé, lance Henri, à partir de maintenant, plus *personne* ne s'aventure dehors tout seul.

En insistant sur le mot « personne », le Clou fixe leur chef. Vincent ne peut pas le reprendre, car il a raison. Mais il sait déjà qu'il ne pourra pas respecter cette règle.

42

— Rendez-vous compte, Charles ! Ils s'en sont pris à mon propre frère !

Les mots tonnent dans l'écho mat de la chapelle souterraine. Adinson hoche la tête, compatissant.

— Je le pressentais, ils sont prêts à tout. Je ne suis cependant pas certain qu'ils aient connaissance de vos liens familiaux. Pour eux, Pierre n'est qu'un équipier comme les autres. Par contre, la brutalité de l'attaque et le fait qu'elle ait été publique sont révélateurs de l'urgence qui les pousse à vous atteindre. Il y a fort à parier qu'ils vont s'acharner. Paradoxalement, vous avez un avantage sur eux.

— Par tous les saints, lequel ? Nous ne savons rien d'eux. Ils frappent quand ils veulent, comme ils le veulent...

— Justement ! Ils sont du coup certainement convaincus d'avoir réussi à éliminer votre ami italien et le menuisier. Voilà votre chance. Si vos compagnons restent à couvert sans se faire repérer, ils ne seront plus visés. Ils pourraient même alors réapparaître au moment opportun...

Vincent envisage cette possibilité comme une bouée dans son naufrage.

— Vous avez raison !

Il se met à raisonner à voix haute.

— Eustasio a été laissé pour mort, et son retour chez nous s'est fait clandestinement... Je crois que Konrad n'a plus quitté la pension depuis son affaire à Montreuil. Il y a effectivement de bonnes chances pour qu'ils soient tous deux considérés comme morts.

Fronçant les sourcils, il tempère son enthousiasme.

— Dans le cas de Pierre, c'est différent. Des centaines de gens ont été témoins de son sauvetage et de la fin violente de son assaillant. La presse avide de faits divers en aura même certainement parlé.

— Apprécions déjà ce qui se combine en notre faveur. Vous avez deux hommes de plus que ce qu'ils croient. Ce sont autant d'as dans votre manche.

— Pourquoi ces lâches ne s'en sont-ils pas pris à moi ?

— Je l'ignore, mais cela ne me rassure pas.

— Pourtant, argumente Vincent, je me déplace souvent seul. Je ferais une cible facile.

— Je suis certain qu'ils ont pris bonne note de ce paramètre. Peut-être ont-ils même découvert que nous nous connaissons.

— Ils se doutent alors que nous travaillons ensemble ?

— Quoi qu'ils pensent, ils n'ont aucun moyen de savoir qui je suis réellement.

Vincent grommelle :

— Si au moins nous savions pourquoi ils s'en prennent à nous. En pleine Exposition, qui plus est ! Moi qui croyais que la foule était un gage de sécurité...

— Je le pensais aussi. Mais l'époque abolit les limites. Plus aucun principe n'arrête le pire. La seule frontière devient celle du possible. Désormais, qu'on se le dise, si c'est faisable, ce sera fait.

— Pourquoi aucun de vos cochers n'a-t-il protégé mon frère ?

— Parce que celui qui en était chargé l'a perdu dans la foule. Votre cadet, la demoiselle et le jeune garçon changeaient constamment de direction. Leur ange gardien venait d'entrer dans la galerie des Machines en espérant les y rattraper lorsqu'il a été alerté par les cris venus du pont roulant. Il a d'abord cru qu'il arrivait trop tard, jusqu'à ce qu'il aperçoive votre frère retenu au-dessus du vide par votre jeune protégé.

— Henri pense que l'assaillant s'est suicidé par peur d'être capturé.

— C'est vraisemblable, opine Adinson.

— Quel genre de crapule est capable de se donner la mort pour se taire ? Qui faut-il être pour donner sa vie afin de protéger une information ?

— Je ne pense pas qu'une crapule ordinaire soit capable d'un tel renoncement. Il a sans doute voulu protéger bien davantage qu'une simple information. Sa cause, ou les gens pour qui il a donné sa vie, valaient plus à ses yeux que sa propre existence. Cela nous fait au moins un point commun.

— Vous seriez prêt à donner votre vie ?

— Je l'ai déjà fait, Vincent. Depuis que je suis enterré, je n'existe plus pour moi-même.

Cavel reste pensif.

— Vous m'impressionnez… Pour ma part, je n'ai pas encore trouvé d'idéal pour lequel je me sacrifierais sans hésiter. Il n'y a que pour une poignée de personnes que je pourrais m'y résoudre…

Le regard de Charles se perd.

— C'est ce que je croyais aussi, il y a bien longtemps. J'étais comme vous. Puis la vie m'a arraché ceux auxquels je tenais. Un beau jour, je me suis retrouvé seul…

Il marque une pause avant de reprendre d'une voix sourde :

— N'ayant plus personne à protéger, j'ai décidé de faire en sorte que le malheur qui m'avait frappé n'arrive pas à d'autres. J'ai rejoint l'ombre afin que les innocents puissent profiter de la lumière.

Vincent demande timidement :

— Vous aviez une famille ?

— Une femme et une fille. Éléonore et Sarah.

C'est la première fois que Vincent perçoit une faille chez Adinson. L'homme semble plongé dans des souvenirs si douloureux qu'il se garde bien de l'interroger.

Comme s'il l'avait ressenti, Adinson lève les yeux vers lui.

— Vous n'osez pas demander ce qui leur est arrivé ?

— Vous n'êtes pas obligé d'en parler, Charles.

— Emportées par la maladie, toutes les deux, alors que j'étais en voyage. Banalement. Mal soignées, escroquées par des charlatans, sans doute. Je suis parti en les laissant vivantes et affectueuses. Lorsque je suis revenu, elles n'étaient plus de ce monde. Je ne me suis jamais pardonné de ne pas avoir été là pour les protéger. Au fond de moi, une voix me répète sans cesse qu'elles seraient certainement toujours en vie si j'étais resté auprès d'elles.

— Rien ne sert de vous infliger un enfer de culpabilité...

— J'ai dépassé ce sentiment. Aujourd'hui, ce sont elles qui, de là où elles sont, me soufflent de tout donner au nom de ce à quoi elles croyaient aussi, pour ceux que je ne connais pas.

Aux yeux de Vincent, Charles apparaît soudain comme une projection de lui-même dans un futur qu'il redoute. Se pourrait-il qu'un jour lui aussi perde ceux qui lui sont si chers ? Écrasé alors par les mêmes regrets, il prononcerait sans doute les mêmes paroles. Aurait-il encore seulement la force de tenir debout ?

Ses idées sont confuses, certaines lui font si peur... Adinson se ressaisit, sa fragilité disparaît à nouveau derrière son masque de noble engagement. Redevenu serein, du moins en apparence, il déclare :

— Je vais affecter plus d'hommes à la protection des vôtres.

— Je vous en remercie.

Adinson tire alors de sa veste une petite pochette de velours gris.

— Même si les circonstances ne sont pas idéales, Vincent, j'ai besoin de votre avis maintenant...

— À quel sujet ?

— Une énigme de plus.

43

Charles déplie la pochette et en extrait délicatement une clé de la longueur de son index.

— Voici la clé qui se trouvait dans le coffret que nous avons déterré, explique-t-il. Le récit rapporté par Ignace de Loyola évoque, et bien à plusieurs reprises, l'existence d'un lieu souterrain secret. L'accès en serait protégé par une sorte de labyrinthe, qu'il nomme « le dédale », auquel il serait impossible de survivre si l'on n'en possède pas les arcanes.

Il tend l'objet à Vincent, qui s'en saisit délicatement.

— Cette clé ouvrirait-elle ce dédale ?

— Loyola n'en dit rien, précise Charles. Pourtant, cela paraîtrait logique.

Levant l'objet à hauteur de ses yeux, Cavel l'étudie minutieusement.

— Très belle pièce, apprécie-t-il. Remarquablement ouvragée.

Au bout de la tige, l'anneau que l'on doit tenir pour la faire tourner est un petit disque plein, large d'un pouce et finement gravé. La jonction avec la tige est percée d'un minuscule trou de part en part, et le panneton destiné à actionner le mécanisme de la serrure est fendu d'une croix pattée.

Vincent la soupèse et s'étonne aussitôt :
— Elle est dense. Elle brille comme de l'argent, mais ce n'en est pas. Sans doute du fer massif, poli. Surprenant...
Il teste le métal en le grattant de l'ongle.
— Malgré la sophistication de sa réalisation, il n'y a aucun ornement précieux.
— Je me suis fait la même réflexion en la découvrant, acquiesce Charles. Le plus simple des métaux, mis en forme de la façon la plus soignée qui soit. En général, des pièces de cette qualité sont dorées ou agrémentées de joyaux.
— Ne trouvez-vous pas étrange qu'après des siècles dans une boîte, sous terre, elle ne soit pas piquée de rouille ? questionne Vincent. Elle ne bénéficie pourtant d'aucun apprêt.
— Peut-être est-elle protégée d'une façon que nous ignorons.
— Un alliage inconnu ? Le talent de l'orfèvre s'est en tout cas particulièrement concentré sur la gravure de ces symboles entrelacés...
Vincent s'approche d'un chandelier et place la petite clé dans la lumière.
— Leur imbrication est d'une précision extrême. L'harmonie de l'ensemble ne gêne pas la distinction de chacun des différents éléments. C'est à n'en pas douter l'œuvre d'un véritable artiste.
Il plisse les yeux pour mieux voir.
— Je distingue plusieurs types d'alphabets associés dans les ornements...
— Je l'ai noté également.
— On dirait que les caractères sont issus de différentes cultures... Du latin, de l'hébreu, de l'arabe... Même des runes, ce qui ressemble à un hiéroglyphe, et d'autres que je n'ai jamais vus. Il me faudrait une loupe, tellement la gravure est fine.
— Vous ne remarquez rien d'autre ?

Vincent fait pivoter la clé sous différents angles. Le métal poli renvoie des éclats lumineux argentés.

— Que suis-je censé voir ?

— Rien, justement, répond Charles. J'ai été surpris que cette clé ne porte pas la moindre trace de rayure. Son polissage est parfait, jusqu'au panneton, pourtant supposé avoir une action mécanique. Comme si elle n'avait jamais été utilisée.

Vincent passe son doigt sur l'extrémité et l'examine de très près.

— Exact. Intrigant en effet.

— Vous êtes bien placé pour savoir qu'aucun artisan, surtout capable d'une réalisation de ce niveau, ne prendrait le risque de ne pas la tester au moins une fois dans la serrure qu'elle est censée ouvrir.

— Tout à fait juste. Or, il n'y a effectivement aucune altération de la surface.

— Le témoignage du descendant des Templiers fait mention de quatre entrées qui permettent d'accéder au dédale. Il les associe aux quatre éléments de la Création.

— Le feu, la terre, l'air et l'eau ?

— Chacun de ces accès serait dissimulé quelque part dans Paris.

— Le rapprochement des constituants mystiques évoque les fondements de la magie antique…

Il tourne et retourne une fois encore la clé à la lumière de cette information, mais celle-ci garde son mystère.

— Si les dangers du dédale s'avèrent aussi redoutables que ce qu'affirme la confession, souffle Adinson, alors nous n'aurons pas le droit à l'erreur.

44

Contre toute attente, la nuit est paisible. Les ronflements étouffés de Konrad résonnent dans les étages. Alors que Vincent désamorce méthodiquement les pièges pour quitter la maison par l'arrière, une voix le surprend :
— Tu sors encore ?
Pierre émerge de la pénombre.
— Je dois rejoindre M. Minguier.
— Seul ? Malgré ce qui nous menace ?
— Rassure-toi, ce sera sans doute la dernière fois.
— Tu as découvert comment s'ouvre son mur ?
— Non...
Vincent hésite avant d'avouer :
— Je crois que je n'en suis pas capable. Je vais lui dire que je renonce. De plus, je n'apprécie pas la façon dont son comportement évolue. Je m'en méfie de plus en plus. Je sens qu'il n'est pas franc.
Pierre paraît soulagé.
— Tu ferais mieux de remonter te reposer, lui conseille Vincent en débloquant le dernier piège. Est-ce qu'au moins tes maux de tête se calment ?
— Cela dépend des moments. Le pire, c'est la nuit. J'en ai des migraines. J'entends en permanence le cliquetis de cette machine dans laquelle j'ai failli tomber. Elle résonne

en moi comme le claquement des mandibules d'un insecte géant prêt à me dévorer. Ça me réveille...

— Il faudra du temps, mais je suis certain que ça finira par disparaître. Et Gabrielle ? Elle ne dit plus grand-chose...

— La pauvre... Ce qui m'est arrivé l'a perturbée encore plus que moi.

— Elle a eu peur pour toi. Elle a vu ce à quoi tu as échappé. L'idée de te perdre l'a sans doute effrayée.

— Pas uniquement. Elle vivait cette journée comme la première d'une nouvelle existence, une vie heureuse. C'est d'ailleurs ce que je voulais lui offrir. L'attaque l'a tout à coup renvoyée à la pire violence, à ce qu'elle a connu auparavant.

— Prends soin d'elle, c'est une fille bien.

— Je fais de mon mieux, même si ce n'est pas facile en ce moment.

Vincent remonte son col et se prépare à sortir. Pierre lui lance :

— Tu ne me diras pas où tu étais cet après-midi ?

— Je ne le peux pas. Pardonne-moi.

— Tu as revu cet homme qui a sauvé Konrad de l'empoisonnement.

— Oui. C'est utile pour nous.

— Va-t-il rejoindre notre équipe ?

Vincent sourit. Il n'avait pas envisagé la situation sous cet angle. Il manque de répondre spontanément que c'est plutôt lui qui risque de rejoindre la confrérie de Charles, mais il est trop tôt pour en parler.

— Non, il ne fera pas partie des nôtres.

Pierre s'avance.

— J'ai l'impression que tu lui fais plus confiance qu'à moi. Lui semble tout savoir.

— Ne te trompe pas, Pierre. Je ne suis et ne serai jamais plus proche de quiconque que de toi.

— J'ai peur, Vincent. Lorsque j'ai cru ma dernière heure venue, suspendu au-dessus de cette mécanique qui allait me broyer, je n'ai pensé qu'à une seule chose : je me suis souvenu du soir où tu es rentré sans notre père.

Il marque une pause.

— Tu pleurais. Tu suffoquais. Tu n'arrivais même pas à parler. C'est la seule fois où je t'ai vu pleurer. J'ai compris tout de suite que quelque chose venait de se briser, que notre vie ne serait plus jamais la même. Je ne sais pas si tu t'en souviens, mais ce n'est pas dans les bras de notre mère que je me suis réfugié. Non. Je me suis agrippé à toi. Comme à une planche de salut. Comme à la rambarde du pont roulant. Pour survivre. Ce soir-là, j'ai appris ce que perdre quelqu'un signifie. Depuis, comme si j'étais resté accroché à toi, tu n'as plus jamais cessé de me porter. Je commence seulement à saisir l'effort que cela a dû être pour toi toutes ces années. Crois-le ou non, ce ne sont pas les attaques qui m'effraient le plus, ni même l'idée d'être tué. Je suis terrifié parce que je te vois changer et que pour la première fois, je ne te comprends pas.

Il se tait un instant avant de lâcher :

— Je ne veux pas te perdre.

Vincent attire Pierre à lui et le serre dans ses bras.

— Comme toi, j'ai peur murmure-t-il. Je suis aussi déstabilisé que tu l'es. Mais je ne change pas. Une guerre sournoise se joue. Je n'en comprends ni les enjeux ni les règles, mais nous y sommes mêlés, que nous le voulions ou non. Nous avons tout à y perdre. Je ne peux pas fuir. Je n'entrevois aucune échappatoire. Alors j'essaie de maintenir le cap dans la tempête qui enfle. Je te jure que je fais tout ce que je peux pour que rien ne change.

Pierre se dégage et prend le visage de son aîné entre ses mains. Des larmes brillent dans ses yeux.

— Tu ne t'éloigneras jamais, tu le promets ?

— Je serai toujours près de toi.

45

Vincent toque à la porte de la maison d'Alfred Minguier. Un souffle de vent trop froid pour la saison s'engouffre dans la rue déserte et lui glace le visage et les mains. Il frissonne, soudain saisi d'un doute. Sans aller jusqu'au pressentiment, il éprouve une vague appréhension.

Il jette un œil aux abords, mais rien ne trouble la quiétude de la nuit. Un bruit de serrure. L'industriel lui ouvre et le fait entrer aussi rapidement qu'à l'accoutumée.

— Bonsoir, Vincent, merci d'être ponctuel.
— Bonsoir, monsieur.

Sans échanger davantage, les deux hommes traversent la maison plongée dans l'obscurité jusqu'à l'escalier de la cave. Cavel descend derrière Minguier, dont la silhouette ronde se découpe dans la clarté de sa lanterne. Il attend déjà le bon moment pour lui faire part de sa décision.

Arrivé au sous-sol, Vincent remarque que les lampes à pétrole y sont déjà disposées et allumées.

— Vos réflexions vous ont-elles permis d'envisager d'autres pistes ? demande Minguier.

— Quelques-unes, monsieur. Mais je ne veux pas éveiller de faux espoirs, aucune ne me paraît prometteuse.

L'homme est contrarié.

— C'est fâcheux.

Vincent hésite à lui annoncer dès maintenant son intention de se retirer, mais il juge finalement plus convenable de le faire après avoir enquêté une dernière fois.

— Où souhaitez-vous chercher aujourd'hui ? reprend l'industriel.

— Au plus près du passage.

Les deux hommes gagnent la dernière salle. La grille aux épais barreaux est ouverte, l'éclairage en place. Minguier s'arrête sur le seuil et laisse son visiteur y pénétrer seul.

Vincent s'approche du mur comme d'un pur-sang qu'il chercherait à dompter. Il le caresse avec l'intention de l'amadouer et lui souffle :

— Il faudrait que tu m'aides un peu, parce que je sens que je ne vais pas y arriver.

La pierre est fraîche. Son contact rugueux laisse sur la peau une fine poussière couleur sable.

Une nouvelle fois, Vincent inspecte les parois. Puis la voûte. Il peine à les envisager d'un œil neuf tant il s'est usé le regard à les ausculter. Il en connaît chaque détail, les plus infimes reliefs. Par acquit de conscience, il déplace une dernière fois les vestiges de meubles amoncelés.

Alfred Minguier reste en retrait et commente :

— Nous sommes dans une impasse, mon ami.

— Depuis le début, monsieur. C'est d'ailleurs pour en sortir que vous m'avez recruté.

— En effet. Cependant, les résultats ne sont pas au rendez-vous.

Vincent fouille parmi le bric-à-brac par principe, mais sans le moindre espoir. Il continue aussi à s'activer pour se donner contenance et ainsi éviter d'avoir à faire face à son client. Car pour la première fois depuis tant d'années à faire ce métier, il s'apprête à renoncer à la mission qui lui a été confiée.

— Vous avez raison, monsieur Minguier. Je n'ai obtenu aucune avancée. Il ne me plaît pas de l'admettre, mais je ne suis sans doute pas à la hauteur de la tâche.

Son commanditaire ne répond pas, ne fait pas un mouvement. Vincent en est soulagé. Cela signifie peut-être qu'il entend l'argument et va accepter sa démission.

Poursuivant ses investigations machinales, il ajoute :

— Je sais à quel point trouver ce passage était important pour vous. Je vous assure que j'y ai consacré toutes mes ressources, sans répit, mais l'énigme me résiste. Vous m'en voyez navré. Si vous le permettez, à l'issue de cette nuit, j'abandonnerai. Vous ne me devrez absolument rien, et soyez assuré que votre secret restera le mien.

Un grincement se fait entendre. Un instant, Vincent croit avoir déclenché quelque mécanisme, mais cela provient d'ailleurs. Se redressant, il découvre que Minguier est en train de refermer la grille de la salle. Il va l'enfermer.

Vincent bondit par-dessus les planches et se précipite.

— Mais que faites-vous ?

Le claquement de la serrure résonne dans l'espace. Trop tard. La grille vient d'être verrouillée.

Minguier retire la clé et recule légèrement.

— Vous avez raison, Vincent : ouvrir ce passage est essentiel pour moi, et vous ne pouvez imaginer à quel point. Vous étiez aussi dans le vrai lorsque vous pensiez être le plus qualifié pour résoudre le mystère. J'ai fait appel à d'autres individus avant vous, mais aucun n'avait votre science ni votre méthode. Vous pouvez être fier : vous êtes de loin le meilleur. Malheureusement, vous n'en avez plus envie. Vous vous êtes lassé de ce défi.

— J'ai essayé de toutes mes forces, croyez-moi. J'abandonne uniquement parce que c'est impossible. Laissez-moi sortir.

— Ni la promesse d'une généreuse rétribution, ni le temps qui vous a été accordé n'auront suffi à vous encourager.

— J'ai tout envisagé, exploré chaque possibilité ! Aucune ne fonctionne. L'argent ou le temps n'y changeront rien ! Pour l'amour du ciel, ouvrez !

— Il doit bien exister une solution, puisque cette ouverture secrète existe. Alors la méthode douce n'ayant rien donné, je vous offre la meilleure raison de réussir : vous n'avez plus le choix. Vous ne sortirez pas d'ici vivant sans avoir ouvert ce mur.

Dans un cri rauque, Cavel se jette contre les barreaux et tente d'atteindre Minguier en passant son bras au travers. Ses doigts ne font qu'effleurer sa redingote. Vincent s'écrase contre les barres de fer, souffle comme un bœuf, espérant s'allonger de quelques millimètres pour l'agripper, mais rien n'y fait. Son interlocuteur se contente de faire un pas en arrière, sans le quitter des yeux. Il le regarde même avec un certain détachement.

Vincent est obligé de renoncer. Il l'apostrophe rageusement :

— Que cherchez-vous, au juste ?

— Peu importe. Vous auriez pu être des nôtres, Vincent. Votre savoir aurait assuré votre fortune dans notre groupe. Je vous offrirai peut-être l'opportunité de nous rejoindre si vous triomphez dans le temps qu'il vous reste. Puisque nous jouons désormais cartes sur table, je peux vous confier une information qui pourra vous aider à réussir, et donc à survivre. Vous allez savoir pourquoi l'ouverture de ce passage compte tant pour nous. Considérez cela comme un cadeau de bienvenue, si vous gagnez nos rangs après avoir dominé ce mur, ou comme un cadeau d'adieu si vous échouez.

Vincent est tout ouïe. C'est sa seule chance. Minguier reprend :

— Cette maison fut bâtie par l'illustre alchimiste Nicolas Flamel, voilà près de cinq siècles. Il n'y a jamais vécu, mais il y tint commerce et y logea ouvriers et nécessiteux. Flamel est resté dans les mémoires comme l'homme capable de transmuter le plomb en or, ce qui aurait expliqué son infinie fortune. Nous avons toutefois des raisons de penser qu'il ignorait comment fabriquer de l'or, mais qu'il savait par contre où en trouver. Nous avons la conviction qu'il avait dissimulé un trésor sous cette demeure ancestrale, derrière ce passage dont je vous demande une ultime fois de percer le secret.

Il marque une pause avant de reprendre :

— Vous voyez, j'ai fini par répondre à vos questions. Je vous avais dit que je vous donnerais les informations en temps utile. Vous identifiez désormais ce qui se cache derrière cette paroi. Vous en savez maintenant autant que nous.

La révélation fait aussitôt réfléchir Vincent. Son esprit s'emballe.

— Le trésor de Nicolas Flamel... murmure-t-il pour lui-même.

Il lâche la grille et se retourne vers le fond de la cave. Des idées prennent forme et s'animent, mais la réalité de sa condition ne tarde pas à reprendre le dessus.

— Libérez-moi et je chercherai encore pour vous, dit-il en faisant volte-face vers Minguier.

— Nous n'en sommes plus là, mon ami. Mais vous allez effectivement chercher pour moi, et cette fois, je vous conseille vivement de trouver.

Vincent se raidit soudain. Au loin derrière Minguier, dans la première salle, il vient d'apercevoir une silhouette surgie de nulle part. Le visage est dissimulé derrière un masque de cuir. Parfaitement silencieuse, l'apparition approche, semblant glisser au-dessus du sol.

L'individu se tient à présent derrière l'industriel, qui l'a senti et s'adresse à lui sans même se retourner.

— J'avais exigé que l'on ne me dérange pas. Que voulez-vous ?

La silhouette se penche et murmure à son oreille. Un sourire s'esquisse sur le visage de Minguier. Il congédie le visiteur d'un geste, sans avoir lâché Cavel des yeux. Satisfait, il lui déclare :

— Nous avons de la chance. Je vais vous donner une raison supplémentaire de réussir.

46

Quand Vincent entend la voix qui vocifère dans l'escalier, son sang ne fait qu'un tour. Deux hommes masqués apparaissent au bas des marches, tenant fermement Henri, qui se débat comme un animal sauvage entre eux. Le garçon résiste de toutes ses forces et frappe au hasard, mais ses geôliers sont bien trop solides pour lui. Ils traînent le frêle garçon plus qu'ils ne le portent, l'attrapant tantôt par un bras, tantôt par ses vêtements débraillés, ou même par une jambe. Leur proie est une boule de nerfs.

Vincent pointe un doigt sur Minguier.

— Relâchez-le ! Ce n'est qu'un gamin, il ne sait rien.

N'obtenant aucune réponse, il plaque son visage entre ses mains cramponnées aux barreaux et grince entre ses dents :

— Vous ne m'obligerez à rien sous la contrainte. Je préfère mourir.

— Mourez si vous voulez, mais le gosse y passera aussi. Par votre faute.

— La violence ne vous mènera nulle part, Minguier !

— Détrompez-vous, mon ami. Contrairement à ce que la sagesse populaire s'obstine à colporter, la violence est souvent le meilleur des moyens. Rien d'important ne s'est jamais fait sans elle.

À force de contorsions et de ruades, Henri réussit à se dégager, ne laissant que son gilet entre les mains des deux hommes, mais sa fuite est de courte durée. L'un d'eux lui assène un coup de pied qui le projette brutalement contre un tonneau. Le Clou s'écroule à terre.

Vincent ferme les yeux, de douleur et de rage. Il ne supporte pas d'être réduit à l'impuissance face à ces agissements révoltants.

Sonné, Henri est incapable de se relever. Il ne se débat même plus lorsque les hommes le ramassent comme un sac.

Vincent enrage. Soudain, l'évidence le frappe.

— C'est vous qui vous en êtes pris aux miens !

L'industriel ne cherche pas à se dédouaner.

— C'est vous et vous seul que nous voulons. Les autres ne nous sont d'aucune utilité. Pourquoi les laisser s'immiscer ou même seulement exister ?... Nous éliminons ceux qui nous entravent. Vos talents ne doivent pas servir d'autres intérêts que les nôtres.

Cavel est écœuré.

— Les temps changent, Vincent. Le vrai pouvoir ne restera plus longtemps dans l'ombre. C'est une ère nouvelle qui s'annonce, une aube immaculée, flamboyante. Pour faire triompher nos idéaux, nous n'hésiterons pas à nous servir de tous les moyens possibles. Le vieux monde est en train de s'éteindre. Vous devriez vous en rendre compte. Mais le pouvez-vous seulement ? En vous tenant compagnie, j'ai appris à vous connaître. Votre esprit fonctionne comme vos brillants mécanismes : précis, fiable, mais d'une rigueur qui vous empêche d'accéder à ce que vous ne connaissez pas. À ce que vous n'envisagez même pas.

— De quoi diable parlez-vous ?

— De l'occulte, du magique, de ces savoirs ancestraux qui, malgré ce que les voix politiques prétendent, sont les seuls à gouverner la marche du monde. On peut bien inventer des royaumes, des empires ou des républiques, multiplier les distractions pour occuper le peuple, les vraies règles ne changeront pas. Au mieux, elles seront habilement dissimulées. Les puissants le savent et s'en accommodent. Les plus malins s'en servent. Ils sont conscients que d'autres forces que les leurs écrivent l'Histoire. Contrairement à ce que vous semblez croire, les sortilèges ne sont pas tous le fruit d'une illusion savamment orchestrée. Certains prodiges ne doivent leur réalité à rien qui ne soit rationnel.

Pour toute réponse, Cavel hurle de rage et secoue la grille de toutes ses forces. Il éructe :

— Vous voulez tuer les miens et vous espérez que je vais vous aider ?

Minguier ne répond pas. Vincent s'efforce alors de transiger :

— Libérez-moi, laissez-nous en paix et je consens à taire vos agissements. Vous n'aurez rien à craindre de moi.

L'industriel se met à rire, mais son souffle court transforme le son qu'il émet en un couinement aigu de rongeur.

— Vous n'êtes pas en situation de « consentir ». Je vous propose un ultime marché : ouvrez le passage, et le môme aura la vie sauve.

— Et si je n'y arrive pas ?

— Alors vous irez tous les deux vers un autre « au-delà » que celui qui se cache derrière ces pierres. Je vous laisse douze heures. C'est tout ce que je peux vous accorder. Lorsque je reviendrai, vous aurez une solution… ou de sérieux problèmes.

L'un des hommes dégaine un revolver et intime sèchement à Vincent l'ordre de reculer. Minguier déverrouille la grille et le garçon est aussitôt jeté dans la cellule comme un ballot de chiffons. Recroquevillé sur lui-même, il roule dans la poussière.

Minguier referme et fait signe à ses complices de remonter. Il les suit sans hâte, en prenant soin d'éteindre les lampes des premières salles. L'obscurité s'y étend. Avant de s'engager dans l'escalier, il se retourne une dernière fois.

— J'aurais sincèrement préféré que tout se déroule autrement... Rendez-vous tout à l'heure. Ne perdez pas de temps.

Minguier disparaît. Vincent reste désemparé derrière les barreaux, Henri prostré à ses pieds, secoué de sanglots.

47

Un silence sépulcral règne dans la cave. Vincent respire profondément. Malgré la tornade qui bouleverse son esprit, il tente de reprendre son calme. Il le doit, pour Henri.

Il étreint doucement son jeune compagnon agrippé à ses jambes pour le redresser. Le Clou accepte enfin de le lâcher et reste assis à même le sol. Son visage est maculé de poussière collée par ses larmes. Il renifle. Cavel s'accroupit face à lui.

— Ils ne t'ont pas trop secoué ? Tu es blessé ?

Le garçon fait « non » de la tête.

— Comment t'ont-ils capturé ?

— Je te suivais…

Vincent fronce les sourcils.

— Qu'est-ce qui t'a pris de me suivre ?

Le Clou se justifie d'une voix entrecoupée de sanglots :

— La première fois, je ne voulais pas que tu sois seul. Pour t'aider. L'autre nuit, je t'ai filé jusqu'à l'église Saint-Pierre. J'ai trouvé ça bizarre. Je n'ai pas pu m'approcher pour voir ce que tu faisais, à cause de ces cochers tout autour. Ils m'ont fait peur. Tu y es resté jusqu'à l'aube, et quand je t'ai vu ressortir, tu t'es faufilé comme un voleur. Je me suis posé des questions. J'ai imaginé des choses. Je ne savais plus si tu étais toujours celui que je croyais. Alors j'ai décidé de continuer à te surveiller.

Henri baisse les yeux.

— Pardon, Vincent…

Cavel prend ses mains tremblantes dans les siennes.

— Ce n'est pas grave. Je comprends mieux ta défiance des derniers jours. As-tu prévenu Pierre, ou Konrad? Savent-ils que tu es ici?

Le gamin secoue la tête.

— Je n'ai rien dit. Personne ne sait.

Pour la première fois, il regarde autour de lui.

— C'est un cachot?

— En principe, non.

— Ces canailles vont nous laisser crever ici?

— Ils comptent peut-être là-dessus, mais on ne va pas se laisser faire.

Vincent se lève et s'emploie à éteindre la plupart des lampes à pétrole.

— Nous devons économiser la lumière, sinon en plus d'être enfermés, nous allons nous retrouver dans le noir.

Le Clou se lève à son tour et marche droit vers la grille, qu'il empoigne. Il la secoue de toutes ses forces, mais cela ne sert à rien. Il n'a cette fois aucun mal à s'identifier au héros prisonnier de ses lectures.

Vincent vient le rejoindre pour étudier la serrure et les fers.

— Regarde ça, c'est du beau travail… On n'arrivera jamais à les crocheter. Il faut s'en sortir autrement.

Pour minimiser la funeste réalité de leur situation, il s'efforce d'adopter un ton posé. S'il s'était trouvé seul, sans doute Cavel aurait-il laissé exploser sa colère et sa peur. Mais il doit rester maître de lui pour qu'Henri ne perde pas espoir.

Il tend l'oreille vers les premières salles de la cave et l'escalier, mais n'entend rien d'autre que l'écho des reniflements de son jeune compagnon de cellule. Les hommes de Minguier ont probablement quitté la maison en les abandonnant à leur sort. Ils n'auront qu'à venir constater le résultat une fois le délai écoulé. Henri renifle encore.

— Mouche-toi, s'il te plaît.

— À quoi bon ? On est fichus.

Vincent le saisit par les épaules et se place face à lui, les yeux dans les yeux.

— Tant que le cœur bat, tout est possible. C'est au futur médecin que je m'adresse. Te viendrait-il à l'idée de jeter un mourant à la fosse alors qu'il respire encore ?

Le garçon secoue la tête, s'essuie le nez d'un revers de manche et demande :

— C'est cette salle que tu avais dessinée avec tous tes schémas ?

— C'est elle.

Henri fait un geste du menton vers le fond de la salle.

— Et c'est ça qui est censé s'ouvrir ?

— En effet.

Le Clou s'avance au pied du mur. Il reste un moment devant, dressé dans une attitude de défi, puis commence soudain à donner des coups de pied dedans. Il les multiplie, et y ajoute bientôt des coups de poing. Il frappe de plus en plus fort, de plus en plus vite, jusqu'à hurler de rage.

Vincent le laisse faire. Henri se déchaîne en y mettant toute sa hargne. Progressivement pourtant, ses coups se font moins violents, et le Clou finit par s'arrêter de lui-même, à bout de souffle.

— Je n'avais pas encore tenté cette approche... glisse Vincent.

Son jeune compagnon ne bronche pas. Il se retourne et s'adosse à la paroi. Ses phalanges sont en sang, mais il n'y prête aucune attention. D'une voix éraillée, il déclare :

— Dans quelques heures, ils reviendront. Pourquoi réussirais-tu à ouvrir ce passage en si peu de temps alors que tu n'y es pas parvenu depuis des semaines ?

— Parce que je vais essayer encore une fois, et que ce sera peut-être la bonne. Et puis, tu es là...

Paradoxalement, même si Vincent aurait donné n'importe quoi pour que le garçon ne soit pas mêlé à tout ça, il se réjouit de l'avoir auprès de lui. Après un bref instant de culpabilité, il finit par conclure qu'avoir honte de cette joie déplacée est inutile, puisqu'il ne peut rien changer à la situation.

Il désigne le mur contre lequel Henri est adossé.

— Ce n'est pas en lui tournant le dos que tu le vaincras. Toi qui souhaitais découvrir les règles qui font un bon passage secret, voilà une excellente occasion. Dis-toi que nous en sommes aux travaux pratiques.

— Plutôt aux travaux forcés...

— Rappelle-moi quelle est la première règle ?

Le garçon ronchonne et envoie valser la terre battue du sol d'un coup de soulier.

— Ça sert à rien...

Cavel prend sur lui pour garder son calme.

— Je ne suis pas d'accord. S'ils reviennent et que nous avons réussi, nous aurons quelque chose à troquer en échange de notre liberté. Car quoi que nous trouvions derrière cette maçonnerie, ils ne pourront y accéder qu'en ouvrant cette satanée grille. Il faudra bien qu'ils entrent dans notre cage pour venir chercher leur maudit butin...

Le garçon redresse la tête.

— « Le meilleur des passages est celui dont on ne soupçonne pas l'existence. »

— Très bien.

— Nous voilà bien avancés. On sait qu'il est là, et alors ?

— Le second principe permet d'aller plus loin : « Un passage doit jouer avec les illusions de celui qui regarde. »

— Qu'est-ce que ça veut dire ?

— On se fait tous une image des choses, selon ce que l'on nous a enseigné, ou d'après notre propre expérience. Souvent, on se contente de cela. Lorsque les gens voient de la pierre – ou ce qui leur paraît en être – ils en déduisent que c'est solide et impossible à traverser. Lorsqu'ils sont devant une surface apparemment lisse, ils ne s'attendent pas à ce qu'elle puisse offrir une prise ou une ouverture. On va rarement plus loin que ce que l'on suppose. Le cerveau humain est ainsi fait. Dès qu'il pense avoir compris, il s'arrête de réfléchir. Un bon passage se cache aussi derrière les a priori…

— Et ça donne quoi, ici ?

— Pas grand-chose, soupire Vincent, parce que j'ai déjà fait le tour cent fois dans tous les sens. J'ai suspecté les piliers, les arcs de voûte, les joints, que sais-je encore…

— Donc, on est coincés comme des rats ?

— Pas tout à fait. Cela implique simplement que ce passage-là ne joue pas sur nos illusions.

Henri commence à fouiller les amoncellements de vieux meubles. Du pied, il les écarte et les repousse sans ménagement. Il espère avoir la bonne fortune de tomber sur une barre de fer ou un outil abandonné qui lui permettrait de s'attaquer aux barreaux.

Vincent s'installe sur une caisse délabrée près de l'entrée et le regarde faire. Il profite qu'Henri est occupé pour souffler un instant et essayer de mettre de l'ordre dans ses idées. Instinctivement, il se frictionne la tête. Lorsque tout va mal, il tente inconsciemment de reproduire par ce geste celui que faisait son père quand il était petit. Il adorait ce témoignage d'affection quasi animal. La seule fois où quelqu'un l'a surpris en train de faire cela, c'était Konrad, et il lui a demandé s'il avait des poux…

Vincent cherche un peu de réconfort par tous les moyens. Son regard ne se fixe sur rien, même plus sur Henri qui s'agite. Il songe à l'heure qui tourne et évite de penser à ce qui se passera s'il n'a rien trouvé lorsque Minguier et ses brutes reviendront. Il fait tout pour chasser les images horribles qui lui viennent. Pourtant, il ne pense pas à sa propre souffrance, mais à celle qu'Henri pourrait se voir infliger.

Continuant sa prospection, le Clou l'apostrophe :

— Et les autres règles, c'est quoi ?

Perdu dans ses sombres pensées, Cavel ne réagit pas immédiatement. Il finit toutefois par répondre :

— « Le déclenchement du passage doit toujours s'effectuer par un moyen inattendu. »

— Je ne comprends pas.

— Quand tu es face à une porte, tu sais où est la poignée. Tu t'attends à la trouver à sa place.

— Évidemment.

— Eh bien un passage secret est une porte dont la poignée ne doit jamais se situer là où on l'attend. Il est essentiel que l'ouverture se déclenche par un moyen décalé, imprévisible.

— Genre bouton secret, rosace que l'on tourne comme chez nous, ou chandelier que l'on fait pivoter ?

— Ce genre-là.

— Mais il n'y a rien ici, pas le moindre bidule que l'on pourrait tirer ou faire basculer.

— Je le sais bien. Et crois-moi, j'ai appuyé sur chaque pouce de ces fichus murs.

Henri laisse retomber l'étagère qu'il avait soulevée. Dans sa chute, elle fait basculer un amas de planches, qui s'effondrent dans un roulement poussiéreux. Il désigne alors le bas du mur ainsi mis au jour :

— À quoi sert cette pierre qui dépasse ?

Vincent secoue la tête.

— Il n'y a rien qui dépasse.

Le Clou se penche et insiste :

— Viens vérifier par toi-même…

Cavel se lève sans conviction.

— J'ai ausculté cette cave durant des nuits entières, je sais bien qu'il n'y a rien qui...

Il se fige en découvrant le petit bloc, gros comme un pavé de rue, qui fait saillie sur le mur.

— Bon sang! fait-il en s'agenouillant. Je te jure qu'il n'y était pas.

— Tire-le, ou appuie dessus!

Le garçon trépigne.

— Pas de précipitation, le calme son chef, il se peut que ce soit un piège.

Il n'ose pas y toucher.

— Par tous les saints, comment ce truc est-il sorti de la maçonnerie? Et pourquoi maintenant?

Ragaillardi, Henri commence à fouiller le reste de la pièce. Les planches volent, il se débarrasse avec vigueur de tout ce qui le gêne pour vérifier les autres parois. Soudain, il s'exclame :

— Encore un ici!

Vincent se précipite.

— Situé exactement en regard de l'autre...

Il ne peut retenir un petit cri d'excitation. Il ferme les yeux et se concentre :

— Nom d'un chien, qu'est-ce qui a bien pu faire sortir ces deux plots? Qu'est-ce qui a changé dans cette salle? Qu'avons-nous modifié?

Il rouvre les yeux et se précipite vers la porte.

— La grille! Elle est fermée et verrouillée! Jamais elle ne l'avait été pendant nos nuits de recherches!

Il se met à inspecter frénétiquement le pourtour, mais elle est trop ajustée dans son chambranle de pierre pour qu'il puisse y déceler quoi que ce soit.

— Il y a certainement une tige ou un taquet qui contrôle la saillie des pierres!

Il revient vers leur première découverte et se met à quatre pattes pour l'examiner de plus près.

— Apporte-moi de la lumière, s'il te plaît.

Henri s'exécute et revient avec une des lampes à pétrole, qu'il approche tout près du mur. Vincent effleure le bloc taillé qui dépasse. Il hésite. Le Clou s'agenouille à ses côtés.

— Tu te méfies ?

— Toujours.

— Si on appuie sur la bonne pierre, la cachette s'ouvre, et si on appuie sur la mauvaise, tout s'écroule sur nous ?

— Trop caricatural. Mais il pourrait par contre s'agir d'un double déclenchement.

— Un quoi ?

— Un mécanisme conçu pour qu'il ne puisse pas être actionné par une personne seule. Certaines caches antiques étaient équipées de ce type de système…

— Pourquoi ?

— Pour éviter qu'un individu isolé puisse avoir accès à son contenu. La plupart des compartiments secrets des temples égyptiens ne pouvaient être débloqués que par deux prêtres. Certains biens sont trop importants pour être laissés à la portée d'un seul mortel.

— Mais…

— Laisse-moi réfléchir, s'il te plaît.

Vincent s'assoit en tailleur en se tenant la tête.

— Cela change tout. Les créateurs ont fait en sorte que l'on soit obligé de fermer la grille pour que le passage puisse s'ouvrir. C'était une mesure de protection supplémentaire. Cette salle joue donc le rôle d'un sas…

Il se relève et se place au centre de la pièce, poursuivant son raisonnement.

— On ne peut jamais accéder directement de la cave au passage. Il faut d'abord s'enfermer ici, en sécurité. Pas question de s'y engouffrer en une fois en arrivant d'en haut.

En trois enjambées, il est devant le mur, et s'adresse à lui dans un souffle :

— Je commence à te comprendre. Mais cela ne me dit toujours pas comment tu bouges.

Il se retourne.

— Henri, aide-moi, nous devons dégager tous les murs. Empilons ce qui traîne contre la grille. Si Minguier et ses sbires reviennent, ils ne doivent pas voir ce que nous faisons.

Aussitôt, le Clou s'élance et s'attelle à la tâche.

48

Vincent s'est positionné devant l'une des pierres saillantes ; Henri devant l'autre. L'ensemble de la salle souterraine a été déblayé. Tout ce qui traînait a été empilé contre la grille, qui a complètement disparu derrière l'accumulation de débris en tous genres.
— Prêt ? demande Vincent au Clou.
— Quand tu veux.
— Je décompte de trois et à zéro, on y va.
Le garçon hoche la tête. Vincent place sa paume sur la saillie. Il n'a aucune idée de ce qui va se produire lorsqu'il tentera de la repousser dans son logement, mais c'est le seul mouvement possible. Il prend une profonde inspiration et annonce :
— Trois, deux, un... Zéro !
Les deux comparses enfoncent simultanément leurs blocs. La souplesse du mouvement surprend Vincent. Rien n'accroche la trajectoire, l'élément glisse parfaitement en réintégrant le mur. Il l'accompagne jusqu'en bout de course.
Les deux pierres ont repris leur place, plus rien ne les distingue des autres. Vincent et Henri échangent un regard. Rien ne bouge. Le silence est total. Le Clou s'étonne :
— Tu crois qu'elles...

Un choc sourd l'interrompt. Un grondement résonne aussitôt, accompagné d'une secousse qui se transmet jusqu'aux fondations de la salle voûtée. Quelque chose vient de se mettre en branle.

Vincent surveille le mur du fond, s'attendant à le voir s'effacer d'une façon ou d'une autre, mais la maçonnerie reste en place. C'est maintenant un bruit étouffé de chaîne, ou de crémaillère, qui emplit l'espace. Impossible d'en définir la provenance tant il est diffus. Tout à coup, le sol de la salle se met à vibrer. La poussière de terre battue tressaute. Les lampes dansent, l'une des deux encore allumées se renverse et s'éteint. Cavel plonge pour attraper l'autre.

— Accroche-toi, Henri !

Paniqué, le garçon se précipite vers son aîné.

— On n'aurait jamais dû appuyer ! Tout s'effondre !

Vincent le cueille au vol et le ramène contre lui. Pour se stabiliser, il prend appui contre la paroi voisine. À sa grande surprise, celle-ci demeure parfaitement immobile. Le mur ne tremble pas. Il relève la tête et vérifie les voûtes. Aucune poussière n'en tombe.

— Non, mon garçon. Je ne sais pas ce qui se passe, mais ça ne s'écroule pas…

Le sol vibre de plus en plus fort. Le voilà qui commence à s'incliner ! Côté grille, le niveau reste le même, mais vers le mur du passage, il s'abaisse. Vincent se décolle de la paroi. Quelques débris se mettent à glisser. Les lampes dérapent et roulent. Vincent tient fermement la sienne. La pente ne cesse de s'accentuer.

— Le sol se dérobe ! s'écrie Henri.

— Non, regarde : il s'enfonce et nous montre un chemin…

Tel un pont-levis, le plancher continue à basculer pour révéler une ouverture située sous l'emplacement présumé du passage. Le mouvement est lent, régulier. Les bruits de crans qui défilent attestent qu'il est contrôlé par un puissant mécanisme.

— En fin de compte, le mur ne pouvait pas bouger, constate Vincent, admiratif. C'est le sol qui devait descendre pour ouvrir le passage caché en dessous...

Il se redresse en prenant garde de ne pas perdre l'équilibre. Il exulte.

— Te rends-tu compte, Henri ? La solution était sous nos pieds ! Cette ouverture secrète se jouait bien de nos a priori !

Fasciné, il regarde le sol de la salle se transformer en rampe d'accès. L'inclinaison dévoile peu à peu une arche étroite, qui devient une ouverture marquant l'entrée d'un véritable couloir.

— Ceux qui ont conçu ce stratagème sont des génies ! s'exclame-t-il.

Devant l'émerveillement que lui procure la révélation du passage secret, Vincent en oublie toute crainte. Il aurait tant aimé que Begel et Robert-Houdin soient présents pour partager cette fantastique découverte !

Devant l'enthousiasme de son compagnon, le Clou reprend de l'assurance à son tour.

Le sol semble à présent s'être stabilisé. Vincent dévale la pente jusqu'à l'entrée du couloir, désormais dégagée. Il passe la main sur les pierres de l'arche et murmure, reconnaissant :

— Merci, merci ! Je préfère cet au-delà à l'autre. Je ne trahirai pas ta confiance.

— Tu parles aux murs ? s'étonne Henri.

— Je parle à tout ce qui me touche.

Avec prudence, Cavel s'engage dans le passage. Une obscurité absolue et un silence ouaté y règnent. Il perçoit immédiatement un virulent courant d'air froid. Il s'arrête et se concentre. Même s'il est fasciné par la mécanique d'accès, un point l'interpelle.

— Comment un homme seul, même riche, même alchimiste, a-t-il pu concevoir et réaliser pareille machinerie ? Il aurait fallu qu'il ait accès à des connaissances hors du commun et à des artisans d'exception, de véritables maîtres en architecture secrète...

— Peut-être en connaissait-il ?

Vincent tend sa lampe en avant, vers l'obscurité et l'inconnu.

— Il est temps de vérifier si un trésor se cache par là.

Henri va pour se faufiler, mais son chef l'arrête :

— Ne fonce pas tête baissée. Des traquenards nous attendent peut-être...

Refroidi, le garçon se range derrière lui. Vincent passe la tête avec méfiance. À présent, la lueur éclaire l'au-delà. Il n'y a ni salle enfouie, ni cabinet secret. Encore moins un trésor. Son regard se perd dans la nuit de l'étroit couloir, taillé dans la pierre, qui s'enfonce bien plus loin que ce qu'il peut entrevoir.

Un nouveau coup sourd résonne. Plus proche, plus puissant. Henri se colle à son aîné et crie :

— Le sol de la salle remonte !

Vincent hésite. Le choix est aussi crucial qu'urgent. Doivent-ils reculer ou avancer ? Est-il préférable d'espérer marchander leur découverte avec des tueurs, ou de tenter le tout pour le tout en pariant que ce passage leur permettra de s'échapper ?

— Qu'est-ce qu'on fait ? s'affole Henri.

Il n'est déjà presque plus possible de se hisser dans l'interstice, qui s'amenuise à mesure que la structure remonte.

L'instinct de Vincent lui souffle d'aller de l'avant. Le temps de se le dire, il n'a de toute façon plus d'autre solution : le passage vient de se refermer derrière eux.

Lorsque le silence revient, Vincent sent Henri trembler contre son dos. Ils n'ont avec eux qu'une seule lampe, dont la flamme, même protégée par le verre, peine à brûler dans le flux d'air.

Vincent doute tout à coup d'avoir fait le bon choix. Il ignore s'ils sont au pied d'un tunnel qui les ramènera vers la lumière, ou au seuil de leur tombeau. Peut-être Minguier aurait-il été malgré tout moins dangereux que ce qui les attend ?

Alors qu'il espère revoir le soleil, un épouvantable rugissement s'élève dans le tunnel. Un cri de bête qui lui glace le sang. Le hurlement s'approche, assourdissant, inhumain. Le râle d'un monstre affamé depuis des siècles.

49

Le rugissement bestial est de plus en plus violent, de plus en plus proche. Henri et Vincent en ont les tympans déchirés. Le Clou a plaqué ses mains sur ses oreilles pour s'en protéger, mais cela ne diminue pas sa terreur pour autant. Ses jambes le portent à peine. Juste devant lui, Cavel lutte pour rester debout face au puissant courant d'air. Il lui est pénible de garder les yeux ouverts tant ils sont vite desséchés par le flux. Il fait écran de son corps pour protéger la lampe du mieux qu'il le peut. Si celle-ci venait à s'éteindre, ils se retrouveraient plongés dans les ténèbres…

Quelle sorte d'abomination peut produire un hurlement aussi épouvantable ? Les réponses n'appartiennent pas au monde connu. Henri imagine une créature échappée de la mythologie, ou un dragon tiré de son sommeil. Il en frémit, son esprit s'emballe. Il entrevoit déjà un Minotaure furieux de voir son antre envahi. Vincent s'attend lui aussi au pire ; il sait déjà que quoi que ce soit, son couteau ne pourra rien contre. Il scrute le tunnel, épouvanté par ce qui risque d'y surgir. Si c'était encore faisable, il rebrousserait chemin sans hésiter. Même le pire des assassins lui ferait moins peur que ce beuglement préhistorique…

Henri se laisse tomber à genoux. Le vent glacé et la terreur lui vrillent le corps. Il se met à crier, mais le hurlement de la bête couvre sa détresse. Découvrant à quel point il est pétrifié, Vincent s'accroupit devant lui. Il est prêt à faire rempart de son corps pour que le garçon ait une chance de survivre, tant pis s'il doit se faire dévorer pour cela.

En attendant, la bête se maintient à bonne distance, sa colère ne forcit plus. Le monstre semble camper sur sa position ; il est certainement tapi au-delà du virage que prend le tunnel. Est-il trop massif pour s'introduire dans l'étroit boyau ? Serait-il retenu par une grille ou des fers ? Son déchaînement s'atténue progressivement en mugissements. Vincent décide alors de tenter d'avancer pour évaluer la menace.

Il risque quelques pas prudents, plaqué contre la paroi de calcaire, le souffle court, se demandant si la créature perçoit son odeur ou si elle va réagir à la lueur de sa lampe. Henri est resté derrière, prostré au sol, blotti contre la pierre, claquant des dents.

Alors que Vincent progresse lentement, il lui semble que la bête recule d'autant. Voyant la lumière de son complice s'éloigner, Henri pressent qu'il va bientôt se retrouver seul dans l'obscurité. Dans un sursaut, il se relève et rattrape son aîné en s'accrochant à sa veste.

Tous les sens de Vincent sont en alerte. Il évalue chaque paramètre de cet environnement hostile. Rien ne lui échappe, ni les légères variations de la forme du tunnel, ni la pente ou l'adhérence du sol. La présence d'éléments suspects pourrait annoncer des pièges.

Le monstre ne charge pas. C'est de plus en plus intrigant. Vincent n'entend pas les raclements de pattes griffues qui chercheraient à se frayer un chemin, pas plus que le sifflement d'une gigantesque langue bifide. Les hurlements se sont mués en feulements. Ils évoluent sans discontinuer, parfois plus lointains, parfois tout proches, sans qu'il ne se passe rien d'autre.

Devant Vincent, le couloir entame une seconde courbe, plus marquée que la précédente. Inspirant à fond pour se donner du courage, Cavel dépasse le virage et s'immobilise. À quelques mètres devant lui, dans la clarté de sa lampe de moins en moins malmenée, de longues stries verticales balafrent le flanc du tunnel. La violence du courant d'air faiblit. Il hasarde prudemment un pied en avant. La lampe fait reculer la pénombre et lui permet bientôt de mieux appréhender les hautes entailles dans la paroi, semblables à d'étroites meurtrières. Vincent en dénombre pas moins d'une demi-douzaine.

Henri tente de le retenir par son vêtement :

— N'y va pas ! C'est sûrement un traquenard !

Le souffle glacial s'est presque dissipé, et le hurlement à la mort n'est plus qu'un lointain chouinement. La bête aurait-elle fui ?

Arrivé à la hauteur des ouvertures, Vincent ne sent plus qu'un léger souffle sur son visage. C'est par ces curieuses failles que ce qui reste du courant d'air pénètre encore dans le tunnel. Levant la lampe pour mieux voir, il distingue à l'intérieur des fentes d'étranges lamelles de métal disposées en biais, et des tubes suspendus. De dimensions différentes, tous sont réalisés dans un alliage qui ressemble à du cuivre couvert d'oxyde verdâtre. La façon dont sont taillées les bouches d'air interpelle Vincent, qui commence à saisir ce qui s'est joué. Car après tout, ils n'ont fait qu'entendre le monstre...

Il fait signe à Henri, qui claque toujours des dents, de s'approcher.

— Regarde. Je commence à croire que la bête n'était qu'une illusion...

Il lui montre les fentes taillées en sifflets, les plaques et les tubes.

— Le courant d'air passé au filtre de ces ingénieux instruments à vent donnait sa voix au monstre. Ces lamelles

suspendues sont sans doute des sortes d'anches. Notre imagination a fait le reste...
— Il n'y a pas de dragon ?
— Hormis dans nos têtes... Juste un son, de l'air qui, en passant dans ces ouvertures, se transforme en différentes notes qui se mélangent.
— Pourquoi ça s'est arrêté ?
Vincent jette un coup d'œil en arrière.
— Sans doute parce que le passage s'est refermé. Son ouverture doit amorcer un appel d'air qui déclenche le phénomène. Le tunnel agit comme une flûte géante, produisant son effrayante musique. Plutôt malin pour terrifier les importuns !
Le gamin rit nerveusement et ose passer la main dans une fente pour toucher un tube suspendu.
— Ils voulaient nous flanquer la trouille...
— Ils ont réussi leur coup. Reste à savoir qui « ils » sont. Allez viens, nous ne sommes pas encore tirés d'affaire.

50

L'un derrière l'autre, les deux visiteurs poursuivent leur périple souterrain depuis déjà un moment. Au terme de chaque nouvelle courbe du tunnel, ils espèrent découvrir enfin une voie d'accès vers la surface. Mais pour le moment, le boyau serpente sans proposer d'autre possibilité que d'avancer. Vincent se satisfait déjà du fait qu'ils n'aient eu encore à affronter ni chausse-trappe, ni oubliette, pas même d'embranchement offrant plusieurs directions, ce qui aurait nettement compliqué leur situation.

Vincent a beau faire ce qu'il peut pour entretenir la conversation, les signes ne trompent pas. Henri répond de plus en plus évasivement et ses pas se font franchement traînants.

Le Clou trébuche et demande à nouveau :

— Où en est le pétrole de la lampe ?

— Il n'y en a plus beaucoup...

Le réservoir est en fait presque vide, et Cavel n'a pas d'autre choix que de préparer son jeune compagnon à ce qui les attend.

— Nous risquons d'être obligés de continuer dans le noir.

Cette perspective déprime immédiatement Henri, qui gémit :

— On ne ressortira jamais d'ici. Dans mille ans, on retrouvera nos squelettes...

— Ne dramatise pas. Nous avons déjà échappé au chien de l'enfer que nous imaginions tout à l'heure... Si la lampe vient à s'éteindre, nous progresserons plus lentement, mais nous avancerons quand même. L'air est respirable. On ne trouve aucune trace de moisissure nulle part. Il y a de bonnes chances pour que ce passage débouche quelque part.

— Tu crois que c'est une ancienne carrière ?

— Pas sûr. Le couloir est trop étroit pour être celui d'une exploitation, et il n'y a aucune trace d'extraction. De plus, à en juger par les marques de taille dans les murs, ceux qui ont creusé ça ont travaillé au burin, par petites touches. Les Romains procédaient comme ça mais depuis, les techniques ont évolué.

— Ce ne serait qu'un très ancien couloir souterrain ?

— Ça m'en a tout l'air...

— Pour aller où ?

— La réponse doit se trouver au bout, et je suis tout aussi curieux que toi d'y arriver. Peut-être une issue pour fuir, comme celles que nous avons nous-mêmes construites pour certains clients. Mais il me semble de plus en plus évident que ce travail de titan, associé au mécanisme qui en dissimule l'entrée, ne peut pas être l'œuvre d'un seul homme. Il faut une sacrée organisation pour bâtir tout ça. Une sacrée bonne raison aussi...

Alors que le tunnel remonte dans un virage, tous deux arrivent au pied d'un éboulement. Le plafond s'est effondré, et le volume de terre et de fragments de roche qui en est tombé obstrue presque entièrement le passage. Des racines pendent de la voûte éventrée. Vincent éclaire l'imposant amas sous différents angles pour prendre la mesure de ses dimensions.

— Un piège ? demande Henri.

Vincent secoue la tête.

— Plutôt une banale rupture de la structure. Un mouvement de terrain, ou le temps qui a fait son œuvre. La bonne nouvelle, c'est que la présence de végétation indique que nous nous rapprochons de la surface. La mauvaise, c'est que pour continuer, il va falloir se glisser dans le minuscule goulet là-haut, entre ce qui reste du plafond et le monceau de terre, sans rien faire tomber de plus... Si tu préfères, tu peux patienter là, et je me dépêche de vérifier ce qui nous attend de l'autre côté.

Henri réagit vigoureusement :

— On ne se sépare pas ! Je vais devenir fou si tu me laisses derrière. Je préfère te suivre en enfer que de rester ici tout seul !

— Comme tu veux, approuve Vincent. Allons donc ensemble en enfer.

Cavel entreprend d'escalader l'éboulis avec précaution ; pierres et terre roulent sous ses pieds. Enfin, il s'engage en rampant dans le faible espace encore libre. Les racines qui l'ont envahi lui griffent le crâne, lui écorchent le visage. Elles sont si denses qu'il doit se protéger la bouche et les narines de sa main, en rampant sur les coudes. Sa lampe passe à peine en hauteur. Vincent est obligé de l'incliner, en priant pour qu'elle ne s'étouffe pas. Il déblaye d'une main et se déhanche pour se glisser laborieusement.

Gêné par le remblai qui lui pleut dessus à chaque mouvement, il se coule de justesse et prend bien garde de ne rien accrocher. L'instabilité des matériaux encore en suspens est une menace, un nouvel éboulement pourrait les ensevelir.

Vincent renifle. L'air est humide. Alors qu'il progresse avec difficulté, il lui semble sentir un très léger appel d'air sur son visage maculé de terre.

— Tu me suis toujours ?

— À la poursuite de tes semelles. Je t'en supplie, ne t'arrête pas, je ne veux pas finir enterré vivant.

N'ayant pas ménagé sa peine, Vincent débouche enfin de l'autre côté. Poussant un soupir de soulagement, il s'extrait péniblement de l'étranglement, se rétablit et vérifie sa lampe avant d'entamer la descente de l'autre versant du talus.

À peine a-t-il posé le pied sur le sol du tunnel qu'il sursaute en sentant quelque chose se faufiler entre ses jambes. Il lâche un juron.

— Qu'est-ce qui t'arrive ? s'inquiète Henri, qui n'attend qu'une occasion pour paniquer.

— Tout va bien, seulement un rat qui file.

Il souffle et ajoute :

— Figure-toi que je suis heureux de le voir. C'est bon signe. S'il se balade jusque-là, c'est qu'il existe forcément un accès vers l'extérieur.

Vincent tend la main à son jeune complice, qui s'est dégagé à son tour. Le Clou se secoue et commence aussitôt à frotter les traces de terre qui noircissent ses vêtements. Vincent lui agite la lampe sous le nez pour lui signifier que le réservoir est quasiment à sec.

— Remettons-nous en chemin sans tarder.

Henri lui emboîte le pas tant bien que mal.

Deux virages plus loin, son courage déjà précaire est brusquement réduit à néant : un mur de meulière leur barre la route. Impossible d'aller plus loin. Ils ont marché des heures et rampé pour finir dans un cul-de-sac. Cette fois, tous deux cèdent à l'abattement.

— Si on s'en sort, peste Vincent, on pourra toujours raconter qu'on a passé la pire nuit de notre vie...

Henri geint et se laisse tomber à terre. Il ferme les yeux, épuisé. La vue du garçon affaibli redonne un coup de fouet à son chef. Non, il ne peut pas baisser les bras, il n'abandonnera pas Henri. Levant la lampe pour profiter de ses dernières lueurs, Cavel se met à examiner l'obstacle.

— Ces pierres ne semblent pas si anciennes. Je parierais même qu'elles ont été montées voilà quelques années tout au plus. Comme si ce tunnel avait été coupé par une construction plus récente...

Tout à coup, dans un recoin en haut du mur, Vincent tombe nez à nez avec un rat. Il a juste le temps d'apercevoir son museau et ses petits yeux brillants. Chacun fait peur à l'autre, et la bestiole détale dans son trou. Vincent éclate de rire, au point qu'Henri redoute que son aîné n'ait basculé dans la folie.

— Qu'est-ce qui te prend ? Il n'y a rien de drôle...

— Si, ce beau spécimen ! Debout, Henri, fait-il en étudiant la faille par laquelle s'est glissé le rongeur. Notre petit ami nous montre la voie. Je vais avoir besoin de ton aide.

Il déplie son couteau et commence à attaquer les joints. Au même instant, la lampe faiblit. Quelques secondes plus tard, elle s'éteint. Définitivement.

51

Les ténèbres. Un hurlement. Henri ne voit rien. Il tourne sur lui-même, complètement affolé. La menace est toute proche, il la sent. Le garçon veut fuir, mais toutes les portes qu'il ouvre donnent sur des murs. Le voilà pris au piège. La chose ne va pas tarder à le rattraper. Il entend déjà son souffle. Quand il se retourne, elle est sur lui, sa gueule immense s'ouvre...

Henri crie... et se réveille, en sueur. Un cauchemar, ce n'est qu'un cauchemar.

À son chevet, Vincent murmure quelques paroles réconfortantes. Le Clou, hagard, les entend à peine ; pour se rassurer, il attrape sa main et la serre fort. Sa respiration reprend peu à peu un rythme normal.

Après avoir remonté l'édredon sur ses épaules, Vincent patiente quelques minutes, veillant à ce qu'Henri reste bien couvert. Même si seule sa tête dépasse encore, il grelotte toujours. Vincent pose sa paume sur son front brûlant. La fièvre est là, à n'en pas douter. Depuis leur retour, le gamin ne parvient pas à se réchauffer. Une friction à l'eau chaude et un bol de bouillon avalé près du fourneau n'ont pas mis fin à ses crises de frissons. Il en sera sans doute quitte pour une bonne crève, mais ce n'est pas si grave, surtout en comparaison de ce qu'il risquait encore quelques heures plus tôt. Heureusement, il est désormais en sécurité.

Lorsque, au petit matin, les deux compères se sont enfin échappés de leur enfer souterrain, ils sont rentrés ventre à terre, malgré la fatigue, malgré les risques, comme des loups épuisés incapables du moindre repos avant d'avoir regagné leur tanière.

Après avoir gratté des heures dans le noir, descellant pierre après pierre, ils ont fini par ouvrir un passage dans le mur, débouchant dans les égouts. Aussi répugnante fût l'odeur qui leur a sauté au nez, elle avait pour eux le doux parfum de la liberté. Revigorés par la perspective de trouver enfin une issue, il ne leur a pas fallu longtemps, même à tâtons, pour localiser l'échelle de fer conduisant à une bouche et gagner la surface.

L'air frais et le familier décor citadin produisirent un effet salvateur. Ils se sont tout à coup sentis comme des évadés se délectant de leur liberté retrouvée. Après des heures à se demander s'ils allaient survivre, l'air du dehors leur a offert l'occasion de se sentir vivants comme jamais auparavant. Ce qui leur paraissait banal la veille a pris soudain des allures extraordinaires. Une rue dans le soleil levant, le passage d'une charrette, le chant d'un coq, les jeux d'une lumière naissante dans le feuillage des arbres.

À la première fontaine, Cavel et le Clou se sont lavés pour essayer de se débarrasser des boues dégoûtantes et de l'odeur pestilentielle qui leur collait à la peau. Dans le petit matin frais, ils se sont copieusement aspergés d'eau glaciale, au milieu des chevaux laissés là à se désaltérer avant leur labeur. Ils étaient si sales que même les animaux se tenaient à l'écart, au point d'avoir l'air de les mépriser.

Trempés jusqu'aux os, tremblants de froid, les deux rescapés ont rallié Montmartre aussi vite que le reste de leurs forces le permettait.

Une fois rentrés, il fallut expliquer aux autres, inquiets et sur le pied de guerre. Jamais leurs compagnons n'auraient pu imaginer ce qu'ils avaient enduré. Trop heureux de les revoir vivants, ils n'ont pas songé un instant à sermonner Henri parce qu'il avait imprudemment suivi Vincent, ni à reprocher à leur chef de s'être aventuré à la merci de Minguier sans précaution.

À présent, le calme est enfin revenu, mais Vincent ne peut se résoudre à quitter le Clou. Il semble épuisé. Ses yeux cernés s'accrochent à Vincent.

Au pied du lit, celui-ci contemple ce qu'il reste de la lame de son couteau, usée jusqu'au manche. Henri s'en amuse :

— Il n'est plus bon à rien, hein ?

— À rien du tout, sourit Vincent. Peu importe. J'en achèterai un autre.

— Puis-je le garder, en souvenir ?

Vincent le replie et le dépose sur la table de nuit.

— Il est à toi.

Il s'accroupit auprès du Clou.

— Il faut vraiment que tu dormes à présent. Tu dois reprendre des forces. Ne t'inquiète de rien. Nous montons la garde.

Alors qu'il s'apprête à le laisser, le Clou l'interpelle :

— Vincent...

Le chef pivote. Les yeux brillants de fièvre, Henri lui déclare, d'une voix qui laisse poindre l'émotion :

— Merci de m'avoir sauvé la vie.

Vincent lui fait un clin d'œil.

— Ne me remercie pas. Je n'aurais pas pu ouvrir ce passage sans ton aide. Si tu n'avais pas été là, je serais sans doute mort à l'heure qu'il est.

— Tu avais bien raison. La tentative de plus a été la bonne.

— Souviens-t'en lorsqu'il t'arrivera de ne plus y croire.

— Tu sais, ajoute le garçon tout doucement, n'en parle pas aux autres, mais je n'ai jamais eu aussi peur de ma vie. Quand ils m'ont attrapé, jeté dans ce cachot... Et ces affreux hurlements de vent... J'ai bien cru que ma dernière heure était venue.
— Par bonheur, ce matin, ce n'est plus qu'un mauvais souvenir.
— Vincent, tu as déjà eu l'impression que tu allais mourir ?
Vincent hésite.
— J'ai déjà vu la mort de près. Mais elle n'était pas là pour moi.
— On ne se sent plus pareil après, pas vrai ?
— Pour sûr. Et maintenant, dors.
Henri baisse les paupières et se blottit dans son oreiller. Vincent demeure immobile, pensif, à contempler ses traits enfin apaisés. Le garçon dit vrai : on n'est plus jamais le même après avoir frôlé la mort. Reste à savoir si l'on continue en étant plus fort parce que l'on a survécu, ou plus fragile parce que l'on sait qu'elle finira par revenir...
Le Clou s'est enfin endormi. Sa main pend, inerte, sur le côté du lit. Vincent la pose délicatement sous l'édredon. Voilà bien longtemps que lui-même n'est plus capable de trouver le sommeil aussi vite.
Alors qu'il quitte la chambre, un coup de feu retentit. Il jurerait que cela vient de derrière la maison.

52

Konrad ferme un œil pour ajuster sa visée et presse la détente. Le coup de feu claque et la tuile ébréchée posée en équilibre à l'autre bout de l'ancien entrepôt de grain explose. La détonation effraie un couple de tourterelles, qui s'enfuit dans un grand battement d'ailes.

Cavel surgit de la pension comme un diable, en brandissant un gourdin.

— On nous attaque ?

— *Mein Gott*, non ! Je m'entraîne. Au cas où ces *Schweinehunde* se pointeraient...

Juché sur un poteau près du menuisier, Pierre apostrophe son frère :

— Je te croyais au lit. Tu n'as pas sommeil après ta nuit ?

— J'étais avec Henri, il vient juste de s'endormir. Heureusement qu'il a sombré avant d'entendre vos tirs, sinon il aurait été bon pour une nouvelle frousse !

Konrad marche jusqu'au fond de l'entrepôt. D'un revers de main, il dégage les débris restés sur la vieille étagère et dispose une nouvelle tuile. Il revient et tend son arme à Pierre.

— À ton tour. Méfie-toi, il a tendance à tirer un peu en dessous.

Pierre saute de son perchoir et se met en position, bien campé sur ses jambes. Mais il a beau s'appliquer, ses mains tremblent quand même. Ce n'est pourtant pas la poigne qui lui fait défaut. Lorsque le coup part, la surprise le fait sursauter, et la balle manque sa cible pour aller se ficher dans une poutre en éclatant le bois.

— Pas trop mal, commente l'Allemand. Mais tu dois garder ta maîtrise. Tu n'as pas à avoir peur de ton propre revolver. Au moment où tu décides de t'en servir, c'est ton meilleur ami, et il peut te sauver la vie.

— Plus facile à dire qu'à faire, Konrad! Je n'ai pas l'habitude.

Le menuisier se gratte la barbe.

— Au train où vont les choses, il faudra la prendre.

— Mouais. En attendant, je vais te regarder encore un peu...

Pierre lui rend le revolver et se tourne vers son frère.

— Alors, tu étais finalement capable de l'ouvrir, ce passage...

— Je n'ai réussi que grâce à Henri et au hasard.

— Minguier a dû faire une drôle de tête lorsqu'il est revenu. Il ne devait pas s'attendre à trouver votre prison vide...

Les deux frères ricanent.

— Je parie qu'il était très énervé! s'exclame Vincent. D'autant qu'il n'a aucun moyen de savoir comment nous sommes sortis. À moins de s'enfermer à l'intérieur, ce qu'il n'a aucune raison de faire, il ne trouvera jamais le moyen de déclencher le mécanisme.

— Pour lui, vous vous êtes envolés! Il va croire à un tour de magie...

— Je me demande surtout comment il va réagir.

— En lançant ses tueurs à tes trousses, c'est certain. Il doit être furieux!

Imaginer Minguier en colère ne déplaît pas à Vincent, mais ce que cela risque de provoquer l'inquiète.
— Il finira par venir ici...
Konrad tire à nouveau. La tuile est pulvérisée.
— Qu'il vienne, lance-t-il, résolu. On le recevra comme il le mérite.
Pierre s'étonne :
— Il s'attendait sérieusement à trouver le trésor de l'alchimiste, Nicolas Flamel ?
— Il en était convaincu. Rien qu'en l'évoquant, son regard brillait de convoitise.
— Il va te soupçonner de l'avoir emporté.
— Je m'en fiche.
Konrad s'approche et tend son arme à Vincent :
— Veux-tu essayer ? Cela pourrait devenir utile...
— Une autre fois. Pour le moment, je dois absolument sortir. Je sais ce que vous allez dire, mais me risquer à l'extérieur n'est pas moins prudent que de poireauter ici en attendant qu'ils nous tombent dessus. Vous autres, restez à l'abri et soyez vigilants. Il y a de bonnes chances pour que notre ami italien et toi, Konrad, soyez considérés comme déjà morts. Profitez-en pour boire un verre et vous détendre. Ce n'est pas tous les jours que la mort paye son coup...

53

Pour sortir, Cavel a troqué ses vêtements noirs d'artisan – veste et pantalon de toile de coton – pour une tenue plus ordinaire qui lui permettra de se fondre dans la foule. Pantalon gris, chemise blanche, gilet et long manteau ample. Afin de ne pas attirer l'attention, il s'est même résigné à porter un vieux chapeau melon qui traînait dans une armoire de la pension. Dès les premiers instants, le couvre-chef l'a démangé...

Par manque de pratique, il oublie d'abord de le retirer en se présentant à l'annexe de la préfecture de Paris qui abrite les services de la police spéciale. Saluant le planton, il demande :

— Je souhaite voir l'inspecteur Clément Bertelot.

— Vous avez rendez-vous ?

— Non, mais je le connais personnellement, et c'est important. Je m'appelle Vincent Cavel.

L'homme note le nom sur une fiche puis désigne un banc dans le hall.

— Patientez là-bas, je vais le faire prévenir.

L'entrée du bâtiment est une véritable fourmilière. Un ballet incessant d'hommes qui vont et viennent entre les escaliers et les différentes portes des services... Bien que tous soient habillés en civil, Vincent parvient vite à distinguer les agents des simples visiteurs. Ils ont en commun une attitude un peu guindée et un regard aussi acéré que furtif. Nombreux sont ceux qui le dévisagent en passant. Certains escortent des individus menottés.

Clément finit par descendre d'un escalier pour le rejoindre.

— Quel bon vent t'amène, mon vieux ? C'est un bon vent, au moins ?

— Disons une bourrasque. Il faut que je te parle.

— On est un peu sur les charbons ardents, entre les espions et les groupuscules qui profitent de l'Exposition pour s'en donner à cœur joie, si tu pouvais...

— Je ne te demande que quelques minutes. C'est sérieux.

Le ton et la mine de Vincent convainquent immédiatement le policier.

— Suis-moi dans mon bureau.

L'inspecteur Bertelot entraîne son ami d'enfance dans un labyrinthe d'escaliers et de corridors capable d'abuser le meilleur des sens de l'orientation. Étages et services s'enchevêtrent dans une activité fébrile. Partout, les hommes se pressent, dossiers en main, échangeant ou s'interpellant d'un niveau à l'autre.

— Vous avez l'air débordés...

L'inspecteur opine du chef.

— À croire que tous les tordus de la terre se sont donné rendez-vous à Paris ! Ils profitent de l'Exposition pour redoubler d'activité. Entre les attentats à déjouer, les officiels qui nous sollicitent pour rien et les illuminés prêts à tout pour faire parler d'eux, on ne dort plus. Mardi, on a même eu deux vols d'un nouveau genre dans la même journée. Tiens-toi bien, un dans les coffres privés d'une succursale de la Banque de France, et quelques heures plus tard, même type d'opération dans les fonds d'archives d'une paroisse. Ils ont barboté des registres alors qu'ils ont laissé des manuscrits enluminés de grande valeur. C'est à n'y rien comprendre.

Il lance un coup d'œil interrogatif à Vincent et ajoute :

— Tu n'as pas l'air toi-même très en forme. C'est la première fois que tu me rends visite ici...

— Il le fallait.

Arrivés au troisième étage, Bertelot lui désigne une porte entrouverte.

— Entre, je t'en prie.

Le bureau est exigu, encombré de dossiers empilés dans lesquels il est difficile de ne pas buter. Aux murs sont affichées des listes et des cartes annotées de certains quartiers de la capitale.

— Assieds-toi, et raconte-moi ce qui t'amène.

Vincent annonce sans détour :

— Un homme a essayé de me tuer, moi et le gamin dont je m'occupe.

— Bigre, une tentative d'assassinat ! As-tu alerté la police ?

— Le cas est aussi spécial que l'est le voyou. J'ai préféré m'adresser à toi. Il nous a séquestrés et menacés. Il était résolu à nous tuer, mais nous avons réussi à nous échapper. Je ne sais pas ce qu'il trafique, mais je te parie qu'il grenouille dans des cercles occultes.

Le policier hoche la tête.

— Il en sort de partout. À croire que c'est la mode.

— Il m'a parlé d'un « nouveau pouvoir » capable de faire tomber les instances politiques... Je me suis dit que cela pouvait relever de tes services.

— Un anarchiste ?

— Je ne sais pas. Il n'a pourtant rien d'un révolutionnaire fauché. C'est un industriel, et riche avec ça. Il possède un très bel hôtel particulier avenue Malakoff. Il tient même une représentation à l'Exposition universelle. Il se nomme Alfred Minguier.

Clément note le nom sur une fiche. Soudain, il s'interrompt, les sourcils froncés.

— Minguier, dis-tu ?

— C'est ça.
— Un instant, s'il te plaît.
Clément se lève.
— Jaubert ! appelle-t-il.
Une voix lointaine répond :
— Oui patron ?
— Apporte-moi le registre des activités.
— Tout de suite !
Bertelot revient et s'assoit à son bureau en précisant :
— J'ai l'impression d'avoir vu passer ce nom...
— Vous le surveillez ?
— Pas à ma connaissance, mais ça me dit quelque chose dans les derniers signalements...
Un homme entre sans frapper, salue rapidement Vincent et tend un volume relié à son supérieur.
— Merci, Jaubert.
L'inspecteur Bertelot feuillette quelques pages puis resserre sa recherche en parcourant du doigt la liste des dernières affaires. Il finit par s'arrêter sur un paragraphe.
— Minguier ! Il me semblait bien. Alfred de son prénom. « Homme d'affaires, fabricant de chaînes à maillons soudés pour divers usages terrestres et maritimes », résidant de fait dans les beaux quartiers.
— C'est lui.
Bertelot fait une moue dubitative.
— On ne va pas pouvoir l'interroger, et encore moins l'appréhender.
— Il est protégé politiquement ?
— Mieux que ça. On l'a retrouvé mort ce matin, à son domicile.
Cavel encaisse la nouvelle, puis ouvre de grands yeux.
— Vous êtes avertis de tous les décès ?
— Certes pas, mais je lis ici que « son majordome a appelé la police en affirmant que son employeur avait été assassiné par des hommes masqués qui l'avaient forcé à boire du

poison ». S'agissant effectivement d'une personnalité en vue, c'est nous qui avons hérité du dossier.

Vincent n'en revient pas.

— Minguier. Empoisonné...

— Raide mort. Quoi qu'il ait pu te faire, il ne pourra pas en répondre.

Incrédule, Vincent se laisse aller en arrière dans sa chaise.

— La vie est étrange, tout de même. Tout portait à croire que j'allais jouer le rôle du macchabée et lui celui du survivant. En quelques heures, les rôles se sont inversés. Vous allez enquêter ?

— Ce n'est pas prévu. Nous manquons d'effectifs. De plus, il est écrit dans les commentaires de la note qu'à part les propos d'ailleurs incohérents de son employé de maison, rien n'est suspect dans cette affaire. Ton bonhomme a sans doute succombé à une cause naturelle.

— Ça, je ne crois pas.

— À quand remonte votre dernière entrevue ?

— Hier soir...

— Fichtre, la justice divine est bien plus rapide que celle des hommes !

Clément s'amuse de sa plaisanterie. Vincent se dit que c'est sans doute à force d'être confronté aux pires faits divers qu'il prend sa mésaventure avec autant de légèreté.

— Cher Vincent, ajoute l'inspecteur en se levant, il me faut maintenant retourner à d'autres dossiers. Salue Pierre pour moi. Essayons de boire un pot ensemble, un de ces jours. Il y a d'excellents établissements qui ouvrent.

— Pourquoi pas ?

Vincent a répondu machinalement. Il réfléchit déjà à ce qu'implique l'élimination brutale d'Alfred Minguier. Cela ne va pas clarifier la situation, bien au contraire.

54

Posté en embuscade à l'une des fenêtres du premier étage, Eustasio fait signe à Konrad et Vincent de le rejoindre discrètement. En prenant bien soin de rester à couvert, il désigne la rue en contrebas.
— Venez voir...
Il montre un individu sur le trottoir d'en face, en habit de cocher.
— Je l'ai remarqué hier matin. Depuis, il n'a pas bougé. Même cette nuit, il était là. Je suis certain qu'il nous surveille.
Konrad bougonne :
— D'ici, je n'arrive pas à reconnaître son visage, mais il est habillé exactement comme celui qui m'a bousculé.
— Ils sont plusieurs à porter cette tenue, précise Vincent. Il est en principe là pour nous protéger. Il tombe très bien, j'ai deux mots à lui dire.
— Tu vas sortir par-devant ? s'étonne Eustasio.
— Ce ne sera pas long. Ne vous montrez pas. Konrad, s'il te plaît, couvre mes arrières avec ton arme, au cas où je ferais erreur sur la personne...
Vincent enfile sa tenue passe-partout et sort de la maison. Se faufilant entre un tombereau de sacs de charbon et une charrette chargée de tonnelets, il traverse la rue en

petite foulée et avance droit sur le cocher, qui semble gêné de cette approche directe.

— Excusez-moi ! lance Vincent. Je suppose que vous savez qui je suis ?

L'homme baisse le visage à l'abri de son chapeau et se détourne, refusant d'engager la conversation. Cavel attend que les badauds soient passés pour lui glisser, tout en faisant mine de regarder ailleurs :

— Si vous travaillez avec Charles, allez vite lui dire qu'il faut que nous parlions. C'est urgent. Il s'est passé des choses importantes cette nuit.

L'homme relève alors les yeux. Il fixe Vincent avec insistance, comme s'il s'efforçait d'évaluer sa sincérité.

— C'est très urgent, insiste Vincent. Je risque ma peau rien qu'en sortant vous voir.

Le cocher ne prononce pas un mot, mais lève aussitôt le bras en agitant la main pour faire signe. Vincent regarde autour de lui.

— Qui diable prévenez-vous ?

L'homme ne prononce toujours pas une parole.

— Je vous préviens, souffle Vincent, j'ai un ami armé qui vous tient en joue.

Le cocher ne bronche pas. Un fiacre arrive rapidement et s'arrête à leur hauteur. Le conducteur de l'attelage l'invite à monter. Cavel recule avec un geste de refus.

— Doucement, l'ami ! Je ne vais nulle part sans savoir avec qui, et pourquoi.

Le profil de Charles émerge furtivement à la fenêtre de la voiture.

— Dépêchez-vous, si vous ne voulez pas finir comme Alfred Minguier !

55

Dans la circulation dense de ce début de journée, le fiacre file au rythme cadencé du trot du cheval. À peine assis sur la banquette, Vincent interroge Adinson.
— Est-ce vous qui avez fait exécuter Minguier ?
Charles, que cette question désole, nie farouchement.
— Bien sûr que non. Nous connaissons-nous si peu que vous puissiez nous prendre pour des assassins ?
— Alors comment avez-vous appris sa mort ?
— Il n'y a pas que vous qui ayez vos entrées dans la police.
— Vous savez donc qu'il n'y aura pas d'enquête ? Son majordome a beau clamer qu'il a été empoisonné, la police s'en moque.
— En l'occurrence, cela nous arrange. Moins il y aura de gens pour s'intéresser à cette affaire, plus nous serons tranquilles. Par contre, les jours du témoin sont certainement comptés...
Vincent voit défiler les rues par la vitre de la portière.
— Nous ne nous rendons pas à la chapelle souterraine ?
— Étant donné la tournure que prennent les événements, elle n'est plus assez sûre. Nous allons chez moi, mais vous ne serez pas complètement dépaysé.
Cavel ne relève pas. Il aspire à des éclaircissements sur un sujet autrement plus brûlant.

— Cette nuit, Henri et moi avons failli mourir. Vos cochers n'étaient-ils pas supposés garantir notre sauvegarde ?

— Nous nous préparions à intervenir rue de Montmorency lorsque nous avons été informés que la maison était vide et que vous étiez rentrés chez vous.

Vincent s'étrangle.

— Vous vous prépariez à intervenir ? À quelle heure comptiez-vous débarquer ? Pendant que vous preniez votre temps, Minguier et ses sbires avaient tout le loisir de nous trucider !

— Envoyer des hommes trop tôt aurait provoqué un affrontement prématuré alors que nous ne savions pas ce que vous faisiez.

— Nous avons eu beaucoup de chance de nous en sortir, fait remarquer Vincent sur un ton accusateur.

— Pourquoi vous ont-ils relâchés ?

— Ils n'en ont rien fait. Henri et moi avons réussi à nous enfuir par le passage dérobé alors qu'ils nous avaient enfermés.

Adinson s'avance, tout à coup très intéressé.

— Vous avez donc réussi à ouvrir le mur ?

— Oui, cher monsieur, et c'était absolument fabuleux !

Une lueur de malice dans le regard, Charles demande :

— Vous allez me raconter ?

Vincent hoche la tête positivement et ajoute :

— Je suis sûr que vous et votre ami Robert-Houdin auriez apprécié.

Le fiacre ralentit ; il tourne pour s'engager sous une haute porte cochère dont on vient d'écarter les immenses battants. L'attelage s'introduit dans une vaste cour intérieure où résonne le martèlement des sabots. Une fois qu'il s'est immobilisé, un cocher ouvre la portière.

Arrivé au bas du marchepied, Vincent marque un temps. Ces bâtiments lui rappellent quelque chose, mais c'est surtout le perron monumental qui fait tout à coup remonter en lui des souvenirs oubliés.

Il est déjà venu ici. Il reconnaît l'endroit. Il était bien plus jeune alors, et la cour n'était pas encombrée de fiacres comme c'est le cas aujourd'hui. À mesure que la mémoire lui revient, monte en lui une puissante émotion. En le voyant bouche bée, Adinson sourit et l'invite à le suivre.

56

En détaillant les élégants bâtiments de pierre claire, Vincent avance entre les attelages et les hommes en tenue de cocher qui s'y affairent.

— Jean-Eugène Robert-Houdin vivait ici... Je n'y suis venu que rarement, mais je m'en souviens très clairement.

Emporté par ses souvenirs, il ne sait plus où se diriger et tourne la tête en tous sens.

— Pardi, j'étais tellement impressionné ! La première fois, c'était pour lui présenter un projet auquel j'espérais être associé...

— Un escalier truqué dont il avait besoin pour son futur théâtre.

— Comment le savez-vous ?

— Il avait été séduit par l'astuce que vous aviez proposée et m'en avait parlé.

Cavel montre le bâtiment central.

— Il habitait là, mais à l'époque, il n'y avait pas tous ces fiacres...

— J'ai repris ses appartements et me suis un peu étendu...

Charles Adinson désigne la cour d'un mouvement circulaire.

— L'ensemble est désormais à nous. Une véritable petite forteresse au cœur de Paris, officiellement une compagnie de transport avec fiacres, diligences longue distance et malles de poste. Accessoirement, la plus grande brigade privée de cochers…

— Pourquoi les cochers ?

— C'était une idée de Jean-Eugène, que j'ai développée avec mes compagnons de quête. Quel que soit le lieu, quelle que soit l'heure, personne ne s'étonne d'en voir. Leur uniforme les associe à une fonction simple que les gens identifient parfaitement. On ne se pose jamais de question à leur sujet. On croit savoir qui ils sont et ce qu'ils font. Leur apparence leur permet de se fondre n'importe où sans attirer l'attention. Exactement ce dont nous avons besoin. Je vous ferai visiter leurs quartiers si cela vous intéresse, mais avant, nous avons du travail.

En pénétrant dans la résidence qui a été celle de Robert-Houdin, Vincent est saisi d'une émotion encore plus intense. L'immense hall d'entrée n'a pas changé, et le renvoie au tout jeune homme qu'il était quelques années auparavant. Le magicien avait composé un décor fait d'énormes affiches de ses tours les plus célèbres – la Femme coupée, le Foulard aux surprises, la Guillotine royaliste, l'Oranger merveilleux, le Prince de fumée, et son chef-d'œuvre, le Spectre volant – et d'objets liés à ses illusions. L'imposant sarcophage égyptien couvert de hiéroglyphes trône encore au centre de la pièce, non loin d'un pilori avec ses fers rouillés et d'un lion empaillé aux yeux de verre et aux babines retroussées sur ses crocs effrayants. Au fond pendent toujours de toute leur hauteur les somptueux rideaux de velours noir bordés d'un galon d'argent, semblables à ceux qui ornent le fronton des églises pour les funérailles des célébrités. Son goût de l'ironie avait même poussé Robert-Houdin à faire broder ses propres initiales dessus, comme on le fait pour les défunts. L'esprit gothique et mystérieux du lieu n'a rien perdu de sa fascinante beauté.

— Vous avez tout gardé...

— Vous allez voir à quel point. L'ancien bureau de Jean-Eugène est aujourd'hui le mien. Venez.

En franchissant le seuil, Vincent est envahi d'une étrange sensation, comme s'il accomplissait un voyage dans le temps pour revenir à ses débuts. Le voilà à nouveau immergé dans l'univers magique qui a éveillé sa vocation. L'agencement du bureau le surprend tout autant que la première fois qu'il l'a découvert. En lieu et place du traditionnel meuble destiné à l'écriture, c'est une longue table qui s'étire, couverte de lampes, de piles de livres reliés de maroquin, de documents dépassant de serviettes en cuir et de porte-documents. La bibliothèque qui domine la pièce est agrémentée d'une coursive où l'on accède par un escalier métallique en colimaçon. Partout, étagères et moindres recoins disponibles débordent d'objets étranges à l'usage inconnu, d'antiquités, de bibelots religieux ou ésotériques et d'accessoires des théâtres où se produisait l'illustre magicien. Le plus grand tableau de la pièce est un portrait en pied d'un trio de savants grecs vénérant une lueur surnaturelle apparue dans un ciel d'orage. Le visage de l'un d'eux exprime la peur, le second la fascination et le troisième, l'admiration. Les trois sentiments que le magicien s'est toute sa vie ingénié à faire naître chez son public.

Bien que le temps presse, Adinson sait qu'il doit laisser à Vincent quelques instants pour retrouver l'endroit à sa façon. Celui-ci s'avance timidement, comme s'il était encore ce jeune homme en visite dans un lieu où tout l'impressionne. Son regard navigue d'un point à l'autre, sans autre logique que celle de l'escalade de la curiosité. De tout son être, il se sent ici dans son monde. Intérieurement, il réalise à quel point le lieu de création qu'il s'est bâti dans la cave de la pension, bien que n'ayant ni le faste ni la densité de celui-ci, procède du même esprit.

Il s'approche de la table et effleure un sous-main sur lequel sont posés un encrier de porcelaine et des plumes prêtes à servir.

— On croirait qu'il va revenir d'un instant à l'autre.
— Il m'arrive de l'espérer.
Adinson s'avance.
— Il y a là les derniers tours sur lesquels il travaillait. Jean-Eugène était un génie. Beaucoup le copient, mais personne n'égale sa façon de concevoir son art. Il avait une vision unique des sciences et de la vie, une compréhension hors norme de la mécanique des êtres, dont il s'amusait pour éblouir. Mais il était bien plus qu'un homme de spectacle. Je m'aperçois tous les jours de l'incommensurable savoir qu'il dissimulait derrière ses travaux officiels.

— Vous vivez au cœur de son œuvre... souffle Vincent.
— Son bureau est pour moi une sorte de musée que je respecte absolument, au point que je ne laisse à personne le soin d'y faire le ménage. J'entretiens cette pièce moi-même. Mais ce n'est pas là que je travaille. Pas plus que lui ne le faisait, d'ailleurs...

Vincent hausse un sourcil. Charles le provoque avec malice :

— Pensez-vous vraiment qu'un être aussi complexe que Robert-Houdin se serait contenté d'un bureau dans lequel on entre par une simple porte ?
— Vous voulez dire que...

Vincent tourne sur lui-même.
— Un passage secret ?

Adinson hoche la tête d'un air entendu. Son intérêt piqué au vif, Vincent se met à passer la pièce en revue, en commençant par le sol.

— Peut-être une trappe dérobée comme celles qui équipaient les scènes où il se produisait ? réfléchit-il tout haut.

L'idée d'avoir à chercher un passage masqué créé par le maître lui-même pour son propre usage l'excite au plus haut point. Alors qu'il se prend au jeu, Adinson est obligé de tempérer son ardeur.

— Je suis navré, Vincent, nous n'avons pas le temps. Vous n'aurez malheureusement pas la satisfaction de le découvrir – même si je vous en sais capable – mais vous aurez le privilège de le partager, car hormis Robert et moi, à qui il a transmis son secret, personne ne sait.

Adinson se dirige vers un meuble à cartes placé sous la grande toile représentant les trois savants. Les tiroirs, destinés à accueillir des plans et des relevés géographiques, font toute la largeur du meuble et sont assez plats. D'un geste, il invite Cavel à le rejoindre.

— Ouvrez, je vous en prie. Je suis certain que vous apprécierez son sens inouï du détail.

Dans un des tiroirs, Vincent découvre des plans de machineries scéniques. Le suivant contient des cartes représentant l'empire d'Autriche-Hongrie et d'autres pays européens.

Adinson lui fait alors signe de regarder avec attention. Il referme les tiroirs et pousse du pied la plinthe du meuble, tout en saisissant simultanément ce qui semblait n'être qu'un banal montant afin de l'actionner comme un petit levier. Alors qu'il tire dessus, un déclic annonce la mise en route d'un mécanisme. Adinson recule, aussitôt imité par Vincent.

Devant eux, le meuble s'anime. Avec une élégante fluidité, les différents rangements s'ouvrent graduellement, comme par enchantement, et finissent par former un escalier d'acajou dont chaque tiroir compose une marche. Les degrés ainsi agencés permettent de monter sur le meuble, jusqu'au pied du tableau. Il y a quelque chose de fantastique à observer ce secrétaire détourné de sa fonction première se transformer pour un tout autre usage.

Une fois que chaque élément a parfaitement pris sa place, le mécanisme s'arrête.

— N'est-ce pas merveilleux ?

— Si ce n'était pas déjà ce que j'essaye de faire, ce prodige me donnerait à coup sûr l'envie de poursuivre la voie qu'a initiée M. Robert-Houdin.

Adinson monte sur le meuble truqué comme s'il s'agissait d'un palier ordinaire. Installé à bonne hauteur, il décale le support d'une des lampes qui encadrent la toile et presse une combinaison de motifs dorés sur le cadre. Déverrouillé, le grand tableau pivote et s'articule comme une porte.

Adinson désigne la pièce secrète ainsi révélée.

— Si vous voulez vous donner la peine...

Sous le charme du stratagème, Vincent grimpe l'ingénieux escalier et pénètre alors dans un espace qui ne ressemble en rien à ce qu'il a pu connaître jusque-là.

Comme si le bureau constituait une métaphore du visage officiel de Robert-Houdin, il lui semble en franchissant le seuil de cette partie secrète qu'il s'aventure dans l'intimité de son cerveau. Une sorte de remise biscornue, un chaos foisonnant, structuré par des poutres massives auxquelles sont suspendus une multitude d'objets, dont le fameux « fantôme » avec lequel le magicien terrifiait des salles entières en le faisant voler dans les airs. Les murs de bois brut sont entièrement recouverts d'éléments mécaniques, de croquis, de casiers d'archives, de boîtes alignées et soigneusement étiquetées. Ce n'est pas une chaise qui est installée face au plan de travail où s'accumulent outils et mécanismes d'horlogerie désossés, mais un fauteuil suspendu comme une balançoire. L'endroit est aussi envoûtant qu'un grenier garni de trésors, aussi chaleureux qu'une cabane cachée, aussi mystérieux qu'un repaire de magicien rempli de tours. Le regard se perd dans ce désordre, qui n'en était certainement pas un pour son inventeur.

Charles repousse un levier derrière eux. À l'extérieur, les tiroirs reprennent leur place et le tableau se referme. Plus personne ne peut soupçonner leur présence.

Non sans une certaine émotion, Adinson confie :

— Depuis que Jean-Eugène n'est plus, je me suis toujours trouvé seul dans ce lieu.

— Vous préfériez cela ?

— Assurément pas. Je suis convaincu, comme vous, Vincent, que seul ce qui se partage vaut la peine d'être vécu. Je suis sincèrement heureux que vous soyez ici.

— Merci pour l'honneur que vous me faites, Charles.

— Espérons que l'esprit de Jean-Eugène et l'émerveillement que son antre provoque en vous nous donneront l'inspiration et la force pour l'âpre combat qui nous attend.

57

Vincent complète son croquis afin d'être certain que Charles comprenne bien la configuration des lieux et le principe du plancher qui s'incline. Installé dans le fauteuil suspendu devant le plan de travail, Adinson semble malgré tout déçu.

— Il n'y avait donc aucun trésor caché derrière ce passage ?

— Aucun, juste l'accès à un tunnel équipé de ces tubes et de ces lames vibrantes qui, dans le courant d'air, produisaient un hurlement digne des plus terribles monstres des légendes.

Adinson se frotte le menton, songeur.

— Ceux qui ont conçu ce dispositif se sont donné beaucoup de mal. Avez-vous une hypothèse sur l'endroit où il mène ?

— Aucune.

— Avez-vous relevé des symboles, des emblèmes d'ordres de chevalerie ou bien des signes de sociétés secrètes sur l'arche de l'entrée ou même ailleurs dans le passage ?

— Pas la moindre marque.

Charles se penche sur les esquisses et réfléchit à voix haute.

— Ce tunnel a donc été coupé par l'installation d'un collecteur d'égouts... Ceux qui ont fait les travaux n'ont certainement pas eu conscience de ce qu'ils détruisaient.

— Les ouvriers affectés aux nouveaux projets dans Paris doivent régulièrement tomber sur d'anciennes galeries de carrières. Ceux qui ont creusé cet égout se sont probablement dit que c'en était une.

— Voilà l'exemple parfait des dangers encourus par ces lieux. Nous sommes typiquement face à l'un de ces massacres inconscients qu'occasionnent les aménagements urbains.

— En l'occurrence, la canalisation d'égout a seulement coupé le tunnel...

Une étincelle éclaire le regard d'Adinson.

— Ce qui signifie que si nous le reprenons au-delà de la canalisation...

— ... Il y a de grandes chances pour que l'on puisse poursuivre l'exploration jusqu'à sa destination ! complète Vincent.

Les deux hommes se réjouissent à cette idée, mais Adinson s'assombrit vite.

— Les hommes de Minguier ont peut-être découvert l'entrée du tunnel dans la cave de la maison de Flamel. Ils peuvent parfaitement arriver à la même conclusion que nous et nous prendre de vitesse...

— C'est peu probable. Même s'il leur venait l'idée de forcer le mur qu'ils ont toujours suspecté de s'écarter, ils ne trouveraient que du remblai. Ils ne peuvent pas se douter que le chemin se situe en dessous.

— Nous avons donc une longueur d'avance sur eux.

— Lorsqu'il m'a enfermé, Minguier a mentionné les véritables pouvoirs qui gouvernent le monde. Il a évoqué, selon ses propres termes : l'occultisme et la magie...

— Peut-être appartenait-il à l'une de ces sectes avides de trésors et de pouvoirs surnaturels ? Son organisation est cependant plus redoutable que les habituelles bandes d'illuminés qui orchestrent des messes noires déguisés en grands prêtres. Ces gens-là ne vont pas jusqu'à éliminer leurs propres membres aussi violemment.

— Ils l'auront tué après notre évasion, pour lui faire payer son échec...

— Sans doute ont-ils aussi voulu éviter qu'il ne soit interrogé par la police, puisque vous étiez à même de l'identifier. Ils ne laissent à l'évidence aucune trace.

Adinson fait quelques pas tout en réfléchissant, et demande :

— Dites-moi, Vincent, vous est-il venu à l'esprit que cet accès secret qui utilise l'air comme artifice pourrait correspondre à l'entrée du dédale associée au vent ?

D'un mouvement de tête, il désigne le témoignage d'Ignace de Loyola, posé dans son coffret, ouvert sur la table près des esquisses de Vincent. Celui-ci acquiesce.

— Je n'ai fait le rapprochement qu'une fois dehors.

— Avez-vous remarqué un endroit où cette clé gravée aurait pu être utilisée ?

— Pas un seul.

Charles donne une légère impulsion qui a pour effet de provoquer le balancement de son fauteuil. Il suit pensivement des yeux le tracé du tunnel dessiné par Vincent. Soudain, il tourne le visage vers lui et demande :

— Que diriez-vous de retourner sous terre vérifier jusqu'où va ce passage ?

58

Le bien-être que lui procure l'eau fraîche coulant sur son visage agit comme un bain de jouvence. Se retrouver seul contribue aussi à sa quiétude. Torse nu, ruisselant, Vincent prend le temps de souffler. Il ferme les yeux, expire lentement jusqu'à vider entièrement ses poumons, puis inspire à nouveau. Il enchaîne ainsi plusieurs cycles, gagnant chaque fois en sérénité. Il se concentre sur les battements de son cœur. Pour quelques instants au moins, il maîtrise son rythme sans se laisser dicter d'autre tempo que le sien.

Il repousse mentalement les images qui se bousculent dans son esprit : le plancher qui s'abaisse, Henri terrifié, les grandes moustaches du rat, le bureau secret de Robert-Houdin dans lequel Charles sourit comme s'ils étaient en train de disputer une partie d'échecs. C'est dans cet antre, en racontant à cet homme ce qu'il a vécu, que Vincent a finalement pris conscience qu'en dépit des circonstances, la découverte du passage secret de la maison de Nicolas Flamel lui avait offert l'un de ses plus puissants instants d'éternité. Ni les peurs qui se liguaient pour l'entraver, ni les incertitudes qui pesaient alors sur leur avenir n'avaient réussi à le priver de cette enivrante sensation de vivre au-delà de tout.

Cavel plonge à nouveau son visage dans la cuvette de faïence. Ses mains parcourent ses propres traits, comme s'il avait besoin de les redécouvrir. Tant de choses changent en lui qu'il craint parfois de ne pas se reconnaître. Mais son apparence est restée la même, il n'y a qu'au plus profond de lui-même qu'il se transforme.

Il reprend de l'eau au creux de ses paumes et s'en asperge une dernière fois. Il savoure ces secondes fugaces, s'en délecte comme de ces rares petits bonheurs que les épreuves n'ont pas encore réussi à atteindre. Il lui faut ces minuscules vibrations d'une pureté absolue pour se rappeler qu'il est toujours vivant, que son existence ne se résume pas au fait d'être prisonnier d'un cauchemar. Il se souvient alors que pendant que lui bascule dans un monde dont il ignorait tout, la vie du plus grand nombre continue comme si de rien n'était.

Vincent examine son reflet dans le miroir. Il étire son cou en enserrant sa mâchoire et se dit qu'il va sans doute devoir se laisser pousser la moustache pour modifier son apparence. Il ressemblera ainsi à la plupart des hommes. Peut-être même une petite barbe. Mais combien de temps ce maigre artifice le protégera-t-il ?

Il attrape la pièce de tissu qu'il a posée près de la cuvette et essuie d'abord son cou. Il y met un soin inhabituel, pour faire durer le moment de quiétude autant que possible, car il sait qu'ensuite, la réalité s'emparera à nouveau de lui.

À un autre étage, il entend le rire de Gabrielle. La voix de Pierre s'y mêle. Ils plaisantent. Ces deux-là partagent quelque chose qui devient chaque jour plus fort ; assez pour leur permettre d'oublier, lorsqu'ils sont dans leur bulle, la menace qui plane.

Vincent ouvre la porte et tend l'oreille. Un pied sur le palier, il appuie une épaule sur le chambranle. À en juger par les paroles qui s'échangent et les bruits rassurants du quotidien, difficile de croire que la pension est une résidence assiégée... Gabrielle a raison : chacun fait sa vie. Les propos d'Henri se détachent soudain. Il insiste pour que Konrad lui apprenne à tirer. L'Allemand et l'Italien éclatent de rire ; le menuisier lui répond qu'il n'y a qu'une seule arme dans la maison et qu'il est préférable que ce soit lui-même qui s'en serve. Eustasio, lui, parle de prudence. Quel mot incongru par les temps qui courent...

Vincent voudrait bien s'abandonner à cette ambiance chaleureuse. Il apprécie quand même d'en être le témoin, même s'il ne parvient pas à y participer. Il a souvent l'impression d'être le seul à mesurer l'importance du danger. Henri a failli mourir avec lui l'autre soir, et ce matin, il s'amuse. Vincent aimerait bien en faire autant, mais lui n'arrive pas à oublier. C'est peut-être là son drame : il ne sait ni oublier, ni fermer les yeux. Même les paupières baissées, il distingue encore clairement tout ce qui les guette. Jamais de répit, jamais d'insouciance. Begel plaisantait souvent en lui faisant remarquer qu'il n'avait pas son pareil pour détecter ce qui cloche. Est-ce un talent, ou une malédiction ? Quelle que soit la réponse, cela n'en change pas le poids.

Il souhaiterait plus que tout pouvoir se dire que ceux à qui il tient tant sont auprès de lui, en paix, avec assez de travail pour subvenir à leurs besoins et suffisamment de rêves pour avancer. Mais il n'y arrive pas. Ces bribes de quiétude qu'il capte, ces moments de chaleur partagés paraissent trop fragiles. Quelle que soit la façon dont il envisage la situation, aucun horizon ne lui semble radieux. Même s'il se refuse à lui donner trop d'importance, une voix sourde lui répète que la famille atypique qu'il s'est construite est en danger et qu'il ne pourra pas forcément la sauver. Se jeter dans la bataille reste encore sa meilleure chance d'y parvenir.

59

Paris est le royaume des ombres. Les derniers réverbères à gaz ont été éteints pour la nuit. Les noctambules sont rentrés chez eux et les videurs de fosses d'aisances n'interviendront que plus tard. Quant aux livreurs, ils n'achalanderont les marchés environnants qu'à partir de 5 heures.

La tranquillité du quartier n'est pourtant qu'apparente. Vincent n'a eu aucun mal à retrouver la trappe d'égout par laquelle il s'est enfui avec Henri. Mais cette fois, il est venu avec des renforts. Charles et deux des hommes qui avaient fouillé avec lui le sol de l'église Saint-Pierre l'accompagnent. Pour éviter toute mauvaise surprise, des cochers ont été répartis aux points stratégiques des rues environnantes. Ils sont une vingtaine, placés en embuscade aux angles et aux carrefours, prêts à donner l'alerte ou à intervenir. Des fiacres ont été positionnés à proximité, parés à évacuer Charles et son équipe ou à sonner le rappel des troupes en cas de mauvaise rencontre.

Les deux forts soulèvent rapidement la trappe et invitent Cavel à y descendre. Malgré ses cuissardes, il marque un temps. Ce n'est pas l'eau fétide qui le rebute, mais le fait de retourner sous terre. La sensation d'enfermement l'oppresse, et s'y soumettre à nouveau ne l'enchante pas.

— Hâtez-vous, le presse Charles, une patrouille de gardiens de la paix pourrait nous surprendre.

En prenant appui sur le bord, Vincent se glisse et disparaît dans le trou. Après avoir placé un foulard sur son nez pour essayer de se protéger de l'odeur, Charles le suit aussitôt. Les deux autres les rejoignent avec leurs outils et referment la lourde trappe au-dessus d'eux.

Les quatre hommes se retrouvent debout dans le collecteur, cernés par le flot répugnant qui suit son cours en les inondant jusqu'à la moitié de leurs cuissardes. Les lanternes peuvent maintenant être poussées à leur maximum.

— C'est par là, déclare Vincent en montrant la direction.

Le petit groupe se met en route en remontant le courant.

— Quelle distance ? interroge Charles.

— Difficile à dire, nous avancions dans le noir.

Ils remontent la canalisation en silence. Après quelques minutes, Vincent retrouve le mur sur la droite.

— C'est de là que nous avons débouché.

En revoyant la petite ouverture pratiquée en descellant quelques pierres de meulière, il commente :

— Quand je pense au temps et à la sueur qu'il nous a fallu pour dégager ce minuscule passage...

Charles s'intéresse déjà au mur d'en face, cherchant l'endroit où il serait le plus pertinent de percer. Il demande aux ouvriers :

— Commençons par ici, en haut, s'il vous plaît.

L'un des gaillards attaque aussitôt la maçonnerie à la barre à mine. Les coups répétés ne tardent pas à repousser une première pierre, qui tombe par derrière en produisant un choc sourd.

— C'est creux, constate Charles avec satisfaction.

— Tout va plus vite quand on est équipé d'autre chose que d'un pauvre couteau... note Vincent avec ironie.

Alors que les morceaux de meulière chutent les uns après les autres, Charles approche sa lanterne pour tenter de voir de l'autre côté.

— Le tunnel continue comme nous l'espérions ! s'exclame-t-il avec enthousiasme.

Une fois le passage suffisamment élargi, un des ouvriers se coule en premier, suivi de Vincent, puis des autres. Cavel remarque aussitôt que l'air est plus sec dans cette partie. Il plane un parfum de poussière qu'aucun courant d'air ne vient agiter. Charles s'intéresse déjà aux traces de taille sur les parois.

— Les coups ont été portés par des outils à tête pointue.

L'un des compagnons tend une lanterne à Vincent et lui propose d'ouvrir la marche. Leurs ombres dansent sur les parois. L'odeur pestilentielle de l'égout s'estompe à mesure qu'ils s'en éloignent. Alors qu'ils avancent en silence, de brèves visions de ce que Vincent a vécu avec Henri resurgissent dans son esprit et viennent se superposer à la réalité. Son pas se fait incertain. Le remarquant, Charles l'interpelle :

— Tout va bien, Vincent ?

Il tressaille et se ressaisit.

— Aucun problème... Sa voix est ferme.

Chacun inspecte les parois et la voûte, à la recherche de signes ou d'inscriptions. La hauteur du passage se réduit parfois, obligeant les hommes à se courber pour ne pas se cogner le crâne.

— C'est étrange tout de même... s'étonne Charles.

— Quoi donc ?

— Ce long tunnel. Trop étroit pour que l'on puisse y acheminer autre chose que des hommes à pied, sans le moindre puits ni escalier. Pourquoi s'être donné la peine de l'aménager ?

— Je l'ignore pour celui-ci, répond Vincent, mais dans les soubassements de leurs temples, les premières civilisations rallongeaient volontairement les accès aux sections les plus secrètes en multipliant les détours. On a relevé cela dans des monuments mésopotamiens, égyptiens, et même dans un réseau de grottes récemment découvert en Grèce.

— Dans quel but ?

— Les archéologues pensent que l'idée était de désorienter les visiteurs importuns, mais surtout de décourager les moins décidés en installant un malaise. Leur inquiétude grandissante, la sensation d'oppression, suffisait le plus souvent à les convaincre de rebrousser chemin. À l'époque où les premières salles secrètes ont été aménagées dans des lieux de culte ou des palais, les bâtisseurs ne pouvaient compter que sur cela puisque les systèmes de fermeture n'étaient pas encore complètement développés. Les protections étant très relatives, les concepteurs utilisaient la distance pour convaincre les moins assurés de repartir. Les passages ne se sont raccourcis que lorsque l'on a eu le moyen de les bloquer par d'autres procédés. Les portes infranchissables, les grilles métalliques, et même les serrures complexes ne datent finalement que de quelques siècles.

— Cela tendrait donc à prouver que ce tunnel est très ancien.

— Tout porte à le croire.

Charles poursuit son raisonnement.

— Si ce boyau n'a été creusé qu'à des fins de passage, étant donné la formidable quantité de travail qu'il représente, il faut que ce à quoi il conduit soit de la plus grande importance.

— Aussi grande que le pouvoir de ceux qui l'empruntaient. Je me demande si l'alchimiste Flamel a participé à sa construction, ou s'il n'a fait que bâtir sa maison dessus afin d'en contrôler l'accès.

Quelques mètres plus loin, Charles remarque :

— J'ai l'impression que le tunnel descend de plus en plus...

— Nous nous enfonçons, c'est indéniable.

— À quelle profondeur pensez-vous que nous nous trouvions ?

— Impossible à préciser sans repère. Il nous faudrait au minimum des connaissances géologiques. Nous évoluons encore dans la couche calcaire, mais j'ignore quelle est son épaisseur dans ce quartier.

— Arrivez-vous à savoir où nous nous situons sous la ville ?

— Je me débrouille en comptant mes pas. Je suppose que nous sommes remontés vers le nord-est, mais si vous continuez à me parler sans arrêt, je vais laisser filer mon compte.

Le quatuor retrouve le silence et poursuit sa progression. En respirant, Vincent sent que l'humidité augmente rapidement. Le tunnel descend bientôt encore davantage. Le sol est désormais sculpté en longues marches successives, des paliers qui se raccourcissent à mesure que la pente s'accentue. Alors que le conduit amorce une courbe, la roche devient glissante.

— Prenez garde, ça dérape, annonce Vincent.

Charles opine et s'équilibre en laissant courir une main sur la paroi.

À la sortie du virage, Vincent s'arrête soudain. Devant lui, le tunnel semble s'être disloqué ; il plonge dans une mare saumâtre où il disparaît. Impossible de poursuivre sans s'immerger.

Cavel s'avance avec prudence et lève sa lanterne pour s'en assurer. Le tunnel s'enfonce effectivement entièrement dans le volume liquide ; il n'y a aucun autre passage. Il s'accroupit et respire l'eau stagnante. Aucune odeur suspecte ne l'alerte. Il y risque un doigt. Le liquide est frais et fluide. Il relève la tête et tente de comprendre ce qui a pu provoquer l'inflexion du conduit. Charles le rejoint.

— Un affaissement ?

— Possible, mais je ne vois pas de ligne de fracture, pas de marque d'infiltrations ni de trace d'éboulement. Étant donné la redoutable mise en scène dont j'ai été témoin dans la première partie, je me demande si tout cela n'est pas voulu…

— Ils auraient simulé une rupture de la roche et une inondation pour donner l'impression que le passage s'arrête là ?

— La question se pose.

Vincent entre progressivement dans l'eau. Le froid le saisit à travers ses cuissardes. Il tâte du pied.

— Le sol est lisse et très glissant. Je sens une couche de vase...

Depuis le bord, les ouvriers lui offrent leur soutien. En s'accrochant à leurs bras tendus comme il le peut, Vincent s'aventure plus avant. Sous l'eau, l'inclinaison plongeante du sol suit exactement la même courbe que celle du plafond. Le tunnel ne s'est donc pas écrasé : il a été creusé exprès pour s'enfoncer.

Vincent revient sur ses pas. Les autres l'aident à remonter au sec.

— Qu'en dites-vous ? demande Charles.

— Je ne sais pas trop, répond-il en secouant ses bottes pour les égoutter. La première illusion qui protégeait ce tunnel était liée au vent, celle-ci pourrait être liée à l'eau.

Charles en conclut aussitôt :

— Nous serions donc bien à l'entrée du dédale !

— Il est trop tôt pour l'affirmer.

— Nous aurions pourtant déjà deux éléments que mentionne le témoignage de Loyola. L'air et l'eau.

— C'est une possibilité...

— Vous ne semblez pas convaincu.

— J'ai vu la maîtrise avec laquelle ont été aménagées les bouches d'air qui produisaient ce faux hurlement.

Rien qu'en l'évoquant, il en frissonne encore.

— Et alors ?

— Leurs créateurs étaient à l'évidence en avance sur leur temps, sur bien des points. Alors je me méfie lorsque je vois ce tunnel plonger dans une mare. S'ils n'ont pas réussi à

nous effrayer avec leurs rugissements de monstre, quel sort comptent-ils nous infliger ici ?
　Les quatre hommes restent dubitatifs devant l'obstacle.
　— Méfie-toi de l'eau qui dort... fait Vincent, songeur.
　— Comment savoir ce qu'elle cache ?
　— En plongeant pour aller vérifier.

60

Alors que Vincent finit de retirer ses vêtements, l'un des ouvriers insiste :

— Vous devriez laisser l'un de nous y aller. C'est peut-être dangereux.

— Ça l'est certainement, mais je suis le plus à même de vérifier si un passage est possible. Merci de votre proposition.

Il tend ses frusques à Charles, qui s'inquiète :

— Soyez très prudent. Ne prenez aucun risque. Au moindre doute, n'insistez pas. Nous trouverons un autre moyen.

En caleçon long, il lui adresse un clin d'œil :

— En êtes-vous sûr ? N'avez-vous pas envie de savoir où ce tube conduit ?

— Bien évidemment.

— Moi aussi, alors je vais voir.

Il teste la température de l'eau du bout du pied et grimace.

— Elle paraît nettement plus fraîche au moment de s'y baigner...

Il s'avance, maintenu à bout de bras par un ouvrier qui l'empêche de glisser. Pas à pas, il progresse lentement. Il songe à ce que le liquide pourrait contenir de toxique, à ce que le fond pourrait receler de pièges. Il surveille même la voûte au-dessus de lui. Toute cette masse de roche, pour être inerte, n'en est pas moins menaçante.

Vincent a l'impression de s'engager dans une bouche béante, une gueule ouverte qui peut se refermer brutalement sur lui à chaque instant. Il a désormais de l'eau jusqu'à la poitrine. Plus personne ne le tient, il avance seul. Même s'il sait un peu nager, il n'est pas rassuré. L'eau froide l'oblige à respirer vite, comme si elle lui comprimait les côtes. Il se sert de son pied en éclaireur pour palper le sol et essayer d'anticiper toute mauvaise surprise.

— Vous sentez quelque chose ? demande Charles.

— Rien de spécial.

Maintenant immergé jusqu'au cou, il n'a presque plus pied et agite les bras pour se maintenir à la surface. Il va d'une paroi à l'autre pour tenter de sentir une aspérité ou un point d'accroche, mais ne détecte rien. Rien non plus au niveau du sol.

Il avance encore. Il n'ira pas plus loin sans s'immerger complètement. Sur la berge, ses compagnons ne le quittent pas des yeux. L'anxiété se lit sur leurs visages.

— C'est profond, leur lance-t-il, mais l'eau ne semble pas dangereuse. Je vais plonger.

Charles proteste, mais Cavel est décidé. Il prend une large inspiration, bloque ses poumons et disparaît. Ouvrir les yeux ne servirait à rien, l'eau est bien trop trouble et il fait trop sombre. Il s'enfonce. Les parois qu'il sent sous ses doigts sont identiques à celles du tunnel, marquées de coups de burin mais couvertes d'une fine couche de sédiments.

Cette section immergée ne présente aucune trace d'éboulis ni de roche brisée. Malgré son instinct qui le presse de remonter, Vincent se force à rester calme et à garder ses paupières closes. Il nage pour avancer dans le tunnel englouti. Le manque d'air commence à se faire sentir ; ses tempes battent au rythme de son cœur. Il n'a aucune idée de la distance qu'il aura encore à parcourir.

Tout à coup, sa main accroche quelque chose. Un barreau, du fer, massif et très résistant malgré les boursouflures de l'oxydation qu'il sent en le parcourant. Son autre main rencontre elle aussi une barre. Il vient de trouver une grille. Il pense aussitôt à celle qui l'a retenu prisonnier dans la cave. Un premier spasme vient lui rappeler qu'il est à court d'air. Il vient à peine de faire une découverte qu'il lui faut déjà remonter pour respirer. Il fait demi-tour, nage avec quelques mouvements désordonnés et émerge en inspirant violemment.

Charles l'appelle, lui demande de revenir. Les ouvriers lui tendent les mains pour le hisser, mais il ne les saisit pas.

— J'ai trouvé une grille, lâche-t-il dans un souffle. J'y retourne.

Il inspire et plonge à nouveau. Il touche les barreaux, en parcourt les limites. La grille obstrue la totalité du passage englouti. Il en tâte les bords pour repérer une éventuelle serrure. Aveugle, il cherche des gonds ou un moyen de levage, mais ne repère rien qui puisse le renseigner sur la façon dont elle s'ouvre. Avide de comprendre, Vincent risque une main à travers les barreaux, puis le bras. La grille l'arrête, mais l'eau, elle, passe librement. Il donnerait cher pour se glisser au-delà et voir où mène ce conduit. Ses mouvements lui demandent de plus en plus d'efforts. L'asphyxie le guette, il doit à nouveau rebrousser chemin.

Cette fois, il se résout à rejoindre le bord, rampant autant que nageant. Son immersion lui a demandé beaucoup d'énergie.

— Le tunnel continue, révèle-t-il, essoufflé. Mais le passage est bloqué par une grille, peut-être une herse.

— N'insistez pas, Vincent, tranche Charles.

L'un des ouvriers intervient :

— Je suis bon nageur, j'ai du souffle. Dites-moi ce que je dois chercher.

Vincent se redresse.

— Un moyen d'ouvrir ou de soulever cette grille. Je n'arrive pas à croire qu'elle soit fixe. Ce tunnel n'a pas pu être creusé pour conduire à un cul-de-sac...

Il peine à reprendre sa respiration. L'homme se dévêt, entre dans l'eau sans hésiter et se met aussitôt à nager pour éviter de glisser.

— Si je mets la main sur quelque chose, je reviens vous le décrire, et vous me direz quoi faire.

Vincent acquiesce. L'homme prend une spectaculaire inspiration et plonge.

61

N'ayant rien pour se sécher, Vincent a remis ses vêtements, qui lui collent à la peau. Sa mâchoire tremble et il frissonne, mais il est trop absorbé pour s'en soucier. À la lueur des lanternes, il scrute la surface de l'eau. De légers remous l'agitent, quelques bulles remontent parfois.

— S'il tarde trop, j'irai le chercher, souffle-t-il.

L'autre ouvrier tempère :

— Ne vous en faites pas, Baptiste sait ce qu'il fait. Il a du coffre.

Le gaillard refait en effet bientôt surface dans une gerbe d'eau.

— Alors ?

— Rien trouvé. Ni levier, ni poignée, mais peut-être qu'avec notre pied-de-biche...

Son comparse s'empresse de sortir l'outil de sa besace et le lui tend. Vincent l'avertit :

— Le fer ne m'a pas semblé affaibli...

— En prenant appui sur le fond, je vais tenter de faire levier pour soulever ou pousser la grille.

— Soyez prudent.

Pour toute réponse, l'homme lève la main, s'emplit les poumons d'air et replonge.

Pour ceux qui patientent dans le silence du tunnel, les secondes s'étirent et paraissent bien longues. Quelques ondulations de la surface trahissent parfois les mouvements de l'explorateur sous-marin.

L'homme ne devrait plus tarder à présent. Ils s'attendent à le voir revenir d'un moment à l'autre.

C'est alors qu'une brusque secousse ébranle le tunnel. Charles se rattrape au mur ; Vincent manque de glisser. Le roulement sourd ne cesse pas, et l'eau se met à bouillonner. Son niveau monte rapidement, et des remous de plus en plus puissants l'agitent. La mare s'est transformée en un océan déchaîné. Charles et l'ouvrier reculent, mais Vincent ne bouge pas.

— Bon sang, que se passe-t-il là-dessous ?

Une fissure apparaît tout à coup dans le plafond. Une fine poussière en tombe, puis un fragment de roche.

— Il faut qu'il revienne, s'exclame Vincent. Il va être broyé. J'y vais !

Avant que Charles n'ait eu le temps de l'en dissuader, un remous plus violent que les autres expulsent le corps du plongeur. Comme une gueule rejetant la carcasse de sa proie, la masse liquide vomit son visiteur. L'homme flotte sur le ventre, inerte, bras et jambes écartés, le visage dans l'eau.

Le bouillonnement du flot s'apaise peu à peu, le tonnerre sourd recule, mais le niveau ne baisse pas. Des volutes rougeâtres se répandent autour du malheureux.

— Baptiste, Baptiste ! répète son compagnon, qui s'acharne à le ranimer après l'avoir hissé à terre.

Le corps du pauvre bougre est lacéré de nombreuses entailles sanglantes. Si l'on en croit le nombre et la profondeur des blessures, le plongeur ne semble pas tant avoir été victime de l'éboulement que criblé de pointes.

Son complice ne se résout pas à le perdre. Il prend le corps dans ses bras et se lamente. Charles pose la main sur son épaule et lui parle doucement. L'homme secoue la tête, mais Charles parvient pourtant à l'apaiser et à le convaincre de reposer le cadavre.

— Il est trop tard. Je suis désolé.

Vincent ferme les paupières du mort. L'eau à nouveau étale est plus haute et plus trouble qu'auparavant. Elle s'est teintée du sang de sa victime. Vincent scrute ce qui reste du tunnel comme on dévisage le suspect d'un meurtre.

— Pauvre garçon, murmure Charles. A-t-il déclenché un piège, ou est-ce la structure trop vieille qui a cédé sous ses assauts ?

— On ne saura jamais ce qui l'a tué, mais une chose est sûre : ce passage-là est désormais condamné.

Charles acquiesce et se relève, la tête basse.

— Remontons la dépouille de notre ami à la surface.

62

Au cœur de la nuit qui couvre encore Paris, le convoi de fiacres chargés d'hommes roule à tombeau ouvert. Lancés à pleine vitesse, les attelages remontent rues et boulevards encore déserts dans le grand fracas des roues sur les pavés et du claquement des fouets des cochers qui maintiennent leurs chevaux au galop.

Dans la voiture de tête, Vincent surveille leur avancée avec anxiété. S'il est malheureusement trop tard pour l'ouvrier mystérieusement mort dans le tunnel, lui n'a pas une seconde à perdre.

Lorsqu'ils ont débouché à l'air libre avec le corps du malheureux, une épouvantable nouvelle l'attendait. Un des cochers affectés à la protection de la pension est venu les avertir qu'une autre attaque avait eu lieu. Tous les hommes disponibles avaient alors été envoyés sur place.

Les bêtes peinent mais ne ralentissent pas. La rue de Rochechouart est suffisamment rectiligne pour leur permettre de garder le rythme. Charles s'efforce de rester impassible afin de ne pas ajouter aux tourments de son compagnon.

À mesure que la butte se profile, Vincent s'impatiente. Tout ce qu'il s'était imaginé de pire est en train de se produire. Gabrielle avait vu juste : les complices d'Alfred

Minguier n'ont pas tardé à venir les débusquer. Ces voyous n'ont même pas attendu qu'ils s'aventurent dehors. Après les agressions sournoises, leur nouveau mot d'ordre semble être d'attaquer frontalement, violemment.

Alors que leur cheval donne tout pour rallier le nord de la butte, Vincent joint les mains et, sans même s'en rendre compte, se met à prier. Il ne l'avait jamais fait autrement que pour obéir à sa mère. Cette fois, c'est différent. Il ne sait pas à qui il s'adresse, mais il espère que quelqu'un l'entendra. Il a besoin d'aide, non pas pour lui mais pour les siens. Il prie pour que les cochers soient intervenus assez tôt, il prie pour que Konrad fasse mouche, pour qu'Eustasio soit en mesure de protéger Henri, pour que Pierre puisse se mettre à l'abri avec Gabrielle.

Au moment où le convoi s'engouffre depuis la rue Custine dans la rue Caulaincourt, Vincent aperçoit au loin une sinistre lueur rougeoyante. Ses mains se crispent sur la portière. Tandis qu'ils s'approchent à folle allure, il distingue une colonne de fumée qui s'élève, emportant des tourbillons de braises vers les étoiles. Vincent se penche au-dehors pour mieux voir. Il va jusqu'à espérer que le malheur ait frappé ailleurs que chez lui, mais ce qu'il découvre ne lui laisse aucune illusion.

La pension est en flammes. Les chariots rouges des pompiers encombrent la rue. On perçoit la chaleur, même de loin. Des sapeurs s'activent à arroser l'incendie avec leurs pompes à bras, mais leurs jets semblent dérisoires face à l'ampleur du brasier. Même la pompe à vapeur venue en renfort ne domine pas les flammes.

Le fiacre n'est pas encore arrêté que Vincent a déjà sauté pour se précipiter vers le sinistre.

Le feu dévore la maison dans un vagissement effrayant. Tous les étages sont la proie des flammes. S'échappant par ce qu'il reste des fenêtres, elles lèchent la façade. Une portion du plancher du premier étage s'effondre sous ses yeux dans un vacarme infernal. Le quartier entier est baigné d'une lueur orangée surnaturelle, et la fournaise est si intense que les chevaux des sapeurs ont été éloignés du périmètre de sécurité.

Cavel se fraye un chemin parmi le voisinage tiré du lit qui contemple le désastre, effaré. Les pompiers savent que le bâtiment est perdu et ne peuvent désormais qu'arroser les maisons voisines pour éviter qu'elles ne s'embrasent à leur tour.

Vincent ne se soucie pas de ce qui brûle, il est fou d'inquiétude en pensant aux siens. Il les cherche fébrilement parmi la foule. Partout, des visages stupéfaits, mais aucun qu'il reconnaisse. Il ne va pas rester là à attendre qu'on lui apporte d'autres corps, il ira lui-même arracher les siens à cet enfer. Ni la chaleur ni le danger ne l'en empêcheront. Le voilà qui s'élance, qui traverse le cordon mis en place, évitant les pompiers. Cramponnés à leurs tuyaux, ceux-ci lui hurlent :

— Recule, tu vas brûler vif !
— Fiche le camp !

Vincent n'écoute rien. Il appelle de toutes ses forces :

— Pierre ! Henri !

Le sifflement et les craquements de la maison en feu couvrent sa voix. Ses yeux se remplissent de larmes. La fumée l'empêche de respirer, la chaleur lui brûle la peau et les poumons. Contre son gré, il recule. Il ne sait plus que faire, où aller. Désorienté, il revient sur ses pas, avant de repartir au front dans un élan désespéré. Il ne distingue rien. Il ne reconnaît plus ce qui fut leur maison. Au dernier étage, là où Henri s'est endormi, les ultimes lambeaux des rideaux se consument en flottant dans le vent brûlant.

Un pompier saisit Vincent par le bras.

— Faut pas rester là, le pignon risque de s'écrouler !

Un cocher le rejoint et prend le relais.

— Laissez, je vais m'occuper de lui. C'était sa maison…

Le pompier le libère avec une tape d'encouragement sur l'épaule. Hagard, Vincent est incapable de résister. Il n'a plus la force de rien. Il se retourne une dernière fois vers ce qui fut son foyer, torturé par le sort funeste qui a frappé sa seule famille.

Le cocher l'entraîne derrière la foule qui se masse, toujours plus nombreuse. Pour Vincent, tout est fini.

Un bras l'enlace soudain, puis un autre. Une voix prononce son nom.

— Vincent !

C'est Pierre ! Vincent n'arrive pas à y croire. Pierre est vivant ! Henri aussi ! Le garçon se jette sur lui. Vincent les prend tous les deux dans ses bras, ils lui rendent son étreinte avec ardeur. Konrad et Eustasio sont là eux aussi, et Gabrielle !

Vincent les regarde tous, encore incrédule. Est-ce vraiment eux, ou bien leurs fantômes qui le hantent déjà pour lui reprocher de les avoir abandonnés ? Il suffoque, à cause de la fumée et de l'émotion. Il les dévisage un par un. Prenant peu à peu conscience qu'ils sont bel et bien là, vivants, devant lui, il se met cette fois à pleurer à chaudes larmes. Il titube entre eux, les touche encore et encore. Il finit par étreindre Gabrielle, qu'il garde contre lui sans prononcer une parole.

Charles les rejoint à son tour. Même s'il ne l'a jamais rencontré, Pierre le reconnaît au premier regard.

— C'est à vos hommes, monsieur, que nous devons la vie.

— J'en suis heureux.

Les deux hommes se serrent la main.

— Aucune victime à déplorer ? demande Adinson en désignant le bâtiment embrasé.

— Il s'en est fallu de peu.

— Que s'est-il passé ?

— Nous étions endormis, raconte Pierre, lorsque des inconnus ont jeté des bouteilles incendiaires à travers les fenêtres. Le feu a pris aussitôt et s'est répandu très vite. Si ceux qui surveillaient notre maison n'avaient pas donné l'alerte, nous aurions certainement été piégés dans les étages par les flammes.

— Mon Dieu...

— Quand nous sommes descendus, précise Konrad, la cage d'escalier était déjà irrespirable et les marches brûlaient.

— Un de vos hommes a risqué sa vie pour venir nous sortir du lit, ajoute Pierre. Je ne m'étais même pas réveillé...

La foule s'écarte pour laisser passer d'autres attelages de sapeurs-pompiers qui arrivent en renfort. Un chef de brigade hurle à la cantonade :

— Apportez de l'eau, faites la chaîne avec des seaux, sinon c'est toute la rue qui partira en fumée !

Dans une clameur affolée, les badauds se mettent en mouvement et s'organisent. On récupère tous les récipients possibles, seaux, brocs, pots, bassines, et une longue chaîne se met en place depuis la fontaine de l'angle de la rue Lamarck.

Charles demande aux cochers :

— Qui d'entre vous était présent lorsque c'est arrivé ?

— Moi, monsieur, répond l'un d'eux.

— Combien d'incendiaires ?

— Cinq. Trois par l'avant et deux par l'arrière. Étant donné leurs armes et leur façon d'opérer, ils comptaient certainement faire sortir les occupants grâce au feu pour les exécuter dès qu'ils seraient dehors. Nous nous sommes interposés. Ils ne s'attendaient pas à nous trouver là. Nous avons eu l'avantage de la surprise.

— Et où sont-ils maintenant ?

— Quatre sont morts, et le dernier est entre nos mains, amoché mais vivant.

— Assurez-vous qu'il ne se suicide pas. C'est essentiel. Nous avons quelques questions à lui poser. En attendant, tous ceux qui vivaient dans cette pension doivent disparaître quelque temps. Je vais les envoyer là où personne ne pourra les trouver. Préparez discrètement une voiture.

63

Dérangé dans son sommeil par le jour qui filtre à travers ses paupières, Pierre se retourne, décidé à se rendormir. Il a fait cette nuit des rêves épouvantables. Il tire la couverture pour se protéger... et sent que ses pieds se retrouvent à l'air. Dans quel état son lit doit-il être ! Dans son demi-sommeil, le chant des oiseaux lui parvient distinctement, quelques voix lointaines également, mais le plus surprenant reste assurément ces craquements de bois ponctuels, comme ceux d'une charpente qui chauffe au soleil. Son subconscient ne reconnaît pas l'atmosphère habituelle de son cadre de vie. Le cerveau se met alors en route. L'air est frais, ses pieds découverts le confirment. Il est baigné de lumière. Il pourrait même être allongé dehors.

Pierre ouvre laborieusement les yeux. Une petite pièce, tout en bois. Il est allongé dans une roulotte ! Le voilà tout à coup complètement éveillé parce que tout lui revient brutalement.

Il se redresse, assailli d'images : la pension en feu, le cocher qui le guide à travers la fumée, le sang-froid de Gabrielle lorsqu'il la réveille, l'incendie qui s'étend dans la maison, les retrouvailles avec son frère, puis cette fuite au-delà de Paris pour arriver dans un lieu improbable où des gens étranges rient et boivent, dansent et s'embrassent, dans une ambiance irréelle. Il ne s'agissait en aucun cas de rêves.

Pierre bascule ses jambes hors de l'étroite couchette et reste assis au bord. Il prend sa tête à deux mains pour l'empêcher d'exploser. Puis il se lève, se cogne à plusieurs reprises dans la roulotte exiguë qui tangue quand il se déplace. Enfin, il sort sur le balcon de bois branlant et place ses mains en visière. Ses yeux peinent à s'adapter à la clarté du petit matin.

D'un bleu délavé, sa roulotte est installée sur une butte parmi une demi-douzaine d'autres, dominant un étrange complexe fait de baraques bricolées autour d'une vaste place centrale. Bien que les tables réparties au petit bonheur, les chaises en désordre et même les chopes posées çà et là témoignent d'une intense activité certainement récente, l'endroit est complètement désert. Les buvettes ont été laissées en l'état, avec des buffets servant de support aux tonneaux et des comptoirs encore couverts de pichets et de gobelets, comme si ceux qui s'y abreuvaient s'étaient soudain volatilisés. Pierre reconnaît à peine le lieu grouillant de vie qu'il a traversé en pleine nuit quelques heures plus tôt. Où est passée cette foule exubérante parmi laquelle leur escorte de cochers avait été obligée de leur ouvrir la voie ?

Au loin, au-delà des roulottes et des bois qui les bordent, Pierre finit par distinguer la pointe de la tour Eiffel. S'il se fie à la position du soleil, ils ont donc été évacués dans la campagne quelque part au sud de Paris. Le déroulé de la nuit lui revient progressivement. Il jette un œil aux cahutes voisines. De la troisième s'élèvent de forts ronflements : sans le moindre doute ceux de Konrad. Ce matin, il est heureux de les entendre.

De l'autre côté, il découvre un homme chauve, de haute taille, qui le fixe de ses yeux verts. Le colosse est tranquillement assis, jambes tendues, les pieds sur sa balustrade.

— Bien dormi ? demande le gaillard.

Pierre ne sait pas quoi répondre. Il n'a jamais vu cet homme, il ne le connaît pas. C'est un géant, et la peau de ses bras est tatouée de motifs qui l'impressionnent. Une croix, des flammes, un bateau, une femme nue dont le visage est une fleur, et une tête de mort. Curieux mélange.

L'inconnu se lève. Il est encore plus grand que Pierre ne l'imaginait. Le jeune homme se demande s'il doit fuir ou lui tendre la main, mais le géant se détourne et se plie en deux pour rentrer dans sa roulotte. Pierre s'interroge encore lorsqu'il ressort presque aussitôt avec deux tasses en métal et une cafetière cabossée dont l'émail a sauté.

— Un café ? Je le fais à la turque.

Pierre remercie d'un mouvement de tête et saisit le gobelet chaud. L'homme fait mine de trinquer et avale le sien d'un trait. Pierre désigne la place désertée en contrebas.

— Il n'y avait pas une fête ici cette nuit ? Où sont les gens ?

Le colosse hausse les épaules.

— À cette heure-ci, Dieu seul sait ce qu'ils font. Par contre, ils reviendront ce soir.

— Où sommes-nous ?

— Ici, mon garçon, on ne pose pas de question. Je ne vais pas te demander pourquoi toi et ta bande êtes arrivés en pleine nuit, couverts de suie et protégés comme les vierges du grand sultan. Toi, tu ne m'interrogeras pas non plus, pas plus que ceux que tu croiseras malgré ce qu'ils pourront avoir de surprenant. Et crois-moi, tu vas rencontrer de drôles d'énergumènes… Alors, toi et tes amis vivrez en paix, et rien ne vous arrivera.

— Compris. Je dois quand même vous avertir que nous sommes pourchassés par des meurtriers qui n'hésitent ni à tuer, ni à mettre le feu aux maisons.

L'homme ne bronche pas. Il s'approche tout près. Pierre recule d'un pas, mais se trouve malgré tout obligé de lever la tête pour continuer à regarder son interlocuteur en face, tant il est grand.

— J'ignore ton histoire, et j'ignore même ton nom, mais je peux te garantir que personne ne vous fera d'ennuis ici.

Le géant se penche et ajoute :

— Voilà six ans que je me suis évadé du bagne, et personne n'a jamais réussi à remettre la main sur moi.

— Notez bien que je ne vous ai pas posé de question...

L'homme sourit et désigne les roulottes d'un coup de menton.

— Ceux qui échouent ici ont tous une bonne raison d'échapper au monde. Ce n'est pas pour rien que l'on surnomme ces cabanes « les ambassades ».

— Les ambassades ?

— Un petit bout de terre qui n'appartient pas au pays qui l'entoure. Une île dans l'océan. Je te le répète, ici vous ne risquez rien.

Pierre contemple la vue et avale une gorgée de café. Il s'étrangle. C'est infect, trop sucré, et surtout trop fort et plein de marc.

— À la turque... rigole son nouveau compagnon. À propos, je m'appelle Victor.

Une des roulottes s'agite. Quelqu'un bouge à l'intérieur. Vincent ne tarde pas à sortir sur le seuil, ébloui lui aussi. Heureusement que la rambarde l'arrête, sinon il aurait pu dévaler la pente jusqu'en bas. Pierre voit se refléter sur son visage l'incrédulité qui a dû s'afficher sur le sien lorsqu'il a découvert le décor.

Vincent cligne des yeux, puis repère son frère et le colosse, qu'il salue.

— Déjà levé, Pierre ?

— Le soleil m'a tiré du lit.

Vincent se frictionne le visage pour achever de se réveiller. Le géant lui glisse :

— La salle de bains, c'est derrière, au bord de la rivière. La plus grande de Paris ! Pas d'eau chaude, j'en ai peur. Une précision toutefois : ne traversez jamais le cours d'eau, nous ne sommes chez nous que jusqu'à la moitié. Sur l'autre rive, c'est le territoire des bohémiens, et ils n'apprécient pas qu'on les dérange.

— Entendu, répond Vincent.

Pierre se rapproche de son frère et glisse en aparté :

— Sais-tu où nous sommes ?

— En sécurité, d'après Charles. C'est tout ce qui m'importe après ce que nous avons subi. Hier soir, il nous a confiés aux bons soins de ce grand costaud.

— C'est un endroit bizarre... Ce type aussi est bizarre. Ne bois surtout pas son café.

— En ce moment, Pierre, tout est bizarre. Contentons-nous de survivre en attendant mieux. Tu vas rester ici et t'organiser avec les autres. Ne sortez pas de ce campement. Je dois aller retrouver Charles.

64

Avant de pénétrer dans la cellule, Adinson adresse une dernière requête à Vincent.

— Quelle que soit votre colère envers cet homme, ne la laissez pas dicter votre comportement. Nous ne cherchons pas à le punir, encore moins à nous venger. Notre unique but est d'en obtenir des réponses. Quoi qu'il advienne, ne l'oubliez pas.

Vincent hoche la tête sans conviction. Adinson bombe le torse et ouvre la porte.

Dans la petite salle aux murs nus et sans fenêtre, le prisonnier est allongé sur le dos sur une paillasse, pieds et poings solidement liés. Deux hommes le surveillent sans dire un mot. Sur une table voisine ont été disposés des outils tranchants, une dague et des jarres remplies d'eau. Au plafond, bien en face du détenu, est accrochée une corde avec un nœud de pendu. Tout a été mis en scène pour que le captif s'attende à être torturé. Le seul supplice qui lui a cependant été infligé jusque-là a été de recevoir une louche d'eau froide sur le visage chaque fois qu'il s'endormait.

Charles s'avance. L'homme ne semble pas effrayé outre mesure. On devine même une certaine bravade dans son attitude. Il tourne son regard vers Adinson et ne cherche même pas à reculer en le voyant approcher.

— Pour qui travaillez-vous ? attaque Charles d'emblée.
— Je ne sais rien, répond l'homme froidement. J'ai été payé pour un boulot, et c'est tout.
— Mettre le feu aux habitations pour assassiner les gens, ce n'est pas un boulot. Je vous le demande à nouveau : sur l'ordre de qui agissiez-vous ?

L'homme ne se donne même pas la peine de répondre.

— Vos complices sont morts, poursuit Charles, vous êtes le seul survivant. Vos méthodes indiquent que vous n'êtes pas des amateurs. Alors si vous voulez vous en sortir, je vous conseille de nous dire ce que vous savez.

— M'en sortir ? ricane l'inconnu. Si je parle, ils me tueront, et eux ne plaisantent pas.

— De qui parlez-vous ? Qui sont ces gens ?

Le prisonnier le fixe.

— Vous n'avez aucune idée de ce dont ils sont capables. Ils sont partout. Puisque nous avons échoué, ils enverront d'autres hommes qui, eux, réussiront...

Malgré sa situation vulnérable, l'homme semble encore éprouver de la fierté, voire un sentiment d'impunité. Comment le peut-il, comment peut-il se croire encore le plus fort alors qu'il est seul face à quatre hommes disposant d'ustensiles dont chacun peut lui coûter la vie ? Vincent serre les poings. Il a beau garder en mémoire l'avertissement de Charles, il est incapable de rester impassible face à l'attitude provocante de cet homme qui a voulu assassiner ses proches.

Il s'avance calmement vers lui. Quelque chose lui souffle que ce vaurien ne parlera pas si l'on se borne à lui poser des questions. Il le scrute, l'étudie. L'autre se comporte comme un serpent venimeux que l'on s'apprête à capturer. Vincent ne compte ni se venger, ni le punir, mais il va quand même faire en sorte que l'incendiaire avoue tout ce qu'il sait.

Charles, lui, continue :

— Vous rendez-vous compte de ce que vous risquez ?

L'homme ne se démonte pas. À croire que les questions de Charles le confortent dans son comportement. Après tout, ceux qui l'ont capturé ne savent rien. Leur ignorance lui donne sans doute l'impression qu'il peut mener le jeu. Il fixe Adinson avec morgue.

— Vous m'avez attrapé, tant mieux pour vous. Vous allez me faire mal, je vais sûrement en crever. Ça m'est égal. Les forces auxquelles j'appartiens vous le feront payer tôt ou tard. Vous n'avez aucune idée de ce que vous affrontez.

Du menton, l'homme désigne les instruments de torture sur la table.

— Ce sont là vos moyens ? Voilà toutes vos armes ?

Il souffle avec mépris.

— Puisque vous voulez que je vous dise ce que je sais, je vais le faire. Cela tient en quelques mots : ceux que je sers seront vos maîtres d'ici peu, et ma mort n'y changera rien.

Cavel n'y tient plus. En un pas, il est sur l'homme, qu'il saisit à la gorge.

— Ici, tes maîtres ne peuvent rien pour toi, et s'ils étaient aussi puissants que tu le prétends, ils viendraient te sauver. Or je ne vois personne, ni pour épargner ton sang, ni pour t'éviter la corde…

Charles s'avance à son tour. Il brandit sa main ouverte à la face du criminel.

— J'ajoute, mon ami, que tu ne sais rien de nos pouvoirs…

À l'instant où il achève ces mots, ses doigts s'enflamment. Vincent recule ; le prisonnier s'affole. Avec calme, savourant l'effet produit, Adinson promène sa main en feu au ras du visage du prisonnier, qui a radicalement changé d'expression. Il n'y a plus de mépris dans le regard du tueur, seulement de la terreur.

— Tu vois, murmure Charles. Tu ignores toi aussi à qui tu t'es attaqué…

L'homme se tend dans ses liens pour échapper à Adinson. Sa respiration s'accélère. Il détourne le visage, se tord pour éviter les flammes qui le frôlent.

— Laissez-moi! implore-t-il. C'est impossible! Il n'y a que le Mage qui soit capable de ces sortilèges.

Charles se penche sur lui. Il prend son temps.

— Le mage? interroge-t-il en continuant de promener sa main miraculeusement enflammée.

Soudain, l'homme se ravise. Il ne détourne plus son regard, devenu celui d'un fanatique.

— C'est vous! Vous êtes le Mage! Vous me mettez à l'épreuve pour savoir si j'allais parler, mais je n'ai rien dit, je vous le jure! *Aurorae sacrum honorem! Aurorae sacrum honorem!* Je suis prêt à mourir pour vous servir!

Les doigts d'Adinson qui se consument se reflètent dans les yeux hallucinés du prisonnier.

— Je suis désolé pour toi, crapule, je ne suis pas ton mage. Et laisse-moi te confier un secret qui devrait te faire frémir: je connais le moyen de lire dans ton esprit, que tu le veuilles ou non.

L'homme pousse un cri étranglé et perd toute assurance. L'espoir de s'en remettre à celui qu'il vénère vient de s'effondrer. Il maudit Adinson.

— Vous êtes le diable...

— Peu importe le nom que tu me donnes, tu finiras par m'obéir.

Saisi d'une panique absolue, l'homme s'agite et se met à hurler. Il tire sur ses liens jusqu'à s'en déchirer la peau. Son visage devient écarlate, les veines de sa gorge et de son front saillent sous sa peau... Tout à coup, son corps retombe, inerte. Sa tête bascule sur le côté.

Un garde vérifie ses yeux et son pouls.

— Il s'est évanoui.

Charles se précipite alors vers la jarre d'eau pour y plonger sa main.

— Par tous les saints ! s'exclame-t-il. Je ne sais pas comment Jean-Eugène faisait pour tenir aussi longtemps pendant ses spectacles !

Vincent applaudit la performance. Adinson grogne de soulagement. Il ressort sa main rafraîchie et retire le gant couleur chair qui le protégeait de la mélasse inflammable.

— La manche de ma veste est fichue, bougonne-t-il. Et ce maudit gant n'arrête pas aussi bien la chaleur qu'il me l'avait assuré !

Cavel lui lance, amusé :

— Dites-moi, Charles, nous sommes nombreux à penser que vous êtes le diable. Quelque chose à confesser ?

65

Vincent écarte une planche de la palissade et se faufile derrière son frère. Il sent sa gorge se serrer : il redoute ce qu'il va découvrir.

Pour le moment, s'il se fie uniquement à ce qu'il voit autour de lui, il peut encore croire que rien n'a changé, mais ce n'est qu'une illusion. Il le sait. Le vieil entrepôt à grain a beau être dans son état habituel, une puissante odeur de brûlé flotte déjà dans l'air.

Par habitude, les deux hommes traversent l'endroit en évitant de laisser des traces derrière eux. Mais cela n'a plus d'importance aujourd'hui.

Lorsqu'ils débouchent côte à côte dans le jardin, ils s'immobilisent, saisis par la même vision. Le pignon arrière de la pension est encore debout, mais c'est l'unique vestige de leur ancienne demeure. Il est noirci, réduit à sa plus simple structure, comme une carcasse rongée jusqu'à l'os. Toiture, cloisons et planchers sont effondrés ou partis en fumée. Les fenêtres ne sont plus que des rectangles béants à travers lesquels on voit le ciel d'un bleu idéal.

Les oiseaux chantent. Leur joyeux pépiement a quelque chose d'incongru dans cette désolation. Sur le moment, Vincent leur envie cette capacité à accepter les choses simplement. Eux savent s'adapter aux circonstances, quelles qu'elles soient. Seul leur importe de rester fidèles à leur nature. S'il pleut, ils s'abritent et patientent. S'ils sentent un danger, ils s'éloignent. Si la tempête détruit leur nid, ils le rebâtissent. Continuer coûte que coûte, tant qu'ils en ont la force. Ce matin, ils gazouillent. Dans quelques jours, lorsque les murs auront refroidi, ils se poseront dessus. Ils finiront par nicher dans les brèches.

En détaillant les décombres de sa maison, Vincent se demande si un homme est capable de vivre selon ces principes. Est-ce faire preuve d'une profonde sagesse ou d'une incapacité absolue à changer les choses ?

La végétation est en grande partie roussie, témoignant de l'effarante température atteinte par le brasier. Pierre avance entre les herbes qui crissent, incrédule face au spectacle. Autour d'eux, tout n'est que ruines. Les deux frères ne se parlent pas, mais les regards qu'ils échangent en disent long sur leur désarroi.

La porte de derrière s'est effondrée. Il n'est plus nécessaire d'en maîtriser les mécanismes pour la franchir, il suffit de l'enjamber. Pierre montre à son frère la lourde charge qui s'est abattue dans le couloir. Est-ce le feu qui a détruit le piège, ou bien a-t-il été déclenché par l'un des assassins qui cherchaient à envahir la maison ? Son corps est peut-être en dessous, broyé et carbonisé. Ni l'un ni l'autre n'a envie de vérifier.

Vincent s'aventure dans le couloir encombré d'un enchevêtrement instable de poutres calcinées. Débris consumés, résidus d'enduits, pièces de métal déformées par la chaleur et cendres forment des amas qu'il escalade avec prudence. Le plus infime des restes témoigne de la violence de l'incendie. Les frères progressent douloureusement dans cet enfer dont certains déblais fument encore.

La cuisine est désormais à ciel ouvert. Seuls les murs en dur et le gros fourneau de fonte ont résisté à la fureur des flammes. Même l'évier s'est effondré sur lui-même. Il ne subsiste rien de la table ni des chaises. Le vase dans lequel Gabrielle aimait mettre des fleurs n'est plus là, pas plus que l'étagère sur laquelle elle le posait. Pierre se baisse et ramasse le fragment d'une assiette brisée. C'est peut-être celle dans laquelle il avait goûté la première pâtisserie de la jeune femme.

Vincent l'attend déjà devant la cheminée. C'est pour cela qu'ils sont venus.

Ils dégagent les pièces de bois noircies qui pourraient entraver le mouvement du mur. Fonctionnera-t-il encore ? Dans quel état sera leur cave ? Vincent introduit sa main dans le trou de la brique manquante. La suie recouvre tout. Les parois sont encore tièdes. Il déclenche le mécanisme. Dans un frottement plus rugueux que d'ordinaire, celui-ci produit son effet et le mur s'écarte. Il faut cependant l'aider sur la fin de sa course.

Les deux hommes s'engagent dans le passage, qu'ils prennent soin de refermer derrière eux. Ils descendent l'escalier en se préparant au pire. Ils s'attendent à un choc, mais ne peuvent imaginer quelle en sera l'ampleur.

Quand ils arrivent en bas, ils sont frappés de stupéfaction. Leur repaire est intact ! Ils n'en croient pas leurs yeux. La tragédie qui a ravagé la pension a épargné la partie souterraine. Tout est en place. La vénérable cave moyenâgeuse a parfaitement résisté, alors que le bâtiment reconstruit par-dessus n'existe plus. Rien, dans l'atelier, ne témoigne du drame qui s'est joué, si ce n'est la température légèrement plus élevée.

Incrédule, Vincent avance au hasard, comme dans un rêve, déambulant entre les ateliers. Pierre est obligé de palper les objets pour se convaincre qu'il n'est pas perdu dans un songe. Il pose la main sur l'étau de Konrad, soulève la pyrite restée sur la table centrale, soupèse un balancier de métal qu'il n'avait pas fini d'usiner.

— Tu l'as toujours dit, murmure-t-il, cette partie-là est la plus sûre...

Vincent avance droit vers un grand bahut dont il ouvre les portes. À l'intérieur : l'automate de l'immeuble conçu par Robert-Houdin que lui a légué l'horloger. Il ôte la housse de velours qui le protège, et remonte doucement la manivelle sur le côté.

Le cliquetis résonne tel qu'il l'a toujours fait, régulier, rassurant. Depuis la toute première fois, Vincent apprécie ce son familier, celui de la mécanique qui remplit l'office pour lequel elle a été conçue. Chaque rouage qui tourne, chaque cliquet qui s'enclenche porte la promesse que les choses vont se dérouler comme prévu, dans le délai voulu. Un idéal de maîtrise que la vie n'autorise jamais.

Pierre s'approche. Il n'a pas souvent eu l'occasion de voir fonctionner cette petite merveille, mais il sait ce qu'elle représente pour son frère. Il s'assoit par terre, comme un enfant qui s'apprête à assister à une représentation.

Quand il a fini de remonter le ressort, Vincent enfonce le poussoir de mise en route et vient s'installer à côté de son cadet.

La femme étend son linge, l'homme met son chapeau, le chat gambade sur le toit entre les deux cheminées. Ils n'ont pas changé, leur vie est restée la même. L'irruption des flammes qui dansent produit ce matin un drôle d'effet sur les deux frères. Pierre y voit des réminiscences de la catastrophe qu'il a vécue. Son regard se brouille. Il est bouleversé par le drame que l'animation réveille en lui. Pour Vincent, la réaction est plus profonde. Il fixe les flammes qui s'agitent, il voit l'attelage des pompiers qui arrive et la grande échelle qui se déplie. Ce prodige mécanique représente beaucoup pour lui, c'est le souvenir de maîtres qu'il admire, un lien réel avec un passé de plus en plus lointain, la manifestation du sentiment qui l'a conduit à devenir l'homme qu'il est aujourd'hui.

Les flammes disparaissent, l'attelage recule. Le pire est passé. L'immeuble miniature ne porte aucune trace du sinistre qui vient de s'y dérouler. La femme et l'homme reprennent leurs activités comme si de rien n'était. Le chat aussi. La réalité est bien différente pour Vincent et les siens.

Même après que l'automate a achevé son cycle, les deux garçons restent assis en silence. Vincent se laisse peu à peu envahir par une émotion qui le déborde. Pour la première fois, la magie de l'automate n'a pas opéré. Pour la première fois, il a regardé ce petit chef-d'œuvre sans y voir autre chose qu'une brillante mécanique dénuée de sens. Il en souffre. C'est un adieu à une part de lui-même. Le deuil d'une époque. Il n'a sans doute plus l'âge des illusions. Il sait trop de choses pour se contenter de ce qui ne fait qu'amuser. Il songe tout à coup au passage secret de la maison de Nicolas Flamel ; à celui, immergé, qui a coûté la vie à un homme. Ces mécaniques-là ne sont pas de simples démonstrations. Elles représentent bien plus qu'un tour de passe-passe destiné à divertir.

Vincent se lève. Avec déférence et tendresse, il replace la housse de velours sur l'automate et referme les portes du buffet. Finalement, ce petit spectacle lui aura offert une autre étincelle : en le regardant pour la dernière fois, il vient d'accepter de dire adieu à son passé pour se préparer à affronter l'avenir.

66

En fin d'après-midi apparaissent les premiers attelages branlants. Ils convergent vers la prairie, de plus en plus nombreux, venant de partout comme pour un rendez-vous secret. Ils arrivent par la route principale ou par les chemins de terre vallonnés qui serpentent à travers les champs, les vergers et les bois environnants. Tous se regroupent, aussi différents que les espèces animales ennemies qui s'autorisent une trêve pour se désaltérer autour du seul point d'eau d'un désert. Un point de ralliement sacré, attendu et respecté par chacun. Inclassables, indescriptibles, ces drôles d'équipages affichent un même entrain à se rassembler là. Charrettes de foire et attractions roulantes se parquent au hasard, les premiers arrivés seront les plus proches, créant une sorte de cité éphémère dont la place entourée de buvettes s'avère être l'épicentre.

Hommes et femmes souvent habillés – ou dévêtus – de façon extravagante remplissent peu à peu les tables. Ils s'interpellent, se saluent et trinquent déjà. Difficile de dire s'ils sont serveurs ou clients, tant ils peuvent d'une minute à l'autre se retrouver derrière les comptoirs à trimer comme des soutiers ou assis à siroter comme des princes. Il apparaît rapidement qu'il n'y a ici ni clients, ni patrons. Pas de rois, pas d'esclaves. Chacun est un peu des deux selon le moment, de bonne grâce. Aucun spectateur, seulement des bateleurs de tout poil réunis entre eux, présentant leurs propres numéros ou racontant leurs aventures à d'autres qui feront de même à leur tour.

Assis au sommet du talus, adossé à sa roulotte, Konrad observe le manège. Jamais il n'aurait imaginé qu'un tel lieu puisse exister. Lui et ses compagnons l'ont bien traversé hier soir, lorsqu'ils y ont été conduits, mais ils n'étaient pas en état de se rendre compte de la particularité de l'endroit. Diseuses de bonne aventure, jongleurs, nains et femmes à barbe échangent et rient ensemble. Tous ces phénomènes, ces animateurs de rue et ces troubadours se mélangent aux bonimenteurs, prédicateurs et autres charlatans. Après tout, ils font un peu le même métier : ils vivent de l'envie qu'ont les badauds de s'amuser ou de croire, en échange de quelques pièces.

Konrad s'attache à étudier chacun, fasciné et distrait par ce peuple de saltimbanques dont il ne soupçonnait rien. Depuis l'incendie de la pension, l'Allemand se montre étonnamment calme. Lui toujours si prompt à donner son avis se contente de rester assis, ne bougeant que si on l'y incite. À la pension, il était de loin le plus costaud, et son statut de colosse à la voix grave était une évidence dont chacun tenait compte. Mais ici, à côté du géant qui veille depuis sa roulotte voisine, il ressemblerait presque à un enfant. Beaucoup des points de repère qui le structuraient ont été remis en cause ces derniers jours.

La place centrale ne cesse de se remplir. Cette joyeuse pagaille ne s'organise qu'avec l'arrivée des premiers musiciens. Ce sont eux qui imposent le rythme du lieu, mais contrairement à ce qui se passe dans les établissements officiels, ils ne sont pas installés sur un podium mais répartis partout, selon leurs envies et les rencontres. Parfois, de loin, ils se répondent, échangent, soutenus par les convives qui, spontanément, reprennent en chœur les refrains populaires.

Il arrive même à certains de s'arrêter de jouer pour boire une chope ou discuter, mais il y en a toujours suffisamment qui s'accordent ensemble pour que l'ambiance soit assurée.

Henri émerge de sa roulotte en s'étirant. Il bâille, puis réagit aussitôt à l'animation qui s'intensifie.

— Que se passe-t-il ?

— Je n'en sais trop rien, répond Konrad, mais ça vaut le coup d'œil.

Le Clou s'appuie sur sa rambarde et découvre avec étonnement la surprenante population qui ne cesse de se déployer au fur et à mesure que le jour décline.

— On dirait les mêmes qu'hier soir. Mais où étaient-ils dans la journée ?

Victor le géant se mêle à la conversation.

— Ils étaient à Paris, explique-t-il, en train de gagner leur pain. Certains y sont encore et arriveront plus tard.

Le menuisier avertit Henri :

— Je ne suis pas sûr que ce qui se passe dans ces parages soit un spectacle convenable pour une jeune âme.

— Je ne suis plus un gamin, rétorque le Clou, bravache. Tu sais, j'ai déjà vu une fille entièrement nue !

Konrad se tourne vers lui, curieux.

— Bravo, mon garçon ! Et de quand date ce miracle ?

— Cet après-midi, à la rivière, derrière... Les filles s'y baignaient.

Le garçon rougit, ce qui amuse Konrad. L'animation sur la place attire à nouveau leur attention. Des centaines de petites lueurs émaillent désormais cet endroit étrange et grouillant. Chacune des lanternes détache de la pénombre un visage, une scène, ou un événement de ce curieux kaléidoscope. Une femme exécute un tour de cartes devant une paire d'arlequins habillés exactement de la même façon. Deux hommes dansent, tendrement enlacés, encouragés par des femmes dont, même d'aussi loin, on peut apercevoir les dentelles. Un homme qui n'a qu'un bras a amené son cheval à table et lui commande une bière servie dans une écuelle.

Victor le géant s'approche de Konrad et lui glisse :

— Sacré spectacle, pas vrai ?

L'Allemand hoche la tête en signe d'approbation. Le gardien des ambassades confie :

— Voilà des années que je suis arrivé, et je reste aussi surpris chaque fois que la nuit tombe. Qu'il pleuve, qu'il neige, qu'il vente, ils rappliquent tous, et le cirque recommence. On ne retrouve jamais tout à fait les mêmes, certains ne viennent que de temps en temps, mais il y a toujours bien assez de monde pour que l'on ne s'ennuie pas.

— Qui sont ces gens ?

— Ceux que Paris ne tolère que pour divertir son peuple. Le jour, ils sont à chaque coin de rue, dans les squares, devant les gares ou au pied des églises. Grâce à cette bande de mécréants, les citadins réveillent leurs instincts les plus sauvages ou leurs rêves enfantins. Les bourgeois adorent leurs tours et leur jettent quelques piécettes. Mais lorsque vient le soir, plus personne ne souhaite les voir traîner dans son quartier. Considérés comme de sympathiques attractions au soleil, ils deviennent des voleurs sous la lune. Sitôt la fin du jour, ils sont chassés au-delà des enceintes.

Konrad reste songeur.

— Je ne m'étais jamais demandé ce que devenaient les camelots une fois leurs étals repliés…

— Certains trouvent un abri de fortune en ville, mais beaucoup viennent ici. La police leur fait encore plus la chasse depuis l'ouverture de l'Exposition. Ces créatures marginales ne correspondent pas à l'image que la capitale veut offrir d'elle-même. Alors le soir, ils se retrouvent entre eux, s'apprennent leurs tours, se confient les ficelles de métiers que l'on n'apprend dans aucune école.

— Pour sûr, commente Henri, ce n'est pas comme à l'Exposition universelle, mais j'aime bien.

— Ici, pas d'inventions ou de machines futuristes, explique le géant, seulement des hommes et des femmes. Pas de beaux costumes ni de manières artificielles, mais la vérité de ce que nous sommes, humains, libres et sans fard. Tout ce qui compte, c'est ce que tu sais faire, et l'effet que cela produit sur les autres.

Konrad vient d'apercevoir Pierre, qui revient enfin. Vincent n'est pas avec lui. Le menuisier pose la main sur le bras d'Henri, dont l'attention est plutôt concentrée sur les jeunes femmes qui dansent en lançant leur jambe en l'air et en faisant voler leurs jupons.

— Préviens Gabrielle, je descends à sa rencontre.

67

— Mon frère et moi sommes passés à la pension ce matin. Enfin, ce qu'il en reste...
Charles Adinson cesse de classer ses notes et relève le visage.
— Était-il nécessaire de vous infliger cela ?
— Nous avions besoin de vérifier par nous-mêmes. Il ne reste rien des étages, mais nos ateliers dans la cave en ont réchappé.
— Excellente nouvelle !
— Je me le demande...
— Quelle surprenante réaction... N'en êtes-vous pas heureux ?
— Peut-être aurait-il été préférable que tout disparaisse pour de bon. Nos archives, tous ces souvenirs, tout ce qui faisait notre vie d'avant. Tourner la page...
Charles pose ses documents et se redresse.
— Pourquoi souhaiteriez-vous cela ? N'espérez-vous pas, vous et les vôtres, reprendre un jour une vie normale ?
— Une vie normale ? Si par là vous entendez une vie insouciante, j'ai bien peur qu'il ne soit trop tard. En tout cas pour moi. Mes compagnons ont peut-être une chance d'oublier ; après tout, ils ont survécu et ne savent pas tout. Mais pour ma part...

Cavel marque une pause et secoue la tête.

— Non vraiment, il me paraît impensable de reprendre comme avant, comme si de rien n'était. Je vous ai rencontré, Charles, et vous m'avez ouvert les yeux sur ceux que je croyais connaître. J'ai pris conscience des véritables idéaux qui animaient Étienne Begel et Jean-Eugène Robert-Houdin. J'ai pénétré dans l'envers du décor. Je commence à entrevoir que ce que je prenais pour un don était en fait la marque d'un engagement absolu. Avec vous, j'ai découvert une réalité qui me fascine et m'attire. Ces passages secrets, ce sanctuaire enfoui... Si nous ne le trouvons pas, je sais déjà que je ne cesserai jamais de vouloir le chercher. Vous m'aviez prévenu : une fois certains savoirs révélés, il n'est plus possible de vivre sans s'y consacrer. Qu'aurais-je à faire de plus important ? Si nous le localisons, qui sait ce qu'il contiendra ? Vous le voyez, quoi qu'il advienne, retourner à ma vie précédente ne me semble pas une option.

Adinson croise les bras en écoutant son cadet.

— De toute façon, ajoute celui-ci, ceux qui veulent nous éliminer ne nous laisseront jamais tranquilles. Pourquoi le feraient-ils ?

— Je n'ai pas de réponse simple à vous offrir.

— Sans doute disposaient-ils d'observateurs hier soir, pendant l'incendie. Ils n'auront pas manqué de repérer Konrad et Eustasio et de constater qu'ils sont bien vivants. Nous n'avons même plus cet atout dans notre manche.

— Les vôtres sont à l'abri dans ce camp de saltimbanques, je vous l'assure. Personne n'aura l'idée d'aller les chercher là-bas, et quand bien même, une armée ne suffirait pas à forcer cette communauté.

— Ils n'y séjourneront pas indéfiniment. Nous en avons déjà parlé, Charles, mon seul souhait est de leur offrir une vie heureuse. Ce sont des hommes bien. Ils la méritent. Même si cela risque de me priver d'eux.

En prononçant cette dernière phrase, la voix de Vincent s'est faite plus grave. Adinson devine tout ce que traduit cette inflexion. Il prend soin de choisir ses mots avant de formuler sa réponse.

— Ces derniers jours n'ont pas été faciles. Vous avez été confronté à tant d'événements déstabilisants... Vous êtes épuisé. N'importe qui le serait. Laissez-vous le temps. Vous n'êtes pas seul, Vincent. Nous nous connaissons désormais un peu mieux, suffisamment pour que vous sachiez que vous pouvez compter sur moi.

— J'apprécie, Charles. Merci beaucoup.

Adinson consulte sa montre et ajoute :

— D'autant que nous avons encore quelques cartes à jouer. Voulez-vous venir avec moi ? Je dois aller réinterroger notre prisonnier. J'ai le sentiment qu'il n'a pas tout dit. Puisqu'il semble si sensible à la magie, je me suis dit que les tours de Jean-Eugène pouvaient encore nous être utiles...

68

Depuis qu'il a vu la main en feu, le captif a complètement changé d'attitude. Il semble désormais craindre tout et tout le monde. Alors que deux gardiens le traînent, ligoté sur une planche, un sac de toile sur la tête, il ne cesse de supplier :

— Laissez-moi. Où m'emmenez-vous ?

Aucun des hommes ne lui répond. Au fil des couloirs, ils l'amènent dans une salle bien plus vaste, aménagée pour le nouvel interrogatoire. Toujours entravé, le prisonnier est redressé et maintenu immobile dans un silence absolu. Le sac encore sur le crâne, il tourne la tête dans tous les sens pour tenter d'entendre.

Adinson s'approche alors de lui sans un bruit et murmure à son oreille :

— Votre destin est sur le point de basculer…

En reconnaissant la voix de l'homme aux pouvoirs diaboliques, le prisonnier tressaille et se recroqueville dans ses liens. Il geint – une plainte pitoyable d'animal terrorisé. Vincent se tient en retrait. Il a du mal à reconnaître celui qui, la veille encore, leur tenait tête. Comment ce minable petit voyou a-t-il pu se montrer si dangereux ?

— Qu'allez-vous me faire ?

Sa voix tremble. Il halète sous la cagoule. Charles la lui retire soudain d'un geste brusque. Il plisse les paupières, puis jette des coups d'œil affolés autour de lui. Il s'arrête sur Adinson.

— Pitié, je ne sais rien !

Chacun des gestes de Charles l'effraie : il craint plus que tout d'être à nouveau la cible d'un sortilège. Adinson prend son temps.

— En êtes-vous certain ?

— Sur la tombe de mon père, je vous le jure !

— Respectez sa mémoire, il n'approuverait sans doute pas ce que vous avez commis.

— Vous pouvez lire dans mon esprit, je m'en fiche, vous verrez que je ne sais rien.

— Alors vous ne m'êtes plus d'aucune utilité.

Adinson recule et, dans un mouvement théâtral, arrache le voile qui recouvrait une superbe guillotine.

Le captif se tétanise.

— Vous allez m'exécuter ! glapit-il.

— N'est-ce pas ce que vous comptiez faire à des innocents ? Qu'aviez-vous à leur reprocher ?

— On nous en avait donné l'ordre !

— Vous obéissez ainsi sans savoir pourquoi ?

— Ils étaient des ennemis de notre cause !

— Une cause dont vous ne savez pas grand-chose...

— Je vous en prie, libérez-moi, je ne suis rien, je n'ai fait qu'obéir !

L'homme ferme les yeux et psalmodie pour lui-même :

— *Aurorae sacrum honorem, Aurorae sacrum honorem...*

Charles tourne autour de lui lentement, tel un loup qui s'apprête à achever sa proie agonisante.

— Hier, vous étiez le glorieux soldat d'un pouvoir absolu capable de nous réduire en cendres, et aujourd'hui vous n'êtes que l'insignifiant rouage d'une organisation dont vous ne savez rien...

Charles fait signe à l'un des gardiens, qui va alors disposer un chou sur le plateau de la guillotine. Une fois le légume calé, il recule pour se tenir prêt à déclencher la machine à tuer.

Le prisonnier ne quitte pas des yeux l'instrument de mort. Au signe de tête de Charles, l'homme tire sur la cordelette, qui libère la lame du portique. Dans un sinistre sifflement, le métal s'abat pour venir frapper violemment le chou qui vole, tranché en deux moitiés bien nettes.

Le captif ferme les yeux. Il tremble de tous ses membres. Charles se replace face à lui.

— Puisque vous n'avez rien à me dire, je n'ai aucune raison de vous garder.

— Je vous en supplie, pitié !

L'un des gardiens remonte la lame au sommet du support. En se déplaçant le long de son rail, le métal produit un crissement à faire frémir un innocent. Le loquet de blocage se réarme dans un déclic.

Satisfait, il vient ensuite prêter main-forte à son collègue. Tous deux empoignent fermement la planche sur laquelle est ligoté le misérable, et la remorquent jusqu'à l'échafaud. Le bougre tente de se débattre, mais ses liens l'en empêchent. Plus il gesticule, plus ils mordent sa chair. Contrairement à l'usage charitable, il a été allongé sur le dos, de sorte qu'il aura tout loisir de voir le tranchant fondre sur son cou.

Alors qu'on le fixe au plateau, il s'écrie :

— Non ! Pour l'amour du ciel !

— N'invoquez pas ce que vous avez trahi au moment d'en finir.

Les gardiens s'écartent, Adinson saisit la cordelette. Le condamné pleure, hoquette, s'étrangle. Charles n'a pas peur de soutenir son regard. Alors qu'il s'apprête à tirer sur le déclencheur, le condamné s'écrie :

— Je sais des choses !

— N'inventez rien, mon ami, je crois que vous m'avez tout dit. Inutile de prolonger ce moment pénible.

— Attendez ! Je n'ai vu le Mage qu'une seule fois, mais je ne me souviens plus où c'était.
— Dommage pour vous.
— C'était un cabaret, mais ce n'est qu'une façade. C'est là qu'il reçoit.
Charles assure fermement sa prise sur la cordelette.
— Ne vous en faites pas, nous trouverons. Reposez en paix, et que le Très-Haut vous accorde Son pardon...
La cordelette se tend. Le prisonnier panique et hurle :
— Le Chat Noir, c'est au Chat Noir !
Adinson tire un coup sec ; la lame s'abat. Les yeux fous, l'homme voit la lourde lame se décrocher et foncer vers lui. Il pousse un cri horrible... qui se prolonge bien après que la lame truquée l'a épargné.

69

La rivière serpente entre les berges herbeuses plantées de pommiers sauvages. Avec la fin du jour, les oiseaux se sont tus et les grillons ont pris le relais. Le décor bucolique, agrémenté du fil sonore de l'eau, forme un écrin apaisant. Dans la brise nocturne, les massifs de roseaux ondulent légèrement ; le souffle du vent fait bruisser doucement leurs feuilles sèches. La température de cette soirée printanière s'annonce clémente.

Gabrielle a préféré attendre que l'endroit soit déserté pour venir s'y baigner. Pierre l'escorte tout en conservant une distance respectueuse ; il se contente de surveiller les abords.

Sur la rive d'en face, le grand feu que les bohémiens ont allumé au centre de leur campement illumine la nuit. Leurs silhouettes se découpent dans la lueur des flammes dansantes. Des paroles indistinctes et quelques accords de violon s'échappent de leur assemblée.

S'étant trouvé un coin tranquille au creux des herbes hautes, Gabrielle ôte ses vêtements et les dépose sur les branches basses d'un arbre. Pierre perçoit le froissement du tissu, mais évite scrupuleusement de regarder dans sa direction.

La jeune femme dénudée s'avance dans le flot. La fraîcheur de l'eau lui arrache un petit cri.

— Tout va bien ? lui demande son chevalier servant.

— Ça va être un bain glacé, mais peu m'importe. J'ai tellement hâte de me sentir propre. Je n'en peux plus de cette suie...

Pierre l'entend se glisser dans l'eau. Il identifie les mouvements de ses bras, ceux de ses mains qui jouent dans l'onde. Le simple fait de l'imaginer le fait rougir. La jeune femme se détend, même si la froidure l'oblige à respirer rapidement.

— La rivière est plus profonde qu'il n'y paraît, constate-t-elle. Je n'ai pratiquement plus pied.

— Prends garde au courant.

Elle immerge sa tête un bref instant et la ressort en haletant. Elle se met à se frictionner le corps, énergiquement, pour lutter contre le froid qui lui hérisse la peau.

— Demain, dit-elle, je laverai mes vêtements. Je ne sais même pas si cette odeur de fumée partira. De toute façon, je n'ai plus que ceux-là.

— À la première occasion, nous en achèterons d'autres.

La jeune femme passe ses doigts dans ses longs cheveux dénoués pour les démêler.

— Quand je songe à la belle robe bleue et blanche que tu m'avais offerte, soupire-t-elle, cela me rend triste. Je ne l'aurai portée qu'une seule fois. J'aurais tant aimé pouvoir la sauver des flammes...

— Nous sommes sains et saufs, c'est le plus important. Je t'en choisirai une autre, encore plus belle.

Ce n'est pas tant la tenue que la jeune femme regrette que le symbole qu'elle représentait. Cette toilette était le tout premier cadeau que lui avait fait Pierre. Pour elle qui n'en a pas reçu beaucoup, c'était important. La surprise l'avait touchée au plus haut point, d'autant que Pierre n'avait pas cherché ensuite à tirer parti de sa générosité.

Gabrielle avait jusque-là appris que les présents avaient toujours une raison d'être, surtout venant des hommes, et qu'il fallait tôt ou tard en régler le prix d'une façon ou d'une autre. Elle s'était donc habituée à gérer des gestes de « générosité » qui tenaient de l'échange, des intérêts ou des rapports de force – en aucun cas des sentiments. Lorsque le jeune homme lui avait apporté la toilette dans un élégant papier de soie blanc, elle ne s'était pas réjouie immédiatement, redoutant que cette offrande ne constitue les prémices d'une demande, voire d'une exigence. Puis, les jours passant, voyant que Pierre n'avait rien modifié de son comportement vis-à-vis d'elle, elle avait fini par comprendre la réalité aussi affective que désintéressée de son geste. C'est alors qu'elle avait vraiment commencé à le regarder autrement. Elle s'était attachée à cette robe chaque jour davantage comme la preuve que, parfois, les hommes sont capables d'agir sans rien attendre en retour. En comparaison, tout ce qu'elle avait perdu d'autre dans l'incendie lui importait peu. Elle s'était souvent retrouvée sans rien, suffisamment pour savoir que posséder ou perdre – un objet en tout cas – ne change pas grand-chose à une existence.

En entendant les éclaboussures d'un plongeon, Pierre s'inquiète.

— Tu sais nager, au moins ?

— Pas vraiment, mais je reste près du bord.

À travers les roseaux, Pierre ne peut s'empêcher de distinguer les courbes esquissées de la jeune femme. Dans un éclat doré, sa peau ruisselante accroche la lumière du feu de camp d'en face.

— Gabrielle ?

— Oui.

— Une question me travaille, mais tu dois me promettre de me dire la vérité…

— Pourquoi te mentirais-je ?

Elle fait quelques mouvements pour ne pas laisser le froid la gagner.

— Je veux savoir si tu es heureuse avec nous.

Il s'empresse de compléter :
— Malgré tout ce qui nous arrive...
La jeune femme prend le temps de réfléchir.
— Heureuse avec vous ?
— D'habitude, notre existence est plus calme. Mais en ce moment... Alors je me demandais... Je ne voudrais pas que tu aies peur.
Gabrielle reprend pied et rejette ses longs cheveux trempés en arrière.
— Comment veux-tu que je ne sois pas effrayée ? Je suis comme vous. En pareilles circonstances, n'importe qui se tournerait les sangs. Vous échappez à la mort tous les jours. Tu as failli te faire tuer sous mes yeux. Ils ont mis le feu à la maison et nous n'avons plus rien...
Pierre hésite à lui poser la seule question qui compte vraiment pour lui. Mais l'enjeu est de taille.
— Pourquoi me demandes-tu cela ? s'étonne la jeune femme.
À défaut d'oser répondre, le jeune homme décide de se confier.
— Moi aussi, j'ai peur, déclare-t-il. C'est vrai. Pourtant, ce qui m'épouvante le plus, c'est l'idée que tu puisses avoir envie de t'en aller.
Il marque un temps, cherche ses mots.
— Chaque jour, je fais ce que je peux pour te donner envie de rester. Évidemment, cela ne pèse pas lourd en comparaison des événements que nous subissons. Mais le fait est que si tu partais, tu me manquerais terriblement. À dire vrai, je n'imagine plus vivre sans ta présence...
Elle rit. Pierre se dit d'abord qu'elle n'a peut-être pas compris. Comment pourrait-elle s'amuser alors qu'il lui ouvre son cœur ?
— Je ne plaisante pas, Gabrielle.
— Je l'entends bien, Pierre.
Elle lève son visage vers le ciel étoilé.

— Tu sais, dit-elle, je n'ai jamais connu de vie facile. Mais je n'ai pas non plus l'expérience d'une violence comme celle que vous affrontez. Pourtant, quoi que vous traversiez, je m'aperçois que les problèmes et les dangers sont dehors, pas dedans. C'est la première fois que je vis avec une troupe où chacun n'est pas en train de se demander ce qu'il va pouvoir voler à l'autre. Quand je vous regarde vivre, je comprends ce que compter les uns sur les autres signifie. Pour la première fois aussi, j'ai le sentiment que ce que je fais est apprécié, je crois que l'on me respecte, que l'on se soucie de moi. Alors quoi que nous ayons à subir, je serai toujours mieux avec vous que n'importe où ailleurs.

— Tu ne vas pas partir ?

Cette idée surprend la jeune femme.

— Je n'en ai pas l'intention, sauf si vous me le demandez. Et j'en serais désolée.

Le jeune homme sent son cœur s'alléger d'un fardeau. Il bat plus vite, comme s'il allait s'envoler. C'est sûr, si Gabrielle reste, alors il pourra tout affronter. Pour elle, il n'aura peur de rien.

— Quelle que soit notre prochaine adresse, tu demeureras avec nous ?

— Avec vous, ou avec toi ?

La question place soudain Pierre face à la réalité de ses sentiments. Même si sa réponse est évidente, l'avouer l'obligerait à tellement se dévoiler que sa timidité s'y refuse. Il jette un caillou dans l'eau. Il est des mots que l'on doit impérativement prononcer mais dont on redoute qu'ils soient entendus. Cependant il murmure :

— Si tu savais ce que j'espère pour toi, pour nous...

Par-dessus les herbes hautes, la jeune femme lui expédie une grande gerbe d'eau. Pierre est saisi, tant par la pluie froide que par la liberté du geste.

— Je t'ai entendu, lance-t-elle.

Surpris en flagrant délit d'affection, il reste muet. Pas elle.

— Penses-tu vraiment que j'ignore ce que tu espères pour nous deux ?

L'esprit de Pierre s'affole. Il n'est plus capable du moindre raisonnement. Gabrielle lui expédie une seconde vague d'eau et lui souffle :

— Viens. Viens me rejoindre.

70

Au centre du plan de la ville déroulé sur son bureau, Charles désigne la rue des Vertus. De son index, il indique un pâté de maisons précis.

— Si votre évaluation des distances sous terre est exacte, le passage qui s'est écroulé sur notre malheureux compagnon devrait se trouver quelque part sous cet ensemble-là.

Vincent réfléchit.

— Qu'y a-t-il à cet endroit ?

— Des immeubles d'habitation assez délabrés, quelques commerces, et une fabrique d'ustensiles de cuisine en métal émaillé. Il est probable que ceux qui vivent dans les parages ignorent tout du tunnel qui serpente sous leurs pieds.

Cavel gratte sa barbe naissante, à laquelle il a du mal à s'habituer.

— Personne ne peut se douter qu'un tel ouvrage existe, approuve-t-il. Les pentes étaient telles lors de notre exploration que nous sommes forcément descendus bien au-dessous du niveau des caves les plus profondes.

Il marque une pause.

— Savez-vous ce qui me déroute le plus avec ce tunnel, Charles ?

Adinson fait « non » de la tête.

— D'ordinaire, un passage secret possède sa propre cohérence, née de sa raison d'être et de la culture de ses concepteurs. Mais celui qui nous occupe fait appel à des savoirs et des moyens qui débordent de loin l'arsenal de chacune des communautés qui auraient pu le bâtir.

— C'est-à-dire ?

— Il possède l'épure des passages agencés par les religieux, mais se montre plus retors et n'hésite pas à s'avérer mortel, ce qui va à l'encontre de leurs principes. Il est assez violent pour être né de l'imagination de brigands, mais jamais ils n'auraient été capables d'y associer des systèmes de sécurité aussi complexes. Il pourrait également être l'œuvre d'adeptes de l'occulte, mais il fait appel à des sciences qu'ils n'ont pas l'habitude d'employer, et nous n'avons trouvé aucun de leurs symboles, qu'ils sont pourtant prompts à disséminer. Soit c'est un exceptionnel mélange, soit quelque chose m'échappe... Comme si ceux qui l'avaient imaginé avaient pioché dans toutes les méthodes pour n'en retenir que le plus efficace. Si seulement nous savions vers quel lieu il mène...

— J'en ai parlé à mes compagnons. Certains peuvent nous apporter une aide précieuse et se sont aussitôt mis au travail. Le manuscrit de Loyola et la clé gravée sont en ce moment même à l'étude.

— Je suis impatient de connaître leurs conclusions.

— L'un de nos historiens a déjà pointé un fait qui me paraît de la plus haute importance.

— Vraiment ?

— En se penchant sur l'histoire de la maison de Flamel et de la rue de Montmorency, il a déniché une information essentielle : il y a de sérieuses chances pour que la propriété de l'alchimiste, aussi ancienne soit-elle, n'ait pas été la première construction à se dresser à cet endroit.

Vincent est suspendu aux lèvres d'Adinson, qui poursuit :

— Il semble qu'avant l'établissement des premières maisons préfigurant la rue que nous connaissons aujourd'hui, l'emplacement a été occupé par tout autre chose. La construction de la demeure de Flamel date de 1406. Or, selon notre chercheur, un enclos – peut-être rattaché à un hospice ou même à une petite garnison – se trouvait là depuis déjà au moins deux siècles. L'environnement était alors bien moins citadin et quasiment perdu au milieu des champs et des bois.

— Un hospice ou une garnison ? Ce n'est pas tout à fait pareil.

— Quoi que ce fut, il est avéré qu'il s'y trouvait une sépulture, assez grande pour être notifiée dans plusieurs inventaires et actes notariés de l'époque. Je ne parle pas d'une simple pierre tombale, mais au minimum d'un caveau ou d'une chapelle.

— Sait-on qui était inhumé là ?

— Pas précisément, mais la parcelle appartenait alors à Enguerrand de Tardenay, connu pour son engagement dans la troisième croisade, dont il assura les opérations d'approvisionnement dans la région de Saint-Jean-d'Acre.

— Était-il lié aux Templiers ?

— Son nom n'apparaît dans aucun registre de dignitaires, mais étant donné sa fonction dans une région où les moines-soldats opéraient en force, il ne fait aucun doute qu'il en a été proche.

L'esprit de Vincent tente de relier cette information à ce qu'il sait déjà.

— Voilà en effet une pièce de choix pour notre puzzle... Cela tendrait à prouver que Nicolas Flamel s'est établi là pour s'approprier, ou bien protéger, cette entrée souterraine.

— Comment en aurait-il eu connaissance ?

— Qu'il soit considéré comme un véritable alchimiste, un habile négociateur immobilier ou le chanceux découvreur d'un trésor, ceux qui ont étudié son histoire s'accordent à dire qu'il était initié aux arcanes des savoirs occultes.

— Cela ne nous dit pas pourquoi un accès était caché dans la sépulture auparavant...

— Dissimuler une entrée secrète dans une dernière demeure était une pratique relativement répandue.

— Comme dans les tombeaux égyptiens ?

— Pas tout à fait. Les artifices déployés dans les tombes des souverains d'Égypte avaient pour unique but de protéger le repos éternel des défunts et les richesses déposées auprès d'eux pour leur vie après la mort. Leurs monuments funéraires étaient d'abord des coffres-forts. Ce n'est que bien plus tard, chez les Romains notamment, au moment des premières révoltes, que les caveaux furent utilisés par des conjurés, des opprimés ou des fuyards comme caches ou comme passages secrets. L'aspect sacré a évité un temps que les autorités ne viennent les y débusquer. Personne ne soupçonnait alors que l'on puisse trouver refuge auprès des morts, dans des lieux sur lesquels planaient les pires superstitions. C'est ainsi que des gens qui n'avaient pas d'autre choix ont commencé à se réunir dans les caveaux, à s'y terrer, notamment les premiers chrétiens persécutés. Puis le phénomène s'amplifia encore avec le développement des catacombes. Avec l'usage, beaucoup ont également compris que les sépultures étaient des monuments que l'on ne détruit pas facilement. Les mausolées étaient réputés durer plus longtemps que les bâtis utilitaires. Ce que l'on y cache est censé être à l'abri pour l'éternité.

— De nos jours, remarque Charles, on déplace pourtant des cimetières entiers... Celui des Innocents a bien été évacué pour créer les Halles.

— C'est une pratique très récente qui ne concerne pas notre cas.

La remarque conforte Charles.

— Il est donc plausible que la tombe ait abrité l'accès au tunnel, avant que la maison de Flamel ne la remplace au même endroit.

Vincent acquiesce.

— Les dates concordent. Il faut cependant espérer que ce n'était pas le seul accès au dédale, parce que l'effondrement de la section la plus profonde l'a rendu impraticable.

— À moins de le creuser à nouveau...

— Je ne parierais pas là-dessus. Des travaux d'une telle envergure, pouvant potentiellement déstabiliser les fondations des constructions au-dessus, nécessiteraient bien trop de moyens, et sans la moindre garantie de résultat. Mieux vaut chercher ailleurs.

— Si d'autres voies existent, leurs entrées se trouveraient logiquement abritées dans des bâtiments datant de la même époque, aux alentours du XIIIe siècle.

Cavel hoche la tête pour confirmer. Charles se désole.

— Vous rendez-vous compte du nombre de possibilités que cela représente dans une cité comme Paris ?

71

À l'évidence, le cheval supporte mieux la bière que le jongleur, qui manque tous ses lancers depuis sa deuxième chope. Ses quilles de bois retombent partout autour de lui, pour la plus grande joie de ses amis saltimbanques, qui s'écartent afin de ne pas se faire assommer. Ils l'applaudissent en s'esclaffant. Ce spectacle ne lui rapportera pas la moindre pièce, mais cela n'a aucune importance, car ils passent un excellent moment ensemble.

Konrad a pris place à l'une des longues tables au milieu de cette effervescence festive. L'ambiance le charme d'autant plus qu'aucune nécessité de distraire ne la provoque. Elle naît simplement de la nature même des convives.

Le menuisier est installé entre un mime bavard et une diseuse de bonne aventure silencieuse. Nombreux sont ceux qui, curieux, sont venus l'interroger d'un regard pour savoir quel tour ce grand barbu pouvait bien proposer. Il s'est alors mis à sculpter un petit animal dans un morceau de bois avec son couteau. Il a commencé par un poney, qu'il a offert à une danseuse orientale. Peu farouche, celle-ci l'a embrassé et décoiffé en faisant remarquer avec quelques mots et beaucoup de gestes que la finesse de l'animal contrastait avec la taille des mains qui l'avaient créé.

Dès la fin de l'après-midi, Konrad est descendu de sa roulotte, pour se changer les idées certes, mais surtout pour ne pas se faire avoir comme la veille, car sur le campement, il existe une règle qui lui a valu de mourir de faim pendant des heures : on ne sert qu'un seul repas par jour, celui du soir.

Pas de casse-croûte le midi, d'ailleurs personne ne serait là pour le partager, tout le monde étant à la ville à distraire les badauds. Seul Henri, devenu la coqueluche des femmes jeunes et moins jeunes, s'est vu accorder le privilège d'un quignon de pain tant il criait famine.

Dès que le souper a été annoncé, Konrad s'est donc littéralement jeté sur l'écuelle de lapin bouilli servi avec des navets. Comme pour ses compagnons, il ne lui est demandé aucun paiement. Gîte et couvert leur sont offerts, parce que même si dans ce camp personne ne doit poser de questions, tout le monde sait qu'ils n'ont plus rien. Entre gens de peu, la générosité est souvent de mise.

Devant son assiette vide et son verre qui ne tardera pas à l'être, Konrad s'occupe les mains en sculptant une nouvelle petite figurine, cette fois en forme de lapin. De la pointe de sa lame, après avoir dégrossi le corps, il parfait l'arrondi du pompon de la queue et souffle pour chasser les copeaux.

Tout à coup, entre les tables animées, il entrevoit à l'entrée du camp un fiacre qui s'arrête. Vincent en descend et traverse alors l'assemblée, sans vraiment prêter attention aux personnalités hautes en couleur qu'il croise.

Les traits tirés, il prend place face à l'Allemand, qui lui demande :

— As-tu mangé ?

— Non, mais je n'ai pas faim. Merci. Par contre, j'ai soif...

Konrad pousse son verre vers son complice.

— Dîne quand même, lui conseille-t-il, car tu n'auras plus rien à te mettre sous la dent avant demain soir.

— Qui sait où je serai alors...

Vincent avale d'un trait le fond de vin. Konrad devine sa lassitude, et ce qu'il doit lui annoncer ne va pas lui remonter le moral.

— Je préfère t'avertir tout de suite : Eustasio est parti.

— Comment ça, « parti » ?

— Il est allé retrouver sa comtesse.

Les épaules de Vincent s'affaissent.

— Tu n'as pas pu le retenir ?

— J'ai essayé, mais c'était peine perdue. Mets-toi à sa place, il n'avait pas revu sa chérie depuis son retour à la pension. Je lui ai conseillé d'attendre ton retour, mais pas moyen de le raisonner. Il mourait d'envie de la voir. On ne peut rien contre ça.

Vincent soupire.

— Je ne peux pas le blâmer. Je crois que lui et Mme de Vignole sont sincèrement épris. Espérons simplement qu'il ne lui arrivera rien en chemin.

— Vêtu comme il l'est avec les habits qu'un camelot lui a donnés, personne ne le reconnaîtra. Peut-être même pas sa bien-aimée !

— T'a-t-il dit quand il comptait revenir ?

Konrad secoue la tête. Il pose son lapin sur la table afin de vérifier qu'il se tient d'aplomb.

— Puisqu'on parle d'amour, glisse-t-il, je crois que ton frère avec la petite Gabrielle...

Vincent sourit.

— Tant mieux pour eux. Pendant ce temps-là, ils ne s'inquiètent pas du reste. C'est le printemps, après tout.

Par-dessus l'épaule du menuisier, Vincent aperçoit Henri près des roulottes. Le gamin est en train de faire des sauts de cabri autour de Victor. Il s'amuse à prendre son élan pour se suspendre aux bras tendus du colosse comme s'il s'agissait d'un portique. Ils rient ensemble.

De sa lame experte, Konrad affine les oreilles de son lapin et demande à son complice :

— Tu te laisses pousser la barbe, comme moi ?

— Plutôt comme quelqu'un qui espère se cacher. La mienne ne sera jamais aussi belle que la tienne. Les demoiselles ne s'y trompent pas, d'ailleurs…

Il lui désigne d'un signe discret une jeune femme qui ne le quitte pas des yeux. Konrad rougit – à la surprise de Cavel.

— C'est l'une des danseuses. J'ai offert mon premier animal sculpté à son amie tout à l'heure, elle espère sans doute hériter du lapin.

L'Allemand lui fait signe qu'il sera pour elle tout en se lissant la barbe d'une main. La demoiselle est aux anges. Il enchaîne :

— Pierre m'a dit que vous étiez passés à la pension ce matin. Il ne s'est pas étendu, mais à sa voix, je me suis douté que ce n'était pas beau à voir…

— Un triste tas de ruines et de cendres.

— Qu'est-ce que tu comptes faire ?

— Pas la moindre idée.

— On pourrait déménager, s'installer ailleurs. Avec notre pactole, on pourrait même construire une maison. Qu'en dis-tu ?

Vincent soupire.

— Mon pauvre ami, jette un œil autour de nous. Regarde où nous en sommes. Vous avez failli être brûlés vifs. Chaque jour apporte son lot de complots et d'énigmes. J'admire ton allant, mais pour ma part, je suis incapable de faire le moindre projet. Tout ce qui m'importe, c'est de survivre à chaque journée en espérant que le lendemain se jouera sous de meilleurs auspices.

— Ils vont recommencer à s'en prendre à nous ?

— Aucun doute là-dessus et je pense que pour commencer, vous éloigner de moi serait une bonne façon de vous mettre à l'abri.

— Tu plaisantes ? Pas question que l'on se sépare.

— Cela ne m'arrange pas non plus, mais je ne vois pas d'autre solution. Minguier me l'a avoué à demi-mot. Ils se servent de vous pour me contraindre. En prenant notre amitié en otage, ils me tiennent. Si nous nous séparons, j'espère qu'ils vous laisseront en paix.

Konrad grogne. Il secoue la tête en soufflant comme un taureau qui se demande s'il doit charger.

— Vincent, c'est toi qui es venu me chercher. Je te revois encore entrer dans cet atelier de l'Est où je végétais. Tu m'as fait confiance. Mieux, tu m'as redonné confiance en moi. Depuis toutes ces années, je t'ai toujours suivi. J'ai approuvé chacun de tes choix. Le fait est que tu es le plus à même de prendre les bonnes décisions pour notre équipe. Tu l'as prouvé. Mais pas cette fois.

— L'éventualité d'une séparation ne me fait pas plus plaisir qu'à toi.

— Alors pourquoi le faire ? Qu'avons-nous à y gagner ?

— Sauver quatre vies, quatre vies auxquelles je tiens sans doute plus qu'à la mienne. Vous aurez davantage de chances ainsi. Je ne suis plus capable d'assurer votre sécurité, je n'arrive déjà pas à me protéger moi-même...

— Laisse-nous décider des risques que nous prenons.

— C'est moi et moi seul qui vous ai entraînés dans ces affaires de passages secrets. C'est à moi de vous en sortir.

Konrad baisse la tête.

— Te souviens-tu lorsque tu m'as demandé ce que je souhaitais le plus au monde ?

— Bien sûr.

— Je sais que tu as posé cette question à chacun d'entre nous. Nous en avons parlé quand tu n'étais pas là.

— As-tu trouvé ta réponse ?

— Figure-toi qu'elle m'est apparue, par surprise mais limpide, lorsque je regardais notre maison brûler.

— Quelle est-elle ?

— Ce que je veux le plus au monde, c'est recommencer à vivre comme nous le faisions. Peu importe où, mais avec les mêmes. Garder l'esprit que nous partageons. Je veux que l'on continue à travailler ensemble, à vivre et à imaginer ensemble. Tant mieux si chacun de nous tombe amoureux, comme Pierre avec la petite. Cela ne changera pas ce qui nous lie. Parce que je suis certain d'une chose, mon ami : toi, moi, ton frère, même ce chat sauvage d'Eustasio et ce gamin d'Henri valons bien plus lorsque nous avançons côte à côte. Chacun de nous est une chance pour les autres. C'est toi qui m'as ouvert les yeux là-dessus, et c'est ce qui restera sans doute la plus grande réussite de ma misérable existence. Alors demande-moi tous les sacrifices possibles pour le préserver, mais ne me demande pas de m'en priver. Être raisonnable, je m'en fous. Quoi qu'il advienne, je reste avec toi.

72

L'immense silhouette de chat qui trône en saillie sur la façade au centre d'un soleil rayonnant ne laisse aucun doute. Les félins qui ornent la grande lanterne comme des gargouilles ne font que le confirmer.

Vincent a bien dû passer vingt fois devant la bâtisse de deux étages couverte de lierre, multipliant les allers-retours sur le trottoir d'en face. Pour ne pas se faire remarquer, il se contente chaque fois de brefs coups d'œil, ne s'arrêtant jamais devant l'établissement.

La réputation du cabaret Le Chat Noir est connue même de ceux qui ne le fréquentent pas. Son théâtre d'ombres attire les foules, mais plus encore ses chansonniers qui dénoncent les scandales de la République en brocardant les figures politiques. L'originalité et l'impertinence du lieu lui assurent un écho aussi épouvantable pour les puissants que réjouissant pour les quidams. Les ministres et proches du pouvoir qui ont essayé de museler ces voix sarcastiques en ont été pour leurs frais, en leur offrant au passage une retentissante publicité. Le déménagement, voilà quatre ans, du boulevard de Rochechouart vers la rue Victor-Massé n'a pas diminué son succès, bien au contraire. Le fait qu'Aristide Bruant soit resté à l'adresse première, avec les artistes et les mauvais garçons qui avaient d'abord popularisé l'enseigne, n'a pas affaibli le succès du nom.

Lorsque l'incendiaire capturé a cité ce haut lieu de la vie parisienne comme le quartier général de celui qu'il nomme le Mage, Vincent l'a d'abord soupçonné de raconter n'importe quoi pour s'en sortir, mais le fait est qu'à force de traîner devant, certains points lui paraissent suspects. À commencer par l'allure de certains « clients ». Si de joyeuses bandes et de charmants couples s'y pressent, d'autres visiteurs ont des mines nettement moins sympathiques. Les bougres n'ont pas une tête à venir écouter les chansonniers, et encore moins voir le théâtre d'ombres.

Vincent n'y tient plus. Il ne pourra pas en apprendre davantage en restant dehors, et il doit en avoir le cœur net. Il ajuste son chapeau et traverse la rue d'un pas volontaire. D'autres clients se présentent déjà sous le porche surmonté d'un petit toit pointu.

Alors qu'il n'est qu'à quelques enjambées d'eux, un cocher venu en sens inverse fait mine de le bousculer et lui souffle :

— N'y allez pas. S'ils vous identifient, ils vous tueront. C'est à nous d'enquêter.

Cavel réplique à voix basse :

— La dernière fois que j'ai laissé un autre que moi s'aventurer en eaux troubles, il en est mort...

En pénétrant dans le cabaret, il lui faut quelques instants pour s'habituer à la relative pénombre. On y parle fort, les tables sont pleines de femmes et d'hommes dont certains subissent à l'évidence l'effet d'un excès de boisson. Poètes, écrivains, journalistes, comédiens et musiciens, personnalités en vue et fortunes plus discrètes se retrouvent côte à côte avec des gens du commun ; les couples légitimes côtoient les amants et les demi-mondaines en galante compagnie, ces femmes aux mœurs si légères qu'on les surnomme les « horizontales ». Cavel passe la joyeuse assemblée en revue, prêt à détecter le moindre visage ou détail qui pourrait lui ouvrir une piste.

La décoration est complètement exubérante, chargée d'une foule d'objets fantastiques d'inspiration médiévale ou ésotérique. Encadrant des œuvres de Caran d'Ache ou d'Adolphe Willette, on voit pendre des cordes, des chaînes, des instruments de torture, des ceintures de chasteté et autres curiosités à connotation plus ou moins sulfureuse.

Un serveur, courte veste noire et serviette blanche empesée sur l'avant-bras, se porte au-devant de Cavel.

— Si vous n'êtes pas attendu à une table déjà réservée, c'est complet. À moins que vous ne soyez là pour le théâtre d'ombres ou les chansonniers ?

— C'est ça. Je suis venu pour eux.

L'homme lui indique l'escalier vers les étages et repart servir sa fausse absinthe au pichet.

En montant les marches, Vincent réfléchit vite. Chaque pas supplémentaire l'implique davantage. Si la situation devait dégénérer, tout le chemin parcouru pour s'engager plus avant dans ce lieu devra être refait en sens inverse pour s'échapper. Il en est pleinement conscient.

Alors que l'escalier lui offre une vue plongeante sur la salle du rez-de-chaussée, il ne reconnaît aucun des individus louches qu'il a vu franchir le seuil.

Il note que parmi la multitude d'objets accumulés, des talismans, porte-bonheur et autres amulettes sont régulièrement exposés. L'influence de l'occulte et de la symbolique mystique dans la décoration est évidente pour quiconque capable de lire au-delà des premières apparences. Le chat noir de la façade a beau donner son nom à l'endroit, le fait qu'il s'affiche devant un soleil en gloire dont les rayons éclatants ont tout d'une aube pourrait aisément receler un sens caché. L'adresse n'est pas loin de célébrer ouvertement une « aube sacrée »…

Parvenu au palier du premier étage, Vincent entend les rires échappés de la salle, dont un rideau précédé d'un guichet marque l'entrée. Une voix nasillarde se moque des dépenses engagées pour l'Exposition universelle alors que les dispensaires des estropiés de la guerre de 1870 tombent en ruine.

Le guichetier anticipe déjà le paiement de sa pièce pour le laisser passer, mais Cavel garde ostensiblement les mains dans ses poches. À voix basse, il prétexte :

— J'ai rendez-vous avec un ami, mais je ne sais pas s'il est là ou au-dessus...

Tout à coup méfiant, l'homme l'autorise de mauvaise grâce à jeter un œil. La salle est loin d'être pleine et là non plus, Vincent ne repère aucun de ceux qui ont attiré son attention.

Au moment de s'engager sur les marches menant au dernier étage, il est pris d'un doute. Ne devrait-il pas plutôt redescendre au lieu de persister ? Est-il raisonnable de s'aventurer seul aussi loin dans ce lieu où les choses sonnent assez étrangement pour laisser deviner qu'elles ne sont pas ce qu'elles paraissent ?

Le guichetier le regarde en biais. Vincent prend sa décision et s'élance vers l'étage qui abrite le théâtre d'ombres. Cette fois, il en est certain, ce sera tout ou rien. N'ayant rien repéré d'anormal aux premiers niveaux, soit il va trouver quelque chose maintenant, soit il sera forcé de conclure qu'il s'est fait des idées.

Parvenu au palier supérieur, il paye son entrée et se glisse dans la salle obscure où seule irradie la clarté de la toile tendue derrière laquelle évoluent les silhouettes de zinc animées. Une voix caverneuse roulant les « r » interprète les dialogues pendant qu'un pianiste renforce dans la pénombre les effets dramatiques.

Le public semble captivé par cette histoire de jeune sans le sou qui passe un accord avec le diable.

Afin d'avoir la meilleure vue d'ensemble, Vincent se faufile jusqu'au dernier rang. Sur la toile, présumant déjà du bénéfice que chacun compte tirer de cette alliance à haut risque, le pantin articulé et le démon à cornes dansent au pied d'un puits qui crache des boules rougies comme le ferait un volcan. Mais, la voix le précise, le jeune homme a tort de croire qu'il sera le plus avantagé, car au final, le diable ne laisse gagner personne. Le sujet est surprenant, à mi-chemin entre la fable biblique et le mythe de Faust.

Les spectateurs qui assistent à la représentation sont attentifs. Aucun couple, aucune joyeuse bande. « Sers-moi fidèlement, et tu seras le plus admiré de tous les hommes ! » déclare le diable en étendant ses bras en signe de toute-puissance.

L'insouciant lui jure allégeance, et Satan s'éloigne, non sans faire scintiller une dernière fois ses yeux fourbes. Le freluquet, confiant dans sa bonne fortune, part profiter de ses nouveaux pouvoirs, traversant une forêt puis escaladant une colline avant de se présenter au pied d'un majestueux palais dont les fenêtres s'illuminent à tour de rôle. Il compte y séduire la princesse. Les décors glissent avec fluidité derrière la toile, donnant l'illusion d'un véritable mouvement dans l'action pendant que les pantins sont mis en valeur par d'habiles jeux de lumières colorées. L'effet est des plus réussis. Pour un peu, Vincent en oublierait pourquoi il est ici.

Le jeune suppôt du démon pénètre à l'intérieur de l'édifice par la grande porte, acclamé en héros. L'ensemble du décor s'assombrit alors, et seul le rire démoniaque résonne. Les yeux du diable se rallument dans une fantasmagorie de couleurs éclatantes. Sa voix tonne :

« Qui, parmi vous, veut lui aussi voir ses rêves devenir réalité ? Qu'êtes-vous prêts à faire pour cela ? Qui aura l'audace de me rejoindre ? Toi là-bas, dans le fond ? »

Vincent s'étonne. On pourrait croire que c'est à lui que le diable vient de s'adresser. L'effet de mise en scène est en tout cas très efficace. Amusé mais légèrement mal à l'aise, il jette un œil à ceux qui sont installés comme lui au dernier rang. Il ne s'y trouve qu'une seule personne, un homme. Tout à coup, Vincent se fige. L'inconnu assis à seulement un siège de lui joue avec une petite lanière de cuir.

Vincent a beau s'élancer de toute sa vigueur vers la sortie, il sait déjà qu'il ne l'atteindra jamais.

73

Les yeux bandés, Vincent est assis sur un fauteuil qu'il trouve paradoxalement très confortable. Seules ses mains sont attachées, et même s'il a été capturé sans ménagement, aucune violence ne lui a été infligée.

Il était sans doute le seul véritable spectateur de cette séance du théâtre d'ombres, car lorsqu'il a cherché à fuir, tous les visages se sont tournés vers lui au même moment. Il a alors reconnu bon nombre de ceux qu'il n'était pas pressé de revoir.

Quelqu'un lui ôte son bandeau. Il cligne des yeux. L'homme à la lanière de cuir est debout tout près de lui. Deux de ses complices se tiennent en retrait et le dévisagent comme une bête curieuse. Il est installé au centre d'une sorte de salle d'audience luxueusement meublée. Devant lui, deux trônes dorés inoccupés sont juchés côte à côte sur une petite estrade. Tout autour, l'espace est bordé de deux rangs de gradins vides, surmontés de nombreuses oriflammes arborant d'étranges croix sur fond de soleil rayonnant. Il paraît évident que le lieu n'a pas été construit pour la mystérieuse fonction qu'il occupe ; il s'agit plutôt d'un endroit préexistant qui a été réaménagé. Les planchers et les murs de bois aperçus derrière le décorum font plutôt penser à l'atelier d'un artisan. Que pouvait-on produire dans cette pièce avant qu'elle ne soit transformée en caricature de temple ?

Lorsqu'il a été capturé, bien que privé de la vue, Vincent a tout de même remarqué qu'on ne lui avait fait descendre ou monter aucun escalier. Cette salle se situe donc logiquement au même niveau que le théâtre d'ombres, peut-être dans un bâtiment contigu au cabaret qui lui sert de façade.

L'homme à la lanière vient se placer face à son prisonnier.

— Il nous aura fallu du temps pour t'attraper...

Sa voix est sereine, presque amicale, au point de dérouter Vincent.

— Le Mage avait vu juste : tu es malin. Il avait prédit que nous n'aurions pas à te courir après et que tu finirais par venir de toi-même. Nous t'attendions. La séance n'a été organisée que pour toi. As-tu apprécié ?

Vincent ne répond pas. L'homme reprend :

— Je me nomme Joshua, et aussi étonnant que cela puisse te paraître, nous travaillerons probablement ensemble très prochainement.

Vincent hausse un sourcil et ne peut s'empêcher de réagir.

— Travailler ensemble ? Vous plaisantez ?

L'homme sourit et fait quelques pas.

— Tu nous crois différents l'un de l'autre, c'est ça ? Tu penses que je suis une brute et que tu es un type bien ?

— Je ne tue pas les gens.

— Je parie que tu serais prêt à le faire si cela pouvait sauver ceux que tu aimes. N'est-ce pas ? Pose-toi la question honnêtement. À cet instant, tu as peut-être même envie de me sauter à la gorge...

L'homme cherche le regard de Cavel, qui l'évite.

— Cependant tu as raison : nous ne sommes pas tout à fait pareils. Moi, ce n'est pas pour protéger mon clan que je me bats. Je ne suis pas dévoué à une poignée de mortels, mais à des idéaux qui pourront sauver bien plus de monde.

— *Aurorae sacrum honorem…*
— Précisément.
Joshua marque une pause et cherche à nouveau les yeux de Cavel.
— Approuves-tu cette époque, Vincent ? Aimes-tu ce qu'elle fait d'hommes comme nous ? Cautionnes-tu les valeurs qu'elle propose ?
Vincent relève le visage et soutient son regard, mais reste muet.
— Inutile de me répondre. Je te suis depuis assez longtemps pour savoir qui tu es. J'ai eu le temps de t'observer, de t'étudier, et même de te comprendre. J'en sais sans doute plus sur toi que ces proches pour lesquels tu serais prêt à me tuer…
Vincent s'efforce de rester impassible, mais la teneur de l'échange l'entraîne sur un terrain imprévu. Tout aurait été plus simple si l'homme l'avait malmené et menacé comme le font les malfrats. Joshua s'immobilise.
— Voilà quelque temps que je marche dans ton ombre. Ne m'en veux pas, il le fallait. Je t'ai vu te réjouir avec les tiens. J'étais là quand tu hésitais juste avant ces rendez-vous avec tes clients. Je t'ai même entendu parler devant la tombe de cet horloger.
Vincent accuse le coup mais se contient.
— Pense ce que tu voudras, ajoute Joshua, mais nous nous ressemblons plus que tu ne le supposes.
— Qu'espérez-vous de moi ?
— Que tu fasses ce que tu sais si bien faire. Rien de plus, rien de moins. Comprendre ces passages qui nous sont interdits, les déjouer pour nous permettre d'avancer.
— Si je refuse ou que je n'y arrive pas, je finirai comme Minguier…
— Ce n'était qu'un sot, réplique Joshua, qui s'amusait avec des idéaux comme un enfant se prend pour un chevalier avec une épée de bois. Il avait beau prétendre se mêler

de grands desseins, rien ne comptait davantage que ses petits intérêts. Je l'avais à l'œil. Il s'est cru plus futé que nous.

— Comme le jeune homme qui a pactisé avec le diable...

— Tu finiras par te rendre compte que seule l'époque nous pousse à être violents.

— Excellente excuse. En attendant, vous avez éliminé l'homme qui vous servait.

— Il en va de Minguier comme de ceux qui épousent sans aimer. Lorsque le marché n'est pas respecté, il se rompt de lui-même. C'est aussi simple que cela. Lorsqu'il ne nous a plus été utile, il a été écarté.

— En quoi mon sort serait-il différent ?

— Tu es d'une autre trempe. Je te l'ai dit, j'ai appris à te connaître. Tu suis ton propre chemin, ta parole donnée t'engage, tu éprouves le doute. Et plus important encore, tu es capable de raisonner au-delà de ta seule personne. Nous ne voulons pas t'employer, nous souhaitons que tu nous rejoignes.

— « Nous » ?

— Une confrérie d'hommes et de femmes venus de tous les horizons œuvrant pour que notre civilisation ne sombre pas. Une Aube sacrée pour que l'avenir de l'humanité ne se résume pas à ce que l'on voit dans des vitrines. Nous pensons que rien de ce que l'on nous présente comme un progrès n'en est un s'il est à vendre.

— Joli programme, mais cela ne colle pas avec ce que Minguier m'en a dit. Il vous décrivait comme un nouveau pouvoir prêt à tout et capable de renverser les systèmes politiques.

Joshua secoue la tête, réprobateur.

— Il n'avait décidément rien compris. Plus que les renverser, nous voulons les transformer.

— Pourquoi cherchez-vous le trésor de Nicolas Flamel ?

— Parce que pour accomplir, il nous faut des moyens. Nos frères et sœurs nous offrent ce qu'ils peuvent, mais peu sont fortunés. Le Mage a eu l'idée de retrouver les trésors délaissés. Par définition, plus personne n'en a l'usage. Nous ne volons pas, nous collectons ce qui n'est même plus supposé exister.

— Vous courez donc après l'or...

— Dans un premier temps, mais ce n'est pas notre unique but. À l'image de Flamel, nous associons richesse matérielle et spirituelle. Il était philanthrope, aidait les plus démunis en les logeant, en les nourrissant, en leur offrant du travail. Nos ambitions recoupent les siennes, mais nous les portons bien plus haut. La vision du Mage préfigure un monde dans lequel il n'y aura plus à faire l'aumône parce que ce sera devenu inutile. Chacun trouvera sa place dans une société repensée.

— Dont votre mage sera bien entendu le maître.

— Plutôt le guide éclairé.

Ce qui frappe Vincent, c'est la conviction qui anime son interlocuteur. Si certains aspects du discours peuvent paraître séduisants, il se souvient malgré tout que ces adeptes d'une civilisation parfaite ont commis plusieurs tentatives d'assassinat contre son équipe, avant de mettre le feu à leur maison.

— Ai-je le choix ? Que prévoyez-vous si je refuse de vous aider ?

— Nous continuerons d'agir au nom de ce en quoi nous croyons. Ce sera plus compliqué sans toi, c'est indéniable. L'éventualité même que tu puisses te dresser sur notre route nous obligerait à te détruire. Tu as percé le secret de la cave de Flamel. Pas nous. Si tu nous révèles ce qui se trouvait derrière, si tu nous remets ce que tu y as découvert, nous saurons te remercier. Sinon...

La menace n'a rien d'ambigu. Vincent doit gagner du temps.

— J'ai besoin de réfléchir.

— Impossible. Attendre est un luxe que notre rendez-vous avec l'Histoire nous interdit. Le monde a les yeux tournés vers Paris. C'est une occasion unique. Le destin n'attend pas. Ne sois pas en retard.

— Je ne sais rien de vous.

— Une fois encore, le Mage avait deviné ta réponse. Pour te donner l'occasion de comprendre notre confrérie, il te propose d'éprouver au plus profond de toi ce qu'est l'Aube sacrée... Tu as de la chance. Prépare-toi, il est l'heure.

74

D'un coup de couteau, Joshua tranche le lien qui entrave les mains de Vincent.

— Le Mage ne rencontre pas de prisonniers. Chacun se présente à lui en homme libre.

— Libre de partir ? ironise Cavel.

— S'il le décide, oui.

Vincent se frictionne les poignets, le sang recommence à circuler.

— Ne prends pas cette rencontre à la légère, l'avertit Joshua. Lorsque j'étais à ta place, elle a changé ma destinée. Ne provoque pas le Mage, ne lui mens pas, il le saura. Il peut faire parler les morts, j'en ai été le témoin. Il a le pouvoir de te faire vivre plus fort ou de te détruire. J'ai vu ceux qui en ont douté succomber sans même qu'il ait besoin de les toucher.

La dévotion teintée d'admiration que témoigne Joshua envers son maître intrigue de plus en plus Vincent. Il est presque impatient de découvrir celui qui l'a fait naître.

Il n'a pas à attendre longtemps. Quatre femmes en longue robe blanche font leur entrée dans la salle. Joshua invite Vincent à se lever.

Elles sont très jeunes, très belles, et marchent d'un même pas lentement rythmé. Leurs tenues immaculées sont rehaussées de rubans rouge et or. L'une porte un plateau avec une carafe de cristal et des verres, une autre serre contre sa poitrine un épais livre visiblement ancien, la troisième tient un coffret en bois, et la dernière exhibe une sorte d'ostensoir présentant un fragment que Vincent n'arrive pas à identifier.

Avec une solennité digne d'une procession, les jeunes femmes se positionnent aux quatre coins de l'estrade des trônes. Vincent s'attend à voir entrer un roi de carnaval et sa reine, mais ce sont quatre hommes qui font leur apparition. Très grands, musclés et vêtus comme des gladiateurs, ils portent les mêmes masques de cuir que celui qu'avait aperçu Vincent dans la cave de la maison de Flamel. Ils sont si massifs qu'il ne remarque pas, tout d'abord, les deux individus qu'ils encadrent. Mais lorsqu'il les découvre, leur apparence intrigue aussitôt Vincent.

Crâne rasé, vêtus comme des prêtres antiques, ils portent des robes très simples, l'une noire et l'autre blanche. Le plus surprenant s'avère être leur ressemblance. Ils sont comme deux gouttes d'eau, et si leur démarche laisse supposer qu'ils sont assez âgés, leurs traits sont bien plus jeunes. Vincent se dit d'abord que la cour du mage compte de bien étranges disciples, jusqu'à ce que les jumeaux prennent place sur les trônes.

Joshua s'incline en signe de déférence. Vincent lui demande à mi-voix :

— Lequel est le mage ?

— « Ils » sont le Mage.

Bien que n'oubliant pas sa condition de captif et le pouvoir de vie ou de mort que ces deux êtres peuvent exercer sur lui, Vincent n'éprouve paradoxalement aucune crainte. Le folklore, le cérémonial et l'apparence même de ces deux individus évoquent davantage pour lui une pièce du théâtre classique ou un simulacre de messe qu'une audience qui pourrait changer sa vie.

Les jumeaux possèdent des traits en tous points identiques. Leurs crânes lisses et leurs visages fins pourraient même laisser penser que ce sont des femmes. L'ambiguïté est entretenue par leur robe, qui tient autant de la toge romaine que de la tunique grecque. Impossible de deviner leurs origines, il suffirait d'un rien pour que l'on puisse les croire asiatiques ou orientaux. Cette impossibilité de les identifier par leur physique ou par leur sexe leur confère une aura aussi déstabilisante que fascinante. Leurs yeux sont pâles et de façon extraordinaire, chaque fois que le regard de l'un change de direction, l'autre fait de même, comme si un seul cerveau les commandait.

L'être habillé en blanc s'exprime le premier.

— Je suis satisfait de vous rencontrer enfin, dans des circonstances favorables au dialogue.

L'autre enchaîne avec une déconcertante fluidité :

— Je sais tout ce que vous êtes en mesure d'apporter à notre confrérie, et même si je suis certain de pouvoir vous offrir beaucoup, c'est d'abord moi qui ai besoin de vos talents.

Le blanc reprend sans rupture :

— J'ai compris mon erreur en laissant se fourvoyer ceux qui voulaient vous utiliser par la force. Vous n'êtes pas de ceux qui plient. Le moment est venu de vous en demander pardon et de tenter de vous convaincre.

Vincent se sent mal à l'aise face à ces deux personnes qui disent « je » d'une voix identique. Les jumeaux se comportent comme s'ils n'étaient qu'un seul et même individu. La confrontation engendre une conséquence inédite : Cavel ne sait lequel regarder dans les yeux. Il ne sait d'ailleurs déjà plus lequel a dit quoi, comme si tout, dans leur attitude, conduisait à les fusionner.

— Vous avez des questions à me poser, déclare le blanc. Faites-le sans crainte.

— Pouvez-vous lire dans mon esprit ?

— Pas comme vous l'imaginez, répond le noir. Je ne suis pas un phénomène de cirque. Je ne puis extraire vos pensées de votre tête, mais lorsque nous échangeons, ma sensibilité détecte le degré de vérité qui nourrit vos propos.

L'autre précise :

— Disons que je perçois avec une acuité particulière ce qu'il est convenu d'appeler la sincérité.

Vincent réagit :

— J'ai pourtant cru comprendre que vous aviez le pouvoir de faire parler les morts…

Les deux s'immobilisent. Mieux : ils se statufient littéralement, comme si leurs esprits prenaient le temps de se coordonner à travers un lien invisible avant de réagir. Lorsqu'ils se remettent en mouvement, leurs gestes parfaitement similaires leur donnent l'allure d'automates.

— En quoi cela est-il important pour vous ? Aimeriez-vous entrer en contact avec des disparus ?

Si cette éventualité pouvait paraître crédible aux yeux de Vincent, il serait certainement intéressé, mais en l'occurrence, il ne dévie pas de son idée.

— Plutôt que de compter sur moi pour débloquer le passage de Flamel, pourquoi ne pas avoir fait appel à son esprit pour vous en révéler le secret ?

Les deux mages sourient d'une façon si identique que cela en devient perturbant. Celui qui porte la robe noire répond :

— Doutez autant que vous le souhaitez, mais ne vous moquez pas. Libérez-vous du mépris, faute de quoi il vous empêchera toujours de découvrir ce que vous ignorez.

Le mage en blanc ajoute :

— Je peux effectivement entrer en contact avec certains défunts, mais il me faut pour cela passer par l'intermédiaire d'un proche vivant, avec qui il aurait entretenu des liens étroits. Il n'existe plus personne ayant directement côtoyé Nicolas Flamel. Voilà pourquoi il m'est impossible d'en obtenir les réponses que je souhaite.

L'excuse est imparable, mais ne convainc pas Vincent pour autant.

— Vous n'avez cependant pas répondu à ma question, remarque le noir. Aimeriez-vous entrer en contact avec des proches qui ne seraient plus de ce monde ?

En dépit de son scepticisme, la question trouve cette fois un écho dans le cœur de Vincent. Il songe malgré lui à son père, à Étienne Begel, à M. Robert-Houdin... Il s'efforce de contenir l'émotion qui déferle en lui à l'idée de renouer le contact avec eux. Il n'est pas en situation de s'épancher.

— Je sens un malaise en vous, déclare le blanc. Je le perçois clairement. Votre esprit n'est pas en paix, je le devine... et cette fragilité semble puiser sa source dans votre passé.

— Ou plutôt dans un aspect de votre jeunesse dont vous avez été privé, complète l'autre.

Vincent les dévisage à tour de rôle, incrédule. Le blanc insiste :

— Ces âmes qui vous hantent ne vous sont-elles d'aucun secours aujourd'hui ?

La dernière fois que Vincent a été ébranlé de la sorte, c'est lorsque Charles lui a révélé les secrets de son histoire liés à la perte de son père, mais la situation était très différente. Adinson en avait eu connaissance par des moyens tout à fait rationnels et n'avait pas cherché à les mettre en scène. Ces deux énergumènes sont d'une autre engeance. Pour le déstabiliser, ils pourraient très bien tenter d'exploiter ce que Joshua aurait réussi à espionner, ne serait-ce que lors de sa visite sur la tombe de Begel. Vincent hésite. Même si jouer avec ses sentiments les plus intimes le gêne, il est prêt à tenter le coup pour voir jusqu'où ils seront capables d'aller.

— Il y a bien une question...

75

Vincent est conduit vers ce que son geôlier a lui-même désigné comme le « cabinet spirite ». Cette fois, pas de mains liées ni de bandeau sur les yeux, mais tout de même trois hommes de main aux côtés de Joshua pour décourager toute tentative de fuite. À quatre contre un, Cavel ne va rien tenter, d'autant qu'il n'est même pas certain de se repérer assez pour trouver la sortie.

— Tu es privilégié, lui explique Joshua. Peu ont l'honneur d'une séance en tête à tête avec le Mage. Pour ma part, je n'ai assisté qu'à des perceptions collectives.

Il entraîne Cavel sur une sorte de pont de bois qui compense l'écart de niveau entre les étages de deux bâtiments attenants. À travers les murs, ils passent ainsi d'un immeuble à l'autre, s'éloignant du cabaret. En parcourant les coulisses du repaire de la confrérie, Vincent comprend que celui-ci a été aménagé dans les étages, sans doute réparti sur plusieurs adresses au sein du même quartier. Certains passages traversent même sous les toits. S'échapper par une des ouvertures sera peut-être la meilleure option si l'occasion se présente…

Après un cheminement tortueux, le prisonnier et ses gardiens débouchent dans une vaste pièce sous la charpente, sans doute un ancien grenier ou un séchoir, au milieu de laquelle a été érigée une structure en demi-sphère de facture plus récente. Une porte de bois clouté, assez basse et épaisse pour être celle d'une prison, en marque l'entrée. La garde rapprochée des mages et deux des jeunes femmes, celles qui portent le livre et l'ostensoir, sont réparties en ligne de chaque côté, formant une sorte de haie d'honneur jusqu'à la porte. Joshua invite Vincent à s'y engager et s'efface devant lui.

— Vous ne venez pas ? demande Cavel.

— Ce qui se dira dans le secret du cabinet ne concerne que vous.

Non sans méfiance, Vincent s'avance. En passant entre les gardes, il sent leurs regards inquisiteurs peser sur lui. Leur imposante musculature donne une idée très précise de la brutalité qu'ils sont capables de déchaîner au moindre faux pas.

Vincent baisse la tête pour passer la porte et pénètre dans un long couloir entièrement fait de bois qui évoque la coursive des cabines d'un bateau. La porte massive se referme derrière lui.

À l'extrémité opposée se découpe une autre ouverture nimbée d'une clarté orangée. Vincent débouche dans un petit cabinet rond dont le plafond bas forme une coupole.

Les deux autres jeunes femmes se tiennent derrière les mages, qui ont pris place autour d'une table ronde. Le plateau de marbre noir est incrusté d'un motif géométrique triangulaire fait de jade. Chacun des jumeaux occupe une des pointes. Un large anneau de métal argenté est posé dessus.

La pièce circulaire est éclairée par des cierges disposés régulièrement sur son pourtour. Les parois sont couvertes de plaques de cuivre rivetées entre elles pour composer une sorte de cuve à l'intérieur de laquelle même le bruit des pas de Vincent est étouffé. La jeune femme chargée de la carafe fait coulisser un panneau derrière lui de telle sorte qu'il n'est tout à coup plus possible de distinguer l'entrée.

Le mage blanc invite Vincent à s'asseoir en face de la troisième pointe du triangle. Lui et son double noir saisissent alors l'anneau, qu'ils agrippent fermement en fermant les yeux.

Vincent scrute le moindre de leurs gestes. Leur attitude solennelle, l'extrême lenteur avec laquelle ils exécutent leurs mouvements et leur accoutrement d'un autre temps lui rappellent la théâtralisation propre aux exhibitions de magie et aux démonstrations de spiritisme. Il connaît parfaitement ces artifices, ces pseudo-rituels destinés à mettre en condition les spectateurs pour les amener à se convaincre qu'ils vont être les témoins de quelque chose d'extraordinaire. Pour avoir assisté à des dizaines de représentations de Robert-Houdin, Vincent sait tout de ces méthodes de conditionnement. Il connaît chacune des ficelles qui concourent à créer une atmosphère surnaturelle propice à l'épanouissement de la crédulité. Bien que n'étant dupe ni du décor, ni des manières, Vincent reste perturbé par les jumeaux. Ils sont une énigme à eux seuls. Comment font-ils donc pour avoir une respiration parfaitement synchrone alors même qu'ils ont les paupières closes ? Leurs poitrines se soulèvent exactement au même tempo et au même moment. Étant cette fois tout proche d'eux, Vincent peut aussi constater que leur teint parfait n'est le fruit d'aucun maquillage. Le grain de leur peau totalement imberbe est d'une étonnante finesse.

Le mage habillé de noir déclare :

— Saisissez l'anneau, il sera notre lien. Puis fermez les yeux.

Vincent obéit. La sensation le surprend. À l'inverse de ce qui se passe d'ordinaire lorsque l'on touche du métal, il éprouve d'abord une impression de chaleur intense, qui progressivement s'atténue. Les mains des mages lui semblent animées de minuscules vibrations extrêmement rapides qui se transmettent à lui par l'objet.

— Nous allons pratiquer le spiritisme, c'est ça ?

Le jumeau blanc achève son inspiration avant de répondre :

— N'essayez pas de rattacher ce que vous allez vivre à ce que vous croyez connaître. Nos gestes sont peut-être les mêmes que ceux des impurs qui copient les messagers des âmes, mais nous ne sommes pas des leurs. Je vous ai demandé de fermer les yeux. Dites-nous ensuite avec quel esprit vous souhaitez entrer en contact.

Cavel baisse les paupières. Il tente de contrôler sa respiration, mais le sentiment de vulnérabilité qui s'immisce en lui l'en empêche.

— Je souhaite communiquer avec celui qui fit éclore ma vocation. Le maître de mon bienfaiteur.

Vincent a volontairement utilisé le terme de « maître » pour se rapprocher de leur vocabulaire. Alors que les mages restent impassibles, il s'enquiert :

— Faut-il que je le nomme, que je l'invoque d'une certaine façon ?

— Inutile. Nous devons avant tout ressentir ce qui vous liait. Définissez-le plutôt à travers ce qu'il avait de particulier pour vous.

Vincent réfléchit un instant afin de choisir ses mots avec soin. Il ne doit pas aider les jumeaux à identifier trop facilement celui dont il parle. Des indications trop précises leur permettraient de recouper ce que Joshua ou ses sbires ont pu leur rapporter. Même s'il reste vigilant, l'exercice l'oblige tout de même à s'aventurer au cœur de ses véritables sentiments pour définir qui était Robert-Houdin pour lui. Il se concentre.

— Il est celui qui m'a appris à voir « l'au-delà », à ne jamais considérer aucune muraille comme infranchissable.

Il marque une pause.

— Il m'a enseigné que derrière toute impasse se cache un passage qui conduit à la vérité des choses.

— Un homme sage. Je le sens très présent en vous. Vous l'associez à tous vos actes...

Lequel des deux a parlé ? Vincent est incapable de dire si la voix vient de sa gauche ou de sa droite. Le commentaire, même pertinent, reste cependant assez général pour correspondre à n'importe quelle figure tutélaire ayant éveillé une vocation. Il répond évasivement, mais sincèrement.

— Je songe à lui chaque jour. Chaque fois que je dois faire un choix.

Vincent se surprend lui-même à déclarer cette absolue vérité dans cet échange qu'il soupçonne lardé de faux-semblants. La voix du mage lui parvient, posée, égale.

— Vous avez à cœur de poursuivre son œuvre. Y compris – depuis peu – dans ce qu'elle avait de plus personnel. De plus secrète. Il le sait. Je ressens que vous avez récemment rejoint un autre de ses proches dans cette quête. La présence d'un ami commun est perceptible et vous rapproche encore.

Vincent est troublé, à la fois par la justesse de la perception qui va jusqu'à évoquer Charles, mais aussi par le fait qu'une fois de plus, il ne peut pas dire lequel des deux a parlé. À moins que les deux ne s'expriment ensemble...

Le mage reprend :

— Vous avez récemment découvert un aspect de sa personnalité jusque-là demeuré dans l'ombre. Cela vous a éclairé, n'est-ce pas ?

Vincent sent à présent une étrange chaleur l'envahir. Comme si un flot tiède venu des mains des jumeaux transitait par l'anneau et se déversait en lui. Une lave se répandant, capable de le pétrifier. Comment ces deux êtres peuvent-ils tenir des propos aussi justes sur l'un de ses sentiments les plus intimes ? Personne d'autre que lui ne peut s'en douter. Aucun espion n'aurait pu le deviner.

Ses mains restent collées au métal sans qu'il puisse les en arracher. Ses bras sont si lourds qu'il ne peut plus les soulever. Il ouvre les yeux. Les mages et les jeunes femmes ont les paupières closes. Il est le seul à voir. Un vertige s'empare de lui, associé à une angoisse inédite. Vincent n'a pas peur pour sa vie. Il ne craint pas de souffrir. Ce serait trop simple, et il préférerait presque. Seul ce qui se passe dans son propre esprit l'épouvante. Il redoute que le pouvoir psychique de ces deux êtres ne fasse voler en éclats sa conception même de la réalité. S'il n'a pas pris part à une supercherie, alors sa perception du monde ne s'en remettra pas. Ses derniers repères risquent de s'effondrer et il basculera dans un gouffre sans fond. Il respire fort, en proie à une détestable sensation de perte de contrôle.

— Ne craignez rien, murmure le mage. Ce que vous découvrez va vous effrayer, mais pas plus qu'un premier pas vers la liberté. Quittez le confort des savoirs ordinaires. L'inconnu nous remet en cause, mais nous apporte par là même de nouveaux horizons. Il vous faut abandonner vos a priori et simplement vous laisser guider par ce que vous ressentez au plus profond de vous.

Les jumeaux parlent effectivement d'une même voix. Leurs lèvres s'animent simultanément. C'est inhumain, terrifiant, prodigieux. Il ne peut pas s'agir d'un tour. Même Robert-Houdin aurait été subjugué. Les jumeaux déclarent :

— C'est à travers ce qu'un homme sent de plus intime qu'il accède à l'universel. Que souhaitez-vous apprendre de celui qui n'est plus ?

Vincent est déstabilisé. Ses convictions les plus solides vacillent. Il avait prévu de poser une question piège pour les prendre à leur propre jeu et les démasquer, mais tout à coup une autre possibilité s'offre à lui.

Se pourrait-il que ces deux êtres soient réellement capables de le mettre en contact avec l'esprit de Jean-Eugène Robert-Houdin ? Ce genre de croyance n'est-il pas seulement une manne pour les marchands d'illusions qui s'enrichissent aux dépens de ceux qui espèrent ? Parler aux morts. Obtenir d'eux les réponses qu'ils n'ont pas pu donner avant de partir. L'idée est si fantastique qu'elle pourrait changer fondamentalement tout ce que sont les hommes, jusqu'à leur façon de traverser cette existence. Entrer en contact avec Robert-Houdin... S'adresser à lui. Avoir le privilège d'un ultime échange par-delà l'absence. Qu'aurait-il alors à lui demander ?

À moins qu'il ne préfère s'adresser à son père. Tout se bouscule en lui et lui donne la fièvre. Pourtant, il n'aurait aucune question à lui poser véritablement. Simplement l'envie de lui parler, et surtout de l'entendre.

— Votre lien se brouille, ne vous éloignez pas de celui à qui vous souhaitez vous adresser.

Vincent referme aussitôt les yeux. Son esprit s'affole. Il est écartelé entre la puissance de ce qu'il vit et sa méfiance envers ceux qui le lui permettent. Il voudrait laisser libre cours à ses sentiments, apprendre, mais la situation l'en empêche. Il ne doit pas baisser la garde, et pourtant... Jamais la vérité de l'homme qu'il est n'a été à ce point exposée. Par quel coup du sort faut-il que ce soit face à ceux qui menacent de le détruire ? Après avoir tenté d'anéantir son monde, ses pires ennemis pourraient-ils lui en offrir un autre ?

Vincent ne sait plus ce qu'il avait prévu de leur demander pour les confondre. Tant pis. Il ne peut pas laisser passer la chance que les mages représentent peut-être. Sans aucun calcul, il s'exprime :

— Durant le peu de temps où j'ai eu le privilège d'étudier auprès de lui, je l'ai souvent vu s'interroger, douter, mais il parvenait toujours à surmonter ses incertitudes...

Les mages le coupent :

— Ce n'est pas à nous que vous devez vous adresser, mais à lui. Il vous écoute.

Vincent est bouleversé. Les larmes qu'il a versées lorsque Robert-Houdin a disparu sont toujours en lui et ne demandent qu'à couler.

— Vous êtes parti si vite... souffle-t-il, la voix brisée. Vous aviez encore tant à m'apprendre. Vous possédiez des réponses qui me manquent et que je doute d'avoir la force de trouver... Je vous en prie, dites-moi ce que je dois faire !

Vincent est tout à coup en sueur, ses doigts sont brûlants, sa gorge est sèche. Il n'a pas envie d'ouvrir les yeux, il ne veut rien faire qui puisse troubler son message.

Dans un silence parfait, la voix unie des jumeaux s'élève : « Ce que je sais est à ta portée. Marche sur l'Autriche-Hongrie et monte vers le ciel à la suite des trois sages. Le fantôme te montrera la direction. »

Cavel se met à trembler. Cette réponse, aussi insensée soit-elle, trouve pourtant un sens en lui. Il en décrypte des bribes. Une chose est absolument sûre : les mages ne pouvaient pas l'inventer. Si la fin de l'énigmatique déclaration reste obscure, le début désigne sans l'ombre d'un doute l'accès truqué vers le bureau secret de Robert-Houdin. Il faut effectivement monter sur des cartes, dont celle qu'il avait vue de l'Empire austro-hongrois, et rejoindre le trio de savants grecs qui contemple la lueur dans le ciel. Quant au fantôme, ce pourrait être celui que le magicien faisait voler dans ses spectacles et qui est désormais suspendu au plafond de son repaire. Mais comment cet accessoire pourrait-il l'aider ?

Les jumeaux reposent l'anneau de liaison. Cette soudaine rupture arrache malgré lui un gémissement à Vincent. Il a tout à coup l'impression de se vider de son énergie. Il lâche l'anneau à son tour. Son cœur ralentit – il ne s'était pas rendu compte à quel point il battait la chamade – jusqu'à battre presque trop lentement, poussivement. D'un revers de manche, il essuie son front ruisselant. Après cette sensation de chaleur surnaturelle, il est frigorifié, à l'exception de ses mains qui brûlent plus que jamais. Il les regarde, effaré, s'attendant presque à les voir prendre feu sous ses yeux. Il est sous le choc de ce qu'il vient d'entendre, mais plus encore de la façon dont il l'a appris.

— Que m'avez-vous fait ?

Les jumeaux sont parfaitement calmes, aucune sueur ne perle à leurs tempes. Le blanc répond :

— Nous vous avons permis d'obtenir la réponse à votre question. N'était-ce pas ce que vous souhaitiez ?

Vincent bute sur les mots :

— Ce pouvoir, cette aptitude que vous possédez...

Le mage à la robe noire lui souffle :

— Joignez vos forces aux nôtres. Si vous nous aidez, nous pourrons vous conduire sur le chemin des esprits. Trouvez les richesses qui serviront notre cause. Ouvrez ce qui nous est fermé dans ce monde. Pour vous, nous ferons de même dans l'autre...

Le mage vêtu de blanc fait signe à la jeune femme d'apporter la boisson. Elle remplit trois verres d'un liquide qui ressemble à de l'eau.

Vincent a la bouche sèche, il meurt de soif, mais se méfie néanmoins de ce que le verre peut contenir.

Les jumeaux boivent le leur. Convaincu qu'il ne risque pas l'empoisonnement, Vincent s'empresse alors d'avaler le sien.

Les gorgées fraîches descendent en lui. Cela ne semble pas étancher sa soif. Il n'est pas dans son état normal. Sa vue se brouille. Est-ce un effet secondaire de ce qu'il vient de ressentir, ou s'agit-il d'un nouveau sortilège ? Comme s'il se remplissait de plomb, il se sent soudain devenir plus lourd.

Vincent ne contrôle plus ni ses bras ni ses jambes. Son corps pèse tout à coup des tonnes. Brusquement, il s'effondre.

76

Hypnotisé par ses yeux incandescents, Vincent danse avec le diable. Le démon cornu étend ses bras articulés en poussant un hurlement victorieux à faire trembler les fondations des cathédrales. Autour du puits projetant ses boulets rougis, leur sarabande célèbre le pacte tout juste scellé. Vincent est devenu le personnage du théâtre d'ombres, prisonnier d'un monde dans lequel il n'est qu'un pantin, alors que par sa faute, les cendres brûlantes échappées du puits se répandent peu à peu, anéantissant toute vie sur Terre.

Une secousse arrache Cavel à sa léthargie. La réactivation de ses réflexes renvoie Satan et son puits infernal dans les limbes de son cauchemar. Une première pensée consciente prend forme.

Alors qu'un bras cherche à l'enlacer, Cavel se cabre et se débat. Il ne se laissera pas entraîner en enfer. Comme un fauve, il fouette l'air avec violence pour échapper à l'emprise. Le bras se retire comme une murène. Une voix tonne :

— Calmez-vous ! Personne ne vous veut de mal !

Vincent retombe et s'abandonne. De toute façon, les forces lui manquent pour un combat. Il connaît cette voix. Il s'efforce d'ouvrir les yeux.

Une silhouette floue se penche au-dessus de lui. Une autre se déplace en arrière-plan. Il se concentre pour essayer d'y voir et marmonne, incrédule :

— Charles ?

— Êtes-vous à ce point embrumé pour ne pas me reconnaître ?

Vincent cherche à se redresser. Adinson lui vient en aide.

— Tout doux, mon ami. Ne brusquez rien. Reprenez d'abord vos esprits. Je n'ai pas souvenir d'avoir vu sommeil aussi tourmenté...

Cavel découvre une pièce claire aux lits de fer alignés et aux tables de chevet en bois.

— Où sommes-nous ?

— Au dispensaire de la brigade des cochers.

Vincent grimace.

— Comment suis-je arrivé là ?

— On vous a ramassé au pied de la tour Saint-Jacques, inconscient. Les gendarmes vous ont pris pour un vagabond soiffard. Vous étiez dans un tel état...

— Soiffard ? Pourquoi aurais-je échoué là-bas ?

— Je comptais un peu sur vous pour me l'expliquer.

— C'est vrai que j'ai soif...

— Ici vous n'aurez que de l'eau, ironise Charles, en faisant signe à un homme d'aller chercher de quoi le désaltérer.

— L'un des cochers vous a vu entrer au Chat Noir, où vous vous êtes ensuite volatilisé. Ceux de chez nous qui se sont mêlés à la clientèle pour vous chercher n'ont pas trouvé la moindre trace de votre passage.

Vincent regarde fixement ses paumes, les palpe avec hésitation. Cet étrange comportement intrigue Adinson, qui poursuit néanmoins :

— Que s'est-il passé ? J'imagine que vous avez découvert quelque chose pour y rester si longtemps. Que vous est-il arrivé ?

Vincent tente de remettre en ordre ses pensées confuses. Il porte la main à son front pour tenter d'apaiser la migraine qui monte et répète :

— Le Chat Noir...

L'entrevue avec les jumeaux lui revient soudain.

— En fait, j'ai plutôt découvert quelqu'un... La confrérie de l'Aube sacrée. Cela vous évoque quelque chose ?

Charles réfléchit un moment.

— Non, rien. Cela sonne comme une secte.

— C'est sans doute bien davantage. Figurez-vous que j'ai rencontré celui qui a poignardé Eustasio et certainement orchestré les autres attaques. Un type plutôt sympathique, d'ailleurs.

Adinson fronce les sourcils.

— Vincent, vous allez bien ?

— Mais le plus impressionnant, ce sont les Mages... Quand ils parlent, c'est proprement magique ! Deux corps pour une seule entité. De quoi vous faire croire que vous voyez double.

— Vous avez bu ?

— Pas une goutte... Je crois même n'avoir jamais été aussi conscient que devant eux.

Inquiet, Adinson cherche à vérifier la dilatation des pupilles de Vincent, qui continue à se livrer sans cohérence. Se redressant brusquement, celui-ci écarte sa main et le fixe dans les yeux.

— Charles, croyez-vous qu'il soit possible de communiquer avec les morts ?

La question désarçonne Adinson.

— Des gens le prétendent, mais pour ma part, je suis le seul décédé avec qui je discute...

Vincent secoue vivement la tête. Il paraît parfaitement éveillé.

— Je ne plaisante pas, Charles.

— J'aurais préféré. Quelle question ! De quoi me parlez-vous ? Avez-vous été témoin de magie noire ou de pratiques occultes ? Dieu est en principe le seul à qui chaque mortel puisse s'adresser par-delà le trépas.

— Je n'en suis pas certain.

— Vous divaguez. Racontez-moi plutôt ce qui s'est passé.

— J'ai fait une rencontre impossible, incroyable...

— Je suis curieux d'en savoir plus. N'omettez rien.

— Vous savez, Charles, je pense que je ne me suis pas échappé. Je suis même prêt à parier qu'ils m'ont laissé partir.

Charles se raidit.

— Êtes-vous conscient de ce que vous dites ? Après avoir essayé de vous tuer, ils vous tiennent enfin à leur merci mais décideraient finalement de vous laisser partir ?

— J'en suis aussi étonné que vous et pourtant, c'est probablement ce qui s'est produit. Leur manière de faire est déconcertante, et j'avoue que certaines de leurs convictions m'ont interpellé...

Adinson donne des signes d'agacement.

— Vous n'êtes pas dans votre état normal. Vous ont-ils drogué, ou battu ? Vous ne portez pourtant pas trace de sévices.

— Ils ne m'ont fait aucun mal. Nous avons discuté, ils m'ont donné leur point de vue et m'ont laissé partir.

Le regard de Cavel, perdu dans le vague, inquiète Adinson.

— Cette conversation devait être passionnante, pour vous occuper deux jours entiers, fait celui-ci.

— Deux jours ?

— Cinquante-quatre heures précisément. C'est le temps durant lequel vous avez disparu.

— J'aurais juré que tout avait duré bien moins...

Les méninges de Cavel se remettent en route. Tout à coup, il agrippe le bras de Charles.

— Je n'ai aucun souvenir de ces deux jours. Par contre, il est un point que nous pouvons éclaircir immédiatement pour vérifier si je suis fou.

77

Vincent presse Charles de le guider. Il tient à peine sur ses jambes, mais ne ralentit pas, titube, se heurte aux angles des couloirs. Il doit parfois se rattraper au mobilier pour ne pas s'écrouler, mais rien ne l'arrêtera.

Sur leur parcours, Charles rassure les cochers, que l'affolement de l'étrange tandem alerte.

— Me direz-vous enfin pourquoi une telle urgence ?

— Vous le verrez très vite. Sinon, vous pourrez toujours me faire enfermer.

— Vincent, vous m'effrayez. Je ne vous reconnais pas.

— Je m'effraie moi-même... Si je vous disais que Robert-Houdin m'a parlé ?

— Pardon ?

— Tout bonnement, votre ami s'est adressé à moi.

Cette fois, c'est Charles qui trébuche dans sa course.

— Pure démence, affirme-t-il. Les membres de cette secte vous auront joué un tour. Vous avez été à la meilleure école pour savoir qu'il est facile de duper le plus affûté des esprits.

— C'est ce que je me suis dit. Et puis...

Vincent fatigue.

— Et puis quoi ?

— C'était tellement étrange, tellement *vrai* que j'ai besoin de vérifier.

— Vérifier ? Vérifier quoi, enfin !

Les deux hommes entrent dans la cour et s'engouffrent dans l'entrée de l'ancienne résidence du magicien. Vincent traverse le hall et pénètre dans le bureau en suppliant Adinson de se hâter, puis prend soin de verrouiller la porte derrière eux.

Charles se rend directement devant le meuble de cartographe dont il actionne le mécanisme. Les marches se mettent en place ; il monte ouvrir le passage derrière la toile et, à bout de souffle, invite Cavel à se glisser dans le vestibule secret.

— Nous y voilà. J'espère que vous allez vous apaiser... Je suis exténué.

Cavel entre et marmonne :

— J'ai marché sur l'Autriche-Hongrie. Je suis monté vers le ciel à la suite des trois sages...

Il avance sans hésiter dans le bureau et se place sous le fantôme suspendu entre les poutres. La structure en fil de fer est là, accrochée dans les airs, couverte de ses voiles diaphanes qui, par leur mouvement rapide au-dessus des foules, créaient une aura surnaturelle.

Vincent observe l'objet sous tous les angles et s'adresse à lui :

— C'est donc à toi de me montrer le chemin... « Ce que je sais est à ta portée. Le fantôme te montrera la direction... »

— Vous me semblez dans un tel état d'agitation mon ami, commente Adinson, perplexe. Peut-être serait-il raisonnable de consulter...

— Je veux d'abord savoir si ces mages sont les meilleurs charlatans du monde ou s'ils possèdent un don hors du commun.

Le bras du fantôme semble désigner une direction droit devant lui.

— Charles, depuis que vous avez hérité de ce bureau, avez-vous déplacé le Spectre volant ?
— Jamais. Pourquoi l'aurais-je fait ?
Sans répondre, Vincent cherche à définir ce que pointe le mannequin filiforme.
— On dirait qu'il nous désigne cette cloison, là, entre les deux étagères...
Adinson perd son calme.
— Je n'y comprends rien ! Vos propos sont insensés. Vous me faites cavaler jusqu'ici sans rien expliquer. Vous parlez au fantôme. Pire, si je vous écoute, ceux qui cherchent à vous tuer se seraient montrés courtois. Vous semblez même les apprécier. Par tous les saints, seraient-ils parvenus à vous endoctriner ?
Tout en s'approchant des planches qui forment la paroi, Vincent répond :
— Nous connaissons-nous si peu que vous puissiez me croire capable de trahison ?
Il commence à sonder le mur. La structure semble pleine. Charles le rejoint.
— Êtes-vous en pleine possession de vos moyens lorsque vous affirmez que Robert-Houdin vous a parlé ?
— Nous allons vite le savoir. Si c'est bien lui, il s'est exprimé à travers les voix des mages.
— Seraient-ils médiums ?
— Il n'y a qu'un moyen de s'en assurer. Il m'a confié une information. Si elle s'avère authentique, il n'y aura plus de doute.
Vincent sonde encore. Il descend, il monte, il cherche, y compris au-delà des poutres qui encadrent la section. Il passe ses mains partout sur le bois avec minutie et fait sonner le mur sous ses jointures.
Rien. Aucune encoche, aucune saillie, même minuscule, qui pourrait permettre l'ouverture d'un volet dans la paroi.

Pour ne rien laisser au hasard, il s'agenouille, essaie de retirer la plinthe.

C'est en prenant appui sur le plancher qu'un très léger jeu dans une des lattes du parquet retient son attention. Fébrile, Vincent cherche à l'accrocher, palpe les fentes, lorsque tout à coup, il la sent se décaler.

Il échange un regard avec Charles et s'efforce aussitôt de la faire coulisser. Avec difficulté, il y parvient sur quelques centimètres. Le bois, en place depuis des années, ne se laisse pas faire mais Vincent persévère et l'ouverture finit par se révéler.

Charles reste bouche bée.

— Saviez-vous que cette cache existait ? interroge Vincent.

— Je vous assure que je n'en avais pas la moindre idée…

— Il n'y avait donc que Robert-Houdin pour le savoir.

Vincent glisse la main dans l'espace libéré et en ressort un petit paquet, qu'il dépose sur le bureau. D'un sac de coton roulé sur lui-même, il tire trois carnets de notes d'apparence similaire, reliés de cuir noir.

Charles en saisit un et le feuillette. En reconnaissant l'écriture parfaitement formée si caractéristique de son ami, il ressent une intense émotion. Très vite, il vérifie : tous les carnets sont de la main même du magicien.

— Mon Dieu… Je suis certain qu'il m'est arrivé de voir Jean-Eugène rédiger certaines de ces pages. Il gardait toujours son carnet sur lui. Personne, pas même sa femme, n'avait le droit d'y toucher. J'ignorais qu'il en existait plusieurs. En emménageant ici, j'ai cherché dans ses archives, mais ne trouvant rien, je me suis dit que le document était définitivement perdu.

Dans le volume que parcourt Vincent figurent des notes, des réflexions, des idées sur les problèmes auxquels Robert-Houdin était confronté. Il tombe sur une liste de passages secrets réalisés pour diverses personnalités. Suivent dans le désordre des schémas pour des numéros d'illusion ou des mécanismes de déclenchement. L'ensemble hétéroclite est émaillé de courtes synthèses apparemment relatives aux recherches qu'il menait avec ses compagnons de quête.

Vincent s'arrête sur un paragraphe.

— Charles, avez-vous eu connaissance d'une affaire de reliquaire exhumé dans une chapelle près de l'ancien cimetière des Innocents?

— Tout à fait, je m'en souviens très bien. L'édifice avait été épargné lors de l'évacuation des tombes, mais voilà quelques années, de nouveaux aménagements l'ont voué à la destruction. Nous avions recoupé des archives et découvert que le précieux ostensoir avait été enfoui pour échapper aux révolutionnaires.

— Robert-Houdin y fait référence ici, et ce n'est pas le seul extrait qui évoque vos découvertes…

— Mais que lui avez-vous demandé pour qu'il vous révèle leur emplacement?

Cavel lâche le texte des yeux.

— J'ai dit que je regrettais qu'il n'ait pas eu le temps de me transmettre tout ce qu'il savait. Je lui ai dit que j'étais perdu.

Il marque un temps.

— Par la voix des médiums, il m'a répondu que son savoir était à ma portée et m'a indiqué où chercher.

— Bonté divine, murmure Adinson. J'ignore ce qui me chamboule le plus : la peur ou le plaisir… ? Je suis si heureux de pouvoir espérer qu'il soit encore présent quelque part au-dessus de nous, et tellement épouvanté que ce soient nos adversaires qui vous l'aient révélé…

— J'en suis là également.

— Cette expérience a dû vous ébranler…

— Profondément.

— Peut-être cette démonstration vous a-t-elle séduit…

Dans l'intonation de Charles, Vincent perçoit une appréhension. Il devine également tout ce qu'il sous-entend par là.

— Cette séance m'a bouleversé. Je ne le nie pas. Ce signe de mon maître – de votre ami – n'en finit pas de me questionner au plus profond de mon être et risque de me hanter longtemps. Mais Robert-Houdin n'était pas des leurs. Je pense même qu'aujourd'hui, lui aussi souffrirait de leurs agissements. Cette confrérie cherche des trésors, comme nous. Mais pas pour les mêmes raisons. Robert-Houdin, Begel, vous et votre cercle souhaitez les protéger. C'est à cela que je me consacre avec vous. Ces gens avouent eux-mêmes vouloir s'en servir pour se renforcer. Ils n'ont que faire de ce qu'ils convoitent, ils désirent juste l'utiliser, en tirer un pouvoir. Si j'avais rencontré ces mages en étant seul, sans doute aurais-je été émerveillé, et peut-être même tenté de les rejoindre, mais je les découvre après avoir été formé par des hommes que je n'ai jamais vus se corrompre, et alors que je vous connais et que j'ai une famille. Aussi fascinant que soit leur don, cela ne signifie pas qu'ils s'en servent de manière honnête.

Charles saisit les carnets et les tend à Vincent.

— Il vous faut étudier ces notes.

— Vous devez souhaiter les lire autant que moi...

— Vous êtes le plus à même d'en tirer ce qui pourra nous être utile.

Cavel les recueille avec respect.

— Merci, Charles.

— Faites vite, mon ami, car le temps que nous avons mis à vous retrouver leur a offert deux jours d'avance...

78

Vincent n'aura pas réussi à dormir au-delà des premiers rayons de l'aube. Au petit matin, sortant de sa roulotte, il n'a rencontré que Victor, le géant qui semble veiller jour et nuit. Un calme absolu règne sur le camp. La troupe bigarrée est déjà repartie pour la capitale dont elle animera les rues plus tard dans la matinée.

Sur la prairie encore constellée de rosée, les lapins forment un cercle, vite dispersé par deux chiens errants. La rivière coule paisiblement en contrebas.

Le gardien des ambassades a salué Cavel, qui s'est isolé au sommet d'un talus voisin. Assis sur un rondin, Vincent s'est adossé au tronc d'un arbre. Il garde un œil sur le camp tout en se réchauffant au premier soleil. C'est là qu'il analyse chaque ligne des carnets sur lesquels il s'est déjà endormi d'épuisement la veille.

Page après page, bien des choses le fascinent. Il a entre les mains toutes les informations que Jean-Eugène Robert-Houdin considérait comme les plus importantes. Ce dernier ne se séparait jamais de son carnet et y couchait tout ce qu'il jugeait essentiel. Mais Vincent a également l'impression de s'immiscer au plus intime des pensées de son modèle. Ses remarques et annotations témoignent de sa façon de réfléchir. C'est une véritable plongée dans les rouages de son intelligence. Chaque note, qu'elle soit complète ou interrompue, renvoyée ou amendée, témoigne des moindres soubresauts de l'esprit de son maître. Le style est direct, sans aucune fioriture, avec pour seul objectif de faire progresser son raisonnement et de fixer ses pensées. L'ensemble est si spontané que parfois, Vincent a l'impression d'entendre la voix du magicien.

Certaines saillies ou commentaires laconiques n'ont à l'évidence de sens que pour leur auteur, et cependant, le plus souvent, Cavel a l'impression que les lignes ont été rédigées à l'intention d'un tiers.

Robert-Houdin destinait-il cet héritage intime à quelqu'un en particulier ? Le nom de Charles s'impose à l'esprit de Vincent, mais l'espace d'un instant, il se prend à rêver que son maître ait pu envisager de lui transmettre tout cela. Oui, à lui, le petit apprenti. Face au génie de Robert-Houdin, c'est en effet ainsi que Vincent se définit toujours. Un apprenti. En est-il digne aujourd'hui ?

Vincent a lui aussi toujours consigné ses réflexions et ses croquis dans un carnet. Sans doute doit-il cette habitude à son aîné ? Il n'a pour le moment pas même rempli son premier volume. Un jour, peut-être, lorsqu'il sera plus âgé, s'il parvient à vivre jusqu'à avoir des cheveux blancs, aura-t-il également noirci trois tomes, ou même davantage ?

Chaque page apporte son lot de surprises et exige de lui la plus grande attention, la seule logique des recueils étant chronologique. Jean-Eugène Robert-Houdin a commencé sensiblement au même âge que Vincent, et a poursuivi jusqu'à la fin – sa dernière note date de quelques jours seulement avant sa mort. C'est par celle-là que Cavel a commencé sa lecture. Robert-Houdin ne devait pas se douter de l'imminence de sa mort, car il évoque simplement un futur voyage et deux inventions à modifier.

Dans les paragraphes consacrés aux études préparatoires pour des passages secrets, il est régulièrement fait mention d'Étienne Begel. « Consulter Étienne pour vérifier la faisabilité d'un mécanisme réversible… », « Demander conseil à Begel pour le métal à employer… ». Pour chaque projet, un rapide croquis expose les grandes lignes du fonctionnement et le procédé d'ouverture. En marge, quatre ou cinq petites croix sont tracées. Les installations qui n'en comportent que trois sont rayées d'un trait, que l'on sent parfois rageur. Vincent n'a pas été long à comprendre que ces croix sont des évaluations permettant à Robert-Houdin de vérifier que son idée coche bien chacun des cinq principes qui régissent les meilleurs passages dérobés. Il n'a visiblement mis en fabrication que ceux qui le satisfaisaient pleinement. Encore une preuve de son exigence absolue.

La page d'après aborde sans condition les affaires courantes du cercle de recherches auquel il appartenait – comme Adinson aujourd'hui. Robert-Houdin y évoque des réunions. Aucun nom n'est jamais mentionné, chaque intervenant n'est décrit que par sa fonction. Il est ainsi question entre autres de l'archiviste, de l'enquêteur, du physicien, de l'architecte, du mathématicien, du théologien, de l'historien et, à plusieurs reprises, de l'avocat du diable. Cette dernière dénomination intrigue Vincent.

À travers les divers dossiers évoqués, ce sont plus d'une trentaine de trésors qui ont été retrouvés et soustraits au pillage ou à la destruction. Emblèmes de pouvoirs oubliés, reliques, textes précieux, et bien sûr richesses sous forme d'or ou de pierres d'exception ont ainsi été mis à l'abri.

Quelques passages mentionnent cependant des énigmes restées sans réponses, dont l'une, à laquelle le cercle de recherche a finalement renoncé, rappelle les difficultés qu'a éprouvées Vincent pour ouvrir le tunnel de la cave de Flamel. Il y est question d'un armateur mystérieusement disparu en Méditerranée, dont la résidence aux murs trop épais recelait des espaces secrets. Il fut cependant impossible d'en découvrir l'entrée.

Dans ce florilège éclectique d'énigmes, de projets et d'interrogations, il arrive même que Robert-Houdin se soit intéressé à des faits historiques ou des faits divers étranges derrière lesquels il soupçonnait un mystère, comme le cas de ce journaliste assassiné après avoir annoncé un prochain article à sensation sur un trafic de fausses momies égyptiennes.

L'ombre qui masque tout à coup le soleil arrache Vincent à sa concentration.

— De bon matin à l'étude, et déjà l'air soucieux.

Il n'a pas entendu Gabrielle approcher. À contre-jour, ses longs cheveux filtrent superbement la lumière. Une sainte magnifiée dans l'aura d'un vitrail… Cavel referme le carnet.

— Je tombe mal ? demande la jeune femme.

— Jamais, mais je note que même en terrain dégagé, vous parvenez à surgir d'un coup. Vous avez un talent.

Elle rit et s'emplit les poumons d'air frais en s'étirant.

— Hier soir, je vous ai écouté échanger avec vos amis. Je n'ai pas voulu m'immiscer, mais je me suis étonnée qu'aucun ne vous pose une question qui me paraît évidente.

— Laquelle ?

— Depuis l'incendie, êtes-vous parvenu à reprendre le contrôle de la situation ?

La jeune femme fait un pas de côté. La lumière vient cette fois découper son profil, le nez droit, la pommette haute, l'œil clair comme un ciel de printemps. Sa jeunesse, sa beauté et l'énergie que Vincent saisit dans toute sa personne sont autant d'hymnes à la vie. Il ne se sent pas le droit de les ternir avec des problèmes auxquels la jeune femme ne pourra malheureusement rien changer.

— Trop tôt pour le dire. Et vous ? Vous accommodez-vous de ces conditions ?

— L'endroit est tellement peu ordinaire que j'en arrive à oublier tout ce qui existe ailleurs.

— Comment va Pierre ?

— Il s'inquiète de ne pas vous voir assez et se demande de quoi l'avenir sera fait.
— Nous en sommes tous là... Pas vous ?
— J'ai consulté des diseuses de bonne aventure et des tireuses de cartes... Elles sont plusieurs à venir, chaque soir.
— Que vous ont-elles prédit ?
— Chaque fois des choses très différentes, tout et son contraire, à tel point que cela ne veut plus rien dire. Elles m'annoncent l'amour, des enfants joufflus et souvent la fortune, mais aucune n'a parlé de danger de mort. Ne trouvez-vous pas cela étonnant ?

Après son expérience face aux jumeaux, Vincent ne se risquera pas à commenter les oracles, spirites ou prophéties. Il n'a plus réellement de certitudes à ce sujet.

— Si elles se bornent à vous promettre le bonheur, vous devriez les croire.

Ils sourient ensemble. Vincent désigne le camp d'un mouvement du menton.

— J'ai appris que pour libérer une roulotte, vous et Pierre occupiez désormais la même.

Gabrielle rougit.

— Pierre se comporte de façon tout à fait honorable.
— Je n'en doute pas.
— Il fait travailler Henri, à qui un brocanteur a rapporté des livres d'étude, des plumes et un cahier. Et même un exemplaire de *L'Île mystérieuse*...

Comprenant que Gabrielle cherche à éviter de parler de sa liaison avec Pierre, Vincent vient à son aide en changeant de sujet :

— On m'a dit qu'Eustasio avait fait passer un message rassurant et qu'il serait de retour dans quelques jours.

La jeune femme hoche la tête.

Bien qu'ils soient enchantés de se retrouver, tous deux se contentent d'alimenter une conversation réduite aux utilités. Mais peu à peu, autre chose s'installe. Est-ce parce qu'ils s'en rendent compte qu'ils se fixent avec de plus en plus d'intensité ? Bientôt, ils ne parviennent plus à détacher leurs regards l'un de l'autre.

N'y tenant plus, Vincent demande :

— Pardon, mais je dois savoir. Entre vous et Pierre, c'est sérieux ?

La jeune femme baisse les yeux.

— Je crois que oui. Je préfère vous l'avouer, notre bonheur lui donne mauvaise conscience alors qu'il sait que rien n'est résolu et que vous êtes en première ligne.

— Rassurez-le. Vous savoir heureux ensemble m'aide bien plus que s'il était écrasé sous la charge avec moi.

Gabrielle n'ose pas le regarder en face, mais elle doit lui poser la question.

— Vous allez vous en sortir ?

— Je l'espère.

— Quand vous n'êtes pas là, avoue-t-elle, ce n'est pas pareil. On est tous un peu perdus. Pierre et moi parlons beaucoup de vous. Nous arrivons à occuper Henri, mais Konrad est taciturne.

— Vous me manquez aussi beaucoup.

À l'horizon, une traînée de poussière attire l'attention de Vincent. Un cavalier approche, lancé au galop. Peut-être ne fera-t-il que passer pour continuer son chemin vers l'ouest, mais son instinct lui souffle autre chose.

Vincent distingue de mieux en mieux l'homme qui mène sa monture à bride abattue. Il porte un long manteau de cocher et leur chapeau caractéristique.

Cavel se redresse, les yeux fixés sur le nouvel arrivant. Gabrielle l'aperçoit à son tour.

— Allez-vous déjà devoir repartir ?

— Possible.

Le cocher s'engage dans le camp et remonte entre les tables en ralentissant à peine, juste le temps de héler au passage Victor, qui lui indique du doigt leur direction.

Arrivé au pied du talus, le cavalier saute de son cheval et grimpe jusqu'au sommet. Le visage poussiéreux, il s'essuie le front du bras et déclare, essoufflé :
— M. Adinson m'envoie vous chercher.
— Que se passe-t-il ?
L'homme jette un œil vers Gabrielle.
— Vous pouvez parler, le rassure Cavel.
— Des hommes font des travaux dans la maison de la rue de Montmorency, et ils s'activent aussi autour de la bouche d'égout par laquelle vous êtes descendus l'autre soir...
Vincent bondit sur ses pieds.
— Crénom, ils vont essayer de forcer le tunnel !
— Je dois vous ramener à Paris de toute urgence.
Vincent se tourne vers la jeune femme et lui saisit les mains avec douceur.
— Il faut que je parte, Gabrielle. Mais avant, j'ai besoin de vous demander votre aide.
— Si je peux...
— Saluez mon frère et mes amis. Sans les alarmer, dites-leur que je n'ai pas pu rester. Qu'ils ne s'inquiètent pas. Qu'ils continuent à vivre. Prenez soin de ma famille comme vous le faisiez dans notre maison, vous avez aussi ce talent-là.
— Votre drôle de famille...
— Vous en faites désormais partie.
— Comptez sur moi.
Il brûle de prendre la jeune femme dans ses bras, mais se ravise.
— Dites à Pierre que je reviens toujours.
Vincent ramasse les carnets et dévale le talus en compagnie du messager. L'homme grimpe prestement en selle et l'aide à monter en croupe. Vincent adresse un signe à Gabrielle, qui le regarde s'éloigner jusqu'à ce que les deux hommes se confondent avec la poussière qu'ils soulèvent.

79

Le cocher tire sur les rênes et lance un ordre ; le cheval abandonne aussitôt le trot et le fiacre vient se ranger à l'intersection de la rue Beaubourg et de la rue des Gravilliers. Au milieu de l'activité de cette voie très fréquentée, personne ne remarque cette voiture dont aucun passager ne descend.

Dissimulés par le rideau de la portière, Charles et Vincent observent le chantier installé sur la bouche d'égout par laquelle ils étaient descendus.

— Nous avons compté neuf hommes, explique Charles. Ils n'ont apporté que des outils. Barres à mine, pioches, pelles... Leurs intentions ne font aucun doute.

— Ont-ils commencé à remonter de la terre ?

— Pas encore.

Vincent hoche la tête, plutôt impressionné par les moyens déployés.

— Ils sont malins. Leur chantier ressemble à n'importe lequel de ceux qui encombrent les chaussées. On pourrait les prendre pour de véritables égoutiers. Ils vont creuser sans être inquiétés.

— Ont-ils une chance de réussir à passer l'effondrement ?

— Vous étiez présent comme moi au moment où le boyau s'est affaissé. La secousse avait tout d'un vrai tremblement de terre. Le passage est certainement obstrué sur des dizaines de mètres. Je ne dis pas que ce tunnel est impossible à rouvrir, mais cela va exiger beaucoup de temps et de sueur.

— Je vais les faire surveiller nuit et jour.

— Le volume de gravats qu'ils évacueront sera un bon indicateur. Dites aux hommes de compter les charrettes. Et s'ils commencent à faire livrer des poutres ou des bastaings pour l'étayage, cela signifiera qu'ils ont pu rouvrir et doivent consolider un passage. Alors il nous faudra réagir.

— Qu'est-ce que ça donne, rue de Montmorency ?

— Ils ont envoyé une quinzaine d'individus. Certains logent sur place. On a vu arriver là-bas le même genre d'outils qu'ici. Ils doivent mettre les bouchées doubles.

— Leur exécuteur, Joshua, me l'a assuré : ils continueront à œuvrer, avec ou sans moi. En attendant que je revienne, ils choisissent la seule méthode à leur portée : la manière forte.

— Pensez-vous sérieusement qu'ils comptent vous revoir ?

— Sinon pourquoi m'auraient-ils libéré ? Seul mon retour volontaire leur prouverait mon engagement. Je n'exclus d'ailleurs pas de leur en donner l'illusion si cela peut nous être utile. En attendant...

— Que se passera-t-il si vous ne les rejoignez pas ?

— Ils recommenceront à s'en prendre à nous, plus déterminés que jamais. Mais je ne les crains pas. Tout ce qui m'importe, c'est que les miens soient en sécurité. Le sont-ils réellement aux ambassades ?

— Je vous en donne ma parole.

Charles semble tout à coup embarrassé.

— Ce qui s'est passé après votre séance de spiritisme ne vous est pas revenu ? hasarde-t-il.

— Non. Pas le moindre souvenir. C'est d'ailleurs très étrange. Comme si ces deux journées n'avaient jamais existé, ou avaient été effacées de ma mémoire.

— Leur intervention sur ce site-ci soulève tout de même un problème...

— Lequel ?

— Sont-ils ici parce qu'ils nous ont espionnés, ou parce que vous leur avez livré l'adresse ?

Vincent s'apprête à protester, mais Charles l'interrompt d'un geste de la main.

— Je ne vous accuse de rien. Je ne vous soupçonne même pas. Je me demande simplement s'ils n'ont pas pu vous administrer des substances qui auraient annihilé votre vigilance. Après tout, nous savons qu'ils maîtrisent l'usage des poisons, et vous avez été témoin de leurs talents pour le moins inhabituels.

— Vous pensez qu'ils auraient pu me droguer ?

— Ou vous hypnotiser. Cela expliquerait que vous ne vous souveniez de rien, sans parler de l'état dans lequel on vous a retrouvé.

— Pourvu que vous ayez tort...

Vincent écarte discrètement le rideau et observe les hommes qui s'affairent sur la bouche. Certains ressortent, plus ou moins couverts de boue, et sont remplacés par d'autres, qui s'y glissent à leur tour. Ils boivent un peu d'eau, échangent quelques mots. L'un d'eux allume une cigarette. Des ouvriers qui paraissent tout ce qu'il y a de plus normal...

— J'espère ne rien avoir révélé, même malgré moi, ronchonne Cavel.

Il souffle et ajoute :

— Regrettez-vous que nous n'ayons pas entrepris ces travaux nous-mêmes ?

— Définitivement pas. Je pense plus efficace de parier sur l'existence d'autres accès, comme le suggère le témoignage de Loyola. À ce sujet, j'ai déjà songé à quelques recherches qui pourraient nous être utiles.

— De leur côté, mes compagnons ont eux aussi éclairci certains points pour le moins surprenants. Que diriez-vous de les rencontrer ?

80

Une partie de son personnel se consacrant la nuit à l'étude des astres, l'Observatoire de Paris est relativement calme en ce début d'après-midi. L'auguste bâtiment, premier fleuron de l'Académie royale des sciences fondée par Louis XIV, se dresse au milieu des jardins qui furent autrefois son aire d'expérimentations pionnières. Ici fut tracé le passage du méridien réglant le « midi vrai », et l'endroit vit aussi se préciser la notion étalonnée du mètre et du kilo, ainsi que les sciences de la cartographie et de la géodésie.

Pour le moment, son dôme arrondi, qui abrite l'une des plus grandes lunettes astronomiques du monde, est clos.

— L'Observatoire d'astronomie ? s'étonne Cavel.

— L'un de nos lieux de rendez-vous, explique Charles. Un de nos compagnons les plus éminents y est en poste, et l'endroit compte plusieurs accès, dont certains sont souterrains et reliés aux anciennes carrières. Excellente option pour s'y retrouver en toute discrétion. Même les révolutionnaires n'ont pas découvert ce qui s'y cachait alors qu'ils ont été près de trois cents à fouiller ce lieu.

Se faufilant par les allées en longeant les haies, Adinson entraîne Vincent vers une entrée secondaire sur le côté du majestueux édifice.

L'homme de faction reconnaît Charles et leur ouvre l'accès de service. Empruntant un escalier discret, les deux visiteurs atteignent rapidement le premier étage et se dirigent vers la rotonde de la tour ouest.

Au moment d'y pénétrer, Charles souffle à Vincent :

— Ne vous formalisez pas, personne ne vous donnera son nom. Ce sera un peu nébuleux pour vous au départ, mais vous vous y retrouverez vite. Ne soyez pas déstabilisé par les manières directes de mes compagnons. Ils vont droit au but. Dites ce que vous savez, posez vos questions sans crainte, et n'ayez pas honte de ce que vous ignorez.

Avec ses panneaux muraux de bois blond rehaussés de moulures et ses imposants globes terrestres sur pied, la vaste salle octogonale dégage une élégante noblesse. Tout ici, par la nature de ce qui est exposé et la sobriété du style, est une invitation au voyage, affranchi des frontières et de la pesanteur. Un majestueux portrait de Louis XIV trône au-dessus de la cheminée. À sa gauche, celui de l'illustre premier directeur du lieu, l'astronome et ingénieur Jean-Dominique Cassini. Ses fils, petit-fils et arrière-petit-fils, qui mèneront l'institution à sa suite, n'ont droit, eux, qu'à des portraits bien plus modestes répartis entre une carte de la Lune et un relevé territorial de la France. Au plafond, une fresque représente une très belle femme flottant dans le ciel, face à un char doré conduit par un être auréolé de lumière et tiré par quatre chevaux blancs – une allégorie du passage de Vénus devant le Soleil.

À l'aplomb de la fresque, cinq personnes sont déjà réunies autour de la table centrale. Elles sont penchées sur des documents bien différents des cartes du ciel ou de la Terre habituellement étudiées entre ces vénérables murs.

Adinson s'avance.

— Bonjour, mes amis. Je suis heureux de vous présenter le spécialiste des passages secrets, l'ancien élève de notre regretté confrère magicien.

Chacun des convives accueille Vincent d'un signe de tête, auquel celui-ci répond maladroitement. Cinq hommes et une femme le dévisagent. Il est de loin le plus jeune. Adinson invite Cavel à prendre place à la table à ses côtés et reprend :

— Merci d'avoir répondu aussi vite à mon appel. Le temps presse. Nous venons de vérifier par nous-mêmes que des individus s'affairent déjà autour des deux points d'accès au tunnel qui ont été identifiés.

Un murmure inquiet parcourt l'assistance. Un homme arborant une superbe paire de moustaches et un monocle déclare alors :

— Raison de plus pour entrer rapidement dans le vif du sujet.

Il dépose la clé gravée sur la table.

— Mon confrère théologien et moi-même avons étudié cette surprenante pièce de toutes les manières possibles. Nous nous sommes d'abord intéressés aux gravures complexes qui l'ornent, pour en arriver à une première conclusion qui nous a laissés sur notre faim : outre qu'elles proviennent de cultures considérées d'habitude comme ennemies, il n'y a sans doute aucun message codé.

L'historien montre à l'assemblée l'anneau plein aux caractères entremêlés.

— Nous avons ici des écritures latines et arabes associées, alors que cette clé date sûrement des croisades, une époque où ces deux civilisations étaient en conflit violent. J'attire votre attention sur l'imbrication des motifs voulue par l'artiste, afin de dépasser les affrontements d'alors.

Son voisin, un homme très blond vêtu d'un complet avec gilet assorti, précise :

— Bien que très impressionnés par le bel esprit de réunion qui a pu motiver le créateur de l'objet, nous n'étions pas plus avancés que cela. C'est lorsque mes confrères historien et théologien m'ont laissé cette clé pour que j'en étudie la structure physique que j'ai fait une découverte tout à fait fortuite. Elle se trouvait sur ma table de travail quand je me suis aperçu qu'elle semblait réagir à la présence de métal. Alors qu'elle était posée sur mes notes, elle a en effet pivoté d'elle-même vers le pied de mon chevalet d'acier. Je me suis alors rendu compte qu'elle était aimantée. Nous avons aussitôt rapproché cela de sa composition ferreuse, qui nous a paru à tous bien commune par rapport à la qualité de sa réalisation.

Le physicien ramasse la clé et reprend :

— Vous avez sans doute remarqué le minuscule trou qui transperce la tige. Nous y avons enfilé un fil de coton très fin et l'avons suspendue, comme je le fais à présent devant vous. Nous avons ainsi pu vérifier qu'elle trouve alors son équilibre et réagit effectivement aux masses magnétiques en s'orientant vers elles.

Il reproduit l'expérience et taquine la clé suspendue à l'aide d'une petite barre d'acier. Les deux éléments interagissent, la clé semble vouloir rejoindre l'acier. L'homme reprend :

— Nous pensons pouvoir en déduire qu'elle n'est pas destinée à ouvrir une serrure. Plus qu'une clé, il s'agit en fait certainement d'une sorte de boussole.

Le physicien fait passer l'objet à la femme assise face à lui. Elle l'examine avec soin et finit par déclarer :

— Qu'elle ait été découverte dans le coffret avec le témoignage d'Ignace de Loyola ne signifie pas qu'elle lui soit liée.

Adinson se penche vers Vincent et explique à voix basse :

— Madame est aujourd'hui notre avocat du diable. C'est elle qui est chargée de remettre en cause les hypothèses que nous formulons. Nous tenons ce rôle chacun à notre tour. Elle est absolument redoutable à ce jeu-là…

— Quelle fonction tient-elle d'habitude ?

— Mathématicienne et géographe.

L'autorité naturelle qui se dégage d'elle séduit Vincent. Et voir de grands spécialistes de disciplines très diverses échanger librement, sans camper orgueilleusement sur leurs domaines de compétences, l'enthousiasme au plus haut point.

Il lève la main. L'avocate du diable lui donne la parole.

— Que cette clé puisse être une boussole me semble cohérent, mais au-delà de cela, c'est le fait que son apparence puisse détourner l'attention de sa véritable fonction qui m'interpelle. On cache ici la réalité d'un outil sous l'allure d'un autre. Ce qui le rapproche, j'en suis convaincu, des dispositifs que j'ai rencontrés dans le tunnel. En effet, qu'il s'agisse des bouches de vent qui reproduisent des hurlements sinistres ou du plancher articulé de la cave, ce sont chaque fois des procédés simples, astucieux, détournés comme c'est le cas de cette clé vers des usages inhabituels.

La femme réagit :

— Cependant, si nous sommes bien informés, en parcourant ce tunnel, vous n'avez jamais eu à choisir entre plusieurs directions. Quelle serait donc l'utilité d'une boussole si vous n'avez pas à vous diriger ?

— Il est vrai que nous n'avions pas d'autre choix que de suivre le boyau, confirme Vincent. Mais nous n'avons pas tout exploré puisque nous en avons été empêchés.

Le théologien, un petit homme en soutane avec une fossette au menton, prend la parole :

— Vous faites allusion au passage qui s'est effondré sous l'eau ?

— Tout à fait.

— Nous avons appris que vous aviez découvert une grille, et que c'est en cherchant à la forcer que notre regretté compagnon a perdu la vie. Est-ce exact ?

— J'y ai beaucoup réfléchi, et je pense que cela va plus loin. Je ne crois pas à un simple accident dû à la vétusté ou à l'action de l'eau qui aurait fragilisé les structures. Je crois plutôt que le passage était protégé par un mécanisme, et qu'en ne l'ouvrant pas de la manière adéquate, il s'est détruit lui-même pour empêcher toute intrusion. Aussi spectaculaire qu'ait été le cataclysme, ce passage s'est simplement refermé pour nous interdire d'aller plus loin.

L'avocate du diable intervient :

— Ce qui sous-entend que ceux qui ont conçu ce tunnel étaient prêts à en sacrifier définitivement l'accès, y compris pour eux-mêmes, plutôt que de le voir profané ?

— Vous soulevez un point essentiel. Voilà pourquoi je pense qu'il existe une autre entrée, que je suggère de chercher.

— Si, comme le laisse entendre le témoignage recueilli par Loyola, ce qui se trouve au bout de ce boyau est exceptionnellement précieux, pourquoi avoir multiplié les accès en augmentant de ce fait le risque de le voir découvert ? demande-t-elle.

Vincent salue l'argument d'un sourire.

— Je n'ai pas la réponse à votre judicieuse question, mais de la même façon que deux locataires peuvent posséder chacun la clé d'un même bien, nous sommes peut-être sur les traces d'un lieu que plusieurs instances partageaient. Une double entrée aurait laissé à chacun libre accès, tout en les rendant solidaires.

L'archiviste, resté en retrait jusque-là, prend la parole à son tour.

— Il nous faut donc chercher du côté de ceux qui auraient pu, au temps des croisades, être assez puissants pour décider de créer un sanctuaire en y associant d'autres groupes...

— Ils ne sont pas si nombreux, souligne l'avocate du diable.

L'historien à monocle regarde tour à tour chacun des participants et déclare :

— La vraie question qui se pose concerne ce qui a pu les pousser à se lancer dans un tel projet. L'Histoire nous enseigne qu'il en faut beaucoup pour convaincre les hommes de surmonter leurs différences. Car il est évident que ce sanctuaire n'a pas été créé sans raison. Ses concepteurs avaient très certainement quelque chose d'important à mettre à l'abri. Un trésor d'une nature assez exceptionnelle pour qu'ils ne se sentent pas légitimes à le protéger seuls.

Ce point de vue séduit immédiatement Vincent, d'autant qu'il fait écho à son intime conviction : la complexité de la conception et de la réalisation du tunnel et des passages transcende les capacités et le savoir-faire de chaque communauté prise isolément.

— Voilà qui jette un nouvel éclairage sur l'affaire, commente Adinson. Poursuivons nos recherches. Ne perdons pas une minute, et prions pour que nos perspicacités associées soient plus efficaces que les pelles et les pioches de nos adversaires.

81

Les participants se sont octroyé un temps de réflexion avant de confronter leurs recherches sur d'autres lieux capables de dissimuler un accès. Certains échangent de façon informelle, d'autres relisent leurs notes. Charles discute à voix basse avec l'archiviste. Un peu à l'écart, Vincent se dégourdit les jambes en réfléchissant à ce qu'il vient d'entendre.

Des informations essentielles ont émergé, apportées par des gens qui savent de quoi ils parlent. Bien qu'il ignore tout de leur identité et de leur parcours, il suffit de les écouter pour comprendre que tous possèdent un savoir, une stature, et bien plus d'expérience que lui. Au point qu'il en est intimidé. Tous ont dans la voix la sérénité de ceux qui s'expriment en connaissance de cause. Aucune prétention, mais des buts.

C'est la première fois que Vincent assiste à une réunion de ce niveau. Jusque-là, il n'a été confronté que très rarement à des esprits aussi instruits, et il n'était au mieux que leur prestataire. Cette assemblée est différente. En est-il le spectateur ou l'associé ? Chacun des participants est un expert dans sa discipline. En est-il réellement un dans la sienne ? Même s'il a réussi à percer le secret de l'entrée du tunnel – avec l'aide d'Henri et pas mal de chance –, il n'a pas été capable de déjouer celui de la grille immergée.

Attiré par l'un des globes terrestres géants, il s'en approche. Les terres émergées sont représentées en ocre ; les océans en blanc cassé. L'objet est une véritable œuvre d'art, et ce qu'il symbolise donne le vertige. Tous ces continents, ce vaste monde sur lequel tant de civilisations se côtoient ou se succèdent, chacune avec son histoire, ses apogées, parfois son déclin, toujours ses mystères... C'est la planète entière que Vincent appréhende tout à coup. Il peut la faire tourner d'un seul doigt. Bien que la sphère soit d'une très belle taille, il pourrait l'enserrer entre ses bras, ou tel Atlas, la porter sur ses épaules.

La cartographie de ce globe ne date que de quelques décennies, et pourtant elle est déjà dépassée. En le remarquant, Vincent est perturbé. La multiplication des voyages a rendu obsolètes nombre des tracés tenus pour véridiques lors de sa fabrication.

Le globe exposé dans l'autre angle est bien plus ancien et c'est encore plus frappant. Devant ses mers d'un bleu délavé et ses contours de continents fantaisistes, même quelqu'un doté d'une instruction aussi générale que Cavel est aujourd'hui en mesure de pointer d'innombrables erreurs qui furent autrefois présentées comme des vérités par les savants et les explorateurs les plus éminents de leur temps.

Dans son dos s'élève la voix de la géographe.

— Notre Terre vous laisse perplexe ?

— Pour le moins. Entre ces deux versions, tout ce que l'humanité a découvert de la planète saute aux yeux.

— Le lieu où nous nous trouvons a précisément été créé dans ce but. C'est ici qu'étaient vérifiées et répertoriées les données rapportées lors des grandes expéditions maritimes voilà plus de deux siècles. Coronelli, le moine cartographe italien qui a réalisé ce globe en 1688, était alors parfaitement instruit des connaissances scientifiques.

— Pour le profane que je suis, il est surprenant de mesurer à l'œil nu tout ce qu'ignoraient nos anciens. C'est flagrant, même par rapport au globe le plus récent. Que de progrès accomplis...

La femme esquisse un sourire.

— Leur soif d'apprendre était la même que la nôtre, ils ne bénéficiaient simplement pas des mêmes moyens. Chaque jour, la science et l'expérience nous en offrent de nouveaux. Je crois même que le phénomène s'amplifie et s'accélère. Nous comprenons de mieux en mieux notre monde. Nous pouvons désormais tous faire l'étonnant constat qu'un enfant d'aujourd'hui en sait davantage qu'un savant des temps reculés.

Vincent promène son doigt sur les côtes erronées du continent sud-américain.

— Je n'en avais jamais pris conscience.

— Gardez-vous d'en tirer des conclusions hâtives. Nos enfants ne sont pas surdoués, ils bénéficient simplement de l'héritage de ceux qui les ont précédés. Ceux qui nous ont ouvert la voie ne peuvent pas être considérés comme des sots. Ils ont pris des risques, avancé dans l'inconnu, révélé les découvertes sur lesquelles nous nous appuyons pour aller plus loin. Nos ancêtres nous lèguent les résultats de leurs audaces, de leurs échecs, de leur insatiable curiosité. Ils sont ceux qui ont osé tenter.

Vincent est aussi séduit par le propos que par l'intensité de la conviction de cette femme étonnante.

— Ce que vous venez de comprendre en regardant ces globes terrestres, j'en ai moi-même pris conscience en découvrant la Bibliothèque impériale, l'ancienne Bibliothèque royale de la rue de Richelieu. J'étais encore une toute jeune fille. J'accompagnais mon père, qui devait consulter des archives. Pendant qu'il s'affairait, je me suis aventurée dans les allées. Tout était si grand, si haut...

Elle s'anime, paraît revivre son souvenir.

— J'ai été subjuguée par le lieu et ce qu'il contenait. Philosophie, biologie, mathématiques, astronomie, chimie...

C'est sans doute là qu'a germé mon goût pour la connaissance. Tout ce savoir concentré sous un même toit, ces milliers de vies consacrées à étudier, à chercher à comprendre... J'en ai été bouleversée. Je suis ressortie assoiffée d'infini, affamée d'apprendre.

Son regard revient au présent en croisant celui de Vincent.

— Une question cependant ne m'a plus quittée depuis, au point de m'habiter. Que faisons-nous de tout ce que nous avons appris ? À quoi nous servent ces savoirs et ces moyens développés de plus en plus vite ? Sommes-nous meilleurs pour autant, ou seulement plus gâtés ? Ne gaspillons-nous pas les chances qui nous sont offertes ? Car malgré les connaissances qui s'accumulent, il est un héritage que nous ne parvenons pas à dépasser : notre nature animale. Nous gardons encore nos réflexes de bêtes, ces peurs instinctives qui nous empêchent de voir grand et de nous élever. Les anciens ont rêvé d'idéaux que nous oublions, que nous avilissons en les rabaissant au rang de lois ou de dogmes vidés de leur signification profonde. Les voies du commerce se multiplient plus vite que celles de la sagesse. Nous perdons de vue notre véritable intérêt et le chemin parcouru. Nous consommons le quotidien sans plus regarder au loin. Lorsque je vois les peuples se contenter de distractions, je prends peur. Car ce qui fut conquis peut se perdre. Et pourtant, il faut garder la flamme et l'esprit si nous voulons survivre.

Elle désigne le globe ancien à la cartographie approximative.

— Que penseront nos descendants de nos civilisations ? Comment ceux qui viendront après nous jugeront-ils nos actes ? Le contour qu'ils révéleront de notre mentalité sera-t-il aussi primitif que ces côtes fantasmées qui ne correspondent à rien ?

Sans se douter de ce qu'il interrompt, Adinson apparaît à leurs côtés.

— Je vous prie de m'excuser, mais notre archiviste vient de me confier un élément qui me paraît de la plus haute importance.

Charles fait signe à l'archiviste de les rejoindre.

— S'il vous plaît, répétez-leur ce que vous venez de m'annoncer.

— Nous avons déjà établi qu'avant la construction de la maison de Nicolas Flamel, une tombe se trouvait sur le même emplacement, et qu'elle dissimulait alors sans doute l'entrée du tunnel.

Vincent confirme d'un hochement de la tête. L'homme poursuit :

— Nous avons logiquement dirigé nos recherches vers les bâtiments datant de la même période, aux alentours du XIIIe siècle, susceptibles d'avoir été liés aux croisades, aux ordres religieux ou de chevalerie. Mes recherches ont donné tant de solutions possibles qu'aucune ne se détache, mais mon collègue théologien m'a orienté sur un autre domaine. Dans les archives, j'ai découvert l'existence d'une autre tombe, datant de la même époque que celle d'Enguerrand de Tardenay, à une distance qui pourrait la relier avec le tracé supposé du tunnel…

— Une sépulture templière ? interroge Vincent.

— Mieux que cela. Elle était située dans les soubassements mêmes de la tour du Temple.

— La tour fortifiée qui dominait l'enclos des Templiers ? s'étonne Cavel.

— Celle-là même, la pièce maîtresse du vaste domaine qu'ils possédaient.

Adinson et Vincent échangent un regard. L'archiviste complète :

— Cela pose tout de même un sérieux problème : l'enclos du Temple a été rasé et la tour démolie. Il n'en reste rien. Si cette sépulture s'y trouvait, elle est aujourd'hui rayée de la carte ! À peine découvrons-nous une lueur d'espoir que nous la voyons déjà s'éteindre. Voilà qui me désole.

Vincent se fige avant de s'exclamer comme un illuminé :

— Bon sang !

Adinson reconnaît là l'exaltation qui l'avait tant inquiété lorsque Cavel était revenu à lui.

— Que vous arrive-t-il, mon ami ?

Vincent sort les carnets de sa poche et les feuillette avec fébrilité.

— J'ai lu quelque chose sur cette démolition dans les notes de Robert-Houdin. J'en suis certain. Il parle d'une étrange affaire autour de cette fameuse tour du Temple...

82

Le ciel s'est assombri en peu de temps, et les averses se sont abattues sur Paris en cette matinée grisâtre. Quand ils atteignent l'extrémité nord de la rue du Temple, c'est le square du même nom qui se dévoile progressivement à la vue de Charles et Vincent.

Les deux hommes ralentissent le pas pour évaluer les abords des lieux. Afin de préparer cette visite essentielle, chacun a étudié de son côté durant une bonne partie de la nuit. À eux deux, ils espèrent comprendre.

Autour de la vaste esplanade centrale, des immeubles cossus achèvent de se construire dans les derniers emplacements disponibles. Le marché du Carreau du Temple attire fripiers et tailleurs. Les commerces se multiplient. Le promoteur Charlot a réussi à rendre le quartier attractif, et s'est même offert au passage une rue portant son nom.

Adinson relève son col. Goguenard, il lorgne le chapeau melon de Vincent, dont les bords font gouttière. Un petit filet d'eau s'en échappe au ras de son visage. Malgré le sérieux des circonstances, Charles ne peut s'empêcher de taquiner son compagnon.

— Comprenez-vous enfin l'utilité d'un couvre-chef ?

Vincent esquisse un mince sourire et secoue la tête comme un chien qui s'ébroue, projetant de l'eau sur son complice. Il ne lâche cependant pas des yeux le square du Temple qui s'étend devant lui.

Certains arbres sont déjà de taille respectable. Les allées sont désertes, personne ne se promène sous la pluie, aucun enfant ne joue près de la pièce d'eau et de sa cascade ornementale. Aucun vendeur de journaux à l'horizon. Seuls les ouvriers et livreurs n'ont pas le choix et poursuivent leur activité en dépit du temps. Sur la chaussée, contournant l'îlot de verdure, les chevaux tirant leurs attelages dégoulinent et font triste mine.

Au-delà, la nouvelle mairie se dresse, imposant son statut officiel. Achevée voilà à peine vingt ans, la construction de style néo-Renaissance flanquée de deux ailes abrite les services administrant le troisième arrondissement.

— Arrivez-vous à repérer les traces du passé dans ce décor ? demande Charles à Vincent.

— Je pense, oui. Votre archiviste est un homme admirable et d'une grande efficacité. Il m'a bien renseigné.

— Beaucoup de nos compagnons sont remarquables. J'ai d'ailleurs cru noter que vous vous êtes bien entendu avec l'avocate du diable...

Vincent ne relève pas, préférant se concentrer sur son sujet. Il a fraîchement étudié l'histoire du territoire sur plans et en découvre la réalité. Autant pour se remémorer les choses que pour informer son compagnon, il entreprend de lui expliquer :

— Tout le périmètre fut autrefois la propriété des Templiers. Au XIIIe siècle, à l'époque où Paris était loin de s'étendre jusqu'ici, ils s'étaient implantés sur des marais qu'ils ont drainés et asséchés avant d'y établir ce qui allait devenir l'un des plus florissants domaines qui soient. Dès 1210, l'endroit, vaste comme le tiers de la capitale d'alors, comprenait des fermes, des potagers, mais aussi de nombreuses dépendances protégées par une enceinte. Sur l'emplacement de ce square se dressait la maison du Maître.

et au bout, exactement là où l'hôtel de ville se tient aujourd'hui, s'élevait la tour du Temple.

Adinson tourne la tête vers l'endroit que lui désigne Vincent. Celui-ci poursuit :

— Haute d'une cinquantaine de mètres, fortifiée, flanquée de tourelles à meurtrières sur ses quatre angles, cette forteresse était le symbole de la puissance des Templiers. On la voyait de loin, et le roi lui-même l'apercevait de ses fenêtres depuis l'île de la Cité. L'ordre était tout-puissant, et leur immense propriété constituait une ville dans la ville. Lorsque, au petit matin du 13 octobre 1307, Philippe IV le Bel déclencha l'arrestation préméditée des Templiers partout en France pour les faire condamner sous d'obscurs prétextes, leurs nombreux biens furent confisqués au profit de la Couronne. Ils auraient pu se retrancher derrière leurs fortifications, mais ils se rendirent sans résistance, confiants dans la justice du roi. Les fouilles qui furent immédiatement conduites dans leurs domaines, et particulièrement dans cette tour, ne donnèrent rien, et la légende du trésor qui y aurait été enfoui commença à se répandre.

Adinson déambule aux côtés de Cavel en considérant le sol qui a vu s'écrire une autre histoire, et que les gens foulent aujourd'hui sans s'en émouvoir ni même s'en douter.

— Quelques siècles plus tard, poursuit Vincent, croisades et Templiers n'étaient plus qu'un souvenir, et leur tour finit par devenir un bâtiment comme un autre alors que Paris s'étendait. Un temps laissée à l'abandon, puis réaffectée à d'autres usages, elle devint entre autres un grenier, un magasin sécurisé, puis un casernement. À la Révolution, la tour devint la prison du roi Louis XVI et de sa suite, jusqu'à ce qu'il soit conduit à l'échafaud.

— C'est de cela que parle Robert-Houdin dans ses notes ?

— C'est plutôt un rebondissement intervenu bien plus tard, très près de nous, qui a excité sa curiosité. Au début de notre siècle, en 1808 exactement, Napoléon Bonaparte ordonna que ce qui restait de l'enclos du Temple et de ses constructions soit rasé. La version officielle est qu'il craignait que l'endroit devienne un lieu de pèlerinage royaliste en souvenir du calvaire que le souverain y avait enduré. Mais l'historien n'a rien découvert dans les archives de la préfecture qui témoigne d'un tel phénomène. C'est le théologien qui a sans doute mis en lumière les véritables raisons de cette mesure. Si l'Empereur semble avoir pris cette décision par crainte d'un sursaut royaliste, il en a été convaincu par un dénommé Ernest Blanchard, qui avait à l'évidence d'autres ambitions. Cet homme était à la tête d'une entreprise de matériaux spécialisée dans la récupération et la revente de vieilles pierres. C'est lui qui obtint le marché de démolition des derniers bâtiments du Temple, dont la fameuse tour fortifiée. Une banale histoire de profit, si les événements n'avaient pas pris ensuite une tournure étrange. Alors qu'il fallut à l'entrepreneur moins de trois mois pour démonter six constructions massives du côté de Montparnasse, il mit plus de deux ans à raser cette seule tour. De façon surprenante, il ne l'a pas morcelée du haut vers le bas : il l'a d'abord vidée de l'intérieur.

— Comme s'il y menait des fouilles ?
— Exactement.
— Peut-être espérait-il mettre la main sur ce qui avait échappé à Philippe le Bel.
— C'est ce que votre ami Robert-Houdin soupçonnait. D'autant que la presse de l'époque évoque également la présence dans les parages de sociétés secrètes qui pratiquaient des messes noires et des cérémonies occultes.
— Rien sur une sépulture ?
— Si, un témoignage. Des années plus tard, en 1867, à l'occasion de l'inauguration de la mairie que nous voyons aujourd'hui. Un des invités déclara à un journaliste – sans doute pour briller – que son père, qui avait travaillé comme

jeune ouvrier sur la démolition, y avait découvert une tombe.

— Celle que nous cherchons ?

Cavel opine et précise :

— Elle n'avait été ni détruite ni déplacée, et elle se trouvait toujours dans les sous-sols du nouveau bâtiment. La presse se fit l'écho de ses propos et deux jours plus tard, on le retrouva mort chez lui, d'une cause inexpliquée, alors qu'il était en pleine santé. C'est alors que Robert-Houdin s'intéressa à l'affaire et remonta le fil.

Adinson fouille du regard l'hôtel de ville de ce quartier rénové.

— La tombe serait donc encore là, intacte, quelque part dans les sous-sols de la nouvelle construction...

— Que diriez-vous d'aller y faire un tour ?

83

Étant donné les sept enfants qu'il doit nourrir, l'intégrité du gardien de nuit n'a pas résisté longtemps. Quelques belles pièces d'argent l'ont convaincu de fermer les yeux sur une simple visite nocturne. L'un des cochers est resté avec lui dans son local pour partager – ou plutôt pour lui servir – une bouteille de gnôle qui a fini par l'assoupir profondément.

Dans les sous-sols, deux cochers équipés de lanternes escortent Charles, qui explore les lieux en essayant de se repérer sur son plan. Vincent suit, étudiant parois et sols, à la recherche du moindre indice capable de le mener à des vestiges.

La petite escouade remonte un corridor moderne qui distribue les soubassements en visitant méthodiquement le moindre aménagement. De chaque côté du couloir, une série de portes marquent les entrées de salles aux dimensions modestes, le plus souvent affectées à l'archivage. Chaque réduit est numéroté et dédié à un service. La volonté de l'empereur Napoléon de formaliser l'état civil des naissances, mariages et décès a considérablement augmenté le volume des documents à conserver.

À l'aide du passe du gardien, l'un des hommes déverrouille une nouvelle pièce, dans laquelle il entre avec sa lanterne. Charles le rejoint et commence par vérifier la position sur son plan. Il le tourne et le retourne pour réussir à l'orienter.

— Nous nous trouvons presque au centre de l'emplacement qu'occupait la tour...

— L'incertitude réside dans le « presque », ironise Vincent, dont le regard survole les amas de paperasse qui remplissent les casiers de bois en s'efforçant de voir ce qui se trouve derrière.

D'innombrables enveloppes brunes et dossiers cartonnés s'accumulent, soigneusement étiquetés d'une écriture ronde. Cette unité-là est consacrée au cadastre et aux relevés de propriétés.

Au fond de la pièce, Cavel attrape la lanterne et s'accroupit pour observer la base du mur dans les interstices entre les meubles de rangement. Charles promène son regard sans idée précise de ce qu'il doit chercher.

— Alors ?

— Le carrelage est récent, parfaitement régulier, comme toute la maçonnerie.

— Mais comment la fameuse tombe peut-elle être dissimulée ?

Vincent se penche en avant et s'appuie sur le sol pour mieux voir la lisière entre le sol et le mur, tout en répondant :

— Deux corps de métiers se sont succédé sur le site : ceux qui ont démoli la forteresse, puis ceux qui ont construit cet immeuble à son emplacement. La décision de maintenir la sépulture sur place a forcément été prise par les premiers. Logiquement, ils ont dû la protéger en se servant des matériaux dont ils disposaient en abondance autour d'eux.

— C'est pour cela que vous étudiez particulièrement la nature des pierres ?

— Des blocs plus anciens seraient révélateurs.

Il se relève en se frottant les mains et déclare :

— En attendant, rien de suspect ici. Passons à la suivante.

Revenu dans le couloir, Vincent jette un œil au plan de Charles. Il se retourne pour compter les réduits déjà visités.

— Vous aviez raison, nous approchons du centre de l'ancien tracé.

Le nouveau local dans lequel ils pénètrent comprend des rayonnages remplis de dossiers classés, comme ils en ont déjà vu des dizaines. Cette unité-là, consacrée à l'aménagement urbain, contient en plus des plans roulés.

Alors qu'il s'avance, un détail attire immédiatement l'attention de Vincent. La température ici est légèrement supérieure à celle des autres pièces, et l'atmosphère un soupçon plus humide.

— Vous ne sentez pas ? demande-t-il à Adinson.

— Si, les ennuis qui vont arriver si nous ne nous dépêchons pas !

Charles tire sa montre de son gilet.

— Il nous reste beaucoup à visiter, commente-t-il en la montrant à Vincent, et il faudra pourtant nous retirer dans peu de temps.

Cavel s'accroupit au pied du mur sans se presser. Il passe la main sur le sol. La sensation de relative tiédeur, inédite, vient confirmer sa première impression. Une infime poussière, plus collante que dans les salles précédentes, s'accroche à sa paume et à ses doigts. Il les porte à son nez et les renifle.

— Il y a quelque chose de différent ici…

Se rapprochant des étagères, comme on évalue une étoffe entre le pouce et l'index, il teste la texture du papier des plans. L'humidité est présente, c'est indéniable. Adinson l'imite, mais son toucher n'est pas aussi affiné, il est incapable de percevoir ce qu'a décelé Vincent.

Cavel retire quelques documents pour dégager le fond des casiers. Il secoue les structures pour s'assurer de la façon dont elles ont été mises en place.

— Vous soupçonnez quelque chose ?

— Disons que j'aimerais comprendre…

— L'humidité ne pourrait-elle pas provenir d'une infiltration ?

— Possible, mais on trouverait alors des traces de moisissure, or il n'y en a pas.

Vincent glisse son bras derrière le meuble pour atteindre le mur. Comme il l'a fait pour le sol, il le tâte avec la paume, aussi loin que possible, pour récolter de la poussière. Il retire les toiles d'araignées ramenées au passage, et goûte le dépôt sur ses doigts blanchis.

— Rien à voir avec le reste. Nous allons devoir déplacer ces casiers.

— Vous rendez-vous compte du temps que cela va nous prendre ? s'exclame Charles.

— Raison de plus pour ne pas en perdre.

Vincent s'empare d'une brassée de dossiers, qu'il dépose près de la porte. Les deux cochers et Charles s'y mettent aussitôt à leur tour.

Rapidement, tous les quatre allègent suffisamment le mobilier pour l'écarter du mur d'une coudée. Vincent réussit à se faufiler derrière et ausculte la maçonnerie. Il en a l'habitude, et son expérience dans la cave de Flamel lui a appris à ne rien négliger. Comme un médecin, il palpe. Les trois autres le regardent faire avec attention.

— Cette paroi n'est pas aussi fraîche que celle des réduits voisins. Peut-être est-ce lié à la nature du matériau, mais cela pourrait aussi être dû à un vide derrière. Aidez-moi à décaler complètement le meuble.

— La nuit touchera bientôt à sa fin, objecte Charles. Nous ne pouvons pas courir le risque d'être pris en train de fouiller un bâtiment officiel.

— Cette différence m'intrigue. Ne m'obligez pas à repartir avec un doute. Accordez-moi un sursis, et votre aide. N'avez-vous pas envie de savoir ?

En s'y mettant tous, la manœuvre est rapidement réalisée.

— Notez la taille irrégulière des blocs et leur rythme de pose. Contrairement à ceux des autres cloisons, ils ne présentent pas l'uniformité d'une fabrication industrielle.

— Leur surface a pourtant la même apparence, note l'un des hommes, dubitatif.

— On les aura sans doute retaillés pour les fondre dans le décor, en éliminant l'aspect vétuste qui aurait pu les trahir.

Cavel s'empare d'une lanterne et la promène lentement pour éclairer en lumière rasante. Charles, lui, s'intéresse au sol.

— Pensez-vous qu'ici aussi le sol puisse s'abaisser ?

— Il serait fait de terre battue, je me poserais la question, mais regardez vous-même : c'est un solide carrelage.

Vincent parvient à l'angle formé par le fond et le côté gauche de la pièce. Il s'arrête.

— Voilà qui est curieux, constate-t-il. Aucune pierre ne passe d'un mur à l'autre. C'est très inattendu.

— Que voulez-vous dire ?

— Regardez : les deux murs n'ont aucun bloc en commun. Ceux qui composent celui du fond sont tous taillés net pour s'arrêter au coin.

— Ce qui signifie ?

— Que les deux pans ne sont pas solidaires comme ils devraient l'être. Partout ailleurs, les assemblages sont imbriqués. Pas là.

— Votre hypothèse ?

— C'est typique de la présence d'une ouverture.

Cavel frappe la paroi. Il y colle son oreille et recommence un peu plus loin.

— Je perçois une très légère résonance.

Il cogne encore à plusieurs endroits. Puis il se tourne vers ses comparses et souffle :

— Ce mur n'est pas adossé au remblai. Il faut vérifier ce qui se cache derrière.

— Passer à travers ? Il nous faudrait des pioches, des barres de mineur...

— Pas forcément. Aidez-moi à reculer encore le meuble pour prendre plus d'élan. Que diriez-vous ensuite de vous abîmer l'épaule avec moi ?

84

Sous les coups de boutoir des hommes qui se relaient, l'enduit de l'angle s'est fissuré. Encouragés, Vincent, Charles et leurs compagnons redoublent d'efforts, finissant par obtenir, dans un grand déchirement minéral, l'ouverture d'un étroit interstice.

Un courant d'air et une odeur âcre de renfermé se répandent aussitôt dans la pièce.

La perspective d'avoir découvert un passage galvanise les hommes, qui en oublient toute douleur. Même Charles s'élance avec une vigueur renouvelée, se jetant de tout son poids pour élargir l'ouverture.

Récupérant son souffle entre deux charges, Vincent ne cesse de surveiller l'embase du mur.

— Courage, encore un effort et nous y serons !

Millimètre par millimètre, une portion de la paroi pivote progressivement, comme une porte réticente. Adinson se frictionne l'épaule en grimaçant, mais son œil brille.

— Ceux qui ont construit cela n'ont pas cherché à condamner l'accès définitivement. Ils comptaient certainement revenir…

Assaut après assaut, le raclement de la pierre sur la fondation se fait un peu moins laborieux, et bientôt, l'ouverture est assez large pour qu'un homme s'y glisse en partie.

Vincent empoigne une lanterne et y passe la tête. Après une brève hésitation, il se hasarde en entier dans l'obscurité.

— Soyez prudent, s'alarme Charles, nous n'avons pas ouvert ce passage de façon orthodoxe. La dernière fois, ce genre de manœuvre...

— Ce mur n'est pas l'œuvre des bâtisseurs du tunnel, le coupe Vincent, mais comptez sur moi pour me méfier.

Tournant le dos à ses compagnons, il soulève sa lampe au-dessus de sa tête. Il ne voit qu'à quelques mètres, et il lui faut un peu de temps pour s'habituer à l'obscurité, mais cela suffit pour distinguer un modeste vestibule carré, qui donne sur un escalier dont les marches s'enfoncent vers une nuit insondable.

Cavel se décide à avancer prudemment sur l'étrange palier. Le parfum typique des souterrains, terre et poussière, emplit ses narines. Il le hume, partagé entre l'envie de s'aventurer plus loin et une méfiance farouche.

— Tout va bien, Vincent ?

— Vous devriez venir voir...

Charles ne se fait pas prier et se coule à son tour dans l'ouverture. Il plisse les yeux. Cavel l'accueille en lui prenant le bras pour le guider. Désignant l'escalier, il chuchote, comme s'ils pouvaient être entendus :

— Si vous le permettez, je vais descendre le premier...

Il pose un pied léger sur la première marche pour vérifier qu'elle est bien fixe et dénuée de chausse-trappe. Une fois rassuré, il amène son autre pied et s'y établit comme sur un poste avancé conquis en territoire ennemi.

— La technique de taille correspond à celle du tunnel de la rue de Montmorency, dit-il en examinant les parois.

Charles opine en silence. Degré après degré, Cavel entame la descente en inspectant chaque centimètre gagné sur l'obscurité. Prudent, Charles veille à poser ses pas exactement dans ceux de son compagnon. L'escalier s'enfonce rapidement, sans que la portée de la lampe ne permette d'en deviner la destination.

— Jusqu'où ce passage va-t-il nous entraîner ? interroge Charles à voix basse.

Vincent n'a pas la réponse. Il effleure le mur de la main, intrigué par un léger dépôt blanchâtre. À mesure qu'ils descendent, cette fine pellicule cotonneuse se fait plus présente. C'est sans doute le témoin d'une cave restée trop longtemps confinée.

Tout à coup, le halo de sa lanterne révèle un palier en contrebas. Vincent contient difficilement son envie de dévaler les marches, tant la curiosité est forte, mais il sait ce que pourrait lui coûter trop de précipitation. Une fois parvenu sur la dernière marche, il s'arrête. Il se tient légèrement penché en avant, comme au bord d'un étang gelé sur lequel il hésiterait à s'avancer de peur que la glace ne se rompe. Avec précaution, il se risque finalement à faire quelques pas sur le dallage séculaire.

Lorsqu'il relève la tête, ce qui s'offre à sa vue se situe au-delà de tout ce qu'il avait pu imaginer et le laisse médusé. À ses côtés, Charles affiche la même expression stupéfaite.

C'est bien plus qu'une simple tombe qu'ils viennent de découvrir. Toute une crypte surgit des ténèbres, une ample salle ronde dont le pourtour est percé de treize alcôves verticales, chacune contenant un sarcophage de pierre dressé. Séparant chaque niche, une arête en arc d'ogive monte jusqu'à la clé de voûte marquée de la croix templière.

Au centre de l'espace dallé s'ouvre un puits à margelle carrée, gravé d'arches gothiques et surmonté d'un portique de ferronnerie équipé d'une poulie.

L'endroit, figé dans son éternité, dégage une atmosphère souveraine. Même le silence est solennel.

Charles et Vincent s'avancent avec humilité dans ce lieu qu'ils sont les premiers à fouler depuis que l'accès en a été muré. Ils sont littéralement cernés par les sépultures. Les cercueils de pierre sont exposés debout, comme si les dépouilles qu'ils renferment allaient en sortir d'un instant à l'autre. Un frisson d'excitation mêlé de crainte superstitieuse parcourt la colonne vertébrale de Cavel.

Curieusement, les tombeaux n'arborent aucune statue de gisant, pas la moindre sculpture d'armoirie, aucun titre. Le pourtour de chaque couvercle, gravé d'écritures latines, encadre des scènes sculptées, toutes différentes. D'un sarcophage à l'autre, elles semblent se suivre, dessinant une sorte de fresque.

Les deux visiteurs restent silencieux. Seules leurs respirations rythment le temps. Elles résonnent, s'apaisant peu à peu après le premier choc, pour s'accorder progressivement jusqu'à se réunir en un même souffle.

C'est un véritable saut dans le passé qu'ils viennent d'accomplir, descendant un escalier pour remonter les siècles, passant d'une cave moderne à une nécropole médiévale enfouie.

Partagé entre la prudence et le respect, Charles tend la main vers le sarcophage le plus proche, mais renonce à le toucher.

— Pensez-vous qu'il s'agit du sanctuaire ?

— Je n'en sais rien. Si c'est le cas, cela voudrait dire que la forteresse templière offrait un accès qui évitait le dédale.

Vincent s'apprête à étudier de plus près un sarcophage, lorsqu'il remarque dessus le même dépôt neigeux que dans l'escalier. Cette fine couche recouvre l'intégralité de la crypte et ce qu'elle contient. Approchant sa lanterne pour l'examiner, il recule tout à coup vivement et écarte Charles d'un geste.

— Surtout, ne touchez à rien ! Ne posez vos mains nulle part !

Adinson sursaute, inquiet.

— Qu'y a-t-il donc ?

— Du salpêtre ! Les murs et les sarcophages sont couverts de salpêtre. Il y en a même jusque sur la voûte…

Charles hausse les épaules.

— Ce n'est que cette banale moisissure des sous-sols. L'endroit est resté trop longtemps fermé. Pourquoi vous alarmer ainsi ?

— Ce n'est pas une simple moisissure, Charles. Son nom scientifique est le nitrate de potassium. S'il se forme effectivement de façon naturelle dans les caves humides, c'est aussi l'un des principaux composants de la poudre à canon. Robert-Houdin s'en servait pour ses explosions de fumée...

— Fichtre !

— Si nous étions entrés ici avec un éclairage à flamme vive – comme l'aurait fait n'importe qui au XIIIe siècle, quand on s'éclairait avec des torches –, cette salle se serait embrasée en un instant.

Charles examine le dépôt duveteux avec circonspection.

— C'est vrai qu'il y en a beaucoup...

— Cela ne peut pas relever du hasard, fait remarquer Vincent. L'hygrométrie de cette salle a certainement été conçue pour permettre le développement de ce dépôt hautement inflammable. Peut-être est-ce là l'épreuve du feu que promettait le dédale ?

En prenant garde d'en éloigner sa lanterne le plus possible, il contrôle les murs.

— Venez voir : de minuscules trous ont été percés régulièrement en haut et en bas pour permettre à l'humidité de s'infiltrer...

Fasciné par ce qui l'entoure, Charles pivote sur lui-même, puis fait le tour de la pièce. Au passage, il jette un rapide coup d'œil dans le puits.

— Je comprends que les démolisseurs n'aient pas osé détruire ce lieu...

Au moment où Vincent se penche sur le bas-relief qui s'étend d'un sarcophage à l'autre, une voix venue du palier supérieur les appelle :

— Messieurs ! Le gardien est réveillé. Il nous a avertis que les premiers employés n'allaient pas tarder. Remontez vite ! Nous devons tout remettre en place et quitter les lieux sans tarder.

Cavel et Adinson échangent un regard. La frustration est sévère. Autant que le goût d'inachevé. Charles soupire, résigné, mais il n'en est pas de même pour son comparse. En apercevant l'étincelle qui anime son regard, Adinson a deviné ce qu'il pensait. Alors que Cavel ouvre la bouche, il déclare, péremptoire :

— N'y pensez même pas, mon ami ! Je refuse de vous laisser ici, au cœur de cette poudrière et de je ne sais quels pièges. Vous sortez avec moi. Maintenant !

85

Dans la cour, un fiacre franchit les hautes portes que l'on referme aussitôt derrière lui. Il vient se ranger entre d'autres voitures auprès desquelles s'affairent des hommes en bras de chemise en s'interpellant. Le cocher saute au bas de son siège et remet sa feuille de route au responsable. Des palefreniers dételllent rapidement les chevaux. Plus loin, un charron examine des ferrements endommagés ; un maréchal-ferrant change les fers d'un cheval bai docile tandis qu'un garçon d'écurie graisse des harnais.

Depuis les fenêtres du bureau d'Adinson, Cavel observe machinalement toute cette activité ordinaire en faisant les cent pas. Son esprit est ailleurs.

— Vincent, s'il vous plaît, arrêtez de tourner comme un lion en cage. Vous m'empêchez de me concentrer. Je suis aussi frustré que vous d'avoir dû interrompre notre exploration, mais nous n'avions pas le choix. Aidez-moi plutôt à préparer notre retour sur les lieux...

Charles est installé à sa table et s'évertue à dresser la liste du matériel à prévoir. Il énumère à haute voix :

— Nous devrons nous munir de la clé et de lanternes à flamme protégée. Quant aux outils...

Il s'interrompt, mal à l'aise, et s'adresse à son complice :

— Croyez-vous que nous serons amenés à ouvrir les sarcophages ? Je répugne à l'idée de forcer des sépultures...

Vincent, perdu dans ses pensées, ne répond pas.

— Par tous les saints ! s'agace Adinson. Puis-je obtenir un peu de votre attention ? Si nous voulons résoudre les énigmes de cette crypte, nous avons intérêt à être prêts. Qui sait ce qu'elle nous réserve ? Nous devrions mettre à profit le temps qui nous est imposé pour ordonner nos questions. N'en avez-vous aucune ?

Cavel s'immobilise sans cesser de regarder à l'extérieur.

— Je n'ai que ça. J'en ai la tête remplie au point d'éclater. Plus je réfléchis, plus je me perds. Avons-nous trouvé le sanctuaire ? Qui sont les treize hommes qui y sont inhumés ? Pourquoi cette disposition des tombeaux ? Que racontent-ils tous ensemble ? Comme vous, je n'ai pas envie de troubler leur repos éternel, mais il faudra pourtant s'y résoudre si nous voulons obtenir des réponses.

— Nous devrons donc emporter des pieds-de-biche...

Adinson semble sincèrement désolé en les ajoutant à sa liste.

— Prévoyez aussi des cordes, précise Cavel, et un trépied de levage, pour manipuler les couvercles. Et soyez équipé d'un bon couteau.

Adinson écrit.

— Combien d'hommes avec nous ? demande-t-il.

— Deux devraient suffire. Choisissez-les dignes de la plus grande confiance et moralement solides. Nos investigations pour le moins particulières pourraient faire perdre la tête aux moins aguerris.

— Entendu.

— Que tout le monde porte des gants de coton, c'est impératif.

— C'est noté.

Vincent s'approche du bureau et prend appui dessus, bras tendus, comme il le faisait lorsqu'il élaborait une stratégie à son propre plan de travail.

— Charles, vous avez une bien meilleure expertise de l'architecture religieuse que moi. Que vous souffle votre instinct au sujet de cette crypte ?

— Mon instinct... réfléchit Adinson. Une chose est sûre : je suis dérouté. Il aurait été bien plus logique de la découvrir... sous une église. Encore que, si la forme circulaire de la salle n'est pas inédite, tout le reste l'est : la disposition des dépouilles, les sarcophages utilisés comme supports d'une fresque... La présence du puits pourrait elle aussi étonner de prime abord, mais si l'on considère que cette salle se trouvait à l'origine sous une forteresse, et que les points d'eau y étaient vitaux et toujours très protégés, elle s'explique.

— Je partage votre analyse sur ce point.

— Nos compagnons spécialistes en histoire et en théologie seraient bien plus à même que moi d'étudier ce lieu. Devons-nous leur demander de nous accompagner ?

— Excellente idée.

Vincent a les traits tirés. Charles le remarque.

— Nous ne pourrons retourner sur place que la nuit prochaine. Vous devriez en profiter pour prendre un peu de repos.

— J'en suis incapable.

— Pourquoi ne pas aller retrouver les vôtres aux ambassades ? Allez-y pour la journée. Cela vous fera le plus grand bien.

— J'y ai songé. J'en ai très envie, mais je sais que je n'aurai pas la force de faire comme si de rien n'était. Je n'arrive pas à penser à autre chose qu'à cette crypte, et pourtant je ne peux pas leur en parler. Je ne le dois pas. Je ne sais même pas si je pourrai le faire un jour. C'est terrible, Charles : ils sont ce que j'ai de plus cher au monde et pour leur bien, il m'est interdit de leur confier ce qui m'obsède.

Il s'interrompt un moment.

— Il n'y a finalement qu'à vous que je peux parler librement. Cela fait peu de temps que nous nous sommes rencontrés, mais paradoxalement, vous êtes sans doute celui qui me connaît le mieux. Vous, et un tueur qui a passé son temps à m'épier...

Vincent lève les yeux vers Adinson et demande :

— Avez-vous déjà connu cet état ? Avez-vous eu l'impression de mener une double vie qui vous éloigne de ceux que vous aimez ?

Charles secoue la tête.

— Jean-Eugène me confiait parfois des choses, et je partageais certains de ses secrets, mais ce n'étaient pas les miens. Ma femme et ma fille ont disparu avant que j'en aie moi-même à garder. Je comprends pourtant sans peine ce que vous éprouvez, et ce n'est certainement pas facile à vivre. Mais, si cela peut alléger votre fardeau, écoutez-moi : aussi compliqué cela puisse-t-il être, je vous envie d'avoir encore des gens qui vous rattachent à la vie. Quoi que vous traversiez, ils sont l'antidote à ce sentiment de solitude qui nous empoisonne tous un jour. Pour ma part, année après année, malgré ma lumineuse collaboration avec mes compagnons, il s'est instillé en moi. Jusqu'à notre rencontre. Je ne vous remercierai jamais assez pour cela. Alors mon garçon, fiez-vous à mon conseil : ne traversez pas le même désert que moi. Vous avez la chance d'avoir encore une existence en dehors de l'ombre où nous nous débattons.

Charles a raison. Il soupire.

— Vous arrive-t-il d'avoir peur de vous perdre face à ce que nous découvrons ?

— Non, Vincent, pour la simple raison que je suis déjà perdu. Ce n'est pas votre cas. Ne l'oubliez pas.

Charles se rejette dans le fond de son fauteuil et prend une longue inspiration avant d'ajouter :

— Vous savez, lorsque je vous ai promis de tout faire pour protéger les vôtres en échange de votre aide, je ne cherchais pas à conclure un marché. C'était inutile. Je savais que tôt ou tard, vous seriez des nôtres, simplement parce que notre action correspond à vos valeurs. Robert-Houdin me l'avait prédit, et il ne s'était pas trompé. En vous révélant notre existence, je n'ai fait qu'achever ce que mon vieux complice n'a pas eu le temps d'accomplir lui-même. Le soin que je mets à défendre votre drôle de famille n'est pas né d'une volonté de vous acheter, mais d'un désir que je ne peux plus exercer pour moi-même. À défaut d'avoir été capable d'aider mes proches, je me soigne un peu en m'occupant des vôtres.

Vincent baisse la tête.

— Merci, Charles. Je me demande parfois si vous ne me surestimez pas. Je ne suis pas certain d'être à la hauteur de cette vie que vous avez le courage de mener. Elle m'attire, mais je devine qu'elle peut me détruire. Je me sens changer, et cela m'effraie.

— Je me rends bien compte que vous évoluez. Je vous vois subir cette pression, ces peurs – toutes légitimes. Mais je constate aussi que vous ne vous trahissez pas, que vous ne renoncez pas. Si les années que j'ai de plus que vous m'offrent un avantage, c'est celui d'avoir assez vécu pour vous considérer non pas comme un être en train de se noyer, mais comme un homme qui devient lui-même face à l'adversité. N'ayez pas peur de vous-même, nous avons bien assez à faire avec tout ce qui nous menace.

Les mots irradient en Vincent comme un élixir qui vient apaiser ses incertitudes. Il se souvient d'avoir connu cela autrefois, lorsque son père, Étienne Begel ou Jean-Eugène Robert-Houdin s'adressaient à lui comme au tout jeune homme que, chacun à leur façon, ils cherchaient à élever.

C'était il y a bien longtemps, mais les paroles de Charles font écho à ces voix qui résonnent en lui, rassurantes et plus fortes que ses propres doutes.

— Je vous remercie, monsieur Adinson.

— À votre service, monsieur Cavel. Essayez de vous détendre. Nous aurons besoin d'être en pleine forme ce soir.

Vincent se redresse.

— Je vais sortir.

— Aurez-vous besoin d'un fiacre ?

— Merci, ce ne sera pas utile. J'ai besoin d'être seul. Ne vous en faites pas.

— Ne sortez pas par-devant, les sbires de vos mages surveillent peut-être notre adresse. Je vais vous indiquer une issue plus discrète.

86

Vincent se fraie un chemin parmi la foule qui déambule sur les grands boulevards. Après l'univers énigmatique découvert cette nuit, le spectacle de la rue lui apparaît par contraste quelque peu irréel. Ce jour après la nuit, cette profusion futile après l'essentiel, cette légèreté quotidienne après des secrets séculaires... Difficile de trouver sa place lorsque l'on navigue entre les extrêmes.

Il détaille les nombreux visages qu'il croise comme s'ils défilaient dans un rêve. Se mélangent hommes, femmes, enfants, vieillards, de toutes conditions. Leurs traits ne s'animent vraiment que lorsqu'ils sont accompagnés, et ils n'expriment jamais autant que lorsqu'ils échangent. De ces liens naissent les sentiments. Vincent les capte, s'en nourrit sans parvenir à s'en rassasier, mais cela le rassure. Personne ne le remarque. Les gens regardent rarement autour d'eux.

Tout en avançant, il saisit au vol des bribes de dialogues. Un gardien de la paix fait la leçon à un livreur dont le chariot à bras écrasé de rouleaux de tissu encombre la chaussée. La clochette de la porte d'une boutique qui s'ouvre tinte, des rires s'en échappent. À peine audibles, les lointaines annonces d'un crieur de journaux se superposent à la voix d'une chanteuse qui bêle. Vincent vérifie régulièrement qu'il n'est pas suivi. À un croisement, il bute sur un camelot qui propose d'astucieux quartiers de corne taillés pour faciliter l'enfilage des souliers des dames. Plus loin, un jeune homme coupe sa route, le dos courbé sous la charge d'un sac de charbon aussi gros que lui. L'adolescent s'engouffre dans un immeuble alors qu'une femme le menace des pires représailles s'il venait à souiller les sols. L'astuce consiste à avancer sans à-coup, pour éviter que la poussière noire ne se disperse à travers la toile grossière. Vincent ignore s'il vient d'assister à la scène ou si un souvenir lui est revenu. Lorsqu'il assurait ce genre de livraison, les concierges le grondaient de la même façon.

Où en est-il ? Si la date, l'heure et le lieu lui sont connus, tout le reste lui échappe. Qu'est devenu le jeune homme qu'il était ? Il regrette l'époque où les énigmes n'étaient que des tours de magie dont ses tuteurs maîtrisaient la mise en scène. Chaque mystère finissait par livrer l'astuce dont ils avaient la clé. C'est sans doute sous leur influence qu'il s'était bâti une vision du monde rationnelle, convaincu que la vie répondait à des règles exigeantes dont le travail et l'intégrité pouvaient toujours triompher. Il a depuis peu découvert que certains sentiments et d'autres genres de mystères peuvent remettre en cause les limites de toute conscience. Il sait désormais que si nos rares certitudes ont tant de prix, c'est uniquement parce que le doute mène nos existences.

Au moment de quitter la rue de Châteaudun, Vincent entrevoit brièvement le reflet d'un étrange individu dans une vitrine. Il craint un espion à ses trousses, avant de réaliser qu'il s'agit de son propre reflet. Étranger à sa propre image, il ne s'est pas reconnu. La barbe, le chapeau et les vêtements passe-partout dessinent un autre homme. Une évolution dans l'attitude, également. Son ventre se noue.

L'enseigne représentant Quasimodo se profile déjà au bout de la rue. La file d'attente est encore plus longue aujourd'hui ; elle s'étire devant deux boutiques dont les tenanciers râlent parce que l'attroupement gêne leurs affaires. Vincent vient en grossir le rang.

En revenant ici, Cavel espère avoir rendez-vous avec lui-même, avec ce qui échappe à tous les raisonnements, avec ce qui se réveille lorsqu'il est touché par un de ces éclairs qui font battre son cœur. Parce qu'il redoute d'être mort, il vient se ranimer. Il est là pour faire une promesse.

Il n'a pas oublié le séisme intime qu'a déclenché sa première visite. Un véritable instant d'éternité.

Vincent a eu de nombreuses occasions d'éprouver ces états fugaces, mais si puissants qu'il garde la mémoire de chacun d'entre eux. Il se souvient très bien de l'élan qui l'a soulevé lorsque Begel lui avait montré le petit immeuble automate de Robert-Houdin. L'empreinte de cette vague d'enthousiasme et d'exaltation mêlés est encore vive en lui. Il a été submergé d'une énergie infinie qui l'a élevé au-dessus d'une vie laborieuse et banale. Il ne songeait plus à rien d'autre qu'à la joie de comprendre et de découvrir. Il en a éprouvé d'autres par la suite, plus grands encore, lorsque Robert-Houdin lui-même lui fit découvrir ses premiers passages secrets.

La magie a encore opéré lorsque le passage de la cave de Flamel leur a livré son secret, à lui et au jeune Henri. À bien y réfléchir, les plus beaux de ces instants sont ceux qu'il a vécus avec quelqu'un. Comme ces sentiments rares qui éclairent les visages des badauds lorsqu'ils sont partagés.

Pourtant, cette nuit même, la découverte de la crypte en compagnie de Charles n'a pas eu sur lui cet effet extraordinaire. C'est en songeant à la façon dont Begel ou Robert-Houdin auraient réagi à sa place qu'il a pris conscience de son propre engourdissement. Vincent n'a pas ressenti ce qu'ils auraient éprouvé. Il a bien sûr été impressionné, fasciné, mais il s'est surtout inquiété, posé des questions et senti responsable du devenir de l'endroit. Cette fois, l'ivresse de la découverte, même aux côtés d'Adinson, ne l'a pas emporté. Se pourrait-il que les épreuves aient fait de lui un être froid qui ne se réchauffe même plus devant ce que la vie offre de plus fort ?

C'est pour jeter une ancre au plus profond de lui-même qu'il est venu ce matin. Si cette amarre-là venait à rompre, il serait condamné au naufrage.

Il pose sa pièce sur le comptoir. L'homme derrière le guichet s'attarde un instant sur son visage, mais ne l'identifie pas. Cavel n'est pas le seul à ne pas se reconnaître. Un gémissement affaibli suivi de vociférations paniquées provoque un murmure au sein de la file d'attente.

Arrive enfin son tour. Vincent écarte les tentures et pénètre dans la pénombre du vestibule. Le cérémonial lui est familier. Il prend place sur le tabouret. Le rideau s'ouvre, le monstre est là, le malheureux porte la trace de nouvelles blessures. Cavel aperçoit même un pic à feu s'enfoncer dans ses côtes pour l'obliger à grogner de façon convaincante.

En articulant pour que le pauvre bougre puisse lire sur ses lèvres, il murmure : « Tenez bon, je vais revenir vous chercher. »

Il n'est venu que pour faire ce serment. S'il ne le tenait pas, c'est lui qui se révélerait le plus perdu des deux. Il abandonnerait alors la seule étincelle de lui-même qui le rend vivant.

Ayant délivré son message, il se laisse tomber de son siège en mimant la terreur, se relève en jurant et s'enfuit.

« Au suivant ! » crie le patron, pour qui les affaires marchent.

Vincent n'a pas gagné la récompense, mais il a remporté bien plus, car dans le regard de cet être difforme au bout de la souffrance, il a trouvé quelqu'un qui, d'homme à homme et sans l'ombre d'un doute, l'a reconnu.

87

Chaque marche qu'ils descendent les éloigne un peu plus de ce qu'ils connaissent. L'escalier secret qui, dans une atmosphère suspendue, s'enfonce vers un silence éternel laisse présager un rendez-vous avec l'Histoire.

Au seuil de la crypte, l'historien, le théologien et les deux cochers choisis par Adinson s'immobilisent et restent bouche bée. On les dirait tout à coup pétrifiés. Même les érudits n'avaient jamais rien contemplé de tel.

Vincent fait signe aux deux hommes.

— S'il vous plaît, déposez le matériel au pied du puits et placez les lanternes sur la margelle. Quoi que vous entrepreniez, tenez les lampes éloignées des murs pour ne pas risquer d'enflammer le salpêtre.

Vincent se décharge de son équipement pendant que déjà l'historien approche des sarcophages.

— Fascinant, proprement étourdissant...

Adinson lui tend des gants de coton blanc.

— Enfilez ceci, et ne déplacez rien sans consulter notre spécialiste des pièges.

L'homme au monocle glisse ses mains dans les gants de tissu. Le théologien, lui, s'attarde sur les arcs d'ogive et la croix pattée qui les réunit à l'aplomb du puits.

— Une symbolique vous apparaît-elle dans ce lieu, mon père ? demande Vincent.

— Quarante-deux marches pour descendre, treize sarcophages sans le moindre attribut religieux, un puits, et la croix du Temple qui domine l'ensemble... Si un sens se cache dans ce surprenant agencement, j'avoue qu'il m'échappe pour l'instant.

Vincent ouvre son col de chemise et dégage la clé-boussole suspendue à une cordelette autour de son cou. La tenant comme un pendule, il la promène dans la salle. Il avance avec une lenteur extrême, à l'affût du moindre frémissement, du plus petit changement d'orientation. Il passe au plus près des parois et des sépultures, mais la clé ne réagit pas.

L'un des hommes se penche au-dessus du puits avec une lanterne. Le halo lumineux n'est pas suffisant pour en éclairer le fond. Il ramasse un caillou et le jette dedans, sous le regard curieux de son collègue. Il leur faut attendre quelques secondes avant d'entendre un écho lointain.

— Dans un puits si ancien, l'eau est certainement croupie, commente-t-il.

Prenant des notes sur des feuillets qu'il a tirés de sa soutane, le théologien s'affaire déjà à relever les inscriptions gravées sur les bords des couvercles. Debout à ses côtés, l'historien explique :

— Les sépultures sont à l'évidence liées par leur style. Chaque fois, une bordure de texte entourant une scène sculptée. La technique en creux est identique, tout comme l'importance donnée aux personnages dans l'image. Je trouve cependant surprenant que ces cadres ne se focalisent pas sur un seul individu par tombe, comme si celui qui y est inhumé n'était pas le principal sujet.

— Cela me surprend aussi, approuve le religieux. Ces tombes constituent manifestement un message visuel. Elles se complètent, comme les vitraux d'une église ou les panneaux d'une tapisserie, pour raconter une sorte d'histoire. Mais laquelle ?

— Aucune scène de bataille, commente Adinson, aucun fait d'armes glorieux, mais de simples rencontres. On dirait parfois que les hommes représentés s'offrent des objets...

L'historien ajuste son monocle et réagit.

— Et si ce qui compte n'était pas au premier plan ? Avez-vous remarqué ? Les éléments de décors semblent inspirés de régions du monde différentes... Peut-être ces sarcophages évoquent-ils des voyages ?

Il pointe une scène.

— Sur celle-ci, on devine des lignes typiques d'une architecture asiatique, très inattendues sur une tombe médiévale européenne. Et sur cette autre, si je ne craignais pas l'aberration historique, je me risquerais à reconnaître des monuments du sud de l'Amérique...

— À première vue, fait remarquer le théologien, les dates gravées sur les pourtours se situent toutes entre 1220 et 1305.

L'historien reste songeur.

— L'apogée de l'ordre du Temple... Il était alors tout-puissant. Mais si...

L'homme s'interrompt, tétanisé. Vincent l'a senti lui aussi. Un très léger tremblement du sol. Il interroge ses autres compagnons du regard. Tous hochent la tête. Plus personne n'ose bouger.

Cavel s'accroupit et plaque ses paumes sur les dalles. La dernière fois qu'il a été confronté à ce genre de phénomène, le sol s'est rapidement dérobé sous ses pieds, provoquant l'une de ses plus belles paniques. Il ne se laissera pas surprendre une seconde fois.

— Si j'en donne le signal, vous quittez tous cette salle au plus vite en rejoignant l'escalier.

— Un piège se serait-il déclenché ? demande le théologien, très pâle.

— Venant de ceux qui ont imaginé ces lieux, je m'attends à tout...

Une seconde vibration parcourt les structures. Vincent se relève et s'adresse aux deux cochers :

— Que l'un de vous surveille la voûte : à la chute du moindre grain de poussière, prévenez-moi. L'autre ira se positionner sur l'escalier pour se préparer à évacuer nos aînés.

Un nouveau choc sourd, étouffé. Brusquement, le théologien se raidit, la bouche ouverte, les yeux exorbités par la terreur. Incapable d'émettre autre chose que des sons hoquetés, il fixe quelque chose derrière Adinson.

— Mon père, que vous arrive-t-il ? s'inquiète celui-ci.

D'un index tremblant, le religieux désigne un des sarcophages.

Encore un impact. Charles découvre alors ce qui épouvante son compagnon. L'effroi le gagne à son tour : le couvercle du sarcophage central vient de se desceller. Il s'entrouvre. Et le bruit semble venir de l'intérieur.

Sans lâcher la tombe des yeux, Adinson appelle d'une voix étranglée :

— Vincent ! Regardez !

Tous les regards convergent vers la sépulture alors qu'une nouvelle secousse l'ouvre davantage.

Se mordant les lèvres, l'historien demande à la ronde :

— Croyez-vous aux revenants ?

— Voilà quelques jours, souffle Vincent, j'aurais répondu non...

L'homme posté au pied de l'escalier étouffe un cri et s'enfuit, remontant les marches quatre à quatre. Son comparse jette des coups d'œil affolés du sarcophage à la sortie, hésitant à le suivre.

La manifestation se répète. Comme si l'occupant de la tombe dressée était en train d'ouvrir lui-même sa dernière demeure pour s'en extraire.

L'historien tombe à genoux et joint les mains.

— Pitié pour nos âmes ! Nous avons profané ce lieu. Nous avons réveillé la colère des morts ! Nous sommes maudits !

Cavel fait signe au cocher de relever l'homme de science, qui a perdu tous ses moyens et oscille d'avant en arrière en balbutiant.

Une nouvelle vibration décale la pierre. L'interstice s'est encore élargi. Vincent empoigne une lanterne. Tout en se maintenant à une distance prudente, il s'avance pour tenter de scruter l'intérieur du sarcophage. Mais il est encore trop loin. Il doit se risquer plus près.

L'angoisse aux tripes, il soulève sa lanterne… et plisse les yeux, incrédule. Il s'attendait à voir un squelette, sans doute recouvert de son bouclier et vêtu d'une cotte de mailles. Il envisageait même de découvrir le défunt brandissant une épée vengeresse. Mais il ne distingue rien. Strictement rien.

Il fait un pas supplémentaire. Une nouvelle secousse découvre davantage le cercueil de pierre.

Cette fois, le doute n'est plus possible : il est vide. Cavel fronce les sourcils. Non seulement le tombeau ne contient aucune dépouille, mais il n'a pas de fond. Vincent se trouve face à l'ouverture béante d'un souterrain.

88

Les secousses n'ont pas cessé, mais elles s'espacent. Le théologien tremble encore de tous ses membres. Adinson et Cavel ont achevé de décaler le lourd couvercle et inspectent l'entrée de la galerie qu'il dissimulait.

— Soupçonnez-vous la même chose que moi, Charles ?

— Je le crois. Ce tunnel ressemble diablement à celui que nous avons déjà parcouru ensemble.

Vincent se tourne vers Adinson avec une moue désapprobatrice.

— Avez-vous volontairement employé le mot « diablement » ?

Réalisant sa maladresse et l'effet qu'elle a produit sur le religieux, qui s'est laissé tomber par terre, Adinson présente ses excuses au pauvre homme. Vincent exhibe sa lanterne.

— M'accompagnez-vous ? Ou préférez-vous rester ici ?

Adinson s'élance déjà.

— Hors de question de vous laisser. Notre ami, par contre, devra nous attendre...

Les deux hommes s'engagent dans le boyau. Rapidement, ils perdent de vue l'ouverture, et la salle aux sarcophages disparaît derrière eux. Ils avancent avec précaution, d'un pas régulier.

— Nous devons circuler sous le square du Temple, suppose Adinson.
— C'est probable. N'oubliez pas de compter vos pas.

Tandis qu'ils progressent, chacune des rares secousses qui se produisent encore se perçoit plus nettement que la précédente. Il semble désormais évident que le souterrain conduit vers leur source.

Le tunnel serpente dans la couche de roche calcaire. Même technique de taille, même conception : il s'étire, lui aussi jalonné de méandres. Sa pente est légèrement descendante.

La lampe de Vincent accroche soudain des éléments non identifiés. Quelques mètres plus loin, les parois paraissent différentes, gonflées et déformées d'angles suspects. Elles présentent des reliefs et des aspérités inhabituelles. Méfiant, Cavel se retourne vers Adinson.

— Attendez là pendant que je vais vérifier ce qui se passe...

Vincent chemine à pas feutrés. Il scrute avec méfiance chaque relief rocheux, redoutant ce qu'il peut masquer. Ces surépaisseurs diminuent d'autant la largeur du passage, créant un goulet d'étranglement.

Charles lui lance :

— Peut-être n'ont-ils simplement pas soigné la réalisation de cette portion autant que les autres ?

— Seriez-vous prêt à jouer votre seconde vie sur cette hypothèse ?

Une secousse, toujours plus proche, fait vibrer le sol. Plus que jamais sur ses gardes, Vincent inspecte, touche la roche. Elle n'a rien de particulier, juste ces irrégularités grossières qu'il n'explique pas. Dans quelques mètres, il aura dépassé le tronçon suspect, sans toutefois avoir compris son utilité. Cela ne le rassure pas.

Les parois redevenues planes, il fait signe à son compagnon de le rejoindre. Charles se faufile sans s'attarder dans le rétrécissement, d'autant qu'une nouvelle secousse, plus forte, indique qu'ils approchent de l'épicentre.

— La direction vous semble cohérente avec notre hypothèse ? interroge Adinson.

— Plus que jamais, et la distance ne devrait pas tarder à correspondre également.

Tandis que le tunnel amorce une courbe inédite, le sol à leurs pieds se révèle inondé. Plus les deux explorateurs avancent, plus il y a d'eau. En quelques pas, ils pataugent déjà jusqu'aux chevilles. Vincent est immergé jusqu'aux genoux lorsqu'il dépasse le virage. Il peut alors vérifier ce que Charles et lui pressentaient : le boyau est brutalement interrompu par un effondrement qui l'obstrue en totalité.

— Nous n'irons pas plus loin, conclut Charles, qui l'a rejoint.

Vincent désigne le plafond entaillé d'une longue fracture qui se prolonge jusqu'au-dessus d'eux.

— Il serait même prudent de reculer...

Avant de battre en retraite, les deux hommes prennent un instant pour étudier l'éboulement. À en juger par les fragments de roche en équilibre instable et le foisonnement de la terre, l'événement est récent.

— Plus de doute, raisonne Charles, c'est ici que nous aurions dû émerger si nous avions réussi à franchir la grille sous-marine.

— Ce qui signifie que de l'autre côté, juste derrière cet amas, ce sont nos adversaires qui se démènent pour creuser. Sans doute sont-ils tombés sur un pan de roche écroulé qu'ils essaient de dépasser à coups de bélier, d'où les chocs.

— Ils y vont avec un bel entrain...

Vincent savoure l'ironie de la situation.

— Vous rendez-vous compte ? Nous ne sommes qu'à quelques pas d'eux. Ils n'ont aucune idée du face-à-face qui se joue pendant qu'ils s'acharnent.

— Tant mieux, car nous ne savons rien de l'avancée de leurs travaux, et si les sbires de cette satanée « Aube sacrée » venaient à déboucher ici, il ne leur faudrait que quelques minutes pour atteindre la crypte.
— Vous avez raison.
— Il faut à tout prix les empêcher de continuer. Alertons la police, dénonçons-les !

Vincent secoue la tête de dépit.

— Quand bien même certains seraient arrêtés, il en restera toujours trop en liberté, et ils trouveront un moyen de revenir terminer le travail. Je penche plutôt pour une solution plus radicale : il faut les bloquer définitivement...
— Comment ça ?

Vincent lève les yeux pour juger de l'état de la structure du tunnel.

— Nous pourrions effondrer une section supplémentaire... Le plafond est déjà fissuré. Ajouter quelques tonnes de gravats devrait les forcer à renoncer, d'autant qu'ils n'ont aucune raison de soupçonner que nous sommes derrière la manœuvre. Il nous suffirait d'étayer plus loin pour limiter la propagation du séisme, et ils se retrouveraient ainsi face à un obstacle infranchissable.

Charles se frotte le menton, séduit.

— Et ils en déduiraient que leurs propres coups ont provoqué l'aggravation de l'écroulement. J'y souscris !

Sans perdre de temps, les deux hommes sortent de l'eau et rebroussent chemin.

Alors qu'il leur reste encore quelques mètres à parcourir et que chacun réfléchit pour lui-même à cette nouvelle étape, Vincent s'arrête tout à coup sans crier gare à l'entrée d'une courbe et se jette contre la paroi. En masquant la clarté de sa lanterne, il intime à Charles de faire de même.

— Qu'est-ce qui vous prend ?
— Devant nous, des hommes embusqués !

Charles fronce les sourcils.

— Ce sont peut-être les nôtres qui nous cherchent.

Vincent déplie déjà son couteau pour se préparer à en découdre.

— Combien d'hommes avez-vous vus ? chuchote Charles.

— Je n'ai pas vraiment eu le temps de les compter...

— Pourquoi ne bougent-ils pas ? Ils ne font aucun bruit.

Il prend l'initiative d'interpeller :

— Qui va là ?

Aucune réponse.

— Tout cela n'a aucun sens, tranche Charles en s'écartant pour en avoir le cœur net. Donnez un peu de lumière, que l'on tire l'affaire au clair.

Au moment où Vincent libère la clarté, Charles voit effectivement des silhouettes se découper plus loin dans le couloir. Quelque chose cloche, il le sent. Il prend la lanterne des mains de son complice et la déplace de gauche à droite et de bas en haut. Les présences se forment et se déforment. Il sourit.

— Mon cher, nous venons encore une fois de nous laisser abuser par les brillants concepteurs de ce dédale...

Non sans une certaine fierté, il explique à Vincent le stratagème. En jouant sur les ombres et la lumière, les reliefs du goulet d'étranglement prennent l'apparence de silhouettes humaines.

— Ces contours dont vous vous êtes méfié à l'aller ont été sculptés dans la roche de manière à générer des épouvantails hostiles dans la lueur des torches.

— Un simple jeu d'ombres... constate Vincent en retrouvant son calme.

Il replie sa lame. Charles s'amuse du procédé en agitant la lanterne. L'effet est sensationnel. Le balancement de la source lumineuse anime littéralement des profils de gaillards sur le pied de guerre. Vincent finit par sourire de l'illusion dont il a été victime.

— L'effet ne fonctionne que lorsque l'on emprunte le passage dans ce sens, note-t-il. C'est donc par ce tunnel que les visiteurs étaient supposés atteindre la salle aux tombes...

— Tout désigne la crypte comme étant le sanctuaire, constate Charles. Les reliques et les trésors évoqués par le témoignage sont sans doute enfermés dans les autres tombes.

— Il conviendra de faire preuve d'une grande prudence, ajoute Vincent. Ceux qui ont conçu ces passages et leurs pièges n'ont pas pu les laisser sans protection.

— C'est vous le spécialiste.

Les deux hommes reprennent leur cheminement. En passant, Adinson effleure une dernière fois les reliefs si ingénieux. Ni lui ni Vincent n'ont la moindre idée de ce qui les attend.

89

Alors que la sortie du tunnel se profile enfin, Vincent aperçoit le théologien, toujours par terre, adossé à la margelle du puits. Le pauvre homme semble ne pas avoir surmonté le choc ; il fait peine à voir. L'historien est venu s'asseoir à ses côtés, sans doute pour le réconforter.

Quelque chose dans leur posture intrigue Vincent, mais il n'a pas le loisir de s'interroger davantage. À peine a-t-il débouché du sarcophage qu'un homme surgit et le met en joue. Il n'a pas le temps d'avertir Charles, et tous deux se retrouvent sous la menace de l'arme.

— Les mains en l'air, vous deux. Et tenez-vous tranquilles…

De son canon, l'homme leur fait signe de rejoindre les cochers et le gardien de nuit du bâtiment, déjà ligotés. Un complice leur attache les mains dans le dos. La crypte est désormais sous le contrôle de quatre intrus. Deux d'entre eux surveillent les captifs, pendant que les autres fracturent déjà une sépulture et fouillent la dépouille avec avidité.

Sans aucun respect, ils retournent le corps et le contenu, à la recherche de bijoux ou d'objets de valeur. Révolté par leurs agissements, Vincent ne peut cependant s'empêcher de remarquer l'apparence singulière du mort. Le cadavre n'est ni décharné, ni décomposé. Plusieurs siècles après son inhumation, ses traits se devinent même encore avec une certaine précision, car il est momifié à la manière des pharaons. Son corps, bien que portant les attributs d'un chevalier, est intégralement recouvert de bandelettes de tissu. L'alliance d'une technique d'embaumement égyptienne appliquée à un représentant de la chevalerie chrétienne est des plus étranges. Les vandales n'en ont que faire, et continuent à s'en prendre à ses biens.

— Vous n'avez pas honte ? gronde Adinson, écarlate de colère.

Pour toute réponse, un des geôliers lui assène un coup de coude en plein visage. Vincent tente de s'interposer mais, privé de ses poings, se retrouve brutalement remis à sa place.

— Est-ce là l'enseignement de vos mages ? proteste-t-il. Est-ce en profanant des tombes, en les pillant, que vous construisez votre monde idéal ?

Sa médaille de croisade est arrachée à un défunt avec une telle hargne que son cou se disloque dans un craquement.

— Barbares ! s'insurge Vincent.

L'une des brutes s'approche de Cavel et lui pose le canon de son arme contre le cœur.

— Joshua sera content de te retrouver. Je crois qu'il t'aime bien. Pas moi.

Il lui flanque un coup de poing dans le ventre. Cavel encaisse tant bien que mal. Il doit réfléchir vite. La situation va devenir incontrôlable. Ces mécréants vont continuer à forcer les sarcophages les uns après les autres avant de les livrer à leur organisation criminelle. Adinson et ses deux compagnons ne doivent en aucun cas tomber entre leurs mains.

— Il n'y a plus rien à tirer de celui-là, déclare un pilleur en rejetant rudement la momie du chevalier dans son cercueil de pierre.

Il désigne déjà la sépulture suivante en ramassant un pied-de-biche. Une idée traverse l'esprit de Vincent.

— Si j'étais vous, je ne ferais pas ça.

L'homme suspend son geste.

— Pourquoi ? Ce n'est pas ce que tu t'apprêtais à faire ? C'est toi qui as apporté ces outils… Essaie de me faire croire que tu n'en avais pas après les richesses qui dorment ici.

— Pas de cette façon. Vous l'aurez peut-être remarqué, cette crypte regorge de surprises…

Intrigués, les deux hommes prêtent l'oreille. Cavel doit absolument réussir à capter leur attention.

— Prenez ce tunnel, par exemple. Il était dissimulé. Vérifiez, je ne vous raconte pas d'histoire. Vous avez eu de la chance qu'il ne vous arrive rien en forçant ce premier sarcophage, mais le suivant risque de vous coûter cher…

— Explique-toi.

Vincent prend son temps, comme lorsqu'il livrait ses passages secrets à ses riches clients. À cet instant précis, les malfrats ne le considèrent plus tout à fait comme un prisonnier, parce qu'il sait quelque chose qui peut leur être utile. Avec calme, il renforce son ascendant sur eux.

— Joshua le sait bien, et vous aussi, sans doute. Votre bande n'a pas réussi à faire céder la cave de la maison de Flamel, alors que moi… Vous avez beau vous escrimer depuis, cela vous a déjà coûté cher, n'est-ce pas ? *Aurorae sacrum honorem…*

Les pilleurs se regardent.

— Tu prétends que ces tombes sont piégées ?

— Je ne le prétends pas, je l'affirme.

Les quatre hommes échangent des coups d'œil indécis. L'un des sbires demande :

— Es-tu capable de les ouvrir sans danger ?

— Pas seul. Il me faut l'aide d'un de mes hommes.

Du menton, Cavel désigne celui des deux cochers qui ne s'est pas enfui, pariant qu'il sera le plus fiable s'il faut jouer des poings. Le bandit qui les tient en joue consulte ses complices.

— Qu'est-ce qu'on fait ? On tente le coup ?

Ils discutent, tergiversent. Cavel en profite pour murmurer discrètement à ses compagnons :

— Préparez-vous à vous jeter au sol et protégez-vous. Les balles risquent de siffler...

Adinson n'a pas le temps de lui demander ce qu'il envisage. Les pilleurs sont tombés d'accord et déjà, l'un deux revient vers eux pour libérer Vincent et le cocher qu'il a choisi. L'air mauvais, il grogne :

— Je n'hésiterai pas à t'abattre. T'as pas intérêt à faire le malin...

— Ce n'est pas mon genre, surtout avec ce qu'il y a à ramasser.

En prenant un air assuré, Vincent désigne un sarcophage.

— Je vous conseille de commencer par celui-là.

L'homme au pied-de-biche se positionne déjà, et son acolyte va pour lui prêter main-forte.

Cavel s'empare d'une lanterne sur la margelle et, profitant que les crapules entament leur immonde besogne, il prend son élan et la projette de toutes ses forces contre le mur.

Dans un grand fracas, la lampe se disloque sur la pierre, et son pétrole s'enflamme en se répandant sur les parois couvertes de salpêtre.

90

D'abord une lumière aveuglante, aussitôt associée à une chaleur infernale, Vincent plonge sur les deux vénérables chercheurs pour les protéger. L'embrasement de la totalité de la crypte est d'une fulgurance inouïe, engendrant un souffle ardent qui balaye l'espace d'un tourbillon dévastateur.

La propagation de l'onde de feu sur les parois ne dure que quelques instants. Elle se répand plus vite qu'un cheval au galop, transformant toute la salle en une bulle incandescente dont les membres des deux camps sont les captifs.

Dans la panique, un malfrat tire des coups de feu, des cris de douleur et de surprise résonnent. La violence de la scène n'a d'égale que sa soudaineté. La tempête se retire aussi rapidement qu'elle était apparue.

Pris de court et désorientés, les mécréants ont lâché leurs outils. L'un d'eux a les yeux brûlés parce qu'il se tenait près du mur. Il erre en geignant, les mains sur son visage, se tordant de douleur. Un second reste prostré par terre, ses cheveux calcinés, la peau de son visage et de ses mains carbonisée. Un autre gît étendu sur le sol, inerte, face contre terre, des flammèches incendiant encore son gilet. Le dernier tente de se relever, mais Vincent le prend de vitesse et n'a pas besoin de frapper fort pour le mettre hors d'état de nuire.

Le théologien et l'historien, abasourdis, n'ont sans doute pas compris ce qu'il s'est passé, mais au-delà de leur abrutissement, leur état de santé n'inspire pas d'inquiétude. Le gardien de nuit est encore sous le choc, mais il parvient à se relever seul malgré ses entraves. Les cochers se libèrent en s'aidant les uns les autres.

Les visages sont noircis, il flotte dans l'air une odeur chimique suffocante qui se mêle à celle des cheveux et de la chair brûlés. Adinson est le seul à ne pas se relever. Il est resté couché sur le flanc. Vincent se précipite.

— Charles! Charles! Répondez-moi!

Tandis que Vincent envisage déjà le pire, son aîné finit par tousser, il roule sur lui-même et reste étendu sur le dos. Il sourit comme jamais.

Charles tend la main à son complice pour qu'il l'aide à se remettre sur pied. Les vêtements des deux hommes sont couverts de traces de brûlures, leurs visages maculés de suie.

— Votre idée était brillante, Vincent, mais vous avez failli tous nous tuer.

— Ils nous ont trouvés et ce coup-ci, ce n'est pas moi qui ai pu trahir notre position.

— Ils nous auront suivis...

— Assurons-nous qu'il n'y en a pas d'autres là-haut.

— Il n'y en a pas, affirme le cocher qui tenait compagnie au veilleur dans sa loge. Aucun d'eux n'a voulu rester dehors alors que les autres risquaient de découvrir un magot.

— Parfait, évacuons ces monstres.

Le gardien de nuit, ahuri, regarde autour de lui.

— Êtes-vous en état de comprendre ce que je vous dis, mon ami? lui demande Vincent.

— Qu'est-ce qui s'est passé? J'ai failli crever...

— Il ne s'est rien passé. Si vous acceptez de vous en tenir à cette version, alors je vous promets assez d'argent pour vous mettre à l'abri, vous et votre famille. Que diriez-vous d'une maison?

L'homme sourit largement.

— Ça, je comprends. Il ne s'est rien passé du tout.

— Rentrez chez vous comme vous le faites d'habitude. L'un de nous viendra vous livrer votre fortune et vous pourrez démissionner.

Le gardien désigne le pilleur couché au sol.

— J'ai bien cru que ces sauvages allaient m'assassiner...

— Si vous gardez le silence, personne ne vous fera de mal.

L'homme hoche vivement la tête.

— Une fortune pour les miens ?

— Une fortune, de ma poche, je vous le garantis. Et maintenant, je vous confie à l'un de mes compagnons qui va vous ramener.

Vincent retourne le corps inerte. Sa boîte crânienne est ouverte.

— Son compte est bon.

De la poche du bandit, Vincent retire la médaille de croisade arrachée au chevalier momifié. Il se rend auprès du défunt, s'incline devant sa dépouille, et replace le bijou autour de son col. Il s'incline à nouveau et recule.

— Charles, voulez-vous m'aider à refermer le couvercle sur ce malheureux ?

Tandis que les cochers évacuent les blessés, Adinson vient prêter main-forte à Cavel.

— Leurs exactions nous ont au moins permis de constater qu'il n'y a aucune relique dans ce tombeau-ci.

Les deux hommes tentent de soulever la lourde pierre, mais Adinson ne parvient même pas à la décoller du sol.

— Cette dalle est bien trop pesante pour moi, s'excuse-t-il, le souffle court.

Vincent se retourne vers les cochers pour les solliciter. Il réalise alors qu'il n'a pas revu l'homme qu'il avait choisi. Qu'est-il devenu ? Il regarde autour de lui, fait le tour du puits en redoutant de découvrir son corps, lorsqu'une voix faible se fait entendre.

« Au secours, aidez-moi ! »

Cavel et Adinson se regardent. La voix se manifeste à nouveau.

« Vous m'entendez ? »

Aucun doute possible : l'appel vient du fond du puits.

91

Vincent descend lentement dans le puits. Debout, le pied calé dans une boucle, il agrippe fermement la corde d'une main, l'autre tenant une lanterne. Il s'enfonce régulièrement, son allure réglée par les cochers. Quand il relève la tête, il aperçoit Adinson, penché au-dessus de la margelle, dont le visage s'éloigne progressivement.

Le conduit vertical traverse à présent une couche de roche plus sombre. Il n'aperçoit toujours pas le fond en contrebas, mais il entend l'écho des mouvements du malheureux dans l'eau.

— Tenez bon ! lui crie-t-il. J'arrive !

— J'aperçois votre lumière. Faites attention, vous approchez de l'endroit où le puits débouche.

— Débouche ? s'étonne Cavel. Débouche sur quoi ?

— Là où je suis tombé. Je n'y vois rien, mais à en juger par la résonance, c'est sûrement assez grand.

Depuis le début de la descente, afin d'éviter de tourner sur lui-même comme une toupie, Vincent se stabilise de temps à autre en prenant brièvement appui sur la paroi du conduit. Tout à coup, il ne la trouve plus sous sa main. La cheminée qui l'entourait a disparu. Sa lanterne se perd dans la nuit. Il est passé brutalement d'un espace confiné à un vide sans aucun repère. Déstabilisé, il a l'impression de flotter dans le néant.

— Interrompez la descente ! hurle-t-il.

— Tout va bien ? demande la voix lointaine d'un des cochers.

— Je ne sais pas trop…

L'à-coup de l'arrêt n'arrange pas son malaise, et Vincent se met à osciller. Il resserre sa prise sur la corde et tente d'appréhender son environnement.

La lueur de sa lampe accroche brièvement quelques détails. Il met un moment à comprendre qu'il est désormais suspendu sous le dôme d'une grotte souterraine. Comme un spéléologue, il domine un réservoir d'eau naturel contenu dans une vaste cavité. Plusieurs mètres plus bas, il aperçoit le blessé immergé jusqu'à la ceinture, qui, grâce à la lumière, découvre lui aussi l'endroit où il a été précipité.

— Bon sang, qu'est-ce que c'est encore que ça ? grommelle Vincent.

Il tend sa lanterne au bout du bras pour élargir la zone éclairée, ce qui lui permet de mieux discerner le volume de la caverne.

— C'est gigantesque ! s'exclame-t-il.

L'écho de sa voix amplifie l'expression de sa surprise. Cette grotte aux parois brutes ne peut être que naturelle. Ses flancs sombres aux replis acérés n'ont pas été taillés.

— Reprenez la descente ! lance Vincent aux cochers.

Au-dessus de lui, le conduit du puits n'est plus qu'un modeste trou, qu'il serait difficile de se repérer dans le chaos du dôme rocheux sans la corde à laquelle il est accroché.

Vincent se rapproche de la surface du lac souterrain.

— Vous avez pied ? demande Vincent au blessé tout proche.

— Là où je suis, oui. J'ai réussi à trouver un endroit moins profond. Heureusement, il y avait du fond là où je suis tombé. Je n'ai sans doute qu'une cheville cassée.

— Vous avez eu de la chance de ne pas vous tuer après une pareille chute. Cette nappe phréatique vous a sauvé la vie.
Il lève la tête et hurle en direction du puits.
— Vous pouvez arrêter, je suis avec notre compagnon !
L'écho de son message tourne dans la grotte souterraine tandis qu'une voix lointaine accuse réception.
Lâchant la corde, Vincent descend dans l'eau froide. Prenant soin de maintenir la lanterne le plus haut possible, il rejoint l'homme en quelques brasses malaisées. Il a bientôt pied lui aussi.
— Vous êtes transi, vous grelottez.
— Le courant n'est pas puissant, mais quand on reste immobile, on le sent.
— Sacré plongeon ! fait remarquer Vincent. Qu'est-ce qui vous a pris ?
— Le feu s'est répandu avec une telle violence que j'ai pris peur. Sans réfléchir, j'ai sauté pour me mettre à l'abri dans le puits. Tout est allé si vite... Vous avez réussi à vous en sortir, là-haut ?
— Nous avons repris l'avantage. À part vous, pas de blessé à déplorer chez les nôtres.
Soulagé, l'homme soupire en passant une main dans ses cheveux.
— La chute m'a paru longue.
— Elle l'est.
— Je me suis vraiment demandé ce que j'allais devenir dans ce trou. La nuit noire, le silence, ma cheville ruinée... Je n'ai jamais été aussi heureux d'entendre quelqu'un me répondre. Merci d'être venu me chercher.
— C'est moi qui vous ai désigné, je me sens responsable.
L'homme lui tend la main.
— David.
Cavel la serre.

— Enchanté, David, moi c'est Vincent. Quelle rencontre mémorable, au fond d'un gouffre ! Nous n'oublierons jamais cet endroit.

— C'est certain ! Nous sommes sans doute les premiers à descendre ici.

— Ne traînons pas. Vous allez remonter le premier.

Alors que Vincent se penche pour passer un bras autour de son compagnon, la clé attachée à son cou sort de son col. Elle ballotte d'abord au bout de sa cordelette, mais se stabilise rapidement, pointant une direction dont elle ne semble pas vouloir dévier. Gêné, Cavel commence par la sentir puis, baissant la tête, il l'aperçoit. Il relâche délicatement David et observe l'objet attentivement.

— Vous avez vu ça ?

— Votre clé ? Effectivement, vous auriez pu la perdre.

— Non, je parle de ce qu'elle désigne…

Cavel fait passer le cordon par-dessus sa tête de manière à pouvoir l'utiliser comme un pendule. Il tend le bras, la déplace, l'oriente dans tous les sens, mais elle s'obstine à indiquer la même direction.

— Je vous demande un instant, fait Cavel en s'avançant dans le flot.

Il se cale sur le cap et progresse prudemment dans le lac. Il perd parfois pied pendant quelques instants, mais retrouve chaque fois un appui. La clé le conduit vers un recoin de la grotte.

Alors qu'il s'approche d'une étroite berge, son pied heurte un obstacle englouti. Se baissant, il palpe sous l'eau ce qui ressemble à une bordure de bois surmontant une surface courbe. Il comprend très vite qu'il s'agit des restes d'une barque immergée.

— Nous ne sommes pas les premiers à venir ici, David.

— Que voulez-vous dire ?

Toujours guidé par la clé, Vincent a pratiquement atteint la paroi de la caverne. Partout où ses yeux portent, il n'y a que de la roche. L'obstination de la boussole serait-elle une erreur ?

Soudain, dans un repli, il repère une faille, un passage assez large pour s'y faufiler. La clé ne laisse aucun doute. C'est le chemin à suivre.

— David ?

— Oui ?

— Vous sentez-vous la force de rester quelques instants de plus ?

92

Cette galerie-là n'a pas été creusée par la main de l'homme. C'est une fracture naturelle d'où s'écoule un ruisseau, une brèche qui s'insinue entre deux pans de roche brute dont la couleur ardoise dévore la lumière de la lanterne. L'onde cristalline se fraye un chemin en murmurant parmi les reliefs irréguliers du sol qu'elle a arrondis depuis la nuit des temps.

Vincent progresse péniblement en pataugeant dans le cours d'eau, soutenant David qui, ayant refusé de rester seul dans l'obscurité, a tenu à l'accompagner même si sa cheville le fait souffrir. Il boite atrocement, posant le moins possible son pied blessé. Chaque contact avec le sol le fait grimacer, mais il étouffe ses plaintes. Le parcours est tellement accidenté que les deux hommes sont constamment obligés de prendre garde aux arêtes vives qui frôlent leurs têtes, tout en se méfiant des obstacles qui pourraient les faire trébucher.

— Vous êtes certain de ne pas vouloir m'attendre ? propose à nouveau Vincent. Vous pourriez vous reposer par ici, sur une des pierres, au sec...

— Je vous ralentis trop, c'est ça ?

— Je crains surtout pour votre seule cheville encore valide. D'autant que rien ne garantit que ce trou à rats mène quelque part...

— S'il vous plaît, ne m'abandonnez pas dans le noir. J'en perdrais mes nerfs…

Vincent n'insiste pas. Heureusement, ils ne sont pas longs à déboucher dans un espace plus dégagé. C'est d'abord l'écho du grondement régulier d'une cascade qui leur parvient. Le son paraît si lointain que cette nouvelle cavité pourrait se révéler étonnamment vaste. L'intensité du roulement de l'eau indique un débit bien supérieur à celui du ruisselet qu'ils ont remonté.

Leur éclairage limité ne leur permet d'appréhender que ce qui se trouve à proximité. Ils s'aventurent au cœur d'un univers minéral chaotique dénué de toute vie.

À peine ont-ils fait quelques pas qu'au-delà des formes irrégulières, Vincent aperçoit une sorte de stèle dressée dans la nuit. Il constate bientôt qu'il s'agit d'un monolithe qui lui arrive à la poitrine, taillé d'un seul bloc, dans une géométrie simple mais parfaitement maîtrisée. Le sommet est creusé d'une vasque emplie d'un liquide visqueux et au fond de laquelle se dresse une mèche noire.

— On dirait une lampe à huile géante, s'étonne-t-il.

— Allumons-la, suggère David, que les ténèbres insondables mettent de plus en plus mal à l'aise.

Méfiant, Vincent pince la mèche et recueille sur ses doigts un peu de la matière épaisse qui l'imbibe. Il la respire, puis, dubitatif, la goûte et hausse un sourcil.

— De l'huile, en effet. Épaisse et atrocement rance, mais c'est de l'huile…

Il ouvre sa lanterne et, l'inclinant avec précaution, essaie d'enflammer le cordon. Contre toute attente, celui-ci finit par prendre. La flamme, d'abord hésitante, crépite et grandit peu à peu, conjuguant son éclat à celui de leur lampe. Dans la lumière qui augmente, David repère une seconde stèle un peu plus loin.

— En voilà une autre !

Vincent va l'allumer tandis que son compagnon, ravi de voir s'éloigner le spectre d'une nuit oppressante, s'accorde une pause pour soulager sa cheville. Il désigne le cours d'eau qui traverse la grotte.

— C'est certainement la source qui alimente le lac.

— Elle doit jaillir par là-bas au fond de cette caverne, au niveau de la chute d'eau que l'on entend.

Alors que la deuxième lampe à huile s'illumine, le renfort de lumière en révèle une troisième. Le phénomène se répète, encore et encore. Ce n'est qu'après avoir enflammé la cinquième lampe que Vincent prend conscience de l'immensité de la caverne souterraine. Le nez en l'air, il commente :

— Cette salle est encore plus grande que celle du lac.

David ne réagit pas. Il est assis, complètement immobile, les yeux écarquillés, la bouche ouverte.

— Vous avez mal ? s'inquiète Cavel.

Incapable de prononcer une parole, David désigne d'un mouvement du menton le fond de la caverne.

Celui-ci se retourne et se fige à son tour. Face à l'intimidante majesté de ce qui se révèle à lui, Vincent recule de quelques pas, sonné, manquant de perdre l'équilibre.

Un véritable donjon se dresse devant eux, une tour ronde et massive digne des plus spectaculaires châteaux forts. Accolée à la paroi de la grotte, elle est si haute que les lampes ne parviennent pas à en éclairer le sommet, qui se perd sous la voûte.

— Par tous les saints... murmure-t-il.

Il peine à reprendre ses esprits.

— Qui a pu bâtir une telle forteresse dans un endroit pareil ? Un donjon dans les entrailles de la terre...

La construction dégage une telle intensité qu'elle en devient effrayante. Une puissance silencieuse, endormie, tout juste tirée d'une obscurité où elle attendait depuis des siècles, tapie au fond de sa tanière. Son apparence particulière concourt à la rendre plus mystérieuse encore. Elle ne présente en effet ni meurtrières, ni fenêtres, et plus étonnant encore, aucune porte d'entrée. Sa forme épurée, sans la moindre aspérité, lui confère des allures de bouclier géant qu'un Titan aurait posé contre la muraille de son repaire enfoui.

Il faut de longues minutes à Vincent pour seulement oser s'en approcher. À chaque pas qu'il accomplit dans sa direction, il se sent de plus en plus écrasé par la grandiose fortification totalement hermétique.

Ce n'est qu'à quelques mètres d'elle qu'il commence à en comprendre la structure d'apparence si lisse. L'enceinte circulaire est composée de milliers de pierres taillées de toutes dimensions, parfaitement ajustées afin de s'imbriquer les unes aux autres, et assemblées sans le moindre joint. Un rempart absolu, n'offrant ni prise, ni aspérité, ni faiblesse, aucun interstice où glisser ne serait-ce qu'une pointe. Un bastion imprenable. Que peut-il bien protéger ?

Vincent s'avance encore pour toucher, sentir, mais une force invisible retient son geste. Sa paume reste en suspens. Il est trop impressionné pour se permettre ce contact. Au pied de la muette carapace de pierre, instinctivement, il met un genou à terre et baisse la tête.

— Je ne suis pas ici pour te piller, murmure-t-il. Des pas improbables m'ont mené jusqu'à toi. Mais peut-être le sais-tu déjà ? Me laisseras-tu tenter de te comprendre ?

À cet instant, il aurait interprété n'importe quel signe, du plus infime tremblement de terre au son le plus inattendu, comme une injonction à renoncer, à laquelle il se serait plié. Mais ce silence qui dure et cette présence colossale qui le tolère à ses pieds sans le broyer lui apparaissent comme une pacifique permission.

Vincent se relève, empli de gratitude, soulevé par le désir de protéger ce lieu exceptionnel quoi qu'il arrive.

Il parcourt le périmètre de la tour, mais elle ne livre rien de plus. Elle s'avère impénétrable, et son incrustation dans la paroi relève de l'exploit. La perfection de la réalisation, associée à l'absence d'ornement, l'éloigne de toutes les constructions humaines, comme si cette élévation n'était pas un assemblage fabriqué, mais un être à part entière.

En son for intérieur, Vincent sait que ce donjon est le plus grand mystère auquel il ait été confronté. Alors qu'il échafaude déjà les théories les plus excentriques, David ose :

— Je ne crois pas que vous pourrez réussir seul. Il vous faudra revenir. Le temps nous manque. Nous sommes loin de notre monde, Vincent, et nous avons du chemin à faire avant de le retrouver.

93

À peine Vincent émerge-t-il de la margelle du puits derrière David que Charles lui tend la main et l'aide à s'en extirper.

— Dieu soit loué, vous revoilà enfin ! Je me suis fait un sang d'encre.

Le contrecoup de l'inquiétude pousse Adinson à parler plus que d'ordinaire.

— Regardez dans quel état vous êtes... Vous ne répondiez même pas à nos appels ! J'ai cru que j'allais être obligé de descendre moi-même vous chercher. Qu'avez-vous fait durant tout ce temps ?

Cavel se rétablit sur le dallage. L'odeur de salpêtre brûlé plane encore. Il contemple la crypte, qui a retrouvé sa quiétude. Débarrassée des traces de lutte et de ce léger voile clair qui recouvrait ses surfaces, elle paraît plus ciselée.

Charles continue sa logorrhée, mais Vincent n'y prête qu'une attention modérée. Il adresse un signe à David, qu'un cocher aide déjà à gravir l'escalier. Adinson et lui se retrouvent seuls.

— Je l'ai trouvé, Charles.

Adinson interrompt son monologue, surpris d'être coupé de la sorte.

— Quoi donc ?

— Le sanctuaire.

Frappé de stupeur, Charles se tait. Son corps tout entier est agité d'un soubresaut.

— Je n'ai pas réussi à pénétrer à l'intérieur, précise Vincent, mais je sais que c'est lui. Un donjon monumental, souterrain, adossé contre la roche. Une tour imprenable sans aucun accès visible.

Charles reprend bruyamment sa respiration. Il plisse les yeux et scrute son complice. Au-delà de la révélation qui l'abasourdit, il sent que quelque chose a changé en Vincent. Il l'entend à sa voix, il le voit dans ses gestes. Cavel n'est plus exactement le même que lorsqu'il est descendu.

Celui-ci désigne l'ensemble de la crypte d'un geste circulaire de l'index. Il est étonnamment calme et serein. Il comprend et dépasse désormais les apparences du décor qui l'entoure.

Cavel finit par fixer son compagnon avec une intensité inédite.

— Ces sarcophages ne contiennent aucun trésor, lâche-t-il. Ils abritent sans doute les gardiens du sanctuaire. Tout est clair à présent. Le dédale et le lieu enfoui que décrivait le témoignage, les pièges associés aux éléments qui ont failli nous détruire...

— Un donjon souterrain ?

— Il est immense, majestueux, une perfection posée dans un écrin originel. S'il n'a pas la forme d'un temple, il en possède l'aura.

— Décrivez-le-moi davantage, je vous en prie !

— Il y a peu à en dire, et sûrement tant à en espérer... C'est un édifice impénétrable, caché au fond d'une grotte enfouie dans les profondeurs, aussi imposant que s'il avait été construit à l'air libre. Il vous faudra venir le rencontrer vous-même.

Vincent en parle avec une admiration respectueuse, presque comme d'une présence vivante, mystérieuse, qui le fascine et le dépasse à la fois.

— Mais le temps presse. Nous avons beaucoup à faire.

Vincent ramasse les feuillets et le crayon abandonnés par le théologien.

— Charles, si vous le voulez bien, je vais vous confier des messages que je vous demande de remettre de toute urgence à mes proches.

— Qu'avez-vous en tête ?

— Je vais avoir besoin de renforts. Du vôtre, de celui de mon équipe, de vos cochers, et de bien d'autres encore…

— Pourquoi ne pas l'expliquer vous-même à chacun ?

— Parce que je vais rester ici. Parce que je vais redescendre.

Charles s'insurge :

— Il est hors de question de vous laisser seul !

— Il le faut. Je ne peux pas abandonner le sanctuaire. Vous viendrez m'y retrouver dès ce soir.

Le calme dont fait preuve Cavel contraste avec l'emportement de son aîné. Comme si leurs rôles s'étaient inversés.

— Vous rendez-vous compte ? proteste Charles. Seul dans ce dédale souterrain que vous parvenez à peine à décrire ? Je me refuse à ramasser votre cadavre lorsque vous aurez été massacré par je ne sais quelle machinerie démoniaque !

Cavel plonge son regard dans celui d'Adinson.

— Il faut me faire confiance, Charles. Je vous en prie, ne m'empêchez pas de rester. Je n'y arriverai pas si vous êtes contre moi.

Vincent se détourne et fait quelques pas, jusqu'à effleurer l'un des sarcophages. Baissant les paupières, il paraît y puiser une inspiration, une énergie, des réponses.

— Tout ce que j'ai vécu trouve enfin sa place en moi. Chaque rencontre, chaque épreuve, chaque doute… Même si je ne sais rien de ce donjon, il est mon évidence. Face à lui, les mystères que nous avons affrontés trouvent leur sens. Toute ma vie n'a servi qu'à faire de moi l'homme que je suis en cet instant, dans ce lieu que nous avons découvert ensemble.

Il prononce ces paroles d'une voix profonde, chaque mot porte une conviction et une résolution que rien ne pourrait entamer.

— Je n'ai plus peur, mon ami, dit-il en se tournant de nouveau vers Charles. Je sais dorénavant ce que je dois accomplir. Notre rencontre n'est pas le fruit du hasard. L'Horloger qui nous anime a fini par nous amener là où nous devions être.

Charles esquisse un sourire.

— Vous souvenez-vous de ce que vous avez déclaré lors d'un de nos premiers échanges ? Vous m'avez dit : « Je vous admire, Charles. Pas uniquement pour tout ce que vous semblez savoir. Vous me fascinez parce que vous croyez. J'envie votre espoir. J'aimerais tant le partager... » Aujourd'hui, mot pour mot, je pourrais vous retourner ces propos.

— Cet espoir, nous le partagerons, Charles. À mon tour de vous citer : « Je compte sur votre aide pour parvenir à la complète résolution de ce mystère. »

Au-delà de sa détermination, Adinson perçoit chez Vincent une clairvoyance qu'il n'avait rencontrée jusque-là que chez son vieil ami disparu.

— Écrivez, Vincent, soupire-t-il. Je serai votre messager.

Cavel s'assoit à même le sol, adossé à la margelle. Sans la moindre hésitation, il noircit quelques pages expliquant à chacun ce qu'il doit préparer. Puis il plie chaque missive en y inscrivant le nom du destinataire et les remet à son complice.

Enfin, les deux hommes remontent l'escalier, laissant la crypte retourner au silence et à l'obscurité dont ils l'ont tirée.

Au seuil du mur pivotant, Charles pose la main sur l'épaule de son cadet. Ils ne prononcent pas un mot, mais leurs regards en disent long. Alors, Charles rejoint son siècle, et Vincent repousse le mur derrière lui pour faire disparaître l'entrée.

Pour Adinson, c'est une journée trop remplie qui s'annonce. Pour Vincent, une nuit d'éternité.

94

Voici déjà le final du numéro qui s'annonce. Avec agilité, l'homme se hisse sur les épaules de son partenaire. Au milieu d'un public de connaisseurs, le porteur ajuste l'écartement de ses jambes pour assurer sa stabilité pendant que le voltigeur se dresse dans un équilibre impeccable. Ils sont prêts pour le clou du spectacle. Le voltigeur se concentre, puis fléchit les genoux pour se ramasser sur lui-même. Tout à coup, dans un formidable élan, il bondit tel un ressort et effectue un salto arrière irréprochable. Il retombe dans une position parfaite, alors que le porteur encaisse la secousse sans broncher.

L'assemblée applaudit de bon cœur. Ce tandem d'acrobates espagnols est aujourd'hui la vedette du camp, où ils font halte pour la première fois. Après un salut et quelques accolades, les voilà admis dans cette fraternité informelle qui s'enrichit chaque jour de nouveaux talents.

— Je propose que l'on boive à leur santé ! s'écrie le mime.

La troupe approuve dans une clameur enthousiaste. Chopes, gobelets et verres se remplissent aussitôt de bière et de vin en leur honneur. Chacun trinque selon ses coutumes et commente dans sa langue.

À l'écart, Gabrielle et Pierre sont attablés l'un en face de l'autre, pour une fois insensibles à la réjouissante ambiance.

Pierre achève de lire le message de son frère et relève les yeux vers la jeune femme inquiète.
— Que dit-il ? s'empresse-t-elle de demander.
— Il fixe rendez-vous ce soir. Charles connaît l'endroit.
— Il va bien ?
Pierre est songeur.
— J'ignore ce qu'il se passe, mais en lisant ses mots, j'ai l'impression de l'entendre quand une idée le taraude et qu'il ne veut plus perdre une minute... Il ne précise rien de la situation, mais insiste sur le fait qu'il faut nous préparer.
— Nous préparer ?
— Un peu de matériel... mais il parle aussi d'« esprit ».
— Comprends-tu ce qu'il se trame ?
— Absolument pas. Il écrit que « nous allons tenter de découvrir un passage conduisant dans un lieu comme nul n'en a jamais vu »...
Un dresseur de chien fait sauter son animal sur le banc tout près d'eux. Assis côte à côte, maître et bête partagent la même gamelle avec un appétit identique. Le couple ne les remarque même pas.
— Sa lettre parle aussi de toi, reprend Pierre.
— Qu'attend-il de moi ?
— Que tu restes à l'abri pour le moment. Un fiacre te conduira chez la comtesse de Vignole, où tu demeureras sous la protection d'Eustasio en attendant mon retour.
Gabrielle est déçue.
— Il dit que tu seras utile très bientôt, ajoute Pierre. Il utilise même le mot « indispensable ».
Pierre n'a pas vu arriver Konrad. Le grand barbu tient lui aussi à la main un message de Vincent. Il ne s'assoit pas et lance sans détour :
— Ça m'a l'air grave. C'est un véritable plan de bataille que nous devons mettre sur pied d'ici cette nuit.

Le menuisier désigne au loin sur le coteau Adinson et Victor, le gardien des ambassades, en grande conversation près des roulottes. Charles, d'habitude si digne et mesuré, multiplie d'amples gestes pour appuyer ses propos.

— Je n'ai pas entendu grand-chose, commente l'Allemand, mais apparemment, il est question d'embarquer toute la troupe...

— Les saltimbanques ?

— Comme je te le dis.

Pierre pointe le feuillet de son complice.

— Et de toi, que veut-il ?

— C'est à n'y rien comprendre. Il me demande de préparer de quoi étayer un tunnel. Il a même fait un croquis, avec des mesures qu'il qualifie lui-même d'« approximatives ». Il faut que d'ici quelques heures, je me sois procuré des madriers, « particulièrement solides ». Il précise que mes renforts devront être assez costauds pour résister à une explosion... Tu te rends compte ?

— Fichtre, je ne sais pas ce que fomente Vincent. J'espère qu'il ne va pas nous embarquer dans un attentat...

— Et quand bien même ? Connaissant ton frère, il agirait pour de bonnes raisons. Aussi bizarres que soient ses instructions, nous devons nous plier à ce qu'il demande en lui faisant confiance.

Pierre acquiesce. Konrad brandit son message.

— Il écrit que nous n'aurons droit qu'à une unique chance, et que ce sera sans doute l'opération la plus importante de notre vie !

Il désigne à nouveau les roulottes. On y aperçoit Henri, recroquevillé par terre au pied de la sienne, les bras enroulés autour de ses genoux.

— Tu devrais monter voir le Clou. Il n'est pas bien. J'ai l'impression qu'il est vexé que Vincent ne lui ait pas écrit. Je n'ai pas réussi à le consoler.

Pierre se lève aussitôt.

— Ça tombe bien, il faut que je lui parle…

Konrad le regarde s'éloigner, imité par Gabrielle, qui se demande elle aussi quel rôle va bien pouvoir jouer la bande dissipée qui n'en finit pas de boire et de chanter autour d'eux.

95

Voyant Pierre approcher, Henri s'empresse de s'essuyer les yeux. Tandis que son aîné escalade le talus, il essaye de reprendre contenance.

— Pourquoi restes-tu dans ton coin, comme ça ?

Le Clou renifle.

— Ce qui se prépare ne me concerne pas. Je suis le « gamin », celui que l'on ne veut pas avoir dans les jambes...

Pierre s'assoit auprès de lui, face au camp dont on commence déjà à allumer les lampions.

— Cette soirée s'annonce importante, Henri. Vincent m'a même écrit qu'elle serait « historique ». Jamais il n'avait employé ce mot auparavant, pour aucun de nos projets.

— Il ne m'a rien écrit, à moi, interrompt amèrement le garçon.

— C'est pour cela que tu te mets dans cet état-là ? Je ne crois pas que cela mérite tes pleurs.

Henri se tourne pour faire face à Pierre.

— As-tu déjà lu *L'Île mystérieuse* ?

— Non, mais je t'ai souvent vu plongé dedans.

— Je l'ai encore relu ces derniers jours. Sais-tu pourquoi je l'aime tant ?

— Parce qu'il est captivant ?

— Parce que c'est l'histoire d'une équipe, soudée comme une vraie famille, qui se lance dans des aventures. Cela me fait penser à nous. Et puis il y a le capitaine Nemo, un homme très intelligent, qui, grâce à son imagination, a inventé des machines dont personne n'avait eu l'idée avant lui.
— Je suppose que ce capitaine te rappelle Vincent...
— Ils se ressemblent en effet. Pourtant, je me demande de plus en plus pourquoi j'aime tellement ce roman, car au fond il est très triste.
— Triste ?
— Le capitaine Nemo est finalement un homme seul, et son destin tragique me fait beaucoup de peine. Sais-tu ce qu'il dit alors qu'il rend son dernier souffle auprès de ses nouveaux amis ?
— Donc, il succombe...
— En disant : « Je meurs d'avoir cru que l'on pouvait vivre seul. »
— Quel rapport avec Vincent ?
— N'est-il pas seul, lui aussi ? Crois-tu qu'il tienne à nous autant que nous tenons à lui ?
Pierre dévisage son jeune voisin.
— As-tu le moindre doute ? Ne vois-tu pas à quel point il se démène pour nous ? Pour toi en particulier ?
— Alors pourquoi ne me fait-il pas confiance ? s'écrie le Clou. Pourquoi ne m'a-t-il pas écrit à moi ?
Pierre lui tend la missive que lui a adressée son frère.
— Tiens, regarde directement à la fin, ça te concerne.
Fébrile, Henri parcourt les dernières lignes.
— « P-S : N'oublie pas de demander à Henri de venir ce soir, nous aurons grand besoin de son esprit d'observation. »
Le visage du garçon s'éclaire.
— Tu vois, commente Pierre, dans notre histoire, le capitaine ne meurt pas tout seul. Nous aurons le privilège de crever avec lui !

Henri éclate de rire.

— D'autre part, lui glisse Pierre, si je peux me permettre un conseil, tu devrais lire *Les Trois Mousquetaires*. Tu ne te sentiras pas écarté de l'équipe qu'ils forment, car en dépit du titre, ils sont quatre...

Les deux compères n'ont guère le temps de goûter à la plaisanterie, car la haute silhouette de Charles s'impose devant eux. Son air grave ramène instantanément le sérieux.

— Messieurs, pardonnez cette interruption, mais Victor et moi sollicitons votre aide.

Pierre se lève déjà.

— Vous qui êtes habitués à résoudre des énigmes en usant de solutions inattendues, vous pourrez peut-être nous tirer de notre embarras...

Pierre et Henri sont tout ouïe.

— Notre problème est le suivant : dans quelques heures, à la nuit tombée, nous retrouverons Vincent dans un lieu dont la localisation doit absolument rester secrète. Or nous avons eu l'occasion d'apprendre à nos dépens que ceux qui ont essayé de vous tuer ont des yeux et des oreilles partout. Cette bande a des espions à qui nos déplacements risquent de ne pas échapper. Pour les déborder, Vincent a eu l'idée d'organiser une vaste diversion à travers la ville, un chahut qui devrait nous permettre de nous faufiler sans attirer l'attention.

— C'est donc pour cela qu'il compte sur la troupe de saltimbanques !

— Exactement. Mais pour être efficace, leur action a besoin d'être coordonnée avec une telle précision que quelques montres ne suffiront pas à la régler.

Victor intervient :

— Nous cherchons donc le moyen d'envoyer un signal qui marquera le début de l'opération. Le mieux que nous ayons trouvé pour le moment, c'est un coup de canon, mais nous ne savons même pas s'il en existe un qui soit assez puissant pour s'entendre dans tout Paris.

Adinson se désole.

— Impossible...

— Autant dire que nous n'avons rien alors que l'heure avance... conclut Victor, dépité.

Pierre réfléchit. Tout à coup, le visage d'Henri s'illumine.

— Je sais comment faire ! J'ai la solution !

96

C'est une étrange armée qui prend le chemin de la capitale dans le couchant. Une longue procession d'équipages disparates et de cavaliers aux montures variées. Les charrettes débordent de femmes et d'hommes aux tenues chamarrées. Les ombres de cette drôle de colonne mouvante s'étirent dans les derniers rayons du soleil. Des danseuses ensorcelantes constitueront des escouades ; des jongleurs, des cracheurs de feu et des bonimenteurs formeront des bataillons ; les montreurs d'ours et les Pierrots se feront fantassins. Tous, et bien d'autres encore, vont donner ce soir leur plus grand spectacle.

Chacun est déjà dans son personnage, concentré. Sur le plateau d'un chariot brinquebalant, une chanteuse et un baryton se chauffent la voix en chœur pendant qu'un avaleur de sabre et un briseur de chaînes se bouchent les oreilles.

Dans le ciel, les nuages sombres aux contours rebondis étouffent déjà le peu qui subsistait du jour. On ne voit ce genre de firmament que sur les toiles de maître représentant de grands drames ou de sanglantes batailles. Une soirée qui s'annonce sous des cieux aussi torturés ne peut pas être banale. Il flotte dans l'air un parfum d'orage et de danger.

Lorsque les saltimbanques ont appris que la vie des réfugiés qu'ils côtoyaient depuis quelque temps était en jeu, pas un n'a refusé de participer. Chacun s'est vu affecté à un secteur, un emplacement stratégique. Ils ne vont pas se produire aux heures ordinaires, et contrairement à l'habitude, ils n'auront pas à éviter les gendarmes ou les bien-pensants. Ils ont au contraire pour mission d'attirer l'attention coûte que coûte, de former de multiples attroupements afin que les sbires de l'Aube sacrée qui pourraient surveiller les sites stratégiques se retrouvent aveuglés. Ensemble, ils vont animer Paris, et faire finalement d'une autre façon et pour une autre raison, ce qu'ils font chaque jour : distraire.

Konrad a quitté le campement plus tôt pour réunir les matériaux et les outils dont il aura besoin. Charles a également pris les devants, pour tenter de se procurer des explosifs et coordonner les cochers. Ce soir, pour la première fois, tous seront de sortie.

Pierre a achevé de prendre conscience de l'importance de ce qui allait se jouer lorsqu'un fiacre est venu chercher Gabrielle pour la conduire chez la comtesse. Pas une fois ils ne s'étaient séparés depuis leur rencontre.

Alors que la jeune femme sautait sur le marchepied, il a saisi sa main pour la retenir un instant. L'attirant vers lui, il l'a serrée dans ses bras. Ils se sont embrassés. Gabrielle lui a murmuré « Je t'aime. » Elle ne l'avait jamais fait.

Pierre est resté au milieu du chemin jusqu'à ce que l'attelage disparaisse. Alors, il a compris que le temps était venu de prouver que pour elle, il aurait le courage de tout affronter.

97

Charles Adinson se tient solennellement sur le perron qui domine la cour intérieure du quartier général des cochers. Ce soir, il est habillé comme eux. À ses pieds, une sacoche – qu'il prend bien soin d'éloigner de toute flamme – contient quelques bâtons de dynamite et le peu qu'il a pu dégoter de mèche dans un délai si bref.

Il consulte à nouveau sa montre de gousset. L'heure approche.

Devant lui, parfaitement alignés en vagues successives prêtes à se répandre dans la ville, les vingt-cinq attelages sont affrétés. Les chevaux piaffent et s'ébrouent. Leurs fers frappent le pavé. Les hommes patientent, se répétant intérieurement itinéraires et instructions.

Charles interroge une dernière fois sa montre. Le moment est venu. Il fait signe aux plantons et les immenses portes donnant sur la rue sont aussitôt ouvertes.

D'une voix forte, il déclare à la cantonade :

— Messieurs, vous avez vingt minutes pour rejoindre vos positions. Je vous souhaite bonne route.

Les fouets claquent et les premiers rangs s'ébranlent. Les fiacres sortent à une cadence ininterrompue. La rue résonne déjà du martèlement des fers. Certains feront route ensemble vers un même quartier avant de se séparer pour gagner les postes qui leur ont été assignés. Chacun connaît précisément la tâche qui lui incombe. Les plus expérimentés sont envoyés du côté du square du Temple pour y restreindre toute circulation et dégager la voie au transport pour qui tout a été organisé. Avec une précision militaire, le dispositif se met en place.

En soirée, la ville est en principe plus calme et la circulation aisée. Magasins et commerces étant fermés, seuls les restaurants et les lieux de spectacle ou de distraction engendrent encore de l'animation devant leurs pas de porte. Ce soir pourtant, nombreux sont les noctambules qui remarquent une activité inhabituelle.

Sur les places de marché désertées, aux carrefours des avenues, sur les parvis et même devant le cabaret du Chat Noir, de petits groupes d'artistes se sont installés et attendent. Eux-mêmes décontenancés d'être à pied d'œuvre alors que les passants se font rares, ils sentent monter en eux la pression. Un mélange de trac et de fébrilité les gagne. Ce soir, ils vont tout donner. Ensemble, répartis dans le cœur de Paris, ils attendent le signe qui viendra du ciel.

Car si l'idée d'Henri n'est pas la plus simple à mettre en œuvre, elle est assurément la meilleure. Il n'existe qu'un point visible de toute la cité, un seul monument qui surpasse tous les autres et dont le phare illumine la nuit depuis sa récente ouverture...

98

Pour les deux cochers, le plus difficile n'a pas été de se laisser enfermer sur la tour métallique la plus connue du monde. Après s'être cachés dans un réduit technique du théâtre du premier étage, ils n'ont eu qu'à patienter.

Lorsque les derniers employés abandonnent la plate-forme, empruntant l'ultime navette des ascenseurs, ils ont le champ libre. Les choses sérieuses commencent, et c'est par les escaliers qu'ils sont obligés de gagner les étages supérieurs.

Les nuages empêchent d'apercevoir les étoiles dans le ciel de Paris. L'Exposition ferme ses portes après la désormais célèbre représentation musicale de la fontaine lumineuse. La foule, dont on perçoit la clameur même d'aussi haut, quitte le Champ-de-Mars.

Les deux hommes n'ont pas le temps d'admirer l'extraordinaire vue qui s'offre à eux. La capitale illuminée ne sera que le décor d'une course très particulière, qu'ils doivent absolument remporter. Il leur reste plus de 1300 marches à grimper avant d'atteindre leur but et ils disposent de moins de dix minutes pour y parvenir.

Ils enchaînent les escaliers, ne reprenant pas même leur souffle sur les paliers. Le record de vitesse d'ascension à pied depuis le sol, détenu par un sportif américain, est d'à peine plus d'un quart d'heure. Personne ne saura jamais que les deux hommes vont au moins égaler cet exploit sur sa dernière partie, en étant de surcroît privés de la lumière du jour.

Le vent nocturne ne cesse de forcir avec l'altitude. Ils doivent redoubler d'efforts. Pour éviter d'être déstabilisés par les bourrasques, ils se tiennent aux rambardes tout en prenant garde à ne pas manquer de marche.

Entre le deuxième et le troisième étage, la forme de l'escalier change, pour s'adapter à la structure plus fine de la tour. La sensation de vide est omniprésente, renforcée par les rafales qui perturbent leur équilibre, et la fatigue se fait sentir. Le cœur battant à tout rompre, un des cochers est soudain pris de vertige.

— Attends, lance-t-il à son compagnon en se pliant sur lui-même. Je ne me sens pas bien.

— On ne peut pas ralentir. Tout le monde compte sur nous. Courage ! Concentre-toi sur les marches et suis-moi. Nous sommes presque arrivés.

Prenant une grande goulée d'air, l'homme se redresse. Ils repartent.

Hors d'haleine, ils atteignent la terrasse du troisième étage, la plus haute, celle où est installé l'appartement réservé à M. Eiffel lui-même et à ses invités de marque. De l'extérieur, on aperçoit par les baies les papiers peints décoratifs et le mobilier de bois précieux. Pour l'heure, il n'y a là que le gardien, assis sur un tabouret et absorbé dans la lecture d'un roman.

Le phare est installé encore au-dessus, sur une minuscule plate-forme posée sur les deux arches de poutrelles croisées qui coiffent le monument. Sa lumière est aveuglante et le bourdonnement des installations électriques se mêle au sifflement du vent dans les structures. La clarté qu'il promène sur la ville et ses monuments peut être suivie à l'œil nu tant elle est intense.

Les cochers n'auront pas besoin de s'aventurer sur le minuscule escalier ajouré qui s'enroule autour de la colonne centrale dressée au sommet, car d'après leurs informations, les interrupteurs contrôlant l'alimentation du phare sont situés dans le local jouxtant l'appartement de l'ingénieur.

En se baissant sous le niveau des baies vitrées, les deux hommes trouvent la porte du local. L'un vérifie sa montre.

— Presque à l'heure...

L'autre lui désigne le gardien dans la pièce attenante.

— J'espère que son livre l'accaparera assez pour nous éviter d'avoir à l'assommer...

Il sort tout de même un nerf de bœuf de sa sacoche.

Ils se faufilent dans le local. La chaleur y est élevée et l'atmosphère sèche. Le tableau de commande est là, équipé de quatre gros contrôleurs d'intensité à aiguille et d'autant d'interrupteurs à basculement. Au-dessus de celui de gauche, une plaque gravée porte la mention « Phare ».

Les deux hommes se consultent du regard, et le plus hardi des deux abaisse le contact. Une belle étincelle claque lorsque les lames quittent les broches. Son complice ressort aussitôt pour vérifier. Il revient sans tarder.

— C'est bon, c'est éteint !

En éteignant le sommet du plus grand édifice du monde, ils viennent de donner un coup d'envoi silencieux.

Une voix les interpelle soudain avec virulence :

— Qu'est-ce que vous faites là, vous deux ?

99

Le ciel vient de perdre son étoile la plus brillante : la tour Eiffel s'est brutalement éteinte. Stationné dans la récente rue de Turbigo, le cocher, qui n'attendait que cela, frappe deux coups secs sur le toit du fiacre pour donner le signal du départ.

À l'intérieur, face à Konrad et Henri, Charles et Pierre sont assis côte à côte.

L'attelage accélère rapidement sur la voie dégagée. Alors que la cabine se penche dans un virage, Adinson écarte légèrement le rideau et voit se profiler la rue Réaumur qui suit le tracé de l'ancienne rue Phélipeaux. À son extrémité se trouvent le square du Temple et le sous-sol qui conduit à la crypte.

En les voyant approcher à vive allure, les équipages chargés d'isoler le quartier s'écartent pour les laisser passer. Adinson prie en silence pour que rien ne soit arrivé à Vincent pendant sa journée de solitude sous terre.

Pierre garde un œil sur Henri, qui arbore une expression fermée.

— Tu es inquiet ?

— Je suis surtout pressé de retrouver Vincent. Vous lui direz bien que c'est moi qui ai eu l'idée du phare, hein ?

Pierre hoche la tête.

— Compte sur nous.

Le fiacre accélère encore. Charles tire une fois de plus sa montre de son gousset. À l'heure qu'il est, David et une autre équipe ont déjà dû déposer les pièces de bois et les outils dans la crypte.

L'attelage remonte la rue de Bretagne et commence à réduire l'allure aux abords de l'entrée de service de l'hôtel de ville.

— Messieurs, nous arrivons, annonce Charles. Je dois être honnête avec vous : j'ignore ce qui nous attend. Du complexe souterrain dans lequel nous allons pénétrer, je n'ai découvert que l'entrée. Je sais à peine ce que Vincent a trouvé, et je dois vous avouer que je n'étais pas vraiment d'accord pour qu'il s'y confronte seul. Vous et moi ne nous connaissons pas, mais il m'a souvent parlé de vous. De chacun de vous. Je sais à quel point il vous estime et avec quelle force il vous est attaché. Alors j'ai confiance, et je me dis que l'équipe que nous formons cette nuit ne pourrait pas être meilleure...

Le fiacre s'immobilise sans lui laisser le loisir d'achever. Il est temps.

100

Charles a été plus que soulagé d'entendre la voix de Vincent lorsqu'il a enfin répondu à ses appels. L'angoisse qui l'écrasait depuis leur séparation s'est alors dissipée.

Il est le premier à entamer la descente par le puits.

Après le rythme trépidant de cette journée où il y avait tellement à régler, cette expérience aérienne le ramène au présent.

— Tenez-vous fermement, lui lance Vincent, qui l'attend déjà dans l'eau.

Dans une trajectoire rectiligne mais en tournant sur lui-même, Adinson descend jusqu'à lui, les paupières obstinément closes.

— Vous en êtes quitte pour un bon bain, plaisante Cavel en l'accueillant.

Charles trouve le courage de rouvrir les yeux. Stupéfait par le volume de la grotte qu'il découvre, il se retrouve dans l'eau sans qu'il s'en soit réellement rendu compte.

Revenu de sa surprise, il dévisage Vincent.

— Vous avez rasé votre barbe?

— Ce lieu méritait que je m'y présente propre.

— Avez-vous réussi à entrer dans le sanctuaire?

— Toujours pas. De toute façon, même si j'en avais trouvé le moyen, je vous aurais quand même attendu.

Cavel ne semble pas fatigué. Adinson se dit même qu'il paraît plus jeune. Est-ce l'absence de barbe, ou l'exaltation de la quête ?

Vincent l'entraîne à travers le lac vers l'étroite berge.

— Pardon de poser la question, mais comment diable vous êtes-vous rasé ?

— Avec mon couteau ! Vous allez voir, ce ne sont pas les caillasses qui manquent pour l'aiguiser... Avez-vous réussi à tout organiser ?

— La diversion a parfaitement fonctionné, chacun a joué le jeu, sans exception. Vous auriez dû voir ça, tous s'en sont donné à cœur joie. Une sacrée zizanie dont la presse se fera sans aucun doute l'écho ! En tout cas, la bonne volonté de ces artistes m'a fait chaud au cœur.

— Nous les remercierons, je sais déjà de quelle façon. Avez-vous pu vous procurer les explosifs ?

— J'ai trois bâtons de dynamite, mais seulement quatre mètres de mèche...

— C'est plus qu'il n'en faudra.

Ils émergent de l'eau à l'entrée de la faille. Charles n'est pas mécontent d'avoir à attendre les autres, il va pouvoir souffler un peu.

Konrad, Henri et Pierre ne tardent pas à les rejoindre. L'effet que produit sur eux la découverte du lac souterrain est chaque fois spectaculaire. Konrad jure tout ce qu'il sait dans sa langue natale ; le Clou n'attend même pas d'arriver au niveau de l'eau pour sauter dedans. Quant à Pierre, il s'offre l'arrivée la plus digne en étant le seul à ne pas tourner sur lui-même.

Pierre donne l'accolade à son aîné et lui demande aussitôt :

— Comment diantre as-tu découvert cet endroit extraordinaire ? Tu as décrypté des textes secrets ? Une carte codée ?

— Mieux que ça : un compagnon est tombé dans le puits. Heureusement, il s'en est bien sorti.

Pierre évalue la hauteur avec un sifflement impressionné.
— Sacré plongeon !
— Sacré, c'est le mot. Je suis heureux de te voir ici, mon frère.
Pierre le fixe, haussant un sourcil.
— Je ne suis plus « petit » ?
Vincent sourit.
— C'est ici que nous allons devoir chercher ton trésor ? Il est immergé ?
— Non, tu vas voir, il faut s'aventurer plus loin encore. Ce lac n'est que le vestibule d'entrée…

101

Débouchant de la faille en file indienne, la petite troupe arrive au terme de son périple. Vincent, qui ouvrait la marche, se décale pour laisser ses quatre compagnons découvrir l'ampleur de la cavité qui s'offre à leur vue. Cette fois éclairée par les monolithes, elle apparaît dans toute sa titanesque splendeur.

— Il y a une rivière ! s'exclame Henri en percevant le son de la cascade.

Adinson s'avance et, dépassant un éboulement naturel de blocs de roche, découvre tout à coup le donjon. Il est saisi, la tête lui tourne. La vue de l'édifice enflamme aussitôt son esprit et le prive de tous ses moyens.

— Je vous avais dit qu'il était beau, souffle Vincent.

— Il est bien plus que cela...

— En le contemplant, je n'ai pas vu passer les heures. Plus je l'observe, et plus il me fascine.

Pierre, Konrad et Henri se sont immobilisés eux aussi. Sur leurs visages, Vincent lit ce qu'il éprouve lui-même depuis qu'il l'a découvert : la stupéfaction, un émerveillement sans bornes teinté d'admiration et d'un soupçon de crainte.

— Aucune ouverture, note Pierre. Y entre-t-on par un passage secret ?

— C'est pour le savoir que j'ai besoin de vous.

Sans se soucier des pierres qui jonchent le sol, Adinson s'avance vers l'édifice. Il trébuche, mais n'y prend pas garde, comme hypnotisé par le monument. Tout à coup, il lance :
— Cette tour n'a peut-être pas vocation à être ouverte.
— Que voulez-vous dire ? s'étonne Vincent.
— Il pourrait s'agir d'un mausolée… Un fabuleux temple funéraire.
— Un tombeau ? s'exclame Konrad.
Cavel plisse le front.
— Il n'en possède aucune caractéristique, note-t-il. De toutes les tombes monumentales découvertes où que ce soit dans le monde, aucune ne lui ressemble. Si on le compare aux pyramides égyptiennes, et même aux cavernes sculptées…
Adinson objecte vivement :
— Concédez que pas un des chemins qui nous ont conduits jusqu'ici ne ressemblait à quoi que ce soit de connu…
— Qui pourrait s'être fait inhumer si loin sous terre, s'interroge Pierre, dans une pareille construction ? Au moins un roi…
Adinson avance toujours vers le monument, comme attiré par une force invisible. Vincent lui emboîte le pas.
— Cette sépulture n'a peut-être pas été conçue par celui qui y repose, fait remarquer Charles, mais par ceux qui ont jugé que sa dépouille devait y être placée, à l'abri pour les siècles des siècles…
Vincent n'avait pas envisagé le donjon sous cet angle. Cette hypothèse remet en cause tout ce qu'il avait imaginé. Charles poursuit son raisonnement.
— Le sanctuaire qu'évoque le témoignage rapporté par Loyola pourrait fort bien être l'autel de la plus importante des reliques découvertes en Terre sainte. L'ultime demeure du Roi des rois…
L'instinct de Vincent l'empêche d'adhérer à cette idée. La supposition de Charles, aussi séduisante soit-elle, ne

parvient pas à supplanter ce qu'il a ressenti durant ses heures de solitude auprès de la fortification. Comme si ce lien viscéral qu'il a éprouvé au premier regard lui permettait d'être sûr que cette hypothèse ne correspond pas à la vérité du lieu.

Adinson est arrivé au pied de la fortification. Comme Vincent, il n'ose pas la toucher. Il se signe. Cavel s'arrête à ses côtés.

— Le témoignage mentionnait plusieurs reliques et un trésor spirituel...

Recueilli devant le monument, Charles ne réagit pas. Ses lèvres bougent en silence. Il prie.

— Quoi que renferme cette enceinte, déclare-t-il quand son compagnon a terminé, nous ne la profanerons pas. Je ne vous ai pas demandé de me rejoindre pour cela. Si nous utilisions autre chose que notre esprit, nous ne vaudrions pas mieux que nos adversaires. Tout ce que j'espère c'est une chance de trouver l'accès conduisant à son secret. Si un tel passage n'existe pas, ou si nous ne le découvrons pas, alors nous rendrons ce lieu à sa nuit éternelle.

Adinson approuve d'un hochement de tête.

102

Konrad et Charles sont partis explorer la caverne, et Pierre achève son tour de la muraille.
— Qu'en dis-tu ? lui demande son frère.
— La surface est étonnamment lisse et l'assemblage parfait. « Étanche » est le premier mot qui me vient pour définir cette tour. Elle n'offre aucune information, n'expose rien d'autre qu'une enceinte réfractaire à toute investigation. Pas le moindre symbole, aucune marque, pas même la signature d'un tailleur de pierre. Pourtant, si l'on songe à l'importance du chantier qu'il a fallu pour bâtir ce géant, ils ont dû être nombreux...
Vincent acquiesce. Son cadet reprend :
— J'ai l'impression que sa forme n'est due qu'à une recherche inconditionnelle d'efficacité. Un parti pris radical de protection. Tout a été fait pour la rendre la plus résistante possible. Cette volonté surpasse toute autre considération, et nous prive d'un style architectural définissable qui nous permettrait de dater sa construction.
— Les sarcophages de la crypte datent du XIIIe siècle.
— L'indice est à prendre en compte, mais un autre point m'interpelle : la technique de construction ne me paraît pas correspondre à celle en vigueur dans nos contrées. As-tu déjà entendu parler d'un pareil puzzle ? Regarde ces blocs en

« L » et ces tailles différentes. Nous sommes loin des volumes rectangulaires privilégiés par les bâtisseurs de cathédrales ou de châteaux. On dirait que les constructeurs ont tiré parti de tous les gabarits dont ils disposaient, même si cela compliquait leur labeur.

— Peut-être le mélange des techniques utilisées signe-t-il l'alliance de ceux qui ont bâti cette tour ?

Vincent songe à cet esprit de communion qui a dicté les gravures sur la clé-boussole.

Il se retourne vers la caverne et englobe les abords d'un large geste.

— Regarde autour de nous. Rien ne te surprend ?
— Que suis-je supposé voir ?
— Rien, justement. Les pierres utilisées pour dresser cette tour proviennent de cette grotte, elles en ont été extraites. Or il ne subsiste pas la moindre trace du chantier, sans doute gigantesque, qui a dû se dérouler ici pour ériger ce colosse. Pas un reste d'échafaudage, pas d'installation ayant pu servir aux multiples métiers engagés dans sa réalisation. Je n'ai même pas trouvé d'éclats de taille ! Il n'y a que ce donjon entouré par ces lampes, comme s'il avait poussé tout seul, par lui-même, tel un arbre dans une clairière.

— C'est vrai, constate Pierre en hochant la tête.

Les deux frères contemplent l'édifice en silence, puis Vincent demande :

— Que t'inspire le fait qu'il soit adossé à la paroi rocheuse ?

— Je n'en sais trop rien, fait Pierre. Une volonté de le stabiliser encore davantage ? Bien qu'il n'en ait apparemment pas besoin... Et toi ?

— Éviter qu'il puisse être encerclé. Je ne vois que cela.

103

En montant s'installer au sommet d'un éperon rocheux, Henri s'est assuré une large vue d'ensemble sur le donjon et la caverne. Assis en surplomb, les jambes pendantes, il cogite. Le roulement de la cascade tourne dans l'espace. Vincent grimpe à son tour pour le rejoindre.

— Lorsque je me trouvais seul ici, confie-t-il au garçon, j'avais choisi exactement le même poste d'observation...

Comme si le Clou avait attendu sa visite, il l'interroge directement, prolongeant la réflexion qu'il a jusque-là menée intérieurement.

— Le tunnel dans lequel nous avons eu si peur menait à la crypte avec le puits, c'est ça?

— Effectivement.

— Tu sais, je ne suis pas sûr que ceux qui ont créé les pièges auxquels nous nous sommes frottés se soient donné autant de mal pour une tombe. Ils devaient plutôt venir ici comme dans une sorte de coffre-fort, chaque fois qu'ils en avaient besoin et en toute sécurité. Dans ce cas-là, les mécanismes et les galeries dissimulées seraient logiques... Je suis prêt à parier que pour pénétrer dans cette tour, il existe une entrée secrète.

— Je partage ton avis, mais comment la trouver?

— J'essaie de me servir des règles que tu m'as apprises, mais ce n'est pas évident. « Le meilleur des passages est celui dont on ne soupçonne pas l'existence. » C'était vrai dans la cave, et même dans la crypte, mais ici c'est différent. Face à ce château aveugle et fermé, on soupçonne forcément qu'il y a une ouverture...

Vincent laisse le Clou suivre son raisonnement sans l'interrompre. Le garçon poursuit :

— « Un bon passage doit jouer avec les illusions de celui qui regarde. » Dans cette salle souterraine, on ne voit rien d'autre que de la pierre taillée ou de la roche abrupte. Du sol à la voûte. Quel que soit l'endroit où l'on pose les yeux, on est tenté de se dire qu'il sera absolument impossible de passer au travers. Pourtant, quelque part, cela doit être faisable, c'est certain... Autant dire que l'entrée peut se situer n'importe où.

Vincent sourit. Henri enchaîne :

— Le troisième principe m'a donné des idées : « Le déclenchement doit toujours s'effectuer par un moyen inattendu. » J'ai cherché, du côté des lampes à huile, derrière les rochers... J'ai même retourné quantité de pierres, mais je n'ai rien trouvé qui puisse faire office de déclencheur.

Le Clou se tourne vers Vincent.

— Tu ne m'as jamais confié les deux dernières règles...

— C'est le moment ou jamais, non ? Écoute-moi bien. Règle numéro quatre : « Les énergies qui assurent le mouvement du mécanisme d'un passage doivent être intemporelles. »

— C'est-à-dire ?

— Ne doivent être utilisées que des forces dont la valeur ne varie pas au fil du temps. Un ressort, deux éléments en équilibre, un contrepoids soumis à la gravité... Autant d'éléments qui doivent pouvoir rester en suspens indéfiniment,

prêts à être déclenchés même si le passage n'est pas ouvert durant très longtemps.
— Pendant des dizaines d'années ?
— Des siècles, s'il le faut.
Henri se demande déjà quelle énergie pourrait attendre tapie derrière la muraille...
— Et la dernière règle ?
— Elle va te sembler évidente, mais méfie-toi, elle est plus complexe qu'il n'y paraît, et j'avoue qu'elle m'a beaucoup occupé l'esprit ici... Règle numéro cinq : « Le fonctionnement d'un passage doit être réversible, sinon ce n'est pas un passage. »

L'expression perplexe qu'arbore le Clou incite Cavel à éclaircir son propos.

— Tu l'as dit toi-même : ceux qui ont conçu ce lieu devaient pouvoir s'y rendre chaque fois qu'ils en avaient besoin. Toutes les étapes à franchir pour y accéder peuvent donc s'ouvrir et se refermer autant de fois que nécessaire. En d'autres termes, si nous parvenons à entrer dans cette tour, elle ne pourra pas rester béante après notre visite. Tu me suis ?

Henri hoche la tête, mais sans conviction. Vincent précise.

— D'accord... Essayons le contre-exemple. Laisse-moi te présenter un type d'accès secret qui n'est pas un passage : celui des tombes antiques de la Vallée des Rois cartographiées par Bonaparte. Les blocs qui en scellaient le seuil prenaient leur place grâce à un savant écoulement de sable contenu dans des poteries dont l'extrémité était brisée le moment venu. Le processus ne pouvait être actionné qu'une seule fois. Le déclenchement était irréversible. Une fois positionnés, il n'était plus possible de les déplacer autrement qu'en les détruisant.

Henri commence à comprendre, mais s'apprête à poser une question, lorsqu'une voix les interpelle. Tous deux tournent la tête.

Konrad est au pied du rocher, ses mains en porte-voix pour se faire entendre par-dessus le bruit de la cascade :

— Vous devriez rappliquer. On a trouvé quelque chose de bizarre...

104

Avec une belle vigueur, l'eau jaillit de la paroi par une bouche naturelle. Si le diamètre de la percée n'excède pas une coudée, le débit est puissant. Dans son élan, le flot décrit une ample courbe et chute quelques mètres plus bas dans un bassin carré creusé à même la roche. Une volée de marches permet de descendre dans la réserve écumante. En se fracassant à la surface, la cascade produit une légère bruine qui humidifie l'atmosphère, ce qui a permis le développement d'une fine couche de minuscules champignons qui tapisse les pierres sombres d'un beau gris moiré.

Adinson et Pierre se tiennent de part et d'autre du bassin et échangent leurs observations. Ils s'interrompent lorsque Konrad revient avec Vincent et le Clou.

— T'es-tu aventuré jusqu'ici ? demande l'Allemand à Cavel.

Le vacarme liquide l'oblige à forcer la voix pour se faire entendre.

— Je m'y suis rasé ! lui crie Vincent.

— Nous nous sommes demandé pourquoi ce réceptacle avait été aménagé, alors que rien d'autre ne l'est dans la caverne. À part le donjon, bien sûr !

Adinson intervient :

— Ce bassin rappelle ceux qui servaient aux cérémonies de baptême sur les rives du Jourdain, ou les bassins à ablutions à l'entrée des mosquées ou de certains temples hindous. Mais aucun signe n'indique qu'il soit lié à un culte religieux.

— Curieusement, renchérit Pierre, cette cuve a été réalisée avec beaucoup de soin alors que la suite de l'écoulement est laissée libre.

Du pied, il indique le trop-plein du bassin qui se déverse au hasard du chaos naturel de la caverne.

Vincent cherche à voir le fond, mais les remous sont trop forts.

— Es-tu par hasard allé dans l'eau quand tu t'es rasé ? lui demande Konrad.

— Quelle idée ? Bien sûr que non, je suis resté accroupi sur les marches...

— Moi, je m'y suis baigné, parce que je voulais vérifier sa profondeur.

Joignant le geste à la parole, l'Allemand descend à nouveau l'escalier et entre dans l'eau, dont le niveau lui arrive à mi-poitrine. Vincent le regarde faire sans comprendre.

Sans paraître souffrir du froid, Konrad se déplace dans le réservoir et explique, aussi fort qu'il le peut :

— Une légère vase couvre les parois...

Il en retire un peu, qu'il exhibe. Henri plisse le nez de dégoût.

— ... mais en faisant le tour, je suis tombé sur quelque chose de surprenant.

Il fait signe à Vincent de le rejoindre. Sans hésiter, Cavel le suit dans l'eau. Imitant Konrad, il promène ses mains le long de la paroi, sous la surface.

Au toucher, il rencontre rapidement une limite en surépaisseur. La suivant des doigts, il identifie une forme rectangulaire, un cadre, dont il trouve les angles en tâtonnant.

Il tente ensuite d'en définir la matière à travers le dépôt vaseux.

— Ce n'est pas de la roche...
— C'est du métal, annonce Pierre.
— As-tu réussi à voir sous l'eau ?
— Trop trouble, mais si tu grattes avec l'ongle, tu récupères vite des fragments de rouille.
— C'est certainement une trappe, précise Konrad.
— Une trappe ?
— Ce n'est pas tout...

Konrad saisit la main de Cavel et la guide sous l'eau jusqu'à ce qui ressemble à une poignée.

Les deux hommes se regardent. Adinson s'accroupit juste au-dessus d'eux sur le rebord.

— Maintenant que vous en savez autant que nous, fait observer celui-ci, deux questions se posent : si on ouvre cette trappe, qu'alimente-t-elle ? Ou bien alors, que va-t-il en sortir ?

Vincent consulte Pierre du regard avant de répondre :

— Il n'y a qu'un moyen de le savoir... Henri, viens nous aider !

105

La rouille soude littéralement le panneau coulissant aux montants qui le maintiennent. Konrad, Pierre et Vincent se relaient en apnée pour en marteler le pourtour sous l'eau à l'aide de fragments de roche qu'Henri leur apporte.

C'est un travail de longue haleine, mais peu à peu, avec méthode et minutie, ils parviennent à restaurer l'interstice entre la partie mobile et son support fixe. La pièce commence à jouer.

— Essayons de l'ouvrir, lance Vincent.

Combinant leurs efforts, Adinson et Henri tirent la poignée depuis le bord pendant que les trois autres s'échinent à soulever le volet. En multipliant les tentatives, les cinq hommes parviennent enfin à le relever légèrement. L'eau s'engouffre aussitôt dans la fente qu'ils ne cessent d'élargir. À peine ont-ils réussi à dégager la barrière métallique de moitié que le phénomène s'accélère, au point que le bassin se vide rapidement jusqu'au niveau de l'ouverture.

Les compagnons reprennent leur souffle. Henri interpelle soudain Cavel :

— La règle numéro quatre ! « Les énergies qui assurent le mouvement du mécanisme d'un passage doivent être intemporelles. »

Le garçon sourit à belles dents. Il se relève et se précipite vers le donjon. À toute allure, il traverse la caverne en bondissant par-dessus les obstacles, presque aussi vite que l'eau qui, il en est persuadé, file par un canal souterrain dans la même direction que lui.

Il arrive au pied de la tour dans un état d'excitation extrême. Malgré le grondement de la cascade encore omniprésent, il lui semble percevoir quelque chose. Il pose ses mains sur la muraille et y colle son oreille. Cette fois, plus de doute, il entend un bruit étouffé mais régulier.

Cavel arrive à son tour, trempé. Le Clou lui fait signe d'écouter. Pour la première fois, Vincent ose un contact physique avec le monument. Il capte un coup sourd, puis un second. Une sorte de martèlement est en train de gagner en rythme. Une image s'impose à lui : celle d'un cœur qui commence à battre, comme si le donjon reprenait vie après des siècles de léthargie.

— Cela ne te rappelle rien ? demande Vincent à son jeune voisin.

— Si, c'est le même genre de bruit que lorsque le sol s'est abaissé sous nos pieds.

Le Clou jette des coups d'œil affolés autour de lui, par terre, au plafond, inquiet de ce que l'ancestrale mécanique qu'ils viennent d'activer risque de provoquer. Mais le donjon ne bouge pas.

Tout à coup, Vincent désigne la paroi de la grotte située sur le côté de la tour. Un rectangle de roche est en train de reculer. Lentement, régulièrement, un pan de la taille d'une porte, parfaitement découpé, se retire en rentrant dans la masse de roc, révélant une entrée.

Les trois autres comparses arrivent juste à temps pour assister à la scène. Le bloc de pierre, que rien ne distinguait dans l'escarpement brut de la caverne, disparaît dans la paroi comme si une main géante l'escamotait par l'arrière, telle une percée menant vers un autre monde.

106

Pour la première fois depuis des siècles, le passage s'est ouvert. Lorsque le battement sourd de la crémaillère a cessé, le bloc de roche s'est immobilisé au fond de sa cavité. En reculant, il a dégagé un espace, sur le côté duquel se profilent les premières marches d'un escalier qui grimpe vers les hauteurs.

Comme des animaux curieux mais méfiants, les cinq explorateurs scrutent l'accès apparu dans le roc sombre et les quelques marches qu'ils aperçoivent.

— Je vais chercher les lanternes, annonce Vincent. Mais avant d'entrer, nous devons décider qui de nous va rester à l'extérieur.

— Pourquoi ne pas y aller tous ensemble? bougonne Henri, qui redoute déjà d'être écarté.

— Parce que s'il survient quoi que ce soit, si pour une raison ou une autre cette porte se referme, personne ne nous retrouvera jamais.

Konrad lève la main.

— Je suis volontaire pour rester.

— Moi aussi, l'imite Pierre. Vous nous raconterez.

Henri prend son air de chien battu.

— Moi je voudrais tellement venir…

Vincent lui tend une lanterne.

— Promets-moi de ne toucher à rien.
— Juré !

Cavel, Adinson et le Clou s'engagent dans la découpe, dont l'extrême précision contraste avec la matière brute dans laquelle elle a été pratiquée. Vincent s'y tient debout de justesse. Au sol, il remarque des travées métalliques disposées comme des rails sur lesquels le chariot portant le parement vient d'accomplir son mouvement de translation.

Adinson lève la tête vers l'escalier.

— Voilà donc pourquoi le donjon était adossé à la paroi de la grotte... C'est à travers elle qu'on y accède.

— À vous l'honneur, Charles, l'encourage Vincent.

— N'êtes-vous pas le plus qualifié face à ce qui pourrait nous surprendre ?

— Je ne pense pas que nous soyons menacés dans cette enceinte. Nous en avons atteint le cœur. Gardez tout de même les yeux ouverts...

Adinson escalade pas à pas les degrés sculptés dans le roc en les comptant à voix basse.

Vincent laisse passer Henri et se prépare à fermer la marche. Il adresse un signe à ses complices restés à l'extérieur.

Lorsqu'il n'est plus en vue de l'entrée et que ceux qui le précèdent ont pris de l'avance, il marque un temps d'arrêt. Il a besoin de ce moment, seul, même si ses équipiers ne sont pas loin. Il a du mal à prendre conscience qu'il se tient désormais dans l'antichambre du donjon. Les visions de tout ce qu'il avait imaginé se bousculent en lui, mais aucune ne correspond, même de loin, à ce qu'il vit au présent. Il songe à ses pairs, à ceux qui lui ont ouvert la voie, et non sans émotion, leur dédie sa visite. Il pose la main sur une marche. Cette fois, comme s'il faisait corps avec lui, il ne craint plus de toucher ce lieu qui n'en finit pas de l'impressionner. C'est un véritable sentiment qu'il envoie silencieusement à la tour qui l'accueille. L'attachement qu'il éprouve pour cet endroit unique se double à présent d'une véritable dévotion.

Il tente de se figurer les hommes qui ont bâti ce lieu. Quelles qu'aient pu être leurs motivations, le talent et la persévérance dont ils ont fait preuve en disent long sur leur courage et l'élévation de leurs idéaux.

La voix de Charles résonne plus haut ; une exclamation de stupeur qui emplit l'espace, bientôt renforcée par celle d'Henri. Vincent s'élance pour les rattraper. Il survole littéralement les marches, qui l'amènent à un modeste palier. Devant eux, une arche simple, sans grille ni porte, ouvre sur une pièce ronde à l'abri de la muraille, couverte du sol au plafond de rayonnages à casiers dans lesquels sont rangés une infinité de coffres de toutes formes et de toutes tailles. Il y en a des centaines, parfaitement ordonnés. Au centre de la salle se dresse une table de bois ronde, rudimentaire, gravée de douze quartiers égaux.

Henri navigue d'un bord de la pièce à l'autre, intrigué par ces mystérieux coffres dont beaucoup sont à portée de sa main. Certains sont renforcés de ferrures, gainés de peau tannée, ou finement ouvragés, alors que d'autres sont de facture bien plus sommaire. Jouxtant un coffret de métal gravé, Vincent aperçoit une cassette incrustée de mosaïque. À côté, une urne taillée dans le marbre. La variété des styles traduit les époques et les provenances. Plusieurs sont pareils à des tonnelets, d'autres triangulaires et joliment ornés ; ils sont faits de simple peuplier, d'ébène artistement sculpté, de chêne en partie recouvert de toile ou orné de cuir repoussé, de bois clouté ou incrusté d'os, d'ivoire ou de nacre... L'accumulation des genres disparates n'est pas sans évoquer l'alliance des symboles qui orne la clé que Vincent porte toujours au cou.

Plusieurs casiers ne contiennent que de simples caissettes de bois recouvertes d'une toile au tissage irrégulier qui en masque le contenu. Charles soulève l'une de ces étoffes avec précaution. L'éclat doré lui fait oublier toute prudence.

— Vincent, regardez !

Henri accourt aussi, et tous découvrent un véritable trésor en pièces d'or. Des centaines de pièces de monnaie anciennes s'y entassent. Charles s'empresse de vérifier la caissette suivante et tombe sur une autre fortune, en argent cette fois. Il écarquille les yeux et prélève une pièce oxydée du bout des doigts. Il en examine les faces dans la lueur de sa lampe, sans reconnaître le profil usé dont elle est frappée.

Vincent éclaire autour de lui. Il commence à saisir l'importance de ce qui l'entoure.

Charles inventorie déjà d'autres contenants, révélant sans cesse de nouvelles richesses. Écus, pièces de toutes provenances, pierres précieuses en quantités phénoménales, innombrables réserves d'or sous toutes les formes possibles et valeurs en tous genres l'éblouissent. Henri a les doigts qui le démangent. Malgré sa promesse de ne toucher à rien, lui aussi soulève un coin de toile dans un autre casier.

— Vincent, des pépites d'or !

Cavel le rejoint, mais il a déjà remarqué quelque chose. Chaque casier est surmonté d'un chiffre romain gravé dans le bois.

— Le contenu de ces niches n'est pas réparti au hasard. Chaque case doit correspondre à un usage précis, ou bien à un propriétaire…

Charles vient de mettre la main sur une épaisse liasse de lettres de change. Les parchemins sont secs, l'encre est brunie et l'écriture aux initiales amples et déliées d'un autre temps. Il en passe quelques-unes en revue, captivé par les dates et les cachets de cire qui les authentifient.

— Qu'est-ce que c'est ? lui demande Henri.

— Des documents qui, au temps des croisades, permettaient aux pèlerins d'accomplir leur périple sans avoir à transporter avec eux des valeurs sonnantes et trébuchantes.

Avant leur départ, ils effectuaient un versement dans une commanderie et se voyaient remettre une attestation de ce type, qu'ils pouvaient présenter au terme de leur voyage dans l'établissement templier de leur destination, où la somme équivalente leur était remise. Ainsi, ils ne risquaient plus de se faire rançonner en chemin. Ce sont les Templiers qui ont inventé ce procédé et mis sur pied le réseau.

Vincent écoute d'une oreille tout en continuant d'inspecter les différents coffres. Il passe de l'un à l'autre de plus en plus rapidement. Il ne trouve pas ce qu'il cherche.

— Qu'avez-vous ? demande Adinson, percevant sa fébrilité. On vous croirait déçu.

— Disons que je suis désappointé...

— Vous rendez-vous compte que nous avons sans doute découvert le trésor des Templiers, celui-là même que les rois ont convoité sans jamais réussir à se l'approprier ?

— Le témoignage parlait d'un trésor spirituel, et ces casiers ne contiennent que de l'or ou des pierreries... Je ne vois aucune relique, ni rien qui puisse s'en approcher.

Il retourne à l'entrée et observe les marches qu'ils ont gravies.

— L'escalier mène directement à cette salle et ne conduit nulle part ailleurs. Aucune autre possibilité que de monter jusqu'ici.

— Et alors ?

— Soixante-deux marches nous ont conduits à environ vingt mètres de hauteur..

Il se frotte le menton et s'interroge :

— Pourquoi ceux qui se sont évertués à bâtir ce donjon n'en auraient-ils utilisé qu'une portion ?

— Vincent, qu'avez-vous en tête ?

— Dans quel but nous avoir amenés si haut ?

Vincent baisse soudain les yeux. Il frappe le plancher du talon.

— Qu'y a-t-il sous cette salle au trésor ?

Il commence immédiatement à examiner le sol, le scrute avec fièvre, s'aventurant jusque dans les moindres recoins.

— Aidez-moi à chercher ! Il doit y avoir une ouverture quelque part.

Henri se met aussitôt en chasse. Il déplace des coffres pour se glisser dans les casiers de rangement les plus bas. Certains sont si lourds qu'il ne parvient pas à les bouger, et il est obligé de se contorsionner pour vérifier derrière.

— Là, sous la table ! lance tout à coup Charles. Regardez !

Vincent se précipite. Pas de doute, dans le plancher se découpe une fine rainure circulaire. Les deux hommes déplacent le meuble posé dessus.

Vincent glisse la lame de son couteau pour faire levier et tente de soulever ce qui ressemble à un large couvercle rond. À sa grande surprise, il réussit sans difficulté.

Les trois compagnons se penchent sur le trou béant qui plonge dans l'obscurité.

107

Pour descendre, il faut emprunter une échelle droite et massive dont les épais degrés de chêne craquent à peine malgré leur âge.
En s'enfonçant, Vincent a l'impression de s'immerger dans un univers fantastique. Cette salle-là dégage une tout autre atmosphère. Aucun écho ne se forme dans son silence étouffé. Un parfum aussi étrange qu'agréable flotte dans l'air. Vincent s'arrête un instant et s'en emplit les poumons. Parmi les différentes notes, il identifie un mélange de vieux cuir, de parchemin et de bois précieux.
Ayant atteint le bas de l'échelle, Cavel pose le pied sur un dallage semblable à celui de la crypte aux sarcophages.
Il tourne sur lui-même sans savoir où arrêter son regard. Aux murs sont suspendus des boucliers, dont certains arborent des armoiries aux couleurs pâlies par les siècles, mais aussi des traces de coups dues à d'anciens combats. Des étendards et des pièces de vêtements sont également exposés çà et là ; une chemise jaunie tachée de sang séché, un manteau brun si vieux qu'il pourrait tomber en poussière. Vincent remarque une cape verte en piteux état qui semble avoir été fendue en deux.
Les murs sont en grande partie occupés par une bibliothèque intégralement remplie d'épais grimoires empilés,

mais aussi de parchemins roulés et d'une impressionnante quantité de documents – simples fascicules de tous formats, notes reliées par des coutures grossières, croquis, codex, plans anciens... L'accumulation déborde également de deux longs coffres de rangement bas en bois sombre qui disparaissent en grande partie sous la masse. Des milliers d'ouvrages s'entassent devant lui. Là aussi, l'Orient rencontre l'Occident, mais pas seulement ; là encore, les époques et les langages de l'humanité se télescopent.

Le reste de la salle est encombré d'objets les plus variés entreposés sur des amoncellements de caisses et de malles qui s'élèvent en pyramides. Des casques militaires de différentes époques, des statues, des fragments de stèles gravées en diverses langues. Un masque mortuaire recouvert d'éclats de jade poli semble le regarder de ses yeux blancs.

Vincent s'approche de ce florilège issu de multiples civilisations. Certaines caisses sont imposantes et recouvertes de draps, ou scellées par d'énormes cachets de cire intacts. Au pied de l'une d'elles s'alignent trois petites amphores.

Descendu à son tour, Adinson contemple la profusion désordonnée autour de lui. Henri s'engage le dernier sur l'échelle.

— C'est un véritable musée ! s'exclame-t-il, ébahi.

— Sans doute le plus précieux d'entre tous, murmure Charles, qui s'attarde sur un volume de planches anatomiques reliées par des plaques de bois.

Il le referme délicatement et passe à d'autres archives. Certains ouvrages sont fermés par des lanières de cuir, beaucoup sont équipés de coins de métal pour être posés sans user leurs couvertures. Chaque liasse, chaque reliure représente une somme de savoirs. Il est question de tout ce qui constitue le monde. Des traités de mathématiques en grec et en arabe, des herbiers de plantes médicinales en latin, d'antiques recueils de lois et des dizaines d'autres manuscrits dont il ne saisit pas l'objet. Il en caresse les pages avec une expression béate. Plus loin, une section semble regrouper des registres, des inventaires, mais aussi des récits de voyage.

— Tout ce savoir réuni, toutes ces langues...

— Comme si cet écrin hébergeait la quintessence des connaissances recueillies par les Anciens. Tellement de provenances... Sans doute le fruit de lointaines expéditions destinées à rassembler toute l'expérience des peuples en un seul lieu.

Dans un portfolio, Adinson pointe un dessin représentant une église en forme de croix aux branches égales qui paraît littéralement enterrée dans une contrée plantée d'arbres exotiques. Vincent désigne un volume dont le fermoir métallique est orné de symboles mystérieux.

— Tant d'études, issues d'un temps où seul l'essentiel était écrit. Nous aurons beaucoup à apprendre de ces messages venus du passé.

Henri s'attarde sur les objets. Il musarde entre les différentes antiquités.

— Avez-vous remarqué ? lance-t-il.

— Quoi donc ?

— Malgré le nombre d'éléments liés à la chevalerie qui se trouvent ici, il n'y a pas une seule arme. Aucune épée, pas la moindre lance, ni fléau ni masse, comme si les outils de violence avaient été bannis.

Adinson acquiesce, impressionné par l'esprit d'analyse du jeune homme.

Attiré par ce qui ressemble à une carte annotée, Vincent déplace une pile de volumes et achève de la dérouler avec précaution. Il souffle sur le voile de poussière qui la recouvre. Elle ne ressemble pas à ces documents académiques à l'agencement policé. On dirait plutôt un relevé, dont les traits maintes fois interrompus indiquent qu'ils n'ont pas été tracés en une fois. Peut-être au fil des jours et d'une navigation. Des commentaires émaillent les côtes, dont Vincent n'identifie pas la localisation. Ces petites notes, compactes et fines, semblent être de la main même du voyageur en train d'explorer de nouvelles contrées. Sans doute l'un de ces pionniers qui ont eu l'audace d'ouvrir les voies. Cavel croit déchiffrer une date : *Anno Domini MCCCVI*.

Vincent relève les yeux, pensif.

— 1306... On dirait le compte rendu d'une expédition. Ceux qui ont réuni ces trésors sont sans doute allés les chercher plus loin que nous ne le soupçonnons.

Charles acquiesce.

— Leurs odyssées n'ont pas été seulement géographiques, mais aussi spirituelles et scientifiques.

Vincent s'agenouille pour observer une tablette d'argile.

— Les sarcophages de la crypte abritent probablement les explorateurs qui ont rassemblé tout ça...

— Cela expliquerait les différentes régions suggérées sur les couvercles et les scènes d'échanges qui y sont représentées.

Charles embrasse du regard l'ensemble de la salle.

— Il nous faudra des années pour étudier et tenter de comprendre tout ceci.

— Sans doute une vie... répond Vincent.

Il s'intéresse aux malles closes empilées.

— Que peuvent-elles contenir ? Les acheminer depuis les limites du monde connu n'a pas dû être une mince affaire. Aussi spectaculaire que soit ce lieu, c'est d'abord pour elles qu'il a été créé. Fallait-il que ce qu'elles renferment les ait impressionnés pour que ces hommes se soient unis par-delà leurs différences...

— Les limites du monde connu... répète Adinson. Vous avez sans doute défini le dénominateur commun de ce qui nous entoure. Il faudra nous y confronter sans a priori. Certains de ces savoirs, de ces magies, se sont peut-être perdus depuis si longtemps.

Vincent soulève une sphère de cuivre oxydée qui semble symboliser un crâne, dont plusieurs zones portent des indications dans une écriture inconnue.

— Le relatif désordre du lieu laisse penser que ceux qui ont entreposé ces inestimables trésors n'ont pas eu le temps de s'y consacrer complètement.

Il étend les bras parmi les innombrables objets.

— Le véritable trésor se trouve ici, déclare Cavel. Le donjon, le dédale et tout ce qui a été élaboré et bâti n'existent que pour le préserver. Ceux qui ont imaginé ce sanctuaire ont initié la mission que vous et vos compagnons poursuivez. Réunir les savoirs et les protéger, de l'oubli et des soubresauts de l'Histoire.

— Les garder de la folie des hommes... glisse Charles en s'attardant sur un manuscrit. Nous aurons besoin de toute l'érudition de nos compagnons pour avoir une chance d'en saisir la portée.

Vincent approuve. Tous les trois restent silencieux, songeant à leur découverte et à tout ce qu'elle implique. Après un moment, Vincent relève la tête.

— Charles, vous m'avez bien dit que votre confrérie de chercheurs ne portait pas de nom ?

— Effectivement. Nous sommes toujours restés anonymes.

— Ne pensez-vous pas que ce sanctuaire pourrait à lui seul en justifier un ? Après tout, il est le symbole le plus éclatant de votre quête.

— De *notre* quête, Vincent. Elle est aussi la vôtre.

— Les Compagnons du Donjon... Cela sonne bien.

Adinson répète pour lui-même, articulant les mots en silence. Un sourire éclaire son visage.

— Pourquoi pas ?

108

Au moment de ressortir, Henri a demandé la permission d'emprunter un denier d'or afin de le montrer à Konrad et Pierre, qui ont accepté de patienter à l'extérieur.

Après avoir redescendu l'escalier taillé dans le roc, le Clou ressort le premier dans la caverne, sa pièce étincelante à la main, impatient de pouvoir la faire admirer à ses amis et se réjouissant déjà de leur décrire les merveilles du donjon.

Malgré son enthousiasme, il se fige aussitôt. Vincent, qui le suit de près, en comprend immédiatement la raison : Konrad et Pierre sont assis par terre, les mains liées, sous la menace de Joshua qui les tient en joue.

Vincent se tétanise devant l'épouvantable tableau. Débouchant sur ses talons, Charles blêmit en lâchant un juron étouffé.

— Bonsoir, Vincent ! lance l'homme de main, goguenard. On se retrouve enfin...

Il savoure son effet et ajoute :

— Certains espéraient te voir revenir vers nous. J'avoue avoir été de ceux-là, mais les jours passant...

Il secoue la tête.

— Ta défection m'a beaucoup déçu. L'Aube sacrée t'avait pourtant ouvert les bras.

Vincent ne répond pas. La mine défaite de ses compagnons semble encore plus sinistre comparée au sourire vainqueur qu'arbore leur agresseur.

L'homme montre le donjon.

— Très impressionnant ! C'est donc après cela que nous courions tous ?

Joshua arrête tout à coup son regard sur Henri. Du canon de son arme, il désigne la pièce que tient le Clou.

— Mais qu'avons-nous là ? Ma foi, c'est l'éclat de la richesse ! Viens me l'apporter.

Henri referme son poing dessus et la serre contre lui, refusant d'obéir. Sans hésiter, Joshua vise sa tête.

— Tu as eu beaucoup de chance de survivre dans la cave de Flamel, gamin. Ne tente pas le sort une fois de trop. Donne-moi ce que tu tiens. Je ne le répéterai pas.

Vincent lui fait signe d'obtempérer. Le visage déformé par la colère et la haine, le Clou s'avance et livre son précieux denier.

— Calme-toi, petit, lui souffle Joshua. Tu as l'âge d'apprendre qu'il faut parfois se soumettre.

Vincent cherche à détourner son attention.

— Vous avez donc réussi à passer à travers le tunnel effondré…

L'étonnement fugace qui traverse les yeux de l'homme de main tend à prouver que ce n'est pas par là qu'il est arrivé. Cavel doit pourtant en avoir le cœur net. De la réponse dépend l'ampleur de la catastrophe à gérer.

— Comment nous avez-vous découverts ? insiste-t-il.

Joshua sourit de toutes ses dents.

— Quelle idée saugrenue d'avoir offert une telle fortune à un simple veilleur de nuit… Étais-tu réellement convaincu qu'il allait se taire ? Naïf que tu es… À sa première ivrognerie dans une infâme taverne, il n'a pas pu s'empêcher de se vanter. Il nous a parlé d'une fabuleuse crypte remplie de tombes et de trésors. Dans le Paris des bas-fonds, ce genre de confidence se répand comme une traînée de poudre...

Vincent secoue la tête de dépit.

— Tu sais, Vincent, cette mésaventure devrait t'apprendre que même le profit n'apaise pas les hommes. Ils sont insatiables. La seule façon de s'assurer de leur silence, c'est de les tuer.

Cavel relève le menton, le défiant du regard.

— C'est ce que vous comptez faire avec nous ?

L'homme de main se tait. Il joue avec la pièce. Dans ses doigts souples, l'or a remplacé la lanière de cuir.

— Je suppose qu'elle provient de cette tour bizarre, et qu'elle ne s'y trouvait pas seule... Un échantillon prometteur, très prometteur. J'ai hâte d'aller me rendre compte par moi-même. Parle-moi de cet endroit.

— Vous ne pourriez pas comprendre. Ni vous ni vos mages n'en saisiront jamais la véritable valeur.

— Qui te parle des Mages ? J'ai pris tous les risques, et c'est moi qui t'ai retrouvé. J'en ai fait bien assez pour eux. Un trésor n'appartient-il pas au premier qui met la main dessus ?

— Pas celui-là.

— Il est donc si grand ? Tu me mets l'eau à la bouche. Que dirais-tu de me faire visiter ?

Vincent se raidit. Devant sa réticence, Joshua attrape Pierre par le col et le relève en plaçant le canon de son arme sous sa mâchoire.

— Faut-il que je te prouve que je suis déterminé ? On te l'a déjà dit, les débutants ont souvent besoin de preuves, mais elles ne sont jamais gratuites...

L'esprit de Vincent s'emballe. Il ne peut supporter de voir son frère ainsi menacé. Une colère viscérale s'empare de lui. Son sang se met à bouillir. Sans réfléchir, il s'élance sur le tueur.

Joshua réagit avec un calme effrayant. Il détourne son arme de Pierre et tire froidement dans les jambes de Cavel, qui s'effondre en grognant, brutalement arrêté dans son élan.

Au sol, Vincent se tord de douleur en agrippant sa cuisse. Le sang coule déjà entre ses doigts. Konrad et Pierre se dressent aussitôt pour intervenir, mais Joshua tourne promptement son canon vers eux.

— Restez assis ! hurle-t-il, ou il ne sera pas le seul à mourir...

Puis il se penche sur Cavel et grince :

— Toi, je ne te tue pas tout de suite parce que je veux que tu sois le témoin de ce qui va arriver...

Il se redresse et empoigne à nouveau Pierre.

— Alors, on la fait cette visite ? Pour le moment, je n'ai qu'une seule pièce d'or, et ça ne me suffit pas !

— Laissez-le tranquille, intervient Adinson, et prenez-moi comme otage. Il n'est jamais entré dans cette tour. Moi, si.

Joshua hésite un bref instant et laisse retomber Pierre.

— Tu as raison, tu feras un bien meilleur guide.

Il n'est pas mécontent de l'échange. Non seulement le vieil homme qui s'est porté volontaire en sait sans doute plus long que l'autre, mais en plus, un prisonnier plus âgé lui évitera toute nouvelle tentative de rébellion.

C'est du moins ce que se dit Joshua. Charles Adinson a raison : les gens s'arrêtent souvent à l'apparence des êtres et des choses.

109

Alors que Joshua empoigne fermement le bras de Charles pour l'obliger à pénétrer dans le donjon, la situation bascule en un éclair. Adinson pivote brusquement et lui plante en pleine poitrine le couteau qu'il avait discrètement déplié.

Le malfrat est déséquilibré par l'attaque, la pièce d'or lui échappe et se trouve projetée dans les airs, tournoyant pendant qu'il s'écroule en tirant deux coups de feu.

Les détonations résonnent dans la caverne, finissant par se confondre en une seule dans l'écho du temps suspendu, suivie du tintement du denier d'or qui heurte le roc.

Au sol, la lame profondément fichée près du cœur, Joshua respire encore. Il gronde et grimace en cherchant à tâtons du bout des doigts l'arme qui lui a échappé. Henri s'empresse d'écarter le revolver d'un coup de pied tandis que Konrad, les mains toujours entravées, se jette de tout son poids sur le tueur.

Adinson est tombé, lui aussi. Tout est allé si vite que personne ne peut dire s'il s'est jeté par terre pour se protéger, ou si... Cavel serre les dents, surmonte sa douleur et, en comprimant sa jambe, se traîne tant bien que mal vers son ami.

— Charles, Charles !

Adinson reste étendu sur le flanc.

— Votre idée était brillante, Adinson, lui lance Vincent, mais vous avez failli tous nous faire tuer. Vous êtes aussi fou que moi !

Charles sourit, mais une écume de sang emplit sa bouche. Une tache rouge imbibe son gilet au niveau de l'abdomen. Une balle perdue l'a atteint.

— Charles, pour l'amour du ciel ! s'affole Cavel. Ne bougez surtout pas. On va vous soigner, vous allez vous en sortir !

Henri et Pierre se précipitent. Ouvrant le gilet, Vincent dégage la blessure. Tiré d'aussi près, le projectile a provoqué de sérieux dégâts. Il cherche maladroitement à freiner l'hémorragie en comprimant la plaie, mais le sang continue d'affluer.

— Qu'est-ce qui vous a pris ? demande Vincent, faussement réprobateur.

— Vous aviez précisé que nous devions tous avoir un couteau… J'ai trouvé comment l'utiliser.

Le regard de Charles se perd, ses yeux se révulsent. Pierre lui maintient la tête pour l'aider à respirer, mais son souffle s'engorge. Sur le visage d'Henri, des larmes silencieuses coulent.

— Tenez bon, Charles, implore Vincent. Accrochez-vous. On va vous tirer de là.

Il lui prend les mains, les embrasse. Son visage se macule de sang.

Il a déjà vécu cette scène, une nuit, agenouillé sur les pavés froids au seuil d'une auberge, tandis que son père agonisait sous ses yeux. L'enfant qu'il était alors n'avait pas pu le sauver. Mais ce soir, il est un homme. Est-ce que cela change la donne ?

Tout cela doit être un cauchemar. Pourtant, Vincent reconnaît cette douleur, bien réelle, nourrie d'une rage absolue. Il ne veut pas l'éprouver à nouveau. Il s'y refuse, mais il n'a pas le choix. Les visages de Charles et de son père se confondent, la sensation du sang chaud et gluant sur ses mains lui revient, le sentiment d'impuissance... Le roulement de la cascade devient le brouhaha de l'attroupement qui s'était formé dans la rue.

— Charles, je vous en prie... Vous ne pouvez pas me laisser alors que nous avons tant à découvrir. Nous n'en sommes qu'au commencement. J'ai besoin de vous...

Adinson resserre ses doigts sur ceux de Vincent. Avec difficulté, il articule :

— Vous saurez quoi faire. Vous êtes le premier Compagnon du Donjon.

Cavel pleure à présent, il tire à lui les poignets de Charles comme si cela pouvait le retenir dans le monde des vivants. Sentant ses forces le quitter, Adinson se libère doucement pour poser une main paternelle sur la joue de son allié.

— Merci, Vincent. Grâce à vous, ma deuxième vie aura été aussi belle que la première. Que ma mort vous aide à vivre libre...

Pour la seconde fois de son existence, Vincent recueille ce regard définitif dans les yeux de quelqu'un qu'il aime. Ce message sans appel annonçant qu'il faudra continuer à vivre sans celui qui vous l'adresse.

110

Il fait beau. Les mésanges posées sur les ruines de la pension chantent à tue-tête. Elles sont désormais chez elles.

Autour du pâté de maisons, David a posté des cochers pour s'assurer que personne ne viendra troubler la singulière cérémonie.

Pierre, Henri, Konrad, Eustasio, mais aussi Gabrielle et Hortense se tiennent tout près les uns des autres, dans le jardin à l'arrière des décombres. Ils n'avanceront pas davantage. Ils vont rester à la frontière du royaume de la vie.

Victor est présent, lui aussi. Mais c'est seul que Vincent a descendu le corps d'Adinson dans la cave qui servait d'atelier. Il n'a pas voulu partager ce terrible privilège.

Brisé par le chagrin, il n'a pas immédiatement compris les derniers mots de Charles. Pourtant, leur sens était évident. « Que ma mort vous aide à vivre libre. »

Ployant sous le poids et boitant, Vincent a installé son ami à la table des plans, à sa propre place. Là où, avec ses complices, ils ont tant réfléchi et toujours cherché des solutions. Il l'a assis exactement comme s'il travaillait. Sans trop savoir pourquoi, il lui a glissé un crayon dans la main. En le voyant ainsi, il a eu un instant l'impression que Charles allait se retourner pour discuter avec lui de la meilleure façon de protéger le donjon. Les larmes sont montées, mais

Cavel n'a pas cédé à cette émotion-là. Il a embrassé le front glacé de son compagnon de quête, puis l'a recouvert d'un drap.

Traînant sa jambe bandée, il a ensuite rallié les armoires blindées, qu'il a ouvertes en grand. Il s'est acharné à les vider de leurs archives. Il a sorti tous les dossiers relatifs aux chantiers et les a jetés à terre pêle-mêle autour de la dépouille.

Les rabats s'ouvrent, les notes et les feuilles se répandent, se mélangent. Ces données, ces adresses et ces croquis constituaient un fardeau ; ils vont devenir des secrets de cendre dont il ne subsistera plus aucune trace.

En projetant à terre le fruit de tant d'années de labeur, Vincent n'éprouve aucun regret. Peu importe le passé. Deux ultimes regards lui ont appris que seul compte ce que l'on décide d'accomplir au présent.

Ses gestes n'expriment ni colère ni amertume, mais une détermination farouche. Il organise des bûchers répartis dans toute la cave en y entassant les maquettes, les installations, et même les chutes de bois sous lesquelles il avait découvert Gabrielle. Tout ce qui pourra brûler est rassemblé. Il éparpille, il amasse, il projette. Malgré son comportement barbare, c'est avec minutie qu'il orchestre la destruction qu'il a lui-même programmée.

Vincent attrape ensuite les bidons de pétrole lampant et les déverse à bon escient. Il en arrose les meubles, les papiers, l'établi de Konrad, les chevalets et les tentures d'Eustasio. Il vide les bouteilles d'essence de térébenthine et tous les flacons de produits inflammables. Rien ne doit subsister. Tourner la page, effacer toute trace. C'est sa seule chance de revenir à la vie, vierge et sans entraves.

Après avoir tout réglé, Vincent regagne le pied de l'escalier. Sa jambe le lance, mais il est calme. Malgré les circonstances, une paix sereine règne en lui.

Il contemple son atelier sans aucun remords. Les souvenirs ne lui pèsent pas, car il sait pour qui il fait cela. Tous l'attendent dehors. Miraculeusement sains et saufs.

Il adresse un dernier salut à Charles, puis expédie sa lanterne jusqu'au pied de la table des plans. En tombant, elle se brise sur les premiers documents imbibés, qu'elle enflamme. Les images de la crypte qui s'embrase et la silhouette du jeune homme dansant avec le diable lui reviennent.

Très vite, dans la cave, le feu se propage d'un bûcher à l'autre en suivant les traînées de liquides combustibles. Le sous-sol se pare d'un éclat orangé aveuglant. La température augmente rapidement. Le crépitement se transforme en un son grave et continu qui témoigne de l'appétit grandissant du brasier. Le feu est toujours affamé.

Dragons, déesses et anges semblent danser une même sarabande dans les flammes qui lèchent déjà les plafonds. Les plans se consument, s'envolent en tournoyant dans les volutes brûlantes du flamboiement qui a pris possession des lieux. Vincent n'est plus chez lui. La fumée commence à lui brouiller la vue. Les larmes lui viennent, mais ce ne sont pas des larmes de tristesse.

Son regard s'arrête sur le meuble abritant l'automate de l'immeuble. L'une des portes vient de se décrocher dans la virulence de l'incendie. La housse de velours tombe en lambeaux incandescents. Cette fois, la femme, l'homme et le chat ne pourront pas être secourus par les pompiers. L'ardeur de la flambée n'est plus une illusion.

En quelques minutes, l'atelier s'est transformé en fournaise. Charles a disparu derrière le rideau de feu. Les ateliers se sont mués en purgatoire. Un flacon d'essence oublié explose tandis que partout les meubles s'effondrent dans des nuées de braises tourbillonnantes.

Vincent ne pourra plus tenir longtemps face à cette force dévastatrice. Il va remonter, refermer le mur définitivement, et laisser la flamboyante puissance achever son œuvre. Il s'efforce d'apercevoir Charles une dernière fois, sans y parvenir. L'enfer qu'il a convoqué l'oblige à battre en retraite. Il se protège le nez avec la seule chose qu'il ait tenu à sauver : la casquette offerte par son père.

111

Ce matin, Vincent Cavel est mort dans le tragique incendie qui a complètement ravagé sa cave. L'inspecteur Clément Bertelot s'est lui-même déplacé sur les lieux du sinistre. Il a reconnu les restes d'un couteau pliant comme son ami en portait toujours et signé le certificat de décès malgré l'état du cadavre.

Les obsèques ont été sobres, célébrées – selon les dernières volontés du défunt – dans la petite église en ruine de Saint-Pierre de Montmartre, avec pour seuls participants une poignée de proches qui sont restés très dignes et les habituelles pleureuses du quartier, qui ne manquent jamais aucune de ces tristes célébrations.

Son corps repose au cimetière Saint-Vincent, non loin de la sépulture d'un horloger dont plus personne ne prononce le nom.

Les fossoyeurs ne sont pas près d'oublier l'élégant inconnu en manteau et haut-de-forme, qui boitait légèrement et leur a offert un somptueux pourboire en leur demandant de soigner la sépulture.

Six jours plus tard, l'échoppe où Quasimodo était exhibé a été inexplicablement envahie par une dizaine d'hommes très décidés se réclamant d'un mouvement anarchiste. Sans faire de dégâts ni aucune victime, ils ont enlevé le malheureux, que plus personne n'a jamais revu.

Dans le mois qui a suivi, en payant rubis sur l'ongle, la compagnie des cochers a acquis l'immeuble flambant neuf donnant sur le square du Temple, face à l'hôtel de ville de l'arrondissement. Bien que la construction soit équipée des tout derniers aménagements, d'importants travaux ont été effectués, notamment au sous-sol. Les voisins se sont étonnés, puis plaints, des « vibrations souterraines nocturnes ». Certains sont allés jusqu'à prétendre avoir entendu une explosion. La police a fini par mener une enquête, mais elle n'a rien trouvé dans les soubassements, hormis des murs neufs et parfaitement enduits.

Konrad est devenu l'heureux propriétaire d'un magnifique appartement rue Lafayette. Il n'y séjourne pas souvent, et personne ne sait où il passe ses journées. Il y héberge les parents d'un ami italien, dont la mère française est revenue au pays. Le menuisier achète toujours d'importantes quantités de bois, mais son fournisseur n'a aucune idée de ce qu'il peut en faire. La dernière fois que la concierge l'a croisé, inquiète de sa peau anormalement pâle, elle lui a conseillé de prendre un peu le soleil. Konrad s'en moque, il a ce qu'il souhaitait le plus au monde.

Eustasio s'est installé chez la comtesse, et commence même à vivre de son art en peignant des portraits pour la bonne société. Pour son plaisir, il retourne à Montmartre tous les dimanches, où il immortalise le peuple des guinguettes et des bals. La photographie le tente.

En octobre, alors que l'Exposition s'achevait – plus de 60 000 exposants, dont la moitié français, et plus de 32 millions de visiteurs –, Henri a entamé des études de médecine. Il vit chez Pierre et Gabrielle, qui ont emménagé dans une petite maison juste à côté du château des Brouillards. Ils y seront vite à l'étroit.

Bien des années plus tard, Montmartre n'a finalement pas tant changé. Paris n'aura pas réussi à dévorer son âme. Le Sacré-Cœur peine à se libérer de ses échafaudages, tant les travaux s'éternisent. L'Exposition universelle a laissé le souvenir d'un triomphe. Le pavillon des Machines a été démonté, mais la Dame de fer se dresse toujours dans le ciel de la capitale, notamment grâce aux militaires qui y voient une remarquable antenne radio.

Notre histoire touche à sa fin, mais sa légende commence.

Le gardien du cimetière Saint-Vincent s'est épouvanté de découvrir régulièrement des verres et une bouteille disposés sur deux tombes. Les premières années, il a d'abord mis cela sur le compte des excentricités des artistes, de plus en plus nombreux dans le quartier devenu un havre bohème. Mais il a fini par s'apercevoir que le mystérieux événement se reproduisait chaque année, le 5 mai. Il a été plus que soulagé lorsqu'un homme s'est présenté pour faire déplacer les deux sépultures. Il ne sait pas où elles ont été transférées.

Henri Royer sera bientôt médecin. Il a déjà ouvert l'un des tout premiers dispensaires laïques consacrés aux mendiants. Il officie également dans les beaux quartiers. Sur son bureau, au milieu des objets de son temps dont un téléphone, un clou rouillé ne le quitte jamais. Chaque fois qu'un patient se présente à lui, il commence toujours par regarder ses chaussures, pour deviner son histoire, et ses mains, pour savoir de quoi il vit.

Le reste est un secret, enfoui au cœur de Paris, là où une tour et deux tombes ont trouvé leur gardien, qui, chaque jour, avec ses compagnons, tente d'apprendre et de diffuser le meilleur de ceux qui l'ont précédé. Ensemble, tous ont trouvé une sixième règle : « Le secret d'un bon passage ne doit jamais sombrer dans l'oubli. »

L'homme de main avait tort. Il n'est pas nécessaire de tuer pour s'assurer du silence des hommes.

Certaines nuits d'été, on murmure qu'un élégant inconnu sans nom et un monstre s'assoient côte à côte sur les marches du Sacré-Cœur pour contempler la nuit. Pour un instant d'éternité.

FIN

Entre nous…

Vous qui partagez désormais le secret de l'histoire de Vincent, je souhaite vous en confier quelques-uns – parfaitement authentiques – qui vous donneront peut-être envie de chercher, d'aller musarder dans des rues, et de visiter certains monuments en regardant au-delà des apparences…

*
* *

Sous ses différentes formes successives, l'église Saint-Pierre de Montmartre constitue effectivement le lieu de culte le plus ancien de Paris. C'est dans ses murs que le 15 août 1534 Ignace de Loyola, Pierre Favre, François Xavier, accompagnés également de Diego Laynez, Simão Rodriguez, Alonso Salmerón et Nicolás Bobadilla, prononcèrent leurs premiers vœux et donnèrent ainsi naissance à ce qui allait devenir la Compagnie de Jésus. L'ordre sera reconnu par le pape Jules III le 21 juillet 1550. Ignace de Loyola sera canonisé le 12 mars 1622.

L'ordre des Jésuites compte aujourd'hui plus de 16 000 membres actifs sur tous les continents, et le pape François, 266e souverain pontife de l'Église catholique élu en 2013, est le premier pape à en être issu.

L'édifice, qui fut le théâtre de ces premiers vœux, possède une histoire aussi tumultueuse que passionnante. Le 16 juillet 1661, à la faveur de travaux, une crypte taillée dans le gypse y fut réellement mise au jour. Elle est aujourd'hui inaccessible. Après avoir été amenée à la ruine, l'église échappa à la démolition *in extremis*, grâce au soutien de Georges Clemenceau, alors maire de Montmartre, qui fit voter son sauvetage en 1897. Si vous allez la découvrir, ne manquez pas la pierre tombale d'Adélaïde de Savoie, reine de France et fondatrice de l'abbaye, déplacée depuis l'emplacement supposé de sa tombe au centre du chœur. Observez attentivement les chapiteaux, notamment ceux de marbre provenant d'un temple antique. Vous aurez également l'occasion de vous poser des questions sur la nature de l'étrange carrelage, très inhabituel dans ce genre de lieu…

À noter que le cimetière qui jouxte l'église est le plus petit, mais surtout le plus vieux de la capitale. L'ancienneté des tombes lui confère une ambiance réellement exceptionnelle.

*
* *

En 1852, le réseau des égouts qui s'étendait sous Paris comptait moins de 160 kilomètres de galeries. En 1870, à peine vingt ans plus tard, à la suite de travaux acharnés, les canalisations de différente importance couraient déjà sur plus de 500 kilomètres. À la fin du XIXe siècle, le réseau d'égouts était l'un des plus denses et des plus sophistiqués du monde, avec plus de 1 150 kilomètres de tunnels. Cinquante ans auront suffi pour en creuser 95 %.

Lors du percement de ces aménagements de salubrité publique, seule une poignée de rapports évoque des interceptions avec d'autres galeries souterraines liées à d'anciennes carrières, dont Paris présente une forte densité majoritairement sur la rive sud. Les carrières de gypse de

Montmartre, parmi les plus anciennes qui furent exploitées pour alimenter la capitale en matériaux, ont été peu à peu comblées, même s'il en subsiste d'impressionnantes sections aujourd'hui fermées. C'est d'elles que fut tirée la matière première d'une bonne partie du plâtre – obtenu par cuisson du gypse – utilisé dans l'aménagement de la ville et sa décoration, ce qui fait dire aux anciens que Paris contiendra toujours plus de Montmartre que l'inverse…

*
* *

Outre les salles souterraines naturelles creusées par le passage des eaux dans les couches profondes et communiquant parfois avec les nappes phréatiques, ce sont près d'une vingtaine de cavités « hors norme » – souvent des espaces de dissolution du gypse – qui ont été recensées sous la capitale. L'une des plus spectaculaires, située sous la gare du Nord, fut comblée à des fins de stabilisation dans les années 1980 par l'injection de plusieurs milliers de mètres cubes de coulis de béton.

Au cours de ces vingt dernières années, plus d'une centaine de ces injections ont été réalisées dans des proportions variables sous la capitale pour éliminer tout risque d'effondrement.

*
* *

L'agglomération de Paris compte aujourd'hui plus de 200 lieux de culte, très majoritairement chapelles, églises et édifices consacrés. Au XIXe siècle, et particulièrement pendant la période des grands travaux dits haussmanniens, ce sont plus de 80 autres lieux, souvent séculaires, qui furent détruits, ou plus rarement reconfigurés. Les spécialistes estiment qu'environ le quart de ces édifices comportaient des cryptes répertoriées ou secrètes. Aujourd'hui, la crypte la plus vaste de Paris se trouve sous l'église Saint-Sulpice. On peut y voir les traces de l'église primitive.

*
* *

En novembre 1881, Rodolphe Salis, négociant en vins, esthète et amateur de poésie, ouvre boulevard de Rochechouart, à Paris, un cabaret qu'il nomme Le Chat Noir, parce qu'il en a trouvé un dans le local et l'a gardé. L'endroit, décalé et libertaire, séduit très vite artistes et marginaux qui contribueront à forger l'esprit aussi sulfureux que festif de la butte Montmartre. Le lieu devient à la mode, attirant tout ce que la capitale compte de talents – écrivains, comédiens, musiciens, chansonniers, peintres ou dessinateurs dont Alphonse Allais, Charles Cros, Toulouse-Lautrec et Aristide Bruant.

Le cabaret s'impose comme l'un des premiers vrais lieux interlopes de la capitale à dépasser les clivages sociaux ; il est aussi fréquenté par les mauvais garçons et autres petits malfrats en quête de victimes, ce qui lui vaut des visites plus que régulières de la police.

Salis décide de laisser le lieu à Bruant pour partir s'installer dans un bâtiment plus grand, non loin de là, rue Victor-Massé. C'est là qu'il développe ses décors fantastiques et sa véritable vision d'un cabaret. Chansonniers au premier étage et théâtre d'ombres – en couleurs ! – au second. La célèbre affiche créée en 1895 par Théophile-Alexandre Steinlen pour la tournée alors que l'âge d'or de l'établissement est déjà révolu lui assurera une place de choix dans l'imagerie du Paris bohème.

C'est aussi à cette époque qu'une fièvre liée au spiritisme et aux phénomènes paranormaux s'empare de Paris.

Depuis quelques décennies, les « miracles » ne sont plus l'apanage du religieux, et on ne compte plus les spirites, devins et autres mages, tous détenteurs de pouvoirs extraordinaires dont ils font commerce lors de séances publiques ou privées pour une clientèle riche. Dès 1885, on trouve trace de plusieurs de ces personnalités troubles qui tiennent table au Chat Noir. Beaucoup seront confondus et démystifiés, mais certains – plus habiles ou réellement dotés de pouvoirs – fascinent et se font une véritable réputation. L'un d'eux, le Grand Orion, se produisait seul mais était soupçonné d'avoir un jumeau lui permettant d'être vu dans deux lieux à la fois. Il fut accusé d'escroquerie et finit par s'enfuir en Suisse en 1890. À l'époque, il était considéré comme possédant d'authentiques pouvoirs de médium, dont il aurait usé pour asseoir son autorité sur une secte...

*
* *

À Paris, à l'angle de la rue Mouffetard et de la rue du Pot-de-Fer, se dresse toujours une fontaine qui fut le décor d'une bien étrange découverte... Construite en 1624 et ayant acquis sa forme actuelle en 1671, elle est composée d'un bâtiment arrondi qui, sur la façade « Mouffetard », propose un point d'eau alors que l'autre côté comporte un accès permettant de pénétrer à l'intérieur.

En 1899, lors du remplacement des réservoirs de compensation intérieurs, inaccessibles au public, les ouvriers firent une surprenante trouvaille. Dans un double fond de la cuve métallique arrière, ils trouvèrent une soixantaine de pièces d'or, des napoléons, réunis en trois cylindres de vingt unités. La fortune que cela représentait effraya les ouvriers, qui ne la gardèrent pas pour eux. Personne ne fut capable d'en expliquer la provenance, et le mystère reste entier.

*
* *

En janvier 2015, alors que des travaux étaient effectués dans les sous-sols d'un immeuble à l'angle de la rue Réaumur et du boulevard de Sébastopol qui fut autrefois le siège social des magasins Félix Potin et abrite aujourd'hui un Monoprix, huit fosses communes furent découvertes, rassemblant au total plus de 200 squelettes.

*
* *

En 1892, un dénommé Victor Fink, ayant touché un fabuleux héritage d'un parent étranger, créa dans les environs de Montrouge, au sud de Paris, une « résidence de charité » destinée aux saltimbanques et aux artistes démunis. La presse s'en fit l'écho, tant l'entreprise était surprenante et l'origine des fonds mystérieuse.

L'homme acquit des terres sur lesquelles il fit réaménager plusieurs fermes en auberges, afin d'y accueillir ceux qu'il appelait « les nécessiteux de la fête ». Une des fermes était réservée à l'accueil des monstres de foire délaissés ou maltraités.

*
* *

Entre 1989 et 1992, cinq campagnes de sondage du sous-sol parisien ont été organisées, à l'aide d'impressionnants « camions vibreurs » destinés à émettre des secousses dans le sol dont l'écho sismique est ensuite enregistré par une batterie d'instruments de mesure et d'analyse. Cette technique permet d'obtenir une échographie des couches souterraines profondes. À l'époque, les médias évoquèrent la recherche d'hydrocarbures ou de poches de gaz dans les tréfonds de la capitale.

*
* *

Entre 1397 et 1407, Nicolas Flamel – passé à la postérité en tant qu'alchimiste – se fit bâtir à Paris une maison qu'il n'habita jamais. Aujourd'hui située au numéro 51 de la rue de Montmorency, elle a conservé une grande partie de son apparence d'origine en dépit de diverses reconstructions partielles, notamment en 1900 lorsque son pignon et ses fenêtres hautes furent modifiés. C'est la plus ancienne des maisons de la capitale que l'on puisse dater avec certitude. Sa façade est classée aux Monuments historiques depuis 1911. Elle abrite aujourd'hui une auberge.

Flamel y hébergea ouvriers et nécessiteux, à la seule condition de prononcer chaque jour une prière. Personne n'a pu expliquer la phénoménale fortune dont Flamel fit souvent un emploi philanthrope, ce qui lui vaut toujours un culte puissant de la part des adeptes de l'alchimie. Sur toute la largeur du fronton, on peut toujours lire l'inscription d'origine : *Nous homes et femes laboureurs demourans ou porche de ceste maison qui fu fte en lan de grace Mil quatre cens et sept, somes tenus chascun en droit soy dire tous les jours une patenostre et I ave maria en priant dieu que sa grace face pardon aus povres pescheurs trespassez, amen.*

*
* *

Magicien d'exception à l'origine de la plupart des grands principes de son art. Grand inspirateur pour ses successeurs,

Jean-Eugène Robert-Houdin est un personnage hors du commun, inventeur, chercheur, créateur et fondateur d'un théâtre entièrement consacré à la magie. Je n'arriverai certainement pas à restituer l'ampleur de son apport et de sa personnalité en quelques lignes, mais je vous invite à découvrir celui qui a été injustement oublié au profit de Harry Houdini – l'Austro-Hongrois Ehrich Weisz de son vrai nom – qui lui aura emprunté son nom et beaucoup de ses méthodes pour faire une médiatique carrière aux États-Unis. Mais revenons au remarquable modèle...

Jean-Eugène Robert naît en 1805 et se passionne dès son plus jeune âge pour la mécanique en voyant son père travailler dans un atelier d'horlogerie. Il devient ouvrier horloger à l'âge de 23 ans. Sa rencontre avec un magicien spécialiste de l'escamotage va changer sa vie.

En 1830, il épouse Cécile Houdin, fille d'un horloger parisien, et accole son nom au sien. Dans la décennie qui suit, Jean-Eugène Robert-Houdin se consacre essentiellement à l'horlogerie et dépose plusieurs brevets d'inventions comme le réveil-briquet, qui s'enflamme à l'heure programmée. Il réinvestit dans ses recherches les fonds gagnés dans la fabrication d'automates et d'objets de divertissement, dont une pendule mystérieuse sans mécanisme apparent. Malgré les difficultés financières, son talent est enfin reconnu. Un mécène lui avance de quoi créer son automate écrivain-dessinateur, qui rencontrera un franc succès lors de l'Exposition universelle de 1844. Après le décès de Cécile, il se consacre entièrement à sa vocation d'illusionniste.

La première de ses « Soirées fantastiques » se déroule le 25 juin 1845. Ses numéros du Foulard aux surprises, du Pâtissier du Palais-Royal et de L'Oranger merveilleux font sensation. Sa notoriété croît lorsqu'il présente La Seconde Vue, un exercice de divination, et qu'il place en suspension éthéréenne son jeune fils, Émile. En novembre 1846, le succès est tel qu'il faut réserver les places pour ses spectacles des mois à l'avance. Le roi Louis-Philippe l'invite chez lui pour une représentation exceptionnelle. Il se produira également à Londres devant la reine Victoria.

Son propre théâtre se révélera un laboratoire exceptionnel pour les illusions. Trappes dans la scène et systèmes d'escamotage cordés y seront mis au point. Plus tard, Georges Méliès y organisera même des projections de cinématographe et s'inspirera des trucages utilisés par Robert-Houdin pour bon nombre de ses films.

En 1855, Napoléon III fait appel à lui pour lutter contre les marabouts arabes qui poussent la population à la révolte en Algérie. En juin 1856, Robert-Houdin se fait passer pour un tout-puissant sorcier doué de pouvoirs surnaturels grâce à des tours comme Le Fusillé vivant et Le Coffre lourd-léger. L'influence des marabouts diminuera, sans disparaître totalement.

Dans sa propriété, Robert-Houdin installe de nombreuses innovations. L'ensemble des horloges électriques du domaine sont ainsi branchées à un régulateur électrique et parfaitement synchronisées. Le portail d'entrée du parc est équipé d'une sonnette et d'une gâche électrique qui permet l'ouverture à distance. Il y place aussi beaucoup de ses automates.

Robert-Houdin déposa également des brevets dans de nombreux autres domaines, et certaines de ses inventions, comme le plastron électrique des escrimeurs ou le compteur kilométrique, sont encore utilisées de nos jours. Il s'est éteint le 13 juin 1871, ne laissant pas moins d'une centaine de tours qui fascinent et inspirent toujours des générations d'illusionnistes.

*
* *

À partir de 1904, un événement agita le microcosme des érudits en Europe. Inexplicablement, près d'une soixantaine de manuscrits parfois très anciens – datant souvent d'avant 1400 – furent remis anonymement à des instituts, des bibliothèques, et surtout à des musées. L'opération se répéta essentiellement à Paris, mais aussi à Londres et Rome. Ces documents, d'origines diverses – parfois bien au-delà de l'Europe – furent tous reconnus comme authentiques et d'une valeur inestimable. On ne fit pas immédiatement le rapprochement entre les différents legs, et personne ne réussit à déterminer qui les avait remis gracieusement, et surtout pourquoi. La thèse officiellement retenue en attribue le crédit à un mystérieux collectionneur ayant sans doute réuni ces pièces exceptionnelles illégalement et qui, sentant sa fin venir, n'avait pas pu se résoudre à les détruire…

L'enquête ne fut pas menée en profondeur car à la même époque, une affaire d'escroquerie emballait bien davantage l'opinion. Un immense trafic d'os de diplodocus venait d'être mis au jour. Pendant des mois, des centaines de crédules avaient acheté à prix d'or des « os préhistoriques » qui n'étaient en fait que des fémurs de chevaux ou de bœufs vieillis dans des bains chimiques. On parla à l'époque de l'escroquerie du siècle… Il y en eut bien d'autres.

Et pour finir

Bienvenue dans ces pages qui prolongent et complètent mon roman, mais qui, bien au-delà, m'offrent surtout l'opportunité de m'adresser à vous autrement. J'aime vous y retrouver. Voici venu le moment de vous confier l'histoire derrière l'histoire…

Cet ouvrage a progressivement pris forme pendant de nombreuses années, et son développement s'est accompagné d'une multitude de clins d'œil du destin. Je ne suis pas superstitieux et mes livres précédents ont souvent donné lieu à de jolies conjonctions. Cependant, cette fois, je l'ai vécu un peu plus personnellement. Il pouvait s'agir de petits détails, comme le fait que j'habite près d'une église Saint-Leu - Saint-Gilles, mais pas uniquement. Beaucoup des sujets qui me passionnent depuis toujours se sont assemblés de façon étonnante autour de cette aventure. Le plus émouvant de tous les signes, c'est pourtant à vous que je le dois, plutôt à l'une d'entre vous, croisée au matin du 21 février 2019, alors que je me trouvais à l'église Saint-Pierre de Montmartre pour les besoins de l'intrigue.

L'endroit est attachant, passionnant, et j'aime l'atmosphère qui y règne. Il était encore tôt et je venais d'y passer un long moment à étudier et à ressentir. Comme souvent lorsque je me trouve dans une enceinte sacrée – quel que soit le culte qui s'y pratique –, j'ai pour habitude d'y avoir une pensée ou d'allumer une bougie pour ceux que j'aime, ce que j'ai fait ce matin-là.

Dans le silence de l'église déserte, une dame en manteau rouge est apparue d'un pas volontaire – à l'évidence une habituée du lieu. Peut-être même y est-elle liée. Je l'ai saluée, et elle s'est soudain arrêtée en me dévisageant, me demandant finalement si j'étais l'auteur qu'elle croyait reconnaître.

Je le sais, vous êtes partout, et je vous rencontre avec bonheur très régulièrement dans les lieux et les circonstances les plus improbables. Dans le métro comme dans les avions, partout en France comme à l'étranger, surgissant d'un palais vénitien, au fin fond d'une forêt, dans des halls de buildings new-yorkais, au coin de ma rue ou dans une église à l'aube, vous venez à ma rencontre après m'avoir lu. Vous me connaissez et je vous découvre. C'est toujours extrêmement fort pour moi.

Cette dame dégageait l'énergie de ceux qui ont quelque chose à faire ; une belle volonté aussi. Elle a eu des mots sobres et touchants au sujet de mes livres. Je l'ai remerciée et nous nous sommes quittés. La célébrité n'a jamais été mon but, mais votre attention me bouleverse. L'apparition d'une lectrice, alors même que j'étais tout entier dans le théâtre de mon roman, m'a fait l'effet d'un cadeau. Un encouragement à donner mon maximum, par respect pour ce que vous et moi partageons. Où que je sois, quelle que soit l'heure... vous n'êtes jamais loin. J'ai trouvé formidable que la seule personne présente dans ce lieu précis soit l'une de celles que j'espère emporter dans mes histoires. Magnifique hasard. Mais peut-être pensez-vous la même chose que moi du hasard... J'espère que cette dame lira ce livre et qu'elle saura ce qu'elle a représenté pour moi ce matin-là. Chère Madame, je vous remercie sincèrement d'avoir été là.

Je dois à présent vous raconter pourquoi ce livre me tient tant à cœur. Tout commence au siècle passé – si si ! – à la fin des années 1990, lorsque l'une des personnes avec qui je travaille dans le cinéma achète un pied-à-terre dans le centre historique de Paris, non loin des quais. Moi vivant en France alors que cet homme se partage entre Londres et Los Angeles, il me demande de suivre personnellement le déroulement des travaux qu'il s'apprête à y mener. Un chantier d'importance, destiné à réunir deux petits appartements au dernier étage et un autre juste en dessous, qui doivent fusionner pour former un luxueux duplex. Je l'ai aidé à travers les étapes légales, notamment celles liées à ce que lui proposaient ses architectes. Ce fut une fonction assez désagréable pendant laquelle je n'avais ni le plaisir d'être avec lui, ni le bonheur de pratiquer les métiers que j'aime. Des formulaires, des questions administratives auxquelles je n'avais jamais la réponse. Pourtant, cette corvée m'aura valu un privilège qui constitua l'étincelle première de ce livre… La loyauté n'est décidément jamais un mauvais chemin.

En abattant une des cloisons, les ouvriers ont mis au jour une pièce secrète. Elle n'était pas très grande, poussiéreuse, et ne contenait qu'une petite table bricolée, un tabouret rudimentaire, des étagères vides et une vieille bouteille encore à moitié pleine d'un liquide sombre. L'endroit avait été oublié, sans doute après la disparition de celui qui l'avait créé sans en transmettre le secret. Le mécanisme d'ouverture était basique, mais astucieux et extrêmement bien exécuté. Le panneau coulissant avait fini par être recouvert d'une couche d'enduit, puis d'une succession de papiers peints décoratifs. Vous imaginez sans peine ce que cette découverte a éveillé en moi… Pourquoi cet espace avait-il été aménagé ? Par qui ? Pour protéger, pour cacher ? Tellement de possibilités !

J'ai aussitôt demandé la permission de mener l'enquête avec l'aide de spécialistes. Nous avons réussi à remonter la piste des anciens propriétaires sur plusieurs siècles, mais aucune de leurs activités ne laissait supposer la nécessité d'une pièce clandestine. Les meubles et le bois dont ils étaient faits nous ont permis de dater cette cache secrète entre 1750 et 1800. La bouteille constitua un indice particulièrement utile, puisqu'elle fut expertisée par une sommité des flaconnages comme datant des alentours de 1791. Nous nous sommes beaucoup amusés à imaginer celui qui avait pu l'abandonner là, mais malgré mes tentatives insistantes – et parfois joyeusement tordues! –, personne n'a eu envie de goûter son contenu. Les analyses ont révélé qu'il s'agissait d'un vin cuit assez proche du porto, mais on ignore ce que le propriétaire de cette planque a pu faire dans ce lieu. À ce jour, le mystère reste entier.

La façon dont cette porte invisible avait été fabriquée m'a tout de suite interpellé. Le mécanisme n'avait rien de manufacturé ou d'industriel. Nous étions en présence d'un appareillage réalisé exprès, du sur-mesure. C'est alors que Vincent Cavel s'est esquissé dans mon esprit. L'idée d'un homme spécialiste de la création de passages dérobés m'a immédiatement enthousiasmé et déjà, m'a changé, car je vis depuis avec un nouveau principe de vie : quand tu t'appuies sur un mur, demande-toi toujours ce qui se trouve derrière.

Je me suis documenté sur les passages secrets, leur histoire, leurs usages. C'est un univers fascinant qui dépasse de loin la caricature qu'en ont faite les films ou les séries produites à la chaîne. J'ai imaginé un homme dont le travail consisterait à créer ces mécanismes extraordinaires jouant sur les illusions. Peu à peu, Vincent s'est étoffé. Naturellement, je l'ai imaginé vivant à la fin du XIXe siècle, en Europe, parce que c'est historiquement l'âge d'or des passages secrets qui enflamment mon imagination. Lorsque, par la suite, j'ai progressivement approfondi ma connaissance de cette époque, j'ai été littéralement frappé par sa richesse, mais aussi par les étonnantes similitudes qu'elle présente avec la nôtre. J'ai découvert une période qui allait devenir bien plus qu'un décor de mon intrigue.

1889 : l'Exposition universelle. La fin du siècle se profile. Sur quelques années s'opère un basculement profond de notre civilisation, qui préfigure et conditionne ce que nous vivons aujourd'hui. C'est à cette époque précise que notre monde va prendre le premier grand virage qui l'amène là où nous en sommes à présent – fonçant dans le mur ou au bord du précipice, selon le point de vue.

Étudier ces années m'a permis d'y découvrir bien davantage que les images d'Épinal réductrices que nous en avons trop souvent. D'autant qu'en ce temps-là, la photo n'était pas très répandue et le cinéma n'existait pas encore. On ne trouve pas beaucoup d'images pour restituer facilement la réalité. Il faut chercher, et pas en trois clics. Les réponses qui valent la peine ne viennent jamais facilement.

Vous qui me lisez savez à quel point l'aspect humain est essentiel pour moi. C'est d'abord sous cet angle que j'ai été impressionné par ces années-là. Les gens étaient confrontés à des révolutions technologiques permanentes qui les déstabilisaient et remettaient en cause leur mode de vie. Ils affrontaient le développement urbain qui remodelait complètement leur cadre de vie, et pas uniquement à Paris. La société était fracturée par des inégalités sociales flagrantes, creusant des fossés entre les individus pourtant supposés être égaux selon la Déclaration des droits de l'homme et du citoyen en vigueur depuis un siècle exactement. Les nouvelles richesses étaient loin d'être partagées. Grèves, révoltes et affrontements civils faisaient l'actualité, sans parler des guerres récentes. Derrière le faste spectaculaire d'événements passionnants, se dessinaient en creux un désarroi moral, une peur de l'avenir, et pour beaucoup, la crainte d'être les laissés-pour-compte d'un futur promis comme radieux.

C'est à cette époque que tout a vraiment commencé à s'accélérer, entre la révolution industrielle, le développement des transports et celui des communications. Déjà, les politiques perdaient peu à peu la main au profit de puissances économiques émergentes pour qui tout n'était qu'intérêts et nouveaux marchés. Le tout sous la menace d'attentats – anarchistes à cette époque – qui inquiétaient et déstabilisaient. Ce tableau ne vous rappelle rien ?

J'ai été stupéfait par les similitudes avec ce que nous vivons actuellement. Je n'ai eu aucun mal à me glisser dans la peau d'un homme qui se questionne sur le sens du monde en cherchant à protéger ceux qu'il aime devant un avenir incertain, face à des enjeux qui le dépassent.

Il ne s'agissait pas pour moi de vous proposer une visite guidée touristique en costume historique, cela ne m'intéresse pas. Il était question de suivre les aventures d'un individu confronté à ses limites dans un univers dont il découvre d'autres réalités, aussi bien positives que négatives.

Pendant des années, je n'ai cessé de me documenter, de visiter, de rencontrer, pour tenter d'approcher le ressenti de l'époque et les savoirs que je comptais évoquer. Voilà quatre ans, devant la masse de documents à traiter et poussé par l'envie de vivre cette aventure d'un peu plus près avec notre fille, Chloé, je lui ai proposé de prendre en charge la gestion de la documentation. Elle s'est jetée à l'eau sans hésiter. Nous avons cherché et découvert ensemble, avec Pascale et Guillaume qui n'étaient jamais loin. Elle a lu énormément d'ouvrages de référence, écumé des fonds d'archives, récupéré des pièces rarissimes, arpenté les musées, les expos et les lieux de toutes sortes avec moi. Je lui posais des questions impossibles dont elle devait trouver les réponses dans une jungle de données les plus solides possible. Je prends la réalité au sérieux. Elle m'a aidé à pousser le plus loin possible les recherches nécessaires pour ne pas vous tromper, même si nous sommes dans un roman, tout en me permettant de me consacrer à la chose la plus importante dans une histoire : la vérité humaine des personnages. C'est le dénominateur commun que je défends dans tous mes livres.

Durant toutes ces années, à mesure que j'avançais, le sujet m'a de plus en plus passionné. J'y trouvais l'occasion de vous parler d'autres trésors que ceux qui brillent et de vous entraîner vers la littérature qui m'a donné envie de lire, puis d'écrire : celle des conteurs, de Dumas, Verne, Hugo, Dickens, Kipling pour n'en citer que quelques-uns, celle d'auteurs racontant de vraies histoires, qui nous font rêver sans oublier de nous parler de ce que nous sommes et de ce que nous éprouvons. Les écrivains de cette trempe ne parlent pas d'eux, même s'ils n'oublient pas d'instiller leurs convictions profondes dans leurs récits. Leur vie n'est pas leur sujet, même si elle en constitue la matière. Eux n'ont pas besoin de lecture obligatoire pour durer. Je ne me considère certainement pas comme leur héritier, mais bien plus modestement, je marche vers la lumière qu'ils ont allumée en moi. Je cours après ce plaisir d'éprouver, dans tous les registres, ce qui fait le plus fort et le plus beau de nous-mêmes. Que ce roman soit l'occasion de leur rendre un hommage aussi affectueux que respectueux.

Distraire n'est jamais une fin en soi, et j'ai l'espoir que mes livres sont un peu comme des fables. Les questions qu'affronte Vincent doivent être les nôtres aujourd'hui. L'une d'elles surtout : que faisons-nous de ce que nous savons ? Cette interrogation n'en finit pas de résonner en moi.

En étudiant les rouages de cette époque révolue pleine d'enseignements, mais surtout en vous fréquentant en tant qu'homme ou en tant qu'auteur, je mesure pleinement les talents ne demandant qu'à s'épanouir et l'énergie qui se déploie lorsqu'elle n'est pas étouffée. Chaque jour, autour de moi, je suis témoin des chances manquées comme des miracles accomplis. Toute existence porte une part de la vérité qui conditionne notre devenir en tant qu'espèce. En prendre conscience est une véritable révolution intime. Je vous renvoie au paragraphe de citation en ouverture de ce livre : « Selon votre cœur, soyez prêts à servir ou à résister de toutes vos forces, jusqu'à combattre. N'ayez pas peur d'imaginer. Aucun chemin n'est interdit. Les plus beaux sont encore secrets, et le meilleur de notre âme est la seule clé qui libère les possibles. » Je m'attache à servir les miracles.

Dans ma vie privée, je suis engagé sur bien des fronts, non pas pour me composer une image médiatique comme le veut l'époque, mais parce que rien ne remplace l'action. Je déteste les fausses connivences, je n'apprécie pas ceux qui truquent et instrumentalisent vos sentiments ou les miens. Chaque fois que je me présente à vous, à travers mes textes ou lors de nos rencontres, dans les réponses que je vous adresse le plus souvent possible, je ne joue aucun rôle.

Dans le temps que vous m'accordez, je vais continuer à vous présenter des histoires qui non seulement me touchent, mais qui portent ce que j'éprouve. L'espoir et l'envie, notamment. Dans cette époque de produits, j'espère être l'une de vos authentiques réserves d'imaginaire affectif. Nous commençons à nous connaître. Si vous m'y autorisez, je ne veux pas être un produit de consommation, mais devenir le compagnon de vos moments d'évasion et d'émotion. Je suis à votre disposition.

Alors je vous remercie d'être là, vous et ceux avec qui je trace ma route. Je souhaite ici remercier particulièrement Thomas, Hervé, Tiphaine, Malik, Jean-François, Martin, Wilhelm, pour m'avoir permis de descendre très profond ou de monter très haut lors des recherches autour de ce roman. Merci d'avoir mis votre passion au service de mes idées, en me faisant ramper, grimper, creuser jusqu'à pas d'heure. Pour info, je n'ai pas réussi à sauver ma tenue !

Merci aux personnels des institutions qui gèrent les archives de notre pays, particulièrement la Bibliothèque nationale de France et le Service historique de la Défense, pour leur inestimable travail de mémoire.

Ma profonde gratitude aux équipes de Flammarion. Avec vous, le métier d'écrivain n'a rien de solitaire. Qu'il s'agisse de moments humains réjouissants ou d'une efficacité professionnelle que j'apprécie chaque jour, avancer avec vous est une motivation. Merci à toi, Anna, pour cette alliance unique d'esprit, d'écoute, d'élégance humaine et de spontanéité réjouissante. Merci à Patrice, Bruno, Vincent, François, Sophie, Soizic, Marie, Florence, Yves et Éric. Vous êtes tous de vraies personnalités dont je savoure les particularités et les richesses. Mention spéciale à notre exceptionnelle Béatrice !

Mon affection à mes proches, famille, alliés, amis, que je ne vois pas assez mais qui même sans le quotidien qui me manque, m'aident à tenir et à savoir qui je suis.

Merci à toi, Guillaume, pour ce regard vif et sans concession qui se conclut toujours par un sourire. Nous avons rendez-vous pour beaucoup de choses, et je n'attends que ça.

À toi, Chloé, délicieuse petite terreur au cœur immense ! J'ai adoré t'entraîner dans cette aventure et la partager avec toi. Merci pour tout ce que tu as donné et trouvé. La rue Chabanais restera une légende, mais par bonheur, les vendeurs de perches à selfie ne figuraient pas parmi les petits métiers de l'Exposition universelle ! Ce roman est un lien de plus entre nous. C'est beau. Mais maintenant, il est l'heure d'aller promener le chien.

Merci à toi, Pascale, d'avoir fait la place à notre petite, d'être l'ange gardien de nos projets. Quand je pense que si je n'avais pas redoublé, on ne se serait jamais rencontrés… J'en ai des frissons de peur rétrospective. Tu es mon hymne à l'échec scolaire. Je sais, je sais, ça ne sonne pas vraiment comme un compliment, et pourtant…

Ma plus profonde reconnaissance aux lectrices, lecteurs, libraires, documentalistes, qui me suivent et me témoignent leur confiance. Merci de vos signes, de vos engagements. Merci de m'associer aux temps forts de votre vie, merci de vos messages et de vos lettres auxquels je réponds autant que je peux.

Parmi tant de belles rencontres que vous m'offrez, une pensée particulière pour Isabelle et Jean-Luc, qui se marient au moment même où j'achève ces pages ; pour Noémie qui a fait tant de kilomètres pour venir me dire la jolie place que je tiens dans son histoire ; pour Françoise qui me propage avec une ampleur peu commune auprès de celles et ceux qui ont le moral en berne. Derrière chacun de ces prénoms, derrière chacune de nos rencontres, il y a des histoires dont je garde la trace au plus profond de moi.

Et enfin, merci à toi qui tiens ces pages. Ma vie, comme ce livre, est toujours entre tes mains.

Où que vous soyez, quelle que soit l'heure…

Votre bien dévoué,

P-S : Si quelqu'un veut venir s'asseoir en haut des marches pour regarder la ville avec de la hauteur, je suis partant. Ce sera moi le monstre.

www.gilles-legardinier.com

Gilles Legardinier
BP 70007
95122 Ermont Cedex
France

Bibliographie sélective

Sylvain AGEORGES, *Sur les traces des Expositions universelles*, Parigramme, Paris, 2006.

Antoine DE BAECQUE, *Les Nuits parisiennes, XVIIIe-XXIe siècle*, Le Seuil, Paris, 2015.

Daniel BOORSTIN, *Les Découvreurs*, Bouquins, Robert Laffont, Paris, 1988.

Frédérique BOUSQUEL, *Paris 18e arrondissement, 1900-1940*, collection « Mémoire des rues », Parigramme, Paris, 2015.

J.-L. BRETON (dir.), *Science et Travail. Grande encyclopédie illustrée des nouvelles inventions*, Librairie Aristide Quillet éditeur, Paris, 1927.

Maurice BRINCOURT, attaché au service des installations à l'Exposition universelle de 1889, *L'Exposition universelle de 1889*, reproduction d'un ouvrage de 1890.

Georges BRUNEL, Marie-Laure DESCHAMPS-BOURGEON et Yves GAGNEUX, *Dictionnaire des églises de Paris*, Hervas, Paris, 1995.

Jean-Marie Cassagne, *Paris. Dictionnaire du nom des rues*, Parigramme, Paris, 2012.

Alain Clément et Gilles Thomas (dir.), *Atlas du Paris souterrain. La doublure sombre de la Ville lumière*, Parigramme, Paris, 2001, 2016.

Collectif, *Histoire année après année. L'encyclopédie visuelle des événements qui ont marqué le monde*, Flammarion, Paris, 2012, 2018.

Collectif, *Journal de la France et des Français. Chronologie politique, culturelle et religieuse de Clovis à 2000*, Éditions Gallimard, Paris, 2001.

Collectif, *Paris chez soi. Revue historique, monumentale et pittoresque de Paris ancien et moderne*, Paul Boizard éditeur, Paris, 1855.

Collectif, *Sciences. L'Encyclopédie visuelle des découvertes qui ont marqué le monde année après année*, Flammarion, Paris, 2014.

Jean Colson et Marie-Christine Lauroa (dir.), *Dictionnaire des monuments de Paris*, Hervas, Paris, 2001.

Gustave Eiffel, *The Eiffel Tower*, réimpression de Gustave Eiffel, *La Tour de 300 mètres*, texte de Bertrand Lemoine, Taschen, Cologne, 2006, 2015.

Maurice Griffe, *Chronologie de Paris*, Éditions Tableaux synoptiques de l'Histoire (T.S.H.), Cannes, 2011, 2012.

Éric Hazan, *Charles Fremont. Paris au temps des fiacres. Photographies, 1885-1914*, Le Seuil, Paris, 2015.

Jacques Hillairet, *Connaissance du Vieux Paris*, Payot & Rivages Paris, 2017.

C.-L Huard (dir.), *Livre d'or de l'Exposition de 1889*, tomes 1 et 2, L. Boulanger éditeur, Paris, 1889.

François Legrand, *Souvenirs de Paris*, Parigramme, Paris, 2013.

Bertrand Matot, *Paris occulte*, Parigramme, Paris, 2018.

Philippe Mellot, *La Vie secrète de Montmartre*, Omnibus, Paris, 2008.

Philippe Mellot, *La Vie secrète du Quartier latin*, Omnibus, Paris, 2009.

Philippe Mellot, *Paris disparu. Photographies 1845-1930*, De Lodi, Paris, 2012.

Philippe Mellot, *Vivre à Paris de la Restauration à la Belle Époque*, Omnibus, Paris, 2012.

Patrice de Moncan, *Le Paris d'Haussmann*, collection « Paris ! d'hier et d'aujourd'hui », Éditions du Mécène, Paris, 2009, 2012.

Giorgio Perrini, *Les Aveux des Templiers*, Jean de Bonnot éditeur, Paris, 1992.

Giorgio Perrini, *Paris. Deux mille ans pour un joyau*, Jean de Bonnot éditeur, Paris, 1993.

Pierre Pinon, *Atlas du Paris haussmannien. La ville en héritage du Second Empire à nos jours*, Parigramme, Paris, 2002, 2016.

Pierre Pinon, *Paris pour mémoire. Le livre noir des destructions haussmanniennes*, Parigramme, Paris, 2012.

Pierre Pinon et Aurélie Boissière, *Atlas historique des rues de Paris*, Parigramme, Paris, 2016.

Pierre PINON et Bertrand LE BOUDEC, *Les Plans de Paris. Histoire d'une capitale*, Le Passage/Atelier parisien d'urbanisme/BnF/Paris Bibliothèques, Paris, 2004.

Leonard PITT, *Paris, un voyage dans le temps. Images d'une ville disparue*, Parigramme, Paris, 2008.

Leonard PITT, *Promenades dans le Paris disparu*, Parigramme, Paris, 2002.

Jean-Eugène ROBERT-HOUDIN, *Les Secrets de la prestidigitation et de la magie : comment on devient sorcier*, Hachette/BnF, Paris, 2012.

Matthew L. TOMPKINS, *The Spectacle of Illusion, Magic, the Paranormal & The Complicity of the Mind*, Thames & Hudson, Londres, 2019.

Pascal VAREJKA, *La Fabuleuse Histoire de la tour Eiffel*, Prisma, Paris, 2014.

Guide du musée de Montmartre, Somogy/Musée de Montmartre Jardins Renoir, Paris, 2016.

Paris Secret, collection « Encyclopédies du voyage », Gallimard, Paris, 2017.

Le Vieux Montmartre. Bulletin de la société d'Histoire et d'archéologie des IXe et XVIIIe arrondissements de Paris, n° 84, 2015.

L'auteur tient à remercier les équipes et le personnel
des institutions suivantes :
L'Inspection Générale des Carrières
L'Observatoire de Paris
Numdam.org
et tout particulièrement
la Bibliothèque Nationale de France
et son exceptionnel fonds d'archives numérisées Gallica.

Recherches préparatoires
et gestion de la documentation :
Chloé Legardinier

Cet ouvrage a été mis en page par IGS-CP
à L'Isle-d'Espagnac (16)

N° d'édition : L.01ELIN000477.N001
Dépôt légal : octobre 2019

Imprimé en France par CPI
en août 2019

N° d'impression : 153828